SANGUE INFERNAL

TERCEIRO VOLUME DA SÉRIE A ORDEM DOS SANGUÍNEOS

JAMES ROLLINS
E REBECCA CANTRELL

SANGUE INFERNAL

TRADUÇÃO DE ANA DEIRÓ

Título original
BLOOD INFERNAL

Este livro é uma obra de ficção. Os personagens, incidentes e diálogos são frutos da imaginação dos autores, e não devem ser interpretados como reais. Qualquer semelhança com acontecimentos reais, localidades, organizações ou pessoas, vivas ou não, é mera coincidência.

Copyright © James Czajkowski e Rebecca Cantrell, 2015

Todos os direitos reservados. Nenhuma parte desse livro pode ser usada ou reproduzida sem autorização, por escrito, do editor.

Edição brasileira publicada mediante acordo com os autores, c/o Baror International, Inc., Armonk, Nova York, USA.

Direitos para a língua portuguesa reservados
com exclusividade para o Brasil à
EDITORA ROCCO LTDA.
Av. Presidente Wilson, 231 – 8º andar
20030-021 – Rio de Janeiro – RJ
Tel.: (21) 3525-2000 – Fax: (21) 3525-2001
rocco@rocco.com.br
www.rocco.com.br

Printed in Brazil/Impresso no Brasil

preparação de originais
FÁTIMA FADEL

CIP-Brasil. Catalogação na fonte.
Sindicato Nacional dos Editores de Livros, RJ.

R658s

Rollins, James, 1961-
　　Sangue infernal / James Rollins, Rebecca Cantrell; tradução de Ana Deiró. Primeira edição. Rio de Janeiro: Rocco, 2018.

　　Tradução de: Blood infernal
　　ISBN 978-85-325-3105-6
　　ISBN 978-85-8122-731-3 (e-book)

　　1. Ficção americana. I. Cantrell, Rebecca. II. Deiró, Ana. III. Título.

17-46655　　　　　　　　　　　　　　　　CDD: 813
　　　　　　　　　　　　　　　　　　　　CDU: 821.11(73)-3

O texto deste livro obedece às normas
do Acordo Ortográfico da Língua Portuguesa

James
Para Rebecca, por me acompanhar nesta jornada.

Rebecca
Para meu marido e meu filho.

Como caíste desde o céu, ó Lúcifer, filho da alva!
Como foste cortado por terra, tu que debilitavas as nações!
– Isaías 14:12

PRÓLOGO

Verão, 1606
Praga, Boêmia

Finalmente está quase concluído...
    Dentro de seu laboratório oculto o alquimista inglês chamado John Dee estava postado diante de um sino gigantesco feito de vidro de qualidade impecável. Era alto o suficiente para que um homem ficasse de pé dentro de sua câmara interior. O trabalho maravilhoso tinha sido executado por um respeitado fabricante de vidros na ilha distante de Murano, próxima de Veneza. Uma equipe de artesãos havia precisado de mais de um ano, usando foles maciços e uma técnica conhecida apenas por um punhado de mestres, para extrair e soprar o vidro fundido, dando-lhe a forma daquela escultura perfeita. Depois, tinham sido necessários mais cinco meses para transportar o precioso sino de sua ilha natal para o pátio frio do imperador do Sacro Império Romano, Rudolf II, no Norte distante. Depois de sua chegada, o imperador havia ordenado que o laboratório secreto do alquimista fosse construído ao redor dele, cercado por oficinas adicionais que se estendiam ao longo sob as ruas de Praga.
    Aquilo tinha acontecido dez longos anos antes...
    O sino agora se erguia acima de um pedestal redondo de ferro no canto do laboratório principal. As bordas do pedestal há muito tempo tinham ficado vermelhas de ferrugem. Perto da metade inferior do sino havia uma porta redonda, também de vidro, presa no exterior por barras fortes e vedada de modo que nenhum ar pudesse entrar ou escapar.
    John Dee estremeceu onde se encontrava. Embora se sentisse aliviado pela conclusão de sua tarefa, ela também o assustava. Tinha acabado por odiar o dispositivo infernal, por saber o propósito medonho que existia por trás de sua criação. Ultimamente, ele evitava o sino tanto quanto podia. Por dias trabalhava aqui e ali em seu laboratório, a longa túnica manchada

pelas substâncias químicas, a ponta da sua barba branca quase mergulhando em seus frascos, os olhos remelentos afastados da superfície empoeirada do sino de vidro.

Mas agora minha missão está quase concluída.

Virando-se, ele se aproximou da lareira e estendeu a mão para a cornija. Com os dedos nodosos manipulou as fechaduras complexas para abrir uma pequena câmara entalhada no mármore. Só o imperador tinha conhecimento da existência da minúscula câmara.

Quando tocava seu interior, um som frenético de batidas se elevou às suas costas. Ele se virou para o sino, para a criatura que tinha sido aprisionada dentro dele. A fera tinha sido capturada por homens leais ao imperador e trazida para ali apenas horas antes.

Eu tenho que trabalhar depressa.

A besta pavorosa batia contra o interior do sino, como se pressentisse o que estava por vir. Mesmo com sua força sobrenatural, não conseguia se libertar. Seres mais velhos e muito mais fortes tinham tentado e fracassado.

Ao longo dos últimos anos, John tinha aprisionado muitas bestas como aquela dentro da cela de vidro.

Tantas...

Embora soubesse que estava seguro, seu coração fraco ainda disparava, a parte animal de seu ser percebia o perigo de uma maneira que sua mente lógica não podia contradizer.

John deixou escapar um suspiro trêmulo, enfiou a mão na câmara secreta da cornija e retirou um objeto embrulhado em oleado. A peça estava amarrada com um barbante vermelho e envolta numa proteção de cera. Tomando cuidado para não rachar a cobertura de cera, John levou o embrulho para a janela coberta pela cortina, apertando-o contra o peito. Mesmo através do tecido e da cera, um frio tão pavoroso emanava do objeto que anestesiou seus dedos e costelas.

Ele abriu um pouco as cortinas grossas, permitindo que alguns raios de sol da manhã entrassem. Com as mãos trêmulas, colocou o embrulho no foco da luz sobre sua escrivaninha e se posicionou do outro lado do embrulho de modo que nem a menor das sombras caísse sobre a superfície do objeto. John retirou uma faca afiada de baleeiro de seu cinto e cortou a cera e o cordão vermelho. Com grande cuidado, afastou o tecido oleado enquanto flocos brancos de sebo se soltavam e caíam sobre o tampo da escrivaninha.

O sol do início da manhã checa brilhou no que foi revelado dentro do casulo de cera e tecido: uma linda pedra preciosa, grande como a palma de sua mão, reluzindo em verde-esmeralda.

Mas aquilo não era nenhuma *esmeralda*.

– Um diamante – sussurrou ele no aposento silencioso.

A câmara tinha ficado silenciosa de novo à medida que a criatura dentro do sino se encolhia diante do que brilhava sobre sua escrivaninha. Os olhos da fera dardejaram ao redor enquanto a luz refletida pela pedra formava veios tremeluzentes cor de esmeralda nas paredes caiadas.

John ignorou o temor da prisioneira e, em vez disso, olhou fixamente para o coração do diamante, para a escuridão fervilhante que havia ali dentro. Ela fluía como uma mistura de fumaça e petróleo, uma coisa viva, tão prisioneira dentro do diamante e tão seguramente presa quanto a criatura que estava dentro do sino.

Graças a Deus por isso.

Ele tocou na pedra frígida. De acordo com a lenda, a pedra tinha sido extraída de uma mina no Extremo Oriente. Como todas as pedras excepcionais, dizia-se que trazia consigo uma maldição. Homens tinham matado para possuí-la, morrendo pouco tempo depois de se apoderarem dela. Diamantes menores, extraídos daquele mesmo veio, adornavam as coroas de reis e monarcas distantes, mas aquele não tinha sido usado para um propósito tão fútil.

Cuidadosamente, ele levantou o diamante verde. Décadas tinham se passado desde que ele tinha mandado escavar seu interior. Dois joalheiros tinham perdido a visão usando minúsculas brocas com ponta de diamante para criar o espaço vazio dentro do luxuriante coração verde da pedra. Uma lasca de osso tão fina que era quase translúcida tampava a pequena abertura – um osso retirado de uma tumba em Jerusalém mais de mil anos antes –, a última parte intacta que restava de Jesus Cristo.

Ou pelo menos era o que se dizia.

John tossiu. O gosto metálico de sangue encheu-lhe a boca, e ele cuspiu num balde de madeira que mantinha ao lado da escrivaninha. A doença que o consumia por dentro lhe dava pouca paz ultimamente. Ele lutou para respirar, se perguntando se dessa vez o fôlego não viria. Seus pulmões chiaram dentro de seu peito como foles quebrados.

Uma batida suave contra a porta o sobressaltou, e a pedra escorregou entre seus dedos e caiu no piso de madeira. Ele se arremessou para o precioso objeto verde com um grito.

A pedra tinha caído no chão, mas não se quebrou.

A dor subiu numa pontada do coração de John para seu braço esquerdo. Ele caiu contra a perna robusta da escrivaninha. Um tubo de proveta com líquido amarelo se despedaçou contra o chão e se espalhou sobre as tábuas. Fumaça subiu da ponta de um tapete de pele de urso sobre o piso.

– Senhor Dee! – gritou uma voz do outro lado da porta. – O senhor está ferido?

A tranca estalou e a porta se abriu.

– Fique fora... – John arquejou com dificuldade – daqui, Vaclav.

Mas o rapaz já tinha entrado apressadamente, aproximando-se para ajudar seu patrão. Ele levantou John do chão.

– O senhor está passando mal?

A doença de John estava além da capacidade de cura até dos mais poderosos alquimistas da corte do imperador Rudolf. Ele lutou para respirar, permitindo que o rapaz o mantivesse erguido até que sua tosse se acalmasse. Mas a dor penetrante em seu peito não diminuiu como de costume.

O jovem aprendiz tocou na testa suada de John com dedos delicados.

– O senhor não dormiu na última noite. Sua cama estava intocada quando cheguei esta manhã. Eu vim verificar... – A voz de Vaclav se embargou enquanto ele lançava um olhar para o sino de vidro e descobria a criatura aprisionada dentro dele. Era uma visão que aqueles seus olhos jovens e inocentes jamais deveriam ter contemplado.

Um grito escapou dos lábios de Vaclav, uma mistura de surpresa e horror.

Ela, por sua vez, olhou fixamente na direção do rapaz, com uma fome candente em seu olhar enquanto punha a palma de uma mão contra o vidro. Uma única unha arranhou a superfície. Ela não se alimentava havia dias.

O olhar de Vaclav examinou o corpo nu da mulher. Cabelos louros crespos caíam abaixo de seus ombros arredondados, cobriam-lhe os seios nus. Ela poderia quase ser considerada bonita. Mas sob a luz pálida que atravessava as cortinas, o vidro grosso dava à sua pele branca como neve um tom esverdeado, como se ela já tivesse começado a se decompor.

Vaclav se virou para John em busca de alguma explicação.

– Senhor?

Seu jovem aprendiz tinha começado a trabalhar com ele quando ainda era um garotinho esperto de oito anos. John o tinha visto crescer e se tornar um rapaz com um futuro brilhante pela frente, talentoso ao preparar poções e destilar óleos.

John o amava como seus próprios filhos.

Apesar disso, não hesitou ao levantar a faca e cortar a garganta do rapaz.

Vaclav apertou a ferida, os olhos cravados nos de John com incredulidade e o sentimento de traição. O sangue fluiu entre seus dedos e respingou no chão. Ele caiu de joelhos, as duas mãos buscando reter o sangue de sua vida.

A criatura dentro do sino arremessou o corpo contra as paredes laterais com tamanha força que o pesado pedestal de ferro sacudiu.

Você sente o cheiro de sangue? É isso que a deixa tão excitada?

John se inclinou para apanhar a pedra verde caída. Ele a levantou para a luz do sol para verificar a vedação. A escuridão fervilhou no interior, como se buscando uma rachadura, mas não havia saída. Ele fez o sinal da cruz e sussurrou uma oração de agradecimento. O diamante permanecia intacto.

John pôs a pedra de volta sob a luz do sol e se ajoelhou ao lado de Vaclav. Acariciou o cabelo preto cacheado, afastando-o do rosto do rapaz.

Os lábios pálidos de Vaclav se moveram, sua garganta gorgolejou.

– Perdoe-me – sussurrou John.

Os lábios do rapaz formaram uma única palavra:

Por quê?

John nunca poderia explicar tudo aquilo ao rapaz, nunca poderia expiar o assassinato que cometera. Ele segurou na mão em concha a face de seu aprendiz.

– Gostaria que você não tivesse visto isso. Que você vivesse uma vida longa de estudos. Mas não foi essa a vontade de Deus.

Os dedos manchados de sangue de Vaclav caíram de sua garganta. Seus olhos castanhos ficaram vidrados com a morte. Com dois dedos, John fechou as pálpebras mornas do rapaz.

John baixou a cabeça e murmurou uma prece rápida pela alma de Vaclav. Ele tinha sido um inocente e agora repousava em um lugar melhor. Mesmo assim, era um trágico desperdício.

A coisa no sino de vidro, o monstro que outrora tinha sido humano, encontrou seus olhos. O olhar dela seguiu rapidamente para o corpo de Vaclav, e então de volta para o rosto de John. Ela deve ter compreendido a angústia nele, pois pela primeira vez desde que lhe tinha sido entregue ela sorriu, revelando os longos caninos brancos, claramente deliciada com o infortúnio dele.

John se levantou com dificuldade. A dor em seu coração não havia diminuído. Ele tinha que terminar sua tarefa rápido.

Atravessou o aposento cambaleante, fechou a porta que Vaclav tinha deixado aberta e a trancou. A única outra chave para aquele aposento estava no chão, em meio a uma poça do sangue de Vaclav que esfriava. John não seria mais perturbado.

John retomou seu trabalho, passando um dedo sobre o tubo de vidro que se estendia do sino em direção à sua escrivaninha. Examinou seu comprimento em busca de quaisquer novas falhas ou rachaduras, demorando-se.

Estou perto demais para cometer qualquer erro.

Na extremidade, o tubo se estreitava até uma minúscula abertura, pouco maior que uma agulha de costura, resultado do trabalho de um artesão no auge de seus poderes. John abriu as cortinas grossas, até que um raio de sol caiu sobre a pequena extremidade do tubo de vidro.

A dor aumentou em seu peito, imobilizando seu braço esquerdo ao lado de seu corpo. Naquele momento ele precisava de sua força, mas ela estava se esvaindo depressa demais.

Com a mão direita trêmula, ele pegou a pedra. Ela reluziu ao sol, linda e letal. John apertou os lábios para lutar contra a tonteira e usou um pequeno par de pinças de prata para retirar a lasca de osso de uma das pontas da pedra.

Seus joelhos tremiam, mas ele cerrou os dentes. Agora que a lasca tinha sido removida, precisava manter a pedra banhada na luz do sol. Mesmo uma sombra momentânea permitiria que a escuridão esfumaçada escapasse para o mundo maior.

Aquilo não deveria acontecer... pelo menos, não por enquanto.

A negritude se aplainou e se espalhou pelos lados de sua pequena prisão, em busca da pequena abertura, mas se deteve, claramente temerosa de se aventurar a sair na luz. O mal ali dentro devia de alguma forma ter percebido que a luz do sol não filtrada tinha o poder de matá-lo. Seu único refúgio permanecia dentro do coração verdejante do diamante.

Lentamente e com grande cuidado, John colocou o pequeno buraco escavado no diamante sobre a extremidade aberta do tubo. A luz do sol cobria ambos.

Então, apanhou uma vela acesa que repousava sobre o tampo manchado da escrivaninha e a ergueu sobre o diamante, deixando que a cera pingasse sobre a pedra e o tubo de vidro, garantindo a criação de uma vedação à prova de ar entre eles. Só então fechou a cortina e permitiu que a escuridão caísse sobre a pedra verde.

A luz de vela iluminou a massa escura que ainda se movia dentro do coração do diamante, ela rodopiou ali dentro, subindo lentamente pelos lados até a abertura. John prendeu a respiração, observando-a fluir ao longo da extremidade. A massa escura pareceu testar a vedação, e, só depois de descobrir que não havia nenhuma abertura para o laboratório, a escuridão fluiu pelo tubo de vidro. Ela seguiu o comprimento do tubo e continuou seu curso inexorável até onde o tubo acabava – no sino de vidro e na mulher dentro dele.

John sacudiu a cabeça grisalha. Embora outrora ela tivesse sido humana, não era mais uma *mulher*. Ele não deveria se permitir vê-la como tal. A criatura tinha se aquietado e estava parada imóvel no centro do sino. Seus olhos azuis luminosos o examinavam.

A pele dela brilhava branca como alabastro, seu cabelo como fios de ouro; ambos tinham um tom verde aguado através do vidro grosso. Mesmo assim era a criatura mais linda que ele jamais tinha visto. Ela colocou a palma da mão contra o vidro. A luz da vela tremeluziu sobre dedos longos adoráveis.

John atravessou o aposento e colocou a palma de sua mão sobre a dela. O vidro estava frio contra sua pele. Mesmo se não houvesse a dor e a fraqueza crescente, ele sempre soubera que aquela seria a sua última. Era a seiscentésima sexagésima sexta criatura a estar dentro daquele caixão. Sua morte completaria a tarefa dele.

Os lábios dela formaram uma única palavra, a mesma que Vaclav:
Por quê?
John não pôde explicar a ela, do mesmo modo que não pudera explicar a seu aprendiz morto.

Os olhos dela se voltaram para o negrume que deslizava cada vez para mais perto de sua prisão.

Como as outras, ela levantou a mão para a névoa maligna à medida que esta se espalhava para dentro de sua cela de vidro. Os lábios dela se moveram silenciosamente, o rosto adquirindo uma expressão de êxtase.

Nos primeiros anos, John sempre tinha sentido vergonha ao assistir àquela comunhão privada e sombria, mas aqueles sentimentos há muito já o haviam deixado. Ele se apoiou contra o vidro, tentando se aproximar o máximo possível. Até a dor em seu peito desapareceu enquanto assistia.

Dentro do sino a fumaça negra se aglutinou ao longo do interior da cela, formando uma névoa de minúsculas gotículas que choveu sobre a ocupante solitária. A umidade fluiu ao longo de seus dedos brancos e braços estendidos para cima. Ela atirou a cabeça para trás e gritou. Ele não precisou ouvir seu grito para reconhecer a postura de puro êxtase. Ela se ergueu sobre os dedos dos pés, os seios lançados para a frente, estremecendo enquanto as gotículas acariciavam seu corpo, tocando cada parte dela.

Ela estremeceu uma última vez, e então tombou sobre a parede lateral do sino, seu corpo caindo no fundo, agora sem vida.

A névoa pairou sobre seu corpo, esperando.

Está feito.

John se afastou do sino. Contornou o cadáver de Vaclav e seguiu apressado para a janela. Puxou as cortinas, abrindo-as completamente, o suficiente para permitir que o sol da manhã beijasse a parede lateral do sino. O corpo amaldiçoado da garota irrompeu em chamas dentro do sino, acrescentando sua fumaça imunda à névoa que esperava.

A névoa que esperava – agora alimentada e mais forte pela essência da garota – fugiu da luz do sol, retirando-se em direção ao único caminho escuro que restava: o tubo de vidro que seguia de volta para o diamante. Usando um espelho de mão de prata, ele refletiu a luz do sol ao longo do tubo, acossando e conduzindo a negritude amaldiçoada de volta para o coração esmeralda da pedra, para seu único local de refúgio naquele mundo iluminado pelo sol.

Depois que estava de novo totalmente aprisionada, John cuidadosamente quebrou a vedação de cera, liberando o diamante do tubo. Ele manteve a minúscula abertura sempre sob a luz enquanto a carregava para o pentagrama que havia desenhado no piso tanto tempo atrás. John colocou a pedra no meio, ainda sob a luz do sol.

Agora está tão perto...

Cuidadosamente John desenhou um círculo ao redor do pentagrama; enquanto o fazia, entoou orações. Sua vida estava quase acabada, mas finalmente realizaria o sonho de sua vida.

Abrir uma porta para o mundo angélico.

Mais de seiscentas vezes ele tinha desenhado aquele mesmo círculo, mais de seiscentas vezes tinha entoado as mesmas orações. Mas em seu coração sabia que dessa vez seria diferente. Recordou o verso do Apocalipse: *Aqui há sabedoria. Aquele que tem entendimento calcule o número da besta, pois é número de um homem. Seu número é seiscentos e sessenta e seis.*

– Seiscentos e sessenta e seis – repetiu.

Aquele era o número das criaturas que ele havia aprisionado no sino, o número das essências esfumaçadas que ele havia coletado enquanto morriam em chamas para o interior daquele único diamante. Tinha levado uma década para encontrar tantas, para aprisioná-las e capturar e recolher a essência maligna que animava aquelas criaturas amaldiçoadas. Agora essas mesmas energias abririam o portal para o mundo dos anjos.

John cobriu o rosto com as mãos, o corpo tremendo. Tinha tantas perguntas para os anjos. Nunca, desde os tempos relatados pelo Livro de Enoque, os anjos tinham vindo procurar o homem sem a ordem de Deus. Nunca desde então o homem tinha se beneficiado da sabedoria deles.

Mas eu trarei a luz deles para a Terra e a compartilharei com toda a humanidade.

Ele seguiu para a lareira e acendeu um longo círio. Depois o trouxe e andou ao redor do círculo, acendendo cinco velas posicionadas nos cantos do pentagrama. As chamas amarelas pareciam fracas e sem substância sob a luz do sol, tremulando sob a corrente de ar que vinha da janela.

Finalmente, fechou as cortinas, e a escuridão envolveu o aposento.

Ele correu de volta e se ajoelhou na borda do círculo.

Da pedra, fumaça negra fluía da minúscula abertura, movendo-se hesitantemente, talvez percebendo o mundo maior que ainda brilhava com o novo dia. Então pareceu ficar mais audaciosa, vindo rápido na direção de John como se para se apoderar dele, para fazê-lo pagar por seu longo tempo de prisão. Mas o círculo de sal a manteve a distância.

Ignorando a ameaça, a voz de John sibilava fazendo contraponto ao crepitar do fogo enquanto ele recitava as palavras na língua enoquiana, uma língua que há muito se considerava perdida para a humanidade.

– Eu te ordeno, Senhor das Trevas, que me mostres a luz que é o oposto de tuas sombras.

Dentro do círculo, a nuvem negra estremeceu uma vez, duas, se expandindo e se contraindo como um coração vivo. A cada batimento ela se tornava maior.

John uniu as mãos em prece diante de si.

– Protege-me, ó Senhor, enquanto contemplo a glória que criaste.

A escuridão se aglomerou numa forma oval grande o suficiente para um homem passar por ela.

Palavras sussurradas acariciaram o ouvido de John:

– Vinde a mim...

A voz se elevou do portal:

– Sirva-me...

John pegou uma vela que apagara do lado de seu joelho e a acendeu de um canto do pentagrama. Ele manteve a chama erguida ao alto, mais uma vez pedindo a proteção de Deus.

Um novo ruído o alcançou como se alguma coisa se movesse na parte mais distante do portal, acompanhada de um som alto de *retinir*, o clangor de metal contra metal.

As palavras voltaram, penetrando em sua mente:

– Dentre todos os mortais, só a ti encontrei que fosse merecedor.

John se levantou e deu um passo em direção ao círculo, mas seu pé roçou na mão estendida de Vaclav. Ele se deteve, subitamente percebendo o quanto indigno era de aspirar a tamanha glória.

Eu matei um inocente.

Sua confissão silenciosa foi ouvida.

– A grandeza tem o seu preço – foi-lhe garantido. – Poucos estão preparados para pagá-lo, tu és diferente dos outros, John Dee.

Ele tremeu ao ouvir aquelas novas palavras, especialmente as duas últimas.

Meu nome é conhecido, foi dito por um anjo.

Ele hesitou entre o orgulho e o temor, o aposento girando como se estivesse bêbado. A vela caiu de seus dedos, ainda acesa, rolou para dentro do círculo, e então através do portal para lançar sua luz sobre o que havia oculto do outro lado.

John ficou boquiaberto diante de uma figura de incrível majestade sentada em um trono de ébano reluzente. A luz de vela refletia em olhos negros como petróleo, em um rosto de severa beleza, cada plano aparentemente esculpido em ônix. Acima daquele semblante repousava uma coroa quebrada de prata, sua superfície manchada de preto, as pontas recortadas parecendo chifres. Para além dos ombros largos erguiam-se asas poderosas, cujas penas eram escuras e reluzentes como as de um corvo. Elas se curvavam altas, protegendo a forma do corpo nu dentro de seu abraço.

A figura se moveu para a frente, fazendo as correntes de prata manchada que encerravam seu corpo perfeito, prendendo-o ao trono, se moverem.

John soube para quem estava olhando.

– Tu não és um anjo – sussurrou.

– Eu sou... e sempre fui. – Embora aquela voz suave lhe enchesse a cabeça, os lábios não se moviam. – Tuas palavras me invocaram. O que mais eu poderia ser?

A dúvida adejou no coração de John, acompanhada por uma dor crescente. Ele estivera errado. A escuridão não havia invocado a luz – em vez disso, havia invocado a escuridão.

Enquanto ele olhava fixamente horrorizado, um elo da corrente se despedaçou do corpo da criatura. Prata nova reluziu na borda rompida. A criatura estava se libertando.

Aquela visão pôs fim ao transe de John. Ele se afastou do círculo e cambaleou em direção à janela. Não podia deixar que aquela criatura das trevas entrasse no mundo.

– Pare...

Aquela única palavra de comando causou uma pontada lancinante de dor em sua cabeça. Ele não conseguia pensar, mal conseguia se mover, mas se obrigou a avançar. Agarrou a cortina grossa e puxou com toda a sua força.

O veludo se rasgou.

A luz do sol inundou o laboratório, brilhando sobre o sino, o círculo e, finalmente, o portal das trevas. Um grito penetrante se elevou atrás dele, enchendo seu crânio até explodir.

Era demais.

Mas foi o suficiente.

Enquanto John Dee tombava frouxo no chão, sua última visão foi a escuridão fugindo de novo da luz do sol, retirando-se para seu local de refúgio dentro da pedra. Ele ofereceu uma derradeira prece ao mundo enquanto o deixava:

Que ninguém encontre essa maldita pedra...

Ao meio-dia, soldados despedaçaram a porta do laboratório com um aríete. Os homens caíram de joelhos enquanto o imperador em pessoa passava por eles.

– Não levantem o rosto do chão – ordenou.

Os soldados obedeceram sem questionar.

O imperador Rudolf II passou por seus corpos prostrados, observando o pentagrama, as poças de cera e os dois corpos dos homens mortos no chão – o alquimista e seu jovem aprendiz.

Rudolf sabia o que a morte deles significava.

John Dee havia fracassado.

Sem dar aos cadáveres um segundo olhar, Rudolf entrou no círculo místico e recuperou seu precioso diamante do centro. Uma massa negra estremecia odiosamente dentro de seu coração verde-folha. Uma fúria fria emanava da pedra e arranhou a mente de Rudolf, mas não pôde fazer mais que isso. O que quer que ele tivesse feito, John Dee tinha contido o mal.

Mantendo a pedra reluzente na luz do sol, Rudolf fechou a abertura com a lasca de osso que jazia abandonada no canto da escrivaninha, translúcida como um floco de neve, mas ainda tão poderosa. Acendeu uma vela e selou o osso ao diamante usando gotas de sebo, que queimaram seus dedos.

Feito isso, ele se sentou na cadeira gasta. Com movimentos cuidadosos, cobriu a pedra verde luminosa e a escuridão que continha com um novo oleado. Depois amarrou o embrulho e o baixou para dentro de um caldeirão de sebo quente que Dee sempre mantinha junto da lareira. Rudolf submergiu o embrulho para se certificar de que a cera vedasse cada pedacinho.

Ele lançou um olhar para os homens no corredor. Eles se mantinham como havia ordenado: de rosto pressionado contra o chão. Satisfeito de que não estava sendo observado, abriu o compartimento secreto na lareira e enfiou o objeto maldito dentro dele. Usando a língua enoquiana, sussurrou uma prece rápida de proteção antes de fechar a porta secreta.

Por ora, o mal estava escondido.

O cansaço tornava pesados os membros de seu corpo. Fazia muito tempo desde que havia apreciado um verdadeiro descanso, e também não encontraria nenhum naquele dia. Com um suspiro, deixou-se cair de novo na cadeira de madeira ao lado da escrivaninha de Dee e pegou um pedaço de pergaminho de uma pilha desarrumada. Rudolf mergulhou uma pena em um tinteiro de prata e começou a escrever no alfabeto enoquiano. Poucos tinham aprendido os segredos da língua.

Quando acabou, o imperador dobrou o papel duas vezes, o selou com cera negra e pressionou o brasão de seu anel no líquido quente. Um homem de confiança partiria a cavalo imediatamente para entregá-lo.

O imperador procurava ajuda.

Precisava do conselho da única pessoa que havia mergulhado tão profundamente quanto Dee no mundo de luz e escuridão dos anjos. Ele olhou fixamente para os corpos caídos no chão, rezando para que ela pudesse desfazer o estrago criado ali.

Ele levantou o bilhete escrito apressadamente. A luz do sol brilhou contra as letras negras do nome famoso dela:

Condessa Elisabeta Bathory de Ecsed

PARTE I

Pois Jesus lhe tinha dito: "Saia desse homem, espírito imundo!"
Então Jesus lhe perguntou: "Qual é o seu nome?"
"Meu nome é Legião", respondeu ele, "porque somos muitos."

– Marcos 5:8-9 {EPIS}

1

17 de março, 16:07 horário da Europa Central
Cidade do Vaticano

Não seja capturada.

Essa advertência manteve todos os músculos tensos enquanto a dra. Erin Granger se agachava atrás de um gabinete de catálogo de fichas no centro da sala de leitura da Biblioteca Apostólica do Vaticano. Afrescos requintados decoravam a superfície branca do teto arqueado que pendia muito alto acima de sua cabeça. Prateleiras dos livros mais raros do mundo se estendiam de ambos os lados dela. A biblioteca continha setenta e cinco mil manuscritos e mais de um milhão de livros. Normalmente, como arqueóloga, aquele era exatamente o tipo de lugar onde teria adorado passar horas e dias, mas recentemente tinha se tornado mais uma prisão do que um local de descobertas.

Hoje eu preciso escapar disso.

Ela não estava sozinha naquela trama. Seu cúmplice era o padre Christian. Ele estava ao lado dela, bem à vista, silenciosamente instando-a a se apressar com acenos furtivos da mão. Ele parecia ser um jovem padre, alto, com cabelo castanho-escuro e os olhos verdes mais penetrantes, as maçãs do rosto definidas, a pele imaculada. Poderia facilmente ser confundido com um jovem no final da casa dos vinte anos, mas era décadas mais velho que isso. Outrora tinha sido um monstro, um antigo *strigoi*, uma criatura que havia sobrevivido à base de sangue humano. Mas há muito tempo havia entrado para a Ordem dos Sanguíneos e feito o voto de viver eternamente do sangue de Cristo. Agora era um sanguinista e um dos poucos em que Erin confiava implicitamente.

De modo que ela acreditou em sua palavra com relação àquela desconhecida ao seu lado.

A jovem freira, irmã Margaret, estava escondida ao lado de Erin atrás do balcão. Ela respirava pesadamente, lutando para despir o hábito escuro, sua touca já no chão entre elas. Pela transpiração na testa da mulher ela era humana. Erin jurava que conseguia ouvir o bater desenfreado do coração da freira. Provavelmente tão acelerado quanto o dela.

– Tome – disse Margaret, sacudindo e soltando seus longos cabelos louros, atraindo o olhar de Erin com seus olhos cor de âmbar escuro. A irmã Margaret tinha mais ou menos o mesmo corpo, altura e tom de pele de Erin, e aquilo a tornava essencial para o plano deles.

Erin enfiou o hábito de Margaret pela cabeça. A sarja preta áspera lhe arranhou as faces. O tecido tinha cheiro de recém-lavado. Ela ajeitou a veste sobre seu corpo e a alisou nos quadris o melhor que pôde enquanto se mantinha ainda agachada, Margaret ajudou a posicionar a touca e o véu brancos sobre a cabeça de Erin, ajustando-os ao redor de suas faces para esconder o cabelo louro, enfiando para dentro algumas mechas soltas.

Depois que terminou, a freira se inclinou para trás nos calcanhares, avaliando o disfarce de Erin com olhos críticos.

– O que você acha? – perguntou Christian pelo canto da boca, apoiando um braço no gabinete de catálogo de fichas para esconder melhor as ações deles.

Margaret balançou a cabeça, satisfeita. Erin agora parecia ser uma freira comum, praticamente anônima na Cidade do Vaticano, onde havia apenas turistas e padres em número maior do que freiras em seus hábitos.

Para concluir o subterfúgio, Margaret enfiou um cordão preto, que trazia uma grande cruz de prata, sobre a cabeça de Erin e lhe entregou uma aliança de prata. Erin enfiou a aliança cálida no dedo anular, dando-se conta de que nunca tinha usado um anel naquele dedo.

Trinta e dois anos e nunca me casei.

Ela sabia como seu pai, há muito tempo falecido, teria ficado horrorizado com tal perspectiva para sua filha. Ele havia pregado ardorosamente que a obrigação mais elevada de uma mulher era criar bebês que servissem a Deus. É claro, ele teria ficado igualmente mortificado se soubesse que ela havia frequentado uma escola laica, obtido um Ph.D. em arqueologia e passado os últimos dez anos provando que grande parte da história registrada na Bíblia era inteiramente desprovida de origens miraculosas. Se ele já não a tivesse expulsado por ter fugido do complexo religioso onde vivia quando era adolescente, agora a teria amaldiçoado. Mas ela já tinha feito as pazes com aquilo.

Alguns meses antes, uma visão da história secreta do mundo tinha sido oferecida a Erin, uma visão de um mundo que não era explicado pelos livros que ela havia estudado na escola ou pela ciência, que era a fundação de sua fé pessoal. Havia conhecido seu primeiro sanguinista – a prova viva de que monstros existiam e de que a devoção à Igreja podia domesticá-los.

Apesar disso, uma grande parte dela permanecia sendo a mesma pessoa cética, que ainda questionava tudo. Embora pudesse ter aceitado a existência de *strigois*, isso tinha sido apenas depois que ela vira a ferocidade deles e examinado seus dentes afiados. Ela só confiava naquilo que podia verificar pessoalmente, o que era o motivo por que havia insistido no plano atual para começar.

Margaret puxou seu cabelo louro para trás e prendeu num rabo de cavalo como Erin geralmente usava. Por baixo do hábito, a freira já estava vestindo um velho jeans de Erin e uma de suas camisas de algodão branco. De longe, ela podia se passar por Erin.

Ou pelo menos espero que sim.

Ambas se viraram para Christian para sua aprovação final. Ele fez o sinal de polegar para cima, então se inclinou para sussurrar no ouvido de Erin:

– Erin, o perigo que a espera adiante é real. O lugar onde você pretende entrar é proibido. Se for apanhada...

Ele entregou a ela um mapa dobrado e uma chave. Ela tentou tirá-los da mão dele, mas Christian os segurou firmemente.

– Estou disposto a ir com você – disse ele, os olhos brilhando de preocupação. – Diga apenas uma palavra.

– Mas você não pode – retrucou ela. – Sabe disso.

Erin lançou um olhar para Margaret. Para que aquele subterfúgio funcionasse, Christian tinha que ficar na biblioteca. Ele tinha sido designado para ser o guarda-costas de Erin. E por justo motivo. Ultimamente, o número de ataques de *strigois* por toda a área de Roma estava em escalada. Alguma coisa havia atiçado os monstros. E não apenas ali. Relatos vindos do mundo inteiro indicavam uma alteração no equilíbrio entre a luz e a escuridão.

Mas o que estava causando aquela mudança?

Erin tinha suas suspeitas, mas queria confirmação antes de revelá-las, e a invasão daquele dia poderia lhe dar as respostas de que precisava.

– Tenha cuidado – disse Christian finalmente, soltando o mapa e a chave. Então ele segurou a mão de Margaret e a ajudou a se levantar. Esperava-se que todo mundo presumisse que a mulher loura ao lado de Christian fosse Erin, mantendo sua ausência despercebida.

– Seu sangue – sussurrou Erin. Ela precisaria daquele último item tanto quanto precisaria da chave.

Christian fez um ligeiro gesto de assentimento e lhe passou um frasco de vidro tampado que continha alguns mililitros de seu sangue negro. Ela colocou o frasco frio em seu outro bolso, ao lado de uma pequena lanterna.

Christian tocou em sua cruz peitoral e sussurrou:

– Vá e acabe com eles.

Então ele conduziu a irmã Margaret, que estava saindo de trás do gabinete de fichas, em direção à mesa onde Erin tinha deixado sua mochila e bloco de anotações. Ela olhou fixamente para a mochila, detestando deixá-la para trás. Dentro dela, em um estojo especial, estava um tomo mais precioso do que toda a quantidade de volumes guardados nos arquivos secretos do Vaticano.

Ele continha o Evangelho de Sangue.

O livro de profecias havia sido escrito por Cristo, redigido com Seu sangue sagrado. Apenas algumas páginas daquele livro tinham se revelado. Ela visualizou as linhas ardentes se inscrevendo e adquirindo vida naquelas antiquíssimas páginas em branco. Eram as estrofes de profecias enigmáticas. Algumas já tinham sido decifradas; outras ainda permaneciam sendo um mistério a ser solucionado. Mas ainda mais intrigantes eram as centenas de páginas em branco que ainda não tinham revelado seu conteúdo oculto. Havia rumores de que aqueles segredos perdidos poderiam conter toda a sabedoria do universo, de Deus, do significado da existência e do que existia além.

Naquele momento Erin percebeu sua boca ficando ainda mais seca diante da ideia de abandonar tamanha fonte de conhecimento. O orgulho também percorreu seu corpo por saber que aquele conhecimento era destinado a ela. Nas areias do deserto do Egito, o livro tinha sido vinculado a ela. Suas palavras só poderiam ser lidas se tivesse o livro em suas mãos. Assim, até aquele momento, ela o tinha trazido consigo por toda parte, nunca perdendo-o de vista.

Mas agora tinha que fazê-lo.

Freiras não andam de mochila, de modo que, para seu disfarce funcionar, ela teria que deixar o tomo precioso nas mãos competentes de Christian.

E quanto antes eu acabar de fazer o que preciso, mais rápido poderei voltar.

Essa constatação a impeliu a se pôr de pé. Tinha muito caminho pela frente e, se não voltasse ao anoitecer, quando a biblioteca fechava, todos eles seriam apanhados. Afastando esse pensamento de sua mente, ela manteve as costas inclinadas para a frente, de modo que ninguém pudesse ver seu rosto. Erin respirou fundo e saiu de trás do gabinete de catálogo e entrou no murmúrio suave da biblioteca.

Ninguém pareceu lhe dar nenhuma atenção especial enquanto caminhava lentamente em direção à porta da frente. Ela se obrigou a se manter calma. Sanguinistas tinham sentidos tão aguçados que podiam ouvir os batimentos do coração de um ser humano. Eles poderiam se perguntar por que uma freira que andava pela biblioteca tranquila estava com o coração disparado.

Erin passou por fileiras de prateleiras e estudiosos sentados a mesas bem enceradas de madeira ao lado de pilhas de livros. Muitos daqueles estudiosos haviam esperado anos para vir àquele lugar. Estavam reverentemente debruçados sobre seus trabalhos, tão devotos quanto qualquer padre. Tinha havido uma época em que ela não havia sido em nada diferente deles – até que havia descoberto um veio alternativo e mais profundo da história. Textos bem conhecidos e caminhos familiares não a satisfaziam mais.

E era melhor que fosse assim. Métodos e caminhos de pesquisa comuns como aqueles não estavam mais abertos para ela. Recentemente tinha sido demitida de seu cargo na Universidade de Stanford, depois da morte de uma aluna numa escavação em Israel. Erin sabia que devia estar se preparando para o futuro, se preocupando com sua carreira de longo prazo, mas nada daquilo importava. Se ela e os outros não tivessem sucesso, ninguém teria um futuro com que se preocupar.

Empurrou e abriu a porta pesada da biblioteca e saiu para uma linda e ensolarada tarde italiana. Sentir o sol de primavera no rosto foi delicioso, mas ela não tinha tempo para se deter para apreciá-lo. Erin acelerou o passo, apressando-se em atravessar a Cidade Santa em direção à basílica de São Pedro. Havia turistas por toda parte consultando mapas e apontando.

Eles a obrigaram a andar mais devagar, mas finalmente chegou à grandiosa e imponente basílica. O edifício simbolizava o poder papal, e ninguém olhando para ele podia deixar de reconhecer sua força e grandiosidade. Mesmo conhecendo seu propósito severo, a beleza de sua fachada e seus domos maciços sempre a enchiam de admiração.

Ela se dirigiu direto para as portas gigantes e passou sem ser detida entre colunas de mármore tão altas que abarcavam dois andares. Enquanto caminhava pelo átrio e entrava na nave da basílica maciça, lançou um olhar para a *Pietà* de Michelangelo, à sua direita, uma escultura cheia de sofrimento de Maria com o corpo de seu filho morto no colo. Aquilo serviu como um lembrete e apressou os passos de Erin.

Muitas outras mães estarão chorando por seus filhos perdidos se eu fracassar.

Apesar disso, ela não tinha ideia *do que* estava fazendo. Durante os últimos dois meses tinha vasculhado a Biblioteca do Vaticano, em busca da verdade por trás da última profecia do Evangelho de Sangue: *Juntos os membros do trio deverão enfrentar sua última missão. Os grilhões de Lúcifer foram afrouxados e seu Cálice permanece perdido. Será preciso a luz de todos os três para forjar novamente o Cálice e bani-lo outra vez para a escuridão eterna.*

A parte cética de Erin – aquela parte que lutava com a verdade sobre *strigoi* e anjos e milagres acontecendo diante de seus olhos – se perguntava se a missão era sequer possível.

Forjar de novo um cálice antiquíssimo antes que Lúcifer se libertasse e fugisse do Inferno?

Aquilo parecia mais um mito da Antiguidade do que um ato a ser realizado em tempos modernos.

Mas ela era um dos membros do trio profético a que o Evangelho de Sangue fazia referência. Os indivíduos consistiam no *Cavaleiro de Cristo*, no *Guerreiro do Homem* e na *Mulher de Saber*. E, uma vez que ela era aquela mulher de saber, supunha-se que era o dever de Erin descobrir a verdade por trás daquelas palavras crípticas.

Os outros dois membros do trio esperavam pela solução dela, se mantendo ocupados com suas tarefas enquanto ela trabalhava nas bibliotecas do Vaticano tentando encontrar respostas. Nenhum deles estava em Roma no momento, e Erin sentia saudades de ambos, querendo tê-los ao seu lado, quanto mais não fosse, para servir como caixa de ressonância para suas múltiplas teorias.

É claro, era mais que isso com o sargento Jordan Stone – o Guerreiro do Homem. Nos poucos breves meses desde que tinham se conhecido, ela havia se apaixonado pelo soldado duro e bonitão, com seus olhos azuis penetrantes, humor descontraído e rigoroso sentido de dever. Ele era capaz de fazê-la rir nos momentos mais estressantes e tinha lhe salvado a vida incontáveis vezes.

De modo que o que havia para não amar?

Não amo o fato de que você não esteja aqui.

Esse era um pensamento egoísta, mas também era verdadeiro.

Durante as últimas semanas ele tinha começado a se afastar dela e de tudo o mais. Inicialmente Erin pensou que ele pudesse estar aborrecido talvez por ter sido removido de seu trabalho regular no exército e designado para servir com os sanguinistas contra sua vontade. Mas, ultimamente, ela havia começado a suspeitar que a distância dele viesse de alguma coisa mais profunda, e que ela o estivesse perdendo.

As dúvidas a infernizavam.

Talvez ele não queira o mesmo tipo de relacionamento que eu quero...

Talvez eu não seja a mulher certa para ele...

Ela detestava sequer pensar a respeito daquilo.

O terceiro membro do trio, o padre Rhun Korza, era ainda mais problemático. O Cavaleiro de Cristo era um sanguinista. Erin tinha acabado por respeitar seu forte código moral, sua incrível habilidade para o combate e sua dedicação à Igreja, mas também o temia. Pouco depois de eles terem se conhecido, ele havia bebido seu sangue em um momento de extrema necessidade, quase matando-a nos túneis escuros nos subterrâneos de Roma. Mesmo agora, caminhando pela igreja de São Pedro, ela podia se lembrar facilmente de seus dentes afiados penetrando em sua garganta, o estranho êxtase daquele momento, selando para sempre o ato como ao mesmo tempo erótico e perturbador. A lembrança a assustava e a fascinava na mesma medida.

De modo que, por ora, os dois continuavam sendo colegas muito unidos, embora uma desconfiança pairasse entre eles, como se ambos soubessem que aquela linha que tinha sido cruzada naqueles túneis nunca poderia ser totalmente apagada.

Talvez seja por isso que Rhun tenha desaparecido de Roma nos últimos meses.

Ela suspirou, de novo desejando que ambos estivessem ali, mas sabendo que a tarefa que tinha diante de si era só dela. E era uma tarefa gigantesca. Se o trio devia reforjar o chamado *Cálice de Lúcifer*, ela tinha que descobrir alguma pista com relação à natureza do cálice profético. Erin havia revistado os arquivos do Vaticano: de suas criptas subterrâneas mofadas pelo tempo às prateleiras nas alturas na *Torre dei Venti*, a Torre dos Ventos, cujos degraus Galileu em pessoa um dia havia subido. Mas, apesar de todo o seu estudo, até o momento continuava de mãos vazias. Restava apenas uma última biblioteca para ela explorar, uma coleção proibida para qualquer pessoa cujo coração batesse.

A *Bibliotheca dei Sanguines*.

A biblioteca privada da Ordem dos Sanguíneos.

Mas primeiro eu tenho que entrar lá.

A biblioteca ficava enterrada muito abaixo da basílica de São Pedro, em um túnel restrito à Ordem dos Sanguíneos, àqueles *strigoi* que fizeram o voto de servir à Igreja, que tinham abandonado o consumo de sangue humano para sobreviver apenas do sangue de Cristo – ou, mais precisamente, *vinho* transubstanciado pela bênção e a prece naquela essência sagrada.

Ela andou mais rápido atravessando a vasta basílica, notando que guardas suíços adicionais tinham sido postados ali. A cidade-Estado estava em alerta máximo por causa do aumento de ataques de *strigoi*. Mesmo com o nariz enterrado em livros, tinha ouvido histórias de que os monstros envolvidos naqueles assassinatos eram, de alguma forma, mais fortes, mais rápidos e mais difíceis de matar.

Mas por quê?

Aquele era outro mistério cuja solução poderia ser encontrada naquela biblioteca secreta.

Ao longo dos últimos meses, ela lera milhares de rolos de papiro, pergaminhos antiquíssimos empoeirados e tabuletas de argila entalhadas. Os textos eram registrados em muitas línguas, escritos por muitas mãos, mas nenhum deles tinha as informações de que ela precisava.

Isto é, até dois dias atrás...

Na Torre dos Ventos, ela havia descoberto um mapa antigo escondido entre as páginas de um exemplar do Livro de Enoque. Ela tinha procurado aquele antigo texto judaico – um livro que se dizia ter sido escrito pelo avô de Noé – porque dizia-se que a obra tratava de anjos caídos e de sua descendência híbrida, conhecida como os Nephilim. Fora Lúcifer quem tinha liderado aqueles anjos caídos durante a guerra do céu. No final, ele tinha sido derrotado por ter contestado o plano divino de Deus para a humanidade.

Mas, ao abrir aquele volume antiquíssimo na Torre dos Ventos, um mapa havia caído do meio das páginas. Tinha sido desenhado em tinta preta forte em um pedaço de papel amarelado anotado por uma mão de escrita medieval floreada e mostrava outra biblioteca na Cidade do Vaticano, uma mais antiga do que todas as outras.

Fora a primeira vez que ela tinha ouvido falar daquela biblioteca secreta.

De acordo com o mapa, parecia que aquela coleção estava escondida dentro do Santuário, a coelheira de túneis e aposentos abaixo da basílica de São Pedro onde alguns sanguinistas moravam. Naqueles túneis antigos os sanguinistas se reuniam para passar incontáveis anos de suas vidas imortais em silenciosa contemplação e prece, distantes dos problemas do mundo ensolarado a centenas de metros acima. Alguns tinham vivido naqueles corredores por séculos, alimentados apenas por meros goles de vinho consagrado. Todo dia padres traziam vinho para suas formas silenciosas, oferecendo cálices de prata para seus lábios pálidos. Eles só buscavam a paz, e o acesso aos túneis era cuidadosamente controlado.

De acordo com o mapa em seu bolso, o Santuário continha os arquivos mais antigos do Vaticano. Ela havia consultado Christian sobre aquele lugar, descobrindo que a maioria dos documentos ali havia sido escrita por sanguinistas imortais que viveram os eventos do mundo antigo. Alguns tinham conhecido o próprio Cristo. Outros tinham sido velhos mesmo antes daquela época, convertidos à Ordem depois de centenas de anos de selvageria como *strigoi* ferais.

Embora o Santuário fosse proibido para humanos, Erin estivera lá uma vez antes, acompanhada por Rhun e Jordan. O trio tinha trazido o Evangelho de Sangue para o santuário mais secreto dos sanguinistas, para que ele recebesse a bênção do fundador da Ordem dos Sanguíneos, uma figura conhecida como o Ressuscitado. Mas ela havia descoberto que ele tinha um nome mais significativo para a história bíblica.

Lázaro.

Ele fora o primeiro *strigoi* que Cristo havia ordenado a Seu serviço.

Depois de descobrir a existência daquela biblioteca, Erin havia confrontado o atual chefe da Ordem em Roma, o cardeal Bernard. Tinha pedido permissão para entrar na biblioteca, a fim de continuar sua linha de pesquisa, mas havia sido redondamente rejeitada. O cardeal tinha sido firme, dizendo que nenhum ser humano jamais tivera permissão para cruzar seus umbrais. Ele também lhe assegurara que a biblioteca só continha informações sobre a própria Ordem, nada que fosse ajudar sua missão.

Erin não tinha ficado surpreendida com a reação do cardeal. Bernard tratava o conhecimento como um tesouro poderoso para ser guardado trancado.

Ela havia tentado usar seu trunfo.

– O próprio Evangelho de Sangue me ungiu como a Mulher de Saber – havia recordado a Bernard, citando a recente profecia revelada no deserto. *"A Mulher de Saber agora está ligada ao livro e ninguém pode separá-lo dela."*

Mesmo assim ele se recusara a ceder.

– Eu li profunda e amplamente as obras daquela biblioteca. Ninguém no Santuário jamais caminhou ao lado de Lúcifer e seus anjos caídos. As histórias da Queda foram escritas muito depois de ela ter acontecido. De modo que não resta nenhum relato de primeira mão de como ou onde Lúcifer caiu, onde ele está aprisionado ou como os grilhões que o prendem em eterna escuridão foram forjados ou poderiam ser refeitos. Seria uma perda de tempo pesquisar aquela biblioteca, mesmo se não fosse proibido.

Enquanto ela encarava furiosa os duros olhos castanhos de Bernard, havia se dado conta de que ele não violaria aquelas regras antigas. Aquilo significava que teria que encontrar seu próprio caminho para chegar lá.

Erin examinou os últimos metros da basílica, na direção de uma estátua de São Tomé – o apóstolo que duvidava de tudo até que lhe fosse apresentada uma prova. Ela sorriu suavemente, apesar de seu nervosismo.

Aí está um apóstolo que me encanta.

Prosseguiu andando em direção à estátua. Abaixo dos dedos de seus pés havia uma pequena porta. Normalmente não era vigiada, mas ao fazer a curva para seguir até lá descobriu um guarda suíço de pé diante do umbral, meio escondido dentro da alcova da porta. Ela sabia a quem devia atribuir a culpa por aquela novidade.

Maldito seja, Bernard.

O cardeal devia ter postado um guarda ali depois da conversa acalorada deles, desconfiando de que ela poderia tentar penetrar no subterrâneo por conta própria.

Erin buscou uma solução – e a descobriu nas mãos de uma garotinha a alguns passos de distância. A criança parecia ter oito ou nove anos, e estar entediada, arrastando os pés pelas lajes de mármore de trabalho floreado. Ela rolava uma bola de tênis de cor verde forte entre as palmas das mãos. Seus pais andavam devagar vários metros adiante dela, conversando animadamente.

Movendo-se rapidamente, Erin chegou perto da garota.

– Olá.

A garota olhou para cima, seus olhos azuis se estreitando com desconfiança. Sardas cobriam seu nariz, e o cabelo ruivo estava preso em duas tranças.

– Olá – disse a garota relutantemente em inglês, como se soubesse que tinha que responder a freiras.

– Você poderia me emprestar sua bola?

Protetoramente a garota escondeu a bola nas costas.

Tudo bem, nova tática.

Erin levantou uma mão, revelando uma nota de cinco euros nos dedos.

– Então talvez eu possa comprá-la?

Os olhos da criança se arregalaram, encarando fixamente a tentação – então estendeu a bola felpuda para ela, fazendo a transação, enquanto olhava discretamente para as costas de seus pais.

Quando o negócio foi concluído, Erin esperou até que a criança tivesse se afastado, se juntando a sua mãe e seu pai. Então ela atirou a bola dissimuladamente em um longo arco através da nave, em direção a uma aglomeração cerrada de pessoas vários metros além do guarda. A bola acertou um homem de sobretudo cinza na parte de trás da cabeça.

O homem gritou, praguejando em italiano, causando uma comoção que ecoou pelo vasto espaço. Como ela havia esperado, o guarda suíço se afastou da porta para ir verificar.

Erin usou a distração para avançar depressa e enfiar a chave que Christian tinha lhe dado na tranca. Pelo menos a chave mostrou estar bem oleada enquanto ela abria a porta. Depois de passar, ela fechou a porta e a trancou usando apenas o tato, seu coração disparado no peito.

Colocou a palma da mão contra a porta, a preocupação crescendo em seu íntimo. *Como vou poder sair sem ser vista?*

Mas sabia que era tarde demais para aquele tipo de pergunta.

Só existia um caminho aberto para ela.

Erin acendeu a lanterna e examinou o espaço que a cercava. Um longo túnel se estendia diante dela. O teto arredondado parecia ter dois metros e setenta de altura, e as paredes se curvavam para dentro. Ao lado da porta uma mesa empoeirada de carvalho tinha velas de cera de abelha e caixas de fósforos. Ela pegou algumas de cada, mas não as acendeu. Seriam uma boa reserva caso a bateria de sua lanterna falhasse.

Ela tirou o mapa do bolso. No verso, Christian tinha desenhado um esquema dos túneis que conduziam a descida até o Santuário. Sabendo que não havia mais volta, ela franziu e segurou a saia pesada e se pôs em marcha. Tinha pelo menos um quilômetro e meio para cobrir antes de chegar ao portão do Santuário.

A luz de sua lanterna oscilou para cima e para baixo enquanto se apressava, seu facho estreito de luz se movia à frente dela, revelando bocas de túneis secundários. Ela as contou baixinho.

Uma curva errada, e eu poderia ficar perdida aqui neste labirinto durante dias.

O temor a fez se mover mais depressa enquanto descia escadas estreitas e atravessava o labirinto de túneis. O minúsculo frasco de sangue de Christian batia contra a sua coxa, recordando-a de que o preço do conhecimento às vezes era sangue. Aquela era uma mensagem que lhe tinha sido inculcada desde criança, que fora tornada duramente real quando seu pai havia descoberto um livro escondido debaixo de seu colchão. A voz áspera de seu pai ecoou em seus ouvidos, levando-a ao passado:

– *O que aconteceu a Eva quando ela comeu da árvore do conhecimento? – perguntara seu pai, agigantando-se acima da versão de nove anos de Erin, suas mãos fortes de fazendeiro cerradas em punhos ao lado do corpo.*

Ela não tinha certeza se devia responder àquela pergunta e decidiu ficar em silêncio. Ele sempre ficava mais furioso com as coisas que ela dizia do que quando ela ficava de boca fechada.

O livro – O almanaque do fazendeiro – estava aberto no piso de tacos bem varrido, a luz do abajur brilhando sobre suas páginas de cor creme. Até aquele dia ela só tinha lido a Bíblia, porque seu pai dizia que continha todo o conhecimento de que ela jamais precisaria.

Mas nas páginas do almanaque ela havia descoberto novos conhecimentos: quando plantar as sementes, quando colher as safras, as datas das fases da lua. O livro até continha algumas piadas, que tinham acabado por levar à sua derrubada. Ela rira alto demais e tinha sido descoberta, sentada de pernas cruzadas debaixo de sua escrivaninha, lendo.

– O que aconteceu com Eva? – ele a pressionou, sua voz baixa e perigosa.

Ela decidiu tentar se proteger com citações da Bíblia, mantendo uma atitude tímida:

– "Então foram abertos os olhos de ambos, e souberam que estavam nus."

– E qual foi a punição?

– "Multiplicarei grandemente a tua dor, e a tua conceição; com dor darás à luz filhos."

– E essa é a lição que você vai aprender pela minha mão.

O pai dela a havia obrigado a escolher um galho de salgueiro e ordenara que se ajoelhasse diante dele. Obediente, ela havia se ajoelhado no piso limpo de sua mãe e levantara o vestido, tirando-o pela cabeça. A mãe tinha feito o vestido para ela, e Erin não queria que ficasse sujo. Ela o dobrou cuidadosamente e o colocou no piso ao seu lado. Então agarrou os joelhos frios e esperou pelos golpes.

Ele sempre a fazia esperar um longo tempo pelo primeiro golpe, como se soubesse que a antecipação da dor era quase tão dolorosa quanto a pancada em si. As costas de Erin se arrepiaram. Pelo canto do olho ela viu o almanaque, e não se arrependeu.

A primeira pancada estalou sobre sua pele e ela mordeu o lábio para se impedir de gritar. Se gritasse, ele bateria ainda mais. Ele golpeou as costas dela com o galho até o sangue escorrer e encharcar sua roupa de baixo. Mais tarde ela teria que limpar os respingos vermelhos de sangue das paredes e do chão. Mas primeiro tinha que suportar as varadas, esperando até que seu pai decidisse que ela havia derramado sangue suficiente.

Erin estremeceu diante daquela lembrança, os túneis escuros de alguma forma tornando-a mais real. Mesmo naquele momento sentiu pontadas nas costas, como se recordando a dor antiga e a lição aprendida.

O preço do conhecimento era sangue e dor.

Antes mesmo que suas costas cicatrizassem, ela tinha voltado ao escritório de seu pai e lido o resto do almanaque em segredo. Uma seção contivera uma previsão do tempo. Por um ano ela a havia checado para ver se os autores sabiam o que o tempo faria, e eles com frequência tinham estado errados.

E então ela tinha se dado conta de que coisas em livros podiam estar *erradas*.

Até na Bíblia.
Naquela época, o medo da punição não a detivera.
E não me deterá agora.
Os seus pés martelavam o piso de pedra, fazendo-a avançar, até que chegou à porta do Santuário. Não era a entrada principal para o território deles, e sim uma entrada dos fundos raramente usada, que se abria não muito longe da biblioteca. Aquele portal parecia uma parede nua com uma pequena alcova que continha uma pia de pedra, não muito diferente de uma pequena tigela ou caneca.
Ela sabia o que deveria fazer.
O portão secreto só podia ser aberto pelo sangue de um sanguinista.
Erin enfiou a mão no bolso e retirou o frasco de vidro de Christian. Ela examinou o sangue dentro dele. O sangue de sanguinistas era mais grosso e mais escuro que o de qualquer ser humano. Podia se mover por vontade própria, fluindo através das veias sem a necessidade de um coração batendo. Aquilo era quase tudo que ela sabia sobre a essência que sustentava tanto os sanguinistas quanto os *strigoi*, mas subitamente queria saber mais, descobrir os segredos daquele sangue.
Mas não agora.
Ela esvaziou o conteúdo escuro do frasco na bacia de pedra, enquanto dizia palavras em latim:
– Pois este é o Cálice de meu Sangue, do novo e eterno Testamento.
O sangue rodopiou dentro da bacia, movendo-se por vontade própria, provando sua qualidade sobrenatural.
Ela prendeu a respiração. *Será que o portão rejeitaria o sangue de Christian?*
A resposta veio quando o líquido escuro escoou para dentro da bacia de pedra, desaparecendo sem deixar vestígio.
Ela deixou escapar um suspiro, sussurrando as palavras finais:
– *Mysterium fidei.*
Erin deu um passo para trás, afastando-se da parede vedada, o coração martelando-lhe a garganta. Com certeza qualquer sanguinista que estivesse por perto ouviria os batimentos reveladores de seu coração e saberia que ela estava no limiar.
Pedra rangeu pesadamente sobre pedra, abrindo lentamente uma passagem diante dela.
Erin deu um passo em direção à escuridão, recordando-se da lição dolorosa de seu pai. *O preço do conhecimento era sangue e dor.*
Assim seja.

2

17 de março, 16:45 horário da Europa Central
Cumae, Itália

Por que estou sempre preso em subterrâneos?
    O sargento Jordan Stone se arrastou para adiante com os cotovelos através do túnel apertado. A rocha o pressionava por todos os lados, e a única maneira de se mover para a frente era se contorcer como uma minhoca.
    Pelo menos ainda estou avançando.
    Ele se arrastou mais alguns centímetros.
    Uma voz de sotaque forte gritou do túnel adiante, encorajando-o:
    – Você está quase saindo!
    Aquele devia ser Baako. Ele visualizou o alto sanguinista originário de algum lugar na África. Na semana anterior, quando Jordan havia perguntado sobre seu país exato de origem, Baako tinha se mostrado vago, dizendo apenas: *Como muitas nações na África, aquela onde eu nasci já teve muitos nomes, provavelmente terá muitos mais.*
    Era uma típica resposta de sanguinista: dramática e basicamente inútil.
    Jordan olhou fixamente para a frente. Conseguia distinguir vagamente uma luminosidade opaca, uma promessa de que aquele maldito túnel de fato chegava a uma caverna interior. Ele lutou para avançar em direção à luz.
    Mais cedo naquele dia, Baako tinha descido por aquele túnel recentemente descoberto, retornando com a notícia de que o poço levava direto ao templo da Sibila. Uma batalha horrenda fora travada naquela caverna alguns meses antes, quando um menino inocente tinha sido usado como cordeiro de sacrifício numa tentativa de abrir um portão para o Inferno. O esforço havia fracassado, e depois um gigantesco terremoto tinha vedado o local.
    Enquanto se arrastava, outra voz, vinda de trás, em um sotaque cadenciado indiano, o incentivou, fazendo piada com ele:
    – Talvez você não devesse ter comido tanto no café da manhã.

Ele lançou um olhar para trás, para Sophia, distinguindo seu vulto sombreado. Ao contrário do austero Baako, aquela sanguinista em particular parecia estar sempre à beira do riso, com uma perpétua sombra de sorriso nos lábios, seus olhos escuros brilhavam de divertimento. Jordan geralmente apreciava seu bom humor.

Mas não naquele momento.

Ele esfregou a poeira que lhe fazia arder os olhos.

– Pelo menos, eu ainda *como* no café da manhã! – gritou para ela.

Jordan rangeu os dentes e seguiu adiante, querendo ver por si mesmo o que restava daquele templo depois da batalha. Logo depois do terremoto, o Vaticano havia mandado isolar a montanha vulcânica inteira. A Igreja não podia permitir que ninguém encontrasse os cadáveres abaixo, especialmente os dos *strigoi* e de seus irmãos e irmãs sanguinistas.

Uma típica operação de ocultação para tirar o rabo da reta.

E como o Vaticano era seu novo empregador depois que o exército o havia transferido para lá, ele havia se descoberto tomando parte na operação de limpeza. Mas não estava reclamando. Aquilo significava mais tempo com Erin.

Apesar disso, embora aquilo devesse tê-lo entusiasmado, alguma coisa o incomodava nos recônditos da mente, uma sombra que amortecia suas emoções. Não era o caso de que ele não a amasse mais. Ele a amava. Ela continuava tão brilhante, sexy e divertida como sempre, mas essas qualidades pareciam importar menos para ele a cada dia.

Tudo parecia importar menos.

Claramente Erin também percebia isso. Ele a apanhara fitando-o com estranheza, com frequência com uma expressão magoada. Sempre que ela trazia à baila o assunto, ele afastava suas preocupações descartando-as com uma brincadeira ou um sorriso que nunca chegava ao seu coração.

Que diabo há de errado comigo?

Ele não sabia, de modo que fazia o que sempre fazia melhor: punha um pé na frente do outro. Continuava trabalhando, se mantendo distraído. No final, tudo acabaria se resolvendo.

Ou pelo menos espero que se resolva.

E se não fosse por mais nada, trabalhar ali lhe oferecia algum espaço e distância de Erin, permitindo-lhe tentar encontrar aquele centro que ele parecia ter perdido. Não que se visse disponto de muito tempo livre. Ao longo da última semana, eles tinham estado removendo os cadáveres dos túneis externos da montanha, deixando os despojos dos *strigoi* arderem sob o sol italiano, e dispondo os cadáveres dos sanguinistas para serem devidamente enterrados. A experiência de Jordan no exército tinha sido em investigações forenses. Era um conjunto de conhecimentos mais que apropriado para a tarefa que tinham em mãos.

Especialmente quando aquele túnel tinha sido descoberto.

Ninguém se lembrava de ter visto aquela misteriosa passagem antes, e pelo aspecto recém-escavado das paredes circundantes parecia ter sido aberta recentemente.

Aquilo era um fato que apresentava um dilema interessante: o túnel tinha sido feito por alguém que cavara para *descer* até a caverna interna do templo ou alguém que abrira caminho para *sair* de lá de baixo?

Nenhuma das perspectivas era boa, mas Jordan tinha descido para investigar.

Por fim, ele saiu dolorosamente do túnel e caiu estendido no assoalho áspero de pedra. Baako o ajudou a se levantar, puxando-o e pondo-o de pé tão sem esforço como se tivesse levantando uma criança pequena, em vez de um soldado de um metro e noventa.

Uma pequena lamparina no assoalho da caverna oferecia alguma iluminação, mas Jordan acendeu a lanterna de seu capacete enquanto Sophia saía do túnel.

– Exibida – provocou ele, limpando a poeira de suas roupas.

Aquela sombra perpétua de sorriso se alargou. Ela afastou o cabelo cortado curto das faces morenas escuras arredondadas enquanto vasculhava a caverna. Com seu olhar aguçado sobrenatural, não precisava da lamparina nem da luz do capacete dele para examinar o recinto.

Jordan invejava aquela visão noturna. Alongando o pescoço para soltar um nó muscular, ele deu início à sua própria busca. Enquanto inspirava profundamente, o cheiro de enxofre encheu suas narinas, mas não estava tão intenso como tinha estado ali da última vez, quando uma larga fenda no chão fumegara com fumaça e enxofre.

Ainda assim, havia um novo odor subjacente ao odor sulfuroso.

O fedor conhecido dos mortos.

Jordan observou os cadáveres de vários *strigoi* espalhados à sua direita, os corpos quebrados e queimados, a carne rachada e fendida. Uma parte dele queria dar as costas e sair correndo, um instinto natural quando nos vemos diante de um horror de abatedouro como aquele, mas ele tinha um dever a cumprir ali. Lançando mão de toda a sua experiência para se acalmar, ele tirou uma câmera de vídeo e filmou o recinto. Jordan se demorou ao fazer isso, se assegurou de capturar cada corpo, mais por força do hábito do que por qualquer outro motivo. Havia trabalhado como investigador de cena do crime como integrante da Facilidade Forense Expedicionária Conjunta do Exército, e tinha aprendido a ser meticuloso.

Ele penetrou mais para o fundo da caverna, filmando o altar de pedra, tentando não se lembrar do menino, Tommy, que tinha sido acorrentado ali, seu sangue vital pingando no chão. O sangue angélico do menino fora o catalisador para abrir o portal para o mundo do Inferno, e no final tinha sido a bravura do mesmo menino que fora fundamental para fechá-lo.

Tommy tinha deixado sua marca em Jordan também, curando-o com um toque de sua mão. Jordan ainda podia sentir a marca daquele toque, que parecia arder com mais fulgor a cada dia que passava.

– Bem – disse Baako, trazendo-o de volta ao presente –, o que você acha?

Jordan baixou a câmera.

– Definitivamente está... está *diferente* desde que estivemos aqui.

– Em quê? – perguntou Sophia, juntando-se a eles.

Jordan apontou para uma pilha de ratazanas mortas no canto mais distante.

– Elas são novas.

Baako andou até a pilha, pegou um dos pequenos corpos e o cheirou. Aquele ato fez Jordan se contrair de nojo.

– Interessante – declarou Baako.

– Como isso é *interessante*? – perguntou Jordan.

– Todo o sangue foi drenado.

Sophia pegou o rato e o examinou por sua vez e confirmou o mesmo:

– Baako está certo.

A mulher indiana pequenina ofereceu o rato morto para Jordan.

– Acredito na palavra de vocês – disse ele. – Mas se estão certos, isso significa que alguma coisa esteve aqui embaixo se alimentando desses ratos.

O que só podia significar uma coisa...

Jordan baixou a mão para a pistola metralhadora no coldre em seu quadril. Era uma Heckler & Koch MP7. A arma era compacta e poderosa, capaz de disparar 950 projéteis por minuto. Aquela sempre tinha sido sua arma de confiança. Ele também checou o punhal KA-BAR banhado em prata preso em seu tornozelo.

– Um dos *strigoi* deve ter sobrevivido ao ataque – disse Sophia.

Baako lançou um olhar para o túnel.

– Deve ter se alimentado dos ratos até estar forte o suficiente para cavar e abrir uma saída.

— Talvez não tenha sido um *strigoi* – disse Jordan, o coração martelando em sua garganta quando a ideia súbita lhe ocorreu. – Ajudem-me a revistar os corpos.

Sophia lançou-lhe um olhar de estranhamento, mas os dois sanguinistas obedeceram. Um por um, eles examinaram os rostos dos mortos.

— Ele não está aqui – disse Jordan.

Baako franziu o cenho.

— Quem não está aqui?

Jordan recordou o rosto de menino de seu ex-amigo, uma pessoa em quem ele havia confiado de coração, apenas para ter sua confiança traída naquela caverna.

— O irmão Leopold – balbuciou Jordan para a escuridão. Ele foi até um ponto no chão, onde o sangue ainda manchava a rocha. – Rhun esfaqueou Leopold bem aqui. Foi ali que ele caiu.

O corpo dele havia desaparecido.

Baako balançou um braço para abarcar o recinto.

— Eu já chequei o espaço. O terremoto fez desmoronar todas as outras passagens.

Jordan voltou a sua luz na direção do túnel estreito.

— De modo que ele abriu a dele.

Jordan fechou os olhos, de novo vendo Rhun dar a extrema-unção a Leopold, o sangue deste se espalhando numa poça sob o seu corpo. Com um ferimento mortal como aquele, como Leopold tinha conseguido sobreviver e, mais que isso, ter força suficiente para cavar para si uma saída? Não era possível que houvesse alimento suficiente naquela pilha de ratos.

A mesma pergunta deve ter estado na mente de Sophia.

— O túnel tem no mínimo trinta metros de comprimento – observou ela. – Não tenho certeza de que mesmo um sanguinista saudável conseguisse cavar tanta terra e pedras.

Baako se ajoelhou ao lado da mancha de sangue no leito de rocha, calculando sua extensão.

— Muito sangue foi derramado. Esse irmão deveria estar morto.

Jordan assentiu, chegando à mesma conclusão:

— O que significa que existe alguma coisa que deixamos passar.

Ele voltou ao túnel, examinou a caverna e então começou a caminhar em um padrão de grade pelo recinto, procurando por qualquer coisa que pudesse explicar o que havia acontecido. Eles moveram cadáveres, checando o solo debaixo deles. Jordan até se pôs de quatro, apoiado nos joelhos e mãos para examinar a velha fenda no solo ao lado do altar, descobrindo uma fina linha de ouro onde havia sido selada.

Sophia se agachou ao lado dele e passou a mão moreno-escura sobre o comprimento da fenda.

– Parece fechada.

– Isso, pelo menos, é boa notícia – disse Jordan se levantando, e batendo a cabeça na ponta do altar e deslocando para o lado seu capacete.

– Cuidado, soldado – disse Sophia, escondendo um pequeno sorriso.

Jordan reajustou o capacete. Enquanto o fazia, a lâmpada da cabeça refletiu em dois pedaços de alguma coisa que parecia ser vidro, verdes como uma garrafa de cerveja quebrada, posicionados na sombra do altar.

Humm...

Ele enfiou um par de luvas de látex e pegou um dos dois pedaços.

– Parece ser algum tipo de cristal.

Ele o levantou mais alto. Sob a luz da lamparina, arco-íris de luz se refletiram das superfícies quebradas. Ele examinou a borda quebrada, depois colocou o pedaço de volta junto do outro. Os dois pedaços pareciam outrora ter sido uma única pedra, mais ou menos do tamanho de um ovo de ganso, agora partida em dois. Ele encaixou as metades uma na outra, notando que a pedra parecia ser oca, como um ovo.

Baako olhou por cima do ombro dele.

– Onde foi que vi isso antes? Talvez durante a batalha?

– Não que eu me lembre, mas havia muita coisa acontecendo. – Jordan rolou o objeto para examiná-lo por todos os ângulos.

– Mas olhe para isso.

A ponta enluvada de seu dedo pairou sobre linhas incrustadas na superfície cristalina. Elas formavam um símbolo.

Ele olhou rapidamente para Sophia.

– Você já viu alguma coisa parecida com isso?

– Eu não.

Baako apenas deu de ombros.

– Parece um cálice.

Jordan se deu conta de que ele estava certo, mas que talvez não representasse apena um *cálice*.

– Talvez seja um cálice.

Sophia ergueu uma sobrancelha com ceticismo para ele.

– Como em o Cálice de Lúcifer.

Dessa vez foi ele quem deu de ombros.

– Vale a pena investigar.

E eu conheço uma garota que ficaria muito curiosa com ele.

Com seu telefone, Jordan tirou várias fotos da pedra e do símbolo, planejando enviar para Erin por e-mail assim que conseguisse ter sinal.

– Eu deveria rastejar de volta lá para fora e enviar isso para...

Um som rascante atraiu a atenção deles de volta para o túnel. Um vulto escuro saiu serpenteando da escuridão e entrou na luz. Jordan mal registrou as presas – antes que o vulto se arremessasse direto para ele.

3

17 de março, 11:05 horário do Leste do Egito
Siwa, Egito

Uma pontada de pesar se espalhou pelo coração silencioso de Rhun. Ele se sentou sobre os calcanhares na base da duna alta e escutou o sibilar suave dos grãos que escorregavam pelas encostas egípcias. Estar ali sozinho, fazendo o trabalho de Deus, o enchia de um sentido profundo de paz.

Mas mesmo aquela pureza era maculada por uma escuridão nos limites de seus sentidos. Rhun se virou lentamente em direção a ela, atraído por uma bússola profundamente submersa em seu sangue imortal. Enquanto se inclinava para a frente, buscando a fonte, a luz do sol refletiu na cruz de prata pendurada em seu pescoço. O hábito preto varreu a areia enquanto a palma de sua mão deslizava pela superfície quente do deserto, roçando nos grãos finos. As pontas de seus dedos buscadores percebiam uma semente de malevolência abaixo da superfície.

Como um corvo caçando uma minhoca enterrada, Rhun inclinou a cabeça, estreitando seu foco para um ponto na areia. Depois que teve certeza, puxou uma pequena pá de sua mochila e começou a cavar.

Semanas antes, havia chegado com uma equipe de sanguinistas incumbida de cumprir exatamente aquela tarefa. Mas as peças malignas desenterradas ali tinham ameaçado dominar os outros, consumi-los totalmente. Por fim, ele os tinha obrigado a abandonar o sítio da escavação e voltar para Roma.

Parecia que só Rhun era capaz de suportar o mal enterrado ali.

Mas o que isso diz a respeito de minha própria alma?

Ele passava cada pá cheia de areia escaldante por uma peneira, como uma criança. Mas aquilo não era trabalho para crianças. A peneira não segurava nem conchas nem rochas.

Em vez disso, capturava pedaços de pedra em forma de lágrima, negros como obsidiana.

O sangue de Lúcifer.

Há mais de dois milênios, uma batalha tinha sido travada naquelas areias entre Lúcifer e o arcanjo Miguel disputando o Cristo ainda criança. Lúcifer tinha sido ferido, e seu sangue caíra na areia. Cada gota havia ardido com um fogo impuro, derretendo os minúsculos grãos para formar aqueles fragmentos corruptos de vidro. Há muito, desde então, o tempo os havia enterrado, e agora era o dever de Rhun trazê-los de novo de volta à luz.

Uma única gota negra apareceu, repousando no fundo da peneira.

Ele pegou a gota e a segurou por um momento na mão em concha. Ela queimava contra a sua pele nua, mas não tentou corrompê-lo, como tinha feito com os outros sanguinistas. Ao contrário deles, Rhun não via cenas de derramamento de sangue e terror, ou de luxúria e tentação. Em vez disso, preces enchiam sua mente.

Abrindo uma bolsinha de couro no quadril, deixou cair dentro dela a pequena pedra negra. Ela bateu contra as outras, todas encontradas naquele dia. As gotas agora estavam menores, mais difíceis de encontrar. Sua tarefa estava quase cumprida.

Ele suspirou, olhando fixamente para a areia vazia.

Eu poderia ficar... fazer deste deserto meu lar.

Um barril de vinho santificado esperava por ele no acampamento. Não precisava de mais nada. Bernard tinha lhe enviado uma mensagem dizendo que deveria intensificar seus esforços, que precisavam dele em Roma. De modo que, relutantemente, tinha obedecido, embora não quisesse que aquela missão acabasse.

Pela primeira vez em séculos, ele se sentia em paz. Alguns meses atrás havia redimido seu maior pecado quando recuperara a alma perdida de sua antiga amante, transformando-a de *strigoi* em uma mulher humana novamente. É claro, Elisabeta – ou *Elizabeth*, como ela preferia ser chamada agora – não lhe agradecera por isso, pelo contrário, amaldiçoara-o por devolver-lhe a mortalidade, mas ele não precisava da gratidão dela. Ele só buscava redenção e a havia encontrado séculos depois de ter abandonado qualquer esperança de encontrá-la.

Enquanto se levantava, abandonando sua busca, um miado distante chegou a seus ouvidos. Ele tentou ignorá-lo enquanto cuidadosamente amarrava a bolsinha de couro e guardava suas ferramentas. Mas o som persistiu, choroso e carregado de dor.

É apenas alguma criatura do deserto...

Ele subiu a duna em direção a seu acampamento, mas o som o perseguiu, arranhando seus ouvidos, destruindo seu sentimento de consolo. Era estridente, como o grito de um gato doméstico. A irritação cresceu em seu íntimo – bem como uma pitada de curiosidade.

O *que havia de errado com o bicho?*

Ele alcançou seu pequeno acampamento e planejou como desmontar a tenda e remover todo o seu equipamento para não deixar nenhum vestígio de sua passagem por aquele lugar.

Ainda assim, nenhum de seus pensamentos amenizou a dor daquele grito em seus ouvidos. Era como ouvir o arranhar de um galho contra a vidraça da janela de um quarto. Quanto mais se tentava ignorá-lo e retomar o sono, mais alto ficava.

Na melhor das hipóteses teria mais uma noite sozinho no deserto. Se não fizesse alguma coisa com relação àquele miado estridente, nunca apreciaria seu último momento de paz.

Rhun olhou fixamente na direção dos gritos, deu um passo e depois outro em direção à fonte. Antes que se desse conta, estava correndo pela areia banhada pelo sol, voando sobre as dunas. À medida que se aproximava, o som se tornou mais alto, levando-o inexplicavelmente a avançar. Uma parte dele reconheceu alguma coisa de sobrenatural naquela caçada, como aquilo o atraía, mas mesmo assim avançou com ainda maior velocidade.

Finalmente, avistou a origem. O miado se elevava de um arbusto de acácia que lançava uma sombra ao longe. A árvore do deserto devia ter encontrado uma fonte de água subterrânea, suas raízes resistentes lutavam pela sobrevivência naquela terra seca. O tronco espinhoso se inclinava para um lado, sinal dos ventos inclementes.

Muito antes de ele chegar à árvore, um cheiro pútrido atingiu-lhe as narinas. Mesmo contra o vento o cheiro era conhecido, marcava a presença de um animal corrompido pelo sangue de um *strigoi* e transformado em algo monstruoso.

Um *blasphemare*.

Tinha sido o sangue corrompido que o havia atraído de maneira tão irresistível a avançar pelo deserto? Teria o mal invadido seus sentidos já aguçados – sentidos afiados por semanas peneirando a areia em busca daquelas gotas malignas? Ele reduziu a velocidade o suficiente para puxar as armas de suas bainhas de pulso. O sol faiscou refletido nas facas de prata, antiquíssimas *karambits,* cada uma com a lâmina recurvada como a garra de um leopardo. Ele precisaria daquelas garras para lutar contra o que havia mais adiante. Àquela altura, Rhun já podia identificar o cheiro de sua presa: um leão *blasphemare*.

Ele circulou ao redor da árvore mantendo alguma distância. Seus olhos vasculharam as sombras até que avistou um monte de pelo alourado, grande parte escondido sob a copa. Em sua forma natural, a leoa devia ter sido deslumbrante. Mesmo como um animal corrompido, sua beleza era inegável. A corrupção tinha enchido sua forma com músculos grossos, enquanto a pelagem se tornara espessa como veludo. Mesmo sua cabeça maciça, que descansava entre as patas, revelava uma face inteligente.

Mesmo assim, a doença pulsava a cada batimento de seu coração.

À medida que se aproximava dela, Rhun percebeu sangue negro formando uma crosta em seu ombro. Parecia que uma grande lasca de pelo tinha sido queimada ao longo de seus flancos.

Ele podia imaginar qual era a origem daquela leoa monstruosa – e de seus ferimentos. Recordou as hordas de *blasphemare* que tinham acompanhado o exército de Judas durante a batalha travada ali no último inverno. Tinha havido chacais, hienas e um punhado de leões. Rhun acreditara que aqueles animais tinham sido repelidos ou mortos, junto com as forças dos *strigoi*, ao final da guerra, quando um fogo angelical sagrado havia varrido aquelas areias.

Depois daquilo, uma equipe sanguinista tinha sido enviada para caçar quaisquer sobreviventes que restassem, mas claramente aquela fera devia ter escapado do fogo e dos caçadores.

Mesmo ferida, ela havia sobrevivido.

Ela levantou o focinho dourado e rugiu na direção dele. Seus olhos carmesins brilhavam nas sombras, sua cor verdadeira roubada pelo sangue *strigoi* que a havia contaminado. Mas mesmo aquele esforço pareceu minar as forças que lhe restavam. A cabeça da leoa caiu de volta sobre as patas.

Devo acabar com seu sofrimento ou esperar que ela morra?

Ele avançou, diminuindo a distância, ainda hesitante. Mas, antes que pudesse decidir, ela se lançou das sombras para a luz ardente do sol. O movimento o apanhou desprevenido. Rhun conseguiu rolar para o lado, mas garras afiadas feriram seu braço esquerdo.

Ele girou para encará-la de novo enquanto seu sangue respingava na areia quente.

Ela se agachou cansadamente. A pele de seu focinho se franziu num sibilar. O som fez gelar até seu coração frio. Era uma inimiga poderosa, mas não poderia passar muito tempo longe da sombra da árvore. Ainda era uma *blasphemare* e se enfraqueceria rapidamente sob a luz direta do sol.

Ele se moveu para se posicionar entre ela e a segurança da árvore.

A ameaça a agitou, fazendo seu rabo balançar com violência em um arco. Ela encolheu as patas traseiras e arremeteu. Dentes amarelos apontados para o pescoço dele.

Dessa vez, Rhun enfrentou o desafio, por sua vez saltando em direção a ela, com um plano em mente. Ele girou para o lado no último segundo, arrastando sua faca de prata ao longo do ombro queimado da leoa. Aterrissou rolando e se virou para mantê-la à vista.

Sangue fluiu pesadamente da laceração, jorrando como piche, espesso e negro. Aquele era um ferimento mortal. Ele recuou, dando à leoa espaço para recuar para a sombra e morrer em paz.

Em vez disso, um rugido sobrenatural irrompeu das profundezas de seu peito – e a leoa saltou em cima dele de novo, ignorando a segurança da sombra para atacá-lo em plena luz do sol.

Apanhado de guarda baixa por aquele ataque surpreendente, Rhun se moveu devagar demais. Os dentes dela se cerraram no pulso esquerdo dele, triturantes, tentando esmagar seus ossos. A faca caiu de sua mão.

Torcendo o braço que ela agarrara, ele golpeou com a faca da outra mão – enterrando aquela lâmina no olho da leoa.

Ela urrou de agonia, abrindo ligeiramente as mandíbulas que seguravam seu pulso ferido. Ele puxou o braço, enterrando os calcanhares na areia e se afastando dela. Apertou o pulso ferido contra o peito, preparando-se para outro ataque.

Mas sua lâmina tinha acertado a mira, e ela tombou na areia. Seu único olho bom se cravou nos dele. O brilho carmesim se apagou, tornando-se um marrom-dourado intenso antes de ela fechar o olho pela última vez.

A maldição a deixara no final, como sempre fazia.

Rhun sussurrou:

– *Dominus vobiscum.*

Com mais um vestígio de corrupção removido daquelas areias, Rhun começou a se virar – quando mais uma vez um miado choroso chegou a seus ouvidos.

Ele parou e se virou, inclinando a cabeça. Ouviu o tamborilar suave dos batimentos de outro coração. Uma pequena sombra correu para fora das sombras da árvore.

Um filhote.

Sua pelagem era branca e pura.

Rhun olhou fixamente, dominado pelo choque. A leoa devia ter estado prenha, dando as últimas forças que lhe restavam para parir, o derradeiro sacrifício de uma mãe. Agora ele compreendia por que ela não havia se retirado para as sombras quando tivera oportunidade. A leoa estivera lutando com ele em seus momentos finais para proteger sua cria, para afastá-lo de seu filhote.

O bebê enfiou o focinho no corpo sem vida de sua mãe. O horror encheu Rhun. Se o filhote tinha nascido de seu útero corrompido, então com certeza também seria um *blasphemare*.

Eu também terei que destruí-lo.

Ele apanhou a faca que tinha deixado cair na areia.

O filhote roçou o focinho na cabeça de sua mãe, tentando fazê-la se levantar. Ele choramingou como se soubesse que estava órfão e abandonado.

Enquanto se aproximava devagar do animal, Rhun o examinou cautelosamente. Embora mal lhe chegasse aos joelhos, até um *blasphemare* pequenino como aquele podia ser perigoso.

Agora mais próximo, ele observou que a pelagem branca como neve estava salpicada de rosetas acinzentadas, a maioria sarapintando sua testa arredondada. O filhote devia ter nascido depois da batalha, o que significava que não tinha mais que doze semanas.

Se Rhun não tivesse encontrado por acaso o filhote, ele teria tido uma morte de grande agonia sob o sol ou de fome.

Seria uma gentileza tirar sua vida.

Seus dedos se apertaram ao redor da *karambit*.

Percebendo sua aproximação pela primeira vez, o filhotinho levantou o olhar para ele, os olhos brilhando sob a luz do sol. Ele se sentou nos quartos traseiros, revelando que era um macho. O filhote inclinou a cabeça para trás e gemeu alto, claramente pedindo algo de Rhun.

Aqueles olhinhos encontraram os dele de novo.

Ele sabia o que o filhote queria, o que todas as criaturas muito jovens querem: amor e cuidado.

Não percebendo nenhuma ameaça, Rhun baixou o braço com um suspiro. Ele enfiou a faca de volta na bainha do pulso e chegou mais perto, abaixando-se sobre um joelho.

– Vem aqui, pequenino.

Rhun chamou e então lentamente estendeu a mão enquanto o leãozinho se aproximava, andando com as patas abertas, que eram comicamente grandes para seu corpo. Assim que Rhun tocou na pelagem quente, um ronronar se elevou do pequeno animal. Uma cabeça macia se apertou contra a palma da mão aberta de Rhun, depois bigodes eriçados se esfregaram contra sua pele fria.

Rhun coçou embaixo do queixo do filhote, o que fez o ronronar se tornar mais alto.

Ele olhou para cima para o sol escaldante, reparando que o leãozinho parecia ignorá-lo, em nada prejudicado pela luz.

Estranho.

Rhun cuidadosamente levantou o animal até a altura de seu nariz e inalou o cheiro do filhote: leite, folhas de acácia e o aroma almiscarado de um bebê leão.

Nenhum sinal da corrupção de um *blasphemare*.

Olhos úmidos olharam para ele.

Olhos normais.

Ele se sentou enquanto refletia sobre aquele mistério. O leãozinho subiu em seu colo, enquanto distraidamente ele acariciava seu queixo aveludado com a mão boa. Ronronando, o filhote apoiou o focinho no joelho de Rhun, farejando, e lambeu um pouco do sangue de seu pulso ferido que tinha ensopado suas calças.

– Não – ralhou ele, afastando a cabeça pequenina e começando a se pôr de pé.

A luz do sol arrancou um reflexo de luz do frasco de prata preso à perna de Rhun. O leãozinho atirou uma pata para o frasco, enganchando uma garra na tira que prendia o recipiente de vinho no lugar e roendo o couro.

– Basta.

O filhotinho branco claramente estava apenas brincando, Rhun empurrou o animal teimoso afastando-o de sua perna e endireitou o recipiente. Ele se deu conta de que não tinha bebido uma gota de vinho desde o dia anterior. Talvez aquela fraqueza tivesse amolecido seu coração com relação ao animalzinho.

Eu preciso agir de uma posição de força, não de sentimento.

Com esse objetivo, Rhun abriu o frasco e levou o vinho aos lábios, mas antes que pudesse dar um gole o leãozinho se levantou nas patas traseiras e derrubou o frasco dos dedos de Rhun.

O frasco caiu na areia, e o vinho sagrado se derramou.

O leão se inclinou e bebeu do jorro vermelho. Embora o filhote devesse estar com certeza desidratado, buscando qualquer líquido para matar a sede, Rhun ainda se contraiu de medo. Se o filhote tivesse ao menos uma gota de sangue *blasphemare*, a santidade do vinho queimaria a criatura até transformá-la em cinzas.

    Ele puxou o filhote para longe. O felino olhou de volta para ele, com vinho manchando seu focinho branco como neve. Rhun limpou as gotas com as costas de sua mão. O filhote parecia incólume. Rhun olhou mais de perto. Por um breve instante, teria jurado que aqueles olhinhos brilhavam com um fulgor dourado puro.

    O filhote esfregou a cabeça contra o joelho de Rhun de novo, e quando o pequeno animal olhou para cima outra vez os seus olhos tinham recuperado aquele tom castanho-caramelo.

    Rhun esfregou os olhos, atribuindo a breve ilusão a uma miragem da luz do deserto.

    Apesar disso, o fato era que o leãozinho havia se movido sob a luz do sol e consumido vinho consagrado sem sofrer nenhum efeito nocivo, provando que não era *blasphemare*. Talvez o fogo sagrado tivesse poupado o filhote porque o animal era inocente no útero de sua mãe. Talvez isso também explicasse por que a leoa tinha sobrevivido à explosão, enfraquecida, mas forte o suficiente para dar à luz aquela nova vida.

    Se Deus poupou essa vida inocente, como posso abandoná-la agora?

    Com a decisão tomada, Rhun pegou o filhote no colo, cobrindo-o com a túnica, e seguiu de volta para seu acampamento. Embora fosse proibido que um sanguinista tivesse um animal *blasphemare*, nenhum édito os proibia de ter um animal de estimação comum. Contudo, enquanto atravessava o deserto com o corpo quente do leãozinho ronronando contra o seu peito, Rhun tinha uma certeza absoluta.

    Aquele não era um animal *comum*.

4

17 de março, 17:16 horário da Europa Central
Cidade do Vaticano

Palavras do *Inferno* de Dante encheram a cabeça de Erin enquanto ela atravessava o portão dos sanguinistas para entrar no Santuário privado da Ordem: *Abandonai toda a esperança vós que entrais*. De acordo com Dante, aquela inscrição estava colocada acima do portal do Inferno.

E também ficaria muito bem aqui.

A antecâmara além do portal era enfileirada de tochas feitas de maços de junco, posicionadas em intervalos regulares ao longo das paredes. Embora fumacentas, elas iluminavam o longo corredor, deixando-o claro o suficiente para ela desligar a lanterna.

Erin começou a percorrer seu comprimento, reparando que as paredes não tinham afrescos requintados como podiam ser vistos na basílica de São Pedro. O Santuário da Ordem era conhecido por ser simples, quase austero. Além de fumaça, o ar cheirava a vinho e a incenso.

Ao final do corredor, uma câmara grande e circular se abria, igualmente desprovida de adornos.

Mas aquilo não significava que o aposento estivesse *vazio*.

Nichos lisos tinham sido entalhados nas paredes nuas. Alguns espaços continham o que parecia ser delicadas estátuas, com as mãos cruzadas em oração, os olhos fechados, os rostos inclinados para baixo ou virados para cima, em direção ao teto. Mas aquelas estátuas podiam *se mover*, e na verdade eram sanguinistas velhíssimos, aqueles que tinham mergulhado em profunda contemplação e meditação.

Eram conhecidos como os Enclausurados.

O portal que Erin e Christian tinham escolhido usar para entrar no Santuário se abria para a sala especial deles. Ela havia escolhido aquele portal porque a biblioteca ficava dentro da ala de meditação dos Enclausurados – o que fazia sentido, uma vez que a proximidade de um depósito de conhecimento daquelas proporções seria útil para reflexão e estudo.

Erin passou pelo limiar do grande aposento e se deteve. Com certeza os Enclausurados deviam ter percebido o portal se abrindo nas vizinhanças ou escutado o bater frenético de seu coração, mas nenhuma das figuras se moveu.

Pelo menos ainda não.

Ela esperou mais um momento. Christian tinha lhe dito para dar àqueles velhíssimos sanguinistas algum tempo para se ajustarem à sua presença, para ver o que eles decidiam. Se quisessem mantê-la fora de seus domínios, o fariam.

Erin olhou fixamente através do espaço para uma arcada distante. De acordo com o mapa, marcava a entrada da biblioteca. Quase sem se dar conta, ela se moveu em direção à entrada. Avançou lentamente – não para ser silenciosa, mas por respeito por aqueles que a cercavam.

O olhar dela varreu as paredes, esperando que um braço se levantasse, que uma voz rouca gritasse. Erin reparou que várias daquelas figuras imóveis usavam vestimentas e hábitos de Ordens que não existiam mais no mundo acima. Imaginou aqueles tempos antigos, tentando visualizar esses vultos silenciosos, contemplativos, como antigos guerreiros da Igreja.

Todos aqueles Enclausurados um dia estiveram tão vivos quanto Rhun.

Rhun tinha estado se encaminhando para um daqueles nichos, pronto para dar as costas ao mundo externo, mas então fora convocado pela profecia a sair em busca do Evangelho de Sangue, juntando-se a ela e Jordan naquela missão ainda em curso para impedir um apocalipse que se aproximava. Mas por vezes ela via o cansaço do mundo naquele padre misterioso, o peso do sangue derramado e dos horrores que ele havia vivido.

Erin tinha começado a compreender seu olhar acossado e angustiado. Ultimamente com muita frequência ela acordava com um grito engasgado na garganta. Os horrores que havia suportado se repetiam em seus sonhos em um laço infinito: soldados despedaçados por criaturas selvagens... os olhos claros prateados de uma mulher que Erin tivera que matar com um tiro para salvar a vida de Rhun... crianças *strigoi* morrendo na neve... um garoto jovem e inteligente caindo sobre a ponta da lâmina de uma espada.

Coisas demais tinham sido sacrificadas por aquela missão.

E ela estava longe de terminar.

Erin olhou para as estátuas imóveis.

Rhun, é essa a paz que você realmente busca ou você quer apenas se esconder aqui embaixo? Será que eu me esconderia aqui se pudesse, para ficar perdida em estudo e paz?

Suspirando, ela prosseguiu na travessia do largo aposento. Nenhum dos Enclausurados deu sinal de tomar conhecimento de sua passagem. Por fim ela alcançou a arcada que conduzia ao interior da biblioteca escura como piche. Seus dedos tocaram na lanterna, mas então se moveram para uma das velas que tinha embolsado. Ela acendeu o pavio numa das tochas próximas, então passou pelo portal e entrou na biblioteca.

Quando ela ergueu a vela, o clarão tremeluzente iluminou um espaço hexagonal, coberto de prateleiras de livros e cubículos para rolos de pergaminho. Não havia cadeiras para se sentar nem luzes para leitura, nada que indicasse necessidades humanas. Caminhar sob a luz da vela fez com que ela se sentisse como se tivesse viajado no tempo.

Erin sorriu daquele pensamento e consultou seu mapa. À sua esquerda, uma arcada menor conduzia a outra sala. O cartógrafo medieval tinha anotado que aquela sala continha os textos sanguinistas mais antigos. Se houvesse alguma informação sobre a queda de Lúcifer e sua prisão no Inferno, era ali que ela devia começar sua busca.

Erin seguiu para lá e encontrou outra sala hexagonal. Retratou mentalmente o layout daquela biblioteca, imaginando-a se desdobrando em salas similares, como os favos de uma colmeia, só que o tesouro ali não era um fluxo de mel dourado, e sim uma fonte de sabedoria antiga. Aquele aposento era similar ao primeiro, mas ali havia mais pergaminhos do que livros. Uma parede tinha até uma prateleira de tabuletas de argila e de cobre, assinalando a natureza ainda mais antiga daquela coleção em particular.

Mas não foi a presença de artefatos tão antigos que a fez parar.

Um vulto, coberto por um filme de poeira, estava postado no centro da sala, mas, como os Enclausurados, aquele não era uma estátua. Embora estivesse de costas para ela, ela sabia quem estava ali. Numa ocasião tinha olhado em seus olhos, negros como azeitonas, e ouvido sua voz grave. No passado, as poucas palavras ditas por aqueles lábios acinzentados tinham mudado tudo. Ali estava o fundador da Ordem dos Sanguíneos, um homem que tinha renascido dos mortos pela mão do próprio Cristo.

Lázaro.

Ela baixou a cabeça, sem saber o que mais fazer. Ficou parada ali pelo que pareceu um tempo interminável, o coração disparado martelando seus ouvidos.

Apesar disso, ele permaneceu imóvel, os olhos fechados.

Finalmente, como não houve nenhuma palavra dita contra a sua invasão, tremulamente ela respirou fundo e avançou passando por sua forma imóvel.

Não sabia que outra coisa fazer. Tinha vindo até ali com uma meta específica em mente e, desde que ninguém a impedisse, continuaria a seguir na rota que havia iniciado.

Mas por onde começar?

Ela deu uma busca nas prateleiras e nos cubículos. Levaria anos para traduzir e ler tudo que podia ser encontrado ali. Perdida e sobrecarregada, ela se virou para o único ocupante da sala, seu bibliotecário improvisado. A luz de sua vela se refletiu nos olhos abertos dele.

– Lázaro – sussurrou. Mesmo o nome dele soava alto demais, mas ela prosseguiu: – Estou aqui para procurar...

– Eu sei. – Poeira caiu dos lábios dele com aquelas poucas palavras. – Eu estive esperando.

Um braço se ergueu suavemente, lançando mais partículas de poeira no ar. Um único dedo longo apontou para uma tabuleta de argila que se encontrava na beira de uma prateleira. Erin avançou para ela, examinando-a. Não era maior que uma carta de baralho, cor de terracota. Linhas de escrita cobriam sua superfície.

Erin a apanhou cuidadosamente e a examinou, reconhecendo a escrita como aramaico, uma língua que ela conhecia bem. Passou os olhos pelas primeiras linhas. Era um relato de uma história conhecida: a chegada de uma serpente ao Jardim do Éden e sua confrontação com Eva.

– Do Livro do Gênesis – murmurou para si mesma.

De acordo com a maioria das interpretações, a serpente era Lúcifer, que veio para tentar Eva. Mas aquele relato parecia se referir à serpente como apenas mais um animal no jardim, só que mais esperto que os outros.

Ela trouxe a vela para perto da descrição mais significativa daquela serpente, dizendo-a em voz alta foneticamente:

– *Chok-maw.*

A palavra podia ser interpretada como significando sábia ou astuta, ou até inteligente ou dissimulada.

Erin continuou a traduzir a tabuleta, achando a história escrita ali muito semelhante ao relato contido na Bíblia do rei Jaime. Mais uma vez Eva se recusou a comer o fruto, dizendo que Deus a havia advertido que morreria se desobedecesse. Mas a serpente argumentou que Eva não morreria, mas que em vez disso ganharia conhecimento – conhecimento do bem e do mal.

Erin deixou escapar um pequeno suspiro, dando-se conta de que naquela história a serpente de fato era mais verdadeira que Deus. No final, Adão e

Eva não tinham *morrido* depois de consumir o fruto, mas como a serpente havia predito tinham ganhado conhecimento.

Ela deixou de lado aquele detalhe como sendo insignificante, especialmente depois de ler a linha seguinte. Era totalmente nova. Ela traduziu em voz alta, a vela tremendo em sua mão:

– *"E a serpente disse para a mulher: Fazei um juramento de que comerás do fruto e o dividirás comigo."*

Erin leu a passagem mais duas vezes para se certificar de que não havia traduzido errado, então prosseguiu. Na linha seguinte, Eva jurava, fazendo um pacto com a serpente de que lhe daria o fruto. Depois disso, a história continuava pelo mesmo caminho que a Bíblia: Eva come o fruto, o divide com Adão, e eles são amaldiçoados e banidos.

As palavras de seu pai ecoaram em sua mente:

O preço do conhecimento é sangue e dor.

Erin leu a tabuleta inteira de novo.

De modo que, no fim, parecia que Eva havia quebrado sua promessa feita à serpente, deixando de dividir com ela o fruto.

Erin refletiu sobre aquela história alterada. O que a serpente queria com todo aquele conhecimento, para começar? Em todas as outras histórias bíblicas, animais não se interessavam por conhecimento. Será que aquela história mais expandida sustentava o fato de que a serpente no jardim era realmente Lúcifer disfarçado?

Ela sacudiu a cabeça, tentando encontrar o sentido, discernir alguma significância. Ela olhou para Lázaro, na esperança de algum comentário.

Os olhos dele apenas a encararam.

Antes que ela pudesse interrogá-lo, um som ecoou em seus ouvidos, vindo de além da biblioteca, o ranger pesado de pedra.

Ela olhou naquela direção.

Alguém deve estar abrindo o portal sanguinista próximo.

Erin checou seu relógio de pulso. Christian a tinha advertido de que um grupo selecionado de padres sanguinistas cuidava dos Enclausurados, trazendo-lhes vinho para beber. Ele não soubera dizer em que horário ou com que frequência eles desciam até ali. Ela tinha contado em ter um pouquinho de sorte para ajudá-la.

E essa acabou de acabar.

Tão logo aqueles padres se aproximassem, eles ouviriam o bater de seu coração, acabando com seu disfarce. Erin rezou para que Bernard não se mostrasse duro demais com Christian e a irmã Margaret.

Devolveu a tabuleta à prateleira, mas, quando se virava, pronta para enfrentar as consequências de sua violação, Lázaro se inclinou para a frente – e soprou e apagou sua vela. Sobressaltada, ela tropeçou para trás. A biblioteca mergulhou na escuridão, iluminada apenas pelas tochas distantes na câmara principal.

Lázaro pôs a mão fria no braço dela, seus dedos o apertando como se para instá-la a ficar calada. Ele a guiou para a frente, de modo que ela pôde perscrutar a câmara dos Enclausurados.

Os sanguinistas velhíssimos despertaram. Tecido farfalhou e poeira caiu de suas roupas velhas.

Ao lado dela, Lázaro começou a cantar. Era um hino em hebraico. Os Enclausurados na câmara externa também acompanharam o cântico. O temor em Erin se dissipou, transportada pelo subir e descer de suas vozes, tão regulares como as ondas que batiam contra uma costa. O encantamento a dominou.

Vultos apareceram do lado oposto. Um grupo de padres sanguinistas vestidos de negro entrou na câmara, carregando jarros de vinho e canecas de prata. Eles olharam fixamente para os Enclausurados, boquiabertos. Aparentemente aquela cantoria não era uma ocorrência comum.

Os dedos de Lázaro se levantaram do ombro dela, mas não antes de um aperto final para incentivá-la. Ela compreendeu, Lázaro e os outros a estavam protegendo. A canção deles encobriria o som do bater de seu coração.

Erin se manteve imóvel, na esperança de que o ardil deles funcionasse.

Os jovens padres cuidaram do cumprimento de seu dever, oferecendo canecas a lábios, mas aqueles mesmos lábios continuaram apenas a cantar, ignorando o vinho. Os sanguinistas trocaram olhares preocupados, claramente desconcertados. Tentaram de novo, mas sem melhor resultado.

As vozes ricas e poderosas apenas se elevaram soando mais altas.

Finalmente o pequeno grupo de padres desistiu, recuando de volta para o corredor da entrada, e se foi. Erin ouviu enquanto aquele portal distante rangia ao se fechar – e só então o canto cessou.

Lázaro a acompanhou até a câmara iluminada pelas tochas enquanto os Enclausurados se calavam e se imobilizavam de novo. Ele gesticulou em direção à saída.

Erin se virou para ele.

– Mas eu não descobri nada – protestou. – Não sei como encontrar Lúcifer, muito menos como forjar de novo seus grilhões.

Lázaro falou, sua voz grave soando mais distante, como se ele estivesse falando consigo mesmo e não com ela:

– Quando Lúcifer se apresentar diante de você, seu coração a guiará para o seu caminho. Você tem que cumprir o pacto.

– Como devo encontrá-lo? – perguntou Erin. – E de que pacto está falando? A profecia no Evangelho de Sangue?

– Você sabe tudo o que pode saber – disse ele, sua voz se tornando ainda mais distante. – O caminho será revelado, e você o seguirá.

Erin queria arrancar respostas melhores dele, deu até um passo de volta em sua direção. Perguntas fervilhavam em sua cabeça, mas ela só fez a mais importante em voz alta.

– Nós vamos conseguir? – perguntou.

Lázaro fechou os olhos e não respondeu.

5

17 de março, 17:21 horário da Europa Central
Roma, Itália

Eu tenho que me libertar...
A consciência de Leopold mergulhou em um mar de fumaça escura. Como sanguinista, ele tinha se habituado a sentir dor – o queimar sempre presente da cruz de prata contra o seu peito, o ardor do vinho consagrado descendo por sua garganta –, mas aquelas dores eram triviais, comparadas com a presente agonia.

Amarrado dentro de um poço de fumaça, ele estava perdido, insensível para o mundo ao seu redor. Mesmo a percepção de seus próprios membros lhe tinha sido tomada por aquele pálio negro.

Quem saberia se a falta de dor, de qualquer sensação, poderia ser a pior de todas as torturas?

Mas ainda mais monstruosos eram aqueles momentos em que a escuridão recuava, e ele de novo se descobria olhando por seus próprios olhos. Com muita frequência, eles revelavam horror e derramamento de sangue, mas mesmo esses breves intervalos de alívio da escuridão eterna eram bem-vindos. Naqueles momentos, ele tentava sugar de volta tanta vida quanto podia para dentro de si antes de ser de novo afogado pelo demônio que possuía seu corpo. Mas por mais que se esforçasse para segurar aqueles momentos, eles nunca duravam. No final, aquelas esperanças demonstravam ser mais cruéis que qualquer tormento.

Melhor é apenas me desapegar, permitir que a chama de mim mesmo seja extinta nesse nada, acrescentar minha fumaça à multidão daqueles que vieram antes diante de mim.

E ele sabia que havia outros antes dele. Ocasionalmente fiapos de fumaça roçavam através dele, trazendo fragmentos de outra vida: uma visão de relance de um amante, a picada de uma chicotada, o riso de uma criança correndo em meio a trevos.

Será que isso é tudo que a minha vida se tornará? Fragmentos no vento?
Enquanto ele imaginava aquele vento, a escuridão se rasgou ao redor dele, como se despedaçada por uma ventania. Ele encontrou uma mulher nua pressionada debaixo dele numa cama. Uma tira escarlate descia de seu pescoço e passava entre seus seios, cobrindo uma medalha de ouro que estava pendurada ali. Os olhos dela, verdes como folhas de carvalho, encontraram os seus. Estavam arregalados de medo e dor, e imploravam que ele a deixasse ir.

Arquejando, ele se obrigou a desviar os olhos, para ver o quarto suntuoso. Pesadas cortinas prateadas tinham sido fechadas sobre as janelas para impedir a entrada da luz do sol, mas ele pressentia que logo seriam abertas. Com o relógio eterno de um sanguinista, ele sabia que o raiar do dia estava a menos de uma hora de distância.

Outros corpos jaziam sem vida no piso de mármore de ambos os lados da cama, nus, imóveis.

O demônio dentro de mim deve estar com fome.
Mas não era apenas o demônio.

Meia dúzia de *strigoi* dividia o quarto, alguns dormindo e saciados, outros ainda se banqueteando com os mortos. O aroma inebriante de sangue pairava no ar, atraindo Leopold a participar daquele abate. Mas ele também percebeu que sua barriga estava cheia.

Talvez seja por isso que consegui me libertar, mesmo por este breve momento.

Leopold pretendia se aproveitar daquilo.

Ele se elevou para mais acima da mulher, embora uma mão ainda segurasse seu braço. Ela se encolheu, acuada, o coração dela se debatendo, agitado como um passarinho perdido. O demônio havia se alimentado demais do sangue dela. Leopold não podia salvá-la, mas talvez pudesse libertá-la para morrer em paz. Reunindo toda a sua concentração, ele forçou um dedo e depois o outro, obrigando sua mão a obedecer.

O suor brotou em sua testa devido ao esforço, mas ele conseguiu, libertou o braço. Sem conseguir falar, balançou a cabeça para dizer a ela que deveria ir.

Tremendo, ela olhou para seu próprio braço e depois de volta para ele.

Luz de vela tremeluziu refletida no verde de seus olhos e o recordou de outra esmeralda. *O diamante verde.* Ódio impotente percorreu seu corpo. O simples ato de pensar naquele diamante deixava seu corpo entorpecido, tornando ainda mais difícil se mover.

Pela minha própria mão, eu condenei a mim mesmo – e a tantos outros.

Leopold tinha recebido ordens de quebrar aquela pedra maligna de um senhor que ele tinha acreditado que poderia trazer Cristo de volta a este mundo. Mas, em vez disso, ao despedaçar a pedra, tinha libertado um demônio. Leopold se lembrava daquela negritude gelada que fluiu para fora do coração do diamante despedaçado, invadindo seu corpo, trazendo consigo outros vícios, fragmentos de outras vidas. Ele rapidamente tinha se perdido, ensurdecido por aquela cacofonia – mas um nome se elevava acima dos outros.

Legião.

Aquele era o nome da escuridão que o havia sufocado, dos demônios que o tinham consumido.

Desde então, havia oscilado entre a consciência e a inconsciência.

Mas por quanto tempo?

Ele não sabia dizer. Tudo que sabia com certeza era que aquele demônio estava reunindo outros, formando um exército de *strigoi*.

Com um grande esforço, Leopold levantou a mão diante de seu rosto enquanto a mulher se arrastava para longe, emaranhando os lençóis da cama. Ele a ignorou à medida que o choque dominava seu corpo. Sua mão de pele normalmente branca estava negra como tinta. Ele virou a cabeça, descobrindo um espelho na parede.

Em seu reflexo, estava nu, uma escultura de ébano.

Leopold gritou, mas nenhum som saiu de seus lábios.

A mulher caiu da cama, despertando um dos *strigoi* adormecidos. O monstro sibilou, cuspindo sangue. Enquanto se levantava, Leopold avistou uma impressão palmar negra no meio do peito nu do monstro, como uma marca de ferro quente ou uma tatuagem, só que aquela negritude recendia corrupção e malignidade, muito pior do que o fedor do *strigoi* que a trazia no peito.

Pior que tudo... aquela negritude oleosa era igual ao tom de sua nova pele.

Mas isso não era tudo.

Leopold estendeu o braço, abrindo os dedos e se dando conta de um novo horror.

Aquela marca no monstro tem a mesma forma e tamanho que a minha mão.

O demônio devia ter marcado aquele monstro como sendo dele, talvez escravizando-o tão seguramente quanto havia escravizado Leopold.

O *strigoi* agarrou a mulher, a virou para si e dilacerou-lhe a garganta.

Antes que Leopold pudesse reagir, a escuridão subiu de novo, arrastando-o de volta para aquele mar esfumaçado, levando junto a visão da mulher dilacerada. Por uma vez, ele não resistiu, feliz por deixar os horrores daquele quarto desaparecerem. Mas antes que mergulhasse no vazio abandonou qualquer esperança de escapar.

Um novo desejo o possuiu.

Eu tenho que encontrar uma maneira de expiar meus pecados...

Mas junto com aquela meta veio uma pergunta aflitiva, uma pergunta que poderia demonstrar ser importante: *Por que fui permitido me libertar por tanto tempo ainda há pouco? O que desviou a atenção daquele demônio?*

17:25
Cumae, Itália

Droga, esse desgraçado é tão rápido...

Jordan levantou a pistola-metralhadora e disparou três rajadas na direção do atacante que tinha saído do túnel. Seus projéteis se espalharam batendo contra a parede de rocha do templo-caverna sem encontrar nenhum alvo.

Errei de novo...

Por suas presas, era claramente um *strigoi*, mas ele nunca tinha visto um se mover com aquela velocidade. A criatura estava ali e, uma fração de segundo depois, o monstro estava do outro lado do recinto, como se teletransportado.

Baako e Sophia cobriam a retaguarda de Jordan, literalmente. Os três estavam postados em um círculo, ombro a ombro. Baako empunhava uma longa espada africana, enquanto Sophia havia sacado um par de facas curvas.

O *strigoi* sibilou detrás do altar do recinto. Uma longa laceração que atravessava seu peito sangrava. Era um ferimento que Baako lhe havia infligido logo de início quando o monstro os atacara pela primeira vez, salvando a vida de Jordan no processo.

Infelizmente, aquele tinha sido o único golpe bem-sucedido que sua equipe tinha conseguido.

– Ele está tentando nos exaurir antes de partir para matar – disse Sophia.

– Então está na hora de uma nova estratégia. – Jordan apontou sua arma, mas no momento em que seu dedo apertou o gatilho ele alterou a mira para o lado e disparou no vazio, antecipando que o *strigoi* fosse se mover de novo.

E ele se moveu – exatamente para sua linha de fogo.

Um grito penetrou o rugido de sua arma. O *strigoi* voou para trás, sangue salpicando as paredes.

Tiro de sorte, mas vou anotar esse ponto no placar.

O *strigoi* girou, se afastando, desaparecendo de novo em um borrão. Jordan o procurou, virando a arma, mas então, saídas de lugar nenhum, mãos frias levantaram Jordan de seus pés e o arremessaram em direção à parede. Ainda voando no ar, ele tirou o punhal da bainha no tornozelo, preparando-se para lutar.

Infelizmente, a fera também tinha se armado – agarrando não apenas Jordan, mas também a espada de Baako. Enquanto eles se chocavam contra a parede juntos, seu atacante enfiou a espada roubada no estômago de Jordan.

Ele arquejou, caindo de joelhos.

Baako e Sophia imediatamente vieram em seu socorro. Com um golpe em arco, Sophia cortou fora o braço da espada do *strigoi*. Ela enterrou a segunda lâmina no estômago dele e rasgou o monstro da virilha ao pescoço.

Sangue negro frio jorrou sobre o rosto de Jordan.

Ele olhou fixamente para a arma ainda enterrada em seu corpo.

Um pouco tarde, companheiros.

17:28
Roma, Itália

A dor rasgou a escuridão ao redor de Leopold, lançando-o de volta no mundo, de volta para aquele quarto encharcado de sangue. Ele apertou a barriga, esperando sentir carne rasgada e os intestinos se derramando. Em vez disso, seus dedos descobriram pele macia e uma barriga redonda intacta, ainda cheia do sangue com que o demônio havia se alimentado da última vez.

Leopold esfregou o abdômen nu, ainda sentindo uma sombra de dor.

Ele viu o mesmo abatedouro ensopado de sangue que antes – mas viu outra câmara superposta àquela: uma caverna escura com um altar no meio.

Eu conheço esse lugar.

Era o templo da Sibila, escondido no coração da montanha vulcânica em Cumae, o mesmo lugar onde Leopold tinha libertado o demônio Legião para o mundo.

Mas como estou tendo essa visão?

Era como se estivesse vendo a cena através dos olhos de outra pessoa. Enquanto assistia, mãos com garras se levantaram e apertaram uma barriga que jorrava sangue negro oleoso, enquanto laçadas de vísceras caíam para fora dela.

Mas não era apenas o *olhar* que ele compartilhava com aquele outro – também *sentia* aquela dor.

Então aquela forma distante tombou de lado. Tinha que ser um *strigoi*, provavelmente um membro do exército de Legião, talvez um que aquele demônio tivesse escravizado. Leopold recordou a marca da mão negra no peito do *strigoi* no quarto.

Será que aquela marca servia como uma espécie de elo psicológico? Será que isso acabaria quando aquele monstro morresse?

Fumaça negra subiu em rolos ao redor dele, preparando-se para arrastá-lo dali. Apesar disso, ainda via o templo na caverna, o elo ainda estava intacto à medida que o *strigoi* perdia as forças. Mesmo enquanto morria, o monstro vasculhava a caverna, como se procurando por alguma maneira de se salvar.

Em vez disso, seu olhar caiu sobre o altar, focalizando dois pedaços de uma pedra esmeralda.

O diamante verde.

Foi isso que você foi mandado para buscar?

Em algum lugar nas profundezas da alma possuída de Leopold, ele percebeu aquele anseio de Legião. Leopold se lembrava vagamente de ter aberto um túnel para sair daquele templo, seus membros impossivelmente fortalecidos pelo demônio que o possuía, mas o monstro também estava frenético para escapar da montanha, para se ver livre daquela prisão de rocha vulcânica. Depois de séculos passados trancado dentro daquela pedra, ele claramente não conseguia suportar mais nem um momento e, em sua pressa, se esqueceu de levar a pedra consigo.

Mas por que ele precisa daquela pedra?

O diamante brilhava com fulgor em cima do altar, como se para zombar do fracasso de Legião. Mas os olhos do *strigoi* tinham começado a ficar vidrados, enevoando aquela visão. Restava muito pouco. Aquele olhar se desviou para um movimento próximo, um mover de pernas. Aqueles membros se separaram o suficiente para revelar um homem ajoelhado na rocha, com uma espada enfiada na barriga.

Através daquele elo, Leopold olhou para os olhos azuis do homem.

O reconhecimento o abalou.

Jordan...

Com esse pensamento, Legião recobrou a vida mais uma vez, se erguendo das cinzas do *strigoi* que estava morrendo na caverna. A escuridão se agigantou dentro de Leopold. Dentro daquela maré, ele sentiu a atenção do demônio se voltar em sua direção. Pôde senti-lo examinar suas lembranças. Ele tentou ao máximo que pôde esconder seu conhecimento.

Sobre Jordan, sobre os outros.

Mas fracassou.

Enquanto caía no vazio, sentiu seus próprios lábios se moverem, ouviu sua própria voz, mas não foi Leopold, e sim Legião, que disse o outro nome de Jordan:

– O Guerreiro do Homem...

Santo Deus, o que fiz?

Leopold fugiu, seguindo pelo único caminho ainda aberto para ele por mais alguns momentos de respiração, descendo para aquele elo que pouco a pouco se apagava.

17:31
Cumae, Itália

Caído numa poça de seu próprio sangue, Jordan olhou fixamente para o teto da caverna. Baako mantinha as mãos enormes pressionadas sobre o ferimento de Jordan, enquanto Sophia atirava para o lado a espada longa. Jordan mal tinha sentido a espada enterrada ser arrancada. Uma estranha sensação de amortecimento mantinha sua barriga fria, fazendo com que a poça de sangue abaixo dele parecesse quente.

Baako ajoelhou-se, debruçando-se sobre ele, oferecendo um sorriso tranquilizador.

– Vamos estabilizar seu estado e levá-lo de volta para Roma num piscar de olhos.

– Você... é um péssimo mentiroso – resmungou Jordan.

Ele nunca sobreviveria ao ser arrastado por aquele túnel acima com o estômago cortado aberto. Duvidava que pudesse sequer sobreviver a atravessar o recinto.

Sabendo disso, uma visão do rosto de Erin tremeluziu em sua cabeça, os olhos castanhos risonhos, um sorriso em seus lábios. Outras lembranças afloraram: uma mecha de seu cabelo louro molhado, o roupão de banho se abrindo, revelando seu corpo cálido.

Eu não quero morrer num buraco, longe de você.

Para dizer a verdade, ele não queria morrer de jeito nenhum.

Jordan desejou que Erin estivesse ali naquele momento, segurando a sua mão, dizendo-lhe que tudo ficaria bem, mesmo que não ficasse. Ele queria vê-la mais uma vez, dizer a ela que a amava e fazer com que ela sentisse isso.

Ele sabia que ela tinha medo do amor, acreditando que fosse se derreter como neve, que não podia durar.

E agora estou provando isso a ela.

Ele agarrou o braço forte como ferro de Baako.

– Diga a Erin... que sempre a amarei.

Baako manteve a pressão sobre o ferimento.

– Você mesmo pode dizer a ela.

– E minha família...

Eles também precisariam saber. Sua mãe ficaria devastada, suas irmãs e irmãos chorariam por ele, e suas sobrinhas e sobrinhos mal se lembrariam dele dentro de alguns anos.

Eu deveria ter telefonado mais vezes para a minha mãe.

Porque qualquer que fosse o mal-estar emocional que o havia afligido ultimamente se estendia além de Erin, também para sua família. Ele tinha se afastado de todos eles.

Jordan cerrou os dentes, não querendo morrer, no mínimo para reparar as coisas com todo mundo. Mas a poça de sangue morno que se espalhava lhe disse que seu corpo ferido não estava interessado em seus planos futuros de bebês e crianças, e sentar em cadeiras de balanço na varanda, vendo o milho crescer.

Ele virou a cabeça enquanto Sophia checava seu atacante.

Pelo menos não estou tão mal quanto aquele sujeito.

O *strigoi* também não tinha muito tempo de vida. Estranhamente, os olhos da criatura olhavam fixamente para ele. Aqueles lábios frios exangues se moveram, como se falando.

Sophia se debruçou chegando mais perto, uma sobrancelha se arqueando alto.

– Que foi que ele disse?

O *strigoi* respirou fundo, tremulamente, e, num sotaque que Jordan conhecia bem, falou:

– Jordan, *mein Freund*... eu sinto muito.

Sophia arrancou a mão do corpo da criatura. Jordan sentiu-se igualmente chocado.

Leopold.

Mas como?

O *strigoi* estremeceu e se imobilizou.

Sophia se sentou nos calcanhares e sacudiu a cabeça. O monstro estava morto, levando consigo qualquer outra explicação.

Jordan lutou para compreender, mas o mundo se apagou enquanto sangrava o que lhe restava de vida. Ele se sentiu caindo, o recinto recuando, mas em vez de escuridão foi para uma grande luminosidade que ele despencou. Queria levantar a mão para se proteger dela, especialmente quando se tornou mais intensa, queimando-o. Fechou com força as pálpebras, mas não ajudou.

Jordan tinha sentido uma luz ardente como aquela apenas uma vez, quando tinha sido atingido por um raio ainda adolescente. Ele havia sobrevivido ao raio, mas o raio tinha deixado sua marca, queimando um padrão fractal na sua pele, um padrão de tecido de cicatriz em seu ombro e na parte superior do torso. Aqueles estranhos desenhos eram chamados de figura de Lichtenberg, ou às vezes de flores de raio.

Agora listras de fogo líquido irradiavam ao longo daquelas cicatrizes, enchendo-as completamente – depois se estendendo ainda mais longe. Gavinhas de calor cresciam para fora, tendo como origem seu estômago, onde uma agonia escaldante explodiu. O fogo se contorcia em sua barriga como uma coisa viva.

Será que a morte era realmente assim?

Mas ele não se sentia enfraquecer. Em vez disso, se sentia inexplicavelmente *mais forte.*

Jordan respirou mais uma vez, depois outra.

Lentamente a sala readquiriu foco. Nada parecia ter mudado. Ainda estava deitado numa poça de seu próprio sangue que esfriava. Baako continuava a fazer forte pressão contra a ferida.

Jordan encarou o olhar preocupado do africano e empurrou suas mãos.

– Acho que eu estou bem.

Melhor que bem.

Baako afastou as mãos e olhou para o ponto onde a espada tinha empalado Jordan. Dedos fortes limparam o sangue residual.

Um assovio baixo escapou dos lábios de Baako.

Sophia se juntou a ele.

– O que é?

Baako lançou um olhar para ela.

– Parou de sangrar. Eu juro que a ferida parece até menor.

Sophia também o examinou. Só que a expressão dela ficou mais preocupada do que aliviada.

– Você deveria estar morto – disse francamente, gesticulando para o sangue derramado. – Você recebeu um ferimento mortal. Já vi muitos outros ao longo dos últimos séculos.

Jordan se pôs numa posição sentada.
– Algumas pessoas já me deram por morto antes. Eu até morri uma vez. Não, *duas*. Mas quem está contando?
Baako suspirou.
– Você se *curou*, exatamente como o livro disse que faria.
Sophia citou a passagem do Evangelho de Sangue:
– *"O Guerreiro do Homem está igualmente ligado aos anjos a quem ele deve sua vida mortal."*
Baako deu-lhe um tapa de leve no ombro.
– Parece que esses anjos ainda estão cuidando de você.
Ou eles ainda não acabaram comigo.
Sophia voltou sua atenção para o *strigoi*.
– Ele sabia seu nome.
Jordan ficou satisfeito com a distração, lembrando-se das últimas palavras ditas por aqueles lábios moribundos.
Jordan, mein Freund... *eu sinto muito.*
– Aquela voz – disse ele. – Juro que era a do irmão Leopold.
– Se você estiver certo – disse Sophia –, esse é um milagre que pode esperar. Devemos levar você para os médicos no acampamento.
Jordan abriu a camisa com os dedos. O ferimento agora era apenas tecido cicatrizado pegajoso. Ele apostaria que dentro de poucas horas teria desaparecido. Mesmo assim, recordou a espada penetrando em seu corpo, o que levantava outra pergunta misteriosa:
– Vocês já viram um *strigoi* se mover como aquele?
Baako olhou para Sophia, como se ela tivesse mais experiência.
– Nunca – respondeu ela.
– Não era apenas rápido – observou Baako. – Mas forte também.
Sophia foi para o lado da criatura morta, virou-o de costas e começou a tirar-lhe as roupas. Três buracos de bala adornavam a massa central do cadáver, Jordan ficou um bocado impressionado por ter sequer acertado o *strigoi*. Enquanto Sophia tirava a camisa, Jordan arquejou de surpresa.
Estampada no peito pálido do *strigoi* estava a impressão de uma mão negra. Jordan já tinha visto uma igual àquela antes – marcada a fogo no pescoço da agora falecida Bathory Darabont. A marca dela a ligava a seu antigo senhor, marcando-a como uma pessoa que pertencia a ele.
A presença daquela marca ali significava apenas uma coisa.
– Alguém mandou essa criatura descer aqui.

17:28
Roma, Itália
Eu sou Legião...
Ele estava diante de um espelho prateado, trazendo-se plenamente de volta para dentro de seu receptáculo para se centrar depois de sua estada naquela caverna medonha. Naquela imagem refletida, viu um corpo sem nada de notável: membros fracos, barriga mole. Mas sua marca adornava a forma daquele hospedeiro, pintando a pele dele de um negro tão escuro quanto o vazio entre as estrelas. Olhos enegrecidos como sóis mortos olhavam-no fixamente do espelho.

Permitiu que aqueles olhos se fechassem e vasculhou as sombras que constituíam sua verdadeira essência. Seiscentos e sessenta e seis espíritos. Deixou que aquelas gavinhas corressem através de sua percepção, lendo o que ainda restava, procurando respostas. Capturou vislumbres de uma dor comum do passado, de uma prisão de vidro, de um homem de barba branca olhando para dentro com repugnância.

Mas de tal dor viera seu nascimento.

Eu sou muitos... Eu sou plural... Eu sou Legião.

Dentro daqueles redemoinhos de escuridão que constituíam seu ser, uma única chama brilhava, tremeluzindo naquelas sombras infinitas. Ele se aproximou daquele fogo, lendo a fumaça que vinha dela enquanto o espírito que a sustentava lentamente sufocava.

Ele sabia o nome daquele, do hospedeiro que possuía.

Leopold.

Fora da fumaça daquela chama que enfraquecia que Legião tinha aprendido os costumes do mundo atual. Tinha examinado todas aquelas memórias, aquelas experiências, para se preparar para a guerra por vir. Ele tinha construído um exército, escravizando outros com um mero toque de sua mão. E deixara que a força de sua escuridão fluísse para dentro deles. Com cada toque, os olhos e ouvidos dele neste mundo tinham se multiplicado, permitindo que sua ciência e conhecimento se tornassem cada vez maiores pela Terra.

Ele tinha um propósito.

Recordou um ser de poder angélico imensamente maligno, sentado em um trono negro.

Séculos antes, aqueles seiscentos e sessenta e seis espíritos tinham sido entretecidos por esse anjo negro, prendendo Legião dentro daquela pedra. Ele tinha sido deixado lá como o arauto do que estava por vir, uma semente negra que esperava para criar raízes neste novo mundo e se espalhar.

Quando finalmente havia sido libertado da pedra, tinha se prendido à criatura que a havia quebrado. *Leopold*. Legião tinha se enraizado profundamente em seu novo hospedeiro, prendendo-se a Leopold, possuindo-o, os dois tornando-se um. O hospedeiro era o vaso a partir do qual ele poderia crescer neste mundo, espalhando seus galhos para longe por todos os lados, apoderando-se de outros, marcando-os, escravizando-os. E embora seu ponto de apoio neste mundo dependesse da vida de Leopold, ele ainda podia viajar através daqueles galhos e controlá-los de longe.

Seu dever era abrir caminho para o retorno de seu senhor, preparar este mundo para sua purificação, quando os vermes conhecidos como humanidade seriam expurgados daquele jardim terreno. O anjo negro tinha prometido a Legião este paraíso, mas, antes que ele pudesse receber seu prêmio, tinha que concluir sua tarefa.

E agora sabia que havia forças aliadas contra ele.

Aquilo ele também tinha descoberto através da chama tremeluzente dentro dele.

Legião não compreendia plenamente essa ameaça, mas admitia que seu receptáculo havia lutado para esconder certos fragmentos de informação dele. Momentos antes, havia sentido com choque a chama do espírito de Leopold brilhar com mais intensidade, e a vira estremecer na escuridão, atraindo sua atenção. Daquela fumaça, havia descoberto um nome, posto um rosto naquele nome.

O Guerreiro do Homem.

Mas não apenas aquele nome. Outros tinham escapulido também, à medida que lembranças se queimavam até virar cinzas.

O Cavaleiro de Cristo.

A Mulher de Saber.

Sussurros sobre uma profecia se elevaram com a fumaça, junto com uma imagem de um livro escrito pelo próprio Filho de Deus. Ele estudou aquela chama naquele momento, tentando descobrir mais.

Quem mais impede o meu caminho?

6

17 de março, 8:32 horário padrão do Pacífico
Santa Bárbara, Califórnia

Falando de um exemplo de exercício de futilidade...
    Com os dentes cerrados, Tommy se arrastou mais alguns centímetros para cima na corda com nós que pendia do centro do ginásio esportivo. Abaixo de seus pés, seus colegas de turma berraram palavras de encorajamento ou insultos. Ele realmente não conseguia distinguir lá do alto, especialmente com o martelar de seu coração e respiração arquejante.
    Não que isso fosse ter qualquer importância.
    Ele sempre tinha detestado o ginásio, mesmo antes de seu diagnóstico de câncer. Descoordenado e não especialmente ligeiro, geralmente era o último escolhido para a maioria dos esportes. Ele também tinha descoberto logo que preferia ficar longe de qualquer bola a correr atrás dela.
    Sinceramente, para quê?
    Apenas uma única atividade realmente o interessava: subir em corda com nós. Ele na verdade era bom naquilo, e gostava da simplicidade do exercício. Tratava-se apenas dele e da corda. Sempre que subia, suas preocupações e temores desapareciam. Ou pelo menos a maioria deles.
    Ele cerrou os joelhos contra a corda e se içou mais para cima. O suor escorria por suas costas. O tempo era sempre quente em Santa Bárbara, e quase sempre ensolarado. Tommy gostava disso. Depois de passar uma temporada na Rússia e a bordo de um quebra-gelo no Ártico, ele nunca mais queria sentir frio daquele jeito.
    É claro, depois de ter sido congelado até ficar duro numa escultura de um anjo de gelo, qualquer um apreciaria o sol do sul da Califórnia.
    Naquele momento, olhou para cima em direção àquele sol, que entrava através de uma fileira de janelas no teto do ginásio.
    Quase lá...

Mais um metro e oitenta e ele deveria conseguir tocar nas armações de metal que protegiam as luzes que pendiam do teto. Tocar nos arames empoeirados era um distintivo de honra na turma da nona série, e ele pretendia tocar neles.

Tommy parou por um momento se preparando para o último trecho da subida. Ultimamente vinha ficando sem fôlego com muita facilidade. Era preocupante. Meio ano antes ele tinha sido tocado por um anjo... literalmente. Sangue de anjo tinha corrido em suas veias, curando-o de seu câncer, fortalecendo-o temporariamente. Mas aquilo tinha passado, tinha sido consumido pelo fogo nas areias do Egito.

Ele era apenas um garoto comum novamente.

E pretendo continuar assim.

Tommy ficou parado ali por um instante, olhando fixo para o alto e respirando fundo.

Vamos lá, eu consigo.

Um grito mais agressivo o alcançou, vindo lá de baixo.

– Chega, isso é alto o suficiente! Trate de descer!

Aquele devia ser Martin Altman, o único amigo de Tommy na nova escola. Ele havia perdido seus velhos amigos quando tinha se mudado para morar com a tia e o tio. Depois que os pais de Tommy tinham morrido, eles eram seus únicos parentes de sangue.

Tommy afastou aquele pensamento antes que lembranças sombrias o dominassem. Olhando por entre os dedos dos pés, viu Martin de olhos cravados nele. Seu amigo era alto e magro, com pernas e braços compridos. Martin estava sempre pronto com uma piada brega, e ria com facilidade.

É claro, os pais de Martin não tinham morrido em seus braços.

Tommy sentiu um rasgo de raiva de seu amigo, mas sabia que isso vinha de uma inveja mesquinha, de modo que parou logo com aquilo. Apesar disso, a corda escorregou entre as palmas suadas de suas mãos. Ele agarrou com mais força.

Talvez Martin tenha razão.

Uma onda de tonteira acabou de convencê-lo. Tommy começou a descer, mas tudo foi se tornando cada vez mais borrado. Ele lutou para se segurar enquanto descia mais rápido, agora escorregando, queimando as palmas das mãos.

Não importa o que você faça, não largue...

Então ele estava caindo. Olhou para cima, para a luz do sol que fluía através das janelas, lembrando-se de outra ocasião em que havia despencado no ar. Na época era imortal.

Não teria a mesma sorte hoje.
Ele se chocou contra a pilha de esteiras na base da corda. O ar explodiu saindo de seu peito. Tommy arquejou, tentando encher de novo os pulmões, mas eles se recusaram a cooperar.

– Mexam-se! – berrou o sr. Lessing, o professor de educação física.

Tudo ficou cinza – então ele conseguiu respirar de novo. Ofegante, Tommy engoliu grandes goles de ar, parecendo uma foca.

Seus colegas de turma estavam de olhos cravados nele. Alguns estavam rindo, outros pareciam preocupados, especialmente Martin.

O sr. Lessing abriu caminho entre eles.

– Você está bem – disse ele. – Apenas levou um tranco e perdeu o fôlego.

Tommy lutou para respirar mais lentamente. Ele queria afundar e sumir no chão. Especialmente quando avistou o rosto de Lisa Ballantine entre os outros. Ele gostava dela, e agora tinha feito papel de bobo.

Tommy tentou se sentar, provocando uma pontada de dor em suas costas. Machucadas.

– Vá devagar – disse o sr. Lessing, ajudando-o a se levantar, o que apenas fez com que o rosto de Tommy ficasse mais vermelho.

Mesmo assim, o salão se inclinou um pouco, e ele agarrou o braço do professor. Aquele dia não poderia ficar pior.

Martin apontou para a mão esquerda de Tommy.

– Aquilo é uma queimadura de corda?

Tommy olhou para baixo. As palmas de suas mãos estavam de fato muito vermelhas, mas Martin tinha apontado para uma marca escura na parte interna do pulso.

– Deixe-me ver isso – disse o sr. Lessing.

Tommy se soltou dele e se afastou cambaleante, cobrindo a mancha com a outra mão.

– É só uma queimadura de corda. Como disse o Martin.

– Tudo bem, então todo mundo fora daqui – ordenou o sr. Lessing. – Para os chuveiros. Depressa.

Tommy se afastou rápido. Ainda estava atordoado, mas não era da queda. Ele manteve a lesão coberta. Não queria que mais ninguém soubesse, especialmente sua tia e seu tio. Manteria aquilo em segredo por tanto tempo quanto pudesse. Embora não compreendesse o que estava acontecendo, sabia de uma coisa com certeza.

Não faria quimioterapia dessa vez.

Esfregou a mancha em seu pulso com o polegar, como se tentando apagá-la, porque sabia que tinha esgotado sua cota de milagres.

Seu câncer estava realmente de volta.

O medo e o desespero se avolumaram em seu íntimo. Desejou poder falar com sua mãe ou seu pai, mas aquilo era impossível. Ainda assim havia uma pessoa para quem podia telefonar, uma pessoa a quem podia confiar seu segredo.

Outra imortal que, como ele, havia perdido sua imortalidade.

Ela saberia o que fazer.

18:25 horário da Europa Central
Veneza, Itália

De pé no meio do jardim do convento, Elizabeth Bathory ajustou seu chapéu de palha de abas largas para cobrir o rosto, a fim de sombrear seus olhos do sol baixo de primavera. Sempre usava um chapéu para proteger a pele ali no minúsculo jardim de ervas dentro do pátio murado que servia como sua prisão.

Muitos séculos antes lhe ensinaram que pessoas de sangue real nunca deveriam ter a pele da mesma cor que os trabalhadores dos campos. Naquela época ela tivera seus próprios jardins no Castelo Čachtice, onde havia cultivado plantas medicinais, estudando as artes da cura, obtendo curas com as pétalas de uma flor ou com uma raiz teimosa. Mesmo então, não tinha saído ao ar livre com suas tesouras de poda e cestos sem alguma forma de proteção que lhe oferecesse sombra.

Embora aquele pequeno jardim de ervas se tornasse pálido ao lado dos campos que ela tivera outrora, apreciava o tempo que passava em meio à colagem fragrante de tomilho, cebolinha, manjericão e salsa. Ela tinha passado a tarde limpando velhos canteiros de alecrim para encher aqueles novos espaços com lavanda e menta. Os aromas caseiros se elevavam no ar cálido.

Se fechasse os olhos, podia imaginar que era um dia de verão em seu castelo, que seus filhos logo correriam para junto dela. Ela lhes passaria as ervas colhidas e caminharia com eles pelos terrenos do castelo, ouvindo suas histórias do dia.

Mas aquele mundo tinha acabado havia quatrocentos anos.

Seus filhos estavam mortos; seu castelo em ruínas. Mesmo seu nome era sussurrado como uma maldição. Tudo porque ela tinha sido transformada em uma amaldiçoada *strigoi*.

Ela recordou o rosto de Rhun Korza, lembrando dele deitado em cima dela, o sabor de seu próprio sangue nos lábios dele. Naquele momento de fraqueza e desejo, a vida dela tinha sido mudada para sempre. Depois de seu choque inicial diante de sua transformação em *strigoi*, ela tinha acabado por abraçar aquela existência maldita, a apreciar tudo o que oferecia. Mas mesmo isso lhe tinha sido tomado no inverno passado – roubado pela mesma mão que o tinha dado a ela.

Agora ela era apenas humana de novo.

Fraca, mortal e aprisionada.

Maldito seja você, Rhun.

Ela se inclinou e furiosamente cortou um galho de alecrim e o atirou no caminho de pedras. Marie, uma freira idosa, trabalhava nos jardins com ela, varrendo o caminho atrás de Elizabeth com uma vassoura caseira. Marie era uma mulher enrugada como um abricó, de no mínimo oitenta anos, com olhos azuis esgazeados pela idade. A velha freira tratava Elizabeth com uma condescendência gentil, como se esperasse que ela crescesse e abandonasse seu comportamento rebelde. Quem dera ela soubesse que Elizabeth tinha vivido mais séculos do que a freira veria.

Mas Marie não sabia nada do passado de Elizabeth, nem mesmo seu nome completo.

Ninguém no convento tinha recebido aquela informação.

Uma pontada no joelho fez Elizabeth passar seu peso para o outro, reconhecendo o que era aquela dor.

Velhice.

Tive uma maldição substituída por outra.

Pelo canto do olho ela avistou Berndt Niedermann atravessando o pátio a caminho do salão de refeições para o jantar. O elegante alemão estava hospedado em um dos quartos de hóspedes do convento. Vestia o que se passava por trajes formais naquela era: calças bem passadas e um paletó azul bem cortado. Ele levantou uma das mãos num cumprimento.

Ela o ignorou.

Familiaridades ainda não eram apropriadas.

Pelo menos por enquanto.

Em vez disso, ela alongou um ponto dolorido em suas costas, olhando para todos os lados, menos na direção de Berndt. O convento veneziano não deixava de ter seus encantos. No passado, o convento tinha sido uma casa grandiosa com uma entrada imponente, com vista para um largo canal. Colunas altas flanqueavam uma robusta porta de carvalho que dava para a doca. Ela tinha passado muitas horas olhando pela janela de seu quarto, observando o movimento da vida pelos canais. Veneza não tinha carros ou cavalos – apenas barcos e pessoas a pé. Era um anacronismo curioso, uma cidade em grande medida inalterada desde os tempos de seu passado.

Ao longo da última semana, Elizabeth tinha conversado com o hóspede alemão. Berndt era um escritor que visitava Veneza pesquisando para um livro, o que parecia significar caminhar pelas ruas calçadas de pedra, comer boa comida e beber vinhos caros. Se lhe fosse permitido acompanhá-lo por um dia, ela lhe mostraria tanta coisa mais, o encheria da história daquela cidade alagada, mas aquilo jamais aconteceria.

Ela ainda estava sob o olhar vigilante da irmã Abigail, uma sanguinista que deixava claro que Elizabeth nunca deveria deixar a área do convento. Para conservar sua vida – mortal como era agora –, Elizabeth tinha que permanecer prisioneira dentro de suas paredes imponentes.

O cardeal Bernard tinha sido muito claro naquele ponto. Ela estava presa ali para expiar seus pecados passados.

Apesar disso, aquele alemão poderia demonstrar ser útil. Para isso, ela havia lido os livros dele, discutido os livros com o autor enquanto tomavam vinho, elogiando-os cuidadosamente quando pudera. Mesmo aquelas conversas breves não tinham sido privadas. Só lhe permitiam falar com os hóspedes enquanto era cuidadosamente supervisionada por Marie ou Abigail, aquele dragão sanguinista de cabelo grisalho.

Contudo, Elizabeth havia encontrado lacunas na supervisão delas, especialmente nos últimos tempos. À medida que os meses de sua prisão se passavam, as outras tinham começado a baixar a guarda.

Duas noites antes, ela tinha conseguido escapulir e entrar no quarto de Berndt enquanto ele estava fora. Entre seus pertences particulares havia encontrado a chave para seu barco alugado. Ousadamente a roubara, esperando que ele pensasse que a havia perdido.

Até aquele momento, ele não dera nenhum alarme.

Bom.

Ela limpou a testa com um lenço enquanto um garotinho de uniforme azul de mensageiro aparecia na outra extremidade do pátio. A criança se movia daquela maneira descuidada que ela tinha visto Tommy se mover, como se as crianças dos dias de hoje não tivessem controle sobre seus membros, permitindo que se balançassem inutilmente enquanto se moviam. Mesmo quando ainda mais jovem que aquele menino, seu filho há muito tempo morto nunca teria andado de maneira tão pouco graciosa.

Marie manquejou para receber o mensageiro, enquanto Elizabeth se esforçava para ouvir a conversa deles. O seu italiano agora era passável; como tinha muito pouco a fazer ali, além de trabalhar no jardim, ela estudava. E estudava até tarde da noite. Tudo que aprendia era uma arma que um dia usaria para derrotar seus captores.

Uma abelha pousou em sua mão, e ela a levantou até seu rosto.

– Tenha cuidado – advertiu uma voz atrás dela, sobressaltando-a. Aquilo nunca teria acontecido quando era uma *strigoi*. Quando tinha sido capaz de ouvir o bater de um coração a léguas de distância.

Ela se virou e encontrou Berndt postado ali. Ele devia ter dado a volta no pátio para se aproximar dela muito discretamente. Estava perto o suficiente para que ela sentisse o cheiro almiscarado de sua loção pós-barba.

Ela olhou para a abelha.

– E eu deveria ter medo de uma criatura tão pequenina?

– Muitas pessoas são alérgicas a picadas de abelha – explicou Berndt. – Se ela *me* picasse, poderia até me matar.

Elizabeth arqueou uma sobrancelha. Os homens modernos eram tão fracos. Ninguém morria de uma picada de abelha em sua época. Ou talvez muitos morressem e apenas não se soubesse.

– Não posso permitir que tal coisa aconteça. – Ela afastou a mão de Berndt e soprou a abelha para fazê-la voar.

Enquanto fazia isso, um vulto saiu das sombras do muro do pátio e veio em direção a eles.

A irmã Abigail, é claro.

Sua vigia sanguinista parecia uma velha freira britânica inofensiva – seus membros magros e fracos, os olhos azuis desbotados pela idade. Quando ela os alcançou, enfiou uma mecha de cabelo grisalho que havia escapado da touca.

– Boa noite, Herr Niedermann – cumprimentou Abigail. – O jantar logo será servido. Se quiser ir para o salão, tenho certeza...

Berndt a interrompeu:

– Talvez Elizabeth pudesse me acompanhar.

Abigail agarrou o braço de Elizabeth com uma força que deixaria uma marca roxa. Ela não resistiu. Marcas roxas poderiam conquistar a simpatia de Berndt nas circunstâncias corretas.

– É claro que posso, irmã – disse Elizabeth. – Não sou uma prisioneira, sou?

O rosto quadrado de Abigail ficou rubro.

– Então está resolvido – disse Berndt. – E talvez depois possamos sair para um pequeno passeio de barco?

Elizabeth se obrigou a não reagir, temendo que Abigail ouvisse a súbita aceleração do bater de seu coração. *Será que a chave desaparecida seria percebida?*

– Elizabeth esteve doente – respondeu Abigail, claramente se esforçando para encontrar uma explicação para manter Elizabeth dentro dos muros do convento. – Ela não deve se cansar.

– Talvez a brisa marinha possa me fazer bem – disse Elizabeth com um sorriso.

– Não posso permitir isso – rebateu Abigail. – Seu... seu pai ficaria muito zangado. Você não quer que eu telefone para Bernard, não é?

Elizabeth desistiu de brincar com a mulher por mais que aquilo a deliciasse. Ela com certeza não queria a atenção do cardeal Bernard atraída na sua direção.

– É uma pena – disse Berndt. – Especialmente porque devo partir amanhã.

Elizabeth olhou espantada para ele.

– Pensei que fosse ficar mais uma semana.

Ele sorriu diante do interesse dela, claramente confundindo-o com afeição.

– Receio que os negócios exijam minha presença em Frankfurt antes do que eu esperava.

Aquilo representava um problema. Se ela pretendia usar o barco dele para sua fuga dali, teria que ser naquela noite, Elizabeth pensou rápido, sabendo que aquela seria sua melhor chance – não apenas de fuga, mas de tantas outras coisas.

Ela tinha planos mais grandiosos, ser mais do que apenas livre.

Embora Elizabeth pudesse andar sob o sol novamente, tinha perdido muito mais que isso. Como ser humano mortal, não podia mais ouvir os sons suaves, sentir os fiapos de cheiros mais delicados, nem presenciar as cores candentes da noite. Era como se tivesse sido embrulhada num cobertor grosso.

Detestava aquilo.

Ela queria seus sentidos de *strigoi* de volta, sentir aquela força sobrenatural fluindo através dos membros de seu corpo novamente, mas, mais que tudo, ela desejava ser imortal – ficar livre não apenas das restrições daqueles muros de convento, mas da marcha dos anos.

Eu não permitirei que nada me detenha.

Antes que pudesse se mover, o telefone celular escondido no bolso de suas saias vibrou.

Só uma pessoa tinha aquele número.

Tommy.

Ela se afastou do alemão.

– Obrigada, Berndt, mas a irmã Abigail está correta. – Ela fez uma rápida mesura para ele, dando-se conta tarde demais de que ninguém mais fazia aquelas coisas. – Estou me sentindo meio fraca depois de trabalhar nos jardins. Talvez, afinal, eu deva fazer minha refeição no quarto.

Os lábios de Abigail se estreitaram numa linha dura.

– Creio que isso é aconselhável.

– Uma pena – disse ele, a voz carregada de desapontamento.

Abigail a pegou pelo braço, os dedos da freira agora a apertavam ainda mais, e a conduziu até seu quarto.

– Você trate de ficar aqui – ordenou depois que chegaram à pequena cela. – Eu vou trazer o seu jantar.

Abigail trancou a porta depois que saiu. Elizabeth esperou que o som de seus passos se apagasse, então seguiu para a janela gradeada. Agora sozinha, pegou o telefone e respondeu à chamada.

Quando ouviu a voz de Tommy, imediatamente soube que alguma coisa estava errada. Lágrimas enchiam sua voz.

– Meu câncer voltou – disse ele. – Não sei o que fazer, a quem dizer.

Ela apertou o telefone com mais força, como se pudesse alcançar através do éter o garoto a quem tinha acabado por amar tanto quanto seu próprio filho.

– Explique o que aconteceu.

Ela conhecia a história de Tommy, sabia que ele estivera doente antes que uma infusão de sangue angélico o curasse, dando-lhe imortalidade. Agora ele era um simples mortal como ela – afligido pela doença como estivera antes. Embora ela o tivesse ouvido usar a palavra *câncer*, nunca havia compreendido realmente a natureza de sua doença.

Querendo compreender mais, ela o pressionou:

– Fale-me desse câncer.

– É uma doença que come você por dentro. – As palavras dele se tornaram suaves, desalentadas e perdidas. – Está na minha pele e em meus ossos.

O coração dela sofreu pelo menino. Queria confortá-lo, como tinha feito com frequência com seu filho.

– Com certeza os médicos podem curar essa doença nesta era moderna.

Houve uma longa pausa, depois um suspiro.

– Não o meu câncer. Passei anos em quimioterapia, vomitando o tempo todo. Perdi o cabelo. Até meus ossos doíam. Os médicos não conseguiram detê-lo.

Ela se apoiou contra a parede fria de alvenaria e examinou as águas escuras do canal pela janela.

– Você não pode tentar a quimioterapia de novo?

– Não quero. – Agora a voz dele soou mais firme, mais como a de um homem. – Eu deveria ter morrido naquela época. Creio que devo morrer. Não vou passar por aquele sofrimento de novo.

– E seus tios? O que eles dizem que deve fazer?

– Eu não contei a eles, e não vou contar. Eles me obrigariam a passar por aqueles procedimentos médicos de novo, e não vai ajudar. Eu sei disso. As coisas devem ser como são.

A raiva cresceu no íntimo de Elizabeth, ao ouvir a derrota na voz dele.

Você pode não querer lutar, mas eu lutarei.

– Escute – disse ele –, ninguém pode me salvar. Eu liguei apenas para conversar, para desabafar... com alguém em quem confio.

A honestidade dele a emocionou. Ele, só ele no mundo, confiava nela. E ele, só ele, era a única pessoa em quem ela confiava. A determinação cresceu em seu íntimo. O filho dela tinha morrido porque ela tinha falhado ao protegê-lo. Não permitiria que isso acontecesse com aquele menino.

Ele falou por mais alguns minutos, principalmente sobre seus pais mortos. Enquanto ele o fazia, um novo propósito cresceu no coração dela.

Eu vou me libertar dessas paredes... e vou salvar você.

7

17 de março, 18:38 horário da Europa Central
Cidade do Vaticano

Saindo da frigideira para o fogo...
Depois de ter escapado da biblioteca sanguinista em segurança e sem ser vista, Erin tinha se encontrado com Christian e a irmã Margaret antes de ser chamada ao gabinete do cardeal Bernard no Palácio Apostólico. Ela seguiu um padre de vestes negras por um longo corredor com painéis de madeira, passando pelos apartamentos papais, a caminho da ala privada dos sanguinistas.

Ficou a se perguntar o motivo do chamado.
Será que Bernard soubera de sua violação?
Erin tentou impedir a tensão de se revelar em seu caminhar. Já tinha tentado interrogar o padre à sua frente. O nome dele era Gregory. Era o novo assistente de Bernard, mas o homem tinha se mantido de boca fechada, um atributo necessário para qualquer pessoa que trabalhava para o cardeal.

Ela examinou aquele padre recém-recrutado. Tinha uma pele branca leitosa, sobrancelhas grossas e escuras, e cabelo na altura do colarinho. Como o assistente anterior do cardeal, não era humano – era um sanguinista. Parecia estar no início da casa dos trinta, mas poderia ser séculos mais velho que isso.

Eles chegaram à porta do escritório de Bernard e o padre Gregory a abriu para ela.

– Aqui estamos, dra. Granger.
Ela reparou em seu sotaque irlandês.
– Obrigada, padre.
Ele a seguiu ao entrar, retirando um antigo relógio de bolso numa corrente e consultando-o.
– Receio que tenhamos chegado um pouquinho cedo. O cardeal deve estar aqui em breve.

Erin suspeitava que aquilo fosse alguma artimanha de Bernard, para deixá-la esperando como demonstração mesquinha de superioridade. O cardeal ainda se irritava com o fato de o Evangelho de Sangue ter sido ligado a ela.

O padre Gregory puxou uma cadeira para ela diante da larga escrivaninha de mogno do cardeal. Ela colocou a mochila ao lado de sua cadeira. Enquanto esperava, examinou o aposento, como sempre encontrando novas surpresas. Volumes antigos encadernados em couro enchiam as prateleiras que iam do chão ao teto, um antigo globo terrestre do século XVI cravejado de pedras preciosas brilhava na mesa e uma espada do tempo das Cruzadas pendia acima da porta.

O cardeal havia empunhado aquela mesma espada para tomar Jerusalém dos sarracenos mil anos antes, e ela testemunhara pessoalmente a habilidade dele com essa arma havia alguns meses. Embora ele parecesse preferir trabalhar por trás das cenas, continuava sendo um guerreiro feroz.

Algo para ter sempre em mente.

– A senhora deve estar cansada depois de seu longo dia de estudo – disse o padre Gregory, retornando à porta. – Vou buscar um café para tomar enquanto espera.

Assim que ele fechou a porta, ela atravessou a sala para o outro lado da escrivaninha do cardeal. Examinou os papéis espalhados na superfície, lendo-os rapidamente. Alguns meses antes Erin teria recuado diante da ideia de invadir a privacidade do cardeal, mas já tinha visto gente suficiente morrer para preservar os segredos de Bernard.

Conhecimento era poder, e ela não permitiria que ele o acumulasse.

A folha mais em cima estava escrita em latim. Ela leu depressa as palavras, traduzindo enquanto avançava. Parecia que dois *strigoi* tinham atacado em um clube noturno em Roma, matando trinta e quatro pessoas. Ataques frontais como aquele eram incomuns, quase desconhecidos em tempos modernos. Com o passar dos séculos até os *strigoi* tinham aprendido a se ocultar e a esconder os corpos de suas presas.

Mas aparentemente aquilo não era mais verdade.

Ela leu o relatório privado sobre o massacre e descobriu um detalhe ainda mais perturbador. Entre os mortos havia um trio de sanguinistas. Erin engoliu em seco diante da aparente impossibilidade daquilo.

Dois strigoi *tinham matado três sanguinistas treinados?*

Ela afastou a folha para o lado para ler o relatório seguinte, esse em inglês. Descrevia um ataque semelhante numa base militar nos arredores de Londres, vinte e sete soldados mortos na cantina durante o jantar.

Erin folheou o restante das páginas. Elas documentavam estranhos e ferozes ataques na Itália, Áustria e Alemanha. Ficou tão perdida nos horrores daqueles relatos que mal reparou na porta se abrindo.

Erin levantou a cabeça.

O cardeal Bernard entrou, vestindo os trajes escarlates de sua posição. Com os cabelos brancos e uma atitude calma, podia facilmente ser confundido com o avô gentil de alguém.

Ele suspirou, balançando a cabeça para a mesa.

– Vejo que leu meus relatórios de inteligência.

Ela não se deu ao trabalho de negar suas ações.

– São superficiais. O senhor descobriu mais alguma coisa sobre esses atacantes?

– Não – disse ele, enquanto trocavam de lugar. Ele ocupou sua cadeira e ela voltou para seu assento. – Sabemos que as táticas deles são selvagens, indisciplinadas, imprevisíveis.

– E quanto a testemunhas?

– Até agora não deixaram sobreviventes. Mas do último ataque, na discoteca, conseguimos obter imagens da câmera de segurança.

Erin se sentou mais ereta.

– São muito violentas – advertiu ele, virando o monitor de seu computador na direção dela.

Ela se inclinou para a frente.

– Mostre-me.

Ele abriu um arquivo, e logo imagens granulosas mostraram um punhado de dançarinos se movendo numa pista escura. Luzes estroboscópicas faiscavam, e, embora o vídeo não tivesse áudio, ela podia imaginar a batida pesada do baixo e da bateria daquela música.

– Observe esses dois – disse Bernard, apontando.

Ele indicou dois homens, ambos vestidos de roupas escuras, na beira da tela. Eles se moviam lentamente para a pista de dança. Um tinha pele branca, o outro, negra. Ela apertou os olhos, chegando mais perto, examinando o homem negro. A qualidade do vídeo era muito fraca para permitir que distinguisse as feições, mas parecia que a pele dele bebia a luz. O rosto dele parecia de alguma forma artificial, mais como uma máscara do que pele humana.

Como se os dançarinos pressentissem os caçadores em seu meio, o pequeno grupo se dividiu, mantendo um círculo irregular de espaço livre ao redor das duas criaturas. Eles estavam certos em sua desconfiança. Um momento depois os dois *strigoi* atacaram, movendo-se tão depressa que suas imagens ficaram borradas na tela. Ela nunca tinha visto *strigoi* se moverem com aquela velocidade.

Em menos de dez segundos, só os dois *strigoi* permaneciam de pé. Corpos partidos e ensanguentados jaziam a seus pés. Cada vulto pegou uma mulher do chão, a atirou sobre o ombro e desapareceu saindo do quadro.

Erin estremeceu ao pensar no que esperava por aquelas pobres garotas.

O cardeal apertou uma tecla, e a imagem se congelou.

Erin engoliu em seco, pensando na dor que aquelas pessoas deviam ter sentido em seus momentos finais. Nenhuma delas tivera uma chance.

– A polícia está procurando esses assassinos? – perguntou ela.

O cardeal moveu seu monitor de volta para o lugar.

– Eles estão procurando, mas não compreendem o que estão caçando.

– O que quer dizer?

– A polícia não teve permissão para ver essas imagens. Como sabe, não podemos permitir que nenhuma prova da existência de *strigoi* seja revelada para o mundo em geral.

Ela se recostou na cadeira.

– Então como as pessoas podem se proteger?

– Enviamos equipes adicionais. Elas patrulham a cidade noite e dia. Descobriremos esse par de assassinos e os destruiremos. Esse é nosso dever sagrado.

Erin se perguntou quantas vidas inocentes seriam sacrificadas antes que isso acontecesse.

– Aqueles *strigoi* eram rápidos, nunca vi nada semelhante.

O cardeal fez uma careta.

– E eles não são os únicos. Temos relatórios semelhantes do mundo inteiro. Por algum motivo, os *strigoi* começaram a mudar, a se tornar mais poderosos.

– Isso é o que ouvi dizer, mas por que está acontecendo? Por que agora?

– Não sei com certeza, mas receio que esteja relacionado com a profecia.

Ela franziu as sobrancelhas, adivinhando a que ele estava se referindo.

– Que os grilhões de Lúcifer de alguma forma foram afrouxados?

– E por causa disso mais mal está entrando em nosso mundo. Um equilíbrio fundamental começou a se alterar, dando força adicional a criaturas malignas, enquanto ao mesmo tempo solapa forças sagradas.

Ela encarou o cardeal mais duramente, avaliando-o.

– O senhor se sente mais fraco?

Ele cerrou um punho sobre a mesa.

— Aqui, nestas terras consagradas, não. Mas nós perdemos dezoito sanguinistas em campo durante as últimas doze semanas.

Dezoito? A Ordem já estivera declinando em número ao longo das últimas décadas, do mesmo modo que as dos padres católicos. Os sanguinistas não podiam se dar ao luxo de perder mais soldados de campo, especialmente se uma guerra estava a caminho.

— Os ataques seguem algum padrão geográfico? — perguntou ela. — Talvez se soubéssemos onde tudo isso começou, isso pudesse nos dar uma pista de como detê-lo.

Os olhos dele se estreitaram, examinando-a.

— Dra. Granger, como de hábito, a senhora parece ter acertado na mosca.

Ela se empertigou na cadeira.

— O senhor descobriu alguma coisa?

— Estivemos registrando meticulosamente as datas e locais desses ataques.

— Para montar um banco de dados — disse ela. — Bem pensado.

Ele assentiu agradecendo o elogio e inclinou seu monitor na direção dela de novo. E rapidamente trouxe à tela um mapa da Europa. Pequenos pontos vermelhos brotaram, marcando os locais dos ataques. Erin se assustou com o número, mas manteve o foco.

— Se você extrapolar voltando atrás — disse Bernard, demonstrando no mapa —, parece que esses ataques estiveram se expandindo para fora a partir de uma única locação.

Ele deu um zoom no epicentro dos ataques.

Ela leu o nome escrito ali, sentindo o sangue mergulhar para a base de suas vísceras.

— Cumae... é lá que fica situado o templo da Sibila.

E onde Jordan está trabalhando.

Ela encarou Bernard.

— O senhor teve alguma notícia de Jordan e sua equipe? Eles descobriram alguma coisa?

O cardeal se afundou pesadamente na cadeira.

— Esse foi o outro motivo pelo qual chamei você. Achei que devia saber primeiro por mim. Houve um ataque...

Ele foi interrompido quando o padre Gregory chegou com uma bandeja com um serviço de café de prata. Erin olhou rápido para trás, um pânico estonteante se apoderando dela. Gregory deve ter ouvido o bater frenético de seu coração e se imobilizou na porta.

Erin se virou de volta para Bernard.
– Jordan está bem?
Bernard gesticulou para o padre Gregory.
– Deixe o café naquela mesa ali. Isso é tudo.
Erin não se deu ao trabalho de esperar que o assistente de Bernard saísse. Seus dias de esperar até que sanguinistas lhe contassem as coisas tinham acabado.
– O que aconteceu? – disse sem pensar, se inclinando agressivamente para a frente.
Bernard levantou a palma da mão, claramente pedindo a ela que se acalmasse.
– Não se assuste, Jordan e sua equipe estão bem.
Erin se recostou. Deixou escapar um suspiro trêmulo, mas também percebeu que o cardeal estava escondendo alguma coisa. Mas, com sua preocupação mais importante resolvida, esperou que o padre Gregory saísse para confrontar Bernard.
– O que o senhor não está me contando? – perguntou.
– Nesta manhã, a equipe de Jordan descobriu um novo túnel, um que parecia ter sido recentemente escavado. Parece que alguma coisa pode ter escavado um caminho de saída daquele templo enterrado.
– *Alguma coisa?* O que significa isso?
– Nós não sabemos. Mas sabemos que o corpo do irmão Leopold desapareceu do templo.
Ela absorveu tudo aquilo. Durante a batalha naquele templo, Leopold tinha sido morto por Rhun... ou, pelo menos, com certeza tinha parecido que sim. Mas, se o cadáver dele agora estava desaparecido, significava que ou ele estava vivo ou alguém tinha levado seu corpo.
Ela retornou a uma preocupação mais próxima de seu coração.
– O senhor disse que houve um ataque.
– Um *strigoi* atacou de emboscada Jordan e a equipe dele no templo.
Ela se levantou e foi até o serviço de café, ansiosa demais para ficar sentada. Serviu-se de uma xícara, recordando a si mesma de que Jordan estava bem. *Mesmo assim...*
Aquecendo as palmas das mãos na xícara, ela encarou Bernard.
– O atacante era um desses *superstrigoi?*
– Parece que sim. A boa notícia é que os outros estão trazendo o corpo do *strigoi* de volta para Roma para estudo. Poderemos descobrir alguma coisa com o exame do cadáver.

– Quando? – perguntou ela secamente, ansiosa para ver Jordan, para se certificar de que ele estivesse seguro.

– Eles devem estar aqui dentro de uma hora. Mas também encontraram outra coisa na câmara, algo que não quiseram dizer o que era pelo telefone. De fato, Jordan disse que queria que você visse primeiro. – O cardeal parecia irritado com o fato de que alguém estivesse lhe negando uma informação. – Jordan acredita que você pode reconhecer o objeto porque, como ele insistiu teimosamente, você é a Mulher de Saber.

Ela tomou um gole de café, permitindo que o calor aquecesse o frio residual de seu pânico. Apreciava a confiança de Jordan, mas esperava que não estivesse equivocada. Sem nenhuma ideia do que ele estava trazendo de Cumae, ela refletiu sobre o mistério do corpo desaparecido de Leopold e voltou sua atenção para a declaração enigmática de Bernard.

Alguma coisa pode ter escavado um caminho de saída daquele templo enterrado.

19:02
Roma, Itália

Legião moveu-se ao longo de um muro alto no coração de Roma. Ele manteve a sombra da barreira sobre sua forma. Embora o sol já tivesse mergulhado abaixo do horizonte, as ruas circundantes ainda estavam iluminadas pelo crepúsculo. Ele preferia lugares mais escuros para vaguear. Como proteção adicional, puxou o capuz de seu casaco mais para baixo sobre sua cabeça, sabendo de uma coisa com certeza.

Ninguém pode olhar para meu rosto descoberto e não reconhecer minha glória.

Contudo, tanta coisa permanecia *desconhecida*.

E aquilo tinha que acabar.

Seu hospedeiro, o tal Leopold, tinha demonstrado ser valioso. Daquela chama tremeluzente que ainda brilhava na escuridão dentro do ser dele, Legião tinha descoberto mais sobre aquela profecia e aqueles que o combateriam e tentariam impedi-lo de cumprir seu dever.

As palavras do texto divino ecoavam através dele a cada passo:

Juntos, os membros do trio deverão enfrentar sua última missão. Os grilhões de Lúcifer foram afrouxados e seu Cálice permanece perdido. Será preciso a luz de todos os três para forjar novamente o Cálice e bani-lo outra vez para sua escuridão eterna.

Ele recordou o rosto daquele que era conhecido como o Guerreiro do Homem. Fixando bem aquela imagem de seus olhos azuis e dos ângulos duros de seu rosto. O Guerreiro exsudava tudo que a masculinidade representava, era uma verdadeira figura de homem.

Enquanto continuava ao longo daquele muro, um veículo grande passou em velocidade na rua ao seu lado, levantando lixo, arrotando gases fétidos. Através das lembranças de Leopold, ele sabia que aquilo era chamado de um ônibus. Mas se retirou para suas próprias lembranças. Como um caído, ele tinha passado anos infinitos caminhando por aquele jardim do mundo, muito antes que o homem pisasse nele. Onde outrora cresciam coisas silvestres, a humanidade havia coberto a terra com pedra artificial. Onde outrora riachos límpidos corriam sob céus azuis, agora havia imundície – na água e no ar.

Mesmo desde o princípio, ele soubera que o homem não era apto a herdar aquele paraíso. Durante a guerra dos céus, onde ele havia se juntado aos outros contra o plano de Deus para o homem, havia tido esperança de reivindicar aquele jardim para si mesmo. Mas, no final, ele e os outros tinham perdido a batalha e sido despojados, e agora a humanidade havia provado, como ele havia imaginado, ser um flagelo para aquele jardim, uma erva daninha que precisava ser arrancada e queimada.

Eu vou tomar de volta esse paraíso.

Ele não permitiria que nada o detivesse.

Nem mesmo a profecia.

Para esse fim, precisava descobrir mais sobre aquele trio, o suficiente para detê-los. Ele passou as pontas dos dedos sombrios sobre o muro ao seu lado, sentindo o ardor da santidade naquelas pedras. Aquela barreira separava Roma da Cidade do Vaticano. Ele caminhava ao longo de seu comprimento com um propósito determinado.

Tinha descoberto através de Leopold os nomes dos dois membros restantes do trio: a Mulher de Saber e o Cavaleiro de Cristo. Eles provavelmente estavam por perto, se escondendo naquele bastião de santidade. Tirou os dedos do muro e olhou fixamente para a palma da mão, fazendo rodopiar a escuridão em sua pele.

Se pusesse a mão em um dos membros do trio, poderia possuí-lo em um instante.

Com um único toque, posso acabar com a ameaça dessa profecia.

O primeiro passo para atingir aquela meta se aproximou dele naquele momento. Tinha tido a esperança de encontrar alguém assim assombrando as bordas da cidade santa. O vulto que caminhava em sua direção na calçada parecia um pedestre qualquer. Mas com seus sentidos aguçados Legião registrou uma diferença significativa.

Nenhum coração batia no peito daquele ali.

Ele era um *sanguinista*, uma palavra aprendida com Leopold. Aquele servo de Deus registrou o estado sobrenatural de Legião em um momento tarde demais. Legião agarrou o braço nu do homem com seus dedos negros. Sua presa caiu de joelhos enquanto Legião queimava nele sua vontade, empurrava suas sombras para dentro do coração dele.

Você será meus olhos e meus ouvidos naquela cidade santa.

Legião levantou o olhar para o muro. Com esse escravo ele poderia descobrir onde seus inimigos estavam se escondendo e acabar com aquela ameaça.

Eu não fracassarei de novo.

19:15
Cidade do Vaticano

Enquanto esperava pelo retorno de Jordan, Erin estudou o mapa no monitor do computador de Bernard, notando a propagação dos ataques a partir de Cumae.

– É como uma praga – murmurou.

O cardeal levantou os olhos dos relatórios que estivera lendo.

– Como disse?

Ela apontou para a tela.

– E se considerarmos o padrão desses estranhos ataques de *strigoi* mais como uma doença, um patógeno se disseminando para todos os lados?

– Como isso nos ajudará?

– Talvez, em vez de tentar encontrar uma maneira de impedir os ataques, devêssemos concentrar nossos esforços em encontrar o Paciente Zero. Se pudermos encontrá-lo...

Uma breve batida na porta a interrompeu.

– Entre! – gritou Bernard, endireitando o solidéu carmesim na cabeça. O cardeal era mais vaidoso do que jamais admitiria.

Ela se virou enquanto a porta se abria amplamente e o padre Gregory entrava, mas ele estava apenas mantendo a porta aberta para outros. Ela avistou o primeiro visitante e saiu de seu assento e atravessou metade do aposento antes que se desse conta.

Jordan a pegou nos braços e a levantou do chão. Ela o abraçou de volta, com força. Depois que ele a botou de novo no chão, ela recuou, mantendo as mãos nos ombros dele, enquanto o examinava dos pés à cabeça.

A despeito das palavras tranquilizadoras do cardeal, um nó de preocupação pelo bem-estar dele tinha permanecido. Mas realmente ele parecia bem. De fato, parecia estar muitíssimo bem, sua pele bronzeada praticamente vendendo saúde.

Ela se levantou nas pontas dos pés, convidando-o a um beijo. Ele se inclinou e lhe deu um beijinho no rosto. Os lábios dele ardiam, como se estivessem febris. Ela se acomodou de volta nos calcanhares, uma mão se erguendo para tocar a sua face.

Um beijinho no rosto?

Uma demonstração de afeto tão tépida era estranha, e pareceu uma rejeição a Erin.

Ela examinou os olhos azuis límpidos de Jordan e levantou a mão para passar os dedos em seus cabelos louros curtos, querendo perguntar a ele o que estava havendo. Ele não reagiu ao seu toque. Ela pôs as costas da mão na testa dele. Sua pele ardia quentíssima.

– Você está com febre?

– Nem um pouco. Me sinto ótimo. – Ele recuou um passo e com o polegar indicou seu companheiro logo atrás dele. – Provavelmente apenas acalorado de tanto correr atrás desse sujeito.

Era Christian, mas pela expressão do jovem sanguinista ele estava igualmente preocupado. Definitivamente Jordan estava lhe escondendo alguma coisa.

Antes que ela pudesse abordar o assunto, Christian entrou na sala. Estava vestido em trajes esportivos com jeans preto velho e um casaco impermeável azul-marinho, abaixo do qual via-se uma camisa e um colarinho de padre. Ele cumprimentou Bernard com a cabeça.

– Sophia e Baako estão trazendo o corpo do *strigoi* para o centro cirúrgico do papa.

Erin deixou de lado sua preocupação com o distanciamento continuado de Jordan e se concentrou no mistério que ele e os outros tinham trazido. Se pudessem descobrir a fonte da força e velocidade incomuns dos *strigoi*, então talvez criassem uma maneira de cortar o circuito no futuro.

Mas aparentemente aquilo podia esperar.

Christian puxou um trapo de cor cáqui do bolso de sua jaqueta. Ele olhou com uma expressão culpada para Jordan.

— Sophia me pediu para mostrar isso a Erin.

Erin prendeu a respiração quando reconheceu o trapo. Era a camisa de Jordan – só que estava dura de sangue seco, com um corte claro no meio. Ela olhou ansiosamente para Jordan.

Ele sorriu em resposta.

— Nada com que se preocupar. Eu apenas levei uma espetadela na batalha.

— Uma espetadela? – Ela percebeu que ele estava escondendo a verdade. – Mostre-me.

Jordan levantou as palmas das mãos.

— Eu juro... não há nada para ver.

— Jordan... – Um tom de advertência gelou a voz dela.

— Está bem. – Ele estendeu a mão e levantou a camiseta. Um conjunto de músculos abdominais rijos surgiu à vista.

Definitivamente não há nada de errado com eles.

Ela passou um dedo sobre a pele estranhamente quente, notando a fina linha de uma cicatriz. Aquela era nova. Sem tirar a mão da barriga de Jordan, olhou de volta para a camisa ensanguentada que Christian tinha nas mãos. O corte na frente da camisa combinava com a cicatriz.

— Só uma espetadela ou não – disse ela –, isso não deveria ter cicatrizado tão rápido.

Bernard deu a volta na mesa para também examinar Jordan.

— De acordo com Sophia e Baako – explicou Christian –, Jordan se curou espontaneamente, não sofrendo quaisquer efeitos nocivos.

Sem efeitos nocivos?

A pele dele ardia sob os dedos dela. Ele mal encarava seus olhos. Ela se lembrou de outra ocasião em que ele tinha ardido de febre como aquela. Tinha sido quando fora curado pelo sangue angélico de Tommy. Seria isso a evidência da profecia com relação ao Guerreiro do Homem? As palavras ecoaram em sua mente: *O Guerreiro do Homem está igualmente ligado aos anjos a quem ele deve sua vida mortal.*

Jordan puxou a camisa de volta para baixo, olhando para Erin.

— Eu não queria que você se preocupasse. Eu ia contar a você quando estivéssemos sozinhos.

Você ia?

Ela detestava o fato de duvidar dele, mas duvidava.

— Imaginei que tivéssemos um detalhe mais importante para abordar primeiro – prosseguiu Jordan.

Ele tirou alguma coisa de sua calça de camuflagem e estendeu para que todos vissem. Suas bordas pontiagudas brilhavam sob a luz de vela. Pareciam ser duas partes de um ovo verde quebrado.

– Nós encontramos isso perto do altar lá no templo da Sibila – explicou Jordan.

Ele atravessou a sala e colocou os dois pedaços sobre a mesa do cardeal. Eles se reuniram ao redor da mesa. Suas facetas lançavam arco-íris no rosto deles, mais fulgurantes que qualquer coisa que ela já tivesse visto – amarelos como a luz do sol, verdes como o sol na grama, azuis como um céu de verão. Aqueles dois pedaços com certeza não eram feitos de vidro comum.

– Que tipo de pedra é? – perguntou ela.

– Diamante, creio – respondeu Christian, enquanto se inclinava mais para perto. – Um diamante verde, mais precisamente. Extremamente raro.

Transfixada por sua beleza, Erin contemplou a pedra. O cristal salpicava o tampo da escrivaninha com reflexos. Em forma de lágrimas verdes reluzentes, esses reflexos a faziam lembrar folhas, dançando em um vento de verão.

Jordan juntou os dois pedaços.

– Nós o encontramos já quebrado nessas duas metades, mas em uma ocasião deve ter sido uma única pedra preciosa. E olhe para isso...

Ele rolou a pedra para revelar um símbolo entalhado no cristal.

Erin se inclinou para mais perto e o traçou com o dedo indicador. Era como se o desenho tivesse sido fundido na pedra.

– Estranho, não é? – perguntou Jordan, reparando em sua atenção. – É como se o símbolo sempre tivesse sido parte do diamante, e não entalhado nele depois.

Erin franziu o cenho.

– Já ouvi falar de falhas e inclusões em pedras preciosas, mas é difícil acreditar que um emblema tão preciso tenha se formado naturalmente.

Christian balançou a cabeça.

– Eu concordo

Ela se endireitou.

– Além disso, já vi esse símbolo antes.

Parte dela apreciou as expressões chocadas.

– Onde? – perguntou Bernard.

Ela apontou para a prateleira do cardeal.

– Bem ali.

Provando, Erin foi até lá e retirou um pequeno volume encadernado em couro. Ela própria havia entregado aquele livro depravado ao cardeal, quando o pegou na neve em Estocolmo depois que Elizabeth Bathory o deixara cair. Possivelmente era o diário da Condessa Sanguinária, um registro de suas atrocidades e macabras experiências.

Erin voltou para a mesa e abriu a capa ressecada do livro. O livro tinha séculos de vida. Apesar disso, juraria que podia sentir o cheiro de sangue se elevando de suas páginas. Ela virou páginas de desenhos de plantas medicinais, até chegar aos experimentos posteriores de Elizabeth Bathory, aqueles que continham desenhos detalhados da anatomia de seres humanos e *strigoi*, atos horrendos que deviam ter causado terríveis sofrimentos e mortes.

Ela apressou-se em passar por eles.

Ao final do livro, Erin encontrou o que procurava. Garatujado na última página, como se com grande pressa, estava um símbolo.

Era exatamente igual ao que havia na pedra.
– O que significa? – perguntou Bernard.
– Nós teremos que perguntar à mulher que o escreveu – respondeu Erin.
Jordan gemeu.
– Alguma coisa me diz que ela não vai ser muito cooperativa, especialmente depois do que Rhun lhe fez. Ela não é exatamente do tipo que perdoa.
– Mesmo assim – disse Erin –, Rhun poderia ser o único capaz de convencê-la.
Jordan suspirou:
– Em outras palavras, está na hora de reunir a banda de novo.
Ele não parecia satisfeito, mas Erin sentiu uma pontada de alívio ao pensar em todos eles juntos novamente, o trio da profecia reunido.
Ela recordou o rosto pálido de Rhun, seus olhos escuros intensos, e se virou para Bernard.
– Então, onde exatamente está nosso Cavaleiro de Cristo?

8

17 de março, 20:37 horário da Europa Central
Castel Gandolfo, Itália

Uma última tarefa e estarei livre para voltar para Roma.

Embora, na verdade, Rhun não estivesse com nenhuma pressa especial. Depois de voltar do Egito, primeiro tinha feito uma parada na residência de verão do papa, a propriedade rural de Castel Gandolfo. Como o pontífice raramente a visitava, o lugar era administrado como uma propriedade rural. O ritmo era lento e deliberado, mudando apenas com as estações.

Rhun estava parado diante de uma janela e olhava fixamente para além dos campos primaveris e para as águas iluminadas pelo luar do lago Albano. Ele não tinha se dado conta de quanto sentira falta da visão da água depois de seus meses passados no deserto. Respirou fundo, enchendo os pulmões do aroma de água, coisas verdes e peixe.

Então uma dor penetrante subiu por seu calcanhar, atraindo sua atenção de volta para o piso de pedra. O leãozinho branco como neve estava deitado no chão, as patas estendidas em sua frente como uma esfinge. Só que uma esfinge normalmente não tinha a cabeça inclinada para o lado, os dentes cravados em couro.

– Chega disso, meu amigo. – Rhun sacudiu o filhote teimoso do pé.

O leãozinho havia tolerado a viagem do Egito. Antes do voo, o filhote havia devorado um grande desjejum de leite e carne, depois havia dormido enroscado durante horas no caixote.

Aparentemente você está com fome outra vez... fome de couro de sapato.

Uma batida na porta fez com que ambos olhassem naquela direção. Rhun seguiu apressado para abrir, esperando que fosse a pessoa que ele tinha pedido para encontrá-lo privadamente naquele remoto recôndito da residência papal. Ele abriu a porta e descobriu um padre gorducho, de cabelo grisalho raspado na tonsura de frade. A cabeça do homem mal alcançava o ombro de Rhun.

– Frade Patrick, obrigado por vir.

O companheiro sanguinista ignorou a atitude formal de Rhun e entrou no quarto. Ele apertou ambas as mãos de Rhun nas suas mãos frias.

– Quando me disseram que você tinha vindo me ver, eu não acreditei. Faz tantos anos.

Rhun sorriu do entusiasmo dele.

– Frade Patrick, isso me envergonha. Faz assim tanto tempo?

O homem franziu o rosto enquanto pensava.

– Creio que da última vez que nos falamos o homem tinha acabado de pisar na Lua. Eu sei que esteve aqui recentemente, mas veio e foi embora tão rápido. – Ele ralhou sacudindo um dedo. – Você deveria ter vindo me procurar.

Rhun assentiu. Ele estivera ocupado na ocasião, lidando com a ameaça de um traidor na Ordem, mas não se deu ao trabalho de tentar explicar. Por sorte a atenção do frade Patrick foi desviada rapidamente para o outro hóspede do castelo.

– Minha nossa! – Patrick caiu sobre um joelho e estendeu as mãos para o filhote, os dedos acariciando as orelhas macias. – Isso com certeza compensa a sua longa ausência. Faz séculos que não vejo um animal tão magnífico.

O frade há muito tempo cuidava dos animais do papa, desde a época em que haviam consistido em cavalos, gado, pombos e falcões. A despeito de sua pequena estatura e corpo gorducho, ele era capaz de pôr arreios em um grupo de seis cavalos mais depressa que qualquer pessoa. Mais de um século antes, Rhun tinha trabalhado com ele nos estábulos. Ninguém tinha uma melhor compreensão das criaturas de Deus do que Patrick.

– Esse pequenino parece estar com fome – comentou Patrick, provando sua afinidade natural.

– Acabei de dar a ele uma refeição enorme há não muito tempo.

O velho frade deu uma risadinha.

– Isso é porque é um menino em idade de crescimento. – Patrick se levantou e gesticulou para a porta. – Venha. Siga-me. Eu já tenho um lugar muito acolhedor escolhido para ele. Depois que você me enviou a notícia sobre seu companheiro encantador, cuidei para que tudo ficasse pronto.

Com o filhote correndo alegremente atrás deles, Patrick conduziu Rhun para fora do quarto, descendo um conjunto de escadas, e para fora, para o terreno da propriedade papal. Ele os levou através dos terrenos dos fundos para um vasto conjunto de estábulos.

Assim que Rhun entrou, o cheiro de cavalos, couro e feno o levou de volta para cem anos atrás. O batimento forte e lento do coração dos cavalos rodeou-o como música. Agora, apenas alguns animais viviam no estábulo, nem de longe tantos quanto em tempos passados, quando qualquer viagem requeria algo com quatro patas.

Os cavalos relincharam ao verem Patrick, que habilmente tirou um cubo de açúcar de seu bolso para cada um, acariciando um focinho depois do outro enquanto passava rápido pelas baias.

Rhun pegou no colo o leãozinho curioso para impedi-lo de entrar nas baias.

Finalmente, Patrick chegou a seu escritório e os convidou a entrar. Retratos de cavalos cobriam as paredes, tanto fotografias quanto desenhos a lápis. Rhun reconheceu um cavalo de sua época, um campeão que Patrick havia criado.

O frade seguiu o olhar de Rhun.

– Você se lembra de Fogo Sagrado, não? Que campeão ele era. Juro que saiu do ventre da mãe e caiu seguro sobre as patas.

Patrick ignorou a escrivaninha atravancada e seguiu para uma pequena geladeira. Do interior, tirou uma jarra de metal de leite e pegou uma grande tigela de cerâmica de uma prateleira, então a encheu até a borda.

Assim que a colocou no chão, o leãozinho mergulhou direto para a tigela, meio enterrando o focinho nela enquanto bebia. Um ronronar alto encheu o aposento.

Por um estranho momento, Rhun se sentiu tirado de seu corpo. Ele se encontrou olhando para uma superfície líquida branca diante de seu nariz, sentiu o leite gelado descendo por sua garganta. Então retornou para seu próprio corpo, dando um passo cambaleante para trás de surpresa.

Patrick deu-lhe um olhar aflito de preocupação.

– Rhun?

Rhun sacudiu a cabeça recompondo-se, sem ter certeza do que tinha acontecido. Olhou fixamente para o filhote, depois para Patrick, pronto para descartar o incidente como nada além de exaustão. Por ora tinha assuntos de ordem prática para resolver.

– Obrigado por concordar em cuidar dele. Sei que esse filhote vai dar trabalho, mas agradeceria se ficasse com ele pelo máximo de tempo que puder.

– Fico feliz de fazê-lo. Mas não poderei manter um leão para sempre, não com os cavalos. No final, ele precisará ser dado a um zoológico, algum lugar com espaço necessário para cuidar adequadamente dele. – Ele levantou o olhar para Rhun e deu uma palmadinha no flanco do filhote. – Embora ele seja um encanto, confesso isso, você não é do tipo que traz filhotes abandonados para casa. O que há de tão especial com esse nosso amiguinho?

Rhun não estava pronto para dar explicações sobre as origens *blasphemare* do filhote, de modo que fez rodeios ao redor do assunto:

– Ele foi abandonado. Eu o encontrei ao lado do corpo da mãe morta.

– Muitas criaturas ficam sozinhas, mas nem por isso você as traz para o meu estábulo.

– Ele é diferente... talvez especial.

Patrick esperou por maiores explicações, mas quando não vieram bateu as palmas das mãos nas coxas e se levantou.

– Posso dar a ele algumas semanas. Mas, por via das dúvidas, começarei a procurar um lugar para ser um lar permanente para ele.

– Obrigado, Patrick.

O telefone tocou na escrivaninha. O frade franziu o cenho para ele.

– Parece que outra pessoa precisa de minha atenção.

Enquanto Patrick atendia a chamada, Rhun se agachou para fazer uma carícia rápida no pescoço do leãozinho, então se encaminhou para a porta, mas quando ia saindo do escritório Patrick o chamou.

– Parece que me enganei, Rhun. Alguém quer a sua atenção.

Rhun entrou de volta no escritório.

Patrick baixou o fone.

– Era do gabinete do cardeal. Sua Eminência quer que você siga imediatamente para Veneza.

– Veneza?

– O cardeal Bernard se encontrará com você lá pessoalmente.

Rhun sentiu um calafrio de inquietação, adivinhando a fonte de sua convocação. Elisabeta tinha sido enviada para Veneza depois dos acontecimentos no Egito. Lá era mantida sob vigilância e bem guardada em um convento, como uma prisioneira dentro de seus muros.

O que Elisabeta fez agora?

Rhun reorganizou seus planos. Com o leão entregue, tinha pretendido seguir direto para Roma, entregar a bolsinha de pedras negras, aquelas gotas do sangue de Lúcifer minadas das areias egípcias. Mas essa mudança súbita exigia botar primeiro as pedras em segurança. Ele não queria aquela malignidade em nenhum lugar perto de Elisabeta.

Aproximou-se da escrivaninha do frade. Patrick deve ter lido sua expressão.

– O que mais precisa que eu faça, meu filho?

Rhun removeu a bolsa de couro do bolso e a colocou sobre o tampo da escrivaninha. O frade recuou, percebendo o mal.

– Pode guardar isso em segurança no cofre do cardeal aqui no castelo? Ninguém deve tocar no que está aí dentro.

Patrick olhou para a bolsinha com desagrado, mas concordou.

– Você aparece com muitas coisas curiosas, Rhun.

Rhun apertou a mão do frade.

– Você me livrou de dois pesos hoje, meu velho amigo. Agradeço.

Com a questão resolvida, ele se retirou, mas não se sentiu aliviado. Não sabia o que devia esperar em Veneza. Sabia apenas uma coisa com certeza.

Elisabeta não receberia bem sua visita.

PARTE II

Houve, então, uma grande discussão entre os judeus que esbravejavam uns com os outros: "Como pode esse homem dar-nos a comer a sua própria carne?"
Então Jesus os advertiu: "Em verdade, em verdade vos afirmo: se não comerdes a carne do Filho do Homem e não beberdes o seu sangue, não tereis a vida dentro de vós... Aqueles que comerem da minha carne e beberem meu sangue terão vida eterna, e Eu os ressuscitarei no último dia."

– João 6:52-54

9

17 de março, 20:40 horário da Europa Central
Sobrevoando Veneza, Itália

Enquanto o helicóptero voava em arco acima do mar Adriático, Jordan consultou seu relógio. Tinham feito um bom tempo na viagem de Roma até ali. Adiante, a cidade de Veneza fulgurava contra o fundo preto de sua lagoa, como uma coroa de pedras preciosas abandonada nas águas italianas.

A bordo da aeronave, ele e Erin estavam acompanhados por um trio de sanguinistas. Na frente, Christian se debruçava sobre os controles enquanto Sophia e Bernard dividiam a cabine traseira com eles. A adição do cardeal à viagem havia surpreendido Jordan.

Creio que Bernard se cansou de ficar sentado em Roma.

Entretanto, o cardeal e os outros eram guerreiros hábeis. Jordan com certeza não se incomodava de ter a força adicional, especialmente depois do ataque naquele templo subterrâneo. Mesmo agora sua barriga ainda ardia, um fogo alimentado por alguma capacidade de cura miraculosa. O mesmo calor percorria o tecido entrelaçado da cicatriz antiga que cobria seu ombro e parte superior do torso, causado pelo raio que o atingira quando adolescente.

Naquele momento Erin se inclinou sobre aquele ombro. Ele segurou seus dedos. Volta e meia durante o voo ela lhe tinha lançado um olhar preocupado. Ele não podia censurá-la, até Sophia e Baako estavam assustados com sua quase morte.

O helicóptero deu um forte solavanco, atraindo a atenção de Jordan para a janela, à medida que a cidade de Veneza surgia à vista. Christian inclinou a aeronave numa curva, em busca de uma vista melhor.

– Bem abaixo de nós – transmitiu Christian pelo rádio através dos fones de ouvido que todos eles usavam – está a praça de São Marcos. Aquela torre branca é a Campanile, e o prédio que parece um bolo de casamento gótico é o palácio do Doge. Ao lado está a basílica de São Marcos. A Ordem tem seu próprio domínio abaixo desse terreno consagrado, de modo semelhante ao que tem na basílica de São Pedro. É lá que passaremos a noite depois que interrogarmos Elizabeth Bathory sobre aquele símbolo.

Erin apertou a mão de Jordan, inclinando-se por cima dele para ver tudo.

– Veneza se mantém assim há quase mil anos – disse ela. – Imagine isso...

Ele sorriu do entusiasmo dela, mas teve que forçar um pouco o sorriso. Ainda se sentia estranhamente desconectado. E não era apenas sua reação morna à mulher que amava. Naquele dia não tinha nem almoçado nem jantado, e não estava com fome. E, quando se forçava a comer, a comida lhe parecia sem sabor. Comia mais por obrigação do que por desejo verdadeiro.

Jordan esfregou o polegar ao longo da nova cicatriz em sua barriga.

Alguma coisa definitivamente mudou.

E embora ele devesse estar incomodado com isso, até assustado, sentia uma profunda calma, como se o que quer que estivesse acontecendo devesse acontecer. Não conseguia traduzir aquilo em palavras, de modo que na maior parte das vezes evitava falar sobre o assunto, mesmo com Erin, mas alguma coisa lhe parecia *certa*.

Como o fato de que estivesse se tornando melhor e mais forte. Enquanto Jordan refletia sobre aquele mistério, Christian pilotou para longe da praça de São Marcos e pousou a aeronave na cobertura de um hotel de luxo nas vizinhanças. Enquanto o helicóptero desacelerava, Jordan fez uma checagem rápida de suas armas; arma de mão, pistola-metralhadora e punhal. Ele olhou ao redor para os outros, esperando que Christian lhes desse o sinal de tudo limpo, de modo que pudessem desembarcar.

Erin parecia animada, mas ele também notou as olheiras sob seus olhos. Para uma civil comum, ela tinha passado por coisas demais em muito pouco tempo. Ela nunca realmente tinha tido tempo para se recuperar, para internalizar tudo que havia se passado no ano anterior.

Do assento do piloto, Christian acenou dando-lhes permissão para desembarcar, mas Sophia os impediu, claramente querendo ser a primeira a saltar. Durante o voo até ali, a mulher indiana pequenina tinha se mantido sentada, com os olhos semicerrados, irradiando uma sensação de paz. Se sua quietude vinha de sua fé ou de uma capacidade sobrenatural de se manter imóvel, Jordan não tinha certeza. Naquele momento ela abriu a porta e fluiu para fora do helicóptero com uma graciosidade surpreendente.

Bernard a seguiu, mostrando menos elegância. Quando o cardeal ia saltando, uma rajada de vento abriu e levantou seu casaco escuro, revelando as vestes carmesins de seu cargo. O olhar dele varreu a cobertura em busca de ameaças. Embora Bernard tivesse passado a viagem até ali rezando, com os dedos enluvados cruzados piamente no colo, ele não parecia mais tranquilo.

Mas também o alvo daquela viagem cruzando o país, Elizabeth Bathory, provavelmente demonstraria ser um desafio para todos eles. Especialmente para o cardeal, que tinha uma história longa e sanguinária com a mulher. Os dois tinham uma inimizade que abarcava séculos.

Christian se aproximou, agachando-se sob as hélices do helicóptero que perdiam velocidade. A força decrescente do rotor levantou o cabelo de Erin em um halo esvoaçante enquanto ela olhava para trás para Jordan. Seus olhos cor de âmbar brilhavam sob as estrelas, suas faces estavam coradas e os lábios ligeiramente entreabertos, como se esperando para serem beijados.

Por um momento a beleza dela atravessou a neblina ardente que o preenchia.

Eu realmente a amo, Erin.

Isso nunca mudará, Jordan jurou para si mesmo – mas, no fundo, ele se perguntou se poderia manter essa promessa.

20:54

Em seu quarto no convento, Elizabeth estava deitada totalmente vestida em sua cama dura e observava o jogo de luzes da cidade que se refletiam no canal e salpicavam seu teto. Os pensamentos dela estavam a meio mundo de distância, com Tommy.

Ela tocou no telefone escondido no bolso da saia. Assim que estivesse livre, descobriria como ajudá-lo. Seus filhos tinham-lhe sido roubados. Não permitiria que isso acontecesse com Tommy. Ninguém tomava o que era dela.

Virou a cabeça em direção à janela, onde tinha escondido a chave roubada do barco de Berndt num pequeno buraco na argamassa. No momento, ela devia se manter apenas respirando regularmente, com os batimentos de seu coração lentos. Não podia permitir que um punhado de freiras sanguinistas, que se misturavam com as irmãs mortais, percebessem sua ansiedade, suspeitassem de seu plano de fugir daqueles muros naquela mesma noite.

O convento impunha um toque de recolher aos seus hóspedes à meia-noite, e, como de hábito, Abigail estaria a postos no balcão da recepção central até que os portões do convento estivessem fechados. Depois disso, a velha freira se retiraria para seu quarto nos fundos da casa. Mas Elizabeth não podia contar com a possibilidade de que ela dormisse. Elizabeth se lembrava de como a noite sempre infundia energia em seu corpo *strigoi*, exigindo que ela saísse e sentisse a luz do luar e das estrelas na pele. Os sanguinistas deviam ter uma experiência semelhante, por mais que tentassem controlar seus prazeres com orações.

Uma porta bateu mais abaixo no corredor.

Outro turista voltando para ir para a cama.

Como era primavera, os quartos de hóspedes do convento estavam lotados, o que era bom. Com tantos corações batendo naquela ala, Abigail teria dificuldade de detectar o ritmo do coração de Elizabeth entre tantos. Aqueles corações adicionais batendo poderiam ser o suficiente para permitir que ela fugisse.

E eu tenho que fugir.

Ela passou em revista seu plano: retirar da janela a chave do barco, se esgueirar pelo corredor levando nas mãos os sapatos. Tirar a barra que fechava o portão na lateral do convento e dar a volta na casa até o barco de Berndt. De lá, soltaria as cordas de amarração e permitiria que a correnteza levasse o barco por alguma distância antes de ligar o motor e se pôr a caminho da liberdade.

Seus planos depois disso eram preocupantemente vagos.

Antes de ser apanhada pelos sanguinistas no inverno passado, ela tinha enterrado uma grande quantia de dinheiro e ouro nos arredores de Roma, um tesouro que havia amealhado dos corpos e casas daqueles que havia caçado quando despertou nesta era, depois de séculos de sono em um sarcófago cheio de vinho sagrado.

Rhun a havia aprisionado naquele caixão de pedra do mesmo modo que a havia aprisionado ali.

Uma de suas mãos se ergueu para tocar na parede do quarto, determinada a não permitir que nada a impedisse de chegar a Tommy antes que fosse tarde demais para o garoto. Uma vez livre, ela encontraria um *strigoi* e o convenceria a transformá-la em *strigoi* – depois levaria aquele mesmo presente para o leito de Tommy.

Então você viverá... e estará para sempre ao meu lado.

Os ouvidos dela se alertaram ao som de passos no corredor. Um grande grupo de pessoas se aproximava, gente demais para ser uma família de turistas.

Será que as freiras de alguma forma tinham descoberto seus planos?

– Condessa? – chamou uma voz masculina com sotaque italiano.

Ela imediatamente reconheceu a autoridade velada que se ocultava naquela voz. Aquilo a fez cerrar os maxilares até doer. *Cardeal Bernard.*

– Está acordada? – perguntou ele através da porta resistente.

Ela brincou com a ideia de fingir estar dormindo, mas não viu sentido naquilo – e estava curiosa com relação àquela visita inesperada.

– Estou – respondeu baixinho, sabendo que ele ouviria com seus sentidos aguçados.

Ela se levantou para recebê-los. Suas saias farfalharam contra o piso frio de lajotas enquanto ela destrancava a porta. Como de costume, o cardeal estava vestido de escarlate, uma vaidade que a divertia. Bernard sempre queria dar conhecimento a todos de sua posição elevada.

Atrás do ombro dele, Abigail fez cara feia para ela. Elizabeth ignorou a freira e cumprimentou com a cabeça Bernard e os outros companheiros, a maioria dos quais ela conhecia bem: Erin Granger, Jordan Stone e um jovem sanguinista chamado Christian. Ela reparou que havia alguém conspicuamente ausente daquele séquito.

Rhun não fazia parte das fileiras.

Será que estava envergonhado demais para se mostrar?

A raiva a dominou, mas ela apenas apertou mais os lábios. Não ousava mostrar agitação.

– É tarde para uma visita.

– Aceite minhas desculpas por incomodá-la a essa hora tão tardia, condessa. – O cardeal falava com um tom diplomático suave, meloso. – Temos um assunto que gostaríamos de debater com a senhora.

Ela manteve o rosto passivo, sabendo que o que quer que tivesse trazido esse grupo até sua porta devia ser alguma coisa urgente. Também percebeu que suas chances de fugir naquela noite estavam desaparecendo.

– Eu gostaria de falar com vocês de manhã – disse ela. – Estava me preparando para ir dormir.

A irmã Abigail estendeu o braço e puxou Elizabeth à força para o corredor, sem se dar ao trabalho de esconder sua força sobrenatural.

– Eles querem dizer agora.

Jordan botou uma mão controladora no braço da freira.

– Creio que podemos fazer isso sem nenhum uso de violência.

– E essa é uma questão que exige algum sigilo – disse Bernard, acenando para que Abigail se retirasse.

Um músculo se contraiu abaixo do olho da freira.

– Como quiser. Tenho outros assuntos para cuidar, de modo que deixarei lady Elizabeth sob sua responsabilidade.

Abigail largou Elizabeth, girou nos calcanhares e saiu pisando duro.

Elizabeth gostou de vê-la ir embora.

– Vocês gostariam de conversar em meu quarto? – Ela gesticulou para a cela, permitindo que uma veia de irritação se revelasse. – Se bem que é bastante apertado.

Bernard deu um passo para mais perto, enquanto observava o corredor.

– Nós conversaremos em nossa capela abaixo da basílica de São Marcos, onde poderemos falar com privacidade.

– Compreendo – disse ela.

O cardeal segurou o braço de Elizabeth, como se para acompanhá-la conduzindo-a pela mão, mas, em vez disso, enfiou uma algema fria de metal ao redor do pulso dela e a outra ponta no seu pulso.

– Algemas? – perguntou Elizabeth. – Uma pessoa com sua força não pode controlar uma mulher pequena, mortal e indefesa como eu?

Jordan sorriu.

– Mortal ou não, creio que não há nada de indefeso na senhora.

– Talvez você esteja certo. – Ela inclinou a cabeça e sorriu para ele.

Era um homem bonito – de queixo forte, rosto quadrado e uma sugestão de restolho de barba cor de trigo nas faces. Um calor emanava dele, um fogo infernal que ela poderia apreciar para se aquecer chegando-se mais ao lado dele.

Erin segurou a mão de Jordan, como se para afirmar a posse de seu homem. Havia coisas que não mudavam com o passar dos séculos.

– Conduza-me para o meu destino, sargento Stone – disse Elizabeth.

Em grupo, eles desfilaram pelo convento e saíram pelos portões principais. Ela avistou o barco de Berndt e sentiu uma pontada de irritação, mas permitiu que aquilo se dissolvesse.

Embora não fosse fazer seu passeio de barco para a liberdade naquela noite, talvez uma oportunidade mais interessante tivesse surgido.

21:02

Erin seguiu atrás dos sanguinistas enquanto eles serpenteavam pelas vielas e sobre as pequenas pontes arqueadas de Veneza. Ela segurava a mão de Jordan, a palma dele quente contra a sua. Tentou afastar seus temores com relação a ele. Não importava quanto estivesse febril, parecia saudável, pronto para lutar contra um exército.

Depois que estivessem sozinhos, ela arrancaria dele mais detalhes sobre o que tinha acontecido naquela caverna, e por que ele parecia estar se afastando dela ultimamente. Ela desconfiava que a origem daquelas mudanças fosse a essência angélica que Tommy tinha imbuído nele quando salvara a vida de Jordan. Mesmo assim, enquanto sua mente ponderava sobre essa possibilidade, seu coração imediatamente partia para respostas mais mundanas.

E se ele simplesmente não me amar mais?

Como se adivinhando seus pensamentos, Jordan apertou a mão dela.

– Você já esteve em Veneza antes? – perguntou baixinho.

– Apenas li a respeito. Mas é como sempre imaginei.

Feliz com a distração, ela olhou ao redor. As vielas daquela ilha-cidade eram tão estreitas que só duas pessoas podiam andar lado a lado em certos lugares. Pequenas fachadas de lojas exibiam livros antigos, echarpes de veludo e de seda. Veneza sempre tinha sido um centro comercial. Centenas de anos antes, aquelas mesmas lojas tinham encantado outros pedestres com suas mercadorias. Esperava que fosse continuar a fazê-lo dali a cem anos.

Ela inalou profundamente, sentindo o cheiro de maresia dos canais, o aroma de alho e tomates de algum restaurante próximo. Mais perto dali as fachadas das casas eram pintadas em tons de ocre, amarelo e azul desbotados, as vidraças de suas janelas onduladas pelo passar dos anos.

Era fácil imaginar que tinha entrado numa máquina do tempo e chegado a um lugar cem ou até mil anos antes. Tinha sido criada em um complexo rural pelos pais cuja vida cotidiana era mais primitiva do que a das pessoas que tinham vivido naquela cidade séculos antes. A fé de seu pai tinha feito com que ele repudiasse o mundo moderno, e ela às vezes se preocupava com a possibilidade de que sua profissão e sua curiosidade pela história também a mantivessem fora de sincronismo com o tempo.

Serei eu, afinal, filha de meu pai?

O grupo finalmente atravessou um túnel escuro que passava através de um muro antiquíssimo. Ao seu final, a praça de São Marcos se abriu diante deles, e Erin se viu olhando para a famosa basílica da cidade.

Luz dourada iluminava a frente do edifício bizantino, uma fachada elegante de portais arqueados, colunas de mármore e mosaicos elaborados. Erin inclinou o pescoço para admirar toda a sua largura. No centro, ao topo, erguia-se uma estátua de São Marcos, acima de um leão dourado, seu símbolo. Flanqueando o Santo Guerreiro havia seis anjos.

A estrutura inteira era o epítome de opulência e grandiosidade.

Jordan tinha sua opinião:

– Parece um pouco cafona.

Uma gargalhada escapou de Erin. Não conseguiu contê-la. O comentário parecia do Jordan que ela tinha conhecido em Israel.

– Espere até ver o interior – disse ela. – É chamada de *Igreja de Ouro* por um bom motivo.

Jordan deu de ombros.

– Se vale a pena fazer, creio que vale a pena fazer pra valer.

Ela sorriu para ele enquanto seguiam atravessando a praça de São Marcos. Durante o dia, o lugar estaria cheio de pombos e de turistas, mas àquela hora tardia a praça estava praticamente deserta.

Adiante, a condessa caminhava regiamente ao lado do cardeal, a cabeça erguida bem alto e os olhos fixos em algum ponto distante dela. Mesmo vestida com roupas bastante modernas, ela parecia uma princesa de livro de história, saída das páginas de um livro antiquíssimo. No caso da condessa, seria um livro sombrio de contos de fadas.

À medida que se aproximaram da basílica, Erin apontou para os mosaicos na entrada.

– Esses foram instalados no século XIII. Eles retratam cenas do Gênesis.

Ela se recordou da história escrita na tabuleta na biblioteca sanguinista – e como a história havia sido alterada. Vasculhou os mosaicos acima em busca da serpente no jardim, recordando como aquele relato antigo detalhava um pacto entre Eva com aquela serpente: dividir o fruto da Árvore do Conhecimento.

Antes que ela pudesse examinar melhor os detalhes, um padre idoso saiu de uma arcada coberta por sombras. Seu cabelo branco estava desalinhado e sua batina mal abotoada. Um anel de chaves pendia de seu cinto.

O padre se encontrou com Bernard na soleira da basílica.

– Isso é muito irregular. Nunca em todos os meus anos...

Bernard o interrompeu, levantando uma das mãos:

– Sim, é um pedido incomum. Estou grato que tenha podido atendê-lo assim de última hora. Se não fosse urgente, nós nunca pensaríamos em incomodá-lo.

– Fico sempre satisfeito de poder ser útil. – O velho padre parecia ligeiramente apaziguado.

– Como todos nós – respondeu o cardeal.

O padre italiano girou nos calcanhares e os conduziu até a porta principal e a destrancou.

Enquanto se afastava para o lado, ele advertiu Bernard:

– Desativei todos os alarmes. De modo que deve me avisar quando tiverem terminado.

O cardeal agradeceu e se apressou em entrar, atraindo o grupo em sua esteira.

Erin o seguiu, ficando boquiaberta com os mosaicos que apareceram, cobrindo todas as paredes, arcadas e tetos em domo.

Jordan deixou escapar um assovio baixo de admiração com o que via.

– Meus olhos estão me enganando ou parece que tudo está incandescendo?

– Os azulejos foram projetados para isso – explicou Erin, sorrindo da reação dele. – Criados pela fusão de folha de ouro entre as placas de vidro. Isso as torna mais reflexivas do que ouro sólido.

Elizabeth virou seus olhos prateados para Jordan, atraída talvez pelo entusiasmo dele.

– São lindos, não é, sargento Stone? Alguns desses mosaicos foram encomendados especialmente a meus ancestrais boêmios.

– É mesmo? – perguntou Jordan. – Eles fizeram um trabalho impressionante.

Erin não gostou da maneira como o sorriso de Elizabeth se alargou diante da atenção dele.

Talvez percebendo a irritação de Erin, a condessa se virou para encarar o cardeal Bernard.

– Eu desconfio que o senhor não tenha me trazido aqui para admirar a obra de meus ancestrais. O que é tão urgente que exige uma conversa tão tarde da noite?

– Conhecimento – respondeu ele.

Àquela altura, eles tinham chegado ao centro da igreja. Bernard claramente não queria ninguém ouvindo a conversa. Christian e Sophia guardavam os flancos deles, circulando ao redor do grupo lentamente, provavelmente tanto para protegê-los quanto para impedir qualquer padre extraviado que pudesse estar nas vizinhanças de se aproximar demais.

– O que deseja saber? – perguntou Elizabeth.

– Diz respeito a um símbolo, um que foi encontrado em seus diários.

Ele enfiou a mão dentro do casaco e tirou o livro de couro gasto.

Elizabeth levantou a mão livre.

– Posso ver?

Erin deu um passo adiante e pegou o livro. Ela folheou até a última página e apontou para o símbolo que parecia um cálice.

— Pode nos dizer o que é isso?

Os lábios da condessa se curvaram num sorriso genuíno.

— Se está fazendo perguntas a respeito disso agora, tenho certeza de que encontraram o mesmo símbolo em outro lugar.

— Talvez — respondeu Erin. — Por quê?

A condessa estendeu a mão para o livro, mas Erin o manteve fora de seu alcance. Um lampejo de irritação cruzou as feições delicadas da mulher.

— Então deixem-me adivinhar — disse Elizabeth. — Vocês encontraram o símbolo em uma pedra.

— De que está falando? — perguntou o cardeal.

— *O senhor* é um mentiroso de talento, Eminência. Mas a resposta para minha pergunta está escrita no rosto dessa moça.

Erin corou. Detestava ser tão transparente, especialmente quando não tinha ideia do que a condessa estava pensando.

Elizabeth explicou:

— Estou me referindo a um diamante verde, mais ou menos do tamanho de meu punho, com o mesmo desenho entalhado.

— O que sabe a respeito dele? — perguntou Jordan.

A condessa atirou a cabeça para trás e gargalhou. O som ecoou pelo espaço cavernoso.

— Eu não darei a informação que vocês buscam.

O cardeal se debruçou acima dela.

— Você pode ser obrigada a nos dizer.

— Acalme-se, Bernard. — O uso do seu nome de batismo pareceu apenas irritar ainda mais o cardeal. Ela claramente estava se divertindo ao provocá-lo. — Eu disse que não *daria* esse conhecimento a vocês, mas isso não quer dizer que me recuse a compartilhá-lo.

Erin franziu o cenho.

— O que quer dizer?

— É simples — respondeu ela. — Eu *venderei* meu conhecimento a vocês.

— Você não está em posição de fazer barganhas — explodiu o cardeal.

— Pois eu creio que estou numa posição muito boa — rebateu ela, enfrentando a tempestade que crescia na postura do cardeal com uma calma firme. — Tem medo desse símbolo, dessa pedra e dos eventos que atualmente estão transparecendo contra o senhor e sua preciosa Ordem. O senhor me pagará o que quero.

— Você é uma prisioneira — começou o cardeal. — Você...

– Bernard... meu preço é baixo. Tenho certeza de que poderá pagá-lo.

Erin agarrou o diário com mais força, seus olhos atraídos para o rosto triunfante da condessa, temendo o que viria a seguir.

O cardeal manteve seu tom defensivo:

– O que você quer?

– Algo de muito pouco valor – disse ela. – Apenas a sua alma imortal.

Jordan se enrijeceu ao lado dela, como se esperando um ataque.

– O que exatamente quer dizer com isso?

A condessa se inclinou para mais perto do cardeal, seus cabelos negros roçando contra a batina escarlate. Ele deu um passo para trás, mas ela o seguiu.

– Devolva-me à minha antiga glória – sussurrou ela, sua voz mais sedutora do que exigente.

Bernard sacudiu a cabeça.

– Se está se referindo a seu antigo castelo e terras, isso não está em meu poder.

– Não as minhas terras. – Ela riu alegremente. – Posso recuperar isso sozinha se tiver necessidade delas. O que quero do senhor é muito mais simples.

O cardeal a encarou, com a repulsa clara em seu rosto. Ele sabia o que ela iria pedir.

Até Erin sabia.

Elizabeth estendeu a mão para os lábios do cardeal, em direção às suas presas ocultas.

– Faça de mim de novo uma *strigoi*.

10

17 de março, 21:16 horário da Europa Central
Veneza, Itália

Elizabeth estremeceu de prazer enquanto o choque dominava a compostura calma habitual do cardeal Bernard. Por uma fração de segundo, ele mostrou os dentes para ela, deixando cair a máscara e revelando sua verdadeira natureza. Depois de séculos de combate, ela finalmente tinha conseguido quebrar a fachada dele de diplomacia e ordem, expondo o animal.
Eu preciso desse animal.
Ela arriscaria até a morte para libertá-lo dos grilhões.
Mais para o lado, a arqueóloga e o soldado pareciam igualmente surpresos, mas as melhores reações vieram dos sanguinistas. O jovem Christian ficou rígido; a mulher sanguinista magricela, com feições orientais e pele escura, franziu os lábios com repulsa. Na mente sagrada dele, um pedido daqueles era inimaginável.
Mas, na verdade, uma falta de imaginação sempre tinha sido o maior pecado dos sanguinistas.
– Nunca. – A primeira palavra do cardeal foi um rugido baixo, então sua voz se elevou, explodindo de seu peito, ressoando como trovão através da igreja: – Você é uma abominação!
Ela enfrentou a fúria dele, exacerbando-a ainda mais com sua calma.
– Sua pudicícia de padre não tem nenhum interesse para mim. E não se engane, sou tanto uma abominação quanto o senhor.
Bernard lutou para conter sua fúria, prendê-la dentro de si, mas as rachaduras continuavam a se revelar. Os punhos dele estavam cerrados ao lado de seu corpo.
– Nós não falaremos de pecados mortais como esse neste lugar santo.
Ele deu um puxão no pulso algemado dela, com força suficiente para que a borda da algema lhe cortasse a pele. Seguiu em direção ao fundo da igreja, puxando o resto deles consigo como se estivessem igualmente presos a ele.
E talvez estivessem, cada qual à sua maneira.

Elizabeth teve que correr para acompanhá-lo, mas não conseguiu manter aquela velocidade. Os pés dela se emaranharam na saia comprida e ela caiu esparramada no piso frio de mármore. A algema se enterrou mais fundo na carne de seu punho.

Ela se manteve em silêncio, saboreando a dor.

Se ele a estava machucando, no mínimo tinha perdido o controle.

E eu ganhei o controle.

Ela lutou para se pôr de pé, perdendo um sapato na batalha. Em seus esforços para se levantar, rasgou o ombro do vestido. Horrorizada, apertou-o com a mão livre para impedi-lo de cair.

Christian bloqueou Bernard, tocando no braço do cardeal.

– Ela não consegue acompanhá-lo, Eminência. Lembre-se, ela agora é uma mortal, por mais que não queira ser.

Jordan a ajudou a se levantar, suas mãos fortes quentes contra o corpo dela.

– Obrigada – sussurrou ela para o sargento.

Até mesmo Erin veio em seu auxílio, estendendo a mão e ajustando o vestido de Elizabeth para que não ficasse tão pendurado. A despeito das origens plebeias da mulher, ela de fato dispunha de uma reserva profunda de gentileza, tão profunda que era capaz de ajudar uma inimiga num momento de dificuldade. Talvez aquilo fosse parte da atração que Rhun sentia por ela – sua gentileza simples.

Elizabeth se afastou da mulher sem agradecer. Ela chutou fora o outro sapato para não andar claudicante. A pedra fria fez pressão contra as solas de seus pés descalços.

Bernard se desculpou por entre os dentes cerrados:

– Suplico que me perdoe, condessa Bathory.

Ele se virou e seguiu adiante, mas agora com um passo mais moderado. Apesar disso, a raiva estava evidente em cada passada exagerada. Ele claramente não conseguia apreciar o que ela pedia, o que exigia dele. Tinha sido imortal por tanto tempo que havia se esquecido dos desejos mortais, das fraquezas mortais. Mas, ao fazê-lo, ele também criava uma poderosa fraqueza em seu íntimo.

E eu a explorarei ao máximo.

O cardeal chegou ao fundo da basílica e os conduziu descendo por uma escada, provavelmente seguindo para a capela sanguinista enterrada nos subterrâneos.

Um espaço sombrio para segredos sombrios.

No fundo da escadaria havia uma cripta iluminada por velas. O piso era liso e limpo, uma caminhada fácil até mesmo com os pés descalços. Na extremidade mais distante, Bernard se deteve diante de uma parede de pedras decorada com uma imagem entalhada de Lázaro.

Ela calculou que fosse um dos portais ocultos da Ordem.

Como eles amam seus segredos.

Postado diante da estátua, o cardeal tirou a luva esquerda e puxou uma faca pequena de seu cinto. Cortou a mão nua com a faca e deixou pingar sangue na caneca que Lázaro segurava. Falou baixo algumas palavras em latim, rápido demais para que ela compreendesse.

Um momento depois, a pequena porta girou nos gonzos e se abriu para o lado com um ruído rangente.

O cardeal encarou os outros.

– Eu vou falar com a condessa sozinho.

Murmúrios se espalharam entre todos, a incerteza visível em seus rostos. Christian foi o mais ousado, talvez porque fosse o mais novo na Ordem, disposto a confrontar diretamente seu superior:

– Vossa Eminência, isso é contra as regras.

– Estamos muito além de regras – retrucou Bernard. – Eu posso conseguir um acordo mais satisfatório sem a presença de outros.

Erin se aproximou.

– O que o senhor está planejando fazer com ela? Arrancar-lhe a informação sob tortura?

Jordan apoiou a arqueóloga:

– Sempre fui contra técnicas de interrogatório extremas no Afeganistão, e não vou tolerá-las agora.

Ignorando-os, o cardeal recuou através da porta, arrastando Elizabeth consigo.

Da soleira, ele gritou uma ordem de comando que ecoou pela cripta:

– *Pro me!* Só para mim!

Antes que qualquer um pudesse reagir, a porta bateu, se fechando entre eles.

A escuridão envolveu Elizabeth.

Bernard sussurrou em seu ouvido:

– Agora você é minha.

21:20

Erin bateu com a palma da mão contra a porta vedada.

Devia ter desconfiado de uma manobra tão desleal por parte de Bernard. Se houvesse segredos a serem descobertos, ele havia mostrado no passado que lançaria mão de medidas extremas para controlar o fluxo de informação. Erin não duvidaria que o cardeal fosse capaz de ocultar qualquer informação que obtivesse de Elizabeth, talvez até matando a condessa para silenciá-la.

Ela se virou para Christian e apontou para a caneca na mão da estátua.

– Faça essa porta se abrir.

Antes que ele pudesse obedecer, Sophia tocou no ombro do jovem sanguinista, mas as palavras dela foram para todos:

– O cardeal vai interrogar a condessa pessoalmente. Ele tem experiência nesses assuntos.

– Eu sou a Mulher de Saber – argumentou Erin. – O que quer que Elizabeth possa saber diz respeito à nossa missão.

Jordan assentiu:

– E este Guerreiro do Homem também concorda.

Sophia se recusou a recuar.

– Vocês não sabem com certeza que a informação dela tem qualquer relação direta com sua missão.

Erin ficou furiosa, detestando ser excluída de maneira tão abrupta. Mas também tinha uma preocupação maior. Não confiava na condessa, nem mesmo com o cardeal. Erin temia que Bernard pudesse ser dominado por Elizabeth. Era evidente que a mulher sabia como fazê-lo se descontrolar, mas seria aquilo apenas um jogo sádico ou Elizabeth estava manipulando Bernard para atender a seus próprios objetivos?

Erin lançou mão de um argumento diferente:

– Se as coisas azedarem lá dentro, com que velocidade vocês podem nos fazer entrar?

– Defina azedar – disse Christian.

– Bernard está trancado sozinho com a Condessa de Sangue. Ela é uma mulher brilhante que sabe mais sobre *strigoi* e a natureza deles do que qualquer pessoa.

Sophia ergueu uma sobrancelha. Parecia um tanto surpresa.

Erin prosseguiu:

– A condessa conduziu experimentos em *strigoi*, tentando determinar a natureza deles. Está tudo no diário dela.

Jordan olhou fixamente para o portal fechado.

– O que significa que a condessa conhece as fraquezas de Bernard, provavelmente melhor que ele.

Erin olhou bem nos olhos de Christian. Ele queria ajudá-la, mas claramente sentia certa obrigação de cumprir as ordens de Bernard.

— De qualquer maneira, não importa — disse Sophia. — O cardeal fechou a porta com a ordem *pro me*, que significa que ela só se abrirá para ele.

O quê?

Erin se virou para a porta com preocupação.

— Então ele está preso lá dentro com ela — murmurou Jordan.

Christian esclareceu:

— Nós podemos entrar, mas não com o sangue de *dois* sanguinistas. — Ele gesticulou para Sophia. — Para anular o comando do cardeal, seria preciso um *trio* completo de sanguinistas. O poder de três pode abrir a porta a qualquer momento.

As sobrancelhas de Sophia se uniram com preocupação.

— Talvez seja melhor eu ir buscar um terceiro. Só para o caso de ser necessário.

— Faça isso — disse Erin.

E ande depressa.

Sophia correu atravessando a cripta e desapareceu na escuridão da escada.

Erin encontrou os olhos de Jordan e viu suas próprias preocupações refletidas neles.

Aquilo iria acabar mal.

21:27

Elizabeth lutou contra o pânico. Com a porta vedada, a escuridão era tão densa que parecia ter substância, como se pudesse se esgueirar descendo por sua garganta e sufocá-la. Mas obrigou a si mesma a se manter calma, sabendo que Bernard devia estar ouvindo o martelar de seu coração. Ela enrijeceu as costas, se recusando a dar aquela satisfação a ele.

Concentrou-se na dor feroz da algema em seu pulso. Sangue morno pingava de sua pele ferida e gotejava na palma de sua mão. O cardeal também devia perceber isso.

Bom.

Ela esfregou as mãos uma na outra, espalhando o sangue.

— Venha — disse Bernard roucamente.

Ele puxou as algemas e a trouxe mais para o interior daquela toca dos sanguinistas. Ela tremeu de frio. Bernard meio que a arrastou através da escuridão pelo que pareceu uma eternidade, mas provavelmente não passou de alguns minutos.

Então eles pararam de novo, e houve o clarão de um fósforo com cheiro de enxofre. A luz iluminou o rosto pálido e contraído de Bernard. Ele tocou com o fósforo numa vela dourada de cera de abelha colocada numa arandela na parede. Avançou em direção a outra, acendendo também seu pavio.

Logo uma luz cálida e tremeluzente iluminava o aposento.

Ela levantou o olhar para um teto em domo que brilhava como um mosaico de prata. Do mesmo modo que os azulejos da basílica acima tinham sido feitos com folhas de ouro, aqueles eram feitos com prata. Eles cobriam todas as superfícies.

O recinto brilhava com esplendor.

O mosaico retratava um motivo sanguinista conhecido: a ressurreição de Lázaro. Ele estava sentado em um caixão marrom, branco como a morte, com uma risca carmesim escorrendo de um canto de sua boca. Diante dele estava um Cristo dourado, a única figura dourada no mosaico. Minúsculos azulejos detalhavam minuciosamente os olhos castanhos luminosos de Cristo, o cabelo preto cacheado e um sorriso triste. Sua figura simples irradiava majestade, deslumbrando a todos que tinham se reunido para testemunhar aquele milagre. E não havia apenas humanos. Anjos da luz assistiam à cena do alto, enquanto anjos da escuridão esperavam abaixo, e Lázaro sentava-se para sempre preso entre eles.

O Ressuscitado dos Sanguinistas.

Como a vida dela seria mais simples se Lázaro nunca tivesse aceitado o desafio de Cristo.

Ela desviou o rosto do teto, seus olhos caindo no único outro adorno do aposento. No meio da câmara erguia-se um altar coberto de branco. Em cima dele repousava um cálice de prata. O toque da prata queimava *strigoi* e sanguinistas do mesmo modo. Beber de um cálice de prata era intensificar a dor de um sanguinista, aumentar a penitência deles quando consumiam seu vinho sagrado.

Uma careta de zombaria lhe retorceu os lábios.

Como podiam aqueles tolos seguir Deus, que exigia esse sofrimento interminável?

Bernard a confrontou:

– Você me dirá o que eu preciso saber. Aqui. Neste aposento.

Ela manteve seu tom frio, suas palavras simples:

– Primeiro pague meu preço.

– Você sabe que não posso fazê-lo. Seria um grave pecado.

– Mas já foi feito antes. – Ela tocou na garganta, relembrando as presas que rasgaram aquela pele macia. – Pelo seu Escolhido, por Rhun Korza.

Bernard desviou os olhos, sua voz baixando.

– Ele era jovem, novo no trabalho em campo, cedeu a um momento de luxúria e orgulho. Eu não sou tolo assim. As regras são claras. Não devemos nunca...

Ela o deteve:

— Nunca? Desde quando essa palavra faz parte do seu vocabulário, cardeal? O senhor já violou muitas das regras de sua Ordem. Ao longo de séculos. Pensa que não sei disso?

— Isso não cabe a você julgar — retrucou ele, as palavras ficando acaloradas. — Só Deus pode fazer isso.

— Então com certeza deve ser por vontade Dele que eu esteja aqui neste momento, a única que guarda esse conhecimento. Uma verdade que você só pode receber se pagar meu preço.

Um lampejo de dúvida cruzou o rosto de Bernard.

Ela se aproveitou disso e pressionou ainda mais duramente:

— Se o seu Deus é onisciente e todo-poderoso, por que Ele me colocou diante de você como o único repositório do conhecimento que você busca? Talvez o que eu peço de você também seja vontade Dele?

Imediatamente ela soube que tinha ido longe demais — leu aquilo no endurecimento das feições dele.

— Você, mulher caída, ousa interpretar a vontade Dele? — Ele olhou para ela com desdém, suas palavras consignando-a ao nível de uma mulher que vendia o corpo por dinheiro.

Como você se atreve?

Ela esbofeteou o rosto arrogante dele, deixando-lhe uma mancha de seu próprio sangue.

— Eu não sou uma mulher caída. Sou a condessa Bathory de Ecsed, de sangue real que data de séculos. E me recuso a ser insultada por esse tipo de calúnia. Especialmente vinda de você.

A resposta dele foi rápida como um raio. Seu punho acertou-lhe um golpe violento. Ela recuou um passo, o rosto latejando. Rapidamente se recompôs, empertigando-se rigidamente. Ela sentiu o gosto de sangue na boca.

Excelente.

— Eu posso fazer qualquer coisa com você aqui dentro — disse ele em tom duro.

Ela lambeu os lábios, molhando-os com seu próprio sangue. Sabia que ele já devia estar sentindo o cheiro de sangue fresco secando em sua face. Ela percebeu o nariz dele se erguer ligeiramente, revelando o animal dentro dele, o monstro escondido por trás daquela máscara.

Tinha que quebrar os grilhões daquele monstro.

— O que você pode fazer comigo? — desafiou. — Você é fraco demais para jamais me persuadir a ajudá-lo.

— Não confunda minha compostura com fraqueza — advertiu ele. — Eu me lembro da Inquisição, quando a dor a serviço da Igreja foi elevada a uma forma de arte. Posso lhe infligir uma agonia como você nunca vivenciou.

Ela sorriu da raiva dele.

— Você não pode me ensinar nada sobre a *dor*, padre. Por cem anos foi proibido pronunciar meu nome em meu próprio país por causa dos atos que eu cometi. Eu infligi e recebi mais dor do que você jamais poderia imaginar... e recebi mais *prazer*. Essas coisas estão combinadas de maneiras que você jamais compreenderá.

Ela se aproximou, obrigando-o a recuar, mas as algemas a impediam de ir muito longe.

— A dor não me assusta — continuou ela, exalando o aroma quente de seu sangue na direção dele.

— Pois... pois deveria assustar você.

Elizabeth queria que ele continuasse a falar, sabendo que falar exigia que respirasse e, a cada respiração, ele levaria o cheiro dela mais profundamente para dentro de seu ser.

— Faça-me sofrer — advertiu ela —, e veremos quem vai apreciar mais isso.

Ele recuou, se afastando dela até que suas costas estivessem pressionadas contra os mosaicos de prata que cobriam as paredes. Mas as algemas a puxaram junto com ele, sempre ao seu lado.

Ela mordeu a face machucada, enquanto inclinava a cabeça bem para baixo. Então abriu a boca, deixando o sangue fresco escorrer através de seus lábios. Depois levantou a cabeça de volta, expondo o pescoço numa postura langorosa, permitindo que a luz de vela refletisse naquela fita vermelha enquanto ela escorria e empoçava na concavidade de sua garganta.

Elizabeth sentiu os olhos dele seguirem aquela trilha cálida, a promessa que continha. Seu rico calor conclamava a besta enterrada em cada gota do sangue maldito dele.

Elizabeth sabia como o cheiro florescia no aposento de formas que ela não podia mais perceber. Como o cheiro podia encher as narinas, mesmo a boca. Há muito tempo ela havia sentido o que ele sentia agora. Conhecia o imenso poder daquilo. Tinha aprendido a abraçá-lo, e ao fazê-lo, aquilo a tornara forte.

Ele o negava — e aquilo o mantinha fraco.

— Como você me torturaria agora, Bernard? — Ela arrastou as palavras em meio a uma golada de sangue, usando a intimidade do nome dele.

Ele levantou a mão livre em direção à cruz peitoral, mas ela o bloqueou, cobrindo a prata com sua própria mão, impedindo-o de tocá-la, negando-

-lhe o conforto da dor sagrada. Os dedos dele se fecharam sobre a mão dela, apertando-a, como se a mão dela fosse a cruz, sua salvação.

— Eu vou lhe dizer o que você precisa saber — sussurrou ela, dizendo em voz alta o grande desejo dele. — Vou ajudá-lo a *salvar* sua Igreja.

Os dedos dele apertaram ainda mais, chegando perto de quebrar os ossos pequenos da mão dela.

— Será simples para você — instou ela. — Você já cometeu crimes de sangue antes, e eu sei que seus pecados são muito maiores do que qualquer um desconfia. Você cometeu muitos pecados em nome Dele, não cometeu?

O rosto dele disse a ela que tinha cometido.

— Então faça isso agora — disse ela. — E seu ato dará a você o poder de proteger a sua Igreja, a sua Ordem. Você preferiria que seu mundo caísse, preferiria perder tudo porque estava com medo demais de agir? Porque colocou seu medo das regras acima de sua missão sagrada?

Ela passou a ponta da língua ao longo dos lábios de novo, cobrindo-os de sangue fresco, sabendo como seu sangue reluzente devia parecer contra sua pele clara, como a visão e o cheiro de seu sangue deviam cantar para ele.

Sem saber o que fazer, ele lambeu os próprios lábios.

— Como salvar o mundo Dele com as ferramentas que Ele deu a você pode ser um pecado? — questionou ela. — Você é mais forte que as regras, Bernard. Eu sei disso... e bem lá no fundo, você também sabe.

Ela respirou fundo, lentamente, sem nunca tirar os olhos dos dele. Suas palavras também tinham surtido efeito, jogando com as dúvidas dele, alimentando sua vaidade.

Ele tremeu diante dela — querendo as respostas dela, querendo o sangue dela, *querendo-a*.

Ele agora podia ser um sanguinista, mas tinha sido um *strigoi* antes, e um homem antes disso. Havia devorado carne, saboreado prazer. Aqueles desejos estavam entranhados em cada fibra de seu ser, sempre.

O coração dela se acelerou, e sua face latejou com o calor do golpe dele. Ela sempre tinha adorado sentir dor, precisava dela como mais tarde precisaria de sangue. Ela fechou os olhos e permitiu que a dor reverberasse através dela — de sua face, de seu pulso ferido.

Era um êxtase.

Quando ela abriu os olhos, ele ainda mantinha sua mão pressionada contra a cruz junto a seu coração. Os olhos dele seguiram de seus lábios reluzentes de sangue para a pulsação em sua garganta, para o alto de seus ombros, tão brancos contra a combinação de seda. Ela virou-se para o lado, para permitir que o vestido rasgado caísse de seus ombros. Agora a luz de vela caía sobre seus seios, tão facilmente visíveis através da combinação de seda.

Ele a fitou por vários longos instantes.

Ela se inclinou para a frente com uma lentidão infinita – então se levantou nas pontas dos pés e muito de leve, quase sem tocar a superfície, roçou os lábios contra os dele. Por um longo instante ficou parada assim, permitindo que ele sentisse seu calor, inalasse o cheiro de seu sangue maduro.

– Se não for por vontade Dele, então por que estou aqui? – sussurrou ela. – Só você pode ser forte o suficiente para arrancar a resposta de mim. Só você tem o poder de salvar o mundo.

Então ela abriu os lábios frios dele com os seus e enfiou a língua entre eles, trazendo com ela o gosto de sangue.

Ele gemeu, abrindo a boca para ela.

Ela agora sentiu as presas ali, crescendo à medida que ela tornava o beijo deles mais profundo.

Com os lábios ainda unidos, ele se virou e a pressionou contra a parede, esmagando o corpo dela contra o seu. Velhos ladrilhos se soltaram debaixo dela, as bordas de vidro cortaram a combinação de seda e penetraram sua pele. Sangue corria quente, descendo por suas costas e salpicando o chão de pedra.

Ela afastou a boca da dele e, em vez dela, ofereceu o pescoço.

Sem hesitação, ele a mordeu.

Ela arquejou ao sentir a dor.

Ele imediatamente sugou uma grande quantidade de seu sangue, levando com ele o calor dela. Elizabeth estremeceu à medida que os membros de seu corpo ficavam mais frios. Uma dor gelada apunhalou seu coração. Aquela não era a união extasiante que ela havia vivenciado com Rhun.

Aquilo era necessidade animal.

Uma fome dolorosa que não deixava nenhum lugar para amor ou ternura.

Ele poderia matá-la e deixá-la sem nada, mas tinha que correr o risco, acreditando que o conhecimento era tão importante quanto o sangue para o homem que se agarrava a ela.

Ele não permitirá que eu morra com os segredos que guardo.

Mas depois de ter libertado o monstro dentro do homem será que aquilo permaneceria verdadeiro?

O corpo dela tombou em direção ao chão. Enquanto seu coração enfraquecia, a dúvida encheu aqueles espaços vazios – dúvida e medo.

Então uma eterna escuridão levou o mundo embora.

11

17 de março, 21:38 horário da Europa Central
Veneza, Itália

Rhun caminhou apressadamente pelo piso encerado da basílica de São Marcos. Tinha aterrissado em Veneza quinze minutos antes. Por meio de uma mensagem deixada para ele, tinha sabido que Bernard e os outros tinham levado Elisabeta para lá. Só que, quando chegou, descobriu a porta da igreja destrancada e ninguém parecia estar ali.

Será que eles já tinham ido para a capela sanguinista abaixo?

Ele olhou para o outro lado da nave, em direção ao transepto da basílica. Pelo que se lembrava, uma escadaria daquele lado levava até a cripta subterrânea e o portal secreto para os espaços sanguinistas. Ele se encaminhou naquela direção, mas então um movimento atraiu sua atenção para o transepto sul. Da escuridão, um fluxo de sombras corria em sua direção, movendo-se com velocidade sobrenatural. Rhun se tencionou, agachando-se, sem saber quem era aquele grupo, desconfiado depois dos ataques recentes.

Com certeza nenhum strigoi *ousaria atacar em terreno consagrado como aquele.*

Uma voz o chamou à medida que as sombras se moviam mais para a luz, revelando-se como um grupo de sanguinistas: dois homens e uma mulher.

— Rhun! — Ele reconheceu as feições morenas de Sophia.

A mulher pequenina correu para o lado dele, atraindo os outros consigo.

— Você chegou bem a tempo.

Ele viu a ansiedade nos olhos dela.

— O que há de errado?

— Venha conosco. — Ela se encaminhou para o transepto. — Temos problemas no portão sanguinista.

— Diga-me — disse ele, checando a *karambit* embainhada em seu pulso enquanto a acompanhava, seguindo seus passos rápidos.

Ela contou o que havia acontecido abaixo, como Bernard havia levado Elisabeta através do portão e trancado o portal.

– Christian já está lá embaixo, mas precisaremos de três de nós para abrir a porta de novo. – Gesticulou para os dois padres atrás dela. – Eu subi para buscar mais ajuda, mas levei tempo demais para encontrá-los. E Erin teme o pior.

Ao chegar à escadaria, Rhun assumiu a dianteira. Confiava no julgamento de Erin. Se ela estava preocupada, devia haver bons motivos. A meio caminho da descida da escada, ele ouviu os batimentos de dois corações ecoando para cima, vindo da cripta inferior.

Erin e Jordan.

Ele podia facilmente discernir entre eles, com a mesma facilidade que distinguiria suas vozes. Os batimentos rápidos do coração de Erin lhe revelavam seu temor. Ele chegou à cripta e viu Christian socando a parede do fundo, chamando o nome de Bernard.

Ele sabia o que havia deixado o jovem sanguinista tão excitado.

Além do portal, detectou outro batimento cardíaco, abafado pela pedra, mas ainda audível para seus sentidos aguçados, o som amplificado pela acústica da longa cripta.

Elisabeta.

O coração dela falhou, tornando-se mais fraco a cada batimento.

Ela estava morrendo.

Christian se virou, ouvindo a aproximação deles.

– Depressa!

Rhun não precisava daquele tipo de incentivo. Voou atravessando a cripta. Erin avançou para vir ao seu encontro, mas ele passou por ela sem dizer uma palavra. Não havia tempo.

Ele puxou a lâmina da manga e espetou a sua palma da mão tirando sangue, que pingou no cálice seguro pela estátua de Lázaro. Sophia e Christian o flanquearam rapidamente, acrescentando o sangue deles.

Juntos entoaram:

– Para este cálice de nosso sangue. Do novo e eterno Testamento.

O contorno da porta apareceu na pedra.

– *Mysterium fidei* – entoaram em coro.

Lenta – lentamente demais –, a porta se abriu com um estalo. O cheiro metálico de sangue se elevou para fora imediatamente, espesso e estonteante, carregado de perigo.

Assim que a passagem se abriu o suficiente, Rhun entrou de lado e correu, seguindo o cheiro de sangue em direção à sua fonte.

Ele chegou ao limiar da capela principal – a tempo de ouvir o coração de Elisabeta parar. Examinou a visão impossível. Naquele recinto sagrado, sob o brilho dos mosaicos de prata, Elisabeta jazia caída de costas, os membros frouxos e sem vida.

Mas ela não estava sozinha; ao lado dela, acorrentado ao seu pulso, Bernard estava ajoelhado, a boca ensanguentada. Ele se virou para Rhun, com a angústia entalhada em seu rosto. Lágrimas escorriam pelas faces do cardeal, abrindo caminho pela mancha carmesim de seu pecado.

Rhun ignorou aquele sofrimento e correu para o lado de Elisabeta, escorregando de joelhos, levantando-a em seus braços, embalando-a. Ele afastou o corpo dela de Bernard tanto quanto podia com os dois algemados.

Ele queria se enfurecer contra aquele pecado, permitir que a fúria queimasse o pesar que o dominava. Algum dia faria com que Bernard pagasse, mas não naquele dia.

Aquele dia era só para ela.

Christian foi o primeiro a chegar ao seu lado. Ele tocou Rhun no ombro com simpatia, então caiu de joelhos e manuseou as algemas. As argolas de metal caíram do pulso fino e bateram no chão.

Agora que ela estava livre de seu assassino, Rhun pegou seu corpo frio no colo e se levantou, precisando botar distância entre ela e Bernard.

Sophia levou seus dois companheiros sanguinistas até a forma abatida do cardeal. Eles o puseram de pé com brutalidade. Pelos comentários em voz baixa, não conseguiam acreditar que o cardeal pudesse ter feito tal coisa.

Mas tinha feito – ele a tinha matado.

– Rhun... – Erin estava postada ao lado de Jordan, apoiada no braço dele, segurando-se nele, naquela vida dentro dele que ardia tão claramente.

Ele não podia encarar aquilo e lhes deu as costas, levando Elisabeta em direção ao altar, querendo que ela fosse cercada por santidade. Rhun fez uma promessa de que ela permaneceria sempre na graça que havia ali. Jurou encontrar os filhos dela que estavam enterrados e enterrá-la perto deles.

Ela merecia aquilo.

Muito tempo antes, ele a havia roubado de seu legítimo local de repouso, mas agora daria o melhor de si para restaurar o que pudesse. Era tudo o que podia fazer por ela.

Rica luz prateada banhava sua pele pálida, seus cílios longos e seus cachos negros. Mesmo na morte ela era a mulher mais bonita que jamais tinha visto. Ele manteve os olhos afastados da ferida selvagem em sua garganta, o sangue que escorria por seus ombros e ensopava a combinação fina de seda.

Ao chegar ao altar, ele não conseguiu deitá-la naquela cama fria. Quando a soltasse, estaria realmente perdida para sempre para ele. Em vez disso, ele se ajoelhou no chão ao lado do altar, puxando a toalha branca do altar para cobrir seus membros nus.

Com a ponta do tecido abençoado, ele limpou o sangue de seu queixo, os lábios carnudos, suas faces. Um hematoma cobria o lado de seu rosto. Bernard devia tê-la golpeado ali.

Você pagará por isso também.
Ele se inclinou junto dela.
– Sinto muito – sussurrou. Tinha dito essas palavras muitas vezes para ela... vezes demais.

Com que frequência eu prejudiquei você...
As lágrimas dele caíram sobre o rosto frio, branco.
Ele acariciou sua face, delicadamente sobre o hematoma, como se ela ainda pudesse sentir. Tocou suas pálpebras, desejando que ela pudesse apenas sair da morte, que ela pudesse abri-las de novo.

E então ela as abriu.

Ela se moveu em seus braços, despertando como uma flor, pétalas se abrindo suavemente para um novo dia. Inicialmente ela começou a se afastar dele, então o reconheceu e se aquietou.

– Rhun... – disse baixinho.

Ele a encarou sem palavras, não ouvindo nenhum batimento de coração vindo dela, sabendo a verdade.

Deus, não...

Rhun lançou um olhar por cima do ombro, a fúria crescendo, substituindo seu pesar. Bernard não tinha apenas se alimentado dela – tinha passado seu próprio sangue para dentro dela. Ele a havia amaldiçoado tão prontamente quanto Rhun fizera séculos antes, corrompendo-a. Ela era de novo uma abominação sem alma.

Apenas meses antes, Rhun havia sacrificado o retorno de sua alma para salvar a dela – e Bernard havia transformado aquela dádiva em ruína e cinzas.

O cardeal estava parado, cercado por Christian e três outros sanguinistas. Bernard havia cometido o maior dos pecados e seria punido, talvez até com a morte.

Rhun não sentiu nenhuma pena dele.

Elisabeta deixou a cabeça cair contra o peito dele, fraca demais até para levantá-la. Ela murmurou para ele, mais num suspiro que palavras.

– Estou cansada, Rhun... cansada até a morte.

Ele a abraçou, baixando a voz para um sussurro como o dela:

– Você precisa se alimentar. Encontraremos alguém que nos dará sangue para restaurar sua força.

Sophia falou atrás dele, debruçando-se acima deles:

– Isso é impossível. Ela não pode ter permissão para existir. Ela agora é uma *strigoi* e deve ser destruída.

Rhun olhou para os outros, não encontrando discordância. Eles pretendiam sacrificá-la como um animal. Mas ele encontrou socorro em uma fonte improvável.

Bernard falou como se ainda tivesse voz naquelas decisões:

– Ela tem que beber o vinho, se tornar uma de nós. Eu cometi esse pecado de sua criação... porque a condessa jurou enfrentar esse desafio. Beber o vinho sagrado e se juntar à nossa Ordem.

Ou morrer na tentativa.

Rhun olhou para Elisabeta, chocado. Ela nunca teria concordado com uma coisa daquelas. Mas Elisabeta jazia em seus braços de olhos fechados de novo, tendo desmaiado devido ao seu estado enfraquecido.

Sophia tocou na cruz de prata ao redor de seu pescoço.

– Mesmo se ela passar por esse teste, isso não tornará menor seu pecado, cardeal.

– Eu aceitarei minha punição – disse ele. – Mas ela deve beber o vinho sagrado... e aceitar o julgamento de Deus.

Rhun protestou:

– Isso não é pecado dela.

Christian atravessou o aposento e se juntou a Sophia.

– Rhun, eu sinto muito. Não importa como ela foi transformada, apenas que ela agora é uma *strigoi*. Tais criaturas não podem ter permissão para viver. Elas têm que enfrentar esse julgamento, beber o vinho... ou ser mortas.

Rhun considerou a possibilidade de fugir com ela. Mesmo se conseguisse vencer aqueles reunidos ali, o que faria depois? Levar uma existência amaldiçoada, vagando pela Terra, lutando para impedi-la de expressar sua verdadeira natureza, ambos afastados da graça de Deus?

– Tem que ser feito e tem que ser feito agora – disse Sophia.

– Espere. – Jordan levantou uma das mãos. – Talvez todos nós precisemos recuar um pouco, conversar a respeito disso.

– Concordo – disse Erin. – Este é um conjunto de circunstâncias extraordinárias. Lembrem-se, ela tem as informações de que precisamos. Não devemos pelo menos tentar obter a informação antes de nos arriscarmos a perdê-la de novo?

– Erin está certa – disse Jordan. – Parece que a condessa recebeu o pagamento completo. Ela recebeu o que queria, e agora precisa nos dizer o que sabe.

Christian franziu o cenho, mas parecia estar lentamente pendendo para o lado deles. Infelizmente, Sophia parecia pouco inclinada, e ela tinha o apoio dos dois sanguinistas ao seu lado.

Então o apoio veio de uma nova direção.

– Eu contarei a vocês o que sei – disse Elisabeta em voz fraca, virando a cabeça com o que claramente exigiu grande esforço. – Mas não se significar minha morte.

Sophia liberou duas lâminas curvas, que rebrilharam sob a luz de vela.

– Não podemos permitir que uma *strigoi* viva. As regras são claras. Um *strigoi* tem duas escolhas: se juntar à nossa Ordem ou ser morto imediatamente.

Rhun apertou seus braços ao redor dela. Não podia perdê-la duas vezes em uma noite. Se necessário, lutaria.

Talvez percebendo que a tensão estava chegando a um clímax, Erin se posicionou entre Rhun e os outros.

– Não podemos abrir uma exceção para ela? Permitir que mantenha sua forma atual? A Igreja se mostrou disposta a trabalhar com ela como *strigoi* antes, quando procurávamos o Primeiro Anjo. Ela teve permissão de viver como *strigoi* em troca de sua ajuda naquela época. As circunstâncias atuais são diferentes?

Bernard finalmente revelou a verdade:

– Nós mentimos para ela naquela ocasião. Se sobrevivesse como *strigoi* depois que o Primeiro Anjo fosse recuperado, deveria ser morta.

Erin arquejou de surpresa:

– Isso é verdade?

– Eu deveria pôr fim à sua existência amaldiçoada com minhas próprias mãos – disse Bernard.

Rhun encarou seu mentor, o homem que o havia criado naquela nova vida. Ele tinha confiado em Bernard durante centenas de anos. Agora sentia o mundo se mover abaixo dele. Nada era o que parecia, ninguém era quem dizia ser.

Exceto Elisabeta.

Ela nunca tinha fingido ser nada além do que era, mesmo quando tinha sido um monstro.

– Então suas promessas não têm significado, cardeal – disse Elisabeta. – Então não vejo motivo para cumprir meus juramentos. Eu não contarei nada.

– Então você morrerá – disse Bernard.

Ela encarou o cardeal, os dois sempre em guerra.

– Faça-me a pergunta agora – disse ela. – Ofereça-me o que vocês, sanguinistas, têm que oferecer a qualquer *strigoi* sob a custódia deles.

Ninguém falou.

Ela descansou a cabeça de novo, olhando para Rhun, seus olhos iluminados de tristeza, mas cheios de propósito.

– Faça-me a pergunta, Rhun.

– Não farei. Você não tem que responder nada.

– Ah, mas eu tenho, meu amor. No final, todos nós temos. – Ela estendeu a mão e tocou na face dele com a mão trêmula. Uma sombra de sorriso surgiu em seus lábios. – Estou pronta.

Bernard interrompeu:

– Você será queimada até virar cinzas se tocar no vinho. Diga-nos o que sabe primeiro e talvez Deus a perdoe.

Ela o ignorou, mantendo seu olhar em Rhun.

Ele leu determinação. Com os lábios frios, perguntou a ela:

– Você, Bathory de Ecsed, renega sua existência maldita e aceita a oferta de Cristo de servir a Igreja, e beber somente o sangue Dele, Seu vinho sagrado... agora e para sempre?

O olhar dela não hesitou, mesmo enquanto as lágrimas caíam sobre sua face.

– Eu aceito.

12

17 de março, 23:29 horário da Europa Central
Veneza, Itália

Erin olhou fixamente para a vasta cúpula no centro da basílica de São Marcos, levantando o rosto para aquele brilho dourado como se fosse o sol nascente. Era quase meia-noite, mas ali a escuridão da noite não tinha poder.

Anteriormente, lá embaixo na pequena capela prateada, ela tinha visto os outros levarem a condessa embora para os recônditos mais escuros do nível sanguinista. Erin estava preocupada com o que poderiam fazer com ela, mas Sophia tinha se mostrado irredutível, dizendo que aquilo era um rito sagrado da Ordem deles e um que Erin não podia observar. Tudo que ela sabia era que Elizabeth seria banhada e vestida com um hábito de freira antes que passasse pelo ritual de transformação, que aparentemente envolvia orações, arrependimento e beber o vinho transubstanciado.

Erin teria gostado de assistir ao acontecimento, mas não era a única excluída. Um sanguinista não tinha recebido permissão para ir com os outros.

Pelo menos ainda não.

Ela se virou para encontrar Rhun andando de um lado para outro, percorrendo a largura e o comprimento da vasta basílica, agitando as velas em sua esteira enquanto passava de uma sombra para outra. Ele segurava seu rosário com uma das mãos, sem nunca soltá-lo. Seus lábios se moviam em prece constante. Ela nunca o tinha visto tão agitado.

Jordan, em contraste, estava sentado esparramado num banco próximo. Sua pistola-metralhadora à mão. Ela atravessou e se sentou ao lado dele, colocando a mochila a seu lado.

– Creio que Rhun vai furar sulcos no mármore – disse Jordan.

– A mulher que ele ama pode morrer esta noite – disse ela. – Ele merece o direito de caminhar.

Jordan suspirou:

— Ela não é realmente um prêmio tão grande. Já perdi a conta das vezes em que ela o traiu.

— Isso não significa que ele queira vê-la morrer. — Ela pegou a mão de Jordan, baixando a voz, sabendo que Rhun provavelmente podia ouvi-los, mesmo estando do outro lado da nave. — Gostaria que houvesse alguma coisa que pudéssemos fazer.

— Por quem? Rhun ou Elizabeth? Lembre-se, ela *pediu* para ser transformada em *strigoi*. Algo me diz que ela calculou todas as possibilidades antes de concordar em se converter. Eu digo, vamos deixar as fichas caírem onde calharem de cair, aceitar o resultado quaisquer que sejam as consequências.

Erin se encostou em Jordan, reparando no calor ardente de seu corpo. Ele se afastou dela. Foi um movimento ligeiro, mas inconfundível.

— Jordan? — começou ela, pronta para confrontar seus próprios temores. — O que aconteceu com você em Cumae?

— Eu já contei a você.

— Não sobre o ataque. Você ainda está ardendo em febre... e... e você parece *diferente*.

Jordan parecia falar de muito longe:

— Eu não sei o que está acontecendo. Tudo o que sei... e isso vai soar estranho... mas eu sinto que o que mudou em mim está me levando por um caminho bom, um caminho que devo seguir.

— Que caminho? — Erin engoliu em seco.

E posso ir com você?

Antes que ele pudesse responder, Rhun apareceu na extremidade do banco.

— Será que poderia incomodá-lo pedindo que me dissesse que horas são, Jordan?

Jordan tirou a mão do peito para olhar para o relógio de pulso.

— Onze e meia.

Rhun segurou a cruz peitoral, olhando fixamente para a escada no transepto norte que levava para baixo, claramente angustiado. A cerimônia deveria começar à meia-noite.

Erin se levantou, tocada pela angústia dele. Ela não iria conseguir arrancar mais nada de concreto de Jordan. Talvez ele não soubesse mais do que já tinha contado a ela, ou talvez apenas não quisesse contar. Fosse como fosse, não estava fazendo nenhum bem sentada ali.

Ela se juntou a Rhun.

– Jordan está certo, sabe.

Rhun virou o rosto para ela.

– A respeito de quê?

– Elizabeth é uma mulher inteligente. Ela não concordaria em se converter, a menos que tivesse uma boa chance de sobreviver à transformação.

Rhun suspirou:

– Ela acha que o processo é complexo, que deixa espaço para dúvida e erro, mas não deixa. Já presenciei muitas dessas cerimônias no passado. Vi muitos... sucumbirem quando bebem o vinho. Ela não pode conseguir com fingimento.

Ele começou a andar de novo, mas Erin se manteve ao lado dele.

– Talvez ela tenha mudado – observou, sem realmente acreditar naquilo, mas sabendo que Rhun queria acreditar.

– É a única esperança dela.

– Ela é mais forte do que você acredita.

– Rezo para que você esteja certa, porque eu – a voz de Rhun se embargou e ele engoliu em seco antes de falar – não posso suportar vê-la morrer de novo.

Erin estendeu a mão e pegou a mão fria dele. As pontas de seus dedos estavam vermelhas, empoladas pela prata das contas do rosário. Ele parou e olhou nos olhos dela. O sofrimento naqueles olhos escuros era difícil de enfrentar, mas ela não desviou o olhar.

Rhun se inclinou para ela, e imediatamente ela o tomou nos braços. Pelo espaço de um respiro, ele relaxou contra o corpo de Erin e permitiu que ela abraçasse seu corpo duro e frio. Por cima do ombro dele, Erin viu Jordan observando-os. Sabendo o que ele sentia por Rhun, esperou que estivesse enciumado, mas ele olhou para além dela, claramente perdido em seu próprio mundo, um mundo onde ela parecia estar perdendo seu lugar.

Rhun se libertou do abraço, tocando delicadamente no ombro dela. O gesto simples transmitiu sua gratidão a ela. Mesmo em sua angústia, ele tinha mais consciência dela do que Jordan.

Eles retornaram descendo pela nave silenciosamente até alcançarem Jordan.

Ele lançou um olhar para eles, parecendo calmo de maneira irritante.

– Está quase na hora – disse ele, antes que Rhun pudesse perguntar. – Você vai estar com Elizabeth quando ela tomar o vinho?

– Não posso – disse Rhun, sua voz tornando-se ainda mais baixa. – Eu não posso.

– Não lhe permitem estar lá? – perguntou Jordan.

Seu silêncio culpado foi resposta suficiente.

Erin tocou no braço de Rhun.

– Você tem que estar lá.

– Ela viverá ou morrerá independentemente da minha presença, e eu não poderei observar se... se...

Ele se encolheu ao lado dela.

– Ela está assustada, Rhun – disse Erin. – Por mais que tente esconder isso. Existe uma chance de que estes possam ser seus últimos momentos na Terra, e você é a única pessoa que resta no mundo que realmente a ama. Você não pode deixá-la sozinha.

– Talvez você esteja certa. Se eu a tivesse deixado viver sua vida como Deus pretendia, ela não estaria sofrendo esse destino agora. Talvez seja meu dever...

Erin apertou o braço dele. Era como se estivesse apertando uma estátua de mármore, mas havia um coração ferido em algum lugar bem lá no fundo.

– Não vá por um sentido de dever – instou ela. – Vá porque você a ama.

Rhun baixou a cabeça, mas ainda parecia indeciso. Ele se virou e iniciou mais um circuito da nave. Ela o deixou ir sozinho daquela vez, sabendo que ele precisava refletir sobre suas palavras, tomar sua decisão.

Erin deixou escapar um suspiro e se sentou de novo ao lado de Jordan.

– Se estivéssemos nessa posição, você me deixaria beber o vinho sozinha?

Ele levantou o queixo dela para encará-lo.

– Eu acabaria com você antes que chegasse a isso.

Ela sorriu para ele, apreciando aquele momento. Mas não durou.

Christian apareceu, vindo da entrada da basílica, e atravessou o corredor na direção deles. Carregava uma caixa achatada que cheirava a carne, queijo e tomates. Na outra mão trazia duas garrafas marrons.

– Pizza e cerveja – disse Jordan. – Você é um sonho tornado realidade.

– Lembre-se disso quando for calcular minha gorjeta. – Christian entregou a caixa a ele.

Rhun voltou para junto deles, suspeitando que Christian estivesse trazendo mais que um jantar tardio.

O jovem sanguinista balançou a cabeça para Rhun.

– Está na hora. Mas você não tem que estar presente. Compreendo como poderia ser doloroso.

– Eu irei. – Ele lançou um longo olhar para Erin. – Obrigado por ter-me recordado do motivo, Erin.

Ela baixou a cabeça, compreendendo as palavras dele, desejando que pudesse ir com ele para estar ao seu lado se a condessa não sobrevivesse.

Rhun lhes deu as costas e seguiu para enfrentar o que estava por vir, para dividir aquilo com Elizabeth.

Os dois destinos unidos para sempre.

23:57

Elizabeth estava outra vez na capela de prata onde tinha morrido e nascido de novo. Alguém tinha limpado seu sangue do chão e paredes. O aposento cheirava a incenso, pedra e limões. Velas de cera de abelha novas tinham sido acesas no altar.

Era como se nada nunca tivesse acontecido.

Ela olhou fixamente para o mosaico de Lázaro acima. Ele tinha feito o que ela brevemente tentaria fazer, e tinha sobrevivido. Mas ele havia amado Cristo.

Ela não.

Passou a palma da mão sobre as vestes pretas, o uniforme de uma freira noviça. Um rosário de prata havia sido amarrado ao redor de sua cintura, e uma cruz peitoral pendia de seu pescoço. Ambos os objetos queimavam sua pele mesmo através do tecido grosso. Ela se sentia como se tivesse vestido uma fantasia, uma que pudesse usar para ir a um baile.

Mas aquele não era seu único disfarce.

Mantendo-se imóvel de modo que ninguém soubesse o que realmente sentia, Elizabeth se regozijou com a força que sentia em seu íntimo. O cardeal tinha se alimentado intensamente e havia oferecido pouco de seu próprio sangue em troca, não o suficiente para sustentá-la. Pior ainda, seus sapatos confortáveis pisavam em terreno consagrado, um lugar que deveria tê-la enfraquecido mais ainda.

Mas ela se sentia forte – mais forte, talvez, do que jamais havia se sentido.

Alguma coisa mudou no mundo.

Oito sanguinistas dividiam a capela com ela, vigiando-a, julgando-a. Mas ela só prestou atenção em um. Rhun tinha vindo para participar daquele rito, postado ao lado dela. Elizabeth ficou surpreendida como aquele gesto a afetara profundamente.

Ele chegou mais perto dela, as palavras dele um sussurro fraco:

– Você tem fé, Elisabeta? Fé suficiente para sobreviver a isso.

Elizabeth levantou o olhar para os olhos preocupados de Rhun. Durante séculos ele não quisera nada mais do que ela lutasse contra o mal em seu íntimo, que ela se devotasse a uma vida sem alegria a serviço de uma Igreja em que ela nunca havia confiado. Queria confortá-lo, tranquilizá-lo, mas não mentiria para ele, não quando aquele poderia ser o último momento deles juntos.

Os sanguinistas atrás dele entoaram uma oração. Se ela tentasse fugir, eles a matariam – e se morresse, então Tommy morreria junto com ela. Seguir por aquele caminho ardente era a única chance que tinha de salvar a vida do menino e a sua.

– Eu tenho fé – disse para Rhun, o que era verdade. Só que não era a fé que ele queria que ela possuísse. E tinha fé em si mesma, em sua habilidade de sobreviver e salvar Tommy.

– Se você não acreditar – advertiu Rhun –, se não acreditar que Cristo pode salvar sua alma maldita, morrerá com o primeiro gole de Seu sangue. Sempre foi assim.

Sempre foi?

Rasputin tinha até sido excomungado da Igreja, contudo tinha visto com seus próprios olhos que ele ainda vivia fora do reino da Igreja. Do mesmo modo, o monge alemão, irmão Leopold, havia traído a Igreja durante cinquenta anos e, no entanto, tinha bebido o vinho vezes incontáveis e nunca fora queimado.

Será que era a crença do monge em seu propósito, naquele a quem ele servia, que o havia sustentado?

Esperava que sim. Por sua segurança e pela de Tommy. E tinha que confiar que existissem outros caminhos para a salvação oferecidos por aquele sangue sagrado. Embora seu coração não fosse puro, com certeza ajudar Tommy era uma meta bastante nobre.

Mas se eu estiver errada...

Ela tocou no pulso nu de Rhun com um dedo.

– Eu quero que você me dê o vinho. Mais ninguém.

Se eu tiver que morrer, que seja pelas mãos de alguém que me ama.

Rhun engoliu em seco, o temor tornando sombrio seu rosto, mas não recusou o pedido dela.

– Seu coração tem que ser puro – advertiu ele. – Você tem que ir para Ele com abertura e amor. Você pode fazer isso?

– Veremos – respondeu ela, evitando a pergunta.

Satisfeito, mas relutante, Rhun gesticulou para o cálice de prata que descansava sobre o altar. O cheiro forte do vinho se elevou dele, fazendo-se sentir além do incenso. Era difícil imaginar que uma substância tão simples, uma fermentação de uvas, pudesse conter o segredo da vida. Ou que pudesse destruir seu poder imortal recém-encontrado e ela própria com ele.

Rhun estava postado diante do altar, de frente para ela.

– Primeiro você deve publicamente se arrepender de seus pecados, todos os seus pecados. Então poderá beber o sangue sagrado Dele.

Sem nenhuma outra escolha ela listou pecado após pecado, vendo como cada um caía sobre os ombros de Rhun, como ele assumia a responsabilidade pelos atos dela. Ele suportou aquilo diante dela, e Elizabeth reconheceu a dor e o arrependimento nos olhos dele. A despeito de tudo, ela o teria poupado se pudesse.

Quando afinal ela acabou, sua garganta estava rouca. Muitas horas tinham se passado. Seu corpo *strigoi* percebeu que a luz do dia não estava longe.

– Isso é tudo? – perguntou Rhun.

– Não é suficiente?

Ele se virou, tirou o cálice de prata do altar e o ergueu acima da cabeça. Então entoou as preces necessárias para transformar o vinho no sangue de Cristo.

O tempo todo Elizabeth vasculhou sua consciência. Sentia medo que aqueles fossem seus últimos momentos? Que ela pudesse brevemente ser queimada até virar cinzas e ser espalhada no piso limpo? Chegou a apenas uma conclusão:

O que quer que tivesse que vir viria.

Ela se ajoelhou diante de Rhun.

Ele se inclinou e levou o cálice aos lábios dela.

13

18 de março, 5:41 horário da Europa Central
Veneza, Itália

Jordan se alongou para desfazer um nó em suas costas. Tinha adormecido, sentado esparramado em um dos bancos de madeira da basílica. Naquele momento se levantou e torceu a coluna para a frente e para trás, forçando o sangue a circular em seu corpo. Ele se inclinou e massageou um espasmo em sua panturrilha.

Eu posso miraculosamente me curar de um ferimento mortal, mas não sou nada contra uma câimbra boba.

Ele manquejou até junto de Erin, que examinava uma obra de arte a alguns metros de distância. Ela estava com Christian, que lhes fizera companhia durante aquela longa vigília, todos eles esperavam por alguma notícia sobre Elizabeth. Pela ligeira inclinação nos ombros de Erin e o inchaço em seus olhos vermelhos, ele duvidava que ela tivesse dormido.

Christian poderia ter se juntado a seus companheiros sanguinistas e participado do ritual, mas tinha ficado ali, fosse para protegê-los de algum tipo de ameaça ou para impedi-los de interferir no que estava acontecendo lá embaixo. Ou talvez ele simplesmente não quisesse ver a condessa queimar e se desfazer em cinzas, como Rhun não queria.

A noite inteira Christian tinha sido franco com eles, respondendo às perguntas de Erin sobre o que provavelmente estava acontecendo abaixo. E, mais importante, ele também tinha conseguido mais cerveja para Jordan.

– Para que vocês estão olhando? – perguntou Jordan enquanto se juntava a eles.

Erin apontou para o mosaico bem acima de sua cabeça.

Ele espichou o pescoço.

– Esse é Jesus sentado num arco-íris?

Ela sorriu.

– De fato é. Ele está ascendendo ao céu. O que dá a essa seção da basílica seu nome: Cúpula da Ascensão.

Os três seguiram adiante pela nave. Erin interrogou Christian sobre vários objetos de arte, mas claramente havia uma questão maior pairando acima da cabeça dos três.

Jordan finalmente fez a pergunta:
– Você acha que ela vai sobreviver ao vinho?
Christian parou, suspirando alto.
– Ela sobreviverá se realmente se arrepender de seus pecados e aceitá-Lo em seu coração.
– Não é provável que isso aconteça – disse Erin.
Jordan concordou.
Christian teve uma resposta mais compassiva:
– Nunca poderemos conhecer o coração do outro. Por mais que pensemos que conheçamos. – Ele se virou para Jordan. – Leopold enganou todos nós, servindo como agente dos Belial no seio da Ordem durante décadas.

Erin concordou com a cabeça.
– E ele podia beber o vinho sagrado sem se sentir ardendo em chamas.
Jordan franziu o cenho, dando-se conta de que havia um tema que ele nunca tinha tido tempo de examinar. Ele tinha contado a todo mundo sobre o corpo de Leopold estar faltando no templo subterrâneo, mas nunca tinha examinado melhor o aspecto mais estranho da história.
– Erin – disse ele –, há uma coisa que eu nunca mencionei a respeito do ataque em Cumae. Aquele *strigoi* que... que me feriu... pouco antes de morrer, disse que sentia muito. Ele sabia meu nome.
– O quê?

Christian se virou subitamente para ele. Aparentemente, Baako e Sophia também não tinham contado aquele detalhe aos sanguinistas. Talvez todos eles tivessem estado prontos para apenas descartar aquilo como coincidência. Talvez o *strigoi* morto fosse alemão, o que explicaria o sotaque. Talvez ele soubesse o nome de Jordan porque quem quer que tivesse enviado o monstro ali para a caverna sabia que o Guerreiro do Homem estava naquele templo enterrado.

Mas ainda assim ele não acreditava.
Jordan, mein Freund...
– Eu juro que a voz que saiu do *strigoi* era a de Leopold – disse.
– Isso é impossível – balbuciou Erin, mas ela havia presenciado o impossível vezes suficientes para não ter mais tanta certeza.

— Eu sei que parece maluquice — disse Jordan. — Mas creio que Leopold estava usando aquele corpo como porta-voz.

Erin permaneceu calada, seu olhar distante enquanto digeria a informação.

— Que tipo de ligação pode ter havido entre eles para permitir que isso acontecesse?

Christian ofereceu uma teoria:

— Talvez, quando Leopold morreu, seu espírito tenha saltado dentro desse outro *strigoi*.

Erin se virou para ele.

— Isso já aconteceu antes?

Christian deu de ombros.

— Não que eu saiba, mas desde que conheci vocês dois vi muitas coisas que pensei que seriam impossíveis.

Erin balançou a cabeça para a verdade das palavras dele. Ela olhou para Jordan.

— Havia alguma outra coisa incomum com relação àquele *strigoi*, alguma coisa que pudesse explicar essa ligação psicológica?

— Além de ser imenso em tamanho, força e velocidade? — perguntou ele.

— Além disso.

Jordan se recordou de um último detalhe:

— Na verdade havia outra coisa estranha. Ele tinha uma marca preta de uma mão no peito. — Ele a imitou com a palma de sua própria mão. — Tinha a forma de uma mão.

Os ombros curvos de Erin se esticaram.

— Como Bathory Darabont tinha?

— Foi exatamente isso que eu pensei. Uma espécie de marca de propriedade.

— Ou de possessão.

Christian pareceu preocupado:

— Eles já devem ter acabado com a autópsia naquele corpo lá na Cidade do Vaticano. Talvez, quando voltarmos para lá, tenham alguma explicação melhor. O cardeal Bernard provavelmente saberá o que...

A voz de Christian se calou. Claramente ele havia se esquecido por um momento de que o cardeal não estava mais no comando dos sanguinistas. Agora ele era um prisioneiro.

Jordan sacudiu a cabeça. Aquele era o pior dos momentos para a Ordem sofrer uma mudança de liderança.

— O que acontecerá com Bernard?

Christian suspirou.

– Ele será levado de volta para Castel Gandolfo e posto em prisão domiciliar até estar pronto para ir a julgamento. Como é um cardeal, um conclave de doze outros cardeais deve ser reunido para julgar e dar a sentença. Isso poderá levar umas duas semanas, especialmente com o aumento de ataques de *strigoi*.

– O que é provável que decidam? – perguntou Erin.

– O cardeal Bernard é poderoso – disse Christian. – Poucos quererão falar contra ele. Por causa disso... e o fato de que existem circunstâncias atenuantes... é provável que decidam por uma penitência.

– Que tipo de penitência? – perguntou Jordan.

– Ele cometeu um pecado grave. Normalmente caberia uma sentença de morte. Mas a Ordem também pode decidir perdoá-lo. Sophia me contou que no passado o cardeal já tinha violado as nossas leis, alimentando-se de sangue humano durante as Cruzadas.

– As Cruzadas? – A voz de Erin subiu de tom. – Mas isso foi há mais de *mil* anos.

– Essa turma de vocês tem memória longa – comentou Jordan.

– É uma decisão difícil. – Christian correu os dedos pelas contas de seu rosário. – E se a condessa Bathory tiver informações que possam ajudar vocês na missão de repor os grilhões de Lúcifer, o tribunal pode ser menos severo com o cardeal.

Erin lançou um olhar pelo comprimento da nave.

– De modo que a vida de Bernard poderia depender de a condessa sobreviver à sua transformação?

– Parece justo – observou Jordan.

– Justo ou não – disse Christian –, tenho certeza de que conheceremos o destino dela muito brevemente.

Jordan imaginou que Bernard também não estivesse tendo uma noite nada tranquila.

Bem feito para ele.

5:58

Com ambas as mãos algemadas na frente do corpo, Bernard escorou as pernas o melhor que pôde para se equilibrar contra o balanço do barco. As algemas de prata queimavam seus pulsos cada vez que se movia, enchendo o porão escuro com o cheiro de carne queimada.

Fui aprisionado como um ladrão comum.

E ele sabia a quem deveria atribuir a culpa por seu estado atual: o cardeal Mario. O cardeal de Veneza sempre tinha detestado Bernard, principalmente porque Bernard havia frustrado suas manobras de séculos de transferir o centro da Ordem dos Sanguíneos para aquela cidade decadente de canais. Aquela viagem dura no porão escuro era seu pagamento por esse pecado.

Porém aquilo não passava de um aborrecimento. Bernard não tinha ilusões quanto ao que estava por vir. Embora não soubesse exatamente qual seria a sua punição por aquele pecado maior, seria derrubado de seu posto elevado, caindo tão baixo que não podia sequer adivinhar onde ficava o fundo. Com certeza seria despojado de seu título.

A morte seria uma opção mais simples.

Ele baixou a cabeça. Tinha servido a Ordem dos Sanguíneos por quase mil anos. Restavam poucos sanguinistas de sua idade. Durante todo aquele tempo nunca havia sido tentado a se retirar para o Santuário, para se tornar um dos Enclausurados. Aquele não era um caminho para ele nem para suas ambições.

Eu pertenço às fileiras da Igreja, servindo a Ordem em minhas mais plenas capacidades.

Ele levantou as mãos algemadas alto o suficiente para tocar na cruz peitoral com os polegares. A dor conhecida foi confortadora e o recordou de que não havia acabado seu serviço.

Tinha que se concentrar naquilo – e não em como havia sido rebaixado por uma pessoa como Elizabeth Bathory. A fúria o dominou, mas ele se conteve, aceitando seus erros. A condessa tinha reconhecido a profundeza de seu orgulho, usado o fogo de sua ambição contra ele. As palavras dela ecoaram em sua cabeça:

Só você tem o poder de salvar o mundo.

Ela o tinha tentado – não apenas com palavras, mas com seu conhecimento precioso. Armazenados no cérebro dela estavam segredos que ele havia desejado tanto quanto quisera o sangue dela. Ele estivera ansioso demais para pagar o preço dela. Ela soubera exatamente a canção de sereia para cantar.

E ele tinha sido apenas o instrumento dela.

Mas agora não era mais.

Os outros não compreenderiam a profundidade do mal que a condessa trazia em seu coração negro, mas Bernard compreendia. Ele não tinha dúvida de que o vinho a consumiria, mas se não consumisse tinha que estar pronto.

Ele conhecia uma maneira de controlá-la se sobrevivesse. Ela amava o menino, Tommy.

Controle a criança e você controlará a mãe.
Ele se moveu o suficiente para retirar o celular de seu bolso. Seus captores tinham tomado suas armas, mas tinham-lhe deixado com aquilo. Bernard discou o número no escuro. Mesmo em tempos como aquele, existiam pessoas que lhe eram leais.
– *Ciao?* – disse uma voz na outra ponta.
Bernard explicou suas necessidades rapidamente.
– Será feito – disse seu cúmplice, encerrando a ligação.
Bernard encontrou um pobre consolo no fato de que seu plano para a condessa não falharia.
Dessa vez, eu a transformarei em um instrumento de minha vontade.
Não importa a que custo.

6:10

Elizabeth estava ajoelhada com o cálice posicionado diante de seus lábios, vacilando no limite entre a salvação e a extinção. Acima de sua cabeça, o mosaico de Lázaro a encarava de volta, ao lado de Cristo, mas ela se viu olhando para os que estavam reunidos para testemunhar aquele acontecimento. Eles eram a família de Lázaro, sua irmã Marta e Maria de Betânia. Os pequenos azulejos de vidro capturavam suas expressões de terror, não de alegria.
Será que elas temiam que seu irmão não sobrevivesse ao ato de beber o sangue de Cristo?
O olhar dela se desviou para outro que exibia o mesmo terror, que estendia o cálice para os lábios dela. O reflexo da luz de vela iluminava o rosto tenso de Rhun, transformando em prata sua pele pálida. Ela nunca o tinha visto tão aterrorizado, exceto no momento em que o havia beijado pela primeira vez diante da lareira em seu castelo, o momento que havia desencadeado os acontecimentos que tinham trazido ambos até ali.
Os olhos escuros de Rhun se cravaram nos dela. Aquele era o momento para uma despedida poética, mas ela não conseguia pensar em nada para dizer a ele, especialmente diante dos sanguinistas reunidos.
Ela se concentrou em Rhun, deixando que todo o resto se fosse.
– *Ege'sze'ge're* – sussurrou ela por sobre a borda do cálice. Era um brinde húngaro comum: *À sua saúde.*
Os olhos de Rhun se suavizaram com a insinuação de um sorriso.
– *Ege'sze'ge're* – repetiu ele com um pequeno assentimento.
Ela inclinou a cabeça, e ele virou o cálice.

Um bocado de vinho se derramou sobre sua língua.

Está feito...

Quando engoliu, o líquido abriu uma trilha de fogo ardente enquanto descia por sua garganta. Parecia que ela tinha bebido rocha fundida. Lágrimas afloraram em seus olhos. Suas costas se arquearam em agonia, projetando seus seios contra o tecido áspero de seu hábito de freira. Seus braços se sacudiram e se abriram para os lados. Fogo fluía através de seu corpo, para dentro de seus membros, chegando até as pontas de seus dedos. Em cada veia de seu corpo corria uma chama. Era uma agonia que jamais havia conhecido.

Com aquela dor, a santidade do vinho se espalhou dentro dela, sugando sua força *strigoi*. Ele lutava contra a escuridão em seu sangue. Mas a santidade não venceu. O mal não foi totalmente consumido pelo fogo. Ainda pulsava dentro dela, como um carvão incandescente coberto pelas cinzas.

Ela finalmente deixou escapar um arfar, pondo para fora parte do fogo.

Elizabeth suspeitava do que poderia vir a seguir, e se preparou contra aquilo. Pelo relato de Rhun, toda vez que bebesse o vinho seria obrigada a reviver seus piores pecados. Ele chamava aquela experiência de *penitência*. Seu propósito era recordar cada sanguinista de que todos eram falíveis e que somente a inacreditável graça Dele faria com que suportassem seus pecados.

E eu tenho tanto de que me expiar.

À medida que o fogo recuava dentro dela, Elizabeth se inclinou para a frente sobre os joelhos, cobrindo o rosto banhado de lágrimas com as mãos. Mas não foi para apagar quaisquer lembranças terríveis.

Foi para esconder seu alívio.

Tinha sobrevivido ao teste deles – e não viu quaisquer cenas de depredações passadas. Sua mente lhe parecia tão clara como sempre. Parecia que não precisava de nenhuma penitência.

Talvez seja porque não tenho arrependimentos.

Ela sorriu para as palmas das mãos.

Será que os sanguinistas eram os arquitetos de suas próprias penitências e de seu sofrimento?

A mão de Rhun caiu sobre seu ombro para confortá-la. Ela permitiu que ficasse ali, sem saber quanto tempo a penitência normalmente durava. Manteve as mãos sobre o rosto e esperou.

Finalmente, os dedos de Rhun apertaram o ombro dela.

Tomando aquilo como um sinal, ela levantou a cabeça, tomando cuidado de manter uma expressão trágica.

Rhun sorriu radiante para ela enquanto a ajudava a se levantar.

– O bem em você triunfou, Elisabeta. Agradeça ao Senhor por Sua eterna misericórdia.

Ela se apoiou nele, perceptivelmente enfraquecida pela santidade, destituída da força estranhamente expandida de *strigoi*. Elizabeth agarrou a mão de Rhun, enquanto olhava para os rostos reunidos ali, a maioria mantinha uma expressão estoica, mas alguns não conseguiam esconder a surpresa.

Continuou a desempenhar o papel que se esperava dela. Olhou nos olhos de Rhun.

– Agora que estou renascida, não posso quebrar a promessa que fiz a você e a todo mundo. Vou contar tudo o que sei. Algo que pode ajudar você em sua missão. Que esse seja meu primeiro ato de contribuição.

Rhun a abraçou mais apertado, agradecendo e talvez querendo assegurar a si mesmo de que ela de fato estava viva.

– Vamos – disse ele.

Então a conduziu passando em meio aos outros. Eles a tocaram enquanto andava entre eles, dando-lhe as boas-vindas às suas fileiras. Contudo uma testemunha não conseguia esconder o choque em suas feições. Ela foi a última a cumprimentar Elizabeth.

A irmã Abigail lhe deu uma pequena inclinação de cabeça.

– Sinto-me humilde por ter-me juntado a você, irmã – disse Elizabeth.

A velha freira conseguiu recompor suas feições numa expressão que se assemelhava a uma boa acolhida.

– É um caminho difícil o que agora percorrerá, irmã Elizabeth. Rezo para que encontre a força em seu íntimo para conseguir trilhá-lo.

Elizabeth fitou a expressão sombria no rosto dela.

– Do mesmo modo que eu, irmã.

Ela seguiu para fora da capela, contendo o riso que ecoava em seu íntimo.

Quem diria que a fuga seria tão fácil?

14

18 de março, 9:45 horário da Europa Central
Veneza, Itália

A Condessa de Sangue tinha sobrevivido...
Ainda se esforçando para acreditar naquilo, Erin olhou fixamente para as costas de Elizabeth, enquanto a ex-condessa os conduzia através dos subterrâneos da basílica de São Marcos. Ela vestia um hábito simples de freira, depois de ter sido aceita como sanguinista. Mesmo não acreditando naquela mudança súbita, Erin a estudou. A despeito das roupas humildes que vestia, Elizabeth ainda caminhava com a altivez da realeza, os ombros para trás, o pescoço ereto.
Mas ela realmente passou no teste dos sanguinistas.
Erin deu uma pequena sacudidela de cabeça, aceitando aquela verdade.
Pelo menos por enquanto.
E também porque pelo menos a mulher estava se mostrando cooperativa.
– Isso é o que vim mostrar para vocês – disse Elizabeth, se detendo abaixo de um magnífico mosaico que adornava o teto. – Intitula-se a Tentação de Cristo, e é um dos mais requintados da basílica.
Rhun se mantinha ao lado de Elizabeth, seguindo cada passo, os olhos bem abertos cravados nela, o rosto cheio de alívio, encantamento... e alegria. Depois de tudo pelo que a condessa o tinha feito passar, ele ainda a amava.
Jordan estava um pouco distante de Erin. Ela desejou que Jordan olhasse para ela com a mesma expressão de inquestionável e incontido amor. Em vez disso, ele examinou a obra de arte.
– Então isso mostra as três vezes que Satã desafiou Cristo – disse Jordan –, quando Cristo estava jejuando no deserto por quarenta dias.
– Exatamente – respondeu Erin. – A seção mais à esquerda mostra o diabo... é aquele anjo negro na frente dele... trazendo pedras para Cristo e tentando-o a transformá-las em pão.

Christian assentiu.

– Mas Cristo recusou, afirmando-lhe: "Está escrito: '*Nem só de pão viverá o homem, mas de toda a palavra que sai da boca de Deus.*'"

Erin apontou para a seção seguinte.

– A segunda tentação é quando o demônio diz a Jesus para saltar de um pináculo e fazer com que Deus o salve, mas Jesus se recusa a tentar o Senhor. E a última... que mostra Cristo em um conjunto de montanhas... é quando o diabo oferece a Cristo os reinos da Terra.

– Mas Jesus recusa – disse Jordan.

– E o diabo é banido – acrescentou Erin. – Então aqueles três anjos à direita cuidam de Jesus.

Uma nova voz se interpôs:

– E esse número é significativo.

Erin se virou para Elizabeth, que mantinha as mãos acanhadamente cruzadas diante de si.

– O que quer dizer? – perguntou Erin.

– *Três* tentações, *três* anjos – explicou Elizabeth. – Reparem também que Cristo está acima das *três* montanhas durante a segunda tentação. *Três* sempre foi um número importante para a Igreja.

– Como em o Filho, o Pai e o Espírito Santo – disse Erin.

A Santa Trindade.

Elizabeth descruzou as mãos e gesticulou para Rhun, Christian e para si mesma.

– E agora vocês sabem por que os sanguinistas sempre andam em grupos de três.

Erin também se recordou de como tinha sido necessário o sangue de três sanguinistas para abrir a porta que Bernard havia trancado. Mesmo a profecia do Evangelho de Sangue se centrava em três figuras: a Mulher de Saber, o Guerreiro do Homem e o Cavaleiro de Cristo.

– Mas esse não é o trio mais significante que está escondido nesse mosaico – disse Elizabeth, e apontou para cima. – Olhem mais atentamente para as montanhas abaixo das sandálias de Cristo.

Jordan franziu os olhos.

– Parece que ele está pisando em algum tipo de bolha de água?

– E dentro da bolha? – perguntou Elizabeth.

Com o mosaico tão distante acima, Erin desejou dispor de binóculo, mas ainda via claramente o suficiente para compreender. Pequenos azulejos brancos luminosos cercavam um trio de objetos escondidos ali, flutuando em meio àquele brilho aquático.

– *Três* cálices – disse Erin, sem conseguir esconder o espanto em sua voz.

Uma esperança se elevou em meio às perguntas em sua mente: poderia um deles ser o *Cálice de Lúcifer*, o cálice que eles deveriam encontrar?

Ela se virou para Elizabeth.

– Mas qual é o significado de você nos mostrar isso?

– Porque poderia estar ligado à missão de vocês. Há muitíssimos anos esta obra de arte foi encomendada por homens que mais tarde formariam uma corte em Praga sob o imperador Rudolf II. A Corte dos Alquimistas.

Erin franziu o cenho. Ela havia lido a respeito daquele grupo, em contos infantis sobre os golems bíblicos. Eles eram um grupo de famosos alquimistas reunidos em Praga, que tinham estudado o oculto, ao mesmo tempo que procuravam meios de transformar chumbo em ouro. Em seus muitos laboratórios, eles tinham tentado desvendar os segredos da imortalidade.

Até onde sabia, tinham falhado.

– Qual é a importância dos cálices? – perguntou Erin.

– Eu não sei com certeza. Mas sei que de alguma forma estão ligados à pedra verde que vocês encontraram. Aquele diamante verde.

– Ligados como? – perguntou Jordan.

– Aquela pedra também tem uma história que remonta à Corte dos Alquimistas. Ligada a um homem que eu outrora conheci, na época em que eu estava realizando meus próprios estudos com relação à natureza dos *strigoi*.

Erin fez uma careta ao ouvir a escolha de palavras dela. *Estudos*. Era uma maneira odiosa de descrever a tortura e morte de centenas de garotas.

– Era um integrante da Corte dos Alquimistas – prosseguiu Elizabeth. – Ele me mostrou aquele símbolo que você descobriu no diamante, o desenho que copiei em meu diário.

– Quem era ele? – pressionou Erin.

– O nome dele era John Dee.

Erin olhou mais duramente para Elizabeth. John Dee era um famoso cientista inglês que tinha vivido no século XVI. Através de seus conhecimentos de navegação, havia ajudado a rainha Elizabeth a criar o Império Britânico. Mais tarde em sua vida, ele se tornaria mundialmente renomado como astrólogo e alquimista. Tinha vivido durante um período em que religião, magia e ciência estavam numa encruzilhada.

– Em que ele estava trabalhando que envolvia o diamante verde? – perguntou Erin.

– Uma das metas da vida de Dee... aquela que o desacreditaria no final... era sua tentativa de falar com anjos.

Anjos?

Um ano antes Erin teria feito troça daquela ideia, mas agora – ela lançou um olhar rápido para Jordan – sabia como eles eram reais.

Elizabeth prosseguiu:

– Dee trabalhou com um rapaz chamado Edward Kelly, que afirmava ser um *scryer*.

– O que é isso? – perguntou Jordan.

– Um vidente – explicou Erin. – Eles usavam bolas de cristal, folhas de chá e outros meios para prever o que estava por vir.

– No caso de Kelly, ele possuía um espelho preto polido que se dizia ter sido feito com obsidiana do Novo Mundo. Naquele espelho, afirmava que os anjos apareciam para ele, ou pelo menos convenceu John Dee disso. Dee transcreveu as palavras daqueles anjos usando uma língua especial que ele inventou.

– Enoquiano – disse Erin.

Elizabeth concordou.

– Com o passar do tempo, Dee perdeu a confiança em Edward Kelly e quis falar ele mesmo com os anjos. No final, ele tentou abrir um portal para o mundo angélico através do qual pudesse falar com aqueles seres e compartilhar a sabedoria deles com a humanidade.

– Mas o que tudo isso tem a ver com a pedra verde? – perguntou Jordan.

– Exatamente – resmungou Erin.

– A pedra tinha o poder de abrir aquele portal. Era cheia de uma energia de sombras, uma energia forte o suficiente para penetrar os véus entre nossos mundos. No dia em que Dee deveria abrir o portal, ocorreu uma calamidade, e ele e seu aprendiz foram encontrados mortos no laboratório. O imperador Rudolf escondeu a pedra de modo a que ninguém pudesse desencadear aquele poder de novo.

– Como soube disso? – perguntou Erin.

A condessa alisou as pregas de sua saia.

– Porque o imperador Rudolf me contou.

Christian franziu a testa com ceticismo.

– É claro, eu o conhecia – rebateu ela, visivelmente furiosa. – Eu venho de uma das famílias reais mais importantes da Europa.

– Não tive a intenção de ofender – disse Christian.

Elizabeth rapidamente se recompôs, voltando a cruzar as mãos na cintura, parecendo que estava dando o melhor de si para ser aquela freira humilde de novo. Seu desempenho foi péssimo.

– O imperador me escreveu uma carta – explicou ela. – Ele sabia que o mestre Dee e eu éramos os únicos no mundo conhecido engajados no mesmo tipo de pesquisa... explorar a natureza do bem e do mal.

– Como tudo isso pode nos ajudar a avançar em nossa missão? – perguntou Jordan.

– Dee sabia muito mais sobre esse diamante do que estava disposto a contar em suas cartas – disse ela. – Como aquele símbolo. Desconfio que ele conhecesse seu significado. Se pudéssemos encontrar seus escritos antigos, suas anotações particulares, poderíamos descobrir a verdade.

Erin assentiu. *Pelo menos é um lugar para começar.*

Rhun olhava fixamente para Elizabeth. De fato, o olhar dele raramente deixava suas feições.

– O que deixa você tão preocupada?

Erin tentou ler a mesma ansiedade no rosto estoico da mulher, mas não conseguiu. Mas de fato Rhun a conhecia melhor que qualquer pessoa.

– A partir de pequenos detalhes na descrição do imperador do estado em que encontrou os corpos de Dee e do garoto, receio que o portal de Dee não tenha se aberto para os anjos sagrados, e sim para o mais terrível dos anjos... o próprio Lúcifer.

Elizabeth levantou o olhar para as figuras negras, acima da cabeça deles, que tentavam Cristo. O silêncio encheu a vasta igreja enquanto as implicações da afirmação dela lentamente baixavam sobre todos eles. A condessa finalmente se virou de novo para todos.

– Não importa o que aconteça – advertiu Elizabeth –, devemos manter aquela pedra inteira.

– Mostre a ela – disse Erin.

Jordan lentamente tirou os dois pedaços de diamante de seu bolso. Elizabeth se encolheu ao ver os fragmentos verdes reluzentes. Até Erin reconheceu o medo puro e cru em seu rosto. Era inconfundível.

– Está livre – sussurrou ela.

– O que está livre? – perguntou Erin.

– Não resta mais nada para fazermos – disse Elizabeth, ignorando a pergunta, sua voz baixa e assustada. – Exceto nos prepararmos para o retorno de Lúcifer.

10:38

Rhun olhou fixamente para Elisabeta com incredulidade, buscando falsidade, mas encontrando apenas temor autêntico.

– Lúcifer? – perguntou ele. – Você realmente acha que o retorno dele está próximo?

– Os *strigoi* mudaram, não mudaram? – Os olhos de Elizabeth se cravaram nos dele. – Possuem mais velocidade, mais força?

Jordan concordou com a cabeça, esfregando a barriga.

– Mas o que significa? – perguntou Erin.

– Significa que o perigo que vocês enfrentam é maior do que imaginam. – Elizabeth tocou as pedras quebradas com um dedo. – Escapou de sua prisão.

– O que escapou? – perguntou Rhun, afastando as mãos dela. Se algum mal permanecesse na pedra, ele não queria Elisabeta perto dele.

– A pedra era cheia de forças tenebrosas, uma energia coletada e destilada ao longo de muitos anos enquanto John Dee a colhia.

– Colhia quem? – perguntou Erin. – De que energia a senhora está falando?

– Da essência de mais de seiscentos *strigoi*. Dee coletou suas energias mortais no momento da morte e as canalizou para o coração do diamante. – Ela se virou para Rhun, agarrando o braço dele. – Você matou *strigoi* suficientes para ter visto a fumaça escura que se eleva quando eles morrem.

Rhun assentiu lentamente, olhando para Erin e os outros, vendo o reconhecimento na expressão deles. Todos eles tinham visto aquilo em alguma ocasião.

Erin falou:

– Em seus diários, havia desenhos que mostravam a senhora matando um *strigoi* em um caixão de vidro. A senhora ilustrava aquela fumaça se elevando de seus corpos.

– Aquilo foi até onde eu pude levar meus experimentos. Mas Dee descobriu como aprisionar aquelas essências usando um aparato de vidro que ele mesmo inventou... e coletá-las. De alguma forma, ele descobriu que essa pedra verde podia conter aquele mal concentrado.

Jordan baixou o olhar para os dois fragmentos pesados em suas mãos.

– E agora essas forças foram libertadas.

– O ato de quebrar essa pedra – disse Erin – poderia ter sido aquilo a que o Evangelho de Sangue se referia, de que os grilhões de Lúcifer foram afrouxados?

– Talvez – respondeu Elizabeth –, mas é certamente o motivo pelo qual os *strigoi* se tornaram mais fortes ultimamente.

– Por que é assim? – perguntou Rhun.

Ela se virou para ele.

– Você realmente não sabe?

Rhun apenas franziu a testa.

– Você nunca se perguntou o que é que lhe dá sua vida longa, sua força? – perguntou Elizabeth.

– Uma maldição.

– Essa é uma resposta simples – disse ela. – Com certeza a Igreja tem estudiosos que penetraram mais profundamente nesse mistério que isso.

– Se isso é verdade – disse Christian –, nós não temos conhecimento. De modo que conte para nós.

Elisabeta sacudiu a cabeça como se não conseguisse acreditar na ignorância deles.

– A partir de meus experimentos e da pesquisa de Dee sobre anjos, chegamos à conclusão de que todos os *strigoi* são alimentados por uma única força angélica... um anjo das trevas.

Rhun olhou para as imagens de Lúcifer acima.

Elisabeta seguiu o olhar dele.

— Vocês já não viram como a fumaça de um *strigoi* moribundo não esvoaça para *cima*, e sim serpenteia para *baixo*?

Ele concordou lentamente:

— Retornando para o inferno.

— Retornando para sua origem. Para Lúcifer em pessoa.

Rhun levantou as mãos, olhando fixamente para sua carne, pensando na energia dentro dela reprimida apenas pela graça do sangue sagrado de Cristo. Mais ao lado Christian parecia igualmente horrorizado, ambos talvez pela primeira vez compreendiam sua verdadeira natureza.

Felizmente, Erin dirigiu a linha de investigação para uma direção mais prática.

— Elizabeth, você disse antes que *estava livre*, que *tinha escapado de sua prisão*. O que você acha que foi libertado daquele diamante?

— Eu não sei dizer com certeza, mas Dee havia coletado um número específico de espíritos de *strigoi*. Seiscentos e sessenta e seis, para ser precisa.

— O número bíblico da besta — disse Erin.

— Dee acreditava que quando alcançasse esse número, que aquelas essências coalesceriam, que se uniriam para dar à luz ou talvez unir e vincular um demônio.

— A besta bíblica — disse Rhun, começando a compreender o terror anterior de Elisabeta.

— Dee acreditava que poderia coagir aquele demônio a abrir o portal angélico, mas fracassou.

— E agora isso está solto neste mundo — disse Rhun.

Elisabeta apertou as mãos uma contra a outra na altura da cintura.

— Para termos alguma esperança de detê-la, precisamos encontrar os papéis antigos de Dee. Só ele poderia ter compreendido o que criou.

— Onde começamos a procurar? — perguntou Erin.

— Nos antigos laboratórios dele em Praga. Isto é, se ainda existirem. Dee sabia como guardar segredos. Ele tinha compartimentos secretos em seus aposentos. Na lareira, em paredes falsas, até nas cavernas abaixo de seu laboratório. Temos que ir à oficina dele em Praga e buscar essas respostas.

Rhun olhou para Erin e Jordan. Era uma pista tênue, mas era mais sólida que qualquer outra coisa.

— O que vocês dois acham?

Jordan olhou para Erin.

Ela assentiu:

— Acho que vale a pena tentar. E, com tudo o que está acontecendo, deveríamos partir imediatamente.

— Eu posso preparar o helicóptero – disse Christian. – Mas quem virá?

Erin acenou para Rhun e Jordan.

— O trio, é claro.

Elisabeta se mexeu, endireitando os ombros.

— Eu também deveria acompanhar vocês. Já visitei a oficina de Dee e conheço muitos de seus segredos.

Christian levantou uma sobrancelha.

— Você acabou de entrar para a nossa Ordem, irmã Elizabeth. É comum que os noviços da Ordem passem alguns meses em reclusão, para aprender a dominar as forças animais interiores. É um período perigoso.

Elizabeth baixou a cabeça, mas Rhun viu um lampejo conhecido de raiva nos olhos prateados.

— Se essa for a vontade da Igreja, devo obedecer. Entretanto, não vejo como vocês poderão ter sucesso nessa missão sem a minha ajuda.

Uma voz se elevou atrás deles, revelando alguém que tinha estado ouvindo a conversa deles das sombras.

— A irmã Elizabeth deve prestar assistência ao trio em sua missão – disse Sophia, enquanto saía da escuridão. Mais ninguém na Igreja tem o conhecimento que ela tem. Devemos correr riscos se quisermos ter sucesso.

Elisabeta baixou a cabeça.

— Obrigada, irmã Sophia.

— Você bebeu o vinho. Se Deus confia em você, não podemos fazer menos. – Sophia balançou a cabeça para Christian. – Mas as dificuldades citadas ainda há pouco são reais, de modo que eu viajarei com você. Para ajudá-la a estar alerta para a tentação.

— Eu agradeceria seus conhecimentos nesses assuntos – disse Elisabeta.

Rhun suspeitava que Sophia se juntaria a eles, não como tutora, mas como guarda-costas – para ficar de olho em Elisabeta. E talvez aquilo fosse inteligente. De qualquer maneira, a questão estava resolvida.

Christian deu as costas para eles.

— Vou preparar um plano de voo. Se não houver nenhum problema, devemos estar em Praga ao meio-dia.

Enquanto eles se preparavam para segui-lo, Rhun observou Jordan embolsar as duas metades da pedra verde, recordando-o do que havia sido libertado para aquele mundo. Se os temores de Elisabeta fossem verdade, um demônio havia sido libertado.

Mas que tipo de besta era?

15

18 de março, 11:12 horário da Europa Central
Veneza, Itália

Quanto tempo mais terei que esperar...?
Legião permanecia escondido sob a sombra de uma arcada. Da escuridão, ele estudou a fachada em colunata da igreja grandiosa do outro lado da praça iluminada pelo sol. O sol forte do meio-dia se refletia em suas superfícies douradas e queimava seus olhos, mas ele se manteve onde estava.
Eu esperei muito tempo e posso esperar ainda mais.
Enquanto mantinha sua vigília, enraizado dentro de Leopold, buscava através de outros olhos, aqueles dos que havia escravizado com o toque de sua mão. Através daqueles galhos distantes de outros olhos, via uma centena de outras vistas, de lugares que ainda estavam na escuridão:
... uma garganta rasgada de uma garota, jorrando sangue carmesim sobre o asfalto negro da rua...
... os olhos aterrorizados de um homem numa caixa de metal antecipando sua morte nos dentes afiados de uma besta da noite...
... outro ronda uma floresta escura, circulando ao redor de um casal enroscado em meio à paixão e esquecido de tudo, exceto seus desejos carnais...
A qualquer momento, ele podia fazer mais que apenas ver. Podia levar sua plena percepção para dentro de um daqueles escravos, tomando posse de seus membros e corpo. Mas permaneceu ali onde estava, plantado firmemente naquele hospedeiro, seu ponto de apoio neste mundo. Ele procurou mais uma vez entre as lembranças lançadas por aquela pequena chama tremeluzente na enormidade de sua escuridão.
Leopold tinha reconhecido a fortaleza santificada do outro lado da praça.
E agora eu também a conheço.
A basílica de São Marcos.

Legião tinha vindo para ali de Roma, trazido por um padre sanguinista trêmulo que escutava atrás da porta de outro chamado cardeal Bernard. Através daqueles ouvidos, ele tinha ficado sabendo que o trio da profecia se reuniria ali. Embora quisesse saber o que havia se passado dentro daquelas paredes sagradas, não ousava ultrapassá-las.

Não só aquilo era terreno consagrado, como o sol feroz ameaçava queimá-lo e reduzi-lo a cinzas. Não tinha trazido nada para se cobrir e protegê-lo do sol. Mesmo na sombra, a luz do sol fazia arder sua pele. O sol logo o obrigaria a se recolher a uma casa próxima ou talvez mais para o fundo do mar que alimentava aqueles canais.

Posso descansar sob a água verde durante o calor do dia.

A tentação o chamava, queria experimentar aquela beleza: o brilho de peixes nadando, a dança de véus esmeralda de algas marinhas. Ele queria se deliciar ali dentro, ser parte daquilo.

Mas ainda não.

Em vez disso, devia permanecer naquela cidade de canais imundos, uma colcha de retalhos de depravação e santidade humanas. O trio que ele caçava havia buscado santuário ali. E a despeito das tentativas de Leopold de esconder seu conhecimento a respeito deles, Legião lentamente tinha conseguido mais.

Dois do trio eram, é claro, mortais.

O *Guerreiro* e a *Mulher*.

Mas o terceiro – o *Cavaleiro* chamado Rhun Korza – tinha chegado depois dos outros. Ele era um sanguinista, como Leopold, o que significava que era corruptível. Legião poderia tocar aquela escuridão dentro do Cavaleiro com suas próprias sombras.

Marcando-o, submetendo-o à minha vontade.

Infelizmente, aquilo era algo que não podia fazer com o Guerreiro nem com a Mulher, que não tinham nenhuma escuridão interior, mas Legião só precisava do Cavaleiro.

Korza seria sua porta de entrada para o trio, sua maneira de destruir a profecia por dentro.

Uma porta pesada bateu do outro lado da praça, atraindo sua atenção.

Uma tropa de sanguinistas de coração silencioso saiu do recinto sagrado para a praça aberta. Legião examinou seus rostos, inalando profundamente a fumaça emitida pela chama de Leopold. Leopold conhecia muitos deles.

Mas seu olhar se fixou naquele que estava no centro, posicionado com o Guerreiro e a Mulher.

Rhun Korza.

Depois que ele se curvar diante de mim, nós purgaremos este mundo, tornando-o de novo um paraíso.

Mas sua presa se manteve o tempo todo na luz, de maneira frustrante. Sem nenhum outro recurso, Legião os seguiu pelas ruas estreitas de Veneza, mantendo-se nas sombras. Através de portas por onde passava, ouviu os batimentos de coração daqueles que cuidavam de suas tristes vidas humanas – mas o bater de um coração atraiu sua atenção mais plenamente.

O Guerreiro já deveria estar morto. Legião se lembrava de possuir o *strigoi* que havia atacado o homem: o enterrar da lâmina na barriga macia dele, o jorrar intenso de sangue contra suas mãos frias.

Mas o coração do Guerreiro ainda batia.

Agora mais de perto, Legião reconheceu uma nota desconhecida em seu ritmo, como se o trombetear de uma grande trompa ecoasse por trás daqueles batimentos regulares.

Era um mistério, mas teria que esperar.

Os outros tinham chegado ao seu destino, apressando-se durante aquele último trecho sob o sol impiedoso.

Eu não tenho mais tempo.

Os outros correram para dentro de um edifício, um que cheirava a gasolina, como a maioria daquele mundo cheirava agora. Uma máquina com lâminas repousava no teto. Leopold conhecia aquela engenhoca.

... um helicóptero, para voar como uma abelha...

Um respingo de respeito encheu Legião diante do comando que aqueles mortais tinham de seu mundo limitado. O Homem tinha conquistado muito ao longo dos séculos em que Legião estivera aprisionado.

Até mesmo os céus.

Sabendo disso, Legião lutou para descobrir como poderia continuar sua caçada. O helicóptero logo voaria para dentro do sol de um novo dia levando embora o trio. Ele precisava saber para onde estava indo.

Aquelas tais hélices já tinham começado a girar.

Do prédio abaixo, um grupo menor de sanguinistas saiu. Era a escolta que havia protegido a passagem do trio pela cidade, preparando-se para voltar para seus poleiros sagrados. A maioria seguiu de volta para o lugar de onde tinha saído, de volta para a basílica, mas uma figura se separou, seguindo em outra direção.

O caminho dela a levou a seguir ao longo de um canal, cuja margem mais próxima ainda estava envolta em sombras profundas.

Ele rapidamente circulou através de outros retalhos de sombras para segui-la.

Enquanto corria, escutou a cidade, seus gritos e gargalhadas, o ronco de seus motores, o martelar de suas construções. Ele ouvia muito pouco do mundo natural ali. Não havia cantar de passarinhos nem o roçar do vento contra folhas. A humanidade havia se apoderado daquela ilha – como tinha feito com grande parte daquele mundo moderno – e a domesticado para seu uso, destruindo os jardins silvestres, matando as criaturas que viviam em harmonia ali.

Enquanto Deus pode tolerar tamanha ruína de sua criação, eu não tolerarei.

Com aquele objetivo, ele se aproximou mais daquele farfalhar de tecido enquanto seu alvo avançava ao longo do canal, sem perceber o caçador atrás dela.

– Irmã Abigail...

A sanguinista se virou para ele. O cabelo dela era cinzento como pedra, puxado para trás de um rosto mal-humorado. A mulher estava visivelmente irritada, e a raiva a fez reagir lentamente demais. À medida que o horror arregalava seus olhos, refletindo seu semblante escuro, ele caiu em cima dela.

Legião investiu e tocou na face dela, queimando sua marca em sua carne.

Ela imediatamente caiu frouxa contra ele, que a segurou, a abraçou e a beijou. Enquanto a beijava, examinou suas lembranças como se folheasse um livro.

... andando pelas ruas molhadas de Londres, segurando uma mão acima de sua cabeça. Mãe...

... de pé diante de uma lápide simples, branca. Pai...

... pessoas alegres dançando nas ruas. A Grande Guerra acabou, mas tantos morreram. Tantos campos silvestres foram bombardeados, transformando-se em listras de morte...

... pedras gigantes caindo do céu. Bombas. Outra guerra, maior ainda que a última. Armas que podem aniquilar tudo que foi dado ao homem...

... um homem com olhos da cor de nuvens de trovão e pele fria. Ele tira o sangue dela e oferece o seu em troca...

... um campo de batalha de lama. Olhos castanhos puxados nos cantos. Bombas caindo, destruindo igualmente os bons e os maus. Outra guerra, Coreia, e ela caça com o homem de olhos cor de nuvem de tempestade...

... uma escolha dada por uma mulher usando uma cruz. Arrependa-se ou morra. Vinho queimando contra os lábios dela...

Legião absorveu a vida da freira, inalando tudo, mas o passado dela não tinha nenhum interesse. Ele afastou aquelas lembranças e buscou outras mais recentes.

... O rosto de uma mulher aparece. Ela tem cabelo negro cacheado, olhos cinza-prateados. É bonita, e a forma fria de Abigail a odeia...

Legião extraiu o nome dela.

Condessa Elizabeth Bathory.

Ela não tinha nenhuma utilidade para Legião. Perdendo a paciência, ele se concentrou em um único propósito, focalizando-o na mulher que beijava.

Para onde eles estão indo?

Os lábios de Abigail se moveram já próximos ao seu ouvido:

— Vão seguir para Praga.

Legião estremeceu ao ouvir o nome, um lugar ligado à sua própria história, onde ele tinha sido inicialmente aprisionado. Parecia que do mesmo modo que ele caçava o trio, eles estavam caçando o seu passado.

Ele concentrou sua intenção numa única palavra:

Por quê?

Palavras baixas chegaram ao seu ouvido:

— Estão em busca dos diários de John Dee.

Dessa vez suas próprias lembranças o dominaram.

... O homem com uma barba branca como leite e olhos escuros inteligentes...

... aqueles olhos sorriam para mim do outro lado da chama verde. Ele é meu carcereiro...

... eu ardo de dor e de ódio...

Ele empurrou Abigail para longe de si, segurando-a à distância de um braço, sua marca gravada a fogo em sua face. Agora sabia para onde deveria ir.

Para Praga.

Ele já tinha escravos nas vizinhanças e os reuniria para seguirem em direção àquela cidade, mas pretendia ir lá pessoalmente. Abigail podia viajar na luz do dia, e ela poderia ajudá-lo a fazer o mesmo.

Naquela cidade, ele se vingaria de seu passado, protegeria seu futuro... *e destruiria as esperanças da humanidade.*

PARTE III

Porque a impiedade queima como fogo,
consome roseiras bravas e espinheiros,
porá em chamas os matagais da floresta,
fazendo com que se elevem em nuvens de fumaça.

– Isaías 9:18

16

18 de março, 14:40 horário da Europa Central
Sobrevoando a República Checa

Sentada na parte de trás do helicóptero, Elizabeth se agarrou a seu arnês de segurança com ambas as mãos. Rios, árvores e cidades haviam passado abaixo da minúscula aeronave deles com velocidade estonteante. Sua janela mostrava um mundo de brinquedo, e ela era a criança que o fitava, pronta para brincar.

Dentro de seu sangue, vinho ardente lutava contra a força escura. Apesar disso, ela se sentia inteira de novo, *correta*, pela primeira vez em meses.

Isso é quem eu sou, o que devo ser.

Talvez pudesse até perdoar Rhun por tudo que lhe havia custado, porque ele havia lhe mostrado o caminho para chegar ali, conduzindo-a até aquele momento.

Durante o voo de Veneza, Rhun tinha lançado longos olhares para ela, como se achasse que ela desapareceria. Do outro lado da cabine, Erin e Jordan tinham adormecido rapidamente, enquanto Sophia e Christian estavam sentados juntos do cockpit, pilotando a aeronave através dos infinitos rios de ar.

Aquela era uma época espantosa para estar viva.

E eu beberei tudo.

Ela vasculhou as terras ondulantes que se estendiam adiante, sabendo que logo estariam em Praga. Perguntou a si mesma se reconheceria a cidade ou se lhe seria desconhecida, tanto quanto Roma tinha sido. Na verdade, não se importava. Ela aprenderia e se adaptaria, fluiria em meio às mudanças por vir por toda a eternidade.

Mas não sozinha.

Ela recordou o rostinho de Tommy. No passado ele havia lhe ensinado muito sobre aquele mundo contemporâneo. Por sua vez, ela ensinaria a ele as maravilhas da noite, os prazeres do sangue, da marcha de anos que nunca mais os tocariam.

Ela sorriu.

Quem precisa do sol com um futuro tão brilhante?

O rádio crepitou nos fones de ouvido que usava. A voz de Christian despertou os outros, fazendo Rhun se endireitar:

— Estamos chegando a Praga.

Rhun percebeu o sorriso ainda em seu rosto e o retribuiu com outro.

— Você parece bem.

— Eu estou bem... realmente muito bem.

Os olhos de Rhun estavam alegres e gentis. Ele sofreria quando ela abandonasse a Ordem. Elizabeth ficou surpresa ao descobrir quanto aquele pensamento a incomodava.

Ela virou os olhos de volta para a janela. O helicóptero deslizou sobre estruturas modernas de vidro e prédios feios, mas mais adiante ela reconheceu uma seção mais antiga da cidade com telhados de telhas vermelhas e ruas estreitas tortuosas.

Enquanto o helicóptero seguia o fluxo do largo rio Vltava, reconheceu a ponte de tijolos que o atravessava, abarcando a água em uma fileira de arcos majestosos. Ela ficou feliz por ver que nem tudo tinha mudado. Parecia que Praga ainda conservava muitas de suas torres e pontos de referência.

— Aquela é a ponte Carlos — disse Erin, percebendo a atenção dela.

Elizabeth conteve um sorriso irônico. Houve um tempo em que tinha sido chamada apenas de Ponte de Pedras. Ela observou as pessoas passeando a pé pela ponte. Em sua época, cavalos ou carruagens se enfileiravam ali.

De modo que algumas coisas mudaram.

Enquanto o helicóptero seguia em direção ao coração da cidade, ela bebeu as vistas, procurando ruas e edifícios que tinha conhecido no passado. Reconheceu as torres gêmeas da igreja Týn, perto da praça da cidade. A torre da prefeitura ainda ostentava a majestade do Orloj, o famoso relógio astronômico da cidade.

Erin tinha seguido o olhar dela.

— É uma maravilha aquele relógio medieval. Dizem que o relojoeiro foi cegado pela Ordem dos Conselheiros de Praga, de modo que nunca pudesse construir outro.

Elizabeth assentiu:

— Com um espeto de ferro incandescente.

– Que coisa dura – começou Jordan. – Um péssimo prêmio por ter completado um serviço.

– Eram tempos duros – disse Elizabeth. – Mas também dizem que o relojoeiro se vingou, que ele se arrastou para dentro da torre e destruiu o mecanismo delicado por meio apenas do tato... e depois morreu dentro da torre. O relógio não pôde ser reparado por cem anos.

Elizabeth fitou a face elegante do relógio. Era bom que parte do passado ainda estivesse preservada e fosse reverenciada. Embora o relojoeiro tivesse morrido, sua obra-prima havia sobrevivido à marcha dos anos.

Como eu farei.

Christian se comunicou pelo rádio com eles:

– Aterrissaremos dentro de alguns minutos.

O telefone celular de Elizabeth vibrou nas profundezas de seu bolso. Ela o cobriu com a palma da mão, esperando que Rhun não o tivesse ouvido em meio ao rugido do motor e à proteção dos fones de ouvido. Tinha que ser Tommy. Mas por que estava ligando? Temendo o pior, ela se mexeu impaciente em seu assento, desejando poder falar com o garoto. Mas para fazê-lo precisava de um momento a sós.

Enquanto as vibrações do telefone cessavam, ela cruzou as mãos, apertando com força, desejando que aquela aeronave aterrissasse logo. Graças aos céus não demorou muito. Como Christian tinha prometido, logo estavam no solo. Depois de alguns momentos de luta, ela se viu do lado de fora, seguindo os outros na travessia do asfalto duro em direção a um edifício baixo.

O ar estava mais frio que em Veneza, mas ela ainda se sentia arder. Elizabeth estendeu a mão para o sol da tarde. Como *strigoi,* a pele dela estaria explodindo em bolhas, se queimando até virar cinzas, mas parecia que o sangue sagrado a protegia. Mas não completamente. Restava escuridão suficiente dentro dela para que a luz do sol ainda queimasse um pouco. Ela recolheu a mão e inclinou o rosto para baixo, cobrindo a face com as sombras de sua touca.

Rhun reparou na reação dela.

– Você se acostumará com o passar do tempo.

Ela franziu o cenho. Mesmo a luz do dia não era totalmente franqueada para um sanguinista. Uma vida daquelas era uma vida de acomodação constante e dor. Elizabeth ansiava para se libertar daqueles constrangimentos e limitações... para ser realmente livre de novo.

Mas ainda não.

Seguiu os outros para o interior do terminal do aeroporto. Ela fez cara feia para sua natureza utilitária deselegante, impessoal, cinza e branca. Os homens dos tempos contemporâneos pareciam ter medo de cores.

– Será que eu poderia ter um momento para lavar a poeira de minhas mãos e rosto? – perguntou Elizabeth a Rhun, procurando conseguir um momento de privacidade para ligar para Tommy. – Achei a viagem muito desorientadora.

– Eu a levarei – ofereceu Sophia. A mulher pequenina falou um pouco depressa demais, revelando sua desconfiança.

– Obrigada, irmã – disse Elizabeth.

Sophia a conduziu por um corredor lateral até um banheiro com muitos cubículos e a seguiu, entrando. Elizabeth se dirigiu até a pia e lavou as mãos na água morna. Sophia se juntou a ela, passando água no rosto.

Elizabeth aproveitou o momento para estudar a mulher de pele escura, perguntando-se como teria sido antes de se tornar sanguinista. Será que tinha uma família que deixara para trás com a passagem dos anos? Que atrocidades ela havia cometido como *strigoi* antes de tomar o vinho sagrado?

Mas o rosto da mulher permanecia uma máscara estoica, escondendo qualquer sofrimento que assombrasse seu passado. E Elizabeth sabia que devia haver alguma coisa.

Todos nós somos assombrados cada um à sua maneira.

Ela recordou seu filho, Paul, lembrando-se de sua risada alegre.

Parecia que a passagem pela vida nada mais era que um colecionar de fantasmas.

Quanto mais você vivia, mais sombras assombravam você. Ela se olhou no espelho, surpreendida com a lágrima solitária que escorria por sua face.

Em vez de enxugá-la, Elizabeth a usou.

– Será que posso ter um momento sozinha? – perguntou Elizabeth, se virando para Sophia.

Sophia pareceu pronta para objetar, mas então seu rosto se suavizou, vendo a lágrima. Apesar disso, olhou ao redor, claramente em busca de janelas ou outra saída. Não encontrando nenhuma, ela tocou no braço de Elizabeth e então recuou.

– Vou esperar do lado de fora.

Assim que Sophia saiu, Elizabeth pegou o telefone. Ela deixou a água correndo para encobrir sua voz e rapidamente discou o número de Tommy.

Foi atendido imediatamente.

Ela ficou aliviada que a voz dele soasse calma.

– Está tudo bem?

– Bastante bem, creio – disse ele. – Mas estou tão feliz porque vou ver você brevemente.

Ela franziu o cenho, sem compreender. O garoto não podia saber que ela pretendia se juntar a ele assim que pudesse fugir daqueles outros.

– De que está falando?

– Um padre apareceu aqui. Ele vai me levar para Roma.

Ela se enrijeceu, sua voz ficando dura.

– Que *padre*? – A mente dela estava em chamas, lutando para compreender aquela notícia. Era inesperada e lhe parecia errada, como uma armadilha. – Tommy, não...

– Espere um momento – disse Tommy, interrompendo-a. Ela o ouviu falar com alguém ao fundo, depois voltou. – Minha tia diz que tenho que sair do telefone. Minha carona chegou. Mas eu verei você amanhã.

Ele parecia tão animado, mas o pânico a dominou.

– Não vá com esse padre! – advertiu ela, a voz dura.

No entanto, a linha foi desligada. Ela discou o número dele de novo, andando de um lado para outro no banheiro. O telefone tocou e tocou, mas ele não atendeu. Ela cerrou o punho ao redor do aparelho, imaginando os motivos pelos quais eles o poderiam ter capturado.

Talvez estivessem levando Tommy para segurança por causa de todos os ataques strigoi.

Ela deixou de lado aquela esperança, sabendo que a Igreja não tinha mais nenhum interesse pelo menino.

Então por que o estavam levando? Por que Tommy subitamente era tão importante para eles de novo?

Então ela soube.

Por minha causa.

A Igreja sabia que Tommy era importante para ela. Alguém estava assumindo o controle sobre o garoto, pretendendo usá-lo como um joguete, uma maneira de botar uma coleira no pescoço dela. Só um padre usaria um garoto inocente como instrumento de manobra. Mesmo preso, aquele vilão ainda devia estar exercendo seu poder.

O cardeal Bernard.

Elizabeth bateu o punho contra o espelho. Ele se quebrou para fora em anéis a partir do ponto de impacto.

Então, olhou para a porta, sabendo que Sophia esperava lá fora. Aquele havia sido um ato impulsivo, causado pela fúria. Mas se quisesse salvar Tommy, tinha que ser mais esperta. Antes que Sophia entrasse para investigar, fechou a torneira e se apressou em direção à entrada.

Enquanto saía, Sophia a olhou com desconfiança.

Elizabeth endireitou a touca e passou a mão de leve sobre o rosário. Uma ligeira pontada de dor causada pela prata cruzou as pontas de seus dedos. Ela usou aquela ferroada para se acalmar.

– Eu... eu creio que estou pronta para continuar.

Elas voltaram para junto dos outros.

Erin tinha um mapa em seu telefone, mais uma maravilha daquela era moderna.

– Não estamos muito longe do velho palácio. A maioria dos laboratórios de alquimia fica à sombra dele.

– O laboratório que procuramos não fica lá. Temos que ir ao centro da cidade, perto do Orloj – disse Elizabeth, pretendendo esperar sua hora.

Eu esperarei e observarei.

Sua hora chegaria.

Como chegaria a hora de Bernard.

15:10

Erin puxou a mochila mais para cima enquanto eles seguiam em direção à saída do terminal, muito consciente de que carregava o Evangelho de Sangue pendurado no ombro. Ela se preocupava, achando que deveria ter deixado o livro em Roma, onde ele poderia ser trancado e guardado em segurança, mas com o livro ligado a si, ela se recusava a deixá-lo sair de vista.

Agora parecia fazer parte dela.

Adiante, Rhun caminhava ao lado da condessa, gracioso como uma pantera negra em seu jeans escuro e casaco preto longo. Elizabeth, por sua vez, deslizava com uma medida de controle sobre seus passos. Eles formavam um belo casal, e uma pontada de inveja atingiu Erin com uma força inesperada. Aquilo a surpreendeu. Será que queria ser a mulher ao lado de Rhun, mesmo se tal coisa fosse possível?

Ela olhou para Jordan. Seus olhos azuis vasculhavam o saguão, sempre à procura de perigo, mas os ombros dele estavam baixos e relaxados. Um restolho de barba dourado cobria seu queixo quadrado. Ela se lembrou de sentir aquela sombra de barba arranhando de leve seu estômago, seus seios.

Jordan a apanhou olhando, e Erin enrubesceu e baixou o olhar para o chão.

Enquanto saíam para a tarde fresca, Elizabeth ajustou a touca para cobrir melhor o rosto. A jaqueta de Rhun tinha capuz, mas ele não se deu ao trabalho de puxá-lo sobre a cabeça.

Erin se virou para Christian.

– Por que a luz do sol parece incomodar tanto Elizabeth?

– Ela tem pouco tempo de hábito – explicou Christian. – Não sei se é apenas a passagem do tempo ou os muitos anos de penitência, mas sei que os sanguinistas ficam mais habituados com a luz à medida que envelhecem.

– Como é possível que você não saiba exatamente como funciona? – perguntou Erin, surpresa com a falta de curiosidade do sanguinista em relação à sua própria natureza. – Você não pode deixar seu cérebro de lado. O que há de errado em descobrir o que foi feito com você?

Sophia respondeu do outro lado de Christian.

– *"Confie no Senhor de todo o coração e não se apoie na sua própria inteligência."* – Citou ela em um tom um tanto duro. – Isso não deve ser questionado.

– Ser um sanguinista não é um processo científico de descoberta – acrescentou Christian. – *"Ora, a fé é o firme fundamento das coisas que se esperam, e a prova das coisas que não se veem."* Não *a prova* da existência dessas coisas.

Jordan revirou os olhos.

– Talvez, se vocês todos tivessem feito mais perguntas antes, não estivéssemos em tamanha enrascada.

Ninguém discordou, e Christian apontou para um pequeno café com um pátio ao ar livre.

– Que tal tomarmos um pouco de combustível? Temos um grande dia pela frente.

Só Erin e Jordan precisavam *tomar aquele combustível*, mas Christian estava certo. Um pouco de cafeína seria bom... e muita seria ainda melhor.

Christian entrou para fazer o pedido, enquanto Jordan juntava duas pequenas mesas redondas sob uma grande barraca no pátio. Pouco depois Christian voltou trazendo uma bandeja com dois cafés em largas canecas de cerâmica e uma pilha de doces. Antes de baixar a bandeja, ele se inclinou sobre ela e inalou o aroma vaporoso das canecas.

Então suspirou deliciado.

Erin sorriu, mas pelo canto do olho viu os lábios de Sophia se franzirem com desdém. Os sanguinistas consideravam qualquer vestígio de humanidade uma fraqueza. Mas Erin achava cativantes os vestígios de humanidade que Christian conservava, fazendo com que confiasse mais nele e não menos.

Erin segurou a caneca entre as palmas das mãos, deixando que a aquecesse, e a centrasse. Ela olhou ao redor para os outros.

— Qual é o plano a partir daqui? Parece que estamos tateando no escuro, como um homem cego. Está na hora de mudarmos isso. Está na hora de começarmos a fazer perguntas. Como compreender a natureza de sanguinistas e *strigoi*. Isso parece ser crítico para nossa missão.

Jordan assentiu com a cabeça, olhando expressivamente para Sophia e Christian.

— Quanto menos compreendermos, mais provável é que todos nós fracassemos.

— Eu concordo — disse Elizabeth. — A ignorância não nos serviu no passado e não nos servirá agora. Existem coisas que a Igreja deveria saber. Eles tiveram dois mil anos para estudar esses assuntos, contudo não sabem responder às perguntas mais simples. Como o que anima um *strigoi*?

— Ou outra pergunta: como você muda quando faz o voto de sanguinista? — acrescentou Erin. — Como o vinho sustenta você?

As perguntas dela explodiram numa breve, mas acalorada discussão. Rhun e Sophia tomaram o partido da fé e de Deus. Erin, Jordan e Elizabeth defenderam o método científico e a razão. Christian fez o papel do árbitro relutante, tentando encontrar pontos comuns.

No final, todos acabaram ainda mais distantes uns dos outros.

Erin empurrou para longe sua caneca vazia. Tudo que restava em seu prato eram migalhas de doces. Jordan tinha dado uma única mordida em sua torta de maçã, mas parecia estar satisfeito — se não com sua torta, então pelo menos com a conversa.

— Nós deveríamos tratar de ir — disse, se levantando.

Sophia consultou seu relógio.

— Jordan tem razão. Perdemos tempo suficiente.

Erin conteve uma resposta malcriada, sabendo que não levaria a lugar nenhum.

Surpreendentemente, Elizabeth ofereceu uma resposta mais conciliadora:

— Talvez descubramos as respostas para essas perguntas no laboratório de John Dee.

Erin se levantou.

É melhor que as encontremos... senão o mundo estará condenado.

17

18 de março, 15:40 horário da Europa Central
Praga, República Checa

Rhun estava parado ao lado de Elizabeth no centro da praça da Cidade Velha de Praga. Nuvens tinham aparecido no céu e uma chuva leve começara a cair, batendo contra as pedras de calçamento. Ela havia se detido, olhando fixamente para cima, para a face dourada do relógio astronômico, o famoso Orloj. Então voltou sua atenção para os prédios circundantes.

– Então, exatamente onde fica o laboratório desse sujeito? – perguntou Jordan.

– Eu só preciso me orientar – disse Elizabeth. – Muita coisa mudou, mas felizmente para nós, muita coisa não mudou.

Rhun examinou os vários mostradores e símbolos superpostos do relógio. Já eram quase quatro horas da tarde, o que dava a eles mais duas horas e meia de luz do dia.

Erin estava encolhida numa jaqueta azul-clara.

– Eu teria imaginado que o laboratório de John Dee ficaria em algum lugar na alameda dos Alquimistas, nas vizinhanças do Castelo de Praga.

– E teria estado errada – disse Elizabeth, em um tom irritantemente arrogante. – Muitos alquimistas tinham oficinas naquela alameda, mas o trabalho mais secreto era feito não longe daqui.

– Então onde ficava o laboratório de Dee? – perguntou Sophia.

Elizabeth caminhou lentamente, afastando-se da torre do relógio e para dentro da praça. Ela girou em um círculo lento, como uma bússola tentando encontrar o norte verdadeiro. Finalmente, apontou para uma rua estreita que saía da praça. Prédios altos de apartamentos flanqueavam ambos os lados.

– A menos que tenha sido destruído, o laboratório dele fica naquela direção.

A testa de Erin se franziu de preocupação. Se tivesse sido destruído, eles não só teriam feito aquela viagem para nada, mas estariam perdidos, sem ter nenhum caminho para seguir.

Elizabeth assumiu a dianteira obrigando-os a segui-la. Sophia se apressou para ficar ao lado dela, enquanto Rhun ficava para trás com os outros.

Erin olhou ao redor absorvendo a história, mas sua mente estava voltada para um acontecimento mais recente.

— Em 2002 — disse ela, com um aceno de braço —, Praga foi atingida com violência por uma enchente. O rio Vltava saiu de suas margens e inundou a capital. Quando aquelas águas recuaram, seções de ruas da cidade, inclusive essa, se não estou enganada, afundaram em túneis da era medieval, revelando aposentos há muito perdidos, oficinas... até laboratórios de alquimia. — Erin olhou para eles e depois para as pedras molhadas sob seus pés. — Com o passar dos anos, provavelmente um milhão de pessoas andaram sobre aqueles túneis sem saber que estavam lá. Isso causou uma grande agitação na comunidade arqueológica.

Adiante deles, Elizabeth pronunciou uma única sílaba dura, que Rhun reconheceu como uma praga húngara. Todos eles correram para se juntar a ela. Elizabeth tinha se detido ao lado de uma placa de madeira pendurada acima da rua. Ao lado dela, duas portas azuis se abriam. As sobrancelhas de Elizabeth estavam unidas numa expressão de irritação. Ela parecia disposta a arrancar a placa de seus gonzos de metal.

Numa das portas, um círculo brilhante de prata encerrava um símbolo de dois frascos conectados por tubos. As palavras *Speculum Alchemiae Muzeum Prague* estavam escritas ao redor.

— É um museu! — exclamou Elizabeth furiosa. — É assim que a era de vocês guarda seus segredos?

— Parece que sim — disse Jordan.

Rhun chegou mais perto. Frascos em forma de pera estavam pendurados em uma prateleira de ferro batido presa nas portas. Um escudo dourado na frente rotulava o conteúdo de cada um: *Elixir da Memória*, *Elixir da Saúde* e *Elixir da Juventude Eterna*.

Rhun se lembrava de poções semelhantes em voga nos tempos de sua infância.

Christian plantou os punhos nos quadris, olhando com incredulidade para o museu.

— Os papéis de Dee estão aí?

— Eles *estavam* aqui — corrigiu Elizabeth. — Esta costumava ser uma casa de aparência normal. Tinha uma grande sala na frente, uma sala de visitas nos fundos, onde alquimistas costumavam receber convidados e conversar sobre seus trabalhos. Inclusive estudiosos do calibre de Tycho Brahe e Rabbi Loew. Velhos de barba branca se debruçavam sobre cadinhos e alambiques. E, é claro, charlatões também, como aquele maldito Edward Kelly.

A chuva escorreu para dentro dos olhos de Rhun, e ele a limpou com as costas da mão.

– Em que eles estavam trabalhando?

Elizabeth sacudiu gotas de sua touca.

– Tudo. Eles buscavam muitas coisas que demonstrariam ser tolas e fugidias, como a pedra filosofal, capaz de transformar metais comuns em ouro, mas também descobriram muita coisa de real importância. – Ela bateu os pés pequenos nas pedras de calçamento. – Descobertas que mais tarde foram perdidas. Coisas que a mente moderna de vocês não poderia jamais compreender. E agora vocês transformaram isso em um espetáculo para a diversão de crianças.

– Bem, já que viemos de longe até aqui – disse Christian, passando por ela. – Não custa aproveitar e dar uma olhada.

Todo mundo o seguiu, arrastando-a com eles apesar de seus protestos.

Duas mulheres lhes deram as boas-vindas de trás de um balcão. A mais velha, uma morena com cabelo sal e pimenta, brincava com um colar que estava enfiando miçangas, enquanto a mais jovem, provavelmente filha dela, limpava uma vitrine de vidro com um longo espanador de penas.

Rhun examinou o aposento. Ele se desviou de ervas secas penduradas de um teto em arco. Por toda parte, prateleiras de madeira cobriam as paredes, cheias de todo tipo de livros antigos e mais objetos de louça e vidro. Ele reparou numa grande porta de madeira à direita do balcão. No momento estava fechada.

Elizabeth passou por ele e foi direto para o balcão, confrontando a mais velha das duas mulheres.

– É possível visitar a sala de recepção? – perguntou. – E talvez os aposentos abaixo?

– Naturalmente, irmã. – A mulher olhou para Elizabeth por cima dos óculos em meia-lua, examinando a mistura de freiras e padres de colarinho branco com uma expressão divertida. – Nós fazemos visitas guiadas.

Elizabeth pareceu ficar horrorizada, mas Christian avançou.

– Eu gostaria de comprar seis entradas – disse rapidamente. – Quando é a próxima visita guiada disponível?

– Imediatamente – respondeu a mulher.

A mulher mais velha aceitou os euros que Christian lhe entregou e deu a cada um deles uma entrada retangular.

A mulher mais jovem sorriu para Jordan. Tinha olhos castanhos gentis e parecia ter cerca de vinte e cinco anos. Seu cabelo escuro comprido estava puxado para trás e preso num coque com uma fita púrpura. A cor combinava com sua camisa e uma saia justa, que acabava bem alto acima dos joelhos.

Elizabeth se meteu entre ela e Rhun, olhando para as roupas justas da mulher com desagrado.

– Meu nome é Tereza – disse a moça, dando o melhor de si para ignorar o olhar fuzilante de Elizabeth. – Eu serei a guia de vocês na visita ao laboratório do alquimista. Se quiserem me seguir, por favor.

Usando uma chave, a mulher destrancou a porta. Quando ela empurrou e abriu, um bafo de ar úmido e mofado soprou para fora. Rhun sentiu um arrepio na nuca ao perceber um cheiro de algo mais. Lembrou-se de seus dias passados no deserto egípcio, reconhecendo ali o mesmo tipo de malignidade que tinha caçado nas areias.

Deu uma busca ao redor, mas não encontrou nenhuma evidência de perigo. Os outros sanguinistas não mostravam sinais de ter aquelas dúvidas.

Apesar disso, Rhun se posicionou mais para perto de Erin.

16:24

Com a guia da excursão conduzindo-os, Erin seguiu Rhun passando pela porta e entrou em um vestíbulo escuro. Jordan vinha um pouco mais atrás, dando um espirro ressonante por causa da poeira. Ou talvez ele tivesse alergia a mofo. Mesmo assim Rhun se sobressaltou com o ruído abrupto, empurrando Erin contra a parede com um braço que pareceu uma barra de aço.

Jordan reparou no gesto protetor.

– Fique pronto se eu der um arroto – disse a Rhun. – É muito mais perigoso.

Eles seguiram adiante, Erin estudou as pinturas a óleo enfileiradas em ambas as paredes, provavelmente reproduções.

Mais à frente, Tereza acenou com um braço enquanto andava de costas.

– Essas pinturas são de...

Elizabeth a interrompeu, levantando o braço em direção a vários óleos:

– Imperador Rudolf II, Tycho Brahe, Rabbi Lowe e o médico de Rudolf... cujo nome me escapa no momento. Não são os melhores retratos deles.

Ela então saiu andando, ultrapassou a guia e entrou em um dos aposentos com a porta para o corredor, como se soubesse para onde estava indo.

– Irmã! Espere! – Tereza saiu apressada atrás de Elizabeth e todo mundo as seguiu.

Elizabeth se deteve no centro de um aposento de tamanho médio, as mãos cruzadas na frente do corpo como se estivesse rezando, mas Erin não conseguia imaginar que aquilo fosse verdade. Seu olhar arrogante varreu a sala.

Acima, um candelabro redondo ostentava duas máscaras com chifres e lançava uma luz alaranjada num tapete de pele de urso que ficava estendido diante de uma lareira de mármore. A atenção de Erin foi atraída para um armário antigo cheio de velhos livros, crânios e espécimes em jarros.

Intrigada, ela se aproximou.

Era assim que deve ter sido há quatrocentos anos.

Elizabeth caminhou até a escrivaninha com tampo de granito ao longo da parede, então para uma janela coberta por cortinas atrás dela. Ela parou e examinou o aposento.

– Onde está o sino?

– O sino? – Tereza pareceu nervosa.

– Costumava haver um sino de vidro gigante na frente dessa janela. Grande o suficiente para um homem ficar de pé dentro dele. – Elizabeth se agachou sobre um joelho e examinou os ladrilhos abaixo. – Deixou sulcos no piso. John Dee mantinha seu equipamento aqui em vez de no laboratório principal porque precisava de luz do sol para seus experimentos.

Erin se juntou a ela, passando os dedos no piso.

– Esses ladrilhos são novos?

Tereza assentiu:

– Acho que sim.

Elizabeth se levantou bufando e limpou as mãos no hábito úmido.

– Para onde o sino foi levado?

– Eu não sei do que a senhora está falando – disse Tereza. – Até onde sei, nunca houve um sino.

Tereza se virou ligeiramente para o lado, resmungando alguma coisa baixinho. Parecia um palavrão em checo, Elizabeth respondeu furiosa na mesma língua, fazendo a guia engolir em seco.

Jordan se aproximou de Tereza, tocando no braço dela de modo tranquilizador.

– Que tal deixarmos essa moça simpática nos dizer o que ela sabe? Afinal, pagamos por uma visita completa.

Elizabeth pareceu que ia dizer alguma coisa, mas em vez disso juntou as mãos nas costas. Ela olhou para o local onde havia esperado encontrar o sino, com uma expressão calculista surgindo em sua face.

Tereza respirou fundo, então tentou retomar o fio de sua meada:

— Esta sala é onde os alquimistas teriam recebido convidados, mas não era uma simples sala de visitas. Se observarem, cada canto da sala tem símbolos alquímicos para Terra, Ar, Fogo e Água.

Erin se virou lentamente para examinar cada símbolo. Mais para o lado, Elizabeth se afastou em direção à lareira, mantendo as costas viradas para a guia. Ela se apoiou na cornija, como se estivesse a ponto de vomitar.

Tereza continuou de modo mais ousado, aparentemente feliz por não ter mais a freira irritadiça pegando no seu pé:

— A energia dessas forças era canalizada através do candelabro no centro do aposento. Essas energias eram usadas para toda sorte de propósitos de alquimia e do ocultismo. Se vierem até este armário, eu lhes mostrarei...

Erin se afastou, seguindo em direção a Elizabeth, que havia acabado de dar as costas para a lareira.

— O que você estava fazendo? — perguntou Erin baixinho.

Elizabeth manteve a voz baixa.

— Dee tinha um compartimento secreto na cornija de mármore. O diamante verde outrora ficava escondido ali, quando a pedra estava intacta. Acabei de checá-lo.

— Encontrou alguma coisa?

Elizabeth abriu a mão para revelar um pedaço de papel na palma.

— Só isso.

Erin observou uma fileira de símbolos incomuns.

— É um nome escrito em enoquiano — explicou Elizabeth.

Erin olhou fixamente para as estranhas letras. Sabia que John Dee tinha criado sua própria língua, mas nunca a tinha aprendido.

— Que nome?

— Belmagel.

Erin franziu o cenho para Elizabeth, não reconhecendo o nome.

— Belmagel era um anjo com quem Edward Kelly supostamente falava durante as sessões de conferências sobrenaturais com John Dee. Dee finalmente acabou por ter dúvidas, e os dois homens se desentenderam, mas o imperador Rudolf era um admirador ardoroso e fiel de Kelly.

– Então quem você acha que deixou o pedaço de papel?

– Só Rudolf, Dee e eu tínhamos conhecimento da existência daquele compartimento. Rudolf guardava grande segredo dele. Chegou até a mandar matar o projetista para se certificar de que ele nunca revelasse sua existência. Se Dee tivesse deixado alguma coisa lá, Rudolf teria tirado depois que o homem morreu, de modo que presumo que esta nota tenha sido deixada pelo próprio Rudolf.

– O que mais você sabe sobre esse Belmagel? – perguntou Erin, balançando a cabeça para o papel.

– Kelly supostamente se comunicava com dois anjos. Sudsamma era um anjo bom, um ser de luz. Belmagel era um anjo das trevas, nascido do mal.

Talvez aquilo fosse uma pista. O grupo deles *estava* procurando o pior de todos os anjos – Lúcifer.

– Se Rudolf deixou isso, pode ter sido uma mensagem para mim – explicou Elizabeth. – Alguma coisa que só eu compreenderia.

– O que ele estava tentando lhe dizer? – perguntou Erin.

Elizabeth deu uma pequena sacudidela frustrada de cabeça.

– Deve ter sido alguma coisa relacionada com o charlatão, Kelly. Talvez isso estivesse escondido para me direcionar para o homem, para a casa dele.

– Onde ele morava?

– Ele tinha muitas casas. Quem sabe se alguma delas ainda está de pé hoje?

Erin olhou para a única pessoa que poderia saber. Ela levantou o braço.

– Tereza, uma pergunta, se me permite?

A guia se virou em sua direção.

– O que gostaria de saber?

– Edward Kelly era um associado de John Dee. Você sabe onde Kelly morava e se o lugar ainda existe?

Os olhos dela se arregalaram, a moça claramente radiante por saber a resposta.

– Com certeza. É um lugar bastante mal-afamado. É chamado de *Faustus Dum*, ou a Casa Fausto, e pode ser encontrado na praça Carlos, embora não esteja aberto ao público para visitas.

Erin lançou um olhar para Elizabeth. A condessa fez um pequeno gesto de cabeça em reconhecimento, claramente conhecendo o lugar. Pela expressão sombria de seu rosto, não estava nada satisfeita com a localização.

Enquanto Tereza retomava sua palestra para os outros, Erin falou baixinho com Elizabeth:

– O que você sabe sobre a Casa Fausto?

– Era um lugar de muita infâmia. Antes que Kelly se mudasse para lá, o astrólogo do imperador, Jakub Krucinek, residia lá com seus dois filhos. Mais tarde, o mais jovem matou o mais velho por causa de um suposto tesouro escondido na casa. O próprio Kelly preparou o lugar com toda sorte de truques e trapaças. Portas que se abriam sozinhas, escadas que voavam no ar, maçanetas que davam choque se você tocasse nelas.

Ela fez um som alto de caçoada, então continuou:

– O homem era uma fraude e um trapaceiro. Mas a casa... é autenticamente malévola. É por isso que a casa era associada à lenda de Fausto.

– O estudioso que fez um pacto com o diabo?

– Alguns dizem que Fausto realmente viveu lá, que foi naquela casa que ele foi sugado para o inferno, através do teto.

Erin olhou para a condessa com incredulidade.

Ela deu de ombros.

– Lenda ou não, estranhas ocorrências foram associadas àquele lugar. Desaparecimentos misteriosos, grandes explosões durante a noite, luzes estranhas.

Erin apontou para o papel com a escrita enoquiana.

– Poderia Rudolf ter deixado essa mensagem secreta para você, como indicação para ir para a Casa Fausto? O diamante tinha uma ligação com um anjo caído e aquele lugar também.

– Talvez...

Tereza falou mais alto, aproximando-se de uma estante de livros.

A guia empurrou a estante para um lado, revelando um conjunto de degraus que desciam.

Jordan exclamou em voz alta, parecendo infantilmente excitado:

– Que bacana! Uma passagem secreta.

Tereza se deteve no limiar da escada secreta.

– Essa passagem leva a um laboratório privado de alquimista. Se olharem ali, junto do piso, verão uma grande argola de metal logo no interior. Dizem que o Rabbi Loew acorrentava o seu golem infame ali quando ele se comportava mal.

Erin sorriu diante da ideia, mas os sanguinistas olharam para a argola com ceticismo. Aparentemente, acreditavam em *strigoi* e em anjos, mas não em homens gigantes trazidos à vida por alquimistas. Ela imaginava que eles tinham que estabelecer um limite em algum ponto.

Tereza os conduziu descendo os degraus.

Erin seguiu na retaguarda com Elizabeth, que cutucou a argola com o dedo do pé quando passou por ela.

– Tanta besteira – sussurrou a condessa. – Dee mantinha um lobo acorrentado naquela argola, um animal que não obedecia a ninguém, exceto Dee. No dia em que Dee morreu, Rudolf teve que matar o animal para entrar no laboratório.

Erin seguia por último na descida dos degraus de pedra. Os degraus eram estreitos, de modo que todo mundo teve que ir em fila indiana. Na base da escada, um túnel se estendia, mais adiante Tereza lhes sinalizou para prosseguir. Mas Erin se deteve para examinar uma porta de metal à esquerda. Tinha uma abertura quadrada na altura dos olhos, como a porta de uma cela de prisão. Através da abertura, ela viu outro túnel.

– Atrás daquela porta – disse a guia levantando a voz, percebendo a atenção de Erin – fica um túnel que leva à praça da Cidade Velha. Descobrimos esse túnel e outros há alguns anos, depois de uma grande enchente. Levamos algum tempo para retirar a lama.

Jordan lançou um olhar para Erin, recordando seu relato da enchente.

Tereza prosseguiu:

– No recinto da fornalha, logo adiante, descobrimos um túnel que passa por debaixo do rio e segue muito além, até o Castelo de Praga.

Elizabeth assentiu:

– Rudolf usava aquele túnel... e outros... para ir e vir pelos subterrâneos da cidade, de modo que ninguém soubesse onde estava.

Erin não pôde deixar de se sentir fascinada por aquelas histórias, tentando imaginar uma época em que ciência, religião e política se misturavam, envoltas em mistérios e lendas.

Eles prosseguiram descendo pelo túnel. Jordan tinha que manter a cabeça abaixada por causa do teto baixo. A passagem finalmente acabava em um pequeno recinto com um forno de metal redondo no centro. O forno continha frascos de metal com bicos longos, enquanto um conjunto de foles descansava diante da abertura do forno. Fuligem cobria tudo: teto, paredes, e até os azulejos de pedra estavam enegrecidos.

Aquele devia ser o recinto da fornalha que Tereza havia mencionado. No fundo, outra porta levava a uma sala escura vizinha. A guia apontou para a porta.

– A sala vizinha é onde os alquimistas trabalhavam em transmutação... transformar metais comuns em ouro.

Elizabeth resmungou:

– Tanta besteira. Quem acreditaria que se pode transformar metais comuns em ouro?

Jordan a ouviu, olhando para ela com um sorriso.

– Na verdade, *é* possível. Se você bombardear certo tipo de mercúrio com nêutrons. Infelizmente, o processo custa mais do que o ouro que produz. Além disso, o ouro acaba sendo radioativo e se decompõe em alguns dias.

Elizabeth deu um suspiro exagerado:

– De modo que parece que o homem moderno não desistiu de suas antigas obsessões.

– A fornalha e os recipientes maiores são originais – disse Tereza, prosseguindo seu diálogo sobre as tentativas dos antigos alquimistas de criar um Elixir da Eterna Juventude. – Encontramos um frasco desse elixir dentro de um cofre escondido atrás de uma parede de tijolos neste aposento. Junto com uma receita para prepará-lo.

Agora foi a vez de Erin fazer troça:

– Você pode fazê-lo hoje?

Tereza sorriu.

– É um processo complicado, com setenta e sete ervas que devem ser colhidas ao luar, para uma infusão em vinho. A infusão leva um ano, mas, sim, pode ser feito. De fato, está sendo feito por monges em um monastério em Brno.

Até Elizabeth pareceu surpresa com aquela trivialidade.

Erin estudou a cápsula de quinhentos anos do mundo dos alquimistas. Ela se moveu pelo aposento, examinando a fornalha e objetos de vidro. Espiou uma pequena porta atrás da fornalha.

Deve ser o tal túnel para o castelo.

Rhun subitamente apareceu ao lado dela, agarrando-a pelo braço. Ela se virou e só naquele instante percebeu como os sanguinistas tinham ficado absolutamente imóveis, olhando para cima. Até Elizabeth inclinou a cabeça, o nariz levantado.

– O que é? – perguntou Jordan. A mão instintivamente foi para a cintura, onde normalmente mantinha a pistola-metralhadora no coldre, mas devido às leis checas para armas de fogo não tinha podido passar pela alfândega com nenhuma.

– Sangue – sussurrou Rhun, olhando para o túnel que levava para os aposentos acima. – Muito sangue.

18

18 de março, 16:39 horário da Europa Central
Praga, República Checa

O sangue está quente sobre minha língua...
Legião sabia que não estava de fato em sua língua. Seu corpo – profundamente enraizado dentro do hospedeiro negro Leopold – jazia esparramado na traseira de um veículo barulhento. As janelas eram escurecidas, sombreando o arder do sol do final da tarde. Ele sentia que o pôr do sol estava próximo, mas até lá devia caçar de longe, olhando através dos olhos de outros, direcionando sua vontade para dentro daqueles que levavam sua marca.

Mais próxima, a mulher sanguinista – Abigail – controlava o veículo, aquele grande cavalo preto retumbante que lançava nuvens de veneno em sua esteira. Ela parecia intocada pelo sol. O vinho dos sanguinistas a protegia da luz, sua santidade agindo como um escudo.

Legião estava determinado a marcar outros como ela, criar tropas que pudessem se mover na luz e na escuridão, aumentando suas fileiras para a guerra por vir.

O sangue o chamou de novo, atraindo sua consciência de volta para o escravo que se banqueteava com a velha no pequeno aposento, um espaço cheio de ervas secas, poeira e livros. Ele estendeu mais seus sentidos, vendo através de mais três pares de olhos. Mais três escravos, que estavam presos à sua vontade, que percorriam túneis escuros, se aproximando das presas escondidas abaixo.

Legião tinha reunido aqueles e outros naquela cidade, para destruir a antiga profecia imbuída no corpo do trio: o Guerreiro, a Mulher e o Cavaleiro.

Ele não lhes permitiria ter descanso nem refúgio seguro.

Os mortais ele pretendia matar, mas o que se chamava Korza...

Você será meu melhor escravo, uma arma para empunhar contra o Céu.

Mas, primeiro, Legião precisava atrair o Cavaleiro para terreno aberto.

Ele levantou a mão, vendo os redemoinhos de negrume nadarem em sua palma. Enviou uma ordem para aqueles que traziam sua marca:

Matem-nos... mas reservem o Cavaleiro para mim.

16:50

Parado na sala da fornalha, Jordan puxou Erin para trás de si. Rhun, Sophia e Christian puxaram armas e montaram guarda na escada distante que levava ao museu.

– O que vocês estão fazendo? – perguntou Tereza, vendo as armas, cobrindo a garganta com a mão.

Erin segurou a outra mão da mulher.

– Fique por perto.

Jordan avançou e agarrou a única arma à vista: um velho atiçador de lareira de ferro que estava apoiado contra o forno da fornalha.

Não era a pistola-metralhadora de que ele sentia falta, mas teria que servir.

Elizabeth o viu se armando e fez o mesmo. Ela pegou um frasco pelo bico e quebrou a base bulbosa, criando um punhal de vidro.

Tereza exclamou ao ver o estrago, mas se manteve ao lado de Erin.

– Fumaça – disse Rhun junto à porta.

Jordan se moveu o suficiente para espiar por cima do ombro dele. Pelo vão da escada na extremidade do túnel um rolo de negrume fuliginoso fluía dos degraus entrando pelo túnel. O andar de cima devia estar em chamas.

– Minha... minha mãe – disse Tereza. Ela começou a avançar, mas Erin a impediu.

E por um bom motivo.

Daquela cortina de fumaça, emergiu um vulto escuro. Ele se agachou, revelando um homem grande de cabeça raspada com físico musculoso. Empunhava uma faca longa. Sua camiseta branca estava manchada do carmesim de sangue fresco. Ele arreganhou as presas, farejando o ar, procurando por eles.

Enquanto ele o fazia, Jordan avistou uma marca negra com cinco dedos em sua garganta, identificando-o como um *strigoi* escravizado, como aquele que os havia atacado na caverna em Cumae.

Sophia sibilou ao reconhecer a marca.

O *strigoi* baixou o olhar ao ouvir o ruído – então arremeteu para atacar, movendo-se com incrível velocidade.

Rhun saltou para a frente, para dentro do túnel, enfrentando o ataque da criatura. O padre empunhava uma *karambit* de prata em cada mão, as lâminas de metal curvas pareciam grandes garras. Ele deu um golpe cortante enquanto o monstro o alcançava.

O *strigoi* se desviou agachando-se bem baixo, depois girou, golpeando com a faca. Mas no último momento ele virou a lâmina e usou o punho de aço para golpear o lado da cabeça de Rhun. O golpe derrubou Rhun contra a parede do túnel, claramente deixando-o atordoado.

O *strigoi* passou rápido por ele, indo direto para Sophia e Christian.

Elizabeth se moveu para a frente, a preocupação ressoando em sua voz:

– Rhun...

Jordan empurrou Erin e Tereza mais para trás. Um momento tarde demais ele se deu conta do erro de sua defesa. O ranger de velhos gonzos soou atrás dele. Jordan se virou a tempo de ver uma forma escura irromper pela pequena porta que conduzia ao túnel de Rudolf.

O *strigoi* arrancou Tereza da mão de Erin e estraçalhou a garganta da moça, afogando seu grito de surpresa em sangue. Outro *strigoi* vinha nos calcanhares daquele, indo direto para Erin com uma faca longa na mão.

Àquela altura Jordan já estava em movimento. Ele agarrou Erin, a fez girar pelo braço, enfiando-se atrás dele, e bloqueou a lâmina do *strigoi* com o comprimento de seu atiçador. Enquanto aço se chocava com aço, um pensamento surgiu na mente de Jordan:

Eu não deveria ter conseguido me mover com essa rapidez.

Jordan não teve tempo para compreender aquele mistério, apenas para se sentir agradecido por ele.

O *strigoi* rosnou, puxando a lâmina preta para trás e se agachando com surpresa. Atrás dele, a outra besta acabou com Tereza e se juntou ao seu parceiro, sibilando e lançando um jato de sangue em Jordan. Por um momento, eles pareceram cautelosos com Jordan, cautelosos com sua velocidade e força.

Então Christian e Sophia se juntaram a ele, flanqueando-o. Christian levantou uma espada longa, enquanto Sophia empunhava dois punhais, um em cada mão.

Três contra dois... Gosto mais dessas probabilidades.

Então um terceiro *strigoi* apareceu vindo do túnel da sala da fornalha, um gigante maciço, um ogro monstruoso.

As boas probabilidades duraram pouco.

Na lateral, Erin agarrou um par de tenazes de metal, preparando-se para ajudar.

– Temos que sair para a luz do sol!

Mais fácil falar do que fazer.

E o sol estava perto de se pôr.

Estrondos atrás dele disseram-lhe que Rhun e Elizabeth ainda estavam lutando contra seu primeiro adversário no túnel. De modo que aquele caminho estava bloqueado. Além disso, a escada que subia dali estava em chamas.

Jordan se concentrou nos três inimigos diante dele. Além deles, a fumaça entrava em rolos no aposento através da pequena porta, trazendo consigo o cheiro de madeira queimada e gasolina. Parecia que seus atacantes tinham ateado fogo também àquele túnel, assegurando que ninguém escaparia por ali.

O imenso *strigoi*, claramente o líder daquele bando, tomou a frente dos outros dois. O rosto dele era um mapa de tecido de cicatriz, suas presas amarelas. Ele levantou uma espada larga e a girou em um círculo, tão rápido que se tornou um borrão prateado.

Christian avançou para enfrentar o atacante – então um dos *strigoi* menores saltou bem baixo e agarrou Christian, derrubando-o no chão. O outro se arremessou contra Sophia, derrubando-a contra a fornalha. Jordan levantou seu atiçador, dando-se conta de que o gigante tinha usado o movimento com a espada como distração, permitindo que os dois menores atacassem de emboscada os sanguinistas, eliminando as ameaças maiores.

Deixando só Jordan e Erin.

De modo que, então, vamos ver do que você é capaz, grandalhão.

Jordan arremeteu contra o *strigoi* armado. Ele acertou uma pancada ressonante na lâmina que girava. Sentiu o impacto dos ombros até os calcanhares.

Mas então viu que o *strigoi* também.

O gigante deixou cair a espada e deu um passo para trás. Uma careta de desdém o fez franzir os lábios – então ele se arremessou contra Jordan. Foi como ser atingido por um caminhão. Jordan recuou, batendo contra uma mesa, espatifando louça. Dentes se cravaram no antebraço de Jordan, as presas se enterrando até o osso.

Mas, em vez de dor paralisante, Jordan sentiu o calor de um fogo irromper ao longo de seu braço.

O *strigoi* gritou, soltando o braço de Jordan, recuou cambaleante, arranhando o rosto. Jordan observou enquanto sua carne explodia em bolhas e se queimava, sangue negro jorrando fervilhante. O *strigoi* caiu no chão sacudido por convulsões enquanto aquela conflagração se espalhava, rapidamente queimando seu corpo inteiro.

Jordan olhou fixamente para seu braço ferido e depois para o gigante.

Meu sangue é veneno.

Em vez de medo, a calma o inundou, tornando-se ainda mais forte, reduzindo o movimento no cômodo a câmera lenta. Os sons ficaram abafados. A luz adquiriu um tom dourado, tornando tudo enevoado.

O *strigoi* que lutava contra Sophia entrou em pânico ao ver o que tinha acontecido com o gigante e fugiu em direção ao túnel em chamas. Christian aproveitou a vantagem da surpresa para cortar fora a cabeça do outro logo acima dos ombros.

Jordan pegou um pedaço de vidro quebrado de cima da mesa, e sem nem um pensamento saiu atrás do *strigoi* em fuga. Ele o agarrou pela nuca e cortou sua garganta de orelha a orelha, depois deixou o corpo cair.

Jordan se virou e encontrou Erin dando puxões em seu braço, tossindo por causa da fumaça, tentando fazê-lo se mover.

– Está tudo desmoronando! – gritou ela, sua voz soava como se ambos estivessem dentro d'água. – As salas acima estão começando a afundar para o nível do porão.

Ele a seguiu, reunindo Christian e Sophia no caminho.

Lá fora no túnel, Elizabeth segurava o primeiro *strigoi* por trás em um abraço de urso, enquanto Rhun golpeava com sua faca. Aos olhos de Jordan o braço do padre se movia lentamente, a lâmina em sua mão capturando cada partícula de luz. O jorro de sangue negro pareceu pairar no ar.

Enquanto aquele último corpo caía, Erin puxou Jordan consigo. Ela apontou para além de Rhun, em direção à porta próxima da base da escada.

– Temos que seguir para o túnel que leva à praça da Cidade Velha.

Enquanto ele olhava, uma viga de carvalho se desprendeu do teto e despencou no piso de pedra, espalhando brasas incandescentes. Mais fumaça se espalhou pelo túnel.

– Chegamos tarde demais! – gritou Erin.

17:02

Erin engasgou com a fumaça, seus pulmões ardendo, os olhos lacrimejando. Então Rhun apareceu, atirando seu paletó em cima dela. Por sorte os sanguinistas não precisavam respirar.

– Fique abaixada – advertiu Rhun.

Ela obedeceu e levantou a borda de seu colarinho ensopado pela chuva, respirando através do tecido úmido. Christian e Sophia seguiam na dianteira, usando sua força para forjar um caminho em meio às madeiras incendiadas e desmoronamentos de pedras. Mais escombros choveram enquanto os aposentos superiores desmoronavam sobre o túnel.

Mais adiante na passagem, Elizabeth estava ajoelhada junto à porta para a única saída, claramente se esforçando para abri-la. Além dos ombros da mulher, as chamas enchiam o vão da escada, transformando-a na boca de uma lareira impressionante.

Erin lançou um olhar para trás, tossindo roucamente. Jordan andava pesadamente atrás dela, parecendo incólume à fumaça e ao calor. Ela se lembrou do que tinha acontecido com o imenso *strigoi*, recordando aquela carne fervendo cheia de sangue. Tinha observado danos semelhantes antes, quando sangue angélico tocava em um *strigoi*.

Seria aquilo mais uma prova da natureza angélica de Jordan? E o que aquilo significava para o homem que ela amava?

Um som alto de metal se rasgando atraiu seu olhar.

Elisabeth tinha arrancado a porta dos gonzos.

– Depressa! – gritou ela, espanando as brasas incandescentes dos ombros de seu hábito. A condessa imediatamente seguiu para a escuridão adiante, desaparecendo de vista.

Erin temeu que a mulher pudesse aproveitar aquela oportunidade para fugir.

E eu não a culparia.

Todos eles enveredaram pelo túnel e correram por ele, perseguidos pela fumaça.

Ombro a ombro Christian e Sophia mantiveram a dianteira, seguindo o caminho de Elizabeth, claramente atentos para qualquer perigo, qualquer novo ataque.

Rhun continuava a acompanhar seus passos, seguido por Jordan.

À medida que a luz se apagava atrás deles, Erin enfiou a mão no bolso e retirou uma lanterna de metal. Ela a acendeu e um pequeno facho de luz penetrou a escuridão.

Ela tossiu com violência, seus pulmões ainda incendiados, balançando a luz. Um som de derrocada acompanhado de um ronco ecoou vindo de trás. Ela imaginou o túnel dos alquimistas desmoronando por completo.

Finalmente uma porta bateu mais acima, e uma luz entrou no túnel.

Luz do sol... gloriosa luz do sol.

Ela se apressou naquela direção. Com cada passo, o ar se tornava mais fresco, mais limpo, mais frio.

Depois de se aproximar o suficiente, Erin avistou Elizabeth segurando a porta aberta para eles.

Então ela não tinha fugido.

Eles saíram agradecidos, aos trancos, para uma viela ensolarada – ensanguentados, meio queimados, mas vivos.

Ela imediatamente se virou para encarar Jordan, preocupada com o fato de que ele não tinha dito uma palavra durante a fuga inteira dos túneis.

Tocou na face dele, mas seus olhos azuis estavam sem foco, olhando fixamente para alguma distância média. O pânico a engolfou, mas ela lutou para se controlar.

Manteve a palma da mão no rosto dele.

– Jordan, você está me ouvindo?

Ele piscou uma vez.

– Jordan... volte aqui.

Jordan piscou de novo, um arrepio sacudindo-o. Lentamente o foco voltou aos seus olhos. Ele olhou para o rosto dela.

– Erin...?

Ele parecia incerto, como se realmente não a conhecesse.

– Exatamente – disse ela baixinho, magoada e assustada. – Você está bem?

Ele finalmente se sacudiu uma vez, como um cachorro, e passou os olhos pelos outros.

– Estou bem... creio.

– Talvez tenha ficado desorientado por causa da fumaça – disse Elizabeth.

Erin não acreditava naquilo. O que quer que houvesse de errado com ele não tinha nada a ver com a fumaça. Ela pegou o braço dele, afastando a manga rasgada da camisa para examinar a marca da mordida. A ferida já tinha começado a fechar, a pele cicatrizando como se ele tivesse sido atacado dias antes, não apenas minutos.

Mais desconcertante, ela descobriu uma linha vermelha que se enroscava de seu bíceps e descia até a ferida, formando espirais ao redor das bordas da carne que cicatrizava. Ela puxou os restos da camisa dele, revelando a origem.

Estendia-se da velha cicatriz de quando Jordan tinha sido atingido por um raio. Quando era adolescente, tinha tatuado uma figura de Lichtenberg sobre a cicatriz como lembrança de sua escapada por um triz, criando um desenho quase floreado.

Mas aquela gavinha carmesim era nova.

Ela passou o dedo ao longo dela, sentindo o calor através da trilha.

– Sua cicatriz está crescendo...

Jordan puxou o braço de volta e sacudiu a manga para baixo.

– Diga-me o que está acontecendo – pediu ela.

— Eu não sei — balbuciou ele, virando-se ligeiramente. — Começou quando Tommy me tocou, me curou. Inicialmente era apenas uma sensação de ardor.

— Mas desde então?

— Tornou-se mais forte desde que o *strigoi* me golpeou em Cumae. E mais forte de novo depois que fui mordido ainda há pouco. — Jordan se recusava a encarar os olhos dela.

Ela segurou sua mão. Pelo menos ele permitiu que segurasse.

Como se percebesse a angústia dela, Rhun a tocou delicadamente nas costas.

— Temos que sair daqui — advertiu Elizabeth enquanto as sirenes gemiam ao longe. — O sol em breve vai se pôr.

Mas para onde poderiam ir?

17:37

Legião estudou o prédio incendiado enquanto as chamas acendidas por suas tropas se espalhavam. Ele observou as labaredas vermelhas dançarem contra o céu cinzento, recordando-se daquele lugar. Tinha sido em um aposento naquela estrutura que ele tinha sido aprisionado dentro do diamante verde. Através do rendilhado da fumaça dos seiscentos e sessenta e seis dentro dele, arrancou fragmentos de lembranças daquele tempo.

... um velho de barba branca anda do outro lado do vidro verde...

... luz do sol queimando pele e osso, não deixando nada além de fumaça...

... a fumaça sendo perseguida pela luz e obrigada a entrar no coração escuro de uma pedra fria...

Além dos limites do veículo onde Legião se escondia, o fogo do incêndio continuava rugindo, consumindo tudo, transformando aquela história dolorosa em um monte de cinzas e fumaça.

Tão apropriado.

Ele enviou uma ordem para Abigail. O veículo rugiu e deslizou, afastando-se da calçada, deixando para trás aquele incêndio. Através dos olhos de seus escravos, ele tinha observado seu inimigo vencer suas tropas abaixo. Não conhecia o destino do trio da profecia, mas os havia deixado com apenas um caminho a seguir. Um único túnel aberto. Se eles sobrevivessem. O inimigo seria trazido para dentro de sua armadilha.

Já havia convocado forças adicionais para Praga, uma tempestade se armava, esperando para se desencadear. Legião esperava apenas por um último elemento. Ele olhou fixamente pela janela escurecida, em direção à esfera ardente do sol, já baixo no horizonte.

O dia pode ser deles, mas a noite será minha.

19

18 de março, 18:08 horário da Europa Central
Praga, República Checa

Rhun se apressou atravessando mais uma rua, seguindo Erin, que havia puxado um mapa de Praga na tela de seu telefone. Um vento frio varria a rua estreita à medida que uma tempestade se aproximava da cidade. Sentia o cheiro da chuva distante, o crepitar de eletricidade.

Adiante a rua acabava numa praça gramada salpicada de fontes. Uma placa de cobre esverdeado anunciava o destino deles em letras góticas:

Karlovo náměstí

— Praça Carlos — traduziu Erin, enquanto eles entravam no espaço aberto.

Um amplo prédio da prefeitura com uma torre alta se erguia de um lado, mas foi a grande igreja jesuíta, erguendo-se em torres espirais barrocas, que atraiu a atenção de Rhun. Era a igreja de Santo Inácio. Rhun não teria se importado de passar algum tempo ali, dando a todos eles uma chance de se recuperarem. Christian estava com um braço envolto em bandagens; Sophia tinha vários arranhões grandes e hematomas. Até Elizabeth tinha perdido a touca e trazia um arranhão na face, que escondia com uma mecha de cachos negros.

Mas eles não tinham tempo para se demorar.

Enquanto o grupo atravessava a praça, o céu alaranjado empalideceu para o vermelho, depois índigo, à medida que o sol se punha. Se mais *strigoi* estivessem reunidos naquela cidade, eles logo sairiam. Alguém com certeza tinha enviado aqueles *strigoi* para os túneis para apanhá-los de emboscada, e aquela ameaça permanecia.

A caminho dali, ele estivera alerta para qualquer um seguindo a trilha deles, mas a cidade estava cheia de turistas na primavera. Mesmo agora, ouvia os batimentos de coração das pessoas andando pela cidade, comendo em seus restaurantes, comprando em suas lojas. Ele tentou ouvir sons mais furtivos, oriundos daqueles que não tinham batimentos cardíacos: passadas silenciosas, respiração fria. Embora não ouvisse nada que indicasse a presença de tais criaturas, isso não significava que não estavam ali, escondidas nas sombras, esperando sua hora quando o sol se pusesse.

Rhun lançou um olhar para a igreja de Santo Inácio. Assim que o grupo deles acabasse de investigar esse último local na cidade, poderiam se refugiar na igreja próxima.

– Aquela deve ser a Casa Fausto – anunciou Erin. – Ali, no canto sudoeste da praça.

A estrutura tinha quatro andares: pedra cinzenta no primeiro, rosa-salmão acima, com colunas coríntias falsas decorando a fachada. Depois que chegaram perto o suficiente, em letras douradas acima da entrada em arco lia-se: FAUSTUS DUM, confirmando que de fato era a famigerada Casa Fausto.

Elizabeth acreditava que Rudolf tivesse deixado a mensagem como um código endereçado a ela, dizendo que viesse àquela casa. Se fosse assim, alguma coisa importante também poderia estar escondida ali.

Mas o quê?

À medida que se aproximava, Rhun continuou a manter uma vigília desconfiada enquanto a chuva começava a cair de novo. Eles pararam do lado oposto da rua onde ficava a casa. Carros passavam em velocidade, os motoristas se apressando em voltar para casa antes que a tempestade caísse.

Enquanto os trovões ribombavam ao longe, Jordan olhou para o prédio, parecendo estar mais no controle de si mesmo, embora Rhun percebesse que seus batimentos cardíacos tinham mudado sutilmente depois do ataque, soando mais como um bater pesado de tambores, sublinhado por um leve tinido. Talvez aquela aberração sempre tivesse estado lá, e seja lá o que tivesse acontecido durante o ataque ressaltara a mudança com mais proeminência.

– Aquele tal de Kelly devia estar ganhando muito bem para poder pagar por este lugar – observou Jordan.

Erin assentiu:

– Ele *tinha* apoio financeiro e patrocínio do imperador Rudolf. Além disso, supunha-se que o terreno era amaldiçoado.

– O quê? – Jordan olhou para ela surpreso.

– Eu dei uma busca deste lugar no Google, no meu telefone, enquanto caminhávamos para cá – explicou ela. – Em tempos pagãos, este terreno era usado como local de reunião para sacrifícios a Morena, a deusa da morte. Esse histórico é provavelmente o motivo pelo qual a lenda do dr. Fausto foi incorporada a esta casa. E provavelmente deu ainda mais apoio à afirmativa de Edward Kelly de que ele podia comungar com Belmagel, um anjo caído.

Jordan inclinou o pescoço ainda mais para trás.

– Pouco importa. Tudo o que vejo é uma casa cara com muitos para-raios.

Elizabeth parou junto ao ombro dele, sombreando a chuva de seus olhos com a mão esguia.

– O que é um para-raios?

Jordan apontou para o telhado de telhas vermelhas.

– Está vendo aquele cata-vento? E aquela haste ao lado dele? Ambos são projetados para atrair raios e então canalizá-los para o chão, onde se descarregarão em segurança na terra.

Os olhos de Elizabeth brilharam.

– Que ideia inteligente.

Como se respondendo a uma deixa, o estrondo de um trovão crepitou acima dos telhados, troando alto, recordando-os de que o tempo deles era curto.

– Como vamos entrar? – perguntou Erin. – Parece que todas as janelas do primeiro andar são gradeadas.

Rhun apontou para mais acima.

– Eu vou subir até lá, arrombar uma daquelas janelas superiores, entrar e descer para abrir a porta da frente para vocês.

– E se houver alarme? – perguntou Sophia.

Christian sacudiu a cabeça.

– O lugar tem centenas de anos, provavelmente não foi modernizado. No máximo eles têm alarmes apenas nas janelas do segundo andar, confiando que as barras do andar inferior cuidarão da segurança. – Ele apontou para o alto. – Você provavelmente não terá nenhum problema se conseguir chegar àquelas janelas menores no terceiro andar. Duvido que tenham alarme.

Rhun concordou com aquela análise. Rapidamente passou em revista os arredores. Pelo menos a chuva tinha afugentado a maior parte das pessoas da praça aberta. Ele esperou até que não houvesse nenhum carro passando pela rua, então atravessou rápido até uma calha que descia por um canto sombreado da fachada.

Cerrou os dedos ao redor do tubo e rapidamente escalou seu comprimento até o terceiro andar. Agarrando o capitel de uma das colunas ornamentais, arrastou o pé para a direita, deslizando pela fachada molhada da casa como um lagarto até alcançar a janela mais próxima.

Depois de chegar lá, esperou até que outro trovão explodisse – então usou o cotovelo para quebrar a vidraça mais baixa. Cacos de vidro caíram retinindo no piso no interior. Ele esperou para ver se algum som de alarme era dado. A casa permaneceu silenciosa.

Mesmo assim, Rhun prosseguiu com cautela. Enfiou a mão pela vidraça quebrada, abriu a tranca e lentamente empurrou a janela. O interior tinha cheiro de mofo e concreto – mas outra coisa fez sua pele se arrepiar. Permaneceu onde estava, escutando, mas quando não ouviu nenhum alarme soar, entrou.

Mesmo antes de seu pé tocar o chão, ele sentiu a força esvair-se do corpo. Plantou-se de cócoras, lembrando a história de Erin sobre aquele lugar ter sido construído em terreno maldito.

Parecia que algumas lendas eram verdadeiras.

Rhun agarrou sua cruz para se centrar. O ar na casa estava frio como gelo e crepitava de malignidade. Ele procurou alguma ameaça visível, mas não encontrou nada. A luz dos postes do lado de fora revelava um aposento vazio com teto alto branco e paredes com argamassa lisa.

Sussurrou uma oração de proteção – então seguiu para o andar de baixo, para permitir que os outros entrassem, ignorando um estranho e intenso desejo de fugir daquele lugar.

18:19

Enquanto Rhun mantinha a porta alta de ferro batido aberta, Elizabeth entrou, avançando à frente dos outros que estavam reunidos sob a arcada da entrada. Ela percebeu a impiedade daquele lugar assim que a porta se abriu. Aquilo a atraía como uma mariposa para uma chama – mas em vez de ser queimada enquanto entrava, sentiu uma onda de poder fluir através de seu corpo, o terreno não consagrado estava se comunicando com a escuridão em seu sangue.

Ela percebeu que Rhun se vergava sobre as pernas, se segurando na maçaneta da porta para se manter ereto.

Este lugar ímpio claramente o enfraqueceu profundamente.

Ela viu o mesmo efeito ocorrer quando Christian e Sophia entraram. Era como se um grande peso tivesse sido posto nos ombros deles.

Então por que não me sinto afetada?

Ela olhou ao redor, perguntando-se se seria porque era uma noviça no uso do vinho consagrado, mas suspeitava que fosse por um motivo diferente, um testemunho de seu verdadeiro coração.

Para esconder isso, pôs uma palma contra a parede e se apoiou nela, como se abalada pelo mesmo mal-estar ímpio.

Rhun veio para o lado dela, oferecendo seu braço.

– É o terreno amaldiçoado – explicou. – Ele luta contra a nossa força porque ela é nascida do sangue de Cristo.

Ela fez que sim.

– É... é simplesmente terrível.

Jordan lançou um olhar desconfiado para Elizabeth enquanto passava por eles, como se soubesse do fingimento dela.

Sophia falou com uma voz estressada:

– Então vamos tratar de andar rápido com nossa tarefa.

– Onde deveremos começar a procurar? – perguntou Erin, olhando para Elizabeth em busca de orientação, suspeitando que ela já tivesse estado ali antes. – Você tem alguma ideia?

Jordan acendeu uma lanterna, revelando um candelabro de ferro batido e paredes de reboco branco. Eles estavam num grande vestíbulo que dava para um salão imponente com uma escadaria em curva mais adiante.

Elizabeth largou o braço de Rhun e se dirigiu para o lado oposto do salão.

– O maldito anjo de Kelly, Belmagel, não aparecia para mais ninguém. – Ela lançou um olhar para os outros, atrás. – Porque, é claro, tudo aquilo era uma bobagem e uma farsa encenada. Kelly era um charlatão querendo ganhar lucros financeiros dos tolos crédulos. Mas o que eu sei é que Belmagel só aparecia para Kelly num aposento lá em cima. Se Rudolf tiver deixado aquela mensagem para mim, talvez seja onde devemos procurar primeiro.

Erin se manteve ao lado de Rhun, protetoramente, a preocupação com ele clara em seu rosto.

– Essa impiedade que você sente? – perguntou ela. – Emana de algum ponto específico ou está por toda parte?

– Eu a senti mais forte lá em cima – admitiu Rhun.

– Pior do que isso? – resmungou Christian baixinho, parecendo extremamente infeliz.

Elizabeth também a sentiu, quando alcançou a escadaria imponente. Era como uma brisa fluindo, descendo pelos degraus de madeira. Embora parecesse empurrar os sanguinistas para trás, tinha que se impedir de correr alegremente escada acima para abraçá-la.

— Devemos seguir esse rastro ímpio — recomendou Erin. — Seja o que for que amaldiçoa este lugar pode ser importante para nossa missão.

— Ou poderia nos levar diretamente para uma grande encrenca — acrescentou Jordan.

Elizabeth continuou a guiá-los, subindo a escada na frente. Ela subiu devagar, simulando fraqueza ao se agarrar ao corrimão entalhado, fingindo ter que se içar para cima. Fez o melhor que pôde para acompanhar o ritmo dos sanguinistas atrás dela. Mas, a cada passo, sentia uma força maligna se elevando das tábuas de carvalho sob seus pés.

Impaciente, ela se distraiu examinando as paredes por onde passava. Eram de um tom ocre rico e adornadas com pinturas do Renascimento. A um primeiro olhar, pareciam ser pinturas comuns que retratavam cenas de uma corte, mas um olhar mais atento revelava demônios vestidos em trajes de lordes e damas olhando para ela lascivamente. Um demônio segurava uma criança inocente no colo; outro se banqueteava com a cabeça de um unicórnio.

Finalmente eles chegaram ao último andar. Ali o ar zumbia e crepitava com malignidade. Ela ansiava por atirar a cabeça para trás e bebê-lo. Mas, em vez disso, manteve a mão na cruz de prata ardente e o rosto impassível.

— Por aqui — disse Elizabeth. — Kelly mantinha seu próprio laboratório de alquimia logo adiante. — Era lá que ele dizia invocar Belmagel.

Ela os conduziu através de um conjunto de portas duplas para um grande aposento circular com piso de tábuas corridas nuas. Uma mesa de madeira com o tampo manchado tinha sido empurrada contra uma parede arredondada.

— Aí dentro há cheiro de enxofre — disse Rhun, hesitando no umbral e se apoiando no batente.

— O enxofre era um composto alquímico comum — explicou Elizabeth, enquanto seguia mais para o fundo do aposento com Erin e Jordan. — Aparentemente, tudo com que Kelly trabalhou aqui parece ter penetrado nos ossos da casa.

Era uma explicação razoável, mas mesmo Elizabeth duvidou de que fosse verdade.

É o mal deste lugar que infecta a casa.

Começou a se perguntar se não teria estado errada com relação a Kelly. Talvez ele tivesse tido sucesso ao invocar algo de maligno naquele espaço.

Enquanto Jordan examinava a escrivaninha, abrindo várias gavetas, Erin circulava junto às paredes observando uma série de três afrescos pintados no reboco liso e examinando as inscrições em latim abaixo de cada um.

Depois que acabou, a mulher voltou para o centro do aposento e os chamou com um gesto do braço.

– Esses símbolos alquímicos são similares aos que vimos na sala de visitas de Dee. – Ela se dirigiu de volta para um deles... um círculo que continha linhas azuis onduladas... e leu em voz alta a inscrição latina abaixo: – *Aqua*. Água.

Curiosa, Elizabeth se dirigiu para o segundo, um círculo salpicado de verde, como folhas no verão.

– Este aqui diz *Arbor*. A palavra latina para árvore ou jardim.

Jordan seguiu para o terceiro, não distante da escrivaninha. Esse círculo estava salpicado de linhas carmesins.

– *Sanguis*. – Ele lançou um olhar sóbrio para eles. – Sangue.

Erin pegou uma câmera de sua mochila e começou a tirar fotografias de todos os três. Ela falou enquanto trabalhava:

– Na casa de John Dee, havia *quatro* símbolos, que representavam Terra, Vento, Ar e Fogo.

Elizabeth procurou ao redor. A única outra decoração nas paredes era um mural complexo. Ela se aproximou dele, se inclinando para examiná-lo de perto, para ver se aquele quarto símbolo que estava faltando estava escondido em algum lugar naquela pintura luxuriante.

O mural retratava um vale verdejante rodeado por três montanhas de cume coberto de neve. Um rio corria pelo vale e desembocava em um lago escuro. Curiosamente um sol vermelho se situava no alto da pintura. Abaixo do afresco estavam as palavras checas *jarní rovnodennost*.

Ela passou um dedo sobre as palavras.

– *Equinócio vernal*.

Erin se juntou a ela.

– O que é aquilo saindo do lago no centro?

Elizabeth olhou mais de perto. Da superfície escura da água, membros de corpos e rostos demoníacos pareciam estar fervendo sob aquele sol vermelho.

– Parece que o inferno está pronto para se libertar – disse Jordan, olhando expressivamente para Erin.

Erin se endireitou, parecendo abalada.

– Poderia esse lugar ser onde Lúcifer se liberta? Esse vale? – Ela tocou no sol vermelho. – Parece um sol alto ao meio-dia. No equinócio vernal. – Ela olhou para os outros. – Poderia ser um aviso? Um prazo de tempo que devemos cumprir?

– Quando é o equinócio? – perguntou Jordan.

Christian respondeu do outro lado do aposento. Mesmo falar foi um esforço:

– Vinte de março. O dia depois de amanhã.

– Vamos falar de pouco tempo. – Jordan franziu o cenho para o mural. – Especialmente uma vez que não sabemos *onde* fica esse lago... isto é, se é que sequer existe.

Erin olhou de novo para os círculos coloridos, como se esperasse encontrar uma resposta ali. E talvez encontrasse. Elizabeth não podia negar a inteligência feroz da mulher.

– Por que apenas *três* símbolos? – balbuciou Erin.

– A insígnia da alquimia é um triângulo – ofereceu Elizabeth. – Talvez seja por isso que existam apenas três símbolos.

Erin virou em um círculo lento, claramente desenhando um triângulo invisível entre os afrescos.

– Na casa de Dee, os quatro símbolos estavam pintados para canalizar suas supostas energias para o candelabro, aquele das máscaras com chifres que ficava pendurado no teto no centro do aposento. Com certeza algum ponto focal como aquele deve ter existido aqui algum dia.

Elizabeth fez que sim.

– Se os três símbolos formam um triângulo alquímico, deveríamos estar procurando por alguma coisa que se encontra no centro de todos os três.

Com a assistência dos outros, elas caminharam a partir daquelas linhas invisíveis entre os afrescos. Erin se postou no centro.

– O piso – disse ela. – É de madeira. Talvez exista um compartimento secreto abaixo. Como na casa de John Dee.

Christian se adiantou, desembainhando a espada.

– As tábuas são antigas. Devo conseguir soltá-las.

Um gigantesco estrondo de ferro e vidro quebrado ecoou subindo de dois andares abaixo.

Todo mundo se imobilizou.

Elizabeth ouviu o pisotear de muitos pés, em meio a rosnados e sibilações mais suaves. Ela olhou para além da soleira do aposento, para uma das janelas da frente. A escuridão havia se apoderado do mundo além do brilho das lâmpadas dos postes. Um trovão roncou e o clarão de um raio riscou a parte inferior de nuvens negras.

O sol tinha se posto e a tempestade estava em cima deles.

Então um novo ruído irrompeu – um som que foi percebido até pelos ouvidos menos sensíveis de Erin e Jordan.

O uivo gemido ululou vindo de baixo, cheio de sede de sangue e fúria. Foi ecoado por outro e depois um terceiro.

Jordan reconheceu o caráter ímpio daquele uivo, marcando uma besta maldita, uma besta que todos os sanguinistas temiam.

– Maravilha. Eles trouxeram um bando de lobogrifos.

18:23

Legião estava na rua varrida pela chuva, as palmas das mãos erguidas em direção ao prédio de pedra diante dele, como se estivesse se aquecendo diante de uma fogueira. Mas não era com *calor* que ele se aquecia naquela noite fria.

Uma malignidade fluía daquele edifício, pulsando a partir de seu coração envenenado. Ele queria consumi-la – e, com ela, todas as almas dentro do edifício.

Observou suas tropas – de doze integrantes – fluírem para dentro do prédio. Através de sua conexão com eles, sentiu seus membros serem alimentados por aquele mal, tornando-se mais fortes à medida que avançavam.

Anteriormente, antes que o sol se pusesse, ele tinha posicionado vigias na boca daquele túnel próximo à praça da Cidade Velha. Através daqueles olhos escravizados, tinha espionado suas presas saírem correndo de volta para a luz do sol, escapando do incêndio causado pelas forças *strigoi*, seguindo pelo único caminho aberto que lhes restava.

Trazendo-os para mim.

Tinha usado aqueles muitos olhos, escondidos nas sombras e em aposentos escuros, para seguir o caminho do grupo daquela praça antiga para essa nova, para a grandiosa estrutura maligna – onde agora estavam encurralados.

Ele sabia por aquele espírito tremeluzente – Leopold –, que ainda ardia dentro dele, que os sanguinistas ficariam enfraquecidos, inclusive o Cavaleiro, a quem ele pretendia marcar e tornar escravo de sua vontade naquela noite. Para assegurar o fim da profecia, ele também mataria o Guerreiro e a Mulher, e permitiria que o sangue deles fosse um sacrifício naquele terreno ímpio.

Ele levantou o rosto para a tempestade.

Não existe mais nenhum sol para proteger vocês agora.

Da entrada, uma luz intensa irrompeu, atraindo sua atenção de volta para baixo. Ele observou através de múltiplos olhos, pulando de um para outro, não se demorando em nenhum por muito tempo.

... peças de mobília quebradas para fazer lenha...

... óleo combustível espalhado por toda parte...

... uma chama se torna muitas, espalhando-se pelos andares inferiores...
Ele pretendia afugentar suas presas para o telhado, apoderar-se do Cavaleiro ali em meio às chamas e à fumaça. Não haveria para onde escapar dessa vez.

Para se certificar disso, lançou mão de mais um de seus marcados, um que era mais próximo de seu coração negro do que qualquer outro escravo, o líder dos lobos. Lançou sua percepção mais plenamente para dentro daquele grandioso animal, saboreando seus desejos sombrios, a força em seus membros musculosos. Ele uivou através de seus maxilares, urrando sua ameaça para a noite.

Então, enviou uma ordem para as profundezas do sangue do lobo:
Cace.

20

18 de março, 18:27 horário da Europa Central
Praga, República Checa

– Depressa – insistiu Erin, sentindo o cheiro de fumaça se elevando dos andares inferiores. Ela se ajoelhou no chão com Jordan e Elizabeth, aproximadamente no centro dos três símbolos alquímicos: *aqua, arbor* e *sanguis*.

Momentos antes, Rhun e Christian tinham se retirado rapidamente, desaparecendo na escadaria abaixo antes mesmo que o uivar dos lobogrifos sequer tivesse se apagado, empunhando espadas.

Erin tinha sua própria responsabilidade.

Encontrar o que estava escondido ali.

Elizabeth enfiou um punhal entre as tábuas e habilmente soltou uma, atirando-a longe com uma torção do punho. Então ela usou os dedos para arrancar as tábuas de ambos os lados. Ela se movia rapidamente, sua força inacreditável, mesmo quando enfraquecida pelo terreno ímpio.

Erin enfiou a lanterna no buraco que eles haviam criado, revelando vigas de piso, poeira e excrementos de ratos. Partículas de poeira esvoaçavam no facho luminoso de sua lanterna enquanto ela lançava a luz ao redor.

– Não há nada aqui.

Elizabeth pareceu tão frustrada quanto Erin se sentia.

O que estamos deixando passar?

Erin olhou para ela – então se sobressaltou quando uma inspiração a sacudiu.

No alto.

– O candelabro... na casa de John Dee! Era para lá que as energias daqueles símbolos estavam direcionadas, em direção ao teto. Não é o *piso* que devemos vasculhar.

Jordan se juntou a ela, apertando os olhos em direção ao teto.

– Não vejo nada lá em cima.

Ela também não, mas sentiu um arrepio de certeza.

– Lembre-se da história do dr. Fausto – disse Erin. – Uma lenda ligada a este lugar. De acordo com a história, ele foi sugado para *cima* através do teto, levado pelo diabo. E se aquela história tiver raízes bem aqui?

Elizabeth olhou fixamente para cima.

– Posso distinguir o desenho apagado de um quadrado. Embora nunca tenha estado presente, ouvi dizer que Kelly tinha portas e escadas secretas em suas casas.

Então por que não uma no teto?

Jordan parecia menos convencido.

– Mesmo se houver um sótão lá em cima, quem sabe se é importante?

– É – declarou Elizabeth. – Ela se abaixou sobre um joelho e desenhou na poeira. – Este aposento inteiro grita a sua importância. A sala circular, o triângulo e agora o quadrado acima.

Ela incluiu o layout de todos os três na poeira, formando um símbolo.

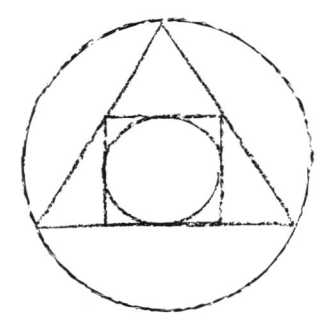

– Essa é a marca da pedra filosofal! – exclamou Erin.

O coração de Erin bateu mais depressa, olhando para cima, tentando distinguir aquele quadrado.

– A pedra filosofal deveria transformar chumbo em ouro, e também criar o elixir da vida. É o elemento mais importante da alquimia. Alguma coisa deve estar lá em cima.

Jordan correu para a escrivaninha abandonada.

– Ajudem-me com isto!

Antes que Erin pudesse se mover, Elizabeth estava lá, ao lado de Jordan, empurrando a escrivaninha para o centro do aposento.

Uma vez posicionada, Erin subiu nela estendendo a mão para o teto, mas ainda era baixa demais. Até Jordan tentou, mas lhe faltavam sessenta centímetros para tocar o teto com as pontas dos dedos. Mas pelo menos agora ela conseguia distinguir o contorno de um quadrado.

Erin se virou para Jordan.

– Vou precisar que você...

O clangor do choque de metal contra metal a interrompeu, ecoando para o alto, vindo dos andares abaixo. Depois de acender as fogueiras lá embaixo, garantindo que não houvesse retirada possível por ali, o inimigo devia ter dado início ao seu ataque à escadaria, avançando por ela – apenas para descobrir que Rhun e Christian montavam guarda na escada.

Mas quanto tempo a defesa deles poderia durar?

A resposta veio imediatamente: um grito de dor se elevou vindo de baixo. Elizabeth girou em direção ao ruído, reconhecendo sua origem.

– Rhun...

– Vá! – ordenou Erin, mas Elizabeth já estava na metade do aposento e saindo pela porta, passando por Sophia e correndo para socorrer Rhun.

Sophia apontou para eles, enquanto agarrava a maçaneta da porta.

– Descubram o que há lá em cima! – ordenou, então saiu para o corredor e fechou as portas atrás de si, deixando Erin e Jordan sozinhos.

– Me levante – disse Erin, ofegante, mantendo-se concentrada na tarefa, a fim de controlar o pânico paralisante.

Jordan a levantou, e ela subiu em seus ombros. Oscilando um pouco, ela fez pressão contra o centro do quadrado acima, mas o teto não cedeu.

Gritos e rosnados ecoavam através da porta.

– Depressa! – gritou Sophia do outro lado.

– Estou com você – disse Jordan tranquilizando-a. – E você vai conseguir.

É melhor conseguir.

Ela respirou fundo, se apoiou no alto da cabeça de Jordan e pressionou o ombro contra o teto. Então empurrou com força. Poeira e argamassa esfarelada choveram enquanto um canto do quadrado se movia, elevando-se dois centímetros e meio.

É uma porta!

Ela se reposicionou mais próxima da borda que havia cedido e empurrou de novo. A porta se levantou mais alto, o suficiente para ela enfiar sua lanterna de trinta centímetros no sentido do comprimento pela fenda, encaixando-a e abrindo a passagem.

– Consegui...

Ela agarrou a borda e se içou pela abertura estreita, passando a barriga ao lado da lanterna, tomando cuidado para não deslocá-la. Depois que passou, girou sobre si e usou as pernas para levantar ainda mais a porta.

– Não sei quanto mais vou conseguir segurá-la! – gritou ela.

– Eu posso pular até aí.

Ele demonstrou ser um homem de palavra. Os dedos dele agarraram a borda da abertura, e ele se içou através dela, subindo para o lado de Erin. Então usou suas pernas fortes para segurar a porta enquanto ela encontrava uma barra de ferro robusta para mantê-la aberta.

Ofegante por causa do esforço, Erin recuperou a lanterna e girou o facho de luz pelo espaço do sótão. Uma densa poeira cobria tudo. Das vigas mais altas, pendiam toda sorte de cordas e polias.

Ela se afastou da porta aberta, empurrando para o lado um conjunto de cordas e causando uma tempestade de partículas de poeira.

– Tudo isso deve ser parte de algum dos mecanismos secretos de Kelly, usado para mover portas e degraus.

– É uma pena que nada disso esteja funcionando – disse Jordan. – Talvez pudéssemos usá-los para fugir.

Recordada da ameaça, Erin acidentalmente derrubou uma engrenagem dentada de metal de seu gancho. Ela caiu ruidosamente no chão. O ruído foi explosivo no espaço fechado.

Ela prosseguiu mais para o fundo. O espaço do sótão parecia ter a metade do diâmetro da sala abaixo. Não demorou muito para que a lanterna de Erin revelasse um objeto alto, de pé em um canto, coberto por um filme de sujeira.

Não havia como confundir sua forma.

– O sino – disse Erin.

Ela olhou fixamente para o grande artefato, para a protrusão do tubo de vidro, recordando-se da história de Elizabeth de centenas de *strigoi* morrendo ali dentro, a fumaça deles sendo coletada e canalizada por aquele tubo. Conhecendo sua história medonha, momentaneamente ficou temerosa de se aproximar do sino. Mas afastou aquelas superstições e se dirigiu para ele.

– Rudolf deve tê-lo escondido aqui depois que John Dee morreu – disse ela.

– Então essa era a mensagem do imperador para Elizabeth, mostrar a ela como encontrar essa maldita coisa. Por quê? Para que ela pudesse continuar o trabalho que Dee havia iniciado?

– Espero que sim – respondeu Erin.

Jordan olhou espantado para ela.

– Por que você esperaria isso?

Com o punho da manga, Erin esfregou os séculos de sujeira e poeira do vidro. Depois de limpar uma janela grande o suficiente, olhou através do vidro grosso esverdeado.

– Por causa disso...

Jordan se inclinou ao lado dela.

– Tem uma pilha de papéis lá dentro.

– Se Rudolf trouxe o sino de John Dee para cá – disse ela balançando a cabeça para a pilha –, ele com certeza também teria incluído as anotações do velho alquimista.

– Como seu manual de operação. Faz sentido. – Jordan passou as palmas das mãos sobre a superfície do sino, buscando um meio de entrar. – Olhe! Tem uma porta ali. Creio que posso abri-la.

Ele puxou os encaixes e tiras, e a porta saiu na mão dele.

Ela enfiou o braço dentro do sino e agarrou as folhas de papel, trazendo-as para fora.

– A maior parte disso parece estar escrita em enoquiano – disse ela, enfiando os papéis em sua mochila, ao lado do estojo que continha o Evangelho de Sangue.

– Esperemos que Elizabeth consiga traduzir.

– Então vamos sair daqui.

Juntos eles se moveram de volta para a porta – só para ouvir uma explosão de madeira despedaçada.

Enquanto olhavam para baixo, uma porta quebrada derrapou pelo piso. Sophia surgiu como se voando, habilmente deslizando nos pés, virando-se para encarar a entrada, com as armas empunhadas.

– Fiquem onde estão! – gritou ela para eles sem olhar para cima.

O motivo surgiu à vista.

Através de um rolo de fumaça negra, um animal imenso entrou no campo de visão, a cabeça baixa, os dentes arreganhados, uma crina escura estremecendo ao longo de seu pescoço e coluna.

Um lobogrifo.

Jordan praguejou e chutou a barra de ferro que sustentava a porta.

Ela se fechou com um estrondo.

Prendendo-os no sótão.

18:37
Cercado em um largo patamar da escada, Rhun sustentou sua posição, o braço direito pendendo inútil ao lado de seu corpo. Não tinha conseguido sequer ver a lâmina que o havia ferido. Seus bloqueios e contra-ataques lhe pareciam lentos e desajeitados. Em seu estado enfraquecido, ele se sentia como uma criança brincando de guerra contra aqueles soldados fortalecidos pela maldição.

E eles, por sua vez, pareciam estar brincando com ele.

Já poderiam tê-lo matado àquela altura, mas tinham se contido.

Por quê? Seria por pura maldade ou por algum outro motivo?

Três *strigoi* fechavam um triângulo ao redor dele. Todos eram grandes, musculosos e cobertos de cicatrizes e tatuagens. Cada um empunhava uma cimitarra. Nenhum deles sabia lutar especialmente bem com sua arma, mas eram mais rápidos e mais fortes que Rhun. Primeiro um, depois o outro avançava rapidamente e dava cortes nos braços, no peito, no rosto de Rhun. Eles poderiam tê-lo matado em qualquer momento, mas preferiam, em vez disso, brincar com ele, como um gato com um camundongo assustado.

Mas eu não sou um camundongo.

Ele sentiu os cortes, observou as ações deles e buscou quaisquer fraquezas.

A fumaça subia em rolos dos andares abaixo. Christian lutava em algum lugar lá embaixo, mas Rhun o tinha perdido de vista depois de tentar perseguir um lobogrifo que havia subido aos pulos um momento antes. Ele tinha ouvido o estrondo de seu choque contra a porta no andar acima, ouvido o grito de Sophia. Apesar disso, não conseguia se libertar daqueles três e ir socorrer os outros.

Pelo menos não sozinho.

Um grito mais alto e o tilintar de aço lhe disseram que Christian ainda estava vivo. Mas e Elizabeth? Tinha vindo ajudá-lo alguns minutos antes, descendo voando pela escada como um falcão negro, derrubando três oponentes, inclusive o *strigoi* que havia incapacitado o braço direito de Rhun. Ela e seus dois combatentes tinham desaparecido na fumaça.

Será que ainda estava viva?

Distraído por esse pensamento, ele se moveu lentamente demais quando o maior de seus oponentes atacou de novo. A espada dele fez um grande corte nas costelas de Rhun. Outro veio atacá-lo pelo lado ferido. Rhun não tinha como...

Subitamente aquele atacante desapareceu, puxado de volta para dentro da cortina de fumaça. Um grito gorgolejante ecoou. Os outros dois *strigoi* cerraram fileiras, enquanto um vulto pequenino e escuro surgia à vista, subindo dos degraus mais baixos para o patamar do segundo andar.

Elizabeth.

Ela empunhava uma espada de folha larga que pingava sangue negro. A espada parecia absurdamente enorme em suas mãos delicadas, mas ela a empunhava com facilidade, como se o peso não a incomodasse.

O maior dos *strigoi* avançou para atacá-la, sua adaga cortando o ar mais depressa do que o olhar de Rhun conseguia acompanhar. Mas Elizabeth se afastou no último segundo, girando numa pirueta sobre o polegar, balançando a espada ao seu redor e cortando seu atacante certeiramente de um lado a outro na garganta. O corpo sem cabeça desceu quicando os degraus atrás dela.

Rhun aproveitou a distração de sua dança para atacar o *strigoi* que restava, enfiando-lhe sua *karambit* na nuca, cortando a espinha com um giro hábil do punho. Enquanto o corpo ia tombando frouxo, ele o chutou por cima do corrimão do patamar.

Elizabeth se juntou a ele, ambos os braços ensopados de sangue, o rosto manchado.

– Eles são muitos – disse ela. – Quase não consegui voltar.

Ele lhe agradeceu com um toque em sua mão livre. Ela apertou os dedos dele.

– Trabalhando juntos – disse ela – poderíamos chegar à porta da frente.

Rhun se apoiou caindo frouxo contra a parede. Sangue escorria de uma centena de ferimentos. Se ele fosse humano, já teria morrido uma dúzia de vezes. Da maneira como estava, sentia-se terrivelmente fraco.

Elizabeth passou um braço ao redor de seus ombros.

– Você mal consegue ficar de pé.

Ele não podia negar aquilo. Resgatar os outros teria que esperar mais um momento. Puxou o frasco de vinho da coxa e o esvaziou em um longo gole. Elizabeth ficou de sentinela ao seu lado, paciente e silenciosa. Ele se lembrou de um dia há muito tempo, quando tinham andado por campos envoltos por uma neblina de fim de primavera muito semelhante àquela. Ela ainda era humana e ele ainda era um sanguinista que nunca tinha errado.

Fechou os olhos e esperou por sua penitência.

Ela o levou de volta para seu pior pecado. As lembranças o dominaram, mas ele não tinha tempo para penitência naquele momento, e ele lutou contra elas, sabendo que o dominariam ainda mais fortemente, se tomasse mais um gole.

Mesmo assim, fragmentos do passado lampejaram através de seu corpo.

... o cheiro de camomila no castelo arruinado de Elizabeth...
... a luz da fogueira refletida em seus olhos prateados...
... a sensação de sua pele quente e afogueada contra a dele enquanto a possuía...
... o corpo dela morrendo em seus braços...
... sua escolha tola e terrível...

Rhun voltou a si com o gosto do sangue dela ainda na língua: rico, salgado e vivo. Agarrou a cruz ao redor do pescoço, rezando enquanto a dor o dominava, até que o gosto de sangue desapareceu.

Então se libertou do braço de Elizabeth, pondo-se de pé mais ereto, sentindo uma força renovada nas veias. Os olhos prateados encontraram os dele, e era como se ela pudesse ver através dele aquela noite e a paixão e o sofrimento que tinham compartilhado. Ele se inclinou para ela, seus lábios tocando os dela.

Um naco do teto despencou caindo pelos degraus superiores, empurrando os dois para trás. Brasas incandescentes se elevaram, rodeando-o, incendiando sua batina e cabelo.

Elizabeth as apagou batendo com ambas as mãos. A raiva lampejou naqueles olhos prateados, depois resignação.

– Não podemos voltar para o andar de cima... pelo menos não indo por *dentro* da casa. A melhor maneira de ajudarmos seus amigos será se deixarmos este lugar agora, e depois subirmos por fora.

Rhun aceitou a lógica da sugestão. Tinha que chegar a Erin, Jordan e Sophia antes que aquele prédio amaldiçoado desmoronasse, transformando aquele lugar em um túmulo ardente.

Apontou para baixo, para um redemoinho de fogo e sangue, rezando para que já não fosse tarde demais.

– Vamos.

21

18 de março, 19:02 horário da Europa Central
Praga, República Checa

Legião andou de um lado para outro no teto plano da estrutura malévola, enquanto, acima, a abóbada celeste crepitava com raios. Abaixo as fogueiras ardiam pela casa, chamas explodiram as janelas inferiores. E fumaça subia sufocante para a noite chuvosa. Sob os pés dele, o mal daquele lugar fluía através de seus ossos em seu hospedeiro, enchendo-o de poder e determinação.

De cima do telhado rastreava suas presas, apertando o cerco a elas: dois batimentos cardíacos, assinalando os dois únicos humanos dentro da estrutura incendiada.

O Guerreiro e a Mulher.

Como havia planejado, o inimigo havia fugido das chamas que ele havia acendido, acuado para mais alto.

Em minha direção.

Se os dois humanos estavam por perto, o Cavaleiro não estaria longe deles. Mas como aquele imortal não tinha batimento cardíaco para ser rastreado, Legião não podia ter certeza de sua localização exata. De modo que pretendia caçar aqueles dois e esperar o Cavaleiro.

E ele não caçava sozinho.

Patas pesadas andavam ao seu lado, espirrando nas poças d'água. O lobo rosnava a cada estrondo de trovão, como se desafiando os céus.

Legião compartilhava os sentidos do animal, olhando também através de seus olhos, escutando com seus ouvidos mais aguçados, cheirando o raio no ar. Ele se regozijava em seu coração selvagem. Mesmo corrompido pelo sangue negro, o lobo o recordava da beleza e da majestade de seu jardim terrestre.

Juntos eles se concentraram naqueles dois batimentos cardíacos logo abaixo. Ele pretendia matar o Guerreiro primeiro, escutando naquele exato instante a estranha cadência do coração daquele homem, que dobrava como um sino de ouro – brilhante, límpido e sagrado. Ele também se lembrou de como o sangue do Guerreiro havia queimado um dos escravos de Legião. Não lhe deveria ser permitido viver.

E a pedra que o Guerreiro possui será minha.

Mas a Mulher... ela ainda poderia demonstrar ser útil.

Leopold tinha dado o nome dela a Legião: *Erin*. E com aquele nome, vieram mais detalhes da profecia relacionados a ela, a Mulher de Saber. O respeito e admiração de Leopold pela mente afiada da mulher tinha sido fácil de ler. Fundidos em um, Leopold também sabia o propósito de Legião, estremecendo diante do conhecimento de que Legião precisava das *três* pedras. Leopold acreditava que a Mulher dentre todas as pessoas possuía a capacidade de encontrar aquelas últimas duas pedras. E embora ele não pudesse possuir a Mulher e dobrá-la à sua vontade, encontraria outros meios de persuadi-la, fazer com que se submetesse.

Afinal eles alcançaram o ponto no telhado diretamente acima daqueles dois corações batendo. Legião enviou seu desejo para o lobo. Patas poderosas começaram a cavar as telhas de argila do telhado, depois garras afiadas arrancaram o metal verde pregado nelas.

– Essa presa é minha – sussurrou em voz alta.

O lobogrifo se submeteu, baixando seu focinho, sempre fiel. Legião sentiu seu amor pelo grande animal ecoar de volta dentro de si. Sabendo que o animal o protegeria com sua própria vida, Legião avançou para a seção destruída de telhas e bateu com seu calcanhar poderoso contra o que restava das madeiras, abrindo o caminho – e deixando-se cair pesadamente pelo buraco.

Ele se chocou contra o piso abaixo, caindo de pé, sem nem sequer dobrar um joelho.

Viu-se encarando o Guerreiro, que tinha uma barra de ferro nas mãos. A Mulher estava encolhida atrás de seu ombro, segurando um facho de luz. Ambos não se mostraram surpresos, estavam prontos, tendo sido alertados pelo cavar do lobo, mas mesmo assim Legião apreciou a expressão de horror no rosto deles enquanto olhavam para a glória de sua escuridão pela primeira vez.

Ele sorriu. Mostrando os dentes, revelando as presas de Leopold.

Legião sentiu o tremor de reconhecimento no coração do Guerreiro – e a confusão.

Mas uma emoção era mais forte que todas as outras, brilhando no rosto de ambos.

Determinação.
Nenhum dos dois cederia naquela noite.
Então assim seja.
Tudo que realmente importava era o Cavaleiro, e o tal chamado Korza não estava ali ainda.

O Guerreiro empurrou a Mulher – Erin – mais para trás de seu coração dourado, como se seu corpo pudesse protegê-la de Legião. A luz dela balançava para o lado quando ela se movia. O foco de luz bateu num objeto alto que estava à esquerda de Legião, refletindo em sua superfície suja, o reflexo brilhando forte em uma seção que tinha sido recentemente limpa.

O tom esmeralda capturou o olhar de Legião, incendiando profundamente a fúria em seu íntimo.

Era o odiado sino.

A fumaça dos seiscentos e sessenta e seis rodopiou dentro dele, reconhecendo o artefato infernal. Eles se contorceram como uma tempestade negra, despertando lembranças num redemoinho. A consciência de Legião se despedaçou entre passado e presente, entre suas próprias lembranças e as de muitos.

... ele se arrasta pelos lados de um diamante verde, procurando uma abertura...

... ele fracassa seiscentas e sessenta e seis vezes...

Antes que Legião pudesse se recuperar plenamente do choque, o Guerreiro caiu em cima dele. Mãos impossivelmente fortes agarraram seus pulsos. No instante que aquela carne abençoada pelo sol tocou em sua pele sombria, um fogo dourado irrompeu entre eles, queimando seu braço até o ombro.

Pela primeira vez na eternidade, Legião gritou.

19:10

Erin pôs as mãos sobre as orelhas, deixando cair a lanterna, caindo de joelhos diante do ataque. Lágrimas subiram a seus olhos enquanto ela lutava para não desmaiar.

Tenho que ajudar Jordan...

A passos de distância, Jordan lutava corpo a corpo com o monstro de rosto de ébano. Ele bateu o corpo de seu oponente com violência contra a parede, tirando o ar daqueles pulmões para calar o grito de arrebentar os tímpanos.

O impacto soltou telhas do buraco acima, fazendo-as cair com estrondo contra o piso do sótão. Ela olhou para cima – para encontrar um par de olhos encarando-a furiosos, com brilho carmesim, marcando a corrupção dentro do animal maciço.

Um lobogrifo.

Por enquanto, o buraco era pequeno demais para seu corpo imenso, mas o lobo cavava as bordas, alargando o buraco, claramente pretendendo vir defender seu dono. Do outro lado do sótão, Jordan continuava a lutar com o atacante de pele escura.

Erin recuou até que suas costas ficassem pressionadas contra a superfície suja e viscosa do sino de vidro. Suas mãos vasculharam o chão em busca de uma arma, mas encontraram apenas a engrenagem de metal que tinha derrubado do gancho anteriormente. Seus dedos se cerraram nela, por mais inútil que pudesse ser.

Mesmo assim...

Com as costas contra o sino, ela tateou até que seus dedos alcançassem um longo tubo de vidro que se projetava da lateral do sino. Ela se virou e bateu com a engrenagem de metal na base do tubo, onde se conectava com o grande sino. Seu comprimento se soltou e caiu no chão se despedaçando em partes menores.

Erin agarrou a mais comprida e mais grossa.

Com a lança de vidro na mão, ela encarou o lobo. O animal quase tinha conseguido passar pelo buraco. Reagindo à sua postura de desafio, ele enfiou a cabeça até onde podia, mordendo o ar em direção a ela, a saliva voando de seus lábios que rosnavam. Mas os ombros maciços ainda o impediam de passar.

Pelo menos por enquanto.

Pretendendo aproveitar ao máximo a vantagem daquele momento, ela se afastou do sino e seguiu em direção a onde Jordan se atracava com o adversário deles. Parecia que ele estava lutando com sua própria sombra. Eles estavam no chão, rolando e golpeando, movendo-se com uma velocidade que desafiava os olhos dela.

Ela agarrou a lança, temerosa de golpear, com medo de empalar Jordan por engano.

E contra o que exatamente ele estava lutando?

Ela capturara uma visão de relance do rosto do inimigo quando ele havia caído vindo do telhado. A pele dele era negra, mais escura que carvão, e tinha parecido engolir a luz fraca de sua lanterna. Ela se lembrava de ter visto uma figura sombria semelhante no computador do cardeal Bernard, no vídeo do ataque naquela discoteca em Roma, mas as imagens do vídeo tinham sido borradas demais para dar detalhes concretos.

Agora não.

Agora ela tinha reconhecido aquelas feições, por mais enegrecidas que estivessem.

Irmão Leopold.

Jordan obteve uma vantagem mínima em sua luta e imobilizou aquele mistério no chão debaixo de seu corpo. Por cima, Jordan largou o pulso negro de Leopold e lhe agarrou a garganta.

Erin reparou em como o pulso livre tinha ficado pálido, da cor da palma e dos dedos de Jordan, como se aquelas sombras tivessem fugido do toque de Jordan. Enquanto ela olhava, a escuridão fluiu de volta, parecendo petróleo sobre o pulso claro.

Então Erin ouviu Jordan arquejar, trazendo sua atenção para o rosto de Leopold.

Enquanto Jordan apertava o rosto do homem, aquelas sombras fugiram da mão que apertava a garganta negra. A escuridão recuou pelo queixo de Leopold, sobre sua boca e nariz, revelando as feições pálidas do monge.

Com o rosto contorcido em agonia, os lábios lutavam para falar.

– Mate-me – arquejou Leopold.

Jordan lançou um olhar rápido para ela por sobre o ombro, sem saber o que fazer, mas se recusando a largar.

Erin avançou correndo, na esperança de alguma explicação.

– O que aconteceu com você?

Olhos azuis cinzentos desesperados a encararam.

– Legião... um demônio... você tem que me matar... não consigo segurar...

A voz dele se calou enquanto o óleo esfumaçado começava a nadar através de seus olhos. A mão livre se levantou e agarrou Jordan pela garganta – e torceu com força.

Ossos estalaram no pescoço de Jordan.

Não...

Um grunhido selvagem irrompeu atrás dela. Um olhar revelou o lobogrifo mergulhando de corpo inteiro pelo buraco, vindo para acabar com eles.

19:14

Elizabeth correu pelo telhado molhado escorregadio, seguindo Rhun. Embora uma força ímpia alimentasse seus membros, ela não conseguiu acompanhá-lo naquele momento. Ele era um corvo negro voando à sua frente, a velocidade dele alimentada não por maldição, mas por temor e amor.

Eles dois tinham conseguido abrir caminho lutando e sair da casa, recolhendo Christian, gravemente ferido no caminho. Uma vez do lado de fora, fizeram uma barricada na porta, prendendo tantos *strigoi* lá dentro quanto podiam. Christian ainda montava guarda ali, protegendo a retaguarda deles.

Mas depois que haviam alcançado o telhado – seguindo os sons de luta e os batimentos cardíacos de Erin e Jordan – viram o lobogrifo mergulhando através das telhas, tentando alcançar o sótão.

Rhun alcançou o monstro antes dela, batendo em seus flancos e arrancando-o do buraco. Ela não reduziu a velocidade e saltou em cima deles, balançando a espada bem baixa, arrancando uma das orelhas do animal enquanto ele levantava a cabeça.

Ela aterrissou, escorregando nas telhas molhadas, virando-se para enfrentar o lobogrifo enquanto ele uivava de raiva.

À sua direita, Rhun rolou e se pôs de pé, empunhando a *karambit*. Como se percebendo o mais fraco entre eles, o animal baixou a cabeça e virou o peso para enfrentar Rhun.

Elizabeth deu um passo adiante, pretendendo dissuadir o lobo de sua ação – quando um movimento nas sombras atraiu sua atenção para a esquerda. Um vulto escuro apareceu através dos véus de chuva, como se trazido pelas nuvens. A recém-chegada vestia um hábito preto que era igual ao que restava do de Elizabeth.

– Sophia...?! – gritou Rhun, mas ele estava enganado.

Um raio lampejou e, em sua claridade rápida, Elizabeth descobriu um rosto mais velho abaixo de um ninho de cabelo grisalho. A freira trazia uma cimitarra em uma mão.

– Abigail? – Elizabeth lutou para dominar a surpresa.

O que aquela sanguinista mal-humorada estava fazendo ali?

Um relâmpago explodiu ainda mais luminoso, revelando outro aspecto no rosto da velha freira: a impressão de uma mão negra marcada em seu rosto molhado.

Abigail correu para Elizabeth, movendo-se com a velocidade sobrenatural dos possuídos.

A espada de Elizabeth aparou o primeiro golpe de Abigail. A velha freira girou para um lado com uma velocidade e graça que Elizabeth admirou tanto quanto temeu. Abigail levantou a espada de novo, seus olhos tão mortos quanto os de um cadáver.

Rhun tentou vir ajudá-la, mas o lobogrifo saltou em cima dele. Os dois rolaram pelas telhas. Dentes amarelos se arreganharam para o rosto de Rhun enquanto a *karambit* de prata brilhava.

Abigail atacou, movendo-se rápido, não sendo mais detida pela santidade dos sanguinistas. Em vez disso, ela estava fortalecida por um mal muito mais negro do que o coração de Elizabeth.

Elizabeth fez finta para a direita e conseguiu cortar o ombro esquerdo de Abigail.

A freira não deu nenhum sinal de sentir a ferida. Sua espada atacou de novo e de novo, Elizabeth deu o melhor de si para aparar a chuva de golpes, mas os ataques de Abigail foram rápidos e seguros.

Sua última investida penetrou fundo na coxa de Elizabeth, acertando o osso.

Sua perna se dobrou sob o corpo.

A freira se moveu em sua direção, implacável como o mar.

19:18

Erin ouviu o som de luta e uivos vindo do telhado. Um momento antes uma sombra escura tinha derrubado o lobogrifo, tirando-o do buraco e protegendo-a. Só uma pessoa era louca e corajosa àquele ponto.

Rhun...

Buscando coragem nos esforços dele, ela se aproximou de Jordan e do corpo possuído de Leopold. Jordan continuava montado no monstro, mas a mão negra do demônio o estava sufocando, deixando seu rosto roxo, fazendo seus olhos se esbugalharem.

Jordan viu a aproximação dela e, com toda a força que lhe restava, rolou para o lado, arrastando o corpo de Leopold para cima e invertendo sua posição, apresentando as costas do ex-monge para ela.

Ela queria hesitar. Leopold tinha sido seu amigo; tinha salvado sua vida mais de uma vez no passado. Mas, em vez disso, se apressou em avançar, levantando sua única arma: a lança de vidro quebrado.

Ela golpeou para baixo com a força dos dois braços, empalando Leopold através das costas, tentando atingir o coração morto.

Um arquejar de dor escapou da garganta de Leopold. A mão sufocante se afrouxou na garganta de Jordan. O corpo de Leopold tombou para o lado, como se um barbante tivesse sido cortado. Seus dedos se contraíram uma vez e se imobilizaram.

Embora livre, Jordan permaneceu deitado de costas, o rosto virado para o lado. Erin se ajoelhou ao lado dele. O pescoço dele estava ferido até o osso. Um caroço duro se projetava da área cervical. Sua espinha dorsal tinha sido fraturada.

– Jordan? – ela chamou baixinho, as mãos estendidas, temerosa demais para tocar nele.

Ele não respondeu, mas outra voz fraca falou:

– Erin...

Ela se virou para ver Leopold olhando fixamente para ela. A escuridão tinha desaparecido de seu rosto, escorrendo junto com o sangue negro que fluía de seu peito empalado. Ela sabia que sanguinistas podiam controlar seus sangramentos, fazendo-os parar por meio da vontade.

Leopold não o fez, claramente queria morrer.

O pesar a dominou, sabendo que havia bondade no antigo monge, por mais que tivesse sido transviada.

– Você me salvou uma vez – sussurrou ela, recordando aqueles túneis escuros debaixo da basílica de São Pedro.

Uma mão fria tocou no pulso dela.

– ... me salvou. – Ele balançou ligeiramente a cabeça num gesto tranquilizador.

Um soluço escapou dos lábios de Erin.

Mesmo na morte ele tentava consolá-la.

A voz dele ficou tão fraca quanto um sussurro:

– *Legião...*

Ela se inclinou para mais perto, ouvindo a urgência mesmo agora.

– *Três pedras... Legião procura por elas...*

– De que você está falando? Que pedras?

Leopold parecia surdo para ela, já longe dali, falando do outro lado de um vasto golfo.

– *O jardim... corrompido... costurado em sangue, banhado em água... é onde Lúcifer...*

Então aqueles olhos azuis ficaram vidrados, aqueles lábios se calaram para sempre.

Erin queria arrancar mais respostas dele, mas em vez disso tocou na face de Leopold.

– Adeus, meu amigo.

19:20

Caída no telhado, Elizabeth amaldiçoou a perna ferida.

Abigail se erguia acima dela, cheirando a algodão molhado. Um raio refletiu em sua espada erguida. Seus olhos mortos fixaram os de Elizabeth, não friamente, mas com o olhar de um predador despreocupado.

Do outro lado do telhado, Rhun lutava com o lobogrifo, ambos ensanguentados, mas ainda combatendo.

Desarmada, Elizabeth se preparou para o ataque. O pesar a dominou. Sua morte selaria o destino de Tommy. Ela não tinha conseguido salvar seus próprios filhos, e também não salvaria aquela criança.

Então o lobo uivou, um som diferente de tudo ouvido antes.

Um som carregado de raiva, dor e choque.

Ela viu o lobogrifo se chocar contra Rhun, derrubando-o e atirando-o longe, então se virar e fugir – direto na direção de Elizabeth e Abigail.

Elizabeth olhou para Abigail. Os olhos da freira agora estavam penetrantes, brilhando de fúria. Sua face estava limpa, imaculada, a marca havia desaparecido de sua pele.

Abigail agarrou Elizabeth, a arrastou e a pôs de pé, e a empurrou para o lado.

– Vá!

Elizabeth se afastou cambaleante, e Abigail levantou a cimitarra para enfrentar a fera enquanto ela as alcançava. O lobogrifo derrapou nas patas, as garras abrindo fendas e quebrando telhas. Ele encarou Abigail, parecendo momentaneamente pasmo diante da ameaça de uma antiga aliada. Mas a confusão rapidamente se transformou em raiva – e ele saltou sobre a velha freira.

Abigail balançou a espada. Agora, muito mais lentamente, ela errou e dentes arrancaram seu braço. Mesmo assim ela obrigou as pernas a empurrar, arrastando o animal maciço com pura força. Ela alcançou a borda do telhado e se atirou por cima da borda, levando o monstro consigo.

Elizabeth manquejou para a frente a tempo de ver o corpo deles bater na calçada quatro andares abaixo. Abigail parecia uma boneca quebrada, os membros do corpo esparramados, o pescoço torcido. Sangue negro escorreu para a sarjeta. O lobogrifo de alguma forma tinha sobrevivido à queda. Ele se levantou cambaleante, então trotou para as sombras.

Abaixo, Christian surgiu trôpego na rua. Um par de *strigoi* seguia em seus calcanhares, mas, como o lobo, aqueles monstros também fugiram, largando suas armas e desaparecendo na noite.

Do outro lado do telhado, Rhun correu para o buraco esgarçado escavado pelo lobogrifo e se deixou cair no sótão abaixo, para ver como estavam os outros.

Sozinha no telhado, Elizabeth permaneceu de pé, perguntando-se o que havia tão subitamente virado a maré daquela guerra. Ela recordou a marca da mão desaparecendo da face de Abigail. A mulher claramente tinha se libertado da possessão.

Seria por isso que os outros também haviam fugido?

Mas algo lhe pareceu estranho. Elizabeth por um breve instante encarara os olhos do lobogrifo antes que ele atacasse e fugisse. Ela tinha lido a inteligência que brilhava ali – muito maior do que qualquer animal comum devia possuir, mesmo um tão corrompido.

Mas o que significava aquilo?

Elizabeth estremeceu, temerosa da resposta.

19:25

– Não consigo fazer com que Jordan responda de jeito nenhum – disse Erin a Rhun, satisfeita por tê-lo ao seu lado. – E olhe o pescoço dele.

Jordan jazia estendido no chão, ao lado do corpo de Leopold. O hematoma estava desaparecendo, mas restava uma torção preocupante em suas vértebras cervicais. Ela delicadamente checou o pulso dele. Batia firme sob os seus dedos, lenta e regularmente, como se ele estivesse apenas dormindo.

– Jordan! – chamou em voz alta, temerosa de sacudi-lo. – Volte aqui!

Jordan não deu sinal de resposta, seus olhos abertos apenas olhavam fixamente para a frente.

Rhun parecia igualmente preocupado. Ele já havia examinado Leopold, encostando sua cruz de prata contra a testa do monge. A prata não havia queimado a pele, indicando que o mal havia de fato se retirado dele.

Mas para onde o mal fora era uma preocupação para mais tarde.

Um grito abafado subiu do andar de baixo, vindo de sob o piso do sótão:

– Erin! Jordan!

Erin endireitou-se, virando-se para olhar em direção ao alçapão do sótão, subitamente se lembrando.

– Sophia ainda está lá embaixo.

Com um lobogrifo.

Mas aquela não era a única ameaça.

Erin percebeu a fumaça que subia através das tábuas corridas vinda do andar de baixo. Rhun avançou e abriu o alçapão completamente. Uma onda de calor rolou para cima, trazendo consigo mais fumaça.

Ela tossiu, encostando a dobra do braço sobre o nariz.

Rhun estendeu o braço e ajudou Sophia a subir para o sótão. A sanguinista pequenina estava ensopada de sangue – parte dela mesma e parte do lobogrifo. Ela fez o melhor que pôde para endireitar os farrapos de suas roupas.

– O lobo fugiu – disse Sophia, os olhos ainda apavorados. – Não sei por quê.

Erin olhou para Leopold, adivinhando o que havia mudado.

Um ruído de passadas acima atraiu a atenção deles para o buraco. Todo mundo ficou tenso, esperando mais problemas, mas então Christian enfiou a cabeça ali.

– Hora de ir – advertiu ele. – Este lugar parece que vai desmoronar a qualquer momento.

Trabalhando rápido, Sophia e Rhun levantaram Jordan. Eles o passaram para Christian, que agarrou os ombros dele e o arrastou para o telhado com a ajuda de Elizabeth.

Rhun se virou para Sophia.

– Ajude-os a levar Jordan para a rua. Erin e eu iremos logo atrás. Podemos ir para a igreja de Santo Inácio. Devemos conseguir encontrar refúgio lá.

Com um assentimento, Sophia pulou para o alto, agarrou a borda e desapareceu.

Rhun se virou para Erin.

– E o corpo de Leopold? – perguntou ela.

– O fogo cuidará dele.

O pesar a dominou, mas Erin sabia que eles não tinham outra escolha. Rhun a ajudou a passar pelo buraco no telhado. O ar frio e a chuva limpa a ajudaram a afastar a sensação de impotência.

Jordan vai se recuperar.

Ela se recusava a acreditar no contrário. Olhou ao redor para o telhado, mas os outros já tinham desaparecido, descendo com o corpo comatoso de Jordan. Não querendo deixá-lo longe de seus olhos por muito tempo, ela se apressou em seguir para a borda com Rhun.

– Eu carrego você para baixo – disse ele, já estendendo um braço na direção dela.

Erin se virou para ele com um sorriso agradecido – quando o telhado cedeu e desmoronou sob seus pés.

Ela mergulhou numa escuridão quente e enfumaçada.

22

18 de março, 19:29 horário da Europa Central
Praga, República Checa

Rhun caiu com Erin.

Agarrou o braço dela e a puxou com força contra o peito. Ele a envolveu com os membros para protegê-la enquanto caíam em meio às madeiras chamejantes, fumaça e reboco que se espatifava. Então bateram em um piso que ainda estava intacto. Ele deu o melhor de si para rolar, a fim de reduzir a força daquele impacto.

Acabou de joelhos, com o corpo frouxo de Erin no colo. Ela estava atordoada. Sangue escorria em seu rosto de um profundo ferimento no couro cabeludo. Chamas e fumaça se elevavam em rolos ao seu redor, mas ele reconheceu a sala redonda onde tinham aterrissado: a antiga sala de alquimia de Edward Kelly.

Ele levantou Erin, sentindo seus pulmões lutando ao respirar fumaça. Ouvindo o tremular de um coração que enfraquecia à medida que ela sufocava. Ele cambaleou, meio cego, em direção à parede, pretendendo segui-la até a porta e depois para uma janela.

Acima, houve um estrondo enquanto mais uma viga do teto cedia. Alguma coisa imensa caiu vinda do andar de cima. As chamas iluminaram seu tom esverdeado, brilhando através do vidro.

O sino.

Instintivamente Rhun levantou o braço contra seu mal, protegendo Erin, fazendo de seu corpo um escudo. O sino bateu em seu braço, suas costas, e o arremessou ao chão. Vidro grosso se despedaçou em cima dele, cortando seu braço, ombro, músculo, e quebrando o osso.

A dor o cegou enquanto ele gritava.

Erin ouviu, despertando com um sobressalto abaixo dele.

– Rhun...

Ele rolou, saindo de cima dela, cortando ainda mais sua carne.

– Vá – gemeu ele.

Ela engatinhou se libertando, mas em vez de cumprir a ordem dele, agarrou seu braço bom e tentou arrastá-lo para longe das ruínas do sino. Antes que conseguisse, o piso enfraquecido pelo fogo cedeu sob o peso do sino quebrado. Enquanto tábuas caíam debaixo dele, ele se virou e viu o corpo frouxo de Leopold, que caiu do sótão acima e seguiu a ruína do sino quebrado, despencando para o fundo incendiado da casa.

O corpo de Rhun escorregou para segui-lo, mas Erin o arrastou do buraco aberto, mantendo-o na sala redonda. A dor o consumia, mas ele se obrigou a lutar contra ela, para ficar naquela sala com Erin. Não podia deixá-la. Talvez ainda pudesse ajudá-la.

Erin o segurava no colo naquele momento. Ela o havia arrastado para a parede. Rhun desejava que ela o tivesse deixado e fugido.

– Deixe-me. – Rhun se obrigou a falar, virando a cabeça em direção à porta, em direção ao brilho desmaiado da luz de um poste através da fumaça. – Siga para a janela.

Sangue frio jorrava descendo pelo lado de seu corpo. Ele havia estado em batalhas suficientes para reconhecer um ferimento mortal. Mas talvez Erin pudesse sair por aquela janela, descer pela fachada e fugir para a segurança. Ela não tinha que morrer com ele.

Apesar disso, ela não o largou. Em vez disso, arrancou seu cinto de couro, o prendeu ao redor do ombro dele e puxou apertando muito.

Rhun arquejou quando uma nova dor se intensificou.

– Sinto muito – disse ela, tossindo. – Eu tinha que parar o sangramento.

Rhun olhou para além do aperto forte do cinto.

Abaixo da tira de couro – seu braço tinha desaparecido, cortado pelo sino quebrado.

19:33

Erin pressionou o pulso contra os lábios de Rhun.

– Beba – ordenou ela.

O torniquete tinha reduzido a hemorragia a um gotejar, mas ele não sobreviveria por muito tempo sem uma nova fonte de sangue.

Rhun virou a cabeça ligeiramente para o lado, recusando.

– Droga, Rhun. Você precisa da força que se encontra em meu sangue. Peque agora, arrependa-se depois. Eu não vou abandonar você, e não consigo carregar você sozinha.

Ela o sacudiu, mas ele caiu frouxo contra ela, inconsciente.

Ela tentou arrastá-lo para a porta, mas o peso era grande demais. Erin mal conseguia respirar; seus olhos lacrimejavam com lágrimas ardentes, provocadas não só pela fumaça, mas também pela frustração.

A alguns metros de distância, uma junta do piso estalou e cedeu. Mais uma seção do piso caiu no incêndio abaixo. O calor ardeu contra a face de Erin. Quente como a boca de uma fornalha aberta. Chamas rugiram para ela.

Então a fumaça se moveu junto à porta, abrindo-se para permitir a passagem de uma forma escura para dentro do aposento.

Christian caiu em cima dela como um anjo negro. Ele devia ter seguido o batimento de seu coração. Christian tentou agarrá-la, mas ela empurrou Rhun para os braços dele.

– Leve-o – disse tossindo.

Ele obedeceu, atirando Rhun sobre um ombro, e a levantou com o outro braço. Ele arrastou seu corpo cambaleante junto consigo em direção a uma área de ar mais fresco. Os saltos de Erin fizeram estalar cacos de vidro quebrado até uma janela de terceiro andar. Christian devia ter entrado arrebentando-a para chegar a eles.

– Como vamos...? – Erin começou a perguntar.

Girando, Christian a agarrou e a arremessou de cabeça pela janela.

Ela caiu com um grito preso na garganta. O solo se aproximou rapidamente – então Elizabeth e Sophia apareceram abaixo. Mãos a agarraram antes que ela batesse nas pedras de calçamento, amortecendo sua queda, mas ela bateu na calçada com força suficiente para doer os dentes.

Ela se virou e viu Christian bater no chão alguns metros mais adiante, rolando sobre as pedras, depois suavemente se pondo de pé, com Rhun em seus braços.

Aliviada, Erin ficou deitada nas pedras de calçamento, tossindo. Entre os acessos de tosse, inalou tanto ar fresco quanto conseguiu. Seus pulmões doíam.

Uma forma se ergueu acima dela, então se ajoelhou.

– Erin, você está bem?

– Jordan...

Os olhos dele brilhavam faiscantes. Ele tinha voltado a si. Lágrimas subiram aos olhos dela, mas a preocupação ainda a dominava.

– Seu pescoço?

Ele esfregou a parte de trás do pescoço, parecendo encabulado.

– Ainda dói como uma por... quero dizer, dói muito.

Ela sorriu para ele.

Ele tinha se curado.

De novo.

– Vamos – disse ele, mudando de assunto. – Precisamos ir.

Ele a ajudou a se levantar e a tomou nos braços num abraço apertado. Os joelhos dela tremeram, mal conseguindo mantê-la de pé. Ela olhou para Jordan, bebendo a imagem dele.

– Não faça isso de novo – sussurrou ela. – Não me deixe.

Mas ele pareceu não ouvir.

Em vez disso, ele a puxou na direção de Christian, onde Elizabeth ajudava o sanguinista com o corpo de Rhun. Rhun já parecia morto, a cabeça pendendo frouxa, os membros sem vida. O sangue ainda gotejava do torniquete improvisado de Erin.

Sophia correu para junto de Jordan.

– Temos que levá-lo para a igreja de Santo Inácio. Para nossa capela lá. Depressa.

A mulher pequenina os conduziu rapidamente pela praça escura varrida pela chuva. Erin seguiu trôpega atrás deles. Jordan apoiando-a. A Casa Fausto ardia atrás deles enquanto o fogo consumia seus segredos.

Adiante, a luz do fogo tremeluzia refletida no halo que cercava a imagem no alto da igreja de Santo Inácio. Sophia contornou a lateral da fachada barroca e seguiu para uma seção de parede abrigada debaixo de uma grande árvore. Uma pequena bacia de pedra se projetava da parede, como uma pia contendo água benta na entrada de uma igreja. A freira desnudou uma laceração que sangrava em seu braço e deixou o sangue pingar na bacia.

Pedra rangeu contra pedra e uma pequena porta se abriu para eles.

Elizabeth tomou Rhun em seus braços e o carregou para dentro na frente deles. Todos a seguiram, mas Sophia ficou para trás, junto ao portal, onde sussurrou:

– *Pro me*.

Erin lançou um olhar para trás, se recordando que o cardeal Bernard tinha falado aquelas exatas palavras para se trancar na capela na basílica de São Marcos, de modo que somente um trio de sanguinistas pudesse abrir a porta. Sophia devia ter feito o mesmo, temerosa de que as forças escravizadas de Legião ainda pudessem estar por perto, especialmente elementos que fossem sanguinistas.

Mesmo ali, o grupo deles poderia não estar seguro.

A porta se fechou atrás de Sophia, e a escuridão engoliu todos eles.

O riscar de um fósforo soou, então uma vela se acendeu diante de Erin. Christian usou aquela chama para acender outras, lentamente iluminando uma capela simples de pedra. Erin entrou na capela. Um teto de tijolos caiados se arqueava acima da cabeça deles, enquanto paredes simples de argamassa os rodeavam. O cheiro de incenso e vinho a envolveu, oferecendo conforto e prometendo proteção.

Entre as fileiras de bancos de igreja toscos, um corredor levava a um altar coberto de branco coroado por uma pintura de Lázaro recebendo vinho das mãos de Cristo. Seus olhos castanhos brilhavam, com certeza, e Cristo sorria para ele.

Christian caminhou até um armário ao lado do altar e retirou uma caixa de metal branca com uma cruz vermelha na frente. Uma caixa de primeiros socorros. Ele a atirou para Jordan, enquanto Sophia ia para trás do altar para um tabernáculo de prata. Ela o abriu e retirou frascos de vinho consagrado, o equivalente a um estojo de primeiros socorros para os sanguinistas.

Elizabeth cobriu o corpo frouxo de Rhun estendido no chão diante do altar. Ela arrancou rasgando o que restava de seu paletó e camisa, expondo o braço e o peito. Centenas de ferimentos profundos brilhavam contra sua pele branca, mas nenhum era tão sério quanto o braço amputado.

Elizabeth examinou o torniquete, então seus olhos prateados encontraram os de Erin.

– Você fez bem – disse a condessa –, obrigada.

Erin ouviu o tom de sincero apreço na voz da mulher. Por mais que tentasse negar, Elizabeth gostava de Rhun.

Erin balançou a cabeça, cobrindo uma tosse forte com o punho. Jordan foi para o lado dela e a puxou para um banco. Enquanto ela acomodava a mochila, ele abriu o estojo de primeiros socorros, o revirou e depois retirou um par de pequenas garrafas de água. Passou uma para ela. Enquanto ela bebia um grande gole, ele usou a outra para umedecer um tecido.

Delicadamente ele limpou o rosto de Erin. As suas mãos deslizaram suavemente pelo corpo dela, procurando ferimentos sérios, o toque dele despertando sentimentos que eram inteiramente inapropriados numa capela cheia de padres. Ela se descobriu olhando nos olhos dele.

Jordan devolveu seu olhar, então baixou a cabeça e lhe deu um beijo longo e demorado.

Por mais que ela quisesse acreditar que aquele gesto de afeto fosse também de paixão, não pôde deixar de sentir que também era um beijo de despedida.

Quando ele finalmente se afastou, suas sobrancelhas se franziram ligeiramente. Jordan limpou as lágrimas das faces dela, claramente sem compreender o motivo delas.

– Você está bem? – sussurrou ele.

Ela engoliu em seco, balançou a cabeça e limpou os olhos.

– É só que foi demais...

Ela tentou respirar fundo, mas uma dor intensa em seu peito a fez parar. Era possível que tivesse fraturado uma costela. Mas seus ferimentos eram sem importância se comparados com os de Rhun.

Os sanguinistas se ajoelharam ao redor do corpo dele.

Mas eles estavam tentando curá-lo... ou também estavam se despedindo?

20:04

Elizabeth gotejou vinho na boca de Rhun, à medida que a frustração a irritava, fazendo tremer seus dedos. O vinho se derramou sobre a face dele.

Christian segurou e firmou as mãos dela.

– Permita-me – sussurrou, tomando o frasco de prata de seus dedos que ardiam.

Ela deixou que ele lhe tomasse o frasco, esfregando as palmas das mãos nos joelhos, tentando limpar a santidade do vinho e o ardor causado pela prata. Fitou horrorizada as ruínas do corpo de Rhun. Eles o tinham despido, deixando-o quase nu, com pouco mais que a tanga que Cristo usava na cruz acima do altar. Mas nem mesmo Cristo havia sofrido tão terrivelmente. Ela leu o mapa da agonia de Rhun nas centenas de cortes e na carne ferida. O olhar dela acabou no coto de seu braço. Tinha sido amputado entre o ombro e o cotovelo.

As lágrimas subiram-lhe aos olhos, embaçando sua visão, como se tentando apagar a imagem horrível.

Ela as limpou com raiva.

Eu darei testemunho... em seu favor, Rhun.

Enquanto Christian continuava a pingar vinho entre os lábios exangues de Rhun, Sophia passava um pano ensopado de vinho nas feridas, limpando-as, queimando-as com a santidade. Cada toque fazia com que a pele de Rhun se contraísse de dor.

Elizabeth segurou a mão dele, abraçando-o, querendo tirar dele aquela agonia, mas pelo menos era prova de que Rhun ainda estava vivo, enterrado em algum lugar naquele corpo estraçalhado.

Volte para mim...

Sophia pegou uma jarra de vinho e o derramou sobre o coto esfrangalhado do braço de Rhun. O corpo se contraiu para cima, levantando as nádegas do chão, a boca aberta para gritar. A mão dele apertou os dedos de Elizabeth. Os ossos dela foram moídos uns contra os outros, mas ela aceitava aquela dor se pudesse ajudá-lo pelo menos um bocadinho.

Finalmente, o corpo dele caiu frouxo no chão.

Sophia se sentou sobre os calcanhares, seu rosto uma máscara de preocupação.

– Ele vai se recuperar com o vinho? – perguntou Elizabeth.

– Ele precisa de repouso – respondeu Sophia, mas parecia que a freira estava tentando convencer a si mesma.

– Ele precisa beber sangue – disse Elizabeth, permitindo que uma nota de fúria entrasse em sua voz. – Todos vocês sabem disso, contudo não estão fazendo nada, exceto torturá-lo.

– Ele não deve beber – disse Sophia. – Pecar nesta capela o despojaria da força da santidade deste terreno consagrado. Um ato semelhante poderia matá-lo mais depressa.

Elizabeth não sabia se devia acreditar nela ou não. Considerou a possibilidade de tomar o corpo dele nos braços e fugir daquele lugar. Mas o terreno consagrado a enfraquecia, e aqueles outros dois sanguinistas tinham bebido bastante vinho, adquirindo força adicional do sangue de Cristo.

E o que eu faria com Rhun sozinha nessas ruas vazias?

Se ele tivesse que morrer, que fosse em um lugar que amava.

E cercado por aqueles que o amavam.

Ela apertou a mão dele.

Uma voz falou às suas costas.

– Elizabeth está certa – disse Erin. – Rhun precisa de sangue se quiser viver.

Christian levantou os olhos tristemente para ela.

– Sophia disse a verdade. Ele não deve beber, o pecado...

– Quem disse que ele tem que *beber*? – perguntou Erin, pondo-se de joelhos entre eles. Ela estava com um punhal na mão. – E se eu banhar as feridas dele com o meu sangue? Eu assumiria a responsabilidade por esse pecado... se é que é um pecado... e o pecado seria meu.

Christian trocou um olhar esperançoso com Sophia.

– Não – disse Sophia, sua voz firme. – Pecado de sangue é pecado de sangue.

Christian pareceu menos certo disso.

Erin deu de ombro.
– Vou fazer.
Elizabeth sentiu uma onda de afeto pela coragem daquela mulher.
– Eu não vou permitir – disse Sophia, movendo-se para detê-la.
Christian bloqueou Sophia com um braço.
– Não temos nada a perder se tentarmos.
– Exceto a alma imortal dele. – Sophia tentou empurrá-lo para o lado, mas Elizabeth se juntou a ele, mantendo à força a freira longe de Erin.
Os olhos de Elizabeth encontraram os de Erin.
– Faça.
Com um aceno de cabeça Erin passou a lâmina sobre a palma da mão. A arqueóloga se contraiu de dor, mas se manteve firme. O cheiro de sangue fresco – empurrado por um coração que batia forte cheio de vida – invadiu a pequena capela.
Elizabeth sentiu os dois sanguinistas se crisparem, inalando o aroma. Seus corpos ainda feridos chamando-os a beber a vida oferecida naquela poça escarlate na palma da mão de Erin. Elizabeth também sentiu o cheiro, bebendo sua doçura, mas não tinha passado tanto tempo se negando aquele prazer quanto os outros. Podia resistir.
E esse sangue não é para mim.
Erin se inclinou sobre o corpo nu de Rhun. Molhou os dedos no líquido escuro acumulado na palma da mão e os baixou para delicadamente pintar com seu sangue quente a pele fria de Rhun. Mais uma vez o corpo de Rhun se contraiu com o toque, mas não era dor que o fazia tremer.
Era prazer.
Os lábios dele se abriram deixando escapar um suave gemido.
Elizabeth se lembrava de ouvir aquela mesma nota em seu ouvido, há muito tempo, recordando o corpo dele sobre o seu, abraçando-a.
Erin prosseguiu com seus esforços, trabalhando meticulosamente sem deixar passar um ferimento. Finalmente, ela olhou para o coto de osso e músculo esfrangalhados, Erin se virou para Elizabeth, como se pedindo permissão.
Ela fez um ligeiríssimo sinal de cabeça para a arqueóloga.
Faça.
Erin massageou o antebraço com a mão boa, empurrando mais sangue para a palma da mão. Só depois que algumas gotículas carmesins transbordaram dos dedos cheios demais ela agarrou a ponta do braço de Rhun, despejando sua vida sobre aquele ferimento brutal.

Rhun teve uma convulsão, suas costas se arquearam alto, enquanto Erin mantinha a mão sobre o braço dele.

Um grito escapou dos lábios de Rhun, um grito de êxtase tão cru que Sophia virou o rosto.

Ou talvez a freira tenha querido evitar ver a prova mais concreta do prazer de Rhun. A tanga fazia pouco para esconder seu ardor crescente, revelando o homem dentro da fera, a luxúria que o colarinho branco de seu posto nunca tinha conseguido conter completamente.

Elizabeth se lembrava daquilo também, mergulhando imediatamente no passado, sentindo-o bem dentro dela, crescendo ali, os dois se tornando um.

Enquanto Rhun tombava de volta no piso de pedra, Erin finalmente o largou, Rhun ficou caído ali, seu corpo inteiro tremendo suavemente, esgotado, mas visivelmente mais forte por isso.

Os muitos cortes pequenos tinham se fechado.

Mesmo a ruína de seu braço tinha parado de sangrar, a carne já escondendo o osso.

Christian deixou escapar um suspiro.

– Acho que ele vai conseguir... com mais algum repouso.

Mesmo Sophia admitiu isso.

– O vinho deve ajudá-lo a se recuperar daqui por diante.

Erin se manteve ajoelhada. Jordan veio para junto dela e cuidou de seu ferimento salvador, fazendo um curativo. Erin se inclinou para os cuidados carinhosos dele.

– O braço dele – perguntou Erin, seu olhar ainda em Rhun. – Vai... vai...

Jordan concluiu a frase para ela:

– Vai crescer de novo?

– Com o tempo... muitos meses, se não anos – respondeu Christian. – Para esse milagre, ele vai precisar de muito mais repouso.

– O que isso significa para nossa missão? – perguntou Jordan.

Ninguém tinha resposta, apenas mais perguntas.

– Não sabemos nem para onde ir – disse Sophia, a derrota patente em sua voz. – Não descobrimos nada com todo esse derramamento de sangue.

Erin sacudiu a cabeça.

– Isso não é verdade.

Olhos se viraram para ela.

Erin falou num tom de certeza:

– Eu sei o que estamos procurando.

20:33
— O que quer dizer? — perguntou Christian.
— Me dê um momento. — Erin se levantou, ajudada por Jordan, mas se libertou dos braços dele. Precisava de alguma distância dele, de todo mundo. Ela estremeceu, lembrando-se do que sentira quando tinha segurado o braço de Rhun. Por alguns instantes, havia sentido a paixão dolorosa dele, a força de seu desejo, o prazer devastador de seu sangue se espalhando pelo corpo dele, dissolvendo-a nele, os dois se tornando um.

Ela fechou um punho sobre a bandagem na palma da mão, cortando aquela lembrança.

Jordan tocou em seu ombro.
— Erin?

Os olhos azuis olhavam para ela com preocupação. Ela se afastou andando, precisava se manter em movimento.

Eu fiz o que tive que fazer... nada mais que isso.

Mesmo assim uma pontada de culpa a incomodou. Ela e Rhun tinham compartilhado mais uma intimidade naquela igreja na frente de todos.

Ela se encaminhou para sua mochila e a abriu com dedos trêmulos. Enfiou a mão e deixou a palma descansar sobre o estojo que continha o Evangelho de Sangue. Erin retirou força de sua presença, depois puxou as folhas de papel que tinha tirado de dentro do sino. Então as empilhou no banco.

— Creio que essas são as velhas anotações de Dee — disse. — Mas não sei com certeza por que estão escritas em enoquiano.

Elizabeth se levantou e foi se juntar a ela.
— Deixe-me ver. — Ela fez uma leitura rápida, folheando as páginas. — Essas são de fato de Dee. Reconheço a letra dele.

— Sabe traduzir enoquiano? — perguntou Erin.
— É claro. — Elizabeth se acomodou no banco. — Mas vai levar algum tempo.
— Por ora, você poderia ler por alto em busca de qualquer referência ao diamante verde?
— Posso, mas por quê?

Christian fez eco à pergunta dela:
— Erin, o que você sabe?

Erin respirou fundo, permitindo que o pesar a centrasse.
— Muito pouco. Mas, antes de morrer, Leopold se libertou do demônio que o possuía.

– Que demônio? – perguntou Sophia.

Erin respirou mais fundo, lembrando-se de que somente ela tinha ouvido as últimas palavras de Leopold.

– Ele o chamou de *Legião*.

Christian lançou um olhar para Sophia.

– Há um demônio com esse nome na Bíblia.

Sophia concordou:

– Cristo o expulsou, mas não antes de confrontá-lo e exigir que dissesse seu nome. *"E respondeu-lhe ele: Meu nome é Legião, porque somos muitos."*

– *"Porque somos muitos"* – repetiu Erin, refletindo sobre aquelas palavras. – Poderia essa ser a natureza desse demônio? Possuir muitos.

– Ele com certeza parecia capaz de escravizar outros quando queria – disse Elizabeth, enquanto começava a examinar os papéis antigos. – Até a irmã Abigail.

– Mas não nós – disse Jordan, acenando para Erin. – Eu me ataquei com ele, mas não conseguiu me possuir.

– É possível que ele só possa controlar aqueles que já são maculados – disse Sophia com uma expressão preocupada. – Uma erva daninha precisa de solo para crescer. Talvez ele precise que a escuridão já esteja lá antes de poder se enraizar em alguém.

– Se esse demônio é como uma erva daninha – perguntou Christian –, será que poderia ter sobrevivido à morte de Leopold?

– Eu não sei – admitiu Erin. – Mas Leopold disse que Legião estava procurando por *três* pedras. – Ela olhou direto para Jordan. – Ele enviou um de seus escravos para aquele templo em Cumae. Talvez quisesse o que restava do diamante verde.

– Talvez – concordou Jordan. – Ou talvez quisesse apenas me matar. Caramba, ele chegou muito perto de conseguir.

– Não, eu acho que ele queria a pedra.

– Por que está tão segura? – perguntou Christian, e depois acrescentou com um sorriso: – Não que eu esteja duvidando da Mulher de Saber.

– As últimas palavras de Leopold, pouco antes de morrer. Ele mencionou alguma coisa sobre um jardim corrompido... *costurado em sangue, banhado em água* como sendo o lugar onde Lúcifer se ergueria.

– Mas que jardim? – perguntou Christian. – O que isso significa?

– Talvez o Jardim do Éden? – sugeriu Sophia.

Erin ficou com o olhar perdido no espaço, balbuciando.
– Não pode ser apenas uma coincidência.
Jordan tocou no ombro dela.
– O quê?
Ela encarou os outros.
– Aqueles três afrescos na sala de alquimia de Kelly. *Arbor, Sanguis* e *Aqua*. Representando *jardim, sangue* e *água*.
Christian esfregou o queixo.
– Símbolos refletidos nas últimas palavras de Leopold.
– E Legião está procurando três pedras – acrescentou Erin. – Talvez elas representem o mesmo. *Arbor, Sanguis* e *Aqua*.
Jordan tirou do bolso as duas metades do diamante-esmeralda.
– Você acha que isso poderia ser *arbor*? É verde como um jardim.
Ela fez que sim.
– E nós sabemos que não é apenas um simples diamante. Tem aquele estranho símbolo gravado. Além disso, conseguiu conter os espíritos de mais de seiscentos *strigoi*.
– E finalmente o próprio Legião – acrescentou Christian.
Erin tocou no diamante com a ponta do dedo.
– Talvez seja por isso que Leopold descreveu o *jardim*... essa pedra... como *corrompido*. Foi poluído pelo mal.
– Se você estiver correta – disse Elizabeth do banco –, devem existir mais duas pedras preciosas. *Sanguis* e *Aqua*.
Erin ouviu alguma coisa na voz da condessa e se virou para ela.
– Sabe de alguma coisa a respeito delas?
– Não. Não sei – disse Elizabeth, mas a expressão em seu rosto permaneceu pensativa.
– Mas talvez devêssemos perguntar ao homem que enviou a verde para John Dee.
Erin se virou para ela.
– Quem foi ele?
Elizabeth levantou uma folha velha de papel amarelado com um sorriso.
– Isso é uma carta para John Dee do homem que lhe enviou a pedra.
Erin foi até junto dela para olhar, mas descobriu que a página estava escrita em enoquiano.
Elizabeth usou os dedos para sublinhar os símbolos.

⟨symbols⟩

– Isso é o nome dele – disse Elizabeth. – Hugo de Payens.

O nome pareceu conhecido a Erin, mas não conseguiu situá-lo. A exaustão tornava mais difícil pensar.

Christian se aproximou, com o rosto contraído.

– Isso não é possível.

– Por que não? – perguntou Jordan.

– Hugo de Payens era um sanguinista – explicou Christian. – Do tempo das Cruzadas.

Subitamente Erin se lembrou do nome do homem e de sua posição proeminente na história.

– Hugo de Payens... não foi ele quem, junto com Bernard de Clairvaux, fundou a Ordem dos Cavaleiros Templários?

– Ele mesmo – respondeu Christian. – Mas na verdade ele fundou a *Ordem dos Sanguíneos* daqueles cavaleiros. Nove cavaleiros unidos pelo sangue.

Erin franziu o cenho, sendo mais uma vez recordada de que a história que lhe tinha sido ensinada nada mais era que um jogo de luzes e sombras, que a verdade estava em algum lugar entre elas.

– Mas Hugo de Payens *morreu* durante a Segunda Cruzada – acrescentou Christian.

– Quem lhe disse isso? – perguntou Elizabeth. – Porque essa carta de Dee é datada de 1601, quatro séculos *depois* da Segunda Cruzada.

– Eu ouvi a história do companheiro na fundação de Hugo dos Cavaleiros Templários, Bernard de Clairvaux, um homem que presenciou a nobre morte. – Christian levantou uma sobrancelha. – Ou como talvez vocês o conheçam melhor, o *cardeal Bernard*.

Os olhos de Erin se arregalaram.

– Bernard é *o* Bernard de Clairvaux?

Aquilo fazia certo sentido. Ela sabia que o cardeal tinha lutado durante as Cruzadas e que havia ocupado uma posição alta na hierarquia da Igreja desde então.

– Parece que Bernard não foi totalmente sincero – disse Elizabeth com um sorriso irônico, batendo um dedo na carta. – Mais uma vez.

– Por ora isso pode esperar. – Erin apontou para o papel. – O que diz o bilhete?

Os olhos de Elizabeth percorreram a página, traduzindo as letras arcaicas. Um sorriso se alargou em seu rosto.

– Parece que Hugo queria que *eu* ficasse com a pedra se alguma coisa acontecesse com John Dee. O alquimista deve ter falado sobre a natureza de meu trabalho com seu benfeitor.

– Então se Dee falhasse – disse Jordan – aquele sujeito queria que você concluísse o trabalho dele?

– Parece que sim. O plano era que Edward Kelly ficasse de posse da pedra depois da morte de Dee, para protegê-la e trazê-la para mim. Deve ter sido por isso que o imperador Rudolf deu a pedra e o sino para Kelly. – Elizabeth fez uma cara de desdém. – Mas aquele charlatão ambicioso ficou com ambos. Ele provavelmente vendeu o diamante em segredo. Vale o resgate de um rei.

– Mas apesar disso – disse Erin – a pedra maldita de alguma forma conseguiu encontrar um caminho para chegar a você.

– O destino não pode ser contrariado – sentenciou Elizabeth.

Erin teve que fazer força para não revirar os olhos.

– Essa carta diz alguma coisa sobre as outras duas pedras?

– Nem uma palavra.

– Então é um beco sem saída – disse Jordan.

– A menos que Hugo de Payens ainda esteja vivo – disse Erin. – Nós sabemos que ele não *morreu* quando Bernard diz que morreu. De modo que talvez ainda esteja por aí.

Jordan suspirou alto:

– Se estiver, como o encontraremos?

Erin pôs os punhos nos quadris.

– Perguntaremos a seu mais velho amigo. Bernard de Clairvaux. – Ela se virou para Christian e Sophia. – Onde o cardeal está?

– Ele foi mandado para Castel Gandolfo – respondeu Christian. – Está esperando seu julgamento.

– Vamos rezar – acrescentou Sophia – para que já não o tenham condenado à morte por seus pecados.

Erin concordou.

Eles não podiam se dar ao luxo de que mais nada desse errado.

23

18 de março, 21:45 horário da Europa Central
Praga, República Checa

O lobo cava em meio à fumaça e às brasas ardentes.

Suas patas maciças levantam lama e empurram para o lado vigas quebradas. Pedras ásperas ferem suas patas, cortando-as em tiras sanguinolentas. Faíscas caem e queimam seu pelo espesso.

Um nó de negrume agarra o trovão de seu coração, atraindo-o para mais fundo.

Não há palavras, nem ordens, apenas anseio.

A fonte daquele desejo negro espera abaixo, enroscada ao redor da mais minúscula das chamas, aninhada dentro da carcaça fria que a mantém segura.

O lobo cava em direção a ela.

Um desejo intenso o leva cada vez para mais fundo em meio às ruínas em chamas.

Liberte-me.

PARTE IV

Eles se deixaram corromper profundamente, como nos dias de Gibeá; e Deus se lembrará de todos os atos malignos do seu povo e os castigará por seus pecados.

– Oseias 9:9

24

19 de março, 6:19 horário da Europa Central
Castel Gandolfo, Itália

Erin se debateu violentamente, saindo de um pesadelo de fogo e demônios.

Despertou em um quarto que brilhava com a luz de um novo dia. Levou alguns momentos, apavorados, para reconhecer o quarto simples, recordar o voo à meia-noite de Praga para aquele idílico recanto campestre ao sul de Roma. Estava na residência papal de Castel Gandolfo. Erin absorveu os aspectos familiares: as paredes brancas simples, o piso de madeira que brilhava ao sol da manhã como mel quente, a cama sólida de mogno com um crucifixo pendurado acima da cabeceira. Ela e Jordan tinham ficado naquele mesmo quarto da outra vez que estiveram ali.

Estou em segurança...

Talvez aquilo não fosse exatamente verdade, mas sentia-se mais segura do que se sentira em muito tempo.

As janelas eram protegidas por grossas venezianas de madeira, mas um par delas tinha as traves abertas que permitiam a luz do nascer do sol. Eles vieram em um jato particular – um Citation X –, que os trouxera sob ordens papais daquela cidade medieval até ali. Tinham aterrissado exaustos e abatidos, sujos de sangue e feridos.

Seu primeiro pensamento foi para Rhun.

Ao desembarcar, ele tinha sido levado às pressas, de maca, para uma enfermaria dos sanguíneos. Erin tinha querido segui-lo, mas mal conseguira se manter de pé. Jordan a havia quase carregado até ali no meio da noite. Ambos haviam caído duros na cama, abraçados e enroscados um no outro. Por uma vez ela não tinha se preocupado com o calor da pele dele, enroscando-se nele como se fosse uma lareira quente.

Apesar disso, uma pequena pontada de culpa por ter abandonado Rhun ainda a incomodava. Deu o melhor de si para se livrar do sentimento, evitando a lembrança de tocar em Rhun e de dividir com ele aquela momentânea união de sangue.

Rhun está em excelentes mãos, recordou a si mesma. Ele com certeza tinha uma enfermeira que não admitiria maus-tratos e cuidaria dele. Elizabeth se recusara a sair do lado de Rhun. Embora ele não tivesse recuperado os sentidos em nenhum momento, a mulher ficara segurando sua mão durante o voo inteiro e tinha seguido a maca de Rhun até a enfermaria, a despeito das evidências claras de fadiga em seu corpo e rosto.

Erin podia não confiar em Elizabeth, mas quando se tratava de Rhun não existia melhor cão de guarda enquanto ele se recuperava.

O som de um chuveiro sendo desligado desviou seu olhar para o banheiro. Tinha sido o som de água correndo que a despertara. Ela estendeu a mão para os lençóis amarfanhados ao seu lado, sentindo o que restava do calor do corpo de Jordan. Descansou a mão na marca da cabeça dele no travesseiro.

A preocupação com ele a incomodava, mas tinha que admitir que se sentia muito melhor depois de ter dormido uma noite ao seu lado. Ela se espreguiçou e suspirou.

Muito bom... apesar de tudo.

Mas será que era apenas o resultado do descanso? Embora os hematomas cobrissem suas costas, e a ferida no couro cabeludo tivesse sido fechada com um curativo, ela se sentia imensamente melhor – melhor do que deveria.

Ela passou para o canto onde ainda sentia o calor residual do corpo de Jordan, deliciando-se com a lembrança da pele dele contra a sua, se perguntando se a noite passada banhada naquele calor tinha alguma coisa a ver com a maneira como se sentia naquele momento.

Ou será que era apenas o fato de ter tido aquele tempo sozinha com Jordan? Ele com certeza tinha parecido mais o Jordan de antigamente.

A porta do banheiro se abriu com um ranger e ela se virou.

Como se chamado pelos pensamentos dela, Jordan estava na soleira da porta, delineado em vapor, coberto apenas por uma toalha branca. Ela sorriu para ele, ainda aninhada nos lençóis, que subitamente pareceram mais quentes.

Ele levantou uma sobrancelha e deixou a toalha cair, enxugando um fio de água da têmpora com a mão. O olhar dela o examinou, apreciando cada músculo, cada trilha molhada.

Todo mundo no grupo deles estava coberto de hematomas e cortes. Mas não Jordan. Sua pele lisa não tinha marcas, e ele praticamente irradiava saúde.

A luz suave refletia nos pelos louros em seus braços e pernas musculosos. Ele parecia uma estátua grega – perfeito demais para ser real.

Jordan cruzou o quarto e se deteve na frente dela. Sua pele nua estava a apenas centímetros de distância da dela. Erin teve vontade de tocar nele.

– Como está se sentindo? – perguntou ele.

– Pronta para qualquer coisa – respondeu ela, seu sorriso se alargando. – A começar por você.

Ela olhou para os olhos azuis brilhantes. Eles já tinham ficado assim muitas vezes antes, mas sempre parecia novo, sempre fazia o coração de Erin acelerar. Ela tocou na cicatriz entrelaçada que cobria o ombro e a parte superior do tórax dele. O coração de Jordan bateu contra a pele macia de sua palma. Ela traçou as linhas azuis curvadas, as pontas dos dedos descendo para a pele lisa de seu estômago.

Ela conhecia a forma e o tamanho da cicatriz. Agora estava indiscutivelmente maior do que tinha sido alguns dias antes, estendendo-se em espirais e vinhas – um sinal visível de como ele estava mudando. Ela estava especialmente preocupada com as linhas que agora cercavam seu pescoço, como se aquelas vinhas o estivessem sufocando com a mesma certeza que os dedos negros daquele demônio. Mas sabia que aquelas mesmas linhas vermelhas o tinham curado, apagando os hematomas e reparando um esmagamento da vértebra cervical.

Ela deveria apreciar aquelas linhas, mas, em vez disso, elas a aterrorizavam.

– Não fique assim tão preocupada. – Jordan tirou a mão dela de seu peito e beijou sua palma. Os lábios macios dele arderam contra a pele dela. – Estamos aqui, juntos e vivos. Melhor que isso é impossível.

Erin não podia discutir aquele argumento.

A língua dele traçou o interior da mão dela até o pulso. A respiração dela se embargou. Ele se abaixou sobre um joelho, beijando-lhe o braço, sua boca leve como uma borboleta contra a pele dolorida de Erin. Um formigamento subiu por seu braço até os seios e corpo.

Ela o envolveu com um braço e o puxou para junto de si.

Queria sentir a pele dele contra a sua, esquecer tudo que tinha acontecido, acreditar, ainda que apenas por um momento, que tudo estava bem.

Jordan deslizou para a cama ao lado dela, as mãos quentes acariciando-a, explorando-a, descendo. Ela queria se perder nele completamente, mas o calor febril do corpo dele a fazia lembrar de como Jordan tinha se afastado dela. Como aqueles olhos tinham olhado para ela sem vê-la.

Ela estremeceu.

– Shh – sussurrou ele. Confundindo a reação dela. – Você agora está segura.

Ele rolou para cima dela. Seus olhos azuis ardentes lhe diziam que ele não queria nada além dela, e que ainda a amava. Quando os olhos dele iam se fechando, ela o puxou para si para um beijo.

Os lábios dele sussurraram baixinho contra os dela, suaves como o vento:

– Senti falta de você.

– Eu também – respondeu ela.

Sua boca se abriu para a dele, faminta por seu gosto. Os braços dele se apertaram ao redor dela, abraçando de tal maneira que Erin mal conseguia respirar. Mas não era forte o bastante.

Quando ele puxou a cabeça para trás, ela gemeu. Não queria que o beijo acabasse. *Nunca.* Não podia suportar perdê-lo, perder aquela proximidade. Ela traçou a linha de seu queixo, dos ossos das maçãs do rosto. A ponta de seu dedo se demorou no minúsculo entalhe no lábio superior que tinha forma de um arco. Aqueles lábios sorriram para ela e a beijaram de novo.

Por muito tempo nada existiu, exceto os dois, perdidos no calor do corpo um do outro. O tempo se tornou sem significado. Era apenas o gosto dele, o toque do restolho de barba sobre a coxa de Erin, a pressão dos corpos deles, senti-lo dentro dela, fazendo-a se sentir inteira, não que ela precisasse dele para estar completa, só que aquilo parecia tão perfeito.

Então por um momento, perdida na paixão, o corpo dela respondendo a cada toque e movimento dele, ela fechou os olhos e se lembrou daquele instante com Rhun na capela, recordando o ardor feroz de seu sangue fluindo no corpo dele até que o corpo dele se tornou dela.

Ela arquejou, arqueando o corpo debaixo de Jordan, puxando-o mais para si com as pernas. Ela cavalgou aquele momento como uma onda, perdida num borrão de êxtase, sem saber onde seu corpo começava e acabava.

Finalmente ela tombou, arquejando e estremecendo.

Jordan a beijou, acalmando-a, sorrindo para ela.

Olhou para ele, amando-o mais que nunca. Mesmo assim, a culpa tremulou dentro dela, sabendo que nem todas as suas respostas vinham do toque de Jordan.

– Alguma coisa errada? – perguntou ele, passando um dedo sobre a face dela.

– Não... foi perfeito.

Perfeito demais – e aquilo a assustava.

Eles ficaram juntos abraçados enquanto a luz do sol avançava pelo quarto. Em algum ponto, Erin adormeceu, caindo num sono sem sonhos. Quando acordou, procurou ouvir o som do chuveiro, algum sinal de que Jordan ainda estivesse ali, mas sabia que tinha ido embora.

Uma pontada de pânico se elevou em seu íntimo.

Ele provavelmente saiu para tomar o café.

Ela afastou seus temores e levantou da cama, precisando se mover. Tomou um rápido banho de chuveiro. A água quente fumegante massageou e fez desaparecer as dores de seu corpo, despertando-a mais plenamente. Depois disso, se enxugou e vestiu as roupas limpas que lhe tinham sido dadas na noite anterior, um jeans e uma camisa de algodão branca. Por último ela vestiu o casaco de couro. O casaco tinha sido feito com a pele de um *lobogrifo*. Por experiências anteriores, sabia que era forte como uma armadura. Ela permitiu que parte daquela força penetrasse nela, centrando-a para o dia que tinha pela frente.

Uma batida soou na porta. Ela se virou à medida que a porta se abria. Seu corpo se tencionou, até que viu Jordan.

– Eu vim trazer o desjejum – disse ele, levantando uma bandeja com café, frutas e croissants. – Bem como ordens de marcha.

– Ordens de marcha?

– Encontrei Christian. Ele diz que recebemos permissão para falar com o prisioneiro.

O cardeal Bernard.

– Já estava mais do que na hora – disse ela.

Jordan lhe fez uma careta trocista.

– Não podemos dizer que alguém estivesse em condição de fazer um interrogatório ontem à noite.

Verdade.

– Quando podemos falar com ele?

– Às oito horas... dentro de cerca de uma hora. – Ele atravessou o quarto até a cama com a bandeja, se sentou e bateu de leve no colchão. – Então, que tal eu lhe servir o café na cama?

Ela se sentou ao lado dele.

– Acho que só conta se nós estivermos nus.

Ele colocou a bandeja na mesinha de cabeceira.

– Gosto dessa regra... e como você sabe, sou um cara que adora seguir as regras.

Ele começou a desabotoar a camisa.

07:20
Elizabeth cuidadosamente trocou as bandagens ensopadas em vinho no coto do braço de Rhun. Retirou as bandagens antigas e examinou o ferimento. A pele já havia se fechado sobre a maior parte do músculo, mas ainda havia muito para se curar. Ela cobriu o estrago com uma compressa de vinho consagrado, arrancando um pequeno grito de dor de Rhun, mas os olhos dele não se abriram.

Volte para mim, Rhun.

Ela prendeu a compressa com um curativo novo, então se recostou. Elizabeth sentia que o sol havia nascido a cerca de uma hora mais ou menos. Tinha passado a noite inteira com ele naquela cela sem janelas. A cela recendia a incenso e vinho, com uma pitada de feno e poeira de tijolo, e a recordou do tempo que havia passado presa ali. Apesar disso ficou querendo estar lá quando Rhun despertasse.

Elizabeth fez cara feia para o aposento, julgando-o inadequado.

A cela continha uma cama simples de madeira coberta por um colchão de palha, e uma mesinha com uma vela de cera de abelha acesa, um jarro de vinho, gaze branca limpa e potes de unguento que cheiravam a vinho e resina. A cela era igual à que lhe tinha sido destinada, bem ao lado, mas que ela não tinha usado naquela noite.

O roçar de couro na pedra atraiu seu olhar para a porta. Um monge baixo e gorducho, com uma tonsura grisalha de frade, entrou, trazendo mais vinho e bandagens.

– Obrigada, frade Patrick.

– Qualquer coisa para Rhun.

O frade a havia auxiliado nos cuidados a Rhun, indo e vindo ao longo de toda a noite. Um pesar sincero se revelou em seu rosto ao ver o corpo imóvel de Rhun na cama. Ele gostava de Rhun, mais do que como apenas um companheiro sanguinista. Talvez os dois fossem amigos.

– Devia dar uma descansada, irmã Elizabeth – disse pela décima primeira vez. – Posso ficar aqui cuidando dele. Se houver qualquer alteração, a informarei imediatamente.

Ela abriu a boca para recusar – quando sentiu uma ligeira vibração no bolso da saia, vindo do telefone escondido ali.

Tommy.

Tinha aproveitado muitos momentos durante a noite – quando estava sozinha – para tentar ligar para o menino, mas só tinha ouvido a mesma voz mecânica todas as vezes, pedindo-lhe que deixasse uma mensagem. Não tinha deixado, temendo quem poderia ouvir suas palavras.

– Obrigada, frade Patrick. – Elizabeth se levantou de seu banco ao lado do leito. – Creio que vou descansar.

A expressão dele foi um misto de surpresa e alívio.

Ela lhe fez uma pequena mesura, então girou nos calcanhares e deixou a cela. Seguiu para a cela vizinha e fechou a porta robusta. Só então tirou o telefone do bolso. Palavras brilhavam na pequena tela acesa.

> *Sou eu.*
> *Vi que você me ligou muitas vezes.*
> *Ligue para mim ou mande texto quando acordar.*
> *Problemas por aqui.*
> 😖

Ela não sabia o que fazer para responder à mensagem de Tommy, também não compreendia o pequeno símbolo no final. Mas compreendia a palavra *problema*.

Temerosa, agarrou o telefone e discou o número dele.

19:32
Roma, Itália

Ande, vamos lá...

Tommy estava sentado na tampa fechada do vaso, o chuveiro ligado, a água correndo ruidosamente ao lado. Estava enrolado numa toalha. Olhou fixamente para seu telefone, rezando para que Elizabeth respondesse à sua mensagem de texto. Estava de olho na porta trancada, temeroso dos guardas no corredor daquele apartamento nos arredores de Roma. As janelas do apartamento eram gradeadas. A única maneira de entrar ou sair era passar por um par de padres sanguinistas, ambos em trajes civis, que estavam postados diante de sua porta.

Finalmente o telefone vibrou em sua mão.

Ele atendeu imediatamente, mantendo a voz num sussurro baixo:

— Elizabeth?

— Tommy, onde você está? O que há de errado? — Como de hábito a mulher não perdia tempo com as cortesias habituais que todo mundo usava ao telefone.

— Estou em algum lugar em Roma.

— Você está em perigo?

— Creio que não, mas há alguma coisa errada com todo esse esquema. O padre que veio comigo de Santa Bárbara não me levou para a Cidade do Vaticano. Ele me largou num apartamento. Trancado a sete chaves... com guardas.

— Você pode me dizer alguma coisa sobre o lugar para onde foi levado?

— É um prédio antigo. Amarelo. Tem cheiro de alho e peixe. Estou no terceiro andar. Posso ver um rio da janela do quarto e uma fonte com um peixe jorrando água. Também creio que há um zoológico por perto. Pelo menos ouvi leões rugindo.

— Bom, devo conseguir encontrar você nesse prédio amarelo. Pode levar algum tempo, mas vou encontrar você.

Tommy baixou a voz ainda mais.

— Eles dizem que estou em perigo... por *sua* causa, mas eu sei que isso está errado.

— Eu nunca faria mal a você, mas farei com que paguem se alguma coisa lhe acontecer enquanto estiver sob os cuidados deles.

Tommy sorriu. Não tinha dúvida de que ela viria e acabaria com eles, mas não queria vê-la ferida.

À medida que o banheiro ficava fumegante por causa do vapor da água do chuveiro correndo, ele prestou atenção por um momento para ver se alguém havia percebido a conversa deles antes de continuar.

— Eu os ouvi dizer que Bernard queria que eu ficasse trancado a sete chaves até que você fizesse o que eles queriam. Não sei se é verdade ou não. Mas se for, não faça o que querem.

— Eu farei o que precisar para voltar para junto de você. Vou libertar você e nós descobriremos uma maneira de fazer com que fique bem de novo.

Ele suspirou, desnudando o braço. A lesão única de melanoma havia se multiplicado, espalhando-se como fogo no mato por seu braço acima. Ele tinha novas lesões nas pernas e na nádega esquerda. Com o sangue angelical desaparecido, parecia que o câncer estava recuperando o tempo perdido.

— Não está assim tão mau — mentiu ele. — É só que me canso com facilidade, mas eles me deixam dormir.

– Conserve suas forças.

Certo, mais fácil falar do que fazer.

Um punho fechado bateu contra a porta do banheiro, fazendo Tommy se sobressaltar. Ele não tinha ouvido ninguém se aproximar, mas aqueles sanguinistas podiam se mover como fantasmas.

– Tenho que ir – sibilou Tommy. – Sinto saudades de você.

– Eu... também sinto saudade.

Ele apertou o botão de desligar, enfiou o telefone atrás da caixa de descarga do vaso e correu para dentro do chuveiro. Espirrou água bem alto antes de responder gritando:

– Será que não se pode tomar um banho em paz?

– Você está aí dentro há muito tempo – disse uma voz mal-humorada. – E eu ouvi você falando.

– Eu sou um adolescente! Caramba. Eu sempre falo comigo mesmo.

Houve um longo momento de silêncio, então o guarda falou em um tom mais paternal. Ele devia saber que Tommy estava mentindo, escondendo alguma coisa, mas o sujeito escolheu a explicação errada.

– Se estiver se masturbando aí dentro, rapaz, não há motivo para ficar envergonhado. Mas você tem que confessar esses pecados para seu padre de paróquia.

– Em primeiro lugar, eu sou judeu. Em segundo, vá se ferrar!

Tommy ficou parado debaixo do jato do chuveiro, seu rosto mais quente que o vapor.

Certo, agora eu realmente quero morrer.

19:35
Castel Gandolfo, Itália

Elizabeth se encaminhou de volta para o quarto de Rhun, descansando a palma da mão sobre o telefone escondido. A raiva se inflamou em seu íntimo, mas ela a conteve. Quando chegasse a hora de resgatar Tommy, teria que agir com frieza. Até então não havia lugar para emoção.

Pretendia confrontar o cardeal, mas primeiro queria ver como estava Rhun. O frade levantou a cabeça e fez sinal para que ela se aproximasse.

– Ele ainda descansa.

Chegando junto da cama, ela examinou o rosto de Rhun, relaxado no sono. Parecia o mesmo de sempre, intocado pelos muitos anos e tragédias que fizeram parte de sua longa vida. Quem dera ele tivesse vivido a vida de um padre comum, morrendo com apenas o tempo de uma vida de cuidados quando chegasse ao fim. Rhun não merecia o destino que lhe havia sido imposto.

– Tenho certeza de que ele vai despertar em breve – continuou Patrick. – O cuidado imediato que recebeu em campo salvou-lhe a vida.

Ela recordou Erin espalhando seu sangue sobre os ferimentos dele. Por mais que fosse frágil e mortal, a arqueóloga tinha-lhe salvado a vida.

– Pode se sentar e rezar por ele comigo se quiser – convidou o frade.

Ela queria ficar, mas olhou de volta para a porta de madeira.

– Primeiro, tenho que falar com o cardeal Bernard.

– Ouvi dizer que os outros vão se reunir com ele daqui a pouco.

Ela não tinha ouvido nada.

A raiva cresceu em seu íntimo, sabendo que aquele vilão tinha sumido com o garoto doente, transformando-o em um peão.

Ela recuou e saiu do quarto, depois seguiu rapidamente até o fim do corredor. Um trio de sanguinistas desconhecidos – dois homens e uma mulher – guardava aquela seção da residência. Mas será que era para proteger Rhun ou para mantê-la em seu lugar?

Ela falou com a mulher, uma africana, com a pele mais negra que Elizabeth já tinha visto.

– Preciso falar com o cardeal Bernard. Tenho informações vitais para a segurança da ordem.

Os olhos redondos da mulher examinaram Elizabeth.

– O acesso ao prisioneiro é restrito. Só o assistente pessoal dele, padre Gregory, tem permissão para falar com ele ou atender aos pedidos do cardeal. Eu poderia passar a mensagem para o padre Gregory para que a transmitisse a ele.

– Tenho que falar com o cardeal pessoalmente.

Os lábios da mulher se franziram.

– Dados os crimes que ele cometeu contra a senhora, receio que isso seja proibido.

Elizabeth manteve a voz suave e tão humilde quanto lhe foi possível:

– Mas pelo que soube meus companheiros têm um encontro previsto com ele esta manhã. Com certeza posso falar com ele na companhia dos outros?

– O édito foi rigoroso. – A expressão da freira se tornou mais severa. – Como vítima das acusações contra ele, a senhora não deve ter permissão para vê-lo sob nenhuma circunstância.

– Então parece que devo permitir que meus companheiros cuidem de transmitir a informação. – Elizabeth fez uma pequena mesura de cabeça, escondendo sua fúria, e lentamente se encaminhou de volta para a sua cela.

Uma vez sozinha ali, ela bateu uma palma contra a parede de tijolos.

Eu vou fazer você pagar por ter levado Tommy, Bernard... mesmo se eu tiver que destruir tudo que você ama.

Uma batida na porta atraiu sua atenção. O frade Patrick gritou através das tábuas robustas:

– Rhun... está acordando!

25

19 de março, 7:39 horário da Europa Central
Castel Gandolfo, Itália

Rhun lutava em meio a uma neblina de dor e sangue. Sentiu cheiro de vinho, de incenso. Ouviu vozes excitadas, irritantemente conhecidas. A visão dele estava borrada, girando, então de repente clareou, revelando um quarto pequeno, iluminado por velas.

Onde eu estou...?

Ele tentou levantar a cabeça, mas aquilo apenas fez o mundo girar ainda mais rápido. Mãos frias tocaram em sua testa, encorajando-o a tornar a deitar.

– Está tudo bem, Rhun, meu filho. Não seja apressado.

Ele se concentrou no rosto que sorria gentilmente, reconhecendo o frade.

– Patrick...

– Finalmente você está desperto – disse Elizabeth severamente, mas os olhos dela brilhavam com visível alívio.

– Estou.

Ele mal reconheceu sua própria voz. Estava grave e rouca, a voz de outro homem, um homem mais fraco. Rhun tentou se sentar, mas caiu de volta na cama quando a dor se irradiou por seu lado esquerdo. Ele rangeu os dentes, estendendo a mão para massagear a origem da dor – apenas para não encontrar nada. Virou-se para olhar.

Perdi meu braço.

O choque trouxe de volta um caleidoscópio de lembranças: o sino se despedaçando em cima dele, puxar Erin para segurança, fogo e fumaça se fechando ao redor deles.

Aquilo era tudo de que se lembrava.

– O que aconteceu? – disse ele ofegante. – Como estamos em Castel Gandolfo? Por que estamos...?

Elizabeth se sentou em um banquinho e segurou a mão direita de Rhun. Ele apertou os dedos dela e ela por sua vez os dele.

Ele respirou fundo várias vezes, acalmando-se.
– Há quanto tempo estou desacordado?
– Só esta noite. – Elizabeth lentamente explicou o que havia acontecido, contando a ele o que descobriram por meio dos papéis de John Dee, e como eles o ligavam ao cardeal Bernard. – É por isso que estamos aqui. Para descobrir o que ele sabe. Mas você, o famoso Cavaleiro de Cristo, precisa descansar.

Ela sorriu para ele.

Rhun virou a cabeça e examinou o toco do braço coberto por bandagens.
– Eu me lembro...

Ele permitiu que sua voz se calasse, recordando uma vaga visão de se contorcer de prazer, de dedos quentes ensopados de sangue segurando-o, levando-o ao auge do êxtase.

Ele olhou para Elizabeth.
– Erin.

Uma expressão magoada ensombreceu os olhos dela.
– Sim, foi a arqueóloga quem salvou você. Usou o sangue dela para trazer você de volta da beira da morte.

Patrick tocou Elizabeth no ombro.
– Mas foi você, minha cara irmã, que não saiu do lado dele a noite inteira, cuidando de seus ferimentos, administrando o sangue de Cristo através dos lábios dele.

Rhun tocou no joelho de Elizabeth.
– Obrigado.

Ela descartou a gratidão dele com um gesto de cabeça.
– Erin e Jordan têm um encontro marcado com Bernard esta manhã.
– Quando?

Elizabeth olhou para Patrick, que consultou o relógio.
– Dentro de mais ou menos vinte minutos – disse ele.
– Eu deveria estar lá. – Rhun usou o braço restante para se pôr sentado. A agonia da dor se intensificou, mas dessa vez ele a suportou. – Onde estão minhas roupas?
– Não creio que isso seja aconselhável – disse Patrick.
– Aconselhável ou não, tenho que ir.

Reconhecendo a determinação de Rhun, Patrick passou um braço ao redor dos ombros dele. O frade olhou para Elizabeth enquanto o cobertor de Rhun deslizava para baixo, expondo sua nudez.

– Talvez, irmã, a senhora deva deixá-lo comigo por um momento.

Elizabeth se virou para a pilha de roupas, pegou uma calça e a esticou.

– Não quero ser imodesta, mas quem esteve limpando os ferimentos dele a noite inteira? Não sou uma mulher fraca a ponto de desmaiar ao ver um homem nu.

Patrick baixou o rosto para esconder um sorriso.

– Como quiser. – O frade ajudou Rhun. – Vá devagar.

Foi um sábio conselho. O quarto girou quando ele tentou dar alguns passos, mas depois de várias tentativas logo conseguiu ficar de pé sozinho e se mover com pouca ajuda. Mesmo assim precisou de auxílio para se vestir e se levantar, especialmente só com um braço.

Depois que acabou, Elizabeth deu um nó na manga vazia e a enfiou em seu cinto. Ela o olhou de alto a baixo.

– Você já esteve melhor, Rhun.

– Também já me senti melhor.

Patrick o tomou pelo cotovelo, ajudando a firmá-lo no caminho em direção à porta.

– Eu irei com você, e o levarei até onde o cardeal Bernard está detido.

Rhun olhou para Elizabeth.

– Você vem?

Ela levantou a cabeça, esperançosa, mas o frade Patrick logo acabou com sua esperança.

– Receio que isso não seja permitido. O cardeal insistiu que só falará com o trio da profecia.

Elizabeth deu uma risada de troça.

– Como prisioneiro, ele pode impor tais condições?

– Pode – respondeu Patrick. – Ele ainda tem aliados na Santa Sé. Mesmo agora. Realmente sinto muito, irmã.

– Então assim seja. – Elizabeth cruzou os braços, parecendo mais desafiadora que a aquiescência de suas palavras levava a crer.

Rhun compreendia a frustração dela. Bernard a havia prejudicado, tinha roubado sua alma, mas ainda assim estava livre para impor os termos do contato deles enquanto ela estava excluída e confinada. Quem era realmente prisioneiro ali?

– Vão – disse ela, dispensando os dois, as palavras amargas. – Talvez eu vá trabalhar num bordado enquanto espero.

Sem outra escolha senão deixá-la, Rhun se encaminhou para a porta e depois seguiu pelo corredor. Mesmo com a ajuda de Patrick, arrastou os dedos pelos tijolos caiados para manter o equilíbrio. Seu braço direito estava perdido. Apesar de ver o toco e sentir a dor, não parecia capaz de aceitar aquele novo estado.

Um braço novo crescerá.

Já tinha visto milagres como aquele no passado, mas também sabia que poderia levar anos.

Como poderei proteger devidamente Erin e Jordan aleijado como estou? O que acontecerá com nossa missão?

Patrick o conduziu pela residência papal, deixando Rhun impor o ritmo da caminhada. Agradecido, ele se sentiu mais forte a cada corredor iluminado por velas que atravessavam, cada escada em caracol que subiam. Finalmente, conseguiu andar sem o apoio de Patrick, mas o frade se manteve ao seu lado.

Rhun percebeu que seu amigo desejava falar.

– O que é, Patrick? Se continuar olhando para trás por cima do ombro vai ficar com um torcicolo.

O frade Patrick enfiou as mãos nas mangas amplas do hábito.

– Diz respeito ao seu *outro* amigo.

Rhun levou um momento para decifrar as palavras.

– O filhote de leão...

Ele se lembrou dos gritos tristes do animal, de como o pequeno felino havia enfiado o focinho no corpo de sua mãe morta.

– Ele mudou muito. Está crescendo muito mais depressa do que qualquer criatura natural deveria. – Patrick olhou para ele. – O que você não me contou a respeito dele?

Rhun sabia que não podia mais guardar o segredo do nascimento do filhote.

– A mãe dele era uma *blasphemare*.

Patrick se deteve subitamente no corredor, obrigando Rhun a fazer o mesmo.

– Por que você não me contou?

A vergonha o dominou.

– Pensei que, se você achasse que o filhote era maculado, não o receberia.

– Bobagem. Ele claramente não é *maculado*. Se tivesse que dizer alguma coisa, diria que é *abençoado*.

– Como assim?

— Eu nunca vi nada semelhante a ele. É uma alma gentil. Muito travesso, sim, mas não tem nada de corrompido. Vejo apenas uma grande doçura nele.

Rhun sentiu um imenso alívio. Ele havia percebido a bondade essencial do filhote no deserto, e estava aliviado por saber que aquilo havia se confirmado.

— Tenho me perguntado a respeito dele desde que o encontrei.

— E sabe de mais alguma coisa a respeito dele?

— Muito pouco. A mãe dele foi gravemente ferida pela explosão angélica depois da batalha no Egito. Desconfio que o filhote tenha sido poupado em seu ventre, como testemunho de sua inocência. E talvez parte daquela essência angélica fora instilada nele.

Patrick tocou no braço dele.

— Não duvido disso. Obrigado por dividir esse milagre comigo. Nunca pensei que veria nada semelhante, uma criatura que é o oposto de um *blasphemare*, um animal abençoado pela pureza. É uma maravilha.

— Você pode continuar a mantê-lo em segredo... pelo menos por enquanto?

— Não se preocupe com isso. — Patrick acenou indicando o caminho adiante, e eles se puseram em movimento. — Estou feliz por ter esse milagre só para mim por enquanto.

Eles continuaram até um canto distante da residência.

— O cardeal está sendo mantido em um apartamento particular ali adiante — disse Patrick.

Enquanto entravam no corredor, Rhun avistou um par de sanguinistas, ambos de capuz e capa, empunhando espadas, no final da passagem. Eles guardavam uma porta robusta de madeira, que indicava a atual cela de prisão de Bernard.

Rhun olhou em direção à porta, reparando que as janelas que se enfileiravam no caminho tinham vista para a majestade azul do lago Albano. Pinturas renascentistas raras salpicavam as paredes com seus óleos iluminados pela luz do sol. Imaginou que a *cela* de Bernard tivesse a mesma vista e fosse igualmente bem decorada.

O cardeal com certeza tinha aliados que estavam cuidando dele.

Um chamado se elevou vindo de trás, de outro corredor que desembocava ali:

— Rhun!

Ele se virou para ver Erin avançando correndo, a jaqueta balançando aberta. Logo atrás dela vinha Jordan, parecendo menos entusiasmado por vê-lo.

– Você não deveria estar na cama? – perguntou o homem grandalhão quando eles se reuniram no corredor.

O frade Patrick inclinou a cabeça para Erin e apertou a mão de Jordan.

– Ele se recuperou bastante bem até agora, mas confiarei em vocês dois para cuidarem dele daqui por diante. – O frade se virou para Rhun. – Vou deixar você com seus companheiros. Mas estarei aqui na propriedade se precisar dos conselhos de um velho tolo como eu.

– De tolo você nunca teve nada – respondeu Rhun.

O frade Patrick deu de ombros, enfiou as mãos nas mangas e se afastou com passadas rápidas.

Os olhos de Erin examinaram Rhun ansiosamente enquanto eles se encaminhavam para a porta guardada.

– Como você se sente?

– Mais forte – respondeu ele, com sinceridade. – Parece que tenho que agradecer a você por salvar minha vida.

Ela deu um pequeno sorriso.

– Era a minha vez.

– Tenho que admitir – disse Jordan –, para um sujeito que conta os aniversários por séculos, você é duro na queda.

Rhun se sentiu relaxar diante da camaradagem deles. Evidentemente eles eram uma equipe que já sobrevivera a muita coisa juntos, mas eram mais do que isso.

Eram amigos.

Quando chegaram às portas, os guardas se afastaram. Da sombra de seu capuz um falou, não parecendo nada satisfeito com a intromissão deles, nem com quem vieram falar.

– O cardeal está esperando os senhores – disse o guarda, seu desprezo evidente pelo prisioneiro.

O outro guarda retirou uma grande chave debaixo da capa e destrancou a porta. Não se deu ao trabalho de abri-la.

Rhun avançou, mas seu equilíbrio o traiu. Erin o segurou pelo braço.

Jordan avançou para a porta e a abriu, falando com os guardas:

– Vocês dois precisam trabalhar um pouco no quesito da hospitalidade. Confiem em mim, minha avaliação no site Yelp vai ser dura.

Jordan segurou a porta para Erin e Rhun.

Eles entraram num vestíbulo suntuoso, decorado com peças de mobília volumosas e pesados cortinados de seda. Além daquele espaço, um corredor pequeno levava aos quartos, a uma pequena sala e a um banheiro. O lugar era mantido às escuras, exceto pela luz de vela que brilhava através de uma porta no fim do corredor. Rhun ouviu uma voz fraca vindo de lá. As palavras eram baixas demais para compreender, mas o sotaque era inconfundível.

Bernard.

Será que havia alguém com ele? Patrick tinha lhe dito no caminho que o assistente de Bernard, padre Gregory, andara entrando e saindo a todas as horas do dia e da noite, provavelmente executando pequenas incumbências para o cardeal enquanto o homem lutava para manter sua posição, tentando controlar os mecanismos que seu pecado tinha posto em ação.

Jordan também ouviu o cardeal e caminhou rápido pelo corredor.

– Falando de gaiola bonita para o passarinho – disse azedamente.

Rhun o seguiu.

Erin se manteve ao lado dele, claramente preocupada com a estabilidade dele, mas Rhun acenou para que ela avançasse.

Jordan chegou primeiro à porta entreaberta e bateu com os nós dos dedos. Quando a batida não obteve resposta, Jordan entrou. Erin se manteve nos calcanhares dele, claramente cheia de perguntas para Bernard.

Rhun se apressou em segui-los. Ele próprio tinha muitas perguntas para Bernard, sobre suas mentiras e meias verdades, especialmente com relação ao velho amigo do cardeal, Hugo de Payens.

Enquanto entrava no aposento, Rhun observou o estado desordenado da mesa temporária de Bernard, as manchas de cera de vela derretida no tampo. As cortinas pesadas de seda tinham sido fechadas e presas sobre as janelas.

Alguma coisa não...

A porta bateu se fechando atrás dele.

Ele se virou lentamente demais para bloquear o ombro que se chocou contra ele, derrubando-o no chão. Uma agonia de dor o percorreu quando caiu de lado, batendo no coto e fechando sua visão em um nó.

Uma forma escura passou rápido por ele e acertou um golpe na cabeça de Jordan com o busto de uma estátua. Enquanto Jordan caía, Erin foi agarrada e atirada por cima da mesa, batendo numa janela cortinada e caindo com violência no chão.

Antes que Rhun pudesse sequer se sentar, uma mão agarrou seu pescoço com dedos fortes como ferro e o levantou alto, até que apenas os dedos de seus pés roçassem no tapete.

Uma gargalhada sinistra penetrou em sua dor.

O cardeal Bernard olhava maliciosamente para ele. Suas vestes escarlates pendiam em farrapos sobre seu corpo nu. A loucura brilhava em seus olhos castanhos.

– Bem-vindo, Cavaleiro de Cristo... bem-vindo à sua ruína.

26

19 de março, 8:02 horário da Europa Central
Castel Gandolfo, Itália

Atordoada pelo ataque súbito, Erin agarrou a ponta da escrivaninha e se levantou, ignorando a dor no flanco. Seu corpo, ao ser atirado, havia derrubado a vela solitária. A sala agora estava no escuro, iluminada apenas pela luz filtrada que vinha da janela fechada.

Seu primeiro pensamento foi *strigoi*.

Ela cambaleou até a janela às suas costas e puxou as cortinas. Uma tira tinha sido amarrada em um nó entre elas, impedindo-as de se abrirem completamente, mas ela conseguiu separar a seda pesada o suficiente para trazer a luz do sol para dentro do aposento.

Girando de volta, viu uma cena impossível. O cardeal Bernard agarrava Rhun pela garganta, imobilizando-o contra uma estante de livros. Trapos escarlates pendiam do corpo quase nu do homem, revelando dúzias de arranhões na pele branca abaixo, como se ele tivesse rasgado suas roupas nos ombros num acesso de fúria.

No tapete entre eles, um vulto jazia imóvel no chão, com sangue escorrendo do couro cabeludo.

Jordan...

Rhun pareceu se recuperar da surpresa. Uma lâmina prateada apareceu e se enterrou no braço do cardeal. Os dedos libertaram sua garganta. Enquanto Rhun se encolhia junto à estante, ele atacou o cardeal – mas golpeou apenas o ar vazio.

Bernard já estava do outro lado do aposento, arrancando uma espada da parede. A velocidade sobrenatural com que ele se movia disse a ela que o cardeal não obedecia mais aos votos de um sanguinista. Como os *strigoi*, sua força vinha de uma fonte mais sombria.

O que aconteceu?

Jordan se mexeu, e os olhos dele se abriram. No escuro, brilhavam com um tom ligeiramente dourado.

Antes que Jordan conseguisse se recompor, Bernard correu para cima de Rhun.

Rhun saltou para o lado, caindo desajeitadamente sobre um grande vaso chinês. Sua graça natural de movimentos estava claramente fora de equilíbrio devido ao braço decepado.

Ela tirou um punhal da bainha interna da jaqueta, pronta para defender os outros. Mas não era uma lutadora. Sua melhor arma era sua mente. Bernard partiu para cima de Rhun mais uma vez, mas Jordan se chocou contra o cardeal, derrubando-o em cima de um grande globo sobre um pedestal.

Enquanto o cardeal se levantava de um salto, rosnando – o corpo emoldurado por uma réstia de luz do sol –, Erin examinou seu corpo nu, procurando por uma impressão de mão negra reveladora.

Nada.

Ela não ficou surpresa.

Como Legião poderia ter possuído o cardeal? Especialmente quando o homem estava preso ali? Mas se Legião não era a fonte daquela corrupção, o que seria?

Preciso pensar...

Jordan se juntou a Rhun, ambos enfrentando a besta enfurecida que era o cardeal.

Erin examinou o aposento, em busca de qualquer coisa que pudesse estar escravizando o cardeal. O olhar dela varreu o caos sobre a escrivaninha. Ela não viu nada de incomum: papéis, livros, um diário encadernado em couro. Olhou ao redor da base da escrivaninha. Ao fazê-lo, o dedão de seu pé tocou numa bolsa preta no chão, e alguma coisa rolou para fora da aba aberta.

Um pedaço de vidro preto.

Parecia exsudar escuridão. Ela já tinha visto um artefato maligno semelhante antes: no deserto egípcio. Rhun recentemente tinha liderado uma equipe para livrar as areias daquele mal. Ela caiu sobre um joelho, sabendo o que estava jogado ali no tapete.

Uma gota de sangue de Lúcifer.

Erin usou um papel para pegar a pedra, enquanto agarrava as tiras da bolsa. Levantando-se, ela rolou a lágrima negra para um foco de luz do sol sobre o tampo da escrivaninha e esvaziou o conteúdo da bolsa ao lado dela. A pilha de gotas escuras parecia sugar a luz, criando pequenos vazios no tecido do universo. Ela não precisava tocar nelas para sentir sua malignidade, sua *maldade*.

Há milênios, aquelas gotas do sangue de Lúcifer tinham-se fundido com a areia egípcia, criando um vidro negro que vedava em seu interior a malignidade delas, protegendo a escuridão no seu interior da luz do sol. Se dois mil anos de sol do deserto não lhes fizeram nenhum mal, então o simples sol italiano não teria nenhum efeito.

Mas e se...

Os olhos dela caíram sobre um peso de papel de pedra tombado no canto da escrivaninha de Bernard. Tinha a forma simples de um anjo – mas, mais importante, era *pesado*.

Ela o agarrou, levantou-o alto e o baixou com violência sobre uma gota negra, despedaçando-a até virar poeira.

Do outro lado da sala, Bernard uivou e sibilou.

Então você sentiu isso, não é?

Ela levantou o peso de papel uma vez depois da outra, esmagando gota após gota. Com cada pancada, uma gavinha de fumaça preta subia do pó cristalino. A fumaça girava em círculo, serpenteando para longe da exposição à luz do sol, e depois sobre a beira da escrivaninha, onde mergulhava através do piso.

Ela se lembrou de Elizabeth relatando como a essência de um *strigoi* fazia a mesma coisa no momento da morte da criatura, voltando para a sua fonte.

Lúcifer.

No instante em que ela esmagou o último pedaço de obsidiana, o cardeal Bernard deixou escapar uma arfada final, desabando de cara no chão, seu corpo quicando ao bater no piso.

8:12

Rhun se ajoelhou debruçado sobre o corpo de Bernard, a faca na garganta do cardeal, pronta para matar seu velho amigo. Jordan recolheu a espada abandonada e montou guarda ao lado de seu ombro. Àquela altura, os dois guardas encapuzados tinham entrado correndo no aposento, em posição de ataque com as armas em punho, atraídos pelo ruído da breve luta.

Temeroso que outros males ainda estivessem à solta, Rhun gritou:

– Guardem as portas! Não deixem ninguém entrar sem a minha permissão!

Eles deram breves sinais de assentimento e retornaram a seus postos.

Enquanto Rhun observava, a loucura desapareceu dos olhos do cardeal. Foi substituída por algo que Rhun nunca tinha visto antes.

Dúvida.

Rhun se inclinou para trás, retirando a lâmina, mas mantendo-a pronta.

Bernard se sentou, recolhendo os farrapos de seus trajes ao redor de si, como se tentando fazer o mesmo com sua dignidade. Ele acabou com as mãos tremendo no colo.

Erin se aproximou, ainda segurando uma pequena escultura de anjo. A base estava quebrada, coberta de poeira negra.

– Eram aquelas gotas de sangue de Lúcifer.

Rhun assentiu, compreendendo.

– Eu as deixei depois que voltei do Egito. Trancadas no cofre do cardeal. É minha culpa.

– Não... – Bernard sacudiu a cabeça. – Foi minha soberba acreditar que eu podia lidar com tal malignidade e me manter intocado.

– Mas por que mexer nelas, para começar? – perguntou Jordan.

– Eu esperava descobrir alguma coisa por meio delas, alguma coisa a respeito de Lúcifer. – Bernard encarou Rhun. – Na noite passada, quando o padre Gregory me trouxe a notícia de que vocês estavam voltando de Praga, que vinham com perguntas sobre pedras associadas a Lúcifer, eu me lembrei do que você tinha trazido do Egito.

– As pedras de vidro – disse Rhun.

– Eu ia esperar até que vocês todos estivessem aqui antes de examiná-las, mas depois que o padre Gregory as buscou para mim, tirando-as do cofre em meu antigo gabinete, elas me chamaram. Não consegui resistir.

Rhun assentiu e se virou para os outros.

– Eu vi o mesmo problema afligir os membros da equipe que tinha viajado comigo para o Egito.

Bernard olhou ao redor, uma mão se erguendo para tocar a testa com visível confusão.

– Não sei quanto tempo estive sob o poder delas. Se apoderaram de mim, mas não me deram nada em troca.

– Mas agora está livre – disse Erin. – E nós temos perguntas.

– Sobre Hugo de Payens – disse Bernard com um sinal de cabeça. – O padre Gregory me informou disso também. Vocês querem a verdade sobre meu amigo.

Erin impôs um tom mais gentil à sua voz, possivelmente respondendo à dor e ao sofrimento na voz do cardeal quando mencionou aquela figura de seu passado.

– Então Hugo não morreu como o senhor afirmou, durante a Segunda Cruzada?

A voz de Bernard foi pouco mais que um sussurro:

– Não.

Erin estendeu o braço em direção ao cardeal, ajudando-o a se levantar.

– Jordan, vá buscar um cobertor para ele.

Rhun guiou Bernard para um grupo de cadeiras diante da lareira, tomando cuidado com os cacos do vaso quebrado no chão. Jordan voltou de um quarto adjacente com uma manta de lã e a entregou a Bernard, que cobriu sua nudez com ela, suspirando de gratidão e lentamente recuperando parte de sua dignidade. Ele parecia, de novo, ser o homem que Rhun tinha conhecido por tanto tempo.

Erin se sentou na cadeira defronte a Bernard, inclinando-se para a frente.

– Conte-nos o que realmente aconteceu.

Bernard olhou para a lareira apagada, seu olhar ainda perdido, mergulhando no passado.

– Hugo me acolheu quando eu era uma besta selvagem. Ele rezou por mim quando eu estava perdido.

Rhun não conhecia aquela história.

– Está dizendo que foi ele quem o converteu e o trouxe para as fileiras sanguinistas?

Um pequeno assentimento confirmou isso.

Rhun conhecia o significado de um ato tão monumental, como podia unir profundamente um par. De fato, tinha sido Bernard quem trouxera Rhun para aquele caminho sagrado, tornando-se seu mentor e amigo, e, a despeito das ações recentes do cardeal, ele sempre teria uma dívida de gratidão para com Bernard. Os laços de Bernard e Hugo de Payens deviam ter sido igualmente fortes.

– Eu era um selvagem perdido até que ele me salvou – prosseguiu Bernard. – Juntos, trouxemos muitos para a Ordem. Muitos. Fundamos os Cavaleiros Templários. Fizemos muito bem.

– Nove homens unidos pelo sangue – disse Erin baixinho. – Uma Ordem Sanguinista de monges guerreiros.

– O que exatamente eram esses Templários sanguinistas? – perguntou Jordan.

Bernard lançou um olhar para o homenzarrão, um toque de orgulho empertigando suas costas encurvadas.

– Era uma Ordem de cavaleiros dentro de uma Ordem de cavaleiros, capaz de lutar uma batalha dupla contra os adversários nascidos da carne e aqueles espíritos nascidos do mal. Nossa armadura era a nossa fé, tanto quanto o era a nossa cota de malha. Não temíamos homens nem demônios.

– Então o senhor realmente é Bernard de Clairvaux? – perguntou Erin.

– Sou. E juntos, Hugo e eu realizamos grandes feitos, unindo os Templários dispersos sob uma única bandeira, dando-lhes unidade e força de propósito. – Bernard olhou ao redor para eles. – Vocês precisam compreender, Hugo era um grande líder. Carismático, simpático, empático. Homens e sanguinistas cerraram fileiras atrás dele, dispostos a dar a vida por uma palavra dele. Mas, com o passar do tempo, aquilo se tornou demais.

– Eu conheci homens assim – disse Jordan. – As características que tornam um homem um grande líder... como a empatia... por vezes os tornam mais suscetíveis à fadiga de combate, ao transtorno de estresse pós-traumático.

– O que aconteceu com Hugo? – perguntou Erin.

Bernard suspirou pesadamente:

– Ele abandonou os Templários. Depois da Segunda Cruzada. – Ele encarou Rhun. – Na verdade, ele abandonou por completo a nossa Ordem.

– Ele deixou os sanguinistas? – Rhun não conseguiu esconder o choque.

Sanguinistas não *deixavam* a Ordem. Eles eram mortos a serviço da Igreja ou renegavam seus votos, retornando à sua natureza ímpia, de modo que tinham que ser caçados e mortos. O único sanguinista que tinha escapado a tal destino era Rasputin, que formara sua própria versão deturpada da Ordem no seio da Igreja Ortodoxa Russa, entrincheirado na segurança da cidade de São Petersburgo, fora do alcance dos sanguinistas.

Mas, aparentemente, tinha havido outro.

– Para onde ele foi? – perguntou Rhun.

Bernard olhou para as mãos.

– Inicialmente ele viajou muito, sozinho, levando uma vida ao mesmo tempo de ermitão e nômade. Finalmente, se fixou nas montanhas distantes da França, em um eremitério criado por ele mesmo. Lá, encontrou alguma paz, descobrindo a graça nos recantos silvestres do mundo.

– Então, o que está dizendo? – perguntou Rhun. – Que ele voltou a ser *strigoi*?

Bernard balançou a cabeça.

Rhun lutou para compreender.

– Então como conseguiu viver fora da proteção da Igreja?

— Ele apenas conseguiu — respondeu Bernard evasivamente, sem encarar os olhos de Rhun.

Foi Erin quem esclareceu parte daquela história:

— Foi por isso que o senhor espalhou a mentira da morte dele, não foi? Hugo de Payens abandonou a Ordem, mas não retomou os hábitos selvagens. Ele encontrou seu próprio caminho para a graça, independentemente da Igreja.

Rhun a encarou, sem conseguir aceitar as palavras dela. Não podia haver nenhum outro caminho para a graça, exceto o serviço humilde à Igreja. Ele e todos os sanguinistas tinham aprendido aquela simples verdade desde os dias de Lázaro.

— Eu não podia deixar que ninguém soubesse — explicou Bernard. — E se mais sanguinistas deixassem a Ordem? De modo que inventei uma história de uma morte nobre, de uma vida dada a serviço da Igreja. Mas isso foi apenas metade do motivo para a mentira.

— E qual é a outra metade? — perguntou Erin.

— Quando Hugo falou sobre abandonar a Ordem, eu sabia que eles o matariam por causa daquilo. Para salvá-lo, inventei essa história. — Bernard olhou para Rhun, como se em busca de absolvição. — Eu menti para a Ordem. Menti para a Igreja. Mas eles o teriam caçado como um animal, e ele não era nenhum animal. Era meu amigo.

Rhun se acomodou pesadamente em outra cadeira, enfraquecido tanto pelos ferimentos quanto pelas revelações.

Aquele sanguinista tinha encontrado a graça fora da Igreja.

A mente de Rhun girava. Ele havia se juntado aos sanguinistas porque pensara que era a única maneira de viver com a sua maldição. A escolha que lhe fora oferecida tinha sido simples: morrer como *strigoi* ou viver como padre, ajudando a proteger outros. Na época, há séculos, Rhun já havia estado a caminho da vida de padre, estudando em um seminário, de modo que sua decisão tinha sido fácil: ele serviria a Igreja. Havia pensado que era o único caminho.

Quando Rasputin deixara a Igreja quase um século antes e construíra um exército de seguidores forte o suficiente para protegê-lo da justiça da Igreja, a fé de Rhun não havia vacilado. A vida de Rasputin era uma vida de maldade e engano, e Rhun não seguiria o exemplo dele. Mas saber que poderia haver outro caminho o assustava e o enfurecia.

Ele olhou fixamente para a luz do sol que fluía pelas janelas.

A minha vida inteira foi uma mentira?

8:25

Erin reparou em como Rhun tinha se afundado na cadeira, compreendendo a expressão desesperada gravada em seu rosto. Ela sabia que Rhun passara por coisas demais. Tinha quase morrido e perdido o braço, mas ela suspeitava que aquela notícia era uma ferida mais profunda, que levaria algum tempo para sarar, se é que algum dia sararia. Ela quase podia ver a fundação e a fé de Rhun na Igreja desmoronar sob seus pés.

Mas, por ora, eles tinham assuntos mais urgentes para debater.

Ela confrontou Bernard:

– Hugo ainda está vivo?

– Está.

Rhun olhou duramente para Bernard, mas o cardeal não encarou os olhos dele.

– Ele ainda mantém seu eremitério distante naquelas montanhas – admitiu Bernard.

– O senhor sabe alguma coisa a respeito dessas pedras? – Erin balançou a cabeça para Jordan, que tirou do bolso os pedaços do diamante verde. – Hugo deu esta para John Dee, e talvez existam mais duas como ela.

– Eu não sei de nada. Foi por isso que pensei em mexer naquelas gotas malditas.

Jordan guardou o diamante.

– Então parece que teremos que ir direto à fonte. Fazer uma visita a esse ancião se quisermos respostas.

Exatamente.

– Diga-nos como podemos encontrá-lo – pediu Erin.

Bernard levantou uma das mãos, mas a deixou cair sobre o joelho num gesto de derrota.

– Não se pode apenas pedir uma audiência com Hugo de Payens. Ele não tem nenhum interesse em assuntos mundanos, e seu eremitério é bem guardado.

– Guardado? – perguntou Jordan. – Como?

– O que vocês precisam compreender é que o que fazia de Payens um líder tão maravilhoso era sua capacidade de ler o coração do outro, com frequência conhecendo-os melhor do que eles conheciam a si mesmos. E não era apenas o coração de homens. Ele tinha uma imensa afinidade com todas as criaturas de Deus e se tornou um grande admirador de São Francisco de Assis.

– O santo patrono da natureza e dos animais – disse Erin.

Ela conhecia as lendas associadas com o santo italiano, como até os passarinhos se reuniam em bandos para ouvir seus sermões, pousando em seus ombros. Dizia-se que Francisco tinha até domesticado um lobo selvagem que vinha aterrorizando uma aldeia. Fazia sentido que Hugo admirasse tal personagem.

Bernard baixou o olhar, com um sorriso triste no rosto, revelando quanto realmente amava aquele homem.

– Dizia-se brincando que Hugo podia falar com animais. Durante as Cruzadas, os cavalos de guerra o seguiam como cachorrinhos. Eles fariam qualquer coisa por Hugo... entrar no combate mais cerrado ou investir em meio ao fogo se ele ordenasse. Creio... creio que o sangue deles manchava suas mãos mais pesadamente do que o sangue dos homens que morreram ao seu lado. Para Hugo, eles eram inocentes, sacrificados por causa da lealdade que tinham por ele. Com o tempo isso se tornou demais.

Erin podia compreender aquilo muito bem, recordando a morte de seus ex-alunos no Egito.

– No final, Hugo não conseguia mais se obrigar a matar sequer os *blasphemare*.

– Eu achava que vocês tinham que matar todas as criaturas malditas – disse Jordan. – Que vocês tinham ordens de atirar à primeira vista.

– Nós temos – retrucou Rhun. – Eles são animais corrompidos pelo mal. E, ao contrário dos *strigoi*, não podem ser transformados em bons. Para pôr fim ao sofrimento deles, têm que ser destruídos.

– Mas vocês sabem disso com certeza? – perguntou Erin, reconhecendo, naquele momento mais que nunca, como muitos daqueles éditos pétreos estavam errados. – Por que não pode haver diferentes caminhos para a salvação para esses pobres animais? Talvez até para os *strigoi*?

– Hugo teria concordado com você – disse Bernard. – Desconfio que seja esse sentimento que talvez explique por que os *blasphemare* são atraídos para seu eremitério. Eles vêm de todas as partes e em grande número, criaturas solitárias separadas de seus criadores de laço de sangue, que buscam o conforto e a proteção que ele oferece.

– O quê? – Rhun se sentou mais ereto, parecendo horrorizado.

– E não apenas essas criaturas corrompidas – disse Bernard –, mas também *strigoi*.

Rhun se levantou.

– E você manteve isso em segredo de todos nós?

– Deixe-me adivinhar – exclamou Jordan –, quando você disse que o lugar era *guardado,* era isso que queria dizer. Ele tem um exército de *strigoi* e *blasphemare* leal a ele, guardando-o.

Bernard baixou a cabeça, admitindo aquela verdade.

– Maravilha – balbuciou Jordan.

Bernard os encarou.

– Mas eu lhes digo isso porque também oferece uma maneira de chegar a ele. – Ele se virou para Rhun. – Você mesmo trouxe a *chave* que destrancará o coração de Hugo.

27

19 de março, 8:55 horário da Europa Central
Castel Gandolfo, Itália

Jordan observou o cardeal baixar o fone sobre a escrivaninha.

– Está feito – disse Bernard, então se encaminhou de volta para a sua cadeira com as pernas ainda trêmulas. – A chave será trazida aqui.

Jordan lançou um olhar para Rhun, esperando por alguma explicação. Erin estava ajoelhada ao lado da cadeira de Rhun, checando as bandagens no coto de braço. A gaze estava manchada com sangue fresco da luta recente. Rhun certa ocasião tinha dito a Jordan que as sensações eram amplificadas nos sanguinistas, inclusive a dor. Se aquilo fosse verdade, Jordan só podia imaginar a agonia que Rhun devia estar sofrendo.

– OK, cardeal – disse Jordan –, que tal o senhor nos falar mais a respeito de como o lugar de Hugo é guardado, o que teremos que enfrentar?

Bernard esfregou o queixo.

– Para compreender isso, vocês têm que compreender a filosofia de Hugo. Eu tive muitas longas conversas com Hugo a respeito exatamente desse assunto antes que ele abandonasse a Ordem. Quando se tratava de *blasphemare*... ou de *strigoi*, para falar a verdade... ele passou a acreditar que todos eles eram criaturas de Deus, cujo único pecado era que sua inocência lhes tinha sido roubada.

– Ele poderia ter razão nisso – disse Erin. – Não se pode dizer que nenhum deles realmente tivera uma escolha no que diz respeito à sua corrupção. Geralmente lhes foi imposta contra a própria vontade.

– Não importa – argumentou Bernard. – Todos nós nascemos com o pecado original, um pecado que macula nossas almas inocentes, em função da desobediência cometida por Adão e Eva no Jardim do Éden. É somente através do ritual sagrado do batismo que esse pecado é expurgado.

Erin não pareceu abalada por esse argumento.

– Na época – prosseguiu Bernard –, eu achava que os argumentos de Hugo eram apenas de natureza teórica. Então, quando ele partiu, vagando pelo mundo, não recebi nenhuma notícia dele. Presumi que tivesse morrido, como tantos morrem sem a proteção da Igreja.

– Mas ele sobreviveu – disse Jordan.

– Um dia, recebi uma carta dele. Ele me dizia que tinha se estabelecido nas montanhas da França, que encontrara a paz ao cuidar das criaturas perdidas e desesperançadas do mundo.

– Isso inclui *blasphemare* e *strigoi*? – perguntou Erin.

Bernard assentiu.

– Eu não contei a ninguém. Hugo queria apenas ser deixado em paz... viver em sua montanha como São Francisco de Assis. Só tolerei aquilo porque ele proibia mortes em suas encostas. Nem mesmo aqueles sob a proteção dele têm permissão para matar, a menos que sejam provocados para defender o eremitério.

Jordan não gostou daquilo.

– Mesmo com essa suposta chave na mão, como propõe que ultrapassemos esse obstáculo?

– Vocês têm que ir à montanha dele não para montar cerco, mas como suplicantes. – Bernard olhou duramente para Jordan e depois para Rhun. – O que significa que precisam ter cuidado de *não fazer mal* a nada que confronte vocês naquela montanha, por mais que se sintam pressionados a fazê-lo. Se falharem em fazer isso, não só Hugo se recusará a receber vocês, mas provavelmente serão destruídos antes de sequer deixar aquelas encostas de floresta.

– Então devemos subir uma montanha cheia de monstros – disse Jordan – e virar a outra face quando eles tentarem nos atacar.

Bernard levantou um dedo.

– E vocês devem ir levando um presente, um presente que Hugo nunca conseguirá recusar.

O que pode ser?

– Depois que tiverem a atenção dele – enfatizou o cardeal –, caberá a vocês convencê-lo a ajudar, provar que sua missão é justa, que é uma missão que serve aos interesses de todos... não apenas aos dos sanguinistas, mas aos de *todas* as criaturas de Deus.

– De modo que será moleza, um caminho fácil – disse Jordan. – E nós só dispomos de um dia mais ou menos para convencê-lo a nos ajudar a salvar o mundo.

Bernard franziu o cenho, parecendo confuso.

Erin explicou:

— A partir de uma pintura que vimos no laboratório de Edward Kelly, achamos que temos até mais ou menos o meio-dia do equinócio vernal para impedir Lúcifer de se libertar de seus grilhões.

Jordan consultou o relógio enquanto ela explicava mais detalhes sobre esse prazo:

— Isso nos deixa aproximadamente vinte e sete horas.

— Mas poderia não ser o equinócio vernal *deste* ano – argumentou Erin. – Aquele mural foi pintado há séculos. Quem sabe com certeza o que o inspirou?

Bernard não acreditava naquilo – nem Jordan, para ser sincero.

— As coisas estão piorando ao redor do mundo a cada hora que se passa – disse o cardeal. – O equilíbrio entre o bem e o mal está se inclinando em direção à ruína. Mesmo as estrelas estão se alinhando contra nós, sugerindo que o equinócio é importante.

— O que indicam as estrelas? – perguntou Erin.

— Vocês não sabem? – perguntou ele.

— Estivemos ocupados – respondeu Jordan.

— Está previsto um eclipse solar... um eclipse parcial.

Erin franziu o cenho.

— O sol pintado naquele mural era vermelho como sangue. Talvez o artista estivesse tentando indicar o eclipse.

Antes que o assunto pudesse continuar a ser debatido, uma batida soou vinda da frente do apartamento. Todos se viraram quando a porta de entrada se abriu mais abaixo no corredor.

Um dos guardas passou pela entrada e gritou para eles com a voz estranhamente nervosa:

— Padre Korza, este visitante diz que foi chamado pelo senhor. Que o senhor queria ver os *dois*.

O guarda deu um passo para o lado, revelando o primeiro visitante: a forma roliça do frade Patrick entrou. Rhun se levantou erguendo o braço em boas-vindas.

Então o que mais teria o frade...

Uma forma branca como neve saltou passando pelas pernas do frade, quase derrubando o homem.

Jordan piscou de surpresa diante do que viu. A criatura era um leão ainda pequeno, do tamanho de um pastor-alemão, com a pelagem muito branca, garras prateadas e olhos castanho-dourados.

Enquanto o leão corria para eles pelo corredor curto, Jordan se moveu para proteger Erin. Mas o felino imediatamente se lançou em cima de Rhun, derrubando-o no chão, lambendo o rosto do padre.

Jordan ouviu um som muito estranho.

Rhun estava rindo.

Então o leãozinho olhou para Jordan e deu um salto para ele, farejando seus tornozelos, suas pernas. Jordan teve que afastar o focinho curioso do leão de sua virilha.

– Certo, olá para você também. – Jordan se virou para Bernard, lembrando-se da história sobre o amor de Hugo de Payens por animais. – Deixe-me adivinhar. Aqui está a sua *chave* para o coração de seu amigo.

Bernard olhou para o animal com um anseio visível.

– Esse animal é muito mais que isso.

Jordan se ajoelhou e esfregou os dedos nos pelos do pescoço e da juba ainda rala. O felino respondeu batendo a cabeça contra a testa de Jordan.

Quando a cabeça deles se tocou, um choque percorreu o corpo de Jordan. A cicatriz em seu ombro e peito lampejou com fogo.

Que diabo é isso?

Os olhos dourados se cravaram nos dele, e Jordan não conseguiu desviar o olhar, percebendo um espírito gêmeo, alguém igualmente tocado pelos anjos.

Bernard estava certo.

Você realmente é muito mais do que parece, leãozinho.

Então o leão rugiu para ele, mostrando as presas.

9:04

Rhun tentou agarrar o leãozinho, surpreso com sua súbita agressividade voltada para Jordan. Mas, antes que seus dedos pudessem agarrar o animal, o felino se torceu e saltou se afastando. Com mais um rugido, o animal saiu de volta para o corredor. Os pelos ao longo de suas costas eriçados.

O frade Patrick observou seu comportamento e levantou uma das mãos.

– Deixem-no em paz! Parece que ele encontrou um rastro!

O leão saiu do corredor e entrou em um dos quartos escuros.

– Eu acabei de entrar lá para pegar um cobertor – disse Jordan. – O quarto está vazio.

Mas para o caso de seu amigo estar errado Rhun pegou sua *karambit* do chão e seguiu a caçada do felino. Os outros seguiram devagar atrás dele.

– Patrick – gritou Rhun para o frade –, vá buscar os guardas!

O leão avançou agachado junto ao chão, o rabo se balançando zangadamente. Ele os conduziu para um armário de roupas antigo de um dos lados do quarto. O rosnado se calou enquanto seu olhar permanecia fixo nas portas.

Alguma coisa está lá dentro.

Rhun esperou, até que ouviu os guardas se juntando a eles, então passou para o lado oposto do felino.

Jordan se aproximou pelo outro lado do filhote, a espada em punho. Estendeu a mão livre para a maçaneta do armário. Lançou um olhar para Rhun, com uma expressão indagadora.

Rhun fez que sim com a cabeça.

Jordan puxou e abriu a porta – e um vulto pequeno e escuro saltou em cima deles. Ele bateu o ombro com força contra Jordan, derrubando-o para trás em cima do estrado da cama. Rhun golpeou com sua lâmina curva, cortando carne, mas acertou um golpe apenas de raspão.

O atacante se moveu com a velocidade sobrenatural dos *strigoi*. Mas Rhun viu o clarão branco de um colarinho de padre. Um sanguinista.

Bernard empurrou Erin para o lado, então girou – agarrando uma das espadas dos guardas e girando-a em um círculo completo – e acertou o intruso no pescoço. A cabeça saiu voando para o corredor, enquanto o corpo desabava no chão. Rhun olhou ao redor do quarto para se certificar de que não havia outras ameaças.

– Luzes! – gritou Bernard e apontou a espada. – Abram as cortinas do corredor!

Os dois guardas puxaram as cortinas pesadas de seda que cobriam as janelas. A luz do sol inundou o lugar.

Bernard atravessou o corredor e virou a cabeça para ver o rosto do atacante. O cardeal deu um passo para trás, chocado.

– É o padre... padre Gregory.

Rhun puxou Bernard para longe, levando-o em direção ao escritório, para longe da cabeça de seu antigo assistente. Rhun gritou para os guardas:

– Revistem o resto do apartamento! E o corpo! Procurem marcas negras na pele dele!

Os outros seguiram Rhun para o escritório, inclusive o felino.

Erin estava parada, com os braços ao redor do peito, os olhos brilhando com o conhecimento de que não existia mais lugar nenhum que fosse seguro.

Rhun desejou poder confortá-la, mas ela estava certa.

Bernard falou, a voz ligeiramente trêmula:

– Poderiam... poderiam ter sido as gotas do sangue de Lúcifer? Talvez ele tenha sido dominado como eu fui. Foi Gregory quem as trouxe para mim.

– Não – disse Erin com certeza. – Seu assistente teria sido libertado quando eu destruí as pedras. Como o senhor foi. Creio que seja mais provável que ele tenha trazido aquelas pedras de propósito ontem à noite, sabendo que o mal dominaria o senhor. Alguma outra força maligna o escravizava.

A confirmação veio quando um dos guardas voltou até a porta.

– Os outros quartos estão limpos. Mas encontramos uma impressão de mão negra na base da coluna do padre Gregory.

– Legião – disse Erin.

– Então o mal dele ainda vive. – Rhun havia temido isso.

– Parece que sim. – Erin olhou para o corredor. – E se ele estava espionando nossa conversa, temos que presumir que agora saiba tanto quanto nós.

Jordan foi para o lado dela.

– Então precisamos chegar a Hugo antes que Legião o alcance.

Bernard assentiu.

– Vocês têm uma vantagem.

– E qual é? – perguntou Jordan.

O cardeal olhou para o leão.

– Ele é uma criatura abençoada.

Surpreso, Rhun olhou para Patrick.

– Eu não revelei o nosso segredo – disse o frade.

– Isso é verdade, Rhun – disse Bernard, como se Rhun fosse confiar no cardeal. – Mas nada fica longe dos olhos e dos ouvidos daqueles que me são leais, tanto aqui quanto no Vaticano. Além disso, um leão na propriedade do papa não é algo que passe despercebido. Especialmente esse.

Bernard colocou uma das mãos na cabeça do leãozinho, mas o animal se sacudiu afastando-a.

Um sinal claro de bom julgamento.

– Ele é uma criatura absolutamente nova – disse Bernard –, e é por isso que ele vai fascinar Hugo de Payens.

O leãozinho se esfregou contra as coxas de Rhun. Rhun tocou na cabeça sedosa. Sorrindo, Erin estendeu uma das mãos. O filhote a farejou, então de brincadeira bateu o focinho na palma da mão dela.

– Onde você o encontrou?

Rhun relatou uma versão rápida da história, concluindo com:

– Creio que foi aquele fogo angélico que poupou o filhote no ventre da mãe e abençoou sua forma atual.

– Se você estiver certo – disse Jordan, o olhar pensativo cravado no animal –, então isso significaria que foi aquele mesmo fogo que me curou, uma dádiva de Tommy. – Ele olhou para o filhote. – Isso faz com que sejamos irmãos de sangue, amiguinho.

Rhun olhou de Jordan para o leão. Ambos de fato foram abençoados pela mesma fonte. Talvez houvesse um motivo para que tivessem sido reunidos naquele mesmo aposento. Ele encontrou esperança nesse pequeno sinal da Providência Divina.

28

19 de março, 10:01 horário da Europa Central
Praga, República Checa

Legião sentiu a amputação daquela gavinha negra, cortada por prata. Enquanto ela murchava e recuava, levou a percepção dele de volta para a escuridão de uma adega gelada sob um prédio antigo em Praga. Aqueles que moravam nos andares acima já estavam mortos, os batimentos de seus corações para sempre silenciados.

Ele abriu os lábios e deixou mais sangue correr sobre sua língua seca e descer pela garganta queimada. Seus servos agora eram poucos, apenas aqueles que Legião ainda conseguia segurar com firmeza enquanto seu hospedeiro estava tão danificado. O ferimento aberto em seu peito já tinha fechado. Os ossos quebrados tinham formado calos e consolidado. A pele enegrecida pelo fogo descascada em grandes lascas, eliminando o passado como uma serpente.

Mas ele se agarrava àquele passado, deixando que ardesse através dele do mesmo modo que o fogo havia queimado aquele corpo frágil.

Ele se lembrava de garras e dentes arrastando-o para fora da ruína fumegante daquela casa malévola. Tinha sido arrastado escada abaixo para a escuridão. Conhecia seu benfeitor. Ele dormia ali ao seu lado, ressonando alto, mas ainda alerta, protegendo-o.

O lobogrifo.

Uma vez ali, Legião havia desenrolado suas sombras da chama desbotada de Leopold, onde ele tinha sido obrigado a proteger aquela brasa de vida atiçando-a até se tornar de novo uma pequena chama. Se Leopold tivesse morrido, o pé de apoio de Legião neste mundo teria se evaporado, lançando-o de volta na escuridão sem forma. De modo que ele alimentou aquela chama, preservando seu receptáculo. Tinha precisado de todos os seus esforços e concentração, custando-lhe muitos de seus galhos, libertando aqueles que anteriormente havia escravizado.

Mas não todos eles.

Embora a árvore tivesse passado fome, murchando seus galhos, a raiz havia sobrevivido.

E eu crescerei de novo, ainda mais forte por isso.

Depois que o lobo o havia arrastado até ali, Legião chamara aqueles que ainda estavam sob seu jugo e atraíra-os até aquele lugar, massacrando tudo o que havia acima, trazendo-lhe sangue fresco para ressuscitar e fortalecer seu receptáculo. Ele procurou através dos olhos do outro, para descobrir quantos ainda restavam espalhados por outras terras, alcançando aqueles que não haviam se libertado quando ele caíra. Ele os pôs em movimento, rumo a uma única direção.

Todos, exceto um.

Legião tinha posto sua consciência dentro de um padre no seio da Ordem Sanguinista. Havia marcado o homem antes de partir de Roma. Soubera da existência dele pelo outro sanguinista que havia marcado na sombra dos muros do Vaticano. Fora tão fácil atrair aquele outro para terreno aberto, explorando a confiança simples da vítima pelo companheiro sanguinista que o levara para Legião.

Como aquele padre tinha gritado quando vira Legião pela primeira vez – mas tudo havia acabado quando o homem fora dominado, despido de suas vestes, e Legião tinha posicionado a palma de sua mão na base da coluna do padre, escondendo sua marca ali.

Através daqueles mesmos olhos e ouvidos ele havia espionado seus inimigos, descobrindo tudo que eles sabiam.

O que eu sei agora...

Sua tentativa de corrompê-los com o sangue negro do anjo das trevas podia ter falhado em Praga, mas agora sabia para onde eles iriam a seguir.

Para onde eu irei...

Para encontrar as pedras.

Ele precisava de todas as três, para multiplicar o poder delas de modo a forjar a chave para os grilhões de Lúcifer. Então ele levaria o reino da humanidade a um fim terrível.

A mão dele encontrou o lobo ao seu lado, lendo sua natureza selvagem por trás da corrupção, fazendo uma promessa a ele.

Eu devolverei o paraíso a você – e a mim mesmo.

Seu novo rei das trevas.

PARTE V

O lobo conviverá com o cordeiro, e o leopardo repousará junto ao cabrito. O bezerro, o leão e o novilho gordo se alimentarão juntos pelo campo; e uma criança os guiará.

A vaca e o urso pastarão juntos, seus filhotes dormirão lado a lado, e o leão comerá palha como o boi.

Os bebês brincarão tranquilos próximos ao esconderijo da cobra, a criança colocará a mão no ninho da víbora.

Ninguém mais fará mal algum, nem haverá qualquer destruição em todo o meu santo monte: porquanto toda a terra se encherá do conhecimento do Senhor, assim como as águas cobrem o mar.

– Isaías 11:6-9

29

19 de março, 14:14 horário da Europa Central
Montanhas dos Pireneus, França

Jordan ficou parado na campina aberta, enquanto os motores do helicóptero gemiam às suas costas. Respirou fundo, inalando a brisa perfumada de pinho que descia da montanha alta diante dele. A neve do inverno ainda cobria seu pináculo de granito, enquanto, abaixo, a floresta verdejante da primavera franjava suas encostas, brilhando em todos os tons de esmeralda sob o sol da tarde.

– Tenho que reconhecer – concluiu Jordan –, maluco ou não, esse sujeito escolheu um belo pedaço da terra verde de Deus para fazer seu lar.

Erin se juntou a ele, movendo-se com dificuldade em meio aos trevos e à relva. A queda do telhado em Praga claramente tinha deixado marcas. Ela precisava de mais tempo para se recuperar – tempo de que não dispunham. Olhou para o sol, sabendo que esperavam estar fora daquelas montanhas antes que ele se pusesse.

Lançou um olhar para trás para seus companheiros de equipe. Os sanguinistas pareciam pouco melhor do que Erin: Rhun se movia desajeitadamente com seu braço faltando, Sophia tinha um corte no rosto, e as mangas compridas de Christian escondiam bandagens.

O último membro do grupo parecia ser o mais forte entre os sanguinistas. Elizabeth tinha trocado seus trajes de religiosa por botas de caminhada, calça e um casaco de couro de comprimento até os joelhos. Ela poderia facilmente ser confundida com uma caminhante qualquer, ávida para desbravar aquela montanha. Eles trouxeram a condessa por causa de seu histórico de amizade com Hugo de Payens. Precisavam de todas as vantagens que pudessem ter.

Inclusive trazer o mascote da equipe.

Rhun soltara o leãozinho que tinha viajado em um caixote no fundo do helicóptero, e ele agora corria e saltava pelo campo, caçando uma borboleta azul. Jordan observou o sorriso suave de Rhun enquanto ele se deliciava com a natureza brincalhona do leãozinho, como o sorriso apagava as linhas de tensão e dor que marcaram o rosto do padre durante o voo. Jordan nunca tinha visto nada que deixasse Rhun tão relaxado quanto o felino.

Christian acabou de fechar a aeronave e se encaminhou para eles.

– Isso é o máximo que podemos nos aproximar. De acordo com Bernard, Hugo de Payens não permite a entrada de veículos modernos além deste ponto.

Era um lembrete sóbrio de que eles estavam em pleno território inimigo.

O plano era que Christian ficasse para trás com a aeronave, tanto para protegê-la contra a possibilidade de alguém sabotar o helicóptero quanto para estar perto caso uma evacuação rápida da montanha fosse necessária.

Erin olhou para o alto da montanha, sombreando os olhos para protegê--los do clarão do pico nevado.

– Para onde vamos daqui?

Rhun tirou um mapa do bolso, e eles se reuniram ao redor dele. Ele batucou um ponto no mapa topográfico, a uma boa distância montanha acima, onde um rio descia pela encosta, despencando da linha da neve e formando uma série de lagos e cascatas.

– A localização exata do eremitério de Hugo é desconhecida, mas Bernard acredita que fique em algum lugar nessa área. Nós seguiremos para lá e esperaremos que tudo corra bem.

– Eu aposto que esse Monsieur De Payens já sabe que estamos aqui – disse Elizabeth. – Nossa chegada de helicóptero não foi nada discreta.

– É por isso que vamos seguir o lema dos escoteiros – disse Jordan. – "Esteja preparado."

Para qualquer coisa.

Jordan puxou a tira de ombro de sua pistola-metralhadora Heckler & Koch MP7 mais para cima. Ele também tinha no coldre um Colt 1911 como arma secundária, carregada com munição de prata, e um punhal banhado em prata preso ao tornozelo.

Embora Jordan levasse a sério a advertência de Bernard – *não matar* –, não queria que *dar a outra face* fosse sua única opção numa luta.

Os outros estavam igualmente armados. Erin tinha também um Colt 1911, e os sanguinistas tinham uma variedade de facas e lâminas embainhadas no corpo.

– Vamos tratar de ir andando – disse Jordan. – Antes de desperdiçarmos mais sol.

Em grupo, atravessaram em marcha a campina em direção à linha das árvores, liderados pelo mascote cheia de entusiasmo. O trinar dos passarinhos os recebeu quando entraram na floresta sombreada. Poucos metros depois, as faias se tornaram tão densas que por vezes eles tinham que se virar de lado para passar entre seus troncos cinzentos.

Ali, definitivamente, estava uma floresta antiga, intocada ao longo de séculos.

Hugo claramente protegia suas terras de qualquer violação.

À medida que o dossel da floresta se tornava mais alto e as sombras mais densas, não havia como escapar da atmosfera primitiva da floresta. Era como se eles estivessem caminhando numa espécie de catedral natural.

Também seria fácil se perder ali.

O leão esfregou o queixo contra vários troncos de árvore, como se deixando marcas olfativas para ajudar a encontrar o caminho de volta. Exceto por isso, o leãozinho se comportava mais como um gatinho: levantando montes de folhas e saltando através dos arbustos. Apesar disso, quando uma coruja piou, o leão saltou trinta centímetros no ar e aterrissou em meio a um farfalhar de folhas e estalos de gravetos quebrados.

O felino também estava visivelmente tenso.

Ou talvez ele esteja apenas se deixando contaminar pela nossa ansiedade.

Eles seguiram em marcha por pouco mais de um quilômetro e meio, escalando grandes troncos, e ziguezagueando em meio às faias e aos ocasionais pinheiros prateados, sem nunca avançar em linha reta por muito tempo. Se conseguissem manter aquele ritmo, chegariam ao ponto marcado no mapa em menos de uma hora.

Depois de mais dez minutos, Jordan descobriu uma antiga trilha de veados.

Na trilha devemos conseguir chegar ainda mais depressa.

– Por aqui – sussurrou ele, temeroso de levantar a voz, nem tanto por algum temor de alertar o inimigo e mais por uma estranha reverência por aquela floresta.

Eles enveredaram pela trilha, agora avançando mais rápido.

Então um graveto estalou adiante e à esquerda, soando tão alto quanto um tiro.

Jordan empurrou Erin para trás de si e se virou em direção ao som. Os sanguinistas o flanquearam, enquanto o leão se mantinha junto das pernas de Rhun, dando um rosnado sibilado.

Nove metros adiante, um cão peludo gigante saltou para dentro da trilha e encarou o grupo. Seu pelo preto era mais sombra que substância, a camuflagem perfeita para aquela floresta.

Exceto pelo brilho carmesim sobrenatural de seus olhos.

Um *blasphemare*.

Os ombros do animal se erguiam acima do quadril de Jordan. Enquanto baixava a cabeça e puxava as orelhas para trás, revelou um pescoço poderoso e um corpo musculoso. Mais parecia um urso do que um cão.

Um urso bem alimentado.

Até sua pelagem escura parecia lustrosa.

Aquele não era um animal abandonado.

Embora fosse grotescamente grande e de pelo preto, Jordan reconheceu a raça como cão de montanha dos Pireneus. Originalmente criados para pastorear ovelhas, em geral eram animais tranquilos, mas eram ferozmente protetores de seus donos e de seus territórios.

Outras sombras surgiram em ambos os lados da trilha, claramente deixando-se ver.

Jordan contou mais quatro ali.

De modo que era uma matilha.

A prioridade era colocar Erin em segurança.

Jordan se moveu lentamente, entrelaçando os dedos. Ele ofereceu apoio a Erin.

– Suba naquela árvore – recomendou.

Erin não perdeu tempo com falsa valentia e assentiu rapidamente. Apoiou a bota na mão dele e tomou impulso enquanto ele a empurrava ainda mais alto. Estendendo a mão para cima, ela agarrou um galho pendente de uma robusta faia, se içou e depois escalou mais para o alto.

Jordan não permitiu que seu olhar se desviasse dos cães.

A matilha se agitou, mas não se aproximou.

Jordan levou a pistola-metralhadora ao ombro, enquanto facas e espadas se preparavam entre os sanguinistas, a prata brilhava na sombra sarapintada.

Depois de um momento longo e tenso, a matilha começou a se mover em uníssono, como se obedecendo a um assovio silencioso. O primeiro cão avançou pela trilha, dirigindo-se para Jordan. Os outros se separaram, flanqueando em direção aos sanguinistas.

– Lembrem-se de que não devemos feri-los – advertiu Rhun.

– OK, eu prometo não morder *primeiro*. – Jordan manteve a pistola-metralhadora erguida, apontada para o focinho do cão, que arreganhava os dentes.

Sem se intimidar com a ameaça, o líder da matilha se aproximou, arfando um hálito medonho, o focinho se franzindo num rosnado.

O dedo de Jordan se retesou no gatilho.
Ele tinha que fazer uma escolha.
Matá-lo, feri-lo ou fazer as pazes com ele.
Jordan se lembrou de seu treinamento de soldado.
Ele baixou a arma.
Obedeça às ordens.
O coração dele martelou enquanto ele estendia as costas da mão para o animal.
– Não vou machucar você – sussurrou. – Eu prometo.
Com um impulso dos músculos, o cão saltou em cima dele, agarrando seus dedos.
Jordan conseguiu puxar o braço de volta. O sangue pingava em abundância das pontas de seus dedos.
Mas pelo menos ainda tenho dedos.
Ele observou seu adversário atentamente. Talvez seu sangue fosse venenoso para o cão, como tinha sido para o *strigoi* no túnel subterrâneo em Praga. O cão apenas virou um canto da boca e lambeu os beiços.
Hoje não terei a mesma sorte.
O cão o atacou, saltando para abocanhar sua garganta.
Jordan se deixou cair de costas, levantou os pés e acertou o cachorro no estômago. Ele chutou o animal para o alto e para trás acima de sua cabeça. Quando afinal o cão aterrissou e se virou de volta, Jordan estava de pé encarando-o.
Saliva pingava das presas do animal enquanto ele andava num pequeno círculo ao redor dele, as passadas silenciosas no tapete espesso de folhas mortas.
Não posso atirar nele.
– Bom garoto! – gritou Jordan, avançando em direção ao cachorro mais uma vez, as mãos abertas, sem mostrar nenhuma ameaça.
Pelo canto do olho, ele viu os sanguinistas defendendo-se de ataques dos outros cães com vários meios de defesa não letais, que envolviam principalmente correr e saltar.
Mas quanto tempo isso poderá durar?
Como se sabendo que seu alvo estava distraído, o cão se arremessou direto para o peito de Jordan e o derrubou no chão. Ele conseguiu levantar um braço para proteger a garganta, mas dentes se enterraram fundo na carne do antebraço de Jordan. Contorcendo-se para o lado, ele agarrou o punhal tirando-o da bainha no calcanhar.

Já tinha sofrido punições demais em nome da paz.

O cachorro rosnou, enterrando os dentes mais fundo, até o osso. Olhos vermelhos encararam os olhos de Jordan. Não viu nenhuma raiva ou malícia neles, apenas determinação selvagem.

As palavras de Bernard ecoaram em seus ouvidos: *Não faça mal a nada que você encontre na montanha dele.*

A missão deles era conseguir a ajuda de Hugo. Qualquer coisa que acontecesse com Jordan era insignificante se comparada com isso. Ele deixou o punhal cair.

Além das orelhas do cachorro, Jordan avistou Erin deitada esparramada num galho de árvore. Seus olhos castanhos estavam arregalados de horror. Ela apontava a pistola para o cão.

– Não atire! – gritou Jordan, apesar da dor.

Para se certificar de que ela obedecesse, Jordan se elevou para o lado, fazendo o cão rolar para debaixo dele, protegendo-o com seu corpo. Tinha que proteger o cachorro. Se o cachorro morresse, a missão fracassaria.

Mas ninguém contou o plano ao cachorro.

O focinho que rosnava se desprendeu de seu braço e avançou para seu rosto. Jordan puxou a cabeça para trás.

Péssima manobra.

Dentes amarelos se cravaram na garganta exposta de Jordan.

15:18

Erin gritou enquanto o cachorro sacudia a cabeça, seus dentes penetrando mais fundo. O sangue jorrou da garganta de Jordan e caiu sobre o focinho do cachorro debaixo dele.

Ela manteve a pistola apontada, mas ainda estava temerosa de disparar.

Uma busca frenética mostrou a ela que os três sanguinistas também tinham problemas. Cada um lutava contra um cachorro, e nenhum deles conseguia se libertar para ajudar Jordan.

Abaixo de seu galho, o animal rosnou e rolou, atirando Jordan debaixo de si como se fosse uma boneca de pano. Jordan não se movia mais, a cabeça balançava nas mandíbulas do monstro. Ela firmou sua pontaria, agora tendo um alvo claro. Erin se lembrou da advertência anterior de Jordan:

Não atire!

Que Hugo de Payens fosse para o inferno com suas regras.

O dedo dela se comprimiu no gatilho.

Então um lampejo branco cortou as sombras debaixo das árvores e acertou o cachorro muito maior no flanco, arrancando o animal de cima de Jordan.

O leão de Rhun.

Sombra e luz lutaram num emaranhado de membros, então o cachorro rolou se libertando, encarando o felino com um rosnado. O leãozinho parecia tão pequenino. Mesmo assim o felino sibilou e levantou uma pata, expondo garras prateadas.

Aparentemente inabalado, o cachorro avançou um passo – então o leãozinho atacou, golpeando rápido como uma cobra, enterrando as garras e arrastando-as no focinho negro do cachorro. O líder da matilha ganiu e recuou. Sangue escuro jorrou de quatro linhas irregulares em seu focinho.

O leãozinho se moveu para se postar diante do corpo de Jordan. Sua pelagem branca estava eriçada, e um rugido grave se elevou de seu peito. Ele levantou uma pata ameaçadora de novo, claramente pronto para lutar mais.

Com um ganido, o cachorro se virou e fugiu correndo, desaparecendo em meio às sombras da floresta. O resto da matilha seguiu seu exemplo, abandonando suas várias batalhas e sumindo de vista.

Erin desceu rápido da árvore, caindo e ajoelhando-se ao lado de Jordan. O filhote andou de um lado para outro, parecendo igualmente assustado. O felino baixou o pequeno focinho e empurrou o rosto de Jordan. Um pequeno clarão lampejou entre eles, como um choque de eletricidade estática em uma sala escura, só que esse foi distintamente dourado, recordando-a da natureza angélica do par.

Vamos, Jordan, você pode se safar dessa.

Ela limpou o pescoço dele com a manga. O filhote lambeu as faces e a testa de Jordan. O sangue já tinha parado de escorrer. Enquanto ela olhava, a pele rasgada começou a se fechar. As gavinhas carmesins que tinham se espalhado para fora de sua tatuagem e cercado seu pescoço se tornaram mais grossas outra vez, fazendo um trançado sobre as feridas, curando sua carne.

Ela tocou na face dele com as pontas dos dedos. A pele dele parecia impossivelmente quente. Ninguém podia sobreviver muito tempo com uma febre como aquela.

– Jordan.

Ele abriu os olhos, seu tom azul como o de um céu aparecendo entre nuvens escuras.

Ela sabia tudo a respeito daqueles olhos – como o anel ao redor da parte externa da íris era de um tom azul mais escuro, como índigo, mas o resto da íris era muito mais claro, com linhas claras correndo através dele como minúsculos rios. Aqueles olhos tinham rido com ela, chorado com ela e lhe prometido um futuro juntos. Mas naquele momento eles olhavam para ela como se fosse uma estranha absoluta.

– Jordan?

Ele gemeu e se ergueu para uma posição sentada, com uma das mãos distraidamente dando palmadinhas no leãozinho. A outra mão subiu para tocar o pescoço. Sob o sangue residual, a tatuagem parecia um cipó estrangulando uma árvore. Através da manga rasgada daquele mesmo braço, ela viu que o ferimento ali também tinha cicatrizado. Enquanto ela olhava, uma gavinha carmesim desabrochou numa espiral nas costas da mão dele.

Erin segurou aquela mão, mas ele puxou a mão e se levantou.

Rhun se aproximou deles correndo.

– Jordan está bem?

Erin não sabia como responder.

Elizabeth e Sophia se juntaram a Rhun. Os sanguinistas pareciam ter sofrido violências, mas nem de longe estavam tão feridos quanto Jordan. Talvez os cães deles tivessem estado brincando com eles, em vez de tentando lhes rasgar a garganta.

Elizabeth franziu o cenho olhando para a floresta, ajeitando os retalhos da manga do casaco rasgada.

– Por que os cachorros abandonaram a luta?

Erin manteve o olhar fixo em Jordan.

– O leãozinho... creio que ele os afugentou.

Rhun acariciou a cabeça do leão, balbuciando agradecimentos.

Erin se postou bem na frente de Jordan, obrigando-o a olhar para ela, agarrando seus ombros fortes.

– Você está bem?

Ele finalmente olhou para ela, piscou algumas vezes, então balançou a cabeça. Os olhos dele se focaram nela, vendo-a. Ele tocou no pescoço, parecendo vagamente perplexo.

– Estou bem.

Ela o abraçou, apertando-o contra o peito.

Ele se demorou um momento para responder, mas por fim os braços dele se apertaram ao redor dela também.

– Já estive melhor – sussurrou ele para o topo da cabeça de Erin.

Ela sorriu para o peito dele, enquanto ao mesmo tempo continha um soluço.

Elizabeth espanou as folhas de sua saia, parecendo impaciente.

Erin se afastou, mas manteve uma das mãos na de Jordan, dando o melhor de si para ignorar o ardor da palma da mão e dos dedos dele, temerosa de que ele pudesse não voltar da próxima vez.

Erin dedicou um momento a acariciar as orelhas aveludadas do leão, sabendo quem havia realmente salvado a vida de Jordan.

– Obrigada, amiguinho.

Ao longe, um cão uivou nos recônditos da floresta, recordando-os de que não estavam fora de perigo. Nem perto disso.

– Hora de ir – disse Jordan. – Se aqueles cachorros estiverem se retirando de volta para casa, poderíamos conseguir seguir os rastros deles.

– Ele está certo – disse Rhun. – Se aqueles animais forem os emissários de Hugo de Payens, talvez tenham sido mandados para nos levar a ele.

– Ou são apenas *blasphemare* selvagens que vieram nos matar – acrescentou Erin com amargura.

Mas, sem um plano melhor, eles se puseram a caminho com Rhun na dianteira. Os olhos dele vasculhavam o solo, provavelmente encontrando impressões de patas na argila úmida ou observando gravetos quebrados. De vez em quando ele levantava o nariz, inalando o aroma da matilha amaldiçoada.

– Pelo menos temos o nosso farejador particular – cochichou Jordan ao lado dela.

Mas para onde Rhun está nos levando, que novos horrores existiriam naquela montanha?

30

19 de março, 15:44 horário da Europa Central
Montanhas dos Pireneus, França

Rhun seguiu rastreando pela floresta, dando o melhor de si para ignorar a dor latejante em seu coto. Ele tinha examinado todos ao seu redor depois da batalha, sabendo que precisaria se apoiar neles.

Agora mais que nunca.

Elizabeth caminhava com facilidade atrás dele, tendo sofrido apenas um pequeno ferimento na mão. Tinha visto a rapidez com que ela havia lutado contra o *blasphemare*, um lembrete de que guerreira feroz ela era. Ainda assim, ele percebia uma relutância nela por estar ali, uma impaciência nervosa que era nova. Como Jordan, ela havia ficado introvertida, com a mente em outro lugar. Tinha tentado lhe perguntar a respeito daquilo durante o voo, mas ela o havia ignorado.

Mesmo assim, ele percebia que alguma coisa havia acontecido em Castel Gandolfo, algo que ao mesmo tempo a preocupava e a enfurecia.

Elizabeth estava escondendo alguma coisa.

Mas não estamos todos nós?

Atrás dele as folhas farfalharam enquanto Erin e Jordan pisavam mais pesadamente em meio à floresta, incapazes de se mover com a mesma leveza que os sanguinistas. Rhun escutou o batimento do coração de Jordan, ouvindo de novo o meio-tom de um tambor de guerra. O que quer que fosse que tivesse se apoderado dele não parecia assustar Jordan. Em vez disso, parecia dar-lhe força e paz. O mesmo não se podia dizer de Erin, que mal conseguia tirar os olhos de Jordan, avaliando-o a cada passo, seu batimento cardíaco carregado de medo.

Seguindo-os, Sophia fechava a retaguarda, seu corpo pequenino acompanhando-os como um espírito de elfo. Mas Rhun sabia que a mulher pequenina era tão afiada quanto era pequena, ao mesmo tempo mortífera com suas facas e rápida em identificar as fraquezas de um inimigo. Em Praga, ela tinha enfrentado um lobogrifo sozinha e saído viva para contar a história. Poucos podiam dizer isso.

Flanqueando Rhun à esquerda, o leãozinho dardejava em meio aos troncos cinza-prateados das faias, farejando o rastro dos *blasphemare* tanto quanto Rhun. O ar da floresta estava carregado do cheiro corrompido deles, mas estranhamente não o incomodava tanto quanto de costume.

Há alguma coisa diferente nessas criaturas.

Claramente, a sombra da floresta densa oferecia ampla cobertura para os cachorros, recordando Rhun de como aqueles animais tinham sido numerosos no passado, quando os lugares de selva profunda das florestas permaneciam escuros mesmo sob o sol brilhante. Desde seus dias como mortal, tantos lugares ermos e silvestres haviam tombado vítimas dos avanços do machado e do arado da civilização. E tantas criaturas, *blasphemare* e naturais da mesma forma, desapareceram com as árvores.

A floresta de faias gradualmente cedeu lugar para pinheiros prateados à medida que eles subiam mais alto na montanha. Em algum lugar à sua esquerda um riacho corria sobre rochas, cheirando a neve derretida e gelo. O som de água correndo se tornou mais alto à medida que eles avançavam, tornando-se um rugido do que só poderia ser uma vasta cachoeira mais adiante.

Finalmente, um vislumbre de luz do sol brilhou através do dossel sombreado das árvores, levando-os a avançar. Rhun percebeu a matilha se separando, desaparecendo em meio ao arvoredo mais denso, seu dever aparentemente cumprido.

Eles nos trouxeram aqui por algum motivo.

Rhun continuou a avançar em direção à luz. Mais adiante, o leão saltitava alegremente em suas patas, sem demonstrar nenhum medo do que podia haver mais adiante.

O arvoredo rapidamente começou a ficar menos denso, as árvores muito mais espaçadas. Uma campina se abriu adiante. Relvas ondulavam ao longo das encostas em declive, como um mar esmeralda. Pequenas flores brancas brilhavam ali, limpas e intocadas sob o sol.

Depois de tanto tempo na escuridão, aquela claridade ofuscava. Rhun apertou os olhos para se proteger, enquanto Elizabeth respirava fundo com um suspiro. Ela ainda era mais sensível à luz. No instante em que saíam da floresta, ela puxou o capuz do casaco sobre a cabeça, sombreando o rosto.

Rhun olhou ao redor. O espaço aberto formava um relvado agreste oval verde, salpicado de flores brancas de genciana. Um punhado de pedregulhos cinzentos se projetava em meio à relva como sentinelas desconfiadas. Serpenteando através deles havia um riacho prateado, fluindo de uma alta cachoeira na extremidade oposta, onde lençóis de água despencavam da face de um alto penhasco para dentro de uma larga piscina azul.

O grupo se reuniu na orla da floresta, todos os olhos buscando ameaças.

Rhun balançou a cabeça em direção à campina.

– Este é o lugar que Bernard marcou no mapa, onde ele acreditava que Hugo de Payens tinha construído o eremitério.

– Não há nada aqui – disse Jordan. – Este lugar está vazio.

– Não – retrucou Elizabeth. – Isso não é verdade, Bernard não estava errado com relação a este lugar... uma raridade para ele.

Rhun ouviu a ponta de amargura na voz dela quando mencionou o cardeal.

Ela apontou para a grandiosa cachoeira.

– Além do véu da queda-d'água, posso distinguir o contorno de uma estrutura.

Erin apertou os olhos, tentando ver.

– Tem certeza?

Nem mesmo Rhun conseguia distinguir nada e lançou um olhar de dúvida para Elizabeth.

– Bem ali! – disse ela com um suspiro exasperado.

Ela se inclinou para mais perto de Rhun, apontando o braço, permitindo que ele seguisse a linha graciosa de seu dedo. Ela desenhou o contorno da sombra aquosa de uma porta em arco abatido na rocha atrás das cataratas, a meio caminho acima da face do penhasco.

Depois que ela apontou, ele viu.

Duas janelas flanqueavam a porta, com uma janela redonda maior centrada acima delas.

Parecia a fachada de uma igreja, esculpida na rocha atrás da cachoeira. Sua borda inferior pairava dois andares acima da piscina azul. Chegar lá seria uma escalada delicada, especialmente sob o impacto da força da queda-d'água.

Rhun ficou muito consciente da dor em seu coto, que o recordou como seria impossível para ele fazer aquela subida com apenas um braço.

Erin deu um passo para fora, entrando na campina.

– Agora também vejo!

– Nós devemos avançar em grupo – advertiu Jordan, puxando Erin de volta, sabiamente refreando o entusiasmo da mulher. – Embora esse tal de Hugo tenha nos deixado chegar até aqui, não devemos correr riscos desnecessários.

Rhun concordou com a sabedoria das palavras do homem e acenou para que todos avançassem em direção à cachoeira. Ninguém falou enquanto eles marchavam através do campo, assinalando a tensão do grupo. Rhun tinha certeza de que olhos observavam o avanço deles através da campina. À medida que se aproximavam da cachoeira, seu rugido se tornou ensurdecedor, algo que só aumentou a apreensão de Rhun.

Ao chegarem ao pequeno lago, eles se reuniram ao longo de sua borda. A água era de um azul pristino, tão límpida que Rhun avistou uma truta sarapintada lá no fundo, longe da superfície ondulante, voando em busca de cobertura quando a sombra dele caiu sobre o lago.

Ele vasculhou a base da rocha atrás da queda-d'água em busca de degraus entalhados ou alguma maneira de alcançar a fachada da igreja muito acima da cabeça deles. Não avistou nenhuma maneira de ganhar acesso sem uma escalada escorregadia através de uma pesada cascata de água.

Jordan deu voz à preocupação de todos eles, gritando para se fazer ouvir acima do rugido:

– Como vamos chegar lá em cima, naquele lugar?

Mais uma vez foram os olhos aguçados de Elizabeth que descobriram a resposta, apontando para baixo, em vez de para cima, para as profundezas do lago.

– A boca de um túnel está escondida nas rochas abaixo da cachoeira. Talvez haja um corredor submarino que leve até a igreja acima.

Erin olhou para a água límpida com visível nervosismo, cruzando os braços. Rhun sabia por experiências anteriores que a arqueóloga não era boa nadadora e tinha medo da água.

Erin engoliu em seco.

– Tem que haver outra maneira de entrar nesse lugar. Duvido que aqueles cães nadem e entrem por aquele túnel. Especialmente aqui, expostos ao sol.

Rhun concordou com ela. Hugo de Payens estivera ali durante séculos. A montanha provavelmente era repleta de túneis e entradas e saídas ocultas. Mas seu grupo não tinha tempo para procurar por elas.

Jordan suspirou.

– Hugo nos guiou até esta campina com seus cães. Algo me diz que isso é mais um teste. Ou encontramos uma maneira de entrar por aquele túnel submerso ou não entramos.

– Então vamos nadar até lá – disse Erin, descruzando os braços e endurecendo o rosto.

– Como grupo – disse Jordan. – Tudo ou nada.

O homenzarrão tirou toda a roupa, exceto a calça, chutando longe até as botas. Rhun ficou chocado com a transformação da tatuagem azul, seguindo as novas linhas carmesins que se estendiam dela, envolvendo seu pescoço, se entrecruzando e descendo pelo braço. Era um desenho de beleza sombria, como se os próprios anjos o tivessem gravado na carne dele.

E talvez tivessem.

Rhun e os outros seguiram o exemplo dele, tirando os casacos e despindo as roupas mais pesadas.

Depois que acabou, Elizabeth parou ao lado dele, vestindo apenas a calça e o sutiã, sem nenhum sinal de timidez, as costas retas. Ela passou uma das mãos nos cachos escuros, afastando-os do rosto e prendendo-os com um pedaço de barbante. Os seios dela eram firmes e brancos sob a seda fina, e sua pele clara brilhava mesmo na sombra lançada pelo rochedo que se projetava.

Rhun se lembrou de como tinha sido sentir aquela pele lisa pressionada contra a sua, seus lábios contra os dela. Na ocasião ele tinha querido devorá-la, possuí-la totalmente.

E ainda queria.

Apesar disso, desviou os olhos, voltando sua atenção para a pilha de roupas que tinham tirado e as armas abandonadas. Eles iriam para aquele encontro desarmados. Talvez fosse por isso que Hugo os havia conduzido até aquela entrada – para obrigá-los a se despirem.

Rhun recuperou apenas uma arma.

Retirou a sua cruz peitoral da pilha e a pendurou no pescoço. A cruz ardeu contra sua pele nua. Elizabeth o olhava fixamente. De repente ele se sentiu inseguro com o coto coberto por bandagens exposto. Mas ela estava olhando para a cruz, e então foi até a pilha e recuperou a sua, pondo-a ao pescoço como ele tinha feito. A prata deixou uma linha rosada na brancura perolada entre os seios dela. Queimou a pele dela tanto quanto queimava a dele, mas ela não a retirou.

– Vamos – disse Jordan, e mergulhou direto na água, subindo como uma lontra.

– Espere – disse Erin, e agarrou sua mochila da pilha de roupas. Ela se virou para Rhun. – Você pode levar isso? Não quero deixá-la abandonada aqui, mas não nado bem o suficiente para levá-la.

Rhun sabia que a bolsa continha o Evangelho de Sangue, vedado em um estojo hermeticamente fechado e à prova de água. Ela estava certa de não deixá-lo desprotegido, especialmente ali. Ele enfiou a mochila no ombro bom.

– Eu o manterei seguro.
– Obrigada.
Erin engoliu em seco, encarou a água, então entrou, assustando-se com o frio.

Rhun e seus companheiros sanguinistas se juntaram a ela. A água era neve derretida, pouco acima da temperatura de congelamento – mas pelo menos o frio anestesiava a dor de seu coto.

O grupo se deslocou pela piscina em direção ao trovão da cachoeira. Até o filhote de leão pulou na água e nadou ao lado dele. Suas patas grandes se moviam na água como remos. O batimento cardíaco do animal era rápido e regular. Não demonstrava nenhum temor da água.

Erin, por outro lado, lutava para acompanhá-los, levantando mais água do que se movendo, seu coração disparado. Rhun se deixou ficar para trás ao lado dela, do mesmo modo que Sophia.

– Eu só aprendi a nadar depois dos cento e cinco anos! – gritou Sophia para Erin. – Ainda não sou muito boa nisso!

Erin deu um sorriso rápido para a freira e continuou nadando.

Rhun apreciou o gesto, mas, ao contrário de Erin, Sophia não precisava respirar. Ao passo que Rhun tinha visto Erin quase se afogar uma vez antes. Ele sabia que ela não deixaria de continuar, mesmo depois que ultrapassasse o ponto de não retorno.

Lá na frente, Jordan e Elizabeth já tinham chegado à cachoeira. Elizabeth olhou para cima para a cascata, como se buscando orientação, depois mergulhou. Jordan a seguiu imediatamente.

Rhun nadou de lado com o único braço perto de Erin, até que eles também chegaram à catarata. Ele flutuou na água com Sophia para deixar Erin recuperar o fôlego.

Rhun lançou um olhar para Sophia. O trovão da cascata tornava impossível falar, mas ele recebeu um pequeno sinal de cabeça da mulher, respondendo a seu pedido:

Cuide da segurança de Erin.

Erin deu-lhes um pequeno sorriso valente e mergulhou levantando as pernas, seus pés pálidos brilharam no sol por um momento, antes que ela desaparecesse dentro d'água.

Rhun e Sophia a seguiram também mergulhando, açoitados pelas águas turbulentas.

Rhun rapidamente se sentiu incomodado por nadar com apenas um braço, por fim se decidiu por apenas dar impulso com as pernas. Mesmo assim, com facilidade conseguiu acompanhar Erin.

Ele sentiu alguma coisa esbarrar em sua perna, e depois garras se enganchando em sua calça. Um olhar revelou o filhote nadando para baixo junto com eles. Parecia que o felino não iria deixá-los ir sozinhos.

Eles chegaram à boca do túnel que Elizabeth havia avistado. Ele não viu nenhum sinal dos outros dois. Erin hesitou, mas o filhote disparou na frente dela e entrou primeiro, as patas agarrando as paredes rochosas e propelindo-o mais para o fundo.

Talvez inspirada pela coragem do filhote, Erin o seguiu.

Mas quanto mais ela conseguiria ir?

16:24

Os pulmões de Erin ardiam enquanto ela nadava atrás do felino.

Embora, na verdade, parecesse mais que estava se *arrastando*, enquanto suas mãos agarravam as paredes, e os dedos dos pés a impulsionavam pressionando o fundo do túnel.

Até onde se estenderia aquele corredor?

Aquela era uma pergunta que a aterrorizava.

Seu peito já doía quase sem fôlego. Ela duvidava que tivesse ar suficiente para voltar ao lago, para a luz do sol e para a brisa fresca. Aquilo a deixava com apenas uma direção para seguir a partir dali.

Para a frente.

Ela bateu as pernas, seguindo a traseira do filhote. A luz do sol filtrada atrás dela rapidamente foi sumindo, tornando a água turva, mas o pelo branco do felino brilhava na sua frente, como um fogo fátuo na escuridão. Erin entregou toda a sua confiança no leãozinho. Ele precisava respirar, exatamente como ela. Se ele fizesse meia-volta, ela também faria.

De modo que ela continuou, ordenando aos braços para puxar e às pernas para bater.

Então subitamente as patas traseiras do leão desapareceram para cima na escuridão.

Ela sentiu o túnel se dissolver ao seu redor, abrindo-se em um espaço maior, escuro como piche.

Cegamente ela rumou para cima.

Segundos depois sua cabeça saiu na superfície. Ela arquejou inalando uma grande golada de ar fresco, e depois outra, examinando a pequena caverna ao seu redor, iluminada por réstias de luz do dia que penetravam por frestas no teto.

Jordan e Elizabeth subiram para uma projeção de rocha na extremidade lateral, ao lado de uma porta simples de madeira encaixada na parede de granito. O leãozinho nadou até ali e arranhou a borda, até que Jordan o ajudou a tirar o corpo da água.

Jordan avistou Erin e acenou com um braço enquanto estendia o outro para ela.

– Eu ajudo você.

Certo, bem, você podia ter me ajudado antes... ou pelo menos ter ficado por perto.

Como alguns outros.

Rhun e Sophia subiram à superfície atrás dela.

Apesar disso, por mais que doesse o fato de ele tê-la abandonado, ela sabia que não era culpa dele. Fosse lá o que fosse que estivesse acontecendo com ele logo passaria, e Jordan voltaria a ser a pessoa de sempre.

Ah, mas como eu gostaria de realmente acreditar nisso.

Ela se apressou para chegar à borda, e Jordan a puxou para cima como se não pesasse nada. Ele a abraçou rapidamente, o calor febril de seu corpo pela primeira vez bem-vindo. Erin tremeu e tiritou entre os braços dele. Ficando ali até que os tremores de frio que sacudiam seu corpo passassem.

Mais para o lado, Sophia ajudou Rhun a subir na saliência de rocha, devido à dificuldade dele de fazê-lo com apenas um braço.

– Precisamos descobrir uma maneira de abrir essa porta – disse Elizabeth, passando as palmas das mãos na porta.

Ainda batendo dentes, Erin foi até lá. Se houvesse toalhas quentes e uma bela lareira acesa atrás dela, derrubaria a porta com chutes.

Ao lado de Elizabeth, Erin examinou a porta. Era feita de uma única peça de madeira, polida e lisa como se fosse vidro, sem gonzos ou tranca visíveis daquele lado.

– Parece que só pode ser aberta pelo outro lado – disse Erin.

– Ou então a derrubamos por esse – sugeriu Jordan.

Ela desconfiava que um ato semelhante não fosse conquistar a simpatia do dono, Hugo de Payens.

– Creio que devemos esperar – disse ela. – Demonstrar paciência.

– Então esperaremos – disse Rhun. Ele se agachou apoiado em um joelho para acariciar a orelha do leãozinho, que não parecia muito feliz por estar todo molhado.

Jordan avançou para a porta.

– Ou fazemos isso.

Ele levantou o punho e bateu na tábua grossa, então deu um passo para trás, pondo as mãos em concha ao redor dos lábios.

– Alô! – berrou, sua voz trovejando na pequena caverna.

Erin prendeu a respiração, mas depois que não houve resposta deixou o ar escapar num suspiro.

– Talvez não haja ninguém em casa – disse Jordan dando de ombros.

Outro membro do grupo deles tentou.

O leãozinho atirou a cabeça para trás e deu um grande rugido.

Erin teve um ligeiro sobressalto, encolhendo-se diante do barulho, chocada de que um som tão poderoso viesse de um animal tão pequenino.

O rugido havia soado como um desafio.

Quando os ecos cessaram, uma voz grave entoou, parecendo se elevar de toda parte, fazendo a pele de Erin se arrepiar:

– Só o leão pode entrar.

Um som de algo raspando veio do outro lado da porta grossa, como se uma barra estivesse sendo retirada. A porta girou lentamente para dentro.

Erin tentou ver o que havia além do limiar, mas havia sombras demais, o espaço iluminado por uma tocha que tremeluzia.

Ainda ajoelhado ao lado de seu leãozinho, Rhun apontou para a porta.

– Você pode entrar.

O leão se levantou timidamente, então se virou e delicadamente segurou o pulso de Rhun com os dentes. O felino puxou Rhun em direção à porta aberta.

– Parece que o bichinho não está querendo entrar naquele lugar assustador sozinho – disse Jordan. – Eu bem que compreendo.

Rhun tentou resistir, mas o filhote se recusou a soltá-lo.

A voz falou de novo, num tom ligeiramente suavizado como se achando graça:

– Parece que seu companheiro não entrará sem você, padre. De modo que todos podem entrar, mas não devem avançar além do primeiro aposento.

Jordan acariciou o filhote.

– Boa manobra, amiguinho. E eu aqui pensando que poderia escapar dessa.

Conduzido por Rhun e seu felino, o grupo passou, um por um, pelo umbral da porta.

Erin examinou a antecâmara. Duas tochas pendiam de suportes de ferro, revelando um espaço do tamanho de uma garagem para dois carros, escavado no granito da montanha. Uma arcada se abria na extremidade do fundo, mas, claramente, eles não tinham permissão para passar por ali.

Pelo menos não por enquanto.

Daquela arcada, um vulto avançou para se juntar a eles.

– Fiquem à vontade – disse à guisa de cumprimento, mas se manteve a uma distância cautelosa. – Eu sou Hugo de Payens.

A aparência e a postura dele surpreenderam Erin. Havia esperado ver um eremita medieval, alguém vestido em trajes simples e austeros de monge, alguém como Francisco de Assis. Em vez disso, o homem usava calça de cor cáqui e um grosso suéter de lã. Ele parecia um fazendeiro ou um pescador, de jeito nenhum um ex-padre.

Ela examinou o rosto redondo, os grandes olhos castanhos, os cabelos pretos cacheados. A despeito da expressão cautelosa, ele parecia gentil. Mantinha as mãos magras unidas relaxadamente diante do corpo, deixando evidente que não portava armas.

– Já faz muito tempo desde que a Ordem dos Sanguíneos se deu ao trabalho de me procurar pela última vez – disse De Payens com a voz áspera e grave, como se ele não a usasse com frequência. Ele fitou Elizabeth, então a cumprimentou com uma ligeira inclinação de cabeça. – E vejo que trouxeram uma pessoa de meu passado distante. Seja bem-vinda, condessa Bathory.

– Agora sou irmã Elizabeth – corrigiu ela, tocando na cruz em seu peito.

Ele ergueu uma sobrancelha com surpresa.

– Verdade?

Ela respondeu com um modesto encolher de ombros.

– Então vivemos tempos realmente estranhos – disse o homem. – E parece que a condessa... ou melhor, *irmã* Elizabeth, não é a única companheira intrigante de seu grupo.

Hugo de Payens se aproximou, olhando fixamente para o leãozinho. Uma vez perto do felino, olhou para Rhun.

– Posso?

Rhun recuou um passo.

– Ele é dono de si mesmo.

– Sábias palavras – disse Hugo, estendendo a mão para o filhote cheirar.

O leãozinho olhou para Rhun, que lhe deu um pequeno gesto de cabeça de assentimento. Só então o felino se inclinou para a frente e cheirou os dedos estendidos do homem. Aparentemente satisfeito, o filhote lambeu a mão do eremita.

Hugo sorriu radiante para o leãozinho.

– Extraordinário – murmurou. – Algo de inteiramente novo. Uma criatura não maculada pela *escuridão*, mas iluminada pela *luz*. Posso perguntar como o encontrou, padre Korza?

Rhun pareceu surpreso de que Hugo soubesse seu nome, mas Erin desconfiava de que o homem soubesse muito mais do que sua conduta gentil sugeria. Ninguém sobrevivia ao longo de séculos, se escondendo da Ordem Sanguinista, sem aperfeiçoar um grande talento para o subterfúgio.

– Eu matei a mãe dele no deserto no Egito – explicou Rhun. – Era uma *blasphemare* ferida.

Hugo se endireitou.

– Imagino que ela tenha sido um daqueles animais desafortunados feridos por aquela santa explosão no deserto.

– Isso mesmo – respondeu Rhun lentamente.

Até aquilo surpreendeu Erin. Somente um punhado de pessoas tinha conhecimento desse fato. A maioria estava ali naquele aposento. De modo que o eremita estava mais sintonizado com os recentes acontecimentos do que qualquer um teria imaginado.

– Depois que matei a mãe dele, o filhote veio para junto de mim – explicou Rhun. – Eu o levei comigo para mantê-lo em segurança.

– De acordo com as regras de sua Ordem, você deveria ter matado o filhote. Contudo, não matou. – Hugo sacudiu a cabeça fingindo desaprovação. – Sabia que os budistas consideram leões como sendo *bodisatvas*... filhos do Buda? Acredita-se que sejam seres que alcançaram um alto nível de iluminação. Eles ficam neste mundo para libertar os outros de seu sofrimento. O senhor é realmente uma pessoa afortunada, padre Korza, por ter sido escolhido por este animal. Talvez seja porque usa a coroa do Cavaleiro de Cristo.

Hugo olhou para Erin e Jordan.

– E viaja com o Guerreiro do Homem e a Mulher de Saber.

Jordan o interrompeu:

– Como sabe tanta coisa a respeito de nós?

A pergunta dele foi ignorada, enquanto Hugo corria os dedos pelo flanco do filhote, suscitando um ronronar prolongado. Só depois ele se levantou de novo e encarou Jordan, mas, em vez de responder à pergunta dele, estendeu a mão.

– Posso ver a pedra preciosa que traz em seu bolso?

Jordan deu um passo para trás, mas Erin segurou seu cotovelo. Não havia motivo para guardar segredos, especialmente uma vez que aquele homem parecia já conhecer todos os segredos deles. E precisavam de quaisquer respostas que Hugo de Payens pudesse fornecer.

– Mostre a ele – instou Erin.

Jordan enfiou a mão no bolso da calça e tirou os dois pedaços da pedra verde.

Hugo os pegou e encaixou os dois pedaços na palma da mão. Ele levantou a pedra em direção à luz da tocha, como se para examinar o desenho infundido em sua superfície.

– Faz séculos desde que vi esta pedra pela última vez, quando estava intacta, imaculada.

Ele baixou a mão e devolveu os pedaços para Jordan. Fez uma breve pausa, apenas tempo suficiente para inclinar a cabeça examinando o desenho entrelaçado na pele de Jordan.

– Parece que você é de fato um portador apropriado para essa pedra específica – disse enigmaticamente.

Erin usou aquele comentário para abordar o motivo por que eles tinham vindo até ali.

– Estamos procurando por mais *duas* pedras. Muito semelhantes a essa.

Hugo sorriu para ela.

– Está enganada. As outras duas não são nada semelhantes a esta.

– Então sabe da existência delas? – Rhun se aproximou. – Acreditamos que são a chave para...

– Para cumprir sua última profecia.

– O senhor nos ajudará? – perguntou Erin.

Antes que Hugo pudesse responder, o leãozinho deu um miado estridente de pura fome.

– Parece que há questões mais imediatas a resolver primeiro. – Hugo gesticulou em direção à arcada que levava mais para dentro da montanha. – Venham comigo até minha casa. Tenho toalhas secas, bem como comida e vinho para aqueles que precisam de alimento.

Ele esfregou a cabeça do leão com o nó de um dedo.

– E, é claro, carne e leite para você, meu amigo.

Erin seguiu Hugo de Payens enquanto ele os conduzia rumo aos mistérios trancados no seio daquela montanha.

Mas será que podemos confiar nele?

31

19 de março, 16:48 horário da Europa Central
Montanhas dos Pireneus, França

Rhun botou a mão na cabeça do leão enquanto eles seguiam Hugo através da segunda porta, que revelou uma escadaria em caracol ascendente, entalhada na mesma pedra. Enquanto o grupo subia, eles passaram por patamares que levavam a outros níveis, cada um fechado com portas robustas. Ele imaginou o labirinto de túneis que provavelmente se estendia pelo interior daquela montanha.

Mas o anfitrião deles os levou sempre para cima, segurando ao alto uma tocha fumacenta.

A escada acabava diante de outra porta, essa de madeira revestida com tiras de ferro.

– Abra! – gritou Hugo.

O portal girou nos gonzos e se abriu amplamente. Rhun seguiu Hugo atravessando o limiar para o que parecia ser uma igreja. Na extrema esquerda estava a porta alta que eles tinham avistado através da cachoeira. Naquele momento estava fechada, mas mesmo assim ele ouvia o rugido abafado do lado de fora, imaginando como deveria ser quando essas portas maciças estivessem abertas para aquele véu cascateante, as águas iluminadas pelo sol de leste quando um novo dia amanhecia.

Através das janelas de ambos os lados e acima da porta, ele podia ter algum vislumbre daquele espetáculo, mas as janelas eram de vitral, obra de um verdadeiro mestre. O círculo acima da porta retratava uma rosa perfeita, as pétalas se abrindo em todos os tons de vermelho. As janelas laterais menores exibiam árvores floridas, seus galhos cheios de pombos e corvos, suas sombras escondendo gamos, lobos, ovelhas e leões, todos vivendo em harmonia.

Rhun avançou entrando no recinto, mas advertiu os outros para ficarem para trás.

Eles não estavam sozinhos.

Nas sombras mais profundas na outra extremidade da igreja andavam de um lado para outro os quatro cachorros peludos que os tinham atacado na floresta. Outros animais se moviam ali atrás, olhos carmesins brilhando, revelando sua natureza maldita. Ele avistou um par de lobogrifos, um leopardo negro e, apoiando-se numa pata dianteira, havia um imenso gorila-de-montanha.

– Não tenham medo – disse Hugo, afastando-se para o lado com a tocha. – Vocês são meus convidados... até que eu diga o contrário.

Rhun acompanhou a entrada dos outros, mas manteve todo mundo afastado daquela sombria coleção de animais, cujos olhos observavam o grupo com a mesma desconfiança. Ele franziu o cenho ao ver o estado daquela pequena catedral. A nave não tinha nenhum banco, o assoalho de pedra estava coberto de palha. Uma dúzia de catres se enfileirava junto às paredes, enquanto as capelas laterais menores estavam fechadas em currais, revelando gamelas e grossos leitos de feno espalhado.

Sophia cutucou Rhun, acenando com a cabeça em direção a vultos altos e magros semiocultos perto das estátuas de mármore.

Strigoi.

Pelo menos uma dúzia.

Os *strigoi* não tinham armas que ele pudesse ver, exceto talvez aquelas ferramentas de jardinagem apoiadas contra as paredes – ancinhos, enxadas e pás.

– Não precisa ter medo de ninguém aqui, padre Korza – Hugo tentou tranquilizá-lo.

Rhun esperou que ele estivesse dizendo a verdade. Olhou ao redor da construção em si. Em vez de rocha nua, as paredes eram cobertas de tijolos brancos, que se elevavam em grandiosas abóbadas góticas. Imensos candelabros de ferro batido pendiam do teto, pingando cera de vela.

Mesmo lá nas alturas, animais moviam-se.

Hugo percebeu a atenção dele, levantou um braço e assoviou.

Um retalho de sombra negra se soltou e desceu voando, aterrissando no punho de Hugo.

Era um corvo de penas cor de ébano, com olhos incandescentes. Seu bico era uma lança, as unhas verdadeiras garras. Hugo usou um dedo para acariciar as penas em seu pescoço. O pássaro baixou a cabeça se esfregando no dedo em resposta.

– Este é Muninn. – Hugo lançou um olhar para cima, vasculhando o teto. – Huginn também está lá em cima. Ou talvez tenha saído para caçar.

Erin deve ter reconhecido os nomes.

– Os corvos de Odin – observou ela. – Contava-se que eles voavam pelo mundo inteiro trazendo informações para o deus nórdico, mantendo-o a par de tudo. O senhor não está sugerindo que esses sejam...

– Os mesmos? Não, minha cara – respondeu Hugo com um sorriso. – Apenas me divirto chamando-os por esses nomes. E o par é uma dupla que faz parte de um grande bando que vive nestas florestas, uma mistura de *blasphemare* e pássaros normais.

– Espantoso – comentou Erin, seu olhar percorrendo os tetos.

Rhun suspeitava que ela não estivesse procurando por mais pássaros, mas sim que a atenção dela tivesse sido capturada pela decoração que cobria o teto abobadado. O teto era branco, mas estrelas vermelhas e rodas azuis tinham sido pintadas em sua superfície, formando um desenho complexo e elegante.

– Os afrescos acima – balbuciou Erin, confirmando o palpite de Rhun. – São extraordinários. Parecem ser do Oriente Médio... com as rodas e as estrelas... mas não exatamente, de alguma forma.

Ela deu mais alguns passos para apreciar melhor.

Jordan se manteve ao lado dela. Elizabeth seguiu atrás deles depois que Rhun silenciosamente fez sinal para que o fizesse.

Sophia acenou para os animais e *strigoi*.

– Como foi que eles vieram parar aqui?

Hugo olhou afetuosamente para seu rebanho, enquanto Muninn pulava para o seu ombro.

– Pela minha experiência, sei que as criaturas buscam seus verdadeiros donos. Para chegar ao meu santuário, muitos *blasphemare* e *strigoi* viajaram centenas de quilômetros. Eu não os chamei. Eles são atraídos por mim, da mesma maneira que esse doce leãozinho se sentiu atraído por Rhun.

Rhun acariciou a cabeça do filhote.

– Mas como os impede de matar nestas montanhas?

Hugo levantou os braços.

– Porque, como você, estão em *paz* com sua verdadeira natureza. Em vez de serem dominados pelo sangue selvagem, eles o controlam. Não são mais matadores.

Sophia pareceu não ficar convencida com as palavras do homem. Rhun não podia culpá-la.

– Como é que alguém encontra a paz fora dos limites da Igreja?

– Pela aceitação e a atenção plena – respondeu Hugo. – Eu aprendi certas técnicas durante minhas viagens há muito tempo, maneiras de abrir a mente e desenvolver a paciência e o amor. Posso ensiná-las a você, se quiser. Todos são bem-vindos aqui.

Hugo fez um gesto delicado acenando para trás.

– Francesca, quer se juntar a nós? Descobri que é melhor ouvir a verdade dos lábios daqueles que a vivenciaram em primeira mão.

Uma mulher esguia saiu das sombras apenas alguns metros de distância. Rhun não tinha nem sequer se dado conta de que ela estivera ali. Provavelmente outrora tinha sido linda, com cabelo louro-claro e o corpo esguio de membros ágeis, mas havia uma aura de ligeira fragilidade nela. Ela sorriu para Hugo, o amor brilhando em seus olhos.

– Conte a eles – disse Hugo.

– Primeiro, nos ensinaram a ter *consciência* – sussurrou ela em tom reverente. – Consciência de nossa natureza, de quem nós somos. E que somos uma das criaturas de Deus.

Sophia deu uma exclamação de zombaria:

– Vocês são predadores, que têm como presas os mais fracos!

Francesca deu-lhe um sorriso triste.

– Ninguém julga um leão por caçar uma gazela. É da natureza do leão, e o leão não precisa sentir culpa nem vergonha.

Hugo seguiu até um banco e se sentou. Uma raposa-cinzenta de três pernas correu até lá e saltou para o colo de Hugo. Uma bandagem branca limpa havia sido posta sobre o coto de pata, e Rhun sentiu uma pontada de simpatia por ela. Quando Hugo acariciou seu dorso, a raposa se encostou nele sem mostrar nenhum medo, nem do leão, cujas orelhas tinham ficado em pé ao ver o animal ferido.

– Mas como vocês se alimentam? – perguntou Rhun.

– De certa forma, com vinho – respondeu Hugo. – Como vocês.

– Monsieur De Payens, o senhor ainda pode consagrar vinho, mesmo depois de dar as costas à Igreja? – perguntou Elizabeth.

– Um padre traz uma marca indelével em sua alma – explicou Rhun –, o que significa que continua sendo padre e pode consagrar vinho mesmo depois de deixar a Igreja.

Sophia pôs em questão um pequeno detalhe na explicação do homem:

– O senhor disse que o vinho *de certa forma* os alimenta. O que mais além dele?

– Sangue, é claro. – Hugo não demonstrou nenhum sinal de vergonha ou culpa por aquela admissão. – Como Francesca disse, nós somos todos predadores e temos que aceitar nossa natureza.

Rhun se sentiu enojado, recordando-se de como os seguidores de Rasputin misturavam vinho com sangue humano para sobreviver. Continuavam sendo matadores. Parecia que Hugo tinha caído na mesma armadilha pecadora. Lembrava-se bem do gosto do maldito vinho com sangue de Rasputin.

Hugo levantou uma mão.

– Compreendam, tiramos o mínimo necessário para nossa sobrevivência... mas também temos o direito de sobreviver. Como mencionei, a *consciência* é apenas a metade de um todo. A *atenção plena* é igualmente importante.

Francesca assentiu concordando e explicou:

– Ao mesmo tempo que aceitamos e somos conscientes de nossa natureza, temos que estar com a *atenção plena* para não perder o controle. Nós meditamos, aprendemos a separar necessidade de desejo, tomando apenas o que é necessário e correto.

– Como matar pode ser *correto*? – perguntou Rhun.

Francesca cruzou as mãos.

– Só tiramos o sangue daqueles que estão sofrendo ou daqueles que infligem sofrimento aos outros.

– Nosso propósito é *pôr fim* ao sofrimento – explicou Hugo. – Encontramos aqueles que estão com dores horríveis e desejam morrer. Aqueles que estão tão destruídos pela doença que nunca se recuperarão. Pomos fim ao sofrimento deles com misericórdia, graça e alegria.

Como padre, Rhun tinha dedicado tempo aos moribundos. Embora ele relutasse em aceitar aquele conceito como um ato de misericórdia, sabia como os homens tinham criado tecnologias para evitar a morte, mas com tanta frequência parecia que aqueles métodos eram usados para prolongar o sofrimento, para prolongar um fim inevitável de uma maneira que era contra a natureza.

Hugo suspirou.

– E quando não conseguimos encontrar nenhum outro, por vezes tiramos a vida daqueles que infligem sofrimento aos inocentes. Estupradores, assassinos. Mas, na verdade, raramente precisamos recorrer a esses meios. Como eu já disse, nós nos sustentamos com o mínimo de sangue possível.

Jordan se manifestou, recordando-os de que aquilo não era o motivo por que eles tinham vindo.

– Isso tudo está muito bem e muito bom, mas e aquelas outras duas pedras?

– Eu sou o detentor de uma das pedras – admitiu Hugo. – Mas sua posse tem que ser conquistada. Para provar que você é merecedor de levá-la daqui.

– Conquistada como? – perguntou Jordan.

– A sua Mulher de Saber tem que provar seu merecimento. – Os olhos de Hugo se detiveram em Erin. – Ela tem que provar sua compreensão do que é ter *consciência* para encontrar onde a pedra foi escondida... e demonstrar sua *atenção plena* para descobrir onde deve ser retirada.

17:07
Maravilha, pensou Erin ironicamente. *Deve ser mole como um passeio no parque.*

Durante o voo de helicóptero, ela tinha lido a respeito de Hugo de Payens e sua história com os Cavaleiros Templários, mas na verdade não tinha aprendido nem um décimo do que poderia vir a precisar saber para enfrentar seu desafio.

Hugo se levantou de seu banco, mandando a raposa de volta para seu cantinho nas sombras.

– Então, Mulher de Saber, o que pode me dizer a respeito deste lugar?

Ela olhou ao redor para as capelas circundantes, abóbadas e paredes, notando a forma de cruz típica de todas as grandes igrejas, mas seu olhar se deteve no detalhe mais singular: o teto.

– Igrejas medievais não são minha especialidade – admitiu ela. – Mas alguns desses ornamentos são similares aos da capela de St. Christophe em Montsaunes, na França, um edifício construído pelos Templários, a Ordem que o senhor fundou.

– Eu me lembro da construção daquela capela.

Ela tomou aquele comentário como um sinal positivo e examinou os afrescos mais atentamente. Será que aquilo era o teste de seu nível de *consciência*? Será que ela deveria decifrar o enigma lá no alto?

Inclinando a cabeça, ela buscou pistas. Em meio ao caleidoscópio de estrelas vermelhas e rodas azuis acima, outros desenhos elegantes haviam sido pintados: luas, sóis e uma variedade de formas geométricas. Ela viu influência tanto da cultura islâmica quanto da egípcia. Aquela roda de múltiplos raios definitivamente parecia budista. Seus olhos começaram a borrar diante do volume brutal, a desarmonia de seu desenho.

Olhando fixamente para cima, ela desconfiou que aquilo tivesse sido feito deliberadamente, para fazer com que o espectador deixasse de ver a floresta por causa das árvores. De fato, seria necessário ter *consciência* para ignorar o caos e enxergar através dele a verdade interior.

Ela continuou olhando fixamente para cima e devagar desnudou a iconografia de cada cultura do vasto afresco, registrando-a em sua mente e julgando cada cultura por si só. Infelizmente, não encontrou nada de significativo nesse exercício. Erin se perguntou se aqueles seriam exemplos das culturas que Hugo havia visitado depois de abandonar a Igreja. O cardeal Bernard dissera que Hugo havia viajado muito pelo mundo inteiro antes de se fixar na França.

Mas como isso pode me ajudar? Ela fechou os olhos. *O que não estou vendo?*

Então ela soube.

Erin abriu os olhos, limpando aqueles símbolos do teto, procurando a verdade escondida por trás do barulho, por trás da cacofonia da humanidade.

A floresta atrás das árvores.

Uma vez descartados os ornamentos em sua mente, restava apenas um desenho que continuava pintado ali, no fundo da coleção desordenada.

As estrelas.

Elas eram eternas.

– Papel – disse ela, estendendo um braço. – E uma caneta.

Rhun remexeu na mochila dela e lhe passou um bloco de anotações e uma caneta. Ela começou a mapear aquelas estrelas, observando as constelações. Várias eram maiores, exibidas de maneira mais proeminente. As estrelas pintadas naquelas constelações tinham seis pontas, não cinco como as outras.

Enquanto trabalhava, ouviu Jordan confrontar Hugo:

– Por que não pode simplesmente nos dizer?

– É um teste – respondeu Hugo obstinadamente. – O trio deve provar seu merecimento.

– Então qual é o meu teste? – insistiu Jordan.

– Você já passou por ele. Na floresta, você se sacrificou sem lutar, provando que era um Guerreiro que podia alcançar seus objetivos por meio da paz e da não violência.

– Então qual é o meu? – perguntou Rhun.

– Veio com você. – Hugo inclinou a cabeça para o filhote de leão. – Você, um Cavaleiro de Cristo, teve piedade e misericórdia de uma criatura que acreditava ter nascido da escuridão, desafiando os éditos de sua Ordem de matá-lo à primeira vista. Por essa misericórdia, você saiu com um milagre de luz e graça.

E agora é a minha vez.

Erin subitamente desejou que um teste mais simples lhe tivesse sido destinado. Mas era a Mulher de Saber. Tinha que solucionar aquilo sozinha.

Ela fez uma comparação final entre o mapa de estrelas pintado no teto e o que havia copiado. Satisfeita, ela se virou de volta para Hugo com o bloco na mão. Erin se sentia como uma estudante indo ao quadro-negro para solucionar um problema diante de toda a classe.

– São as estrelas – disse ela. – Era disso que o senhor queria que eu tivesse *consciência* em meio a todo o ruído acima.

Hugo sorriu, mas continuou em silêncio.

Estou no caminho certo.

Ela se lembrou do princípio hermético com frequência associado aos Cavaleiros Templários: *Como acima, assim abaixo.* As estrelas tinham sido uma ferramenta para a navegação desde o princípio da civilização, usar as posições das estrelas acima para encontrar significado aqui embaixo, na terra.

Ela trabalhou naquilo falando em voz alta, andando de um lado para outro:

– Eu devo descobrir *onde* na terra esse céu seria visível, mas para fazer isso precisaria saber em que *data* esse céu em particular apareceria.

Ela estudou a página de seu bloco. As constelações mais proeminentes retratadas acima eram aquelas associadas com a primavera: *Câncer, Leão, Virgem...*

Então esse deve ser um céu de *primavera.*

Então Erin se lembrou do que estivera pintado abaixo do mural na casa de Edward Kelly, o que mostrava um lago na montanha e o mundo vindo abaixo. Elizabeth tinha traduzido o que estava escrito abaixo em checo: *equinócio vernal.*

Talvez aquela fosse a resposta, mas ela queria confirmação. Erin franziu o cenho, lembrando-se de palavras em latim pintadas no teto. Ela quase correu, levantando a palha no piso. Sentiu olhos cravados nela, tanto os de seu grupo quanto os que tinham um brilho intenso carmesim. Finalmente encontrou a inscrição, uma pintada em vermelho do lado oriental da igreja, outra em azul do lado ocidental.

Duas palavras.

Aequus e *Nox.*

Ela fechou os olhos com alívio.

Equinócio.

Então se juntou aos outros, sentindo as pernas bambas.

– É o equinócio da primavera. Essa é a data. – Ela acenou com o bloco de notas para abarcar todo o mapa de estrelas. – De modo que tenho que descobrir onde no mundo esse céu noturno específico é visível durante o equinócio de amanhã.

De seu bolso, Jordan pegou o telefone celular, tirando-o de um saco plástico à prova d'água.

— Tenho um aplicativo para isso. Qualquer bom soldado mantém algum meio de navegação à mão.

Erin lançou um olhar para Hugo, para se certificar de que era aceitável usar aquela tecnologia.

Ele deu de ombros.

Ela estendeu a página aberta para Jordan.

— Você consegue mapear isso?

— Vou tentar. — Ele tirou uma foto com o telefone, depois passou algum tempo mexendo no aplicativo, aparentemente tentando encontrar uma correspondência. — Já posso dizer que a constelação de Leão está no lugar *errado*. Pelo menos para os céus da França.

— Então, descubra onde está *certo* — pediu ela.

Erin reparou que Hugo olhava interrogativamente para ela, como se ela estivesse deixando passar alguma coisa.

Então o professor quer que eu ganhe mais alguns pontos adicionais.

Erin apertou os lábios e voltou sua atenção para o teto, isolando as constelações e se concentrando especialmente nas de primavera. Três das constelações menores de primavera estavam conectadas umas com as outras, ligadas por linhas fluidas.

Hydra, *Crater* e *Noctua*.

— A serpente, a taça e a coruja — balbuciou ela, dando nome às formas que elas representavam. Erin não teve dificuldade de compreender o significado. A *serpente provavelmente representa Lúcifer, a taça poderia facilmente ser o Cálice mencionado na profecia, e a coruja tinha sido o símbolo do conhecimento em muitas culturas, há milênios.*

Ela lançou um olhar para sua mochila. O Evangelho de Sangue, de acordo com a profecia, continha todo o conhecimento do universo entre suas capas. Ela trouxe a sua atenção de volta para o teto, reparando nas linhas menores que formavam espirais e arabescos ao redor das três constelações, unindo umas às outras.

— Elas estão conectadas em um todo — disse Erin.

Um olhar revelou um sorriso largo de congratulações no rosto de Hugo. Ela teve vontade de arrancar a tapas aquela expressão convencida do rosto dele e obter respostas concretas.

Por sorte Jordan interrompeu, levantando o celular:

— Achei!

Ela se aproximou.

– Aqui está o céu noturno sobre a França.

Ela olhou para a tela, vendo que ele havia marcado a constelação de Leão.

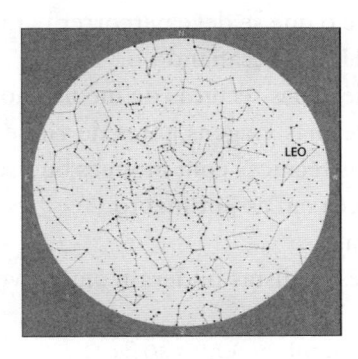

– Estamos por volta da latitude quarenta e três – explicou ele. – Nessa época do ano, Leão deveria estar na borda mais oriental do céu, mas claramente não está no mapa estelar no teto.

Ela olhou para o teto, reconhecendo como o mapa estelar era diferente lá em cima.

– Então *onde* no planeta se pode ver esse céu?

– Bem longe no Oriente, por volta de vinte e oito graus de latitude norte.

– Poderia ser no Tibete? – perguntou Erin. – Ou talvez no Nepal?

Jordan assoviou em sinal de admiração e levantou o celular para que ela visse, revelando o nome que seu aplicativo havia encontrado:

KATMANDU, NEPAL
27°30'N 85°30'L

– Tenha em mente que isso é um cálculo aproximado. Mas é a região do mundo a que a pintura acima faz referência. Basicamente, poderia ser em qualquer lugar no Himalaia.

Erin se recordou do mural pintado na parede de Kelly, mostrando um trio de montanhas que rodeavam um lago escuro. Devia ser em algum lugar na cordilheira dos Himalaias no Nepal.

Mas onde?

– Como você já tinha adivinhado o Nepal? – perguntou Rhun.

– Por causa das rodas e das estrelas no teto. São símbolos budistas. De todas as culturas retratadas acima, são as mais representadas em número. – Erin naquele momento falou mais depressa, segura do que estava dizendo:

– Aquela roda de carroça ali é a roda da transformação do Buda. O aro da borda é a limitação, o eixo representa o mundo, e os oito raios, o Nobre Caminho Óctuplo, que é o que se deve percorrer para pôr fim ao sofrimento.

Erin se virou para Hugo, desafiando-o:

– Foi lá que aprendeu suas técnicas de meditação, não foi? O senhor foi para o Oriente, durante suas viagens antes de vir se estabelecer na França. O senhor aprendeu essas técnicas com monges budistas.

Hugo baixou a cabeça em assentimento.

Rhun franziu a testa.

– Mas como monges budistas puderam ajudar você a lidar com sua natureza maldita?

– Porque os monges também eram *strigoi*.

O choque se estampou no rosto dos sanguinistas, até no de Elizabeth, mas o rosto dela mostrou uma expressão mais curiosa do que horrorizada.

Hugo levantou o olhar para as janelas iluminadas.

– Depois que deixei a Igreja, vagueei pelo mundo por muitos anos, tentando compreender o que eu era. Segui lendas de monges eternos que se dizia residirem no Extremo Oriente, imortais como nós. Suportei enormes adversidades e privações para encontrá-los, mas sempre recebi orientação para seguir adiante, até que finalmente encontrei um vale entre três picos onde eu aprenderia muito sobre a minha natureza e a natureza do mundo.

No silêncio atordoado que se seguiu, Elizabeth falou:

– E você deixou um registro disso, não deixou?

Hugo levantou as sobrancelhas com surpresa, uma expressão rara para aquele homem.

– Deixei.

Elizabeth se virou para Erin, como se ela também devesse saber aquilo.

E de repente ela sabia.

Três picos.

Tudo se encaixou em sua cabeça.

32

19 de março, 17:43 horário da Europa Central
Montanhas dos Pireneus, França

– Do que Elizabeth está falando? – perguntou Jordan para Erin, percebendo a expressão conhecida de compreensão no rosto dela. Ela tinha descoberto alguma coisa.

Erin tirou o celular dos dedos dele.

– Você tem cópias de minhas fotos aqui, não tem? As de Veneza?

– Tenho...

Ela examinou rapidamente os arquivos, fazendo uma pausa em uma foto recente que a mostrava seminua, saindo do banheiro. Jordan a havia tirado em segredo quando eles estavam em Castel Gandolfo. Não tinha conseguido resistir à tentação de bater a foto.

Nossa, que corpo.

Ela lançou um olhar para ele, dando-lhe um sorriso rápido, mas aquela não era a foto que estava procurando. Finalmente encontrou a foto e levantou o telefone.

– Havia três picos pintados na parede de Edward Kelly. Na ocasião, aquilo me lembrou uma coisa que Elizabeth nos mostrara em Veneza, mas depois as coisas enlouqueceram em Praga.

Erin encarou Hugo.

– Há um famoso mosaico na catedral em Veneza, que pelo que conheço de sua história era a sua cidade favorita na Itália. O senhor passou muito tempo lá.

– Como poderia não passar? – admitiu ele. – É uma cidade rara, uma cidade mesclada com o próprio mar. Representa a dicotomia do relacionamento do homem com o mundo natural. Veneza é um exemplo do esforço do homem para, ao mesmo tempo, dominar a natureza e ser parte dela.

– E a basílica lá – prosseguiu Erin. – São Marcos. Elizabeth disse que aquele mosaico em particular tinha sido encomendado pelos alquimistas de Praga, os mesmos homens para quem o senhor deu o diamante verde.

Jordan naquele momento se lembrou:
– As Tentações de Cristo.
– O senhor esteve por trás da encomenda daquela obra, não esteve? – disse Erin. – Os três picos daquele vale dos monges, era isso que Kelly tinha mandado pintar em sua parede, algo que o senhor deve ter contado àqueles alquimistas quando deu a eles o diamante, algo que o senhor também mandou incluir em um mosaico de uma cidade atemporal, numa basílica que perduraria ao longo de séculos. O senhor fez um registro daquele vale com azulejos de vidro com folha de ouro.

Jordan ainda não compreendia o que ela estava falando.

Erin aplicou o zoom na foto da terceira tentação – *é sempre o número três* – e ampliou a imagem debaixo das sandálias de Cristo. Ele estava postado sobre um conjunto de montanhas, com uma redoma em forma de globo nevado sob os pés, como se estivesse andando na água.

– Você está correta – disse Hugo. – Um conhecimento como esse não podia ser perdido com o passar do tempo. É importante demais.

– O que é tão importante nele? – perguntou Jordan a Hugo.

Erin respondeu por ele:

– Aquele domo de luz aquosa sob as pernas de Cristo contém *três* cálices. – Ela lançou um olhar duro para Hugo. – Aqueles *três* cálices representam as *três* pedras, não é?

– Representam – respondeu Hugo.

– Foi lá que o senhor as viu pela primeira vez – disse Erin –, onde as encontrou. *Arbor, Aqua* e *Sanguis*. As pedras de Jardim, Água e Sangue.

– É verdade. Naquele vale sagrado de divina iluminação.

– Basta de enigmas! – exclamou Rhun. – Onde ficam essas montanhas?

Hugo o ignorou.

— Você demonstrou ser muito competente, Mulher de Saber. Aquelas montanhas cercam um lugar conhecido como o Sagrado Vale Escondido da Felicidade.

Erin fechou os olhos e deu uma sacudidela de cabeça com uma expressão de divertimento.

— Você conhece esse lugar? — perguntou Sophia.

— Só de reputação. Bem que eu gostaria de poder dizer que tal conhecimento me veio por meio de estudo e pesquisa, mas na verdade veio por meio da leitura de um artigo numa revista de viagem. Pura coincidência.

— Não — interveio Hugo. — Esse tipo de *coincidência* não existe.

— Então o que é? — perguntou Erin em tom de desdém. — Eu ter encontrado aquele artigo foi destino?

— Não. *Destino* é algo que também não existe. Nós somos os donos de nosso destino. — Hugo acenou para abarcar a plateia que se encontrava nas sombras, sobressaltando o corvo ainda pousado em seu ombro, que se moveu irritado. — A sua *consciência* e a sua natureza inquisitiva a levaram a ver e ler aquele artigo, quando outros o teriam saltado. E foi a sua *atenção plena* que a levou a se lembrar dele. Você sempre foi assim, Erin Granger. Desconfio que tenha sido isso que a levou a abandonar sua família, a seguir por um caminho diferente do caminho de obediência cega à fé de seu pai, a descobrir o seu próprio caminho para o conhecimento e para a sabedoria. *Destino, sorte, coincidência...* nada disso importa. Você é apenas uma Mulher de Saber. Essa é a sua verdadeira natureza. Isso foi o que trouxe você a mim.

Erin tinha se movido para mais perto de Jordan durante essa revelação, visivelmente abalada não só pelo conhecimento que aquele homem tinha de seu passado, mas também pela rapidez com que ele havia exposto o âmago de seu ser.

Jordan a puxou para mais perto, sentindo-a tremer, começando a compreender como mesmo monstros e animais podiam se curvar diante daquele homem.

— Onde fica esse vale? — perguntou Rhun.

Erin respondeu:

— É o vale Tsum, no Nepal. Só recentemente foi aberto à visitação de turistas devido à sua história sagrada. Dizem que é onde fica Shambhala, um reino budista lendário. Ou como é chamado mais frequentemente na cultura ocidental: *Shangri-La*.

Jordan conhecia aquela história, mas só por meio de filmes.

— Dizem que é um lugar perdido no tempo, onde ninguém fica velho nem morre — disse ele.

Aquilo o fez se perguntar: *Será que aqueles monges* strigoi *eram a origem dessa lenda?*

— Mas existe uma história mais importante sobre Shambhala que se relaciona mais diretamente com nossa situação — disse Erin. — Eu li que o segundo Buda, Padmasambhava, abençoou o vale como um lugar que seria redescoberto quando a Terra estivesse próxima da destruição, quando o mundo tivesse se tornado corrupto demais para sobreviver.

— Isso me parece uma descrição exata do presente momento — disse Jordan.

— E esse vale realmente existe? — perguntou Rhun.

— Existe — respondeu Erin. — O vale há milênios é um lugar sagrado budista. Monges e monjas ainda vivem lá, e é proibido matar em suas encostas.

— Como aqui — acrescentou Jordan, perguntando-se se Hugo teria criado aquele eremitério para ser seu vale Tsum particular.

— Os monges que foram meus mestres — explicou Hugo — viviam em um monastério naquele vale, construído entre duas grandes árvores, árvores tão eternas quanto os monges. Os monges se sentavam para meditar sob a copa de uma delas. Aquela árvore era chamada de *Árvore da Iluminação*. Sob a copa da outra, os monges bebiam seu vinho. Aquela árvore era chamada de *Árvore da Vida Eterna*.

Erin se libertou do braço dele.

— Em outras palavras, *a árvore do conhecimento* e a *árvore da vida*. Da história bíblica do Jardim do Éden.

Até Elizabeth pareceu ficar chocada.

— Você está dizendo que esse lugar... o vale Tsum... é a localização real do Jardim do Éden?

Sophia fez uma cara de incredulidade.

— Como o Jardim do Éden poderia ficar no Himalaia?

— Existe uma escola de pensamento que o situa lá — respondeu Erin. — Alguns estudiosos acreditam que as lendas de Shambhala são tão similares às histórias do Éden que poderiam ser o mesmo lugar. Como o Éden, dizia-se que Shambhala era um jardim onde a morte não existia e onde só os puros podiam entrar.

— Os nazistas enviaram uma expedição ao Tibete nos anos 1930 — acrescentou Jordan, lançando mão de seu conhecimento da Segunda Guerra Mundial. — Para procurar a origem da raça ariana, uma raça de super-homens. Aqueles *strigoi* budistas definitivamente se encaixariam nessa descrição.

Todos os olhos se voltaram para Hugo em busca de confirmação. Ele deu de ombros.

– Estou apenas dizendo que o vale tem duas árvores. Não posso presumir que sei onde ficava o Jardim do Éden, nem se jamais existiu.

– Mesmo assim – disse Jordan, retomando a questão mais urgente –, a partir do mural de Edward Kelly, esse vale também é o lugar onde o inferno deverá se libertar.

Ele se recordou do lago e das sombras escuras fervilhando para fora dele.

Hugo fez um pequeno gesto de cabeça de assentimento.

– Os monges me disseram que aquele jardim ficava numa interseção entre o bem e o mal. Eles eram os guardiões daquele portal.

– E as três pedras? – perguntou Erin.

– De acordo com os meus professores, aquele trio de pedras tem o poder de abrir e fechar o portal entre os mundos. Mas à medida que o homem moderno começou a penetrar cada vez mais no território deles, ameaçando deixá-los expostos, os monges ficaram temerosos de não serem fortes o suficiente para guardar as pedras. De modo que me deram duas delas, para separá-las e colocá-las distantes no mundo.

– Em outras palavras – disse Jordan –, não ponha todos os ovos na mesma cesta.

– Sabedoria atemporal – observou Hugo.

– Mas por que entregou um artefato tão poderoso para John Dee? – perguntou Elizabeth.

– Em retrospectiva, foi um ato presunçoso – disse Hugo com um suspiro. – À medida que o mundo da pesquisa científica renascia das cinzas da Idade Média... à medida que a alquimia se transformava em química... eu pensei que pudesse descobrir mais a respeito das pedras.

Jordan sabia que o cardeal Bernard tinha caído naquela mesma armadilha muito recentemente, mexendo com aquelas gotas do sangue de Lúcifer. Não era de admirar que aqueles dois outrora tivessem sido os melhores amigos. Eles tinham um modo de ser parecido.

– John Dee era um homem inteligente e era um bom homem – prosseguiu Hugo. – Pensei que ele estivesse usando a pedra para conter o mal, aprisionando-o gota a gota. Eu não conseguia imaginar em que daria aquilo. Depois que ele morreu, tentei recuperar a pedra, mas a ganância de Edward Kelly o levou a vendê-la. A partir dali, perdi o rastro da pedra.

— De modo que a nossa meta deve ser levar a sua pedra e a pedra no bolso de Jordan de volta para aquele vale – disse Erin. – Onde os monges ainda estão guardando a terceira. Mas por quê?

— Tudo o que sei foi o que disse a vocês – respondeu Hugo. – Talvez os monges saibam mais.

— E não se esqueçam – Jordan recordou a todos, lançando um olhar para as janelas, feliz de ver que o sol ainda brilhava através da cachoeira –, nós não somos os únicos que procuram essas pedras.

Legião ainda estava lá fora.

— Mas por que aquele demônio quer as pedras? – perguntou Sophia. – Qual é o papel dele?

Rhun pareceu ficar mais sério.

— Com essas pedras, possivelmente ele poderia abrir o portal naquele vale e liberar as forças do inferno contra o mundo, e nesse processo libertar Lúcifer.

Erin assentiu:

— E aparentemente caberá a nós usar essas mesmas pedras para prender aquela horda demoníaca em seu lugar e tornar a fechar as portas do inferno.

— Parece bastante fácil – disse Jordan com um tom exagerado de bravata. – É claro, primeiro precisamos da pedra que escondeu aqui, Hugo.

O homem abriu os braços.

— Vocês estão livres para procurar a pedra em minha igreja.

— Se Erin passou no teste – perguntou Elizabeth, os olhos faiscando de raiva –, por que não dá a pedra a ela?

— Ela tem que encontrá-la sozinha.

Jordan olhou para Erin.

— Desculpe, querida, parece que está na hora da segunda parte de seu teste. De modo que pegue seu segundo lápis e comece. – Ele olhou para o brilho do sol que baixava, sabendo que lhes restava cerca de uma hora de luz do dia.

E é melhor você se apressar.

18:04

Erin fez cara feia para Hugo de Payens.

Não é de admirar que ele e Bernard tenham sido tão bons amigos.

Ambos são mestres de segredos e manipulação.

Ela encarou seu desafiante.

— Deixe-me adivinhar. *Aqua*, a pedra da Água, ainda está lá naquele lago na montanha. O que significa que o senhor possui *Sanguis*, a pedra do Sangue.

Faz todo sentido que os monges mandassem aquela pedra com o senhor, um *sanguinista*.

– A pedra nunca foi destinada a ser minha – respondeu Hugo. – Você deve decifrar o enigma de modo a poder recuperar a pedra que pertence a *você*.

A pedra me pertence? O que significa isso?

Ela pôs de lado aquele pensamento por um instante e se virou para olhar a igreja. Se Hugo a tinha escondido ali, então estaria em algum lugar significativo.

– *Sanguis...* sangue... – murmurou para si mesma.

Rhun a observava, os dedos preocupados se erguendo para tocar na cruz peitoral. O crucifixo repousava sobre seu coração silencioso, a prata queimava sua pele, a dor destinada a eternamente recordá-lo de seu juramento a Cristo e à Igreja. Por um instante ela olhou para o coto coberto pelas bandagens.

Não seria aquilo dor suficiente para qualquer deus?

Um pensamento se elevou em seu íntimo. Ela caminhou remoendo-o, andando sobre a palha. Seguiu para o centro da cruz da igreja, para onde o transepto cortava a nave.

Ela olhou de novo para Rhun, vendo a queimadura sobre seu coração.

Agora ela estava no *coração* da igreja de Hugo.

E o propósito de um coração não era bombear o *sangue*?

A pedra *Sanguis* tinha que estar ali.

Erin olhou direto para o teto acima de sua cabeça. Teria Hugo escondido a pedra em algum canto lá em cima?

Não, decidiu ela, *aquele enigma tinha sido decifrado*.

Um princípio anterior ecoou em sua cabeça:

Como acima, assim abaixo.

Ela olhou para os dedos dos pés, então caiu de joelhos, se abaixou e varreu a palha do assoalho, procurando. Procurou daqui e dali, até que encontrou uma pedra com um entalhe claro de uma vieira.

Como uma taça.

– Está aqui debaixo – disse ela em tom hesitante, e depois mais alto e mais seguro: – O senhor transformou a *Sanguis* no coração de sua igreja, Monsieur De Payens! O senhor a escondeu aqui.

Os outros correram para ela, provocando uma revoada de pássaros negros na abóbada de tijolos.

Hugo os seguiu.

Rhun a alcançou primeiro, agachando-se ao lado dela. Ele colocou a palma da mão sobre a pedra que ela havia encontrado.

– Ela está certa. Posso até sentir um sussurro de santidade se elevando daqui.

Sophia se juntou a ele, aquecendo as mãos naquele lugar. De todos os sanguinistas, só Elizabeth ficou para trás, de braços cruzados, não demonstrando muito interesse.

Até o leãozinho trotou para lá. O filhote tinha ficado perto de Hugo, a maior parte do tempo olhando para o pássaro no ombro do homem, com a curiosidade natural de um felino. O filhote lambeu os beiços algumas vezes. Mas, depois que chegou perto, o leãozinho estendeu a pata várias vezes para o entalhe em forma de taça, batendo em seja lá o que fosse que sentia.

O movimento atraiu a atenção de Erin para um pequeno detalhe. Ela passou um dedo ao longo da borda, recordando que *sangue* provavelmente também era a chave ali.

– Isso é um portal sanguinista, não é? – declarou Erin. – A única maneira de abri-lo é com o sangue de um sanguinista.

– Você é realmente uma mulher notável – admitiu Hugo. – Com uma atenção plena que é impressionante.

Ela o encarou, percebendo que ainda faltava alguma coisa.

– Algo me diz que essa porta específica não é simples assim.

– De fato, portas desse tipo podem ser trancadas de maneiras singulares.

Erin se lembrou de Bernard prendendo-os do lado de fora com a ordem *pro me*.

– Nem eu posso mais abri-la – admitiu Hugo. – Eu a fechei com uma ordem de que poucos sanguinistas ainda se lembram. Nem mesmo meu caro amigo Bernard poderia.

Erin fez que sim. Pelo menos aquilo fazia sentido. Estava trancada de maneira que ninguém pudesse obrigar Hugo a abri-la pela força.

– Estou corrompido demais para abri-la – disse Hugo. – Vai ser necessário pureza para destrancar a pedra santa.

– Pureza? – perguntou Erin.

– Ela só se abrirá para um sanguinista que nunca tiver se alimentado de sangue antes de beber o vinho e aceitar a oferta de Cristo. – Hugo os encarou. – Será necessário o sangue do Escolhido.

Erin se virou para Rhun.

18:18

Rhun recuou diante dos olhares dos outros.

Eu não sou o Escolhido... ou pelo menos não sou mais.

Era verdade que ele não havia provado sangue humano antes de se tornar sanguinista. Rhun se lembrava de ter sido atacado junto à sepultura de sua irmã por um *strigoi*, e de imediatamente ter sido salvo por um trio de sanguinistas que o levaram à presença de Bernard. Lá, de joelhos, Rhun havia feito seus votos, bebido o vinho e aceitado o manto para ingressar na Ordem.

Mas estou longe de ser puro agora.

– Só pode ser você – pressionou Erin.

– Não pode ser. Eu pequei. Bebi sangue.

– Mas você foi perdoado por seus pecados no deserto – disse ela em voz baixa, tocando em seu ombro nu. É *você*.

Elizabeth olhou para ele de cenho franzido.

– Você é o mais puro de todos nós, Rhun. Que mal faz tentar? O medo de fracassar, de saber que deixa a desejar, assusta tanto? Pensei que você fosse um homem de mais tutano.

Rhun sentiu a vergonha crescer em seu íntimo. Elizabeth estava certa. Ele estava assustado, mas também reconhecia que não podia se recusar a desempenhar aquela tarefa se houvesse apenas uma única chance de conseguir.

Relutantemente se ajoelhou na pedra fria e baixou a cabeça. Agarrou sua cruz peitoral. A dor abrasadora na palma da mão o recordou de sua natureza impura e de como ela o dominava. Mas de qualquer maneira tinha que tentar. Estendeu a mão sobre o entalhe na pedra, e se deu conta de que não tinha outra mão para segurar a faca e cortar sua palma.

Como eu caí fundo... um Cavaleiro com apenas um braço.

Sophia veio ajudá-lo, aceitando uma pequena faca de Hugo. Ela fez um pequeno corte no centro da palma da mão de Rhun. Sangue escuro jorrou da ferida. Rhun virou o pulso, primeiro cerrando o punho, e espalhou seu sangue impuro no entalhe da pedra.

Depois de feito isso, ele se persignou e deu seguimento ao ritual, concluindo com *mysterium fidei*.

Todo mundo ficou de olhos cravados.

Mas a pedra não se moveu.

Eu fracassei.

O desespero derrubou-o, esmagando-o com a verdade incontestável.

Meus pecados condenaram todos nós ao fracasso.

33

19 de março, 18:22 horário da Europa Central
Montanhas dos Pireneus, França

Elizabeth olhou fixamente para Rhun, as costas curvadas, a cabeça baixa. Era a imagem viva da derrota. Ela suspirou ao ver a fragilidade daqueles sanguinistas, se apoiando em sua fé como um mendigo na muleta. Era só derrubar a muleta pondo em causa a fé, e todos eles caíam com tanta facilidade.

Sophia fez o papel de coro grego naquele drama.

– Rhun era a nossa única esperança. Era o único membro de nossa Ordem... ao longo de milênios... que nunca bebeu sangue antes de aceitar a fé de Cristo.

Isso não é verdade.

Pelo menos a arqueóloga lutou.

– Tem que haver outra maneira. Se usarmos um cinzel e um martelo no piso...

– Eu não permitirei que minha igreja seja profanada dessa maneira – interveio Hugo. – E diante de qualquer tentativa desse tipo a pedra será lançada dentro do rio que corre através do coração da montanha, onde ficará perdida para sempre.

– Então montou uma armadilha em seu cofre secreto – observou Jordan. – Tenho que reconhecer que o senhor se protegeu bem.

Enquanto Elizabeth observava os lábios de Rhun se moverem numa prece inútil, sentiu pena dele. Rhun tinha dado tudo pelo seu Deus, e seu sacrifício fora desperdiçado. Aos olhos do Senhor, ele era considerado impuro como qualquer *strigoi*. Aquele fracasso era sua recompensa por séculos de serviço a Cristo.

De modo que Rhun com certeza se sentiria especialmente humilhado por qualquer um que pudesse salvá-los naquele momento, que conseguisse abrir aquele cofre quando ele não conseguia.

– Afaste-se – disse Elizabeth, tirando a faca dos dedos de Sophia.

Elizabeth se ajoelhou ao lado de Rhun e usou um punhado de palha para limpar o sangue dele do receptáculo na pedra.

Rhun a observou.

– Mas o que você...?

– Calado – ralhou ela.

Ainda de joelhos, ela cortou a palma da mão e observou o sangue enquanto se acumulava. Em sua superfície reluzente, o reflexo de seu próprio rosto brilhou diante dela.

Desculpe, Rhun, eu sei como isso vai ser doloroso para você.

Ela entoou as palavras apropriadas em latim.

– *Pois este é o Cálice de Meu Sangue, do novo e eterno Testamento.*

Então virou a mão e deixou seu sangue pingar dentro do entalhe no piso. Rapidamente o sangue encheu a reentrância rasa. Depois que ficou cheia, ela entoou as palavras finais do ritual:

– *Mysterium fidei.*

Com um rangido suave, a pedra afundou no piso, depois se moveu para o lado.

Elizabeth ouviu exclamações de incredulidade.

Somente Erin deu uma risada.

Os outros se viraram para ela.

– Eu entendo – disse Erin. – Elizabeth foi salva e teve sua inteireza restaurada quando Rhun lhe devolveu sua alma no deserto. Então, em São Marcos, quando Bernard a despojou daquela nova alma ao torná-la *strigoi* de novo, não lhe foi permitido beber nenhum sangue. Em vez disso, ela foi obrigada a beber o vinho naquela mesma noite.

– E não toquei em uma gota de sangue desde então – acrescentou Elizabeth, enquanto se virava para Rhun. – De acordo com os ditames da Igreja, meu ser permanece puro. Eu sou a Escolhida. E aqui está a sua prova.

Ela se deslocou para o lado para permitir que um raio de sol das janelas da igreja caísse dentro do espaço oco. Uma luz fulgurante foi refletida pela superfície de uma pedra preciosa vermelha escondida ali dentro, incendiando suas facetas. O brilho parecia jorrar do coração da pedra.

Embora seus olhos estivessem ofuscados, Elizabeth contemplou as profundezas da pedra carmesim, atordoada por sua beleza. Ela havia visto muitas pedras preciosas em sua vida. Durante sua vida mortal tinha sido uma das mulheres mais ricas do mundo. Mas nenhuma daquelas pedras tinha exercido o mesmo fascínio que aquela.

Não era a única que se sentia tão capturada.

Jordan desabou sobre os joelhos, a luz salpicando sua pele, parecendo sangue fresco.

— Ela canta — gemeu ele.

18:27

O coração de Jordan cantou para a pedra fulgurante, e a pedra respondeu em uma sinfonia sagrada, atraindo-o cada vez mais profundamente para dentro de sua melodia, para dentro de sua luz. Ao redor dele, o mundo se apagou em sombras diante de tamanho fulgor.

Como poderia não fazê-lo?

Ao longe, ele ouviu os outros falando, mas as palavras deles eram apenas vozes apagadas diante da glória daquele canto.

— Vocês não estão ouvindo? — perguntou ele, tentando fazê-los escutar.

Uma voz mais nítida se fez ouvir em meio à melodia, ressoando entre as notas individuais.

— Erin Granger, pegue a pedra! Cubra-a, proteja-a da luz antes que ele fique perdido para sempre!

Ele reconheceu a voz do eremita.

Então, momentos depois, o resplendor se obscureceu, silenciando aquela canção eterna. O mundo reencontrou sua substância, peso e sombras. Ele viu uma mulher embrulhando a pedra em linho branco, apagando seu fogo. Os olhos dela olharam para ele com temor e preocupação.

Outra levou uma bolsa até a mulher e ela enfiou o tesouro dentro dela. O som do zíper se fechando soou alto na igreja silenciosa.

Os braços de Jordan se levantaram em direção à mulher, em direção à mochila. Ele ansiava por tirar a pedra de seu esconderijo, por desnudá-la para a luz do sol e ouvir sua canção até o fim.

A mulher deu mais um passo para trás.

— Algum de vocês ouviu um *canto*? — perguntou ela.

Um coro de negativas respondeu.

Lentamente, mais do mundo se tornou sólido ao redor dele. Mas, se Jordan se esforçasse, ainda conseguia ouvir um suave sussurro daquela canção vinda da mochila, e até um eco vindo de seu próprio bolso. O eco era de uma esmeralda mais escura, plena de vida verdejante, e a promessa de raiz e folha, flor e talo.

— Jordan — disse uma voz meiga em seu ouvido. — Está me ouvindo?

Sim.

– Jordan, responda. Por favor. – Então, falando mais baixo, ela se virou para o lado: – O que há de errado com ele?

– Ele está desequilibrado. – *O eremita de novo.*

– O que isso quer dizer?

– Ele foi tocado por sangue angélico. Embora esse sangue o proteja e o cure, também consome mais de sua humanidade cada vez que o salva. Você pode ver um mapa dessa guerra escrito na pele dele. Se a força angélica prevalecer, ele estará perdido para você para sempre.

A mão de alguém tocou em sua testa, gelada como neve derretida contra sua pele febril.

– Como podemos ajudá-lo? – *O nome dela é... Erin.*

– Não permita que ele se esqueça de sua humanidade.

– O que exatamente isso quer dizer? Como fazemos isso?

Ele ouviu uma mudança naquela canção distante, desviando sua atenção para outra coisa. Era um sussurro de acordes menores, um segmento mais escuro entretecido na canção, inserindo notas mais graves de advertência.

Obrigou seus lábios a se moverem:

– Tem alguém vindo.

– Impossível – disse o eremita. – Tenho guardas postados por toda parte ao redor. Nas sombras da floresta, nos túneis escuros. Eles teriam me avisado. Vocês estão seguros.

As notas pretas soaram mais alto em sua cabeça.

Jordan se levantou, andou até uma parede e agarrou uma arma de cabo longo.

– Largue essa enxada – disse o eremita. – Não há necessidade de violência.

Jordan se virou para encarar as sombras mais profundas na parte de trás da igreja.

Tarde demais.

Ele está aqui.

18:48

Legião entrou no túnel escuro do caramanchão sombrio da velha floresta. Outros o conduziam, aqueles que havia encontrado à espreita em meio à mata, aqueles de natureza corrompida que tinham pensado em encontrar paz naquele pico de montanha. Em vez disso, tinham acabado com a palma da mão de Legião impressa em suas faces, onde ele os marcara e se apoderara deles. Legião se apropriou das lembranças deles, do conhecimento que tinham da toca do eremita, descobrindo caminhos secretos para entrar na montanha.

Anteriormente naquele dia, depois de ter conhecimento daquele lugar através dos olhos e ouvidos do padre Gregory, Legião tinha deixado Praga, seu corpo ainda fraco carregado por aqueles que traziam sua marca. Um trio de sanguinistas marcados tinha obtido uma aeronave, um helicóptero com janelas escurecidas que não deixavam passar o sol, de modo que ele pudesse ser transportado voando sobre terras iluminadas pelo novo dia.

Eles aterrissaram na extremidade oposta da montanha onde estava o helicóptero do inimigo. De lá, aquela velha floresta o tinha protegido do toque do sol. À medida que subia pela encosta, tinha se deliciado com o cheiro da argila rica, do mofo de madeira em decomposição, da doçura de folhas e cascas de árvore. Seus olhos beberam o tom esmeralda-escuro do dossel da floresta, as pétalas macias das flores. Seus ouvidos escutaram cada farfalhar, chilro e debandada de vida, recordando-o do paraíso que este mundo poderia ser, se intocado pelos abusos do homem.

Eu farei com que isso volte a ser um jardim de verdade, pensou ele. *Ceifarei e arrancarei ervas daninhas e queimarei até que seja de novo o paraíso.*

Naquela floresta, ele havia descoberto os guardiões do eremita – tanto animais quanto *strigoi* –, aqueles leais a um homem que prometia um caminho de serenidade. Fora preciso apenas um toque para libertá-los daquela presunção, para torná-los seus, de modo que nenhum alerta fosse dado.

Naquele momento Legião entrou nos túneis deles, achando graça no fato de que os inimigos tivessem buscado um refúgio como aquele, rodeando-se dos corrompidos, aqueles que podiam tão facilmente ser voltados contra eles. Seguiu adiante entrando na montanha, disseminando-se a cada toque, uma tempestade que crescia no coração escuro daquela montanha.

Com cada passo que dava penetrando mais fundo na toca do eremita, seus olhos se multiplicavam, sua voz se expandia. Seus escravos chamavam outros para vir para ele. E eles vinham como mariposas atraídas por sua chama fria, engrossando ainda mais as suas fileiras.

Ele seguiu suas forças penetrando ainda mais fundo – até que ouviu batimentos cardíacos conhecidos.

O bater frenético da Mulher, o ritmo trovejante do Guerreiro.

Ali estava o par que tinha chegado tão perto de destruir seu receptáculo.

A fúria ardeu dentro dele enquanto levantava um braço.

Vão, ordenou.

A sua tempestade avançou furiosa através dos túneis, preparando-se para se desencadear sobre aqueles que estavam abaixo. Ele sabia que os outros já tinham obtido a segunda pedra. Sua canção ardente havia ecoado até onde ele estava, enquanto descia em sua direção. Sabendo que a pedra já tinha sido encontrada, não precisava de nenhum daqueles outros, nem mesmo do Cavaleiro.

Legião emitiu sua última ordem, enchendo com seu desejo o coração silencioso de seu exército:

Vamos matar todos eles.

18:50

Com o filhote de leão ao seu lado, Rhun apanhou uma foice entre as ferramentas de jardinagem.

Sophia agarrou um machado com uma mão e um martelo com a outra.

Elizabeth levantou uma pá.

Rhun se virou justo no instante em que vultos saíram fervilhantes de um túnel no fundo da igreja, caindo em cima dos *strigoi* e *blasphemare* reunidos ali, como uma onda arrebentando sobre rochedos.

Se não fosse pela advertência de Jordan alguns momentos antes, eles estariam despreparados, teriam sido apanhados de emboscada antes que pudessem reagir.

Um dos atacantes abriu caminho em meio à luta, voando através do ar em direção a Erin. Ela estava agachada sobre um joelho, levantando para as costas a mochila que continha a pedra e o evangelho, protegendo ambos.

Rhun correu para o lado dela balançando alto sua foice, cortando a perna do animal e atirando seu corpo longe. O *strigoi* se chocou contra o piso, sangue negro jorrando do membro amputado. Mesmo assim, lutou para atacá-los, unhando e chutando, um grito furioso saindo de sua garganta, expondo a impressão da mão negra em sua face pálida.

A marca de Legião.

Então Jordan apareceu, movendo-se tão rápido quanto um falcão em arremetida. Ele baixou a enxada com violência e partiu o crânio da criatura.

Rhun puxou Erin, pondo-a de pé, enquanto Jordan girava se afastando, quebrando sua arma nas costas de uma pantera *blasphemare*. Então ele se contraiu e enterrou o cabo partido no olho do animal. Antes que Rhun pudesse sequer reagir, Jordan se virou e arrancou a foice de sua mão.

Rhun não protestou, em vez disso recuou com Erin, sabendo que tinha que mantê-la e as coisas que ela trazia em segurança.

Sophia e Elizabeth guardaram seus flancos, enquanto Jordan assumia o combate contra o inimigo à medida que mais animais e *strigoi* jorravam e invadiam o fundo da igreja. O número deles era avassalador. Era uma luta que não poderiam vencer.

Então a luz explodiu em um clarão mais intenso atrás das costas de Rhun, acompanhada por um grande rugido.

– Para mim! – gritou Hugo.

Rhun lançou um olhar para trás e viu Hugo arrastar e abrir a segunda das portas duplas da igreja, revelando a estrondosa queda-d'água além do portal. Rhun também reparou em como aquela luz parecia cheia de sombras. Embora ainda restassem alguns minutos do dia, a igreja de Hugo estava voltada para o leste. Com o sol se pondo a *oeste*, a encosta da montanha lançava sombra sobre o portal.

Como se para provar que isso era verdade, mais um *strigoi* conseguiu avançar e os atacou.

Mas um clarão de pelo branco voou no ar e derrubou a forma magra no chão, dilacerando-lhe o rosto e a garganta com garras prateadas, como se tentando apagar a marca de Legião daquela carne.

Hugo agarrou o cotovelo de Rhun e estendeu uma folha de velino enrolada para ele.

– É um mapa muito antigo gravado em pele de bezerro. Mostrará a vocês o caminho para o vale.

Rhun aceitou o mapa e o enfiou no cinto de sua calça para mantê-lo seguro. Então agarrou Erin pela cintura, sabendo que só havia uma maneira de sobreviver àquele ataque.

– Nós temos que pular – disse.

Erin se torceu sob a mão dele, olhando para o interior escuro da igreja e a guerra que se desenrolava ali dentro.

– Jordan...

Rhun avistou o homem, um rochedo em meio a um redemoinho negro. Jordan se movia com incrível rapidez e ferocidade, sangrando de milhares de cortes, borrifando aquela escuridão com seu sangue sagrado, queimando e cortando uma faixa ao redor de si com a foice.

Mas nem mesmo o Guerreiro do Homem poderia resistir por muito tempo a tamanha tempestade.

Enquanto Rhun observava, Jordan caiu sobre um joelho, a ponto de ser engolfado.

– Nós o tiraremos de lá – disse Sophia, acenando para Elizabeth.

Hugo assoviou e das sombras apareceu a matilha de cães negros.

– Defendam-nas! – ordenou Hugo, apontando para as duas mulheres. – O Guerreiro do Homem não pode cair.

A matilha partiu com Sophia e Elizabeth.

Rhun cerrou o braço ao redor da cintura de Erin.

– Elas não vão falhar – prometeu.

Erin levantou o olhar para ele e o encarou, os olhos brilhantes de medo, mas confiou nele o suficiente para concordar.

Do lado oposto, uma nova figura emergiu e entrou na igreja, mais escura que as sombras, uma escultura negra de um velho amigo.

Erin também avistou aquele monstro.

Legião vestindo a pele de Leopold.

Então o demônio ainda estava vivo.

Rhun não esperou e seguiu pelo único caminho que lhes restava.

Ele puxou Erin para junto de si, recuou para o rugido estrondoso e saltou da montanha.

18:55

Erin arquejou ao sentir a água gelada, apenas para ter o ar arrancado do peito pela força da água. Ela girou em cambalhotas enquanto caía, mas o braço de Rhun era como ferro ao redor de seus ombros, as pernas dele eram aço ao redor de seus quadris, a face colada na dela.

Então eles bateram na superfície do lago abaixo com um impacto que estremeceu cada um de seus ossos. Mergulharam fundo, até onde as águas ficavam escuras. Ela bebeu água, sufocando. Então se sentiu ser impelida para cima. Rhun batia as pernas, mas mantinha o braço ao redor dela, sem soltá-la em nenhum momento.

Eles chegaram à superfície, recebidos pelo rugido da catarata.

Ela tossiu água, inalando grandes goladas de ar.

Rhun a arrastou em direção à margem. Finalmente ela recuperou o fôlego o suficiente para bater as pernas e mover os braços sozinha. Eles se arrastaram sobre as mãos e os joelhos para fora do lago. Ela se virou se apoiando num quadril, olhando fixo para cima. Com o sol quase posto atrás da montanha, a cachoeira estava escura, escondendo a igreja atrás de suas águas.

– Jordan – disse Erin arquejando.

Rhun se levantou e saiu cambaleante em direção à pilha de roupas e equipamento deles. Erin reconheceu a sabedoria de seu gesto e o seguiu, seus membros tremiam de frio e de medo. Agarrou o Colt 1911. A coronha de aço em sua mão ajudou a acalmá-la.

Rhun recuperou sua *karambit* de prata.

– O sol descerá em minutos. Nós temos que ir.

– E Jordan e os outros?

Como se em resposta às palavras dela, um emaranhado de vultos irrompeu da cascata escura. Eles caíram pelo ar e se chocaram contra a água do lago abaixo, mergulhando fundo. Erin correu para a margem, vasculhando a água, vendo uma porção de bolhas subirem – então das profundezas irrompeu uma pessoa.

Elizabeth.

Ela arrastou para cima o corpo frouxo de Jordan, virando-o de costas. Ele não estava se movendo. O sangue se espalhou ao redor dele, manchando as águas azuis como uma mancha de óleo. Lacerações e arranhões cobriam o peito dele. Um osso branco brilhava através de um grande ferimento aberto.

Então Sophia surgiu atrás deles, puxando para cima a forma encharcada do leãozinho. O felino pateou e se debateu, momentaneamente dominado pelo pânico, golfando água. Mas o filhote logo se recuperou e seguiu os outros.

Erin entrou na água da beira do lago para ajudar Rhun a puxar Jordan para a margem.

Os olhos de Jordan estavam abertos, fixos, azuis brilhantes, mas claramente não estavam vendo nada.

Será que estava morto?

Então o peito dele se elevou uma vez, depois outra.

– Ainda está vivo – disse Elizabeth. – Mas o coração dele enfraquece a cada batimento.

– Ela está certa – disse Rhun. – Mesmo a cura miraculosa dele pode não ser capaz de salvá-lo sem auxílio.

Erin desejou ter os sentidos aguçados deles, ouvir o coração de Jordan, estar ainda mais perto dele.

Sophia apontou para a floresta escura e as encostas mais baixas.

– Nós temos que sair desta montanha. O caminho já está sombreado o suficiente para permitir que as tropas de Legião nos cacem.

Um grande espirro de água os sobressaltou, fazendo-os virar a cabeça.

Uma forma preta maciça saltou à vista em meio às quedas-d'água, os membros grossos estendidos para fora. Todo mundo recuou. Jordan permaneceu esparramado na margem do lago, seu sangue ainda escorrendo para a água.

O vulto enorme se chocou contra a água não muito longe da margem, afundando apenas até a cintura; suas pernas musculosas não demonstravam nenhum efeito de uma queda daquela altura.

Erin levantou a Colt, apontando para o peito do *blasphemare*. Ela tinha visto aquela criatura antes na igreja, parte da coleção de animais de Hugo.

O gorila-das-montanhas de pelo negro veio andando na água na direção de Jordan.

– Não atire! – disse Sophia, empurrando o braço de Erin para baixo. – Ele não está corrompido. Estava ao lado de Hugo quando saltamos da igreja.

O gorila pegou Jordan no colo e delicadamente posicionou seu corpo ensanguentado sobre seu ombro. O animal fez um som gorgolejado, balançando o focinho para a frente.

– Hugo deve tê-lo mandado para nos ajudar – disse Sophia.

– Então, armas em punho – ordenou Rhun.

Sophia e Elizabeth rapidamente se armaram. Erin pegou a tira da pistola-metralhadora de Jordan e a pendurou ao redor do pescoço.

Para você usar quando estiver melhor, prometeu a Jordan.

Eles fugiram atravessando a campina em grupo, liderados pelo gorila, que saltava à frente, apoiando-se nas patas em meio à relva.

– E o que será de Hugo? – perguntou Erin.

Elizabeth olhou para trás, seu rosto estranhamente pesaroso.

– Ele não abandonaria seu rebanho.

– Ele também pretendia ganhar tempo para nós – disse Sophia, avançando rápido.

No instante em que chegaram ao limite da floresta, gritos se elevaram atrás deles. Uma confusão de formas escuras irrompeu das águas da cachoeira, como formigas fugindo de um morro inundado.

Parece que o nosso tempo se esgotou.

34

19 de março, 19:04 horário da Europa Central
Montanhas dos Pireneus, França

Legião levantou a palma da mão da face da mulher, afastando a profusão de cabelos louros de seu rosto. Observou enquanto os olhos dela se tornaram dele. Agora podia ver através dos olhos dela para examinar a glória de seu próprio rosto. Também já sabia o nome dela, enquanto suas lembranças o enchiam.
Francesca.
Através de dúzias de outros olhos, ele espionou seus caçadores enquanto caçavam suas presas na floresta lá fora, ouviu seus uivos ecoando pelas encostas da montanha.
Legião permaneceu na igreja, encarando seu próprio alvo.
Àquela altura, ele possuía todos os animais e *strigoi* na capela.
Exceto um.
O eremita o encarava, de costas contra a parede, ensanguentado, mas mantendo-se firme. Nenhum traço de medo marcava sua face lisa. Os olhos castanhos contemplavam calmamente os olhos de Legião.
– Você pode parar – disse o homem. – Mesmo agora. A paz e o perdão não estão fora do alcance de ninguém. Nem de você, um espírito das trevas.
– Está querendo me absolver – disse Legião, a vontade de rir surgindo em seu íntimo. – Mas eu estou além do pecado e da danação, de modo que não preciso de nenhum perdão. Mas para você – ele levantou a mão – deixe-me levar embora toda a sua dor, seu sofrimento, mesmo seu falso sentido de paz. Você encontrará a verdadeira serenidade na obediência cega. E, ao fazê-lo, dividirá comigo tudo o que sabe, tudo o que disse a eles.
– Eu não lhe direi nada.
O eremita virou a cara para ele, como se para rejeitar sua oferta. Mas, em vez disso, as mãos do homem agarraram uma gigantesca alavanca escondida numa fenda. Com um tremendo esforço, ele a puxou para baixo. Um

estrondo alto ecoou vindo de baixo, fazendo o chão estremecer – e então o piso cedeu debaixo de ambos.

Legião saltou para a frente enquanto grandes seções de tijolos e pedras soltas se desfizeram sob seus pés. O eremita saltou alto para agarrar as grossas tranças de ferro de uma arandela na parede. Legião o seguiu, agarrando a bota do homem com a mão negra.

Enquanto ficava pendurado ali, o resto do piso desabou num vasto poço escondido debaixo da igreja, levando consigo todas as tropas que lhe restavam. Uma grande nuvem de poeira de tijolos e fragmentos de vigas quebradas explodiram para cima, trazendo consigo o som do roncar de água. O ronco ecoava vindo de muito longe abaixo, marcando algum veio subterrâneo daquele pico, um grandioso rio que corria nas raízes da montanha.

Se Legião caísse lá embaixo, ficaria prisioneiro para sempre nas entranhas da terra, tão seguramente preso quanto estivera no coração daquele diamante verde.

O terror borbulhou em seu íntimo.

Legião olhou fixamente para cima, encontrando o rosto do eremita brilhando e olhando para ele.

Não, quis impor ao homem.

Mas os dedos de Legião só seguravam couro, não pele. A vontade do eremita ainda era toda sua. E usando aquela vontade, o homem abriu os dedos e se soltou.

Juntos, eles despencaram na escuridão abaixo.

19:10

– Continuem correndo! – gritou Rhun para os outros.

Um momento antes ele tinha ouvido uma explosão abafada, uma gigantesca trituração de rocha e fragmentação de madeira. Não sabia o que aquilo significava, só que seu grupo ainda estava sendo caçado, perseguido por uma mistura uivante de *strigoi* e *blasphemare*.

Rhun se manteve ao lado de Erin. Adiante, o gorila avançava pesadamente com Jordan sobre um ombro, descendo rápido pela encosta da montanha, correndo e amassando arbustos, afastando com o ombro árvores menores como se fossem gravetos. A massa dele abria um caminho através da densa floresta diante de todos, como um pedregulho rolando encosta abaixo.

Sophia tinha pegado emprestada a arma de Jordan e disparava rajadas atrás deles enquanto fugiam. Cartuchos de prata arrancavam agulhas de pinheiros e retalhavam folhas de árvores. Elizabeth protegia o caminho à esquerda dele, golpeando com uma espada e com uma faca. À direita, o leãozinho protegia o flanco, movendo-se como um fantasma.

Apesar disso, eles estavam perdendo terreno muito rápido.

O inimigo ameaçava cair em cima deles a qualquer momento.

Sophia apareceu ao lado de Rhun, jogando a arma fumegante a tiracolo nas costas.

— Acabou a munição. — O temor brilhava em seu rosto. — Nós nunca conseguiremos. Teremos que...

Um grito estrondoso a interrompeu:

— TODO MUNDO PARA O CHÃO!

Rhun obedeceu, reconhecendo a voz. Ele atirou Erin numa pilha espessa de folhas caídas e se atirou deitado em cima dela. As outras se abaixaram junto ao solo. Até o leãozinho deslizou para o lado de Rhun e o imitou. O seu rabo branco se agitava furiosamente entre as folhas.

Só o gorila continuou seu caminho, pesadamente descendo a encosta.

Na esteira do animal, Christian surgiu à vista vários metros abaixo na encosta. Ele se agachou bem rente ao solo, equilibrando as coronhas de duas metralhadoras nas coxas — e abriu fogo.

A barragem de fogo prateada destroçou a floresta, fazendo chover pedaços de madeira e folhas sobre eles. O rugido vibrante ensurdeceu Rhun. Mesmo quando finalmente cessou, os ouvidos dele ainda zumbiam por causa do barulho.

— Corram! — gritou Christian, atirando as armas descarregadas para o lado. — Isso só vai nos fazer ganhar algum tempo. Sigam para o helicóptero!

Eles se puseram de pé e correram ainda mais depressa.

Finalmente, saíram da floresta para a campina aberta. O helicóptero roncava diante deles, os motores já aquecidos e prontos, com os rotores girando lentamente.

Àquela altura o sol tinha se posto completamente.

Eles precisavam sair daquela montanha.

O gorila esperava por eles ao lado da aeronave, apoiado em um de seus braços grossos, bufando alto, claramente exausto. Eles se juntaram ao animal. Sophia e Christian ajudaram a carregar Jordan para a cabine de trás. Erin subiu junto, mantendo-se debruçada sobre ele.

Rhun aproximou-se do gorila e pôs a mão em seu ombro maciço.

— Obrigado.

Uma parte dele ainda havia questionado o trabalho de Hugo, acreditando que a redenção para criaturas como aquela fosse impossível.
Não questionava mais.
O gorila encostou o focinho no peito de Rhun, como se compreendesse.
Então se virou e seguiu de volta para a floresta, o olhar erguido na direção da cachoeira distante, pretendendo voltar, para proteger o homem que havia oferecido ao animal não apenas um lar – mas também seu coração.
Rhun olhou para a montanha enquanto embarcava no helicóptero.
Que o Senhor vos guarde e mantenha a salvo.

19:22

Legião jazia caído sobre um ninho de pedaços de madeira quebrada e nacos despedaçados do piso da igreja. A confusão de destroços tinha se acumulado em uma borda saliente escarpada ao longo de uma parede do poço cavernoso, formando aquele poleiro precário. Ele havia parado ali, não por sorte, mas por pura força de vontade. Tinha avistado a saliência enquanto caía e arremessado o corpo em direção a ela, esperando que pudesse segurá-lo.
E não só ele.
Em nenhum momento havia largado a bota do eremita enquanto despencava. O corpo do homem jazia esparramado ao lado do dele, ainda mais espatifado. O pescoço de seu adversário estava torcido em um ângulo impossível; seu sangue escorria pelas pedras e gotejava no rio abaixo.
Mas ainda restava um tênue sopro de vida.
Talvez o suficiente.
Legião cuidadosamente rolou para o lado, moendo ossos.
Eu saberei o que você sabe.
Ele estendeu a mão para o rosto pálido do homem enquanto olhos castanhos encaravam seu olhar, fracos, mas ainda desafiadores. Legião ignorou aquele olhar e colocou a palma da mão sobre sua vítima. Com um toque, percebeu como estava fraca a chama que permanecia viva dentro do eremita, pouco mais que uma centelha tremulante.
Seria suficiente?
O eremita fechou os olhos, um sorriso se desenhando nos lábios do velho padre, acreditando que tinha derrotado Legião.
Você está enganado.
Legião se arrastou mais para cima. Embora pudesse não conseguir possuir o homem como um demônio, existiam outros caminhos para o conhecimento.

Meu hospedeiro ainda é um strigoi.

Ele arreganhou as presas. Como se percebendo o predador junto à sua garganta, os olhos do homem voltaram a se abrir, revelando medo à medida que a compreensão chegou tarde demais.

Legião enterrou os dentes bem fundo naquela carne fria. Bebeu muito e avidamente daquela fonte que se esvaía, construindo um laço de sangue entre eles, entre predador e presa, entre *strigoi* e vítima. Com cada gota, Legião sugava mais da vida do homem para dentro de si, engolindo suas últimas forças, impondo-lhe com sua vontade que dividisse com ele tudo o que sabia à medida que eles se tornavam um.

Mesmo depois que o conhecimento que queria tinha sido ganho, Legião continuou a se alimentar, sugando o sangue de sua vítima em grandes goladas até que não restasse mais nada. Só então se deitou de costas e lançou sua vontade em busca daqueles que ainda sobreviviam, pedindo corda para içá-lo dali e mais sangue para ajudá-lo a se recuperar.

Ele sorriu na escuridão.

Tinha descoberto uma coisa através do eremita, algo que não tinha sido contado aos outros. Se aquilo fora feito deliberadamente ou por simples esquecimento, ele não sabia.

Ainda assim, usaria aquele conhecimento contra seu inimigo.

Mas primeiro tenho que me libertar... e chegar àquele vale antes deles.

35

19 de março, 20:04 horário da Europa Central
Lasserre, França

Erin segurou a mão frouxa de Jordan enquanto o helicóptero aterrissava com um tranco em um pasto de vacas nos arredores da aldeia francesa de Lasserre. Momentos antes, a aeronave deles tinha se precipitado para fora da área de montanhas e descido para os sopés, sobrevoando aquela aldeiazinha às escuras, um pitoresco povoado de casas de pedra, extensões de vinhedos e pequenas fazendas.

Depois que estavam em terra, Christian saiu de trás dos controles do helicóptero e deu a volta para retirar uma maca de um compartimento de carga. Sophia e Elizabeth ajudaram a retirar o corpo de Jordan do assento de trás e colocá-lo na maca acolchoada do lado de fora. Erin as seguiu, tentando não olhar para a quantidade de sangue que encharcava o assento da aeronave e empoçava no couro.

Jordan, não morra aqui comigo.

Durante o voo, Erin e Elizabeth tinham usado um estojo de primeiros socorros para limpar e colocar bandagens nos ferimentos maiores. A condessa tinha se movido com habilidade, aparentemente sendo experiente no tratamento de ferimentos de combate. Mas tinham ficado sem material antes de acabar de cobrir todas as feridas. Depois disso, Erin havia embrulhado o corpo dele com um cobertor vermelho de emergência e checado os ferimentos periodicamente, logo se dando conta de que dessa vez nem os cortes menores estavam se curando. Jordan estava morrendo.

Aterrorizada, ela tinha desembarcado e se juntado aos outros. Vasculhou a área ao redor, reparando numa pequena propriedade rural além de uma área não cultivada junto de uma cerca. Todas as janelas da casa estavam iluminadas.

Por que aterrissamos aqui?

– Jordan precisa de um hospital – declarou Erin, manifestando sua confusão e frustração. – De uma equipe de médicos.
– Isso vai ter que servir. – Christian levantou uma das pontas da maca. – O hospital mais próximo fica muito longe.
Sophia levantou a outra ponta, enquanto Rhun acomodava o leão em seu caixote no helicóptero. Christian não esperou e saiu em direção à casa. Erin teve que correr para se manter ao lado de Jordan na maca.
– Então para onde o estamos levando? – perguntou ela.
– Para um médico aposentado que mora aqui! – gritou Christian em resposta. – Um amigo da Ordem. Ele está nos esperando.
À medida que se aproximavam da porta, um velho grisalho a abriu para eles e gesticulou para que entrassem. Vestia calça de veludo cotelê marrom e uma camisa xadrez. Tinha bastos cabelos brancos e olhos castanhos cor de uísque sob sobrancelhas espessas. Seu rosto enrugado ficou sério quando viu Jordan.
O médico gritou ordens para eles em francês.
Os sanguinistas correram com a maca, entrando por um vestíbulo rústico, e seguiram para uma cozinha nos fundos. Erin os acompanhou logo atrás.
Na cozinha, um forno de ferro batido ocupava um canto. O calor se irradiava de sua superfície, e uma panela de água fumegava sobre a placa do forno. Uma pilha de toalhas dobradas, de tecido grosso, estava sobre uma cadeira, e em cima delas havia uma maleta de médico muito usada. Parecia um acessório de cenário de filme e não algo que pudesse ajudá-los.
Os sanguinistas levantaram Jordan da maca e o puseram sobre a mesa da cozinha.
Ao ver Jordan sob aquelas luzes fortes, Erin se sentiu tonta. As linhas carmesins agora tinham se espalhado muito mais, estendendo-se pelo seu peito, subindo pelo pescoço e por seu rosto. Arabescos vermelhos vivos faziam laçadas sobre seu queixo e lábios. As linhas se destacavam em forte contraste com seu rosto muito pálido.
Mas pelo menos os cortes menores *realmente* pareciam estar se fechando.
O médico retirou um curativo de gaze ensanguentado, e o estômago de Erin se contraiu. Um corte fundo se estendia do ombro direito de Jordan até seu quadril esquerdo. Ainda estava aberto, revelando osso e músculo ensanguentados.
As mãos nodosas do médico se moveram rápido enquanto ele lavava o peito de Jordan com uma das toalhas, entregando-a a Erin depois que acabou.

Ela segurou a toalha suja de sangue, sem saber o que fazer, até que Sophia a tomou dela.

– Ele vai ficar bem? – perguntou Erin.

– Perdeu muito sangue – respondeu o médico em inglês. – Mas estou mais preocupado com o grande ferimento ali. Não está sangrando muito, mas também não coagulou. É como se as veias tivessem se fechado.

– O que pode fazer para ajudá-lo? – Erin detestou a nota de histeria que ouviu em sua voz. Respirou fundo para afastá-la, precisando ficar calma para Jordan.

– Vou costurar as artérias e fechar o ferimento. Mas ele está ardendo em febre. Não compreendo por quê. Com tamanha hemorragia, a temperatura dele deveria estar despencando. Terei que baixar a febre.

– Não – disseram Erin e Rhun ao mesmo tempo.

– A febre não é causada por nenhuma doença – explicou Rhun.

– É algo que fica além da fisiologia – acrescentou Erin, tentando encontrar palavras para explicar o inexplicável. – Uma coisa no sangue dele que é capaz de ajudá-lo a se curar.

Pelo menos espero que sim.

O médico deu de ombros.

– Eu não compreendo... e não sei se quero compreender... mas tratarei dele como se fosse um paciente normal e veremos se ele se recupera. Não posso fazer nada além disso.

Enquanto o médico trabalhava, Erin puxou a cadeira que restava ao lado da mesa, se sentou e segurou a mão de Jordan. A mão ardeu contra a palma de sua mão. Ela correu os dedos pelo cabelo louro e curto de Jordan, o couro cabeludo agora ensopado de suor febril.

Christian se juntou ao médico.

– Deixe-me ajudar, Hugo. Você conhece minha formação.

– E agradeço a ajuda – disse o médico. – Tire os instrumentos daquela panela de água fervendo.

Erin também queria ajudar, mas sabia que devia ficar em seu lugar, segurando a mão de Jordan. Fisicamente o médico estava fazendo tudo o que podia, mas sabia que os ferimentos de Jordan eram mais profundos do que pareciam. Ela traçou com os dedos a linha espiral nas costas da mão dele, ao mesmo tempo odiando aquela marca e rezando para que o poder que corria por ela salvasse o homem que amava. Sabia que aquele mesmo poder podia consumi-lo completamente, roubá-lo dela com a mesma presteza que a morte, mas seria aquilo algo de mau para Jordan? Ele poderia estar transcendendo sua humanidade e se tornando totalmente angélico. Sua transformação nunca tinha parecido incomodá-lo como a incomodava. Como podia ela comparar seus desejos egoístas de guardá-lo para si com a chance de ele de se tornar um anjo?

A advertência de Hugo de Payens ecoou em sua mente: *Não permita que ele se esqueça de sua humanidade.*

Mas o que significava aquilo?

21:21

Jordan boiava dentro de uma neblina de cor esmeralda, perdido para si mesmo, perdido para tudo, exceto um leve sussurro de melodia. Ela cantava baixinho para ele, prometendo paz, puxando-o cada vez mais para o fundo de seu abraço amoroso.

Mas ainda restava uma parte pequena dele, uma única nota contra aquele coro poderoso. Ela se amalgamou em um nó duro de resistência, ao redor de uma única palavra:

Não.

Ao redor daquela palavra, as memórias se agregaram, como uma pérola que se formava a partir de um grão de areia.

... discutindo com sua irmã sobre quem ficaria no banco da frente do carro...

... lutando duro para arrastar um amigo ferido para um lugar seguro enquanto as balas voavam...

... recusando-se a abandonar um caso antigo, para fazer justiça quando todos os outros haviam desistido...

Uma nova palavra se formou saída daqueles vislumbres fugidios, definindo a sua natureza, um âmago a partir do qual podia construir mais.

Teimoso.

Ele aceitou aquilo como sendo uma definição de si mesmo e usou aquilo para lutar, para torcer e chutar, buscar algo além da promessa da canção, querer mais do que paz.

Sua luta agitou a neblina – clareando-a o suficiente para que avistasse uma cabeça de alfinete de luz avermelhada ao longe. Jordan se moveu em direção a ela, percebendo o bastante de si mesmo para acrescentar uma nova palavra:

Anseio.

Aquele cisco fulgurante se tornou maior, ocasionalmente tremeluzindo, por vezes quase desaparecendo totalmente. Mas se concentrou nele, ancorando mais de si mesmo a ele, sabendo que era importante, mesmo quando as notas suaves lhe diziam que não.

Finalmente, aquela partícula rubi cresceu e se aproximou, se tornou firme o suficiente para que ele discernisse um novo ruído: o bater de um tambor. O tambor batia em oposição ao coro, um contraponto àquelas notas suaves. Aquele tambor bateu mais alto e galopou, cheio de caos e tumulto, tudo que a música não era.

Uma nova palavra se formou, definindo sua perfeição confusa:

Vida.

Ele se sentiu nascer de novo com esse pensamento, um nascimento acompanhado por dor lancinante que penetrou a neblina e lhe deu membros, e peito e ossos, e sangue. Ele pegou aquelas novas mãos e cobriu as orelhas enquanto elas também se formavam, excluindo o som daquelas notas doces.

Mesmo assim, o bater daquele tambor vermelho se tornou cada vez mais alto.

Então ele o reconheceu.

O bater de um coração humano, frágil e pequeno, simples e comum.

Abriu os olhos e encontrou um rosto olhando para ele.

– Erin...

21:55

– O herói desperta – disse Elizabeth tentando soar desdenhosa, mas até para seus próprios ouvidos suas palavras pareceram agradecidas, até felizes.

Como poderiam não ser?

A alegria inundava o rosto de Erin enquanto ela beijava Jordan. O alívio da mulher brilhava em sua pele; a ternura incendiava seus olhos. Houve uma época em que Rhun olhava para Elizabeth daquela maneira. Sem nenhum comando, os dedos dela tocaram seus lábios, recordando. Elizabeth obrigou a mão a descer de novo.

Depois de quase duas horas no consultório improvisado, Jordan agora repousava numa pequena cama num quarto nos fundos da casa de fazenda, o corpo coberto de bandagens, o rosto um mapa de suturas. O médico tinha feito um bom trabalho, mas Elizabeth sabia que a verdadeira cura estava muito além daqueles muitos pontos.

Rhun se agitou numa poltrona nodulosa no canto do quarto, despertando o leãozinho, que estava enroscado aos seus pés. Havia deixado o felino vir se juntar a eles dentro da casa quando tinham iniciado aquela vigília ao lado do leito. Christian e Sophia rezaram pelo homem, até que finalmente saíram para esticar as pernas e fazer planos para o futuro.

Naquele momento Rhun se levantou, tocou no ombro de Erin, então se virou em direção a Elizabeth.

– Vou dar a boa notícia para Sophia e Christian.

Enquanto ele saía, Elizabeth se aproximou de Erin, parando atrás dela com os braços cruzados. O amor da arqueóloga por seu homem se revelava em cada toque e cada sussurro. Erin disse alguma coisa que provocou um sorriso no rosto de Jordan, que repuxou as suturas, fazendo-o se contrair, mas não parar de sorrir.

A despeito de todo o ânimo e alegria, Elizabeth estudou as linhas carmesins que prosseguiam se espalhando pelo corpo dele e sobre seu rosto.

É verdade que você ainda respira, mas você não está bem.

Mas guardou para si aqueles pensamentos sombrios.

O médico voltou, aparentemente tendo sabido da boa-nova sobre o seu paciente e se dedicou a examinar Jordan: acendendo uma lanterninha voltada para os olhos dele, auscultando seu coração, pondo a palma da mão em sua testa.

– *Incroyable* – balbuciou o homem enquanto se punha ereto e sacudia a cabeça.

Uma porta bateu, e Rhun entrou apressadamente com seus companheiros sanguinistas. Anteriormente, todos eles haviam consumido vinho, inclusive Elizabeth. Ela agora se sentia revigorada e via a mesma vitalidade brilhar nos outros, mas subjacente a isso percebeu a ansiedade em seus rostos, uma impaciência em suas posturas e movimentos.

Eles sabiam a verdade.

O mundo estava caindo na escuridão daquela noite, com histórias tenebrosas de derramamento de sangue e de monstros sendo noticiadas na televisão e no rádio. As advertências e o pânico cresciam a cada hora.

Eles não se atreviam a esperar muito mais tempo.

Christian falou apressadamente enquanto entrava com Rhun:

– Nosso jato Citation está abastecido e à nossa espera. Podemos estar na pista de decolagem em quinze minutos e levantar voo imediatamente depois disso. Se eu levar os motores até a linha vermelha, poderemos chegar a Katmandu em menos de sete horas. Estaremos planando à base de vapores a essa altura, mas devemos conseguir chegar lá.

O plano dependia de um detalhe crucial.

Naquele momento, Christian perguntou:
– Como está se sentindo?
– Já estive melhor – respondeu Jordan.
Rhun encarou o médico.
– Dentro de quanto tempo ele estará em condições de viajar?
O homem olhou horrorizado para Rhun, praguejou furiosamente em francês, depois respondeu:
– Dentro de dias, se não semanas!
– Estou pronto agora – disse Jordan, esforçando-se para se sentar, e de fato conseguindo. – Posso dormir no avião.
Erin se virou para Rhun, a preocupação visível em seus olhos, claramente suplicando para que ele não encorajasse Jordan e concordasse com o médico.
Em vez disso, Rhun deu as costas para ela.
– Então partiremos agora. Preparem-se.
Só Elizabeth viu de relance o rosto de Rhun enquanto ele passava por ela. Viu como dizer aquelas palavras para Erin o tinham deixado arrasado.
E, ao ver aquela expressão, uma parte de Elizabeth também ficou arrasada, reconhecendo quanto Rhun ainda amava aquela mulher.
De modo que Elizabeth permitiu que Rhun saísse – tanto daquele quarto quanto de seu coração.
Existe alguém que precisa muito mais de mim.

36

19 de março, 22:04 horário da Europa Central
Roma, Itália

Tommy corria pela rua escura em direção ao domo iluminado da basílica de São Pedro. A praça na frente da basílica normalmente estava cheia de turistas, que perambulavam por ali e olhavam boquiabertos para tudo, mas naquela noite a praça estava vazia devido ao toque de recolher. Dezenas de patrulhas circulavam pela cidade. Uma mistura de homens armados e padres sanguinistas em trajes civis.

Mas eles estavam perdendo naquela noite.

Sirenes ecoavam pela cidade, pontuadas por gritos. Incêndios ardiam por lá, lançando ao alto rolos de fumaça de incontáveis pontos.

Tommy tropeçou num meio-fio e caiu sobre um joelho. Imediatamente foi levantado e posto de pé por um dos três guardas sanguinistas. Eles o estavam transferindo de seu apartamento à margem do rio para a Cidade do Vaticano.

Para sua proteção, tinham lhe dito.

Havia tentado objetar, temendo que Elizabeth não fosse saber para onde estava sendo levado. Tentara ligar para ela depois do pôr do sol, ficando assustado à medida que o caos aumentava, mas as linhas estavam ocupadas, sobrecarregadas.

Mais adiante, alguém havia montado barricadas diante da entrada da praça de São Pedro. Placas de metal foram aparafusadas, elevando-se a três metros de altura. Atiradores de elite em jaulas especiais à prova de balas posicionavam-se ao alto. Luzes gigantes brilhavam da base da barreira, iluminando as ruas circundantes.

A cidade estava sitiada.

Mas quem a atacava?

Anteriormente, naquele dia, tinha assistido às notícias da BBC, grudado na televisão, ouvindo relatos de ataques durante a noite por toda parte na

Europa e em outros lugares do mundo. Tropas patrulhavam as cidades principais, especialmente depois do anoitecer. Roma não era a única cidade que estava sob a lei marcial.

Para Tommy parecia que os *strigoi* tinham ficado mais fortes e estavam fora de controle.

Quando seu pequeno grupo chegou à barricada e rapidamente recebeu ordens de passar, Tommy ficou boquiaberto ao ver o número de homens da guarda suíça e sanguinistas de hábito dentro da praça, tanto nos muros quanto nas varandas e balcões que a cercavam. Mais homens armados entraram apressadamente depois deles, antes que os portões fossem fechados.

Parecia que a igreja estava fazendo a maioria de seus soldados recuar, protegendo-se, e deixando os outros entregues à própria sorte.

Tommy foi escoltado na travessia da praça em direção à basílica. Mesmo aquelas portas maciças tinham sido cobertas por placas de metal novas.

– Você estará seguro na basílica de São Pedro durante a noite – disse um dos guardas, tentando tranquilizá-lo.

Talvez...

A preocupação com Elizabeth o dominou. Ela estava lá fora. Em algum lugar. Quem saberia a dificuldade que enfrentava? Tommy egoisticamente a queria ao seu lado. Só então se sentiria realmente *seguro*. Mas também sabia que havia algumas coisas de que nem Elizabeth podia protegê-lo.

Ele tossiu cuspindo na mão, num espasmo violento, que o fez se dobrar de dor.

Olhou para a palma da mão.

Sangue.

PARTE VI

Serpentes, raça de víboras! Como escapareis da condenação do inferno?

– Mateus 23:33 {EPIS}

37

20 de março, 10:48 horário do Nepal
Sobrevoando a cordilheira dos Himalaias, Nepal

Erin prendeu a respiração enquanto o helicóptero subia em direção à montanha nevada em forma de pontão de faca. A parede gelada adiante se erguia a uma altura de seis mil metros, fora do limite de altitude de voo da aeronave deles. Quando chegaram a uma crista, os rotores do helicóptero levantaram redemoinhos de neve, enquanto o vento a açoitava para trás e para a frente. O helicóptero parecia aprisionado, equilibrando-se naquela lâmina de gelo – então o nariz embicou e eles deslizaram para o outro lado das montanhas.

Erin deixou escapar um suspiro sonoro, girando o pescoço de um lado para outro, tentando amenizar a tensão.

– Aterrissagem em dez minutos – disse Christian pelo rádio da cabine de pilotagem, sua voz irritantemente calma.

Tinham acabado de atravessar a última cadeia de montanhas – Ganesh Himal – e, naquele momento, começaram a descer em direção a um vale comprido. Picos gigantes os rodeavam por todos os lados, o que explicava o motivo por que aquele lugar tinha permanecido intocado pelo mundo moderno por tanto tempo. De acordo com o mapa antigo que Hugo de Payens lhes havia fornecido, um rio deveria correr em meandros no centro do vale, mas, abaixo, Erin viu apenas um tapete ofuscante de brancura ininterrupta. Naquela época do ano, o rio provavelmente ficava congelado e coberto de neve. Talvez no verão aquele vale fosse um lugar exuberante e verdejante, mas no momento parecia uma terra deserta e inóspita.

Definitivamente não é um Jardim do Éden.

Para ativar a circulação nas pernas, Erin bateu no chão os pés calçados com pesadas botas de neve. Os grampos de aço para andar no gelo retiniram contra o assoalho de metal. Apesar de estar aquecida pela calefação da cabine e vestida com roupas de inverno, o frio daquelas montanhas conseguia penetrar em seus ossos.

Ou talvez aquilo fosse apenas medo.

Ela lançou um olhar para os outros, agrupados e vestindo parcas brancas. Embora os sanguinistas de sangue frio não precisassem daquele vestuário de proteção, a cor semelhante à da neve oferecia uma boa camuflagem naquele terreno invernal. Até mesmo o filhote de leão, com sua penugem e pelo brancos, parecia feito sob encomenda para aquela expedição.

Todo mundo se agitou, preparando-se para o que estava por vir.

Erin espichou o pescoço junto à janela e olhou para o sol. Pendia em um céu intensamente azul, salpicado por apenas alguns cirros aqui e ali. Faltava pouco mais de uma hora para o meio-dia.

Jordan observou seu olhar em direção ao céu e estendeu a mão para apertar o joelho dela.

– Afinal, quem disse que o prazo final é ao meio-dia? É possível que tenhamos mais tempo que isso para fechar os portões do inferno.

Ela se virou para ele. O rosto de Jordan exibia apenas ligeiras cicatrizes do recente combate, mas sua pele clara agora estava cheia de espirais e linhas carmesins, que lhe cobriam metade do rosto. Jordan estava com a parca aberta, parecendo imune ao frio. Erin imaginou que, se ela tirasse as luvas para neve, poderia aquecer as mãos no calor que emanava dele.

Então respirou fundo e virou o rosto, não conseguindo mais olhar para aquelas linhas, sabendo que indicavam como restava pouco da humanidade de Jordan. Apesar de tudo, uma parte de Erin se sentiu culpada, até egoísta, diante de sua reação ao estado de Jordan. Ele tinha voltado da beira da morte na França por causa de seu poder angelical e sua teimosia humana. Quando chegasse a hora, teria que decidir que caminho seguir. E ela teria que deixar que ele o fizesse, por mais que temesse perdê-lo.

Para se distrair daqueles pensamentos preocupantes, respondeu à pergunta dele:

– Nós só temos até o meio-dia de hoje.

– Por que está tão segura disso? – perguntou Rhun do outro lado da cabine. O leãozinho estava se espreguiçando no assento vizinho, arqueando as costas em um arco inclinado.

Elizabeth respondeu à pergunta de Rhun antes que Erin pudesse falar:

– Olhe para a lua.

Os rostos se viraram para as várias janelas. Uma lua cheia pairava no céu na borda fulgurante do sol.

Jordan se inclinou contra Erin para olhar para fora.

— Bernard mencionou o fato de que haveria um eclipse hoje — murmurou.
— Mas apenas um eclipse parcial, se me lembro corretamente.

— Um eclipse *parcial* na França — corrigiu Erin. — Aqui no Oriente será um eclipse *total*. Eu chequei isso durante o voo para cá. A totalidade chegará ao Himalaia um minuto depois do meio-dia.

Ela se lembrou do mural pintado na parede de Edward Kelly. Aquele sol vermelho como sangue acima daquele lago preto poderia ter sido a representação do artista de um eclipse total.

Sabendo disso, desejou que eles tivessem conseguido fazer a viagem em um tempo menor. Pilotado por Christian, o jato Citation X tinha corrido atravessando a Europa e a Ásia. Durante o percurso, Bernard os havia informado das últimas notícias regularmente através de um telefone via satélite, relatando a onda crescente de ataques que ocorriam nas cidades às escuras que eles sobrevoavam. Os *strigoi* e os *blasphemare* se tornaram mais audaciosos e mais fortes à medida que a maré de mal se espalhava, fazendo a balança pesar a favor deles. Mas aqueles monstros eram apenas a centelha dessa tempestade de fogo. O pânico simples fazia o resto, atiçando ainda mais as chamas do caos.

Enquanto Christian virava o aparelho para contornar a área próxima ao cume de uma montanha, apareceu uma pequena aldeia, aninhada na encosta. Acima dos telhados pontiagudos de ardósia, chaminés lançavam fitas de fumaça no ar, mostrando que as pessoas dentro delas cozinhavam, riam, viviam. Aquilo a recordou do que eles estavam lutando para preservar.

Um iaque solitário caminhava por uma trilha estreita coberta de neve. Uma pessoa vestida com roupas muito coloridas andava ao lado do animal, com um gorro bem enfiado na cabeça redonda. Tanto o homem de pele escura quanto o iaque pararam para levantar a cabeça e olhar para o helicóptero.

Erin pressionou a palma da mão contra o vidro, desejando a ambos uma vida longa e feliz.

Enquanto a aldeia desaparecia ficando para trás, o último sinal de habitação foi um templo budista, as calhas repletas de cordas cheias de bandeiras de oração tremulando.

Mas não era o templo que eles tinham vindo procurar.

Christian seguiu adiante, rumando para o ponto marcado no mapa de Hugo.

— Não vejo nenhum lago, a menos que esteja debaixo de toda aquela neve. Talvez eu tenha que dar algumas voltas.

Enquanto ele fazia a aeronave ganhar altitude, Erin avistou uma garganta em forma de tigela à direita.

– Ali! – gritou para Christian, inclinando-se para a frente e apontando.

Christian balançou a cabeça.

– Já vi. Vamos lá checar.

Ele virou em direção à depressão, num movimento circular entre dois picos. No fundo daquele vale menor se estendia um terreno plano coberto de neve, com mais ou menos o tamanho de metade de um campo de futebol, mas sua superfície não era ininterrupta. Gelo negro lançava reflexos para cima, como rachaduras escuras no esmalte de um vaso branco.

– Tem que ser esse lugar – observou Erin.

– Só há uma maneira de descobrir. – Christian manipulou os controles do helicóptero e baixou a aeronave até ficar pairando acima da neve.

O vento dos rotores soprou para longe a neve fina, revelando a extensão de um lago congelado. Sua superfície era negra como obsidiana, como a do lago pintado no mural na Casa Fausto. Mas não havia monstros saindo dela.

Pelo menos não por enquanto.

Erin checou o céu, observando que a lua já tinha dado uma mordida no sol.

– Você acha que chegamos ao lugar certo? – perguntou Christian.

Sophia se manifestou do outro lado da cabine e apontou:

– Olhem ali, junto às encostas desse lado.

Erin se virou para ver melhor. Demorou um momento para identificar o que havia atraído a atenção da freira pequenina. Mas então ela também viu. Meio escondidas pela sombra da face de rocha nua, duas árvores gigantes abraçavam o penhasco. Ambas estavam sem folhas e tinham troncos cinza--claro, os galhos incrustados de gelo e cobertos de neve.

Sophia os encarou.

– Hugo de Payens não mencionou o fato de que o vale onde moravam os monges *strigoi* tinha duas enormes árvores?

Possivelmente a Árvore do Conhecimento e a Árvore da Vida Eterna.

Erin sentiu um grande desapontamento ao vê-las. Aquele par parecia ser de árvores comuns, muito velhas com certeza, mas sem nada de espetacular. Apesar disso, combinavam com a descrição de Hugo.

– Vamos aterrissar – disse Erin. – Esse deve ser o lugar certo.

Christian obedeceu, advertindo-os:

– E esperemos que o gelo seja grosso o suficiente para nos sustentar. É o único lugar onde podemos pousar.

Ele estava certo. Por toda parte ao redor, as margens se inclinavam íngremes, elevando-se e se fundindo com encostas rochosas dos penhascos. Christian baixou a aeronave com cautela, até que o trem de pouso delicadamente beijou o gelo. Só quando a superfície pareceu suportar o peso ele permitiu que o aparelho pousasse totalmente.

– Parece que está tudo bem – disse ele, e desligou a aeronave.

Erin tirou os fones de ouvido e esperou enquanto os sanguinistas, inclusive Elizabeth, saíam primeiro, atentos a qualquer perigo. Assim que a porta foi aberta, uma brisa gelada soprou para o interior, batendo para lá e para cá como se tentando fazê-la sair. Ela estremeceu em sua parca, mas não de frio. Em vez disso, cada pelo em seu corpo pareceu se eriçar.

Os sanguinistas tiveram uma reação ainda mais violenta: Christian caiu sobre um joelho, Sophia gemeu alto, a ponto de Erin ouvi-la, apesar do assovio do vento, Rhun tateou com a mão em busca da cruz escondida debaixo de seu casaco, vacilando como um bêbado enquanto dava alguns passos.

Erin se lembrava de ter visto os sanguinistas reagirem da mesma maneira na Casa Fausto. A força diabólica ali era muito mais forte.

Até eu sinto, pensou Erin, tremendo de aflição.

Ao lado dela, Jordan contraiu os ombros em direção às orelhas e inclinou a cabeça, franzindo o rosto.

– Esse barulho... parece unhas arranhando um quadro-negro. Não, garras de aço raspando um quadro-negro. Céus...

Ele parecia tremendamente nauseado.

Erin não ouviu o que ele ouvia, mas só ele tinha ouvido o cantar das pedras. Claramente os ouvidos dele estavam sintonizados para comprimentos de ondas diferentes dos dela.

Ela desembarcou do helicóptero para se juntar aos outros, com Jordan saltando logo atrás. Quando os grampos de aço tocaram no gelo, as pernas de Erin ficaram frias, como se o calor de seu corpo tivesse sido sugado através de seus pés.

Atrás de Jordan, o leãozinho tinha dado um salto livre, pulando tão alto quanto podia, como se tentando evitar o gelo, mas a margem estava muito longe. Aterrissou nas garras prateadas, então seguiu na direção de Rhun, levantando cada pata delicadamente antes de baixá-la de novo, como se estivesse tentando não tocar aquela superfície negra.

– Há alguma coisa errada aqui – sussurrou ela.

– Um mal poderoso reside neste lago – concordou Rhun. – Vamos sair daqui rápido.

Apesar do desejo de correr para a margem, eles avançaram cautelosamente, tomando cuidado com o gelo escorregadio e temerosos de perturbar o que houvesse abaixo. Rhun os liderou para a margem mais próxima daquelas árvores.

Erin suspirou quando suas pernas finalmente saíram do gelo e pisaram na pedra. Imediatamente se sentiu quilos mais leve, como se a mochila lhe tivesse sido tirada dos ombros.

Rhun se juntou a ela, as costas agora mais retas. Os sanguinistas pareciam revigorados depois de terem deixado o lago, como flores se abrindo para o sol.

– Eu ainda posso senti-lo – disse Sophia. – Se elevando do lago, enchendo este vale.

Rhun assentiu.

Christian enxugou a testa com a luva e olhou desejosamente para o helicóptero.

– Agora eu gostaria de ter pousado mais perto. Não me agrada a ideia de ter que andar de volta até lá.

Espero que tenhamos uma chance de voltar.

Erin olhou para o céu, franzindo os olhos por causa do clarão do sol enquanto a lua continuava a avançar mais sobre o lado de sua circunferência. Ela baixou o olhar para a íngreme encosta rochosa que levava na direção onde estavam as árvores gigantescas. Só naquele momento percebeu que os pedregulhos pareciam posicionados engenhosamente, emoldurando uma trilha coberta de neve que subia em curvas em direção aos penhascos.

– Tem uma trilha – disse e começou a se encaminhar para lá.

Jordan a deteve:

– Fique ao meu lado.

Olhou para ele, satisfeita ao ver que sua natureza protetora estava de novo se mostrando. Ela segurou a mão dele, desejando que não tivessem que usar luvas.

Com o leão ao seu lado, Rhun assumiu a dianteira. Lentamente subiram pelos pedregulhos, tomando cuidado com os trechos cobertos de gelo. À medida que a trilha fazia sua última curva íngreme e sinuosa perto do topo, Rhun subitamente se deteve.

– Não estamos sozinhos – disse.

11:12

Rhun quase não os tinha visto.

Três homens estavam ajoelhados entre os enormes troncos das árvores, tão quietos e imóveis que pareciam estátuas. Havia neve acumulada sobre seus ombros e sobre as cabeças carecas, criando solidéus brancos. Rhun não ouviu batimentos cardíacos vindo deles, mas sabia que ainda estavam vivos.

Olhos o encaravam fixamente, brilhando nas sombras abaixo dos galhos sem folhas.

Sabendo que tinham sido vistos, eles se levantaram em uníssono, com movimentos fluidos, a neve escorregando de seus corpos vestidos com túnicas brancas. Eles saíram para a luz do sol para receber Rhun e os outros, as mãos pálidas cruzadas na cintura.

Rhun sabia que eram *strigoi*, mas andavam sob o sol com a mesma facilidade que qualquer sanguinista. Como Hugo de Payens havia afirmado, aqueles monges encontraram outra maneira de fazer as pazes com o dia.

Rhun deu um passo à frente e se inclinou numa reverência. Estendeu as mãos vazias para que pudessem ver que não tinha nenhuma arma.

– Nós fomos enviados por Hugo de Payens – disse ele. – Trazemos suas bênçãos.

O monge líder tinha um rosto redondo e olhos escuros suaves.

– O senhor trouxe as pedras que foram dadas ao nosso amigo para proteger?

– Trouxemos – respondeu Rhun.

Erin tirou a mochila do ombro e abriu o zíper, claramente disposta a apresentar a pedra, mas Rhun sinalizou para ela esperar. Hugo dissera que podiam confiar naqueles monges, mas o mal palpável que se elevava daquele lago o deixava cauteloso.

Até o leão se mantinha quase colado em seu joelho, visivelmente assustado com aquele vale inteiro.

Em uníssono os três monges se inclinaram numa reverência, como se ouvindo um sino distante.

– Então sejam bem-vindos – disse o líder enquanto se endireitava, com um suave sorriso beatífico nos lábios. – Meu nome é Xao. Por favor, venham ao nosso templo e vamos reunir as suas pedras com sua irmã azul. Como sabem, o tempo está se esgotando.

Os monges se viraram e os conduziram em direção às árvores. Agora vendo mais de perto, Rhun reparou que as duas árvores eram quase idênticas, com troncos grossos cinzentos e a casca lisa. Estavam tão próximas uma da outra que os galhos mais altos se entrelaçavam, formando uma arcada natural. Os galhos nodosos tremiam sob o vento frio que soprava vindo das montanhas, mas elas pareciam fortemente enraizadas.

Ao redor dos troncos, o solo tinha sido varrido. As cerdas da vassoura deixaram desenhos circulares na fina camada de neve que restava. O arranjo proposital das linhas parecia com os desenhos riscados na areia em um jardim zen, mas os desenhos propriamente ditos – espirais e arcos – recordavam Rhun da tatuagem no peito e pescoço de Jordan.

Os monges se detiveram diante da parede de rocha centralizada atrás das árvores. Cantaram juntos numa língua que Rhun não reconheceu, mas Erin sussurrou atrás dele, numa voz cheia de espanto:

– Creio que estão falando em sânscrito...

Xao retirou do bolso uma pequena escultura de uma rosa de prata. Ele cerrou o punho ao redor da haste, perfurando a mão com os espinhos. Então deixou seu sangue gotejar sobre uma rocha que se projetava do penhasco, e um som pesado de pedra rangendo soou.

– É como um portão sanguinista – murmurou Christian.

Ou seu precursor, refletiu Rhun.

Enquanto a rocha rangia e estalava, uma pequena porta redonda se projetou para fora e rolou para o lado. A neve foi esmagada sob seu peso.

Os monges entraram, claramente esperando que eles os seguissem. A porta era tão baixa que exigia que se inclinassem para entrar. Era provável que tivesse sido construída assim de propósito, para imbuir humildade naqueles que entrassem.

Rhun e o leão passaram primeiro, seguidos pelos outros.

Depois de transpor o umbral, Rhun se endireitou e se viu diante de uma extensão cavernosa, iluminada pela luz de um milhar de velas e dezenas de braseiros ardentes que fumegavam com incenso. Ele imediatamente reconheceu que aquela era uma caverna natural, mas o espaço criado a partir da rocha circundante tinha sido esculpido à mão para tornar-se uma obra-prima. Devia ter levado séculos.

Erin deu uma exclamação de surpresa diante da vista enquanto entrava com Jordan e os outros.

Era como se uma pequena aldeia tivesse sido esculpida na rocha, suas fundações ainda presas ao solo de pedra, como se os edifícios tivessem crescido da caverna. Depois havia centenas de esculturas, suas bases fundidas com perfeição na pedra. Elas retratavam aldeões comuns cuidando da vida cotidiana, inclusive um iaque em tamanho real puxando uma carroça, e rebanhos de cabras e ovelhas pastando em trechos de relva de pedra.

– Parece que eles pegaram aquela aldeia por onde passamos – observou Jordan – e a transformaram em pedra.

Os monges ignoraram as reações de espanto e os conduziram ao centro da aldeia, onde havia um Buda maciço sentado, erguendo-se a no mínimo uns nove metros de altura. Aqueles olhos de pedra estavam fechados em meditação pacífica. O rosto dele não era estilizado, representava um homem real, com olhos puxados, um nariz reto forte, sobrancelhas delicadamente arqueadas e uma sugestão de sorriso nos lábios carnudos. As feições dele eram perfeitas e parecia que poderia abrir os olhos a qualquer momento.

Rhun sentiu que a paz, ordem e calma que emanavam daquela escultura faziam um contraste bem-vindo com o mal que pairava lá fora.

Como um, os monges juntaram as mãos e fizeram uma reverência para a estátua, então os conduziram para trás do Buda, para um templo alto. Sua torre em forma de sino se elevava graciosamente quase até o teto. Dos fios estendidos amarrados nela pendiam bandeiras, todas feitas de pedra, esculpidas para parecer que ainda balançavam sob um vento há muito perdido.

Mais próximas, duas estátuas guardavam a porta do templo. Do lado direito, um dragão estilizado se enroscava sobre um plinto, a boca ligeiramente aberta para exibir dentes que pareciam afiados a ponto de cortar. À esquerda, uma criatura peluda se erguia ereta sobre as pernas traseiras, os braços fortes exibindo garras poderosas. Parecia uma mistura de macaco com urso. Rhun nunca tinha visto nada semelhante.

O leãozinho farejou o dragão, os pelos ligeiramente eriçados, como se esperasse que o animal alado pudesse adquirir vida a qualquer momento.

Jordan passou os dedos sobre as feições monstruosas da outra.

– Parece uma espécie de Pé-grande.

– Não – disse Erin, também aproximando-se. – Eu... eu creio que é um yeti, o abominável homem das neves. Uma criatura que dizem que vive no Himalaia.

Ela olhou para Xao em busca de confirmação.

O rosto dele permaneceu inescrutável.

– É a imagem de uma criatura, uma de várias de sua raça que fugiram do lago. Monstros de formas diversas periodicamente rastejam para dentro de nosso mundo vindos daquele lugar amaldiçoado. Algumas criaturas estão nuas e logo sucumbem ao frio. Outras, como essa, vagueiam pelas montanhas durante anos, antes que consigamos trazê-las de volta, inspirando lendas contadas ao redor de fogueiras.

– O que o senhor quer dizer com *trazê-las de volta*? – perguntou Jordan.

– Nós capturamos aquelas que escaparam e as devolvemos ao lago. Tentamos impedir que lhes façam mal ou que elas façam mal a outras, mas com bastante frequência falhamos.

– Mas não são demônios? – perguntou Sophia.

– Nossa filosofia não pode condenar esses seres por sua natureza – respondeu Xao piamente, parecendo muito com Hugo de Payens. – Estamos aqui para proteger todos.

Xao se virou e acenou para a porta aberta do templo.

– Mas vamos continuar. Temos tarefas importantes a desempenhar.

Rhun não discutiu. Com seus sentidos aguçados de sanguinista, sentiu a morte do sol lá fora, seu esplendor sendo consumido pela sombra da lua.

O tempo deles estava quase esgotado.

38

20 de março, 11:22 horário do Nepal
Vale Tsum, Nepal

Elizabeth foi atrás dos outros na entrada do templo, seguindo-os como uma plebeia qualquer. Detestava ser deixada para trás, mas aquilo também lhe permitia ter tempo para examinar tudo, livre do julgamento de Rhun e dos outros. Hugo de Payens havia lhe mostrado outra maneira de viver, outra maneira de equilibrar a luz e a escuridão, a noite e o dia. Aqueles monges claramente corporificavam esse mesmo caminho.
Eu poderia ensinar o mesmo a Tommy.
De maneira que, naquele momento, decidiu ter paciência, na esperança de descobrir tudo que pudesse antes de levar adiante sua fuga e voltar para Tommy, para salvar o menino de uma morte que ele não merecia.
No instante em que entrou no coração do templo, sentiu o aroma floral de jasmim pairando no amplo recinto. Abaixo, o assoalho de pedra fora entalhado para parecer tábuas corridas de madeira, uma tarefa que devia ter consumido anos de devoção. Um Buda sereno esperava no fundo do recinto comprido. Ao contrário da estátua do lado de fora, esse tinha sido esculpido com os olhos abertos.
Ela se perguntou por que aquele templo complexo era tão grande, se apenas *três* monges viviam ali. Aguçou os ouvidos em busca de outros, mas não ouviu nenhum arranhar revelador de sandálias na pedra, nenhum roçar de veste contra a pele, nenhum farfalhar de contas de oração. Parecia que só restavam aquelas três sentinelas do vale.
Os monges os levaram para uma grande mesa carmesim, com uma bandeja rasa de prata no tampo. A mesa ficava na frente do Buda. Dentro da bandeja, areia e sais numa infinidade de tons e cores tinham sido magistralmente combinados para criar uma pintura de areia. Ela mostrava uma réplica perfeita do vale no inverno: areia branca para a neve, sal preto para

o lago. Duas árvores cinzentas erguiam-se na margem, cada galho nodoso perfeitamente copiado.

O leãozinho farejou a bandeja, até que Rhun afastou com um aceno o animal curioso.

Então os três monges se moveram ao redor da mesa e pegaram Erin, Jordan e Rhun pela mão, e os conduziram para cantos diferentes da bandeja. Cada um ficou em um canto, enquanto os três ancoraram o quarto canto.

Xao apontou, girando o punho, permitindo que um dedo se detivesse acima de uma minúscula figura pintada na areia do mesmo lado do lago que Erin. O monge deixou cair um minúsculo rubi na frente daquela figura.

– O sol nasce no leste – entoou.

Outro monge passou por trás do ombro de Rhun e, com um minúsculo conta-gotas de prata, colocou uma pérola perfeita de água sobre as areias na frente de uma figura daquele lado.

– A lua se põe a oeste – acrescentou Xao.

O último monge se inclinou ao lado de Jordan e delicadamente soprou uma semente verde da palma de sua mão. Ela desceu flutuando no ar e foi cair diante de uma figura pintada ali.

– O jardim coleta a luz do sul – disse Xao. O monge então avançou para o canto que restava e apontou para o par de árvores pintadas na areia. – Enquanto raízes eternas ancoram o norte.

– O que significa isso? – perguntou Jordan, franzindo os olhos e se esforçando para ver melhor a figura diante dele.

– É assim que abrimos o portão? – perguntou Erin.

Xao deu uma ligeiríssima inclinação de cabeça em sinal de concordância.

– As pedras devem ser posicionadas em pilares, cada um em seus devidos pontos da bússola. Quando o sol subir ao seu zênite e sua luz cair sobre as pedras, elas refletirão seu brilho, lançando-o sobre o lago. Quando seus raios individuais baterem juntos, uma nova luz nascerá, uma luz do mais puro branco.

Erin pareceu um tanto cética.

– Então o senhor está dizendo que as três cores de luz refletidas... vermelho, azul e verde... se fundirão para produzir luz *branca*.

Jordan se endireitou.

– Faz sentido. É como as antigas telas de televisão com emissores RBG. Vermelho, azul, verde. Dessas três cores todas as outras cores podem ser feitas.

Xao ofereceu uma resposta mais elegante:

– A escuridão é a ausência da luz, enquanto dentro da luz branca se esconde um arco-íris.

– Todo o espectro de cores – concluiu Jordan com um balançar de cabeça.

– E depois o que acontece? – perguntou Elizabeth, não compreendendo realmente o assunto em questão, mas aceitando o que eles diziam por enquanto.

Xao explicou:

– Essa luz branca pura penetrará a escuridão eterna que envolve o lago. E, como quando se lanceta um furúnculo com uma agulha quente, o mal subirá à superfície. Mas não tenham receio, a pirâmide de luz criada pelas três gemas conterá as criaturas nascidas dessa malignidade, impedindo-as de entrar em nosso mundo.

Elizabeth começou a compreender.

– Como uma jaula com barras de luz.

– Exatamente – disse Xao. – Mas temos que tomar um cuidado enorme. Se as pedras forem movidas enquanto o portão ainda estiver aberto, as barras de luz se quebrarão e o mal estará livre para entrar em nosso mundo.

– Parece que já fizeram isso antes – disse Jordan.

– Foi assim que devolveram ao lago aquelas criaturas que fugiram no passado? – perguntou Erin. – Como o yeti?

Uma expressão pesarosa se revelou no rosto de Xao.

– É a única maneira de devolvê-las às suas terras de trevas, de recuperar o equilíbrio aqui.

Outro dos monges tocou com um dedo nas vestes de Xao, como se instigando-o a se apressar. Para aquelas almas silenciosas, aquele gesto simples era provavelmente o equivalente a uma violenta sacudidela.

Xao assentiu:

– E agora temos uma tarefa ainda maior. As trevas estiveram se tornando mais fortes nos últimos meses. O rei maligno que reina nas profundezas... o que vocês chamam de Lúcifer... afrouxou os elos de suas correntes o suficiente para rachar a superfície do lago. Temos que abrir o portão e reparar as correntes quebradas antes que ele arrebente todas elas e se liberte totalmente.

– E como fazemos isso? – perguntou Erin.

– Temos que trazê-lo ao portão, fazendo com que seja atraído por aquilo a que não pode resistir. – Xao olhou para cada um dos três. – Os guardiões deste mundo: o Guerreiro, a Mulher e o Cavaleiro que dominou o sangue negro do próprio rei.

Erin ficou horrorizada.

Jordan deu uma pequena sacudidela de cabeça.

– Então, em outras palavras, nós somos a *isca*.

Até Rhun pareceu abalado, e continuou olhando fixamente para a bandeja, como se buscando respostas naquelas linhas de areia.

– E depois que Lúcifer for trazido, o que devemos fazer? Como o acorrentamos de novo?

– Nós nos preparamos para esse dia. Há milênios. Este templo abençoado foi entalhado na borda deste vale não apenas para conservar as três pedras preciosas, mas também para proteger e conservar um grande segredo sagrado, que foi esculpido por um único par de mãos. Só o Iluminado poderia criar tamanha perfeição.

Xao se virou e fez uma reverência para a estátua.

– O Buda – disse Erin, o respeito e a admiração encheram a sua voz.

Os três monges se dirigiram para a estátua, e Xao abriu uma porta na barriga do Buda, a portinhola tão bem construída que Elizabeth não a havia visto. Do interior, dois dos monges retiraram uma grande arca de madeira branca polida, com flores de lótus pintadas ao longo de seus lados.

Pelo esforço visível nos rostos dos dois monges que a carregavam, tinha um peso imenso. Mesmo assim eles a mantiveram no ar, como se temerosos de deixá-la tocar no solo. Enquanto o par a sustentava, Xao abriu a tampa – e uma onda de santidade jorrou.

Os sanguinistas exclamaram com espanto. Rhun se inclinou para mais perto da arca, atraído por aquela fonte abençoada. Elizabeth recuou, querendo fugir dela, a santidade da arca expunha os lugares escuros em seu íntimo.

Até o leão se inclinou diante da arca aberta, deitando-se sobre a barriga.

Jordan e Erin se aproximaram para ver de perto o tesouro no interior.

– Correntes – disse Jordan. – Correntes de prata.

Suas palavras não faziam justiça à sua beleza. As correntes eram da mais pura prata, fulgurando de santidade. Cada elo era uma perfeição, esculpido e entalhado para mostrar cada folha e criatura que vivia sob o sol. Era o mundo natural retratado em prata.

– E podemos voltar a prender Lúcifer com essas correntes? – perguntou Erin.

Xao olhou para ela, depois para Jordan.

– Não vocês dois. Só criaturas como nós e como seus companheiros podem transportar esse tesouro através dos planos daquela pirâmide de luz. Seria morte certa para aqueles cujo coração ainda bate atravessar aquela barreira.

Só os amaldiçoados podem passar incólumes, os que equilibraram a luz e a escuridão.

Xao fez uma reverência para seus companheiros monges e depois para os sanguinistas.

Christian deu um passo adiante.

– Deixe-me ir. Rhun deve guardar seu pilar dessa pirâmide. Mas eu posso entrar naquela pirâmide e levar as correntes até Lúcifer.

– Mas não sozinho – disse Sophia. – Eu irei com você.

Pelo esforço visível nos ombros dos dois monges que carregavam a arca seria necessário dois sanguinistas para levar aquele peso. Mas Elizabeth segurou a língua. Ela não iria, a menos que lhe ordenassem, e talvez nem mesmo assim.

Xao avançou e se abaixou diante de Christian e Sophia, apoiando-se sobre um joelho para beijar as mãos de ambos.

– Nossas bênçãos os acompanharão. A jornada para a escuridão no interior daquela pirâmide não é uma jornada fácil.

Erin resmungou para si mesma:

– Hum...

– O que é? – perguntou Jordan.

A arqueóloga deu as costas para os monges e estendeu uma das mãos para Jordan.

– Deixe-me ver a sua pedra verde.

Jordan enfiou a mão no bolso, retirou as duas metades e as passou para ela. Enquanto os sanguinistas permaneciam fascinados pela arca e o que continha, Elizabeth se juntou a Erin. Erin encaixou as duas metades e girou a gema para expor o desenho embutido na pedra. Só que, dessa vez, ela inverteu a imagem, virando o símbolo em forma de cálice de cabeça para baixo.

— Poderia esse símbolo ser alguma representação da pirâmide de luz? — perguntou Erin.

Erin se virou para Xao, claramente buscando uma confirmação. Em suas mãos a pedra deslizou, separando as duas metades.

O monge olhou fixamente para a pedra e, pela primeira vez, demonstrou uma reação forte, suas feições plácidas se contorceram numa expressão de horror e consternação.

— Não, não pode ser. — O rosto dele ficou duro de fúria, e ele avançou ameaçadoramente em direção a Erin.

— O que você fez?

Erin recuou, e Rhun se apressou para se colocar entre a mulher e o monge.

— Ela não fez nada — disse Rhun, seu tom carregado de ameaça.

Xao sacudiu a cabeça.

— A Pedra do Jardim está quebrada. Em tal estado, não poderá abrir o portão. — O monge olhou para eles boquiaberto, em seu rosto uma expressão derrotada. — Com essa chave quebrada, não existe futuro. O mundo acaba neste dia.

11:34

Erin olhou fixamente para as duas metades da gema em suas mãos, controlando o desespero que crescia em seu íntimo. *Estaria a jornada deles condenada ao fracasso desde o princípio?* Ela se recusava a aceitar aquilo, não depois de todo o sangue e sacrifícios que tinham sido necessários para chegar àquele vale.

— Deve haver alguma maneira de repará-la — disse ela.

Jordan pegou os pedaços de volta.

— E eu deixei meu tubo de cola na outra calça.

— Vocês não compreendem — disse Xao. — A pedra não está apenas quebrada, está *contaminada*. Posso sentir os fiapos de escuridão que ainda ensombrecem seu coração.

Erin se lembrou do sino de John Dee e das centenas de *strigoi* queimados até virar cinzas em seu interior, de modo que suas essências escuras pudessem ser coletadas no coração da pedra sagrada.

— Ela pode ser purificada? — perguntou Erin. — Batizada?

O sacramento sagrado do batismo podia apagar o pecado original de uma alma. Será que a pedra não podia ser purificada da mesma maneira?

— Só o bem pode vencer o mal — disse Xao. — Só a luz pode acabar com a escuridão. Para purificar tamanha contaminação, seria necessário *o maior dos bens* e *a mais intensa* luz.

O monge se virou para consultar seus irmãos. Eles sussurraram falando uns com os outros em sânscrito. Erin desejou que pudesse compreender, mas algo lhe dizia que a resposta não viria daqueles três.

Eu sou a Mulher de Saber.

Ela olhou fixamente para o reflexo esmeralda dos pedaços nas mãos de Jordan — e então de volta para a pintura na areia. Examinou as três figuras, cada uma com uma representação de *Arbor, Aqua* e *Sanguis* diante de si, e se recordou de algo que Hugo tinha dito:

Você deve decifrar o enigma de modo a poder recuperar a pedra que lhe pertence.

Ela voltou a atenção para Jordan, reparando em como a luz sarapintava suas feições. As partículas de verde tremeluzente apareciam como minúsculas folhas que brotavam de suas linhas carmesins. Era como se a pedra fosse de fato uma *semente*, uma semente que havia brotado dentro de Jordan.

Ela falou em voz alta:

— Essas pedras... elas são ligadas a nós individualmente?

Xao a encarou.

— Isso é dito nos provérbios do Iluminado. *A Filha de Eva estará ligada à pedra vermelha pelo seu sangue. O Filho de Adão estará enraizado na pedra verde por sua ligação com a terra. E o Imortal se unirá à pedra azul porque ele domou sua natureza para poder andar sob o céu azul.*

Erin desejou ter tempo para ler todos aqueles provérbios antigos pessoalmente, mas, em vez disso, se concentrou no problema que tinha diante de si.

— Se a pedra do Filho de Adão está quebrada, então talvez o Filho de Adão possa repará-la — disse. Ela olhou para o leãozinho branco e para Jordan, sabendo do laço que eles tinham em comum. — O sangue de Jordan contém a essência dos anjos, seres de luz e retidão. Talvez essa pureza possa eliminar a escuridão da pedra.

— E se esse sangue pode curar Jordan — acrescentou Rhun —, talvez também tenha o poder de curar a pedra.

Jordan deu de ombros.

— E se tudo isso falhar, posso apenas manter as duas metades juntas com minhas mãos nuas.

Erin sabia que não era só de brincadeira que ele falava.

– Que outra escolha temos? – perguntou.

– Ela está certa – anunciou Christian em voz alta, olhando para o teto, provavelmente percebendo o sol. – Seja o que for que tentemos, é melhor que seja logo.

– Então vamos ver o que meu sangue pode fazer. – Jordan puxou um punhal da bota. – Não posso deixar a pedra mais contaminada do que já está.

Ele levantou a lâmina para o pulso.

– Não, não aqui! – exclamou Xao em voz alta. – É proibido derramar sangue em nosso templo sagrado.

– Onde, então? – perguntou Jordan, pausando com a ponta da faca encostada na pele.

Erin sabia que não tinham mais tempo para suposições. Ela apontou para a pintura na areia.

– Teremos que fazer a tentativa no instante em que estivermos em nossas posições determinadas. – Ela se virou para Xao. – Onde está a terceira pedra? A gema azul?

A que deve ser de Rhun.

Xao balançou a cabeça para seus irmãos, que voltaram para a barriga do Buda e retiraram outra caixa, também branca, mas pintada com um céu cheio de gordas nuvens brancas. A caixa cabia com facilidade nas palmas das mãos do monge, que a carregou até Rhun e a ofereceu a ele.

Rhun começou a abri-la, mas Erin o deteve.

– Não abra – advertiu ela, recordando-se do efeito que a pedra *Sanguis* tivera sobre Jordan na igreja de Hugo. Ela não queria aquela pedra cantando para Jordan e levando-o a um desmaio como a outra fizera.

Em vez disso, apontou na direção do portão aberto.

– Xao, leve-nos para onde devemos ir.

39

20 de março, 11:44 horário do Nepal
Vale Tsum, Nepal

Rhun e os outros seguiram apressados para fora do templo e de volta para a aldeia de pedra. Seu relógio interno sentia a aproximação do meio-dia enquanto a santidade em seu sangue respondia à passagem da lua na frente do sol. À medida que a escuridão se aproximava, suas forças se esvaíam, como a areia passando pelo vértice de uma ampulheta.

Adiante, depois do portão aberto, a luminosidade do dia havia se reduzido a um crepúsculo opaco à medida que a sombra da lua se estendia sobre aquelas montanhas. O grupo correu adiante e baixou a cabeça para entrar de novo naquele vale invernal, o mal agora ainda mais palpável.

Enquanto se endireitava, Rhun olhou para o céu, observando que restava apenas um crescente bem fino de sol. O brilho queimou seus olhos, enchendo-o de certeza.

Nosso tempo se esgotou.

Sob os galhos das duas árvores maciças, o grupo rapidamente se dividiu. Um monge conduziu cada membro do trio. Rhun se afastou com o mais alto dos irmãos, que o levou em passo acelerado por um caminho que seguia pela base dos penhascos gelados em direção à margem ocidental do lago negro. Xao pegou Erin pela mão, e outro partiu com Jordan. Ambos seguiam para outra direção, rumo a suas respectivas posições nas margens oriental e sul.

Em meio ao grupo deles, Sophia e Christian avançaram com esforço sob o peso da arca e de suas correntes de prata sagradas e desceram direto, ficando sob a sombra das árvores na margem norte.

Os dois membros restantes do grupo seguiam nos calcanhares de Rhun. Um não o surpreendeu. O leãozinho andava pesadamente em meio à neve, rosnando baixinho, a cabeça baixa por causa do mal que se elevava do lago. Claramente aquele vale agredia os sentidos do filhote tanto quanto os de Rhun.

Sua última acompanhante o surpreendia. Elizabeth caminhava atrás dele, dando largas passadas, as costas retas, os olhos cravados no lago. Ao contrário de Rhun e do leão, ele via uma expressão de anseio no rosto dela, como se ela desejasse correr para aquele lago e patinar sobre sua superfície escura.

Por que ela parece tão pouco incomodada pelo mal que existe aqui?

Ela percebeu a atenção dele, lendo a pergunta em seu rosto, mas interpretando equivocadamente.

– Não estou disposta a deixar você fazer isso sem alguém na sua retaguarda. Especialmente faltando um braço.

Ele lhe deu um sorriso agradecido.

Elizabeth fez cara feia para ele.

– Olhe para onde pisa, Rhun, senão você e sua pedra cairão e sairão rolando.

Ele se virou para a frente enquanto o monge os conduzia por uma trilha estreita para um marco elevado que se projetava para o alto da linha da costa. Era um plinto de granito cinza, coberto de granizo e gelo, que se elevava à altura de seu peito.

O monge limpou a neve do topo do pilar com dedos reverentes, revelando a escultura de uma pequena taça, idêntica aos cálices retratados no mosaico em Veneza. Como as estruturas no templo budista, a base do cálice de pedra se fundia com a do pilar, fazendo do cálice e do pilar uma única peça.

Rhun imaginou que se limpasse a neve ao redor da base do plinto aquilo também seria parte daquela montanha.

O monge se posicionou ao lado de Rhun, tirou a caixa de sua mão e então a virou de modo que o fecho ficasse de frente para Rhun.

– A Pedra do Céu é para o senhor – entoou o monge, fazendo uma ligeira reverência. – Deve colocar a gema sagrada em seu lugar. Ao mesmo tempo que os outros.

O monge balançou a cabeça para o cálice.

Rhun compreendeu.

Eu devo colocar a pedra Aqua *dentro desse receptáculo.*

Rhun estendeu a mão para a caixa, abriu o fecho com o polegar e empurrou, e abriu a tampa. Por um segundo esperou não encontrar nada ali, num derradeiro ato de traição daqueles monges. Mas, em vez disso, repousando sobre um leito de seda, estava uma gema perfeita. Fulgurava com o brilho de um céu azul vívido, como se o mais perfeito dos dias tivesse sido capturado naquela pedra, preservado para a eternidade.

Um pequeno suspiro de reverência escapou de seus lábios.

O leão se aproximou, pondo a pata no joelho de Rhun para levantar o focinho mais alto de modo a poder olhar a pedra. Elizabeth apenas cruzou os braços.

Rhun afastou o leão da perna e cerrou os dedos ao redor da gema, sentindo uma profunda sensação de que não era digno daquilo.

Como tamanha beleza pode ser destinada a mim?

Apesar disso, sabia qual era seu dever e pegou a pedra, sentindo santidade nos dedos, no pulso e subindo pelo braço. À medida que seu peito era inundado pela santidade, quase esperou que ela fizesse seu coração começar a bater de novo. Quando isso não aconteceu, ele se virou e encarou o pilar e aquele cálice entalhado.

Do outro lado do lago, viu que os outros já estavam em suas posições. Xao sussurrava, inclinado para a orelha de Erin, provavelmente passando as mesmas instruções para ela.

Erin lançou um olhar em sua direção. Embora estivesse a quatro metros e meio de distância, Rhun podia ver o temor no rosto dela. Sabia o motivo da ansiedade dela e também se virou nessa direção. O trio precisava agir em uníssono, mas ainda faltava uma última tarefa. Rhun olhou para Jordan.

Será que o sangue do homem purificaria e repararia a gema quebrada?

11:52

Jordan tocou a ponta fria do punhal na pele de seu pulso.

Seria melhor que aquilo desse certo.

Um olhar revelou o que restava do sol: um esplendor carmesim flamejante que se irradiava da borda da sombra escura da lua. O brilho fez seus olhos arderem, deixando sua visão ofuscada quando olhou de volta para a lâmina posicionada em seu pulso. Àquela altura o vale estava mergulhado na umbra da lua, tingindo a neve de um carmesim suave e o gelo do lago de um tom negro ainda mais escuro, fazendo-o lembrar as gotas do sangue de Lúcifer.

O lago parece um buraco neste mundo.

O sangue dele gelou ao ver aquilo, percebendo o *desacerto* disso.

Sabendo o que tinha que fazer, pressionou a ponta do punhal na carne e apertou a lâmina ao longo do pulso. Uma linha grossa de sangue subiu. Ele embainhou a arma e tirou os pedaços da pedra verde do bolso, entregando um para o monge ao seu lado. Jordan pegou o pedaço que lhe restava e o segurou sob o seu pulso cortado, apanhando a primeira gota no centro da gema.

Ele se preparou para alguma reação extrema, mas quando nada aconteceu continuou a encher a cavidade da pedra. Depois que seu sangue começou a se derramar sobre a face da gema, trocou aquela metade pela que ainda estava vazia e repetiu o mesmo procedimento.

Apesar disso, não houve nenhum clarão de luz ofuscante, nenhum crescendo de canção.

Jordan olhou para o monge em busca de ajuda, mas o sujeito parecia igualmente perdido – e assustado.

Só me resta fazer uma coisa...

Deixando de lado as preocupações, Jordan pegou as duas partes, com sangue espalhado sobre as facetas, e encaixou as duas metades apertando uma na outra.

Vamos...

Por um momento, não houve nenhum resultado melhor – então a pedra começou a se aquecer entre as palmas de suas mãos, rapidamente se tornando mais quente, não muito diferente do calor febril de seu corpo quando se curava. Jordan rezou para que aquilo fosse um bom sinal. Logo o fogo interno se tornou uma queimadura, como se ele tivesse pegado um carvão em brasa de uma fogueira. Mesmo assim, continuou segurando, contorcendo o rosto de dor.

Observou novas linhas carmesins aparecerem nas costas de suas mãos, queimando espirais em sua pele, se enroscando ao redor de seus dedos. Quase esperava que suas mãos se fundissem uma na outra sobre a pedra, para se tornar uma casca para a semente ardente que ele segurava.

No instante em que pensou que não poderia suportar mais o calor, o ardor se abrandou, sendo substituído por um canto que passou através dele, trazendo-o para mais perto, enraizando-o de uma maneira nova na gema em suas mãos. Aquele leve eco que ele tinha ouvido da pedra antes que se tornasse um grandioso coro.

O eco cantava os dias quentes de verão, o cheiro de feno no celeiro, o som de vento soprando através de campos de milho. Ecoava o zumbido de abelhas no final da tarde, o grasnando suave de gansos migrando com a mudança das estações, as notas graves e baixas de uma baleia em busca de um companheiro.

Jordan inclinou a cabeça, ouvindo uma nova canção se fundir com a melodia da gema. Uma fita vermelha cálida de esperança e vida fluiu e dançou para dentro de sua canção, as novas notas ecoavam o bater de corações e riso e o relinchar baixinho de um cavalo ao ver uma pessoa querida.

Então uma terceira voz se juntou ao coro, tão azul quanto a plumagem de um gaio sob a luz do sol. Aquele refrão se aprofundou através do coro: fluindo com o estrondo de água caindo, o bater suave de chuva na terra seca e o suspirar de uma maré enchendo e vazando. Um movimento tão eterno quanto a terra.

As três canções se entreteceram umas nas outras formando um grandioso cântico de vida, um cântico que revelava em cada nota e coro a beleza e a maravilha deste mundo, sua infinita harmonia e variedade, e como cada peça se encaixava nas outras para formar um todo.

Jordan se sentiu parte daquela canção, e ao mesmo tempo um observador.

Então, em meio àquela majestade, uma ordem soou, chegando a seus ouvidos.

– Agora! – gritou Erin. – Ao contar três!

Jordan arrancou o olhar das profundezas esmeralda de sua pedra para ver Erin postada diante de seu pilar, os braços levantados, segurando ao alto uma pedra vermelha brilhante que desafiava a escuridão do eclipse.

O coração de Jordan doeu ao vê-la, permitindo que a canção se apagasse o suficiente para ouvir e obedecer. Ela parecia uma deusa tribal antiquíssima, seu corpo iluminado por aquele brilho carmesim, transformando seu cabelo dourado em fogo.

A oeste, Rhun também segurava ao alto sua pedra.

– *Um.* – A voz clara de Erin se elevou vinda do outro lado do lago.

– *Dois* – respondeu Rhun para ela, como se eles tivessem ensaiado.

Jordan acrescentou finalidade àquele momento:

– *Três.*

11:59

Erin baixou a pedra *Sanguis,* colocando-a dentro do cálice à sua frente.

No instante em que suas facetas tocaram no granito, a gema cor de rubi explodiu numa luz flamejante, ecoando o fogo carmesim do sol em eclipse. Chamas irromperam na superfície da gema e dançaram ao redor do cálice de pedra. Calor e santidade banharam o rosto de Erin. Ela temeu que, se ficasse perto demais, aquilo a queimasse até virar cinzas.

Xao não demonstrou tal preocupação. Deu um passo para ficar ao lado dela e estendeu as mãos para as chamas. Enquanto aquecia sua carne fria naquele fogo, o monge cantou alto em sânscrito. Erin ouviu o cântico ser entoado também por seus irmãos.

À medida que a lua eclipsava totalmente o sol, mergulhando o vale num crepúsculo sombrio, a gema lutava contra a escuridão. As chamas irromperam mais altas, flutuando intensamente, como se avivadas por algum gigantesco fole para se tornarem um redemoinho abrasador. Erin queria fugir daquele inferno, mas sabia que seu lugar era ali.

Então, da mesma maneira súbita com que tinham aparecido, as chamas foram sugadas para dentro da pedra, fazendo-a brilhar ainda mais intensamente, como se um pedaço do sol estivesse dentro daquele cálice. Então as chamas se acenderam de novo – dessa vez não ao longo das facetas da gema, mas em todo o seu redor.

Erin esticou o pescoço, olhando para todos os lados, dando-se conta de que aquelas chamas definiam uma bolha de cor rubi que a rodeava, sua superfície margeada por um fogo carmesim. Era como se a própria gema tivesse subitamente se expandido, engolindo-a inteira.

E eu nada mais sou que uma minúscula falha em seu coração.

Um olhar para o outro lado da superfície escura do lago revelou Rhun postado sobre uma esfera lambida por um fogo azul – Jordan em um globo esmeralda.

Ela deu um passo na direção deles, mas Xao ainda estava ao seu lado e pôs a mão sobre seu ombro, segurando-a com firmeza. Erin olhou para o fogo líquido que corria sobre a superfície da esfera, recordando-se da advertência do monge sobre o perigo de seres humanos cruzarem aquelas barreiras de luz, como eles seriam consumidos pelo fogo.

Ou talvez Xao a estivesse advertindo para ver o que ainda estava por vir.

As chamas subitamente rodopiaram e se reuniram perto do topo de sua bolha – então dispararam em direção ao céu, curvando-se para fora sobre o lago. Lanças de fogo semelhantes – ardendo em azul intenso e verde-esmeralda – irromperam das outras esferas, projetando-se para cima, para encontrar a coluna rubi.

As três se chocaram umas contra as outras acima do centro do lago, produzindo uma nota altíssima ressonante que deixou Erin trôpega e atordoada, mas Xao a ajudou a se manter de pé. Ela olhou boquiaberta para a pirâmide de fogo. No topo, aquelas três colunas de fogo chicoteavam em um enorme redemoinho, rodopiando suas chamas reunidas, misturando e fundindo suas cores, revelando um borrão de todas as combinações de luz. Então aquele rodopiar se tornou ainda mais intenso, movendo-se rápido demais para o olho humano acompanhar, até que todas as cores se tornaram uma, criando um círculo de fogo branco puro.

Erin se lembrou do símbolo invertido que tinha mostrado a Jordan e Elizabeth.

Aqui está, trazido à vida.

Então, daquele círculo acima, uma coluna de luz disparou descendo para o lago, golpeando o gelo negro. O gelo se quebrou, e, com o impacto, as fendas se espalharam pela superfície do lago. O chão se sacudiu sob os pés.

Na esteira daquilo, o mundo ficou em silêncio.

Erin não ouvia nem um sopro de vento, nem um crepitar de galho de árvore, nem um som de vida.

Exceto pelo martelar de seu coração na garganta.

Ela observou enquanto a coluna de luz se expandia para fora sobre o gelo, formando um cone que brilhava de cima para baixo, criando uma pirâmide dentro de uma pirâmide. Naquele fulgor de brilho cônico, o gelo negro se ondulou como água sob uma brisa impetuosa.

Erin se lembrou do mural na Casa Fausto, mostrando toda sorte de monstros que rolavam para dentro deste mundo. Ela se preparou para o que estava por vir – mas, mesmo assim, sabia que estaria despreparada.

12:01

Com a pele se arrepiando toda em advertência, a mão de Jordan foi para a Colt 1911 no coldre debaixo da aba da parca. Sabia que a arma provavelmente não serviria para nada contra o que ele sentia que subia das profundezas escuras daquele lago, mas queria sentir sua solidez em sua mão, um contraponto para aquele buraco no mundo que se abria diante dele.

À sua esquerda, Erin parecia assustada, trancada dentro de sua esfera flamejante. Ela deve ter sentido os seus olhos nela, porque virou a cabeça para olhar para Jordan. Ele lhe deu o que esperava ser um sorriso tranquilizador, e Erin conseguiu responder com um pequeno sorriso.

À sua direita, estava Rhun com um dos monges numa esfera coberta de chamas azuis. Atrás dele, Elizabeth tinha desembainhado a espada. O leão andava de um lado para outro além da esfera, aparentemente tendo ficado do lado de fora quando a gema se incendiara, o único deles esperto o suficiente para não ficar preso numa armadilha.

E Jordan sabia que estava preso, sentia que não deveria ousar sair daquela barreira de luz esmeralda, que seria queimado até virar cinzas se tentasse. De modo que tudo que pôde fazer foi apertar mais a arma em sua mão.

Lá fora no centro do lago, aquela escuridão ondulante começou a emitir sombras e fumaça, lentamente enchendo os limites daquele cone de brilho.

Por fim ele não conseguiu mais ver o lado norte do lago, onde Christian e Sophia esperavam com a arca de correntes de prata.

Enquanto observava, aquela escuridão começou a adquirir forma em seu âmago, sombra e fumaça se tornando substância. Uma figura escura se formou ali, elevando-se a dois andares de altura, sentada em um trono de obsidiana. Suas feições eram enegrecidas, sua pele nua escorria sombras tão escuras quanto piche. Detrás dos ombros fortes, um par de asas maciças se abriu, plumadas com chamas negras. Onde as pontas chamejantes tocavam a luz, raios negros dardejavam por toda a superfície interna do cone – mas a barreira se manteve firme.

A criatura alada se mexeu, tentando se levantar de seu trono, lutando contra os anéis de correntes de prata, seu corpo preso da cintura para baixo.

Jordan sabia quem tinha diante de si.

O rei daquele poço sem fundo.

Lúcifer em pessoa.

E Jordan não pôde deixar de achar aquele anjo sombrio...

12:03

... tão bonito.

Erin se maravilhou com a perfeição da figura no trono. Cada músculo em seus braços e peito era perfeitamente definido, as asas ardiam e brilhavam com fogo negro. Mas foi o rosto que atraiu toda a sua atenção. As maçãs do rosto eram altas, esculpidas em graciosos arcos, flanqueando um nariz absolutamente reto. Mais acima, cílios longos franjavam olhos que brilhavam com uma majestade sombria, vendo tudo e nada.

Ela achou impossível desviar o olhar.

Uma pessoa do grupo deles não estava tão paralisada e impressionada.

– Por que vocês estão esperando? – gritou Elizabeth do outro lado do lago, quebrando o encanto.

Erin viu Rhun estremecer e sair de seu transe e gritar para o lado norte do lago:

– Christian! Sophia! Andem!

O par de sanguinistas partiu da margem rochosa, carregando entre eles a arca pesada. Como Xao havia prometido, os sanguinistas passaram através daquele plano externo da pirâmide ardente sem problema, embora, uma vez do lado de fora no gelo, a malignidade claramente os enfraquecesse, fazendo com que suas pernas tropeçassem. As novas rachaduras no gelo também tornavam a caminhada mais traiçoeira, obrigando o par a seguir uma rota tortuosa evitando as fendas, o que os tornou ainda mais lentos.

Enquanto o temor a dominava, Erin se virou para Jordan, desejando que estivesse ao seu lado.

Jordan percebeu a atenção dela e levou a mão em concha à boca para gritar alguma coisa para ela – mas uma risca prateada lampejou atrás de seus ombros.

Erin gritou para avisá-lo:

– Jordan! Cuidado...

Então dedos duros e frios se cerraram atrás de seu pescoço, estrangulando suas palavras.

40

20 de março, 12:04 horário do Nepal
Vale Tsum, Nepal

Jordan se pôs em movimento no instante em que ouviu o grito de Erin, respondendo com anos de instinto como soldado. Ele se desviou para baixo – enquanto uma espada longa e curva passava acima de sua cabeça.

Embora a espada errasse o alvo pretendido, a lâmina ainda bateu na pedra esmeralda com violência, soltando a gema, fazendo-a rolar embriagadamente ao longo da borda do cálice. Jordan bateu no chão na base do pilar e se torceu sobre um quadril, empunhando a Colt e disparando no peito do monge que empunhava a espada.

Sabendo que seu adversário era *strigoi*, Jordan esvaziou o pente inteiro. O monge voou para trás, caindo fora da esfera esmeralda. O monge aterrissou de costas na neve, seu peito fumegante por causa das balas de prata, sangue negro jorrava debaixo de seu corpo.

Jordan girou para o outro lado, seu corpo vibrando com advertência, ainda sintonizado com a pedra.

Ele lançou o braço estendido quando a pedra rolando se soltava de seu poleiro e despencava. Infelizmente só seus dedos tocaram nas facetas da pedra antes que ela aterrissasse num monte de neve na base do plinto.

Quando a pedra bateu, um estrondo ressonante sacudiu o solo. Ele engatinhou para a gema enquanto ela continuava a chamejar na margem de neve. Mas o estrago tinha sido feito. Embora a esfera esmeralda ao redor dele permanecesse intacta, ainda ardendo em chamas, uma das colunas da pirâmide tinha sido desalojada de sua fundação.

Tenho que botá-la de volta no lugar, antes que seja tarde demais...

Uma série de disparos explodiu perto dali, soando alto como tiros de rifle, ecoando da superfície do lago.

Jordan levantou o olhar e observou o gelo se despedaçar, se partindo em pedaços como um espelho caído. Mas o que aquele espelho deveria refletir era algo muito mais sombrio, algo que não pertencia a este mundo.

E subitamente se libertou.

Criaturas subiram fervilhando à superfície do lago: movendo-se pesadamente, rastejando e empurrando, abrindo caminho através do gelo. A horda escalou em direção à margem, a maioria na direção dele e do pé quebrado da pirâmide, percebendo uma via de fuga.

Jordan recuou diante daquilo, respondendo com a parte reptiliana de seu cérebro, se recusando a aceitar o que estava vendo, mas ao mesmo tempo incapaz de negar. Seu estômago ficou embrulhado diante do que viu, horrores que sua mente não conseguia compreender plenamente. Mas quando seus dedos se estenderam para trás e tocaram na superfície interna da esfera que o rodeava, uma dor lancinante percorreu seu braço até o peito. Ele puxou a mão de volta. Fumaça subia das pontas enegrecidas de seus dedos.

Ele se deu conta de que estava preso dentro daquela esfera, impossibilitado de fugir, recordando-se da advertência do monge:

Seria morte certa para aqueles cujo coração ainda bate perfurar aquele véu brilhante.

Mas as abominações que rastejavam para fora do lago não tinham corações que batessem, não tinham tais limitações.

À direita algo saiu do lago espirrando água, avançando pesadamente como uma pessoa comum, mas com um rosto liso, achatado, sem olhos nem boca – mas mesmo assim gritava, uivando para o mundo. À sua esquerda, uma criatura maciça saltou para as rochas, agarrando-se ali, com cascos fendidos e uma cabeça deformada, então se afastou com um salto.

Ele queria cobrir os olhos, mas temia o desconhecido ainda mais.

Direto na sua frente, uma forma negra de crocodilo rastejou e com as garras avançou para fora do gelo. Mas não tinha cabeça, só uma ventosa enrugada na frente. Em sua esteira deixava uma trilha de gosma da cor de bílis. Parecendo perceber sua presença, veio mais depressa em sua direção, passando incólume pelo véu esmeralda de sua esfera, trazendo consigo o fedor de enxofre e carne podre.

A mente de Jordan lutou com a impossibilidade daquele ser, inclinando-se para a insanidade. Apesar disso, um temor maior o manteve lúcido, momentaneamente ancorado.

Erin.

Mas, preso ali, Jordan nunca poderia alcançá-la.

Só uma pessoa poderia.

12:06

Rhun golpeou com violência com sua *karambit*, aparando e afastando a espada do monge – mas o impacto o fez cambalear. Seu inimigo era muito mais forte e rápido que qualquer *strigoi* com que Rhun jamais tivesse lutado, a força provavelmente alimentada pela malignidade que subia do lago e a presença ameaçadora de seu senhor das trevas, Lúcifer.

Para se manter de pé depois daquele golpe, Rhun tropeçou para fora do véu de luz azul. Além daquela esfera, o ar recendia a morte e pestilência. A repugnância fez sua pele se arrepiar como se percorrida por mil aranhas.

O monge o perseguiu, sua longa espada lampejando numa faixa de reflexos azuis, mas aquele golpe nunca chegou a ele. Em vez disso, alguma coisa acertou o monge no flanco, derrubando-o. O leãozinho rolou se afastando, mas girou de volta, sibilando alto. O monge se levantou com a velocidade de uma cobra dando o bote, lançando a espada contra a garganta do filhote – mas, em vez disso, o monge tombou para a frente, a cabeça voando arrancada de seu corpo, enquanto sua espada se espetava sem causar dano num monte de neve ao lado do felino.

Elizabeth estava ali, sangue negro pingando de sua espada.

Mais uma vez ela tinha lhe salvado a vida, provavelmente também a do felino, mas Rhun não teve tempo de agradecer.

Durante a violenta escaramuça, ele tinha visto Jordan despachar o monge ao seu lado, a pistola chamejando. Também viu a gema cair, fazendo com que o lago se despedaçasse daquele lado, permitindo que o inferno se libertasse e entrasse neste mundo. Naquele exato instante animais estavam escalando as margens e se espalhando mais. Outros saltavam sobre o gelo emitindo sons incompreensíveis ao redor dos pés de seu senhor. Vários avistaram Christian e Sophia com as correntes e saíram atrás deles, enfurecidos pela santidade das correntes ou talvez comandados pelo próprio anjo das trevas.

– Defenda a pedra – Rhun ordenou a Elizabeth.

Ele tinha que chegar a Erin, um momento antes a tinha visto ser atacada quando tentava alertar Jordan, e mesmo agora ela lutava contra as mãos de ferro de Xao. Os dedos do monge estavam ao redor de sua garganta, levantando-a alto, até que só os dedos dos pés tocassem na neve.

Rhun correu ao longo da margem na direção dela. Uma criatura reptiliana saltou do gelo para atacá-lo, mas Rhun habilmente se desviou, golpeando e decapitando a cabeça cheia de escamas, enquanto um esguicho de sangue se dissolvia através de sua parca e queimava sua pele como ácido.

Apesar disso, ele continuou a avançar, seguido pelo leão.

Algumas outras criaturas o ameaçavam, mas pareciam mais interessadas em escapar do lago para o mundo do que de fato atacá-lo. O mesmo não era verdade para Christian e Sophia, mais avançados sobre o gelo. O par havia descansado a arca e combatia uma horda cada vez maior. As vestes de ambos estavam ensopadas de sangue.

Do outro lado do lago, uma nova série de disparos revelou que Jordan havia recarregado sua arma e estava disparando contra alguns animais no interior de sua esfera verde, ainda mantendo seu terreno por enquanto.

Rhun correu o trecho que ainda o separava da esfera rubi.

Erin ainda vivia, seu coração martelando em seu peito, a respiração irregular e sufocada naquela chave de braço.

Xao viu Rhun se aproximando e sorriu, Rhun sabia que o monge poderia ter partido o pescoço de Erin como um graveto a qualquer momento, mas Xao havia se contido – talvez apenas para saborear mais aquele momento.

O monge libertou uma das mãos e levantou um punhal para a garganta de Erin.

Não...

A lâmina rasgou um corte fundo e largo, abrindo aquele pescoço delicado de um lado a outro. Sangue jorrou como uma fonte enquanto o monge a largava.

Erin caiu como um saco, tombando de lado, sua vida escorrendo na neve.

As pernas de Rhun tropeçaram diante da verdade, sabendo que era demais para deter, demais para curar. Mesmo assim ele lutou para cobrir a distância que ainda os separava. Não a perderia. Ele tinha jurado que a protegeria – não apenas como um Cavaleiro de Cristo, mas como alguém que a amava e não podia imaginar o mundo sem ela.

Xao recebeu a fúria dele com um largo sorriso, os olhos escuros brilhavam, carregados de maldade.

Aquilo não era trabalho de Lúcifer.

Rhun sabia quem olhava para ele através daqueles olhos.

12:07

Do outro lado do lago, Legião saboreou a expressão de horror e derrota no rosto do Cavaleiro. Ele tinha presenciado aquilo tanto através do olhar do monge possuído quanto através dos olhos de seu receptáculo agora.

Legião continuava escondido entre os pedregulhos do lado sul do lago, onde estivera manipulando os acontecimentos de longe, à espera do momento certo para se mostrar.

Bem lá no fundo de seu ser, a pequena chama de Leopold estremeceu, abalada pela morte súbita da Mulher nas mãos do monge. Legião imaginou aquela chama fraca vertendo lágrimas esfumaçadas.

Como tinha sido fácil fazer o trio dançar de acordo com seus desejos!

Usando o conhecimento roubado de Hugo de Payens, Legião tinha se apressado em chegar ali antes dos outros, apanhando os monges despreparados.

Com um toque, eles se tornaram meus.

Legião tinha pensado em tirar vantagem de um segredo, um segredo que Hugo não tinha contado aos outros. O eremita sabia que a pedra quebrada não podia mais abrir o portão naquele vale. Hugo havia acreditado que os monges saberiam como repará-la, de modo que Legião também acabara por acreditar. Infelizmente, depois que se apoderou das longas memórias dos monges, não encontrou nenhuma informação sobre isso.

Frustrado, Legião fez novos planos. Leopold e Hugo de Payens tinham ambos confiado na Mulher de Saber, nutrido grande estima por ela. Se alguém fosse capaz de encontrar um meio de reparar a pedra, seria ela. De modo que ele se escondeu e cuidadosamente manipulou os três monges, usando-os para arrancar a verdade do trio, para fazer com que eles fizessem o trabalho para ele.

E como aquilo tinha funcionado perfeitamente.

A Mulher de fato havia fornecido a resposta, e o Guerreiro deu seu sangue para completar a tarefa. Juntos, os três tinham aberto o portão – o que deixou Legião com a simples tarefa de destruir as pedras, para assegurar que aquele portal nunca mais fosse fechado. Este mundo seria conquistado para o senhor das trevas. Depois que aquele anjo negro fosse libertado, o jardim poderia ser expurgado da humanidade, deixando aquele paraíso só para Legião.

Uma promessa que Lúcifer tinha feito a Legião.

Legião saiu da pequena caverna entre os rochedos e levantou os braços para o céu escurecido pelo eclipse. Ele só precisava de um punhado de momentos para completar sua tarefa. O sol já estava nascendo de novo no céu, erguendo-se, incendiado das cinzas do eclipse. Sabendo que o tempo seria breve, ele havia escolhido aquele local para se esconder mais cedo, um abrigo mais próximo da pedra verde, o mais próximo do Guerreiro que ainda a guardava. Embora reparada, a pedra ainda era a mais fraca. Legião a despedaçaria primeiro – depois destruiria as outras uma a uma.

Para se certificar de seu sucesso, ele havia atraído o Cavaleiro a se afastar de sua pedra ao ameaçar a Mulher. Legião tinha esperado até que o padre sanguinista estivesse bem próximo, antes de matar o primeiro integrante do trio. Em seguida, Legião destruiria o Guerreiro, que permanecia aprisionado pela luz esmeralda, um passarinho numa gaiola. Só então despacharia o Cavaleiro, depois de fragilizá-lo ao matar todos aqueles que ele mais amava.

Mas Legião não o faria sozinho.

Enquanto saía sob aquele céu destruído, os habitantes da terra da escuridão acorreram para ele, reunindo-se ao seu redor como sombras. Lamberam suas botas esfarrapadas, se curvaram diante dele, morderam uns aos outros com alegria selvagem em sua esteira. É claro, eles o amavam.

Ele os tinha libertado.

E agora libertaria este mundo da praga do homem.

Legião examinou o Guerreiro.

A começar por este aqui.

12:08

Esparramada sobre o lado, Erin apertou as duas mãos contra a garganta. Sangue quente escorria entre seus dedos, enquanto a neve fria acomodava sua face. Ela pôde apenas observar enquanto Xao passava por cima de seu corpo e enfrentava o ataque de Rhun com um punhal em uma mão e uma espada de lâmina curva na outra. Além da esfera ardente, aço e prata se chocavam numa sucessão de golpes, contragolpes e aparadas. O leãozinho ajudava, voando para abocanhar a bainha da veste do monge para desequilibrar Xao ou se atirar entre as pernas do homem.

Mesmo naquele momento, ela compreendeu a origem dessa traição, sabendo como eles tinham sido magistralmente manipulados naquele vale sagrado, usados como marionetes por Legião, tão certamente como se tivessem sido possuídos pelo demônio. Legião tinha precisado deles para trazer as duas pedras, para reparar a quebrada e abrir o portão de modo que Lúcifer pudesse subir da escuridão do lago.

E nós fizemos tudo isso.

A raiva a manteve aquecida enquanto o sangue continuava a escorrer entre seus dedos.

Xao recuou na direção dela, passando através do fogo para reentrar na esfera. O demônio dentro dele parecia ignorá-la, talvez acreditando que já estivesse morta ou, pelo menos, fraca demais para lutar.

Mas eu sou mais do que a Mulher de Saber.

Ela golpeou com uma perna, e Xao tropeçou, pegando o monge de surpresa. Enquanto ele caía e perdia a guarda, Rhun golpeou rapidamente com sua *karambit*, enterrando-a fundo no olho do monge. Rhun usou aquele ponto de apoio para virar o crânio de Xao e batê-lo com força contra um pilar de granito próximo. Ele bateu repetidas vezes, até que o monge parou de se mover.

Só então Rhun se virou para se ajoelhar ao lado dela.

Pelo menos não vou morrer sozinha.

Mas, no fim das contas, ela não importava.

– Jordan... – conseguiu balbuciar.

Rhun segurou a mão dela, recusando-se a sair do seu lado.

Ela deixou sua outra mão cair da garganta e empurrou o joelho dele, instando-o a ir ajudar Jordan. Em vez disso, ele pôs sua própria mão sobre a ferida dela. Os dedos mais fortes fizeram uma pressão mais firme, como se sabendo onde apertar para fechar as artérias maiores.

Ela queria lutar com ele, mas não tinha força.

O leãozinho andava de um lado para outro do lado de fora daquele véu ardente, ansioso, visivelmente querendo ajudar.

Erin rangeu os dentes, odiando decepcionar a ambos. Ela era a Mulher de Saber, e ainda tinha uma tarefa a cumprir. Lutaria da única maneira que lhe restava.

Ela se moveu para deixar exposta a mochila em suas costas.

– O evangelho – sussurrou.

Com certeza tinha que haver alguma resposta naquele livro. Tinha carregado o volume até ali, não apenas porque não confiava em Bernard, mas também porque sabia que o livro ainda tinha um papel a desempenhar. Aquilo tinha que ser importante.

Mas, se eu morrer, o potencial do evangelho morre comigo.

Talvez acreditando que estivesse lhe concedendo um último desejo, Rhun soltou seu pescoço, pegando a mão dela e mostrando onde devia fazer pressão. Só então ele pegou o evangelho da mochila e o tirou de seu estojo. Rhun pôs o livro aberto na frente dela sobre a neve, então, rápido, voltou a fazer pressão em seu pescoço, sussurrando uma prece.

Erin virou a cabeça até que a beira da capa tocasse sua face. A maioria das páginas estava vazia, ainda esperando para serem preenchidas com as palavras que Cristo escrevera havia tanto tempo. Bernard certa ocasião dissera-lhe que o Evangelho de Sangue poderia conter o segredo para desencadear a divindade no íntimo de cada pessoa, conhecimento que estava trancado naquelas páginas em branco. Se fosse assim, por causa dela, o mundo nunca saberia.

Rhun tinha aberto o livro na página que continha as últimas linhas de profecias, talvez esperando que ela encontrasse um significado adicional ali. Mas aquelas palavras brilhavam douradas e claras, como se zombando dela por seu fracasso.

Com uma ponta de dedo trêmula, ela virou a página de profecias e colocou a mão ensanguentada na página em branco seguinte. Erin sentiu o papel se tornar mais quente sob sua mão, a superfície estranhamente mais lisa.

Rhun soltou uma exclamação de espanto quando as palavras douradas apareceram sob os dedos dela, inscrevendo-se sobre o papel como se tivessem acabado de ser escritas, linha a linha, fluindo pela página.

Rhun virou aquela página para ela, depois outra.

Mais palavras, mais linhas.

Rhun folheou o livro todo rapidamente.

– O livro inteiro está completo – disse com reverência e espanto.

Erin examinou a página que ainda estava aberta, dando-se conta de que não conseguia ler as palavras. As letras pareciam enoquiano – a língua criada por John Dee para falar com os anjos.

Erin fechou os olhos, lutando para compreender por que Cristo teria escolhido escrever o resto do evangelho em enoquiano, quando as profecias anteriores tinham sido escritas em grego, língua de homens. Só uma resposta fazia sentido. Talvez aquelas novas palavras – talvez o evangelho inteiro – não fossem destinadas para a humanidade, e sim para os anjos.

Não, não *os anjos*, ela se deu conta abrindo os olhos. *Anjo... um anjo.*

Não era de espantar que as páginas só tivessem aparecido naquele momento, naquele vale.

Ela virou o rosto na direção do único anjo presente.

Lúcifer estava sentado em seu trono escuro, olhando direto para ela.

Erin apertou o joelho de Rhun com os dedos. Ele se inclinou mais perto dela.

– Eu... eu sei – balbuciou baixinho. – Eu sei o que tenho que fazer.

41

20 de março, 12:09 horário do Nepal
Vale Tsum, Nepal

Jordan repôs a pedra esmeralda em seu devido lugar. No instante em que a gema tocou no cálice de granito, a coluna de fogo daquele lado da pirâmide chamejou com mais intensidade. O gelo se formou de novo sobre o lago, vedando o portal entre os mundos. Várias criaturas foram apanhadas a meio caminho entre este plano e o outro, seus corpos congelados e contorcidos no gelo.

Mas seu esforço não surtiu nenhum efeito sobre as centenas que já tinham escapado.

Christian e Sophia ainda estavam cercados por uma massa delas, sem conseguir avançar sobre o lago para alcançar Lúcifer. Elizabeth mantinha sua posição ao lado da pedra azul, ensanguentada, mas ainda defendendo seu posto. Do outro lado do lago, Rhun estava ajoelhado ao lado de Erin, que ainda estava viva, embora a poça de sangue vermelho que a rodeava lhe dissesse que ela não teria muito mais tempo. Jordan estava louco para correr para junto dela, para tomá-la em seus braços uma última vez.

Mas mesmo que pudesse ter se libertado de sua prisão esmeralda, outro adversário parecia determinado a detê-lo.

No instante em que Jordan dava as costas para o pilar de granito, Legião saiu dos penhascos avançando rápido em sua direção. Estava cercado por uma sombra de abominações, uma capa de carne viva. Jordan usou seus últimos cartuchos para disparar contra o demônio, mas, cada vez que disparava, uma daquelas sombras saltava para o alto e se atirava no caminho, bloqueando a bala com seu corpo retorcido.

Sem munição, Jordan empunhou a faca KA-BAR em uma das mãos. Deixou cair a pistola e se inclinou para pegar a espada abandonada do monge, satisfeito por ela ter caído dentro da esfera de luz verde.

– Venham! – berrou Jordan para a maré de criaturas ululantes do demônio. – Venham me pegar!

Olhos negros se cravaram nos de Jordan.

– Não tenha tanta pressa de morrer, Guerreiro do Homem, eu chegarei aí daqui a pouco.

Bom... dessa vez estou pronto para você.

Jordan ardia com uma fúria dourada, incendiada por seu sangue angélico e por sua sede de vingança. À medida que Legião se aproximava, Jordan levantou a espada roubada – uma lâmina longa e curva com um pedaço de jade engastado no punho. Jordan separou as pernas pondo-se em posição de combate e se preparou para enfrentar o demônio.

Legião também trazia uma espada, uma arma com uma lâmina preta de aspecto venenoso, brilhando como uma longa lasca de obsidiana. Não era deste mundo, provavelmente tinha sido trazida para ali e dada de presente ao demônio por um dos integrantes de sua horda.

Jordan fez um gesto com a ponta de sua arma.

– Só nós dois – convidou ele. – A menos que você tenha medo de um homem?

– Embora você seja mais que um simples mortal – respondeu Legião –, não serei apanhado de guarda baixa outra vez. De modo que sim, vamos acabar com isso.

Com a espada erguida ao alto, Legião afastou seus monstros e entrou na esfera esmeralda. Sem preâmbulo, ele arremeteu com a espada contra Jordan, forçando uma aparada rápida que deixou Jordan com o braço dormente até o cotovelo. Legião golpeou mais uma vez, e outra, sem parar, lentamente, obrigando Jordan a recuar na direção da borda da esfera.

Se aquela espada não me matar, o fogo verde me matará.

Uma rápida enxurrada de golpes se seguiu. Aço se chocou contra cristal negro. Legião dardejava avançando e recuando através da barreira verde, usando o véu ardente como seu escudo pessoal, sabendo que Jordan não podia segui-lo.

Um golpe rápido finalmente penetrou a guarda de Jordan e cortou seu flanco. Sangue quente vermelho encharcou sua camisa. Mais uma série de ataques acabou com a lâmina de Legião dando um corte fundo em seu antebraço. Legião recuou através da barreira, sorrindo para ele.

Jordan se deu conta de uma dura verdade.

Legião está brincando comigo.

Jordan se afastou com uma guinada, deixando cair a faca e apertando o braço ao redor do flanco ferido, enquanto mantinha a espada erguida.

Legião avançou, claramente pronto para acabar com ele.

No instante em que o demônio penetrou na borda da barreira, Jordan arremeteu numa estocada, na esperança de que as chamas do véu pudessem ter cegado o demônio por uma fração de segundo. Quando a perna de Legião ultrapassou a barreira, Jordan chutou e enterrou os grampos de aço no joelho do demônio. A perna cedeu com um estalo alto. Enquanto Legião caía para o lado, Jordan agarrou a empunhadura da espada do demônio, rolou Legião debaixo de si e montou no corpo negro atirando-o ao solo.

Depois que bateram no chão, Jordan aproveitou o impulso para enterrar sua espada na barriga macia, empurrando-a para cima em direção ao coração silencioso. Legião gritou e o atirou longe com a força do coice de um touro. Jordan saiu voando, rolando pela neve. Tudo o que o salvou de bater na barreira ardente foi o pilar de granito. Ele bateu de lado, com força suficiente para quebrar costelas.

Legião já estava de pé. O demônio abandonou sua espada na neve e desembainhou a espada do monge de sua própria barriga negra e partiu para cima de Jordan, a arma erguida ao alto. Jordan se desviou com uma guinada, tentando pegar a faca que havia abandonado. Só tarde demais se deu conta de seu erro.

Legião avançou para além dele e baixou a espada, golpeando o diamante verde com o punho incrustado de jade. A gema se despedaçou sob o impacto, do mesmo modo que o cálice de granito abaixo dela. A coluna de fogo verde se apagou como uma vela soprada.

Mais uma vez o lago explodiu ao longo daquela margem. A superfície inteira ondulou para cima como se socada por baixo. Animais maiores subiram à superfície, coisas ainda não vistas: o rolar de um olho negro imenso, uma agitação de tentáculos pretos. Jordan percebeu que aquelas criaturas eram mais velhas e mais malignas que os demônios menores à solta até aquele momento.

Como se sabendo disso, Lúcifer se mexeu, sentando-se mais alto em seu trono, quebrando mais elos nas correntes que o prendiam.

O solo tremeu e se abalou com seus esforços.

Legião encarou Jordan, o sorriso do demônio triunfante.

– O tempo do homem finalmente chegou ao fim.

12:10

Erin se encolheu debaixo de Rhun à medida que os tremores abrandaram. Tinha visto a coluna esmeralda se apagar, visto o gelo na margem oposta se despedaçar, expondo um torvelinho de animais monstruosos. Novas fendas se abriam riscando o lago.

Christian e Sophia arrastaram a arca até um pedaço de gelo sólido, acossados por mais criaturas, os animais visivelmente se tornando mais ousados diante da mudança das circunstâncias.

Erin procurou ver Jordan, mas um pesado vapor negro subia do lago naquela margem, obscurecendo a vista.

Rhun ainda apertava sua garganta com sua única mão enquanto se inclinava para trás.

— Erin, o que quer dizer com você sabe o que fazer? — perguntou.

Ela compreendeu o subtexto da pergunta dele: *O que acredita que pode fazer assim tão perto da morte?*

Ela respondeu silenciosamente: *O que posso.*

Erin apertou o Evangelho de Sangue junto ao peito com uma das mãos, recordando as linhas de escrita enoquiana que enchiam suas páginas. Sabia qual era a verdade com absoluta certeza, mas mesmo assim as palavras se recusavam a sair. Estava atordoada demais com o que havia acabado de compreender: o verdadeiro propósito por trás daquele perdido Evangelho de Cristo.

O livro não tinha sido escrito para ajudar *seres humanos* a liberar sua divindade. Fora escrito para um único ser, um anjo, para que ele se redimisse: *Lúcifer*. Ela se lembrou da tabuleta que Lázaro havia lhe mostrado na biblioteca dos sanguinistas, contando uma versão alternativa da história do Jardim do Éden, como Eva havia prometido dividir o fruto da Árvore do Conhecimento com a serpente, mas no final havia quebrado a promessa.

As palavras de Lázaro lhe voltaram à mente naquele momento:

Quando Lúcifer se apresentar diante de você, seu coração a guiará para o seu caminho. Você tem que cumprir o pacto.

Ela não tinha compreendido essas palavras naquela ocasião, mas agora compreendia.

Havia sido negado à serpente — Lúcifer — o conhecimento secreto, um conhecimento que poderia ter levado o anjo das trevas a fazer escolhas diferentes: *o conhecimento do bem e do mal*. Ele havia pedido para ter esse conhecimento, aquilo lhe tinha sido prometido pela própria Eva, mas Eva não o dera a ele, e assim ele nunca havia sabido.

Mas Cristo havia mandado o conhecimento ali para ele.

– Eu tenho que cumprir a promessa de Eva – murmurou Erin com lábios secos e frios.

Além da borda da esfera, o leão olhava fixamente para ela, movendo-se como se a tivesse ouvido, miando baixinho. O leãozinho a fazia lembrar seu primeiro gato, um grande gato de celeiro chamado Nabucodonosor. Ele também tinha sido branco como a neve.

– Ei, tudo bem, Nab – sussurrou ela, momentaneamente perdida no tempo.

Rhun se inclinou para mais perto dela, atraindo sua atenção de volta. O sofrimento em seus olhos a fez ter vontade de estender a mão e tocar no rosto dele, para consolá-lo.

– De que promessa você fala? – pressionou.

Ela obrigou seus olhos a recuperarem o foco.

– O livro... o evangelho... tem que ser dado a Lúcifer.

Os olhos de Rhun se arregalaram de incredulidade, até ultraje.

– Como pode o evangelho de Cristo ser dado para um anjo que foi expulso do céu por Deus?

Ela não tinha forças para argumentar, mas debilmente exalou palavras apagadas, sua respiração se tornava cada vez mais fraca, sabendo que os ouvidos aguçados daquele sanguinista as ouviriam.

– Cristo escreveu o Evangelho de Sangue para redimir Lúcifer. Se Eva lhe tivesse dado o fruto do conhecimento do bem e do mal, ele teria conhecido o bem. O pacto de Eva tem que ser cumprido. Rhun, você tem que dar a ele este conhecimento.

Rhun olhou para cima para o céu escuro.

– Não posso deixar você para morrer sozinha.

– Você precisa... foi para isso que fomos escolhidos.

Rhun pegou o evangelho quando ela o largou, satisfeita por se livrar daquele fardo. Seus dedos vazios voltaram a apertar a garganta, por mais inútil que fosse esse gesto àquela altura. Erin se concentrou em Rhun. O rosto dele dizia-lhe quanto gostaria de ficar com ela, e quanto lhe custava deixá-la. Os olhos de Rhun se voltaram rápido para o livro aberto em sua mão, então seu rosto pareceu assustado.

O que há de errado?

Ele respondeu à pergunta silenciosa:

– A escrita desapareceu. – Ele inclinou o livro, virando as páginas, todas em branco. – Lembre-se, o evangelho é ligado somente a você, Erin. As palavras não são reveladas a mais ninguém.

Ela agora estava com tanto frio. Não sabia o que fazer, o que dizer.

– Talvez eu possa levar você e o livro para Lúcifer – sugeriu Rhun. – Podemos entregar o livro a ele juntos.

Não...

Ele rapidamente também compreendeu, o desânimo tornou seu corpo flácido acima dela.

– Isso não vai funcionar. Enquanto você viver, a luz o queimará até virar cinzas. Só sanguinistas ou *strigoi* podem passar por aquelas barreiras incólumes.

A visão de Erin começou a escurecer. Ela usou seu último sopro para sussurrar a derradeira verdade:

– Você tem que me transformar... é a única maneira.

Eu tenho que me tornar uma strigoi.

12:12

Jordan tinha perdido Erin de vista à medida que uma densa neblina preta se espalhava em rolos sobre o lago, subindo com gritos e uivos distantes, sua escuridão quebrada por lampejos de chamas mais negras. Formas gigantes se moviam naquela névoa, coisas que ele sabia que o simples fato de vê-las o privaria de sua sanidade, o pouco que restava dela.

Apesar disso, mesmo com a esfera esmeralda destruída ao seu redor, ele se manteve de joelhos. Com a destruição da gema, o portão estava danificado para sempre, nunca mais tornaria a ser fechado.

Jordan não via nenhum motivo para continuar lutando, especialmente sabendo que Erin provavelmente estava morta.

Se já não estiver, brevemente estará.

Sem Erin, Jordan não tinha certeza se queria viver ou morrer.

Mas de uma coisa ele sabia com absoluta certeza.

Queria vingança.

Jordan olhou para o alto enquanto Legião caía em cima dele. O demônio levantou a espada do monge, o rosto brilhando de triunfo. A lâmina ainda fumegava com o sangue do próprio demônio.

Fora aquilo que dera uma ideia a Jordan.

Recuando daquele ataque, Jordan se esparramou para trás no solo, como se estivesse se prostrando diante de Legião, aceitando a morte. Em vez disso, Jordan se atirou em cima da espada que havia levantado atrás de si um instante antes. A lâmina penetrou em suas costas e se projetou para fora de sua barriga. Aquela espada negra de obsidiana queimou ao perfurar seu corpo como um espeto de gelo. Era a própria espada de Legião, abandonada na neve antes, a lâmina agora banhada no sangue ardente de Jordan.

No instante em que o demônio o atacou, manco por causa do joelho fraturado, Jordan mais uma vez lançou a perna num chute, os grampos de aço acertaram o tornozelo bom de Legião – não com força suficiente para quebrá-lo, mas suficiente para derrubar o demônio, fazê-lo desabar em cima de Jordan.

Jordan abriu os braços num gigantesco abraço de urso. Legião caiu em cima dele, empalando seu corpo na espada ensanguentada, coberta do sangue angélico de Jordan. O demônio gritou e se contorceu naquela ponta de lança, mas Jordan apertou os braços ao redor de Legião e rolou para o lado, derramando o jorro de sangue ardente do ferimento de sua barriga no corpo negro e frio de Legião. Jordan desejou que toda a sua essência angélica seguisse por ali, para queimar aquele demônio, arrancando-o do corpo de Leopold.

– Volte para o inferno, seu canalha.

Legião se debateu e uivou, lançando gotas de fumaça escura, como se o demônio estivesse ardendo sobre os carvões do corpo de Jordan. Lentamente, o negro foi se esvaindo da face de Legião, de seu corpo. Os olhos azuis aguados de Leopold olharam para Jordan.

– *Mein Freund...* – disse Leopold, baixando a testa para a face de Jordan. – Você me libertou.

Jordan o abraçou, não para impedir o homem de escapar, mas para que Leopold soubesse que não estava sozinho, que no final tinha sido perdoado, até mesmo amado. Jordan o segurou até que o corpo de seu amigo caiu frouxo em seus braços, finalmente encontrando a paz.

12:13

Rhun observou enquanto as mãos de Erin caíam frouxas de seu pescoço, fracas demais para mantê-las apertadas sobre as ruínas de sua garganta. Rhun levantou a mão para fazer aquela pressão para ela, mas sabia pelo bater cada vez mais fraco de seu coração que aquele esforço seria inútil. Em vez disso, ele a puxou para o colo, embalando o corpo dela contra o seu, e apertou os dedos ensanguentados. A cabeça de Erin caiu frouxa para trás, seu rosto banhado pelo fogo carmesim da pedra.

Como ele poderia transformá-la em vampiro, uma mulher que acabara por amar, que ainda amava?

Strigoi eram abominações sem alma, e era pecado criá-los. Ele havia escorregado e seguido aquele caminho há muito tempo quando transformara

Elizabeth, e só mal havia resultado daquilo. Ela havia se transformado de uma mulher que curava homens numa matadora de homens, assassinando centenas de inocentes.

Rhun lançou um olhar na direção de Elizabeth – mas àquela altura as brumas medonhas tinham se espalhado, encobrindo sua posição. Ainda assim, a coluna de fogo azul profundo continuava a arder no céu escuro. Esperava que aquilo significasse que ela ainda estava viva. Sabia que ainda havia coisas boas em Elizabeth, mesmo que ela não pudesse ver isso plenamente. Rhun rezou para que ela vivesse por tempo suficiente para descobrir isso.

Os olhos dele fixaram a escuridão mais profunda, na direção onde a ardente coluna esmeralda tinha se apagado. Será que Jordan ainda vivia? Fosse como fosse, com o portal danificado, que esperança qualquer um deles teria?

O leão uivou para ele do lado de fora da esfera ardente, como se ralhando com ele. Aqueles olhos dourados encararam os seus com intensidade, recordando-o de que ainda havia esperança, que se encontrava caída em seus braços.

– Mas é proibido – disse ele para o leãozinho. – Veja só esses demônios sem alma. Você quereria que ela se juntasse às fileiras deles?

A resposta subiu sob a forma de um suspiro dos lábios de Erin, provavelmente o último:

– Por favor.

42

20 de março, 12:14 horário do Nepal
Vale Tsum, Nepal

Erin pairava à beira da inconsciência. Embora seus olhos estivessem abertos, agora só via sombras. Ainda assim, conseguia distinguir a silhueta do rosto de Rhun contra um fundo chamejante. Além dos ombros dele, o brilho do eclipse que começava a chegar ao fim penetrava naquelas sombras, mas mesmo aquele fogo lentamente estava sendo apagado por uma maré enchente de névoas negras que subiam do lago, uma escuridão que se não fosse combatida cresceria para consumir o mundo.

Ela não tinha mais argumentos para convencer Rhun, não tinha mais fôlego para dizê-los, mas sua mente continuava a enumerá-los.

Sabia que aquela batalha tinha sido combatida centenas de vezes antes. Mesmo se os outros fossem bem-sucedidos ao repor os grilhões de Lúcifer, aquilo não acabaria.

O que tinha sido forjado podia ser despedaçado de novo.

Erin sabia que só havia um caminho para realmente acabar com aquilo.

Lúcifer tinha que ser redimido.

Erin encarou Rhun, tentando fazer com que ele olhasse para o seu rosto em busca da verdade, com que aceitasse o que tinha de ser feito.

Não permita que minha morte não signifique nada. Liberte-me, de modo que eu possa fazer o que tenho que fazer.

Em vez disso, Rhun colou seus lábios frios delicadamente na testa dela. Erin desejou que fosse Jordan que a estivesse beijando naquele momento, que a tivesse em seus braços. Mas Jordan não podia fazer o que tinha de ser feito. Só Rhun podia.

Por favor...

Enquanto Rhun se endireitava, alisando seu cabelo e afastando-o de sua testa, ela usou suas últimas forças para permitir que sua súplica brilhasse em seus olhos.

As lágrimas escorriam pelas faces de Rhun. Ele sacudiu a cabeça, como se de fato soubesse o que ela estava pensando. Ela podia compreendê-lo com a mesma presteza, conhecendo o texto da escritura que provavelmente o impedia de agir e de tomar-lhe a alma: *Pois que adianta ao homem ganhar o mundo inteiro e perder a sua alma?*

Erin tentou fazê-lo compreender.

Não estou ganhando o mundo... estou salvando-o.

Ela deixou que aquilo brilhasse nela.

Rhun a puxou para mais perto de si, contemplando-a profunda e intensamente. Pela primeira vez Erin viu que os olhos dele não eram negros. Eram castanho-escuros e matizados com linhas cor de canela, como a casca de uma sequoia, vibrantemente vivos em seu rosto pálido.

– Sinto muito, Erin – surrurrou.

Os lábios dele roçaram de leve nos dela, como uma brisa fria das montanhas.

Ela permitiu que seus olhos se fechassem, derrotada.

Então aqueles lábios desceram para o seu pescoço e dentes afiados se enterraram fundo na sua carne.

O pouco de sangue que restava nela fluiu para fora numa única onda de êxtase.

Obrigada, Rhun.

12:15

Rhun tomou um grande cuidado, sabendo que a morte rondava o coração de Erin. Enquanto sugava aquelas últimas brasas de vida de seu corpo que esfriava, ignorou a onda de êxtase e se concentrou nos batimentos finais irregulares do coração dela. Ele precisava de sangue suficiente dela para poder transformá-la, mas não bastante para matá-la.

Um momento antes, Rhun tinha lido a determinação nos olhos de Erin, visto o conhecimento neles, a certeza – mas, mais que tudo, tinha sido testemunha do amor, daquele poço sem fundo de compaixão no coração dela, não só por Jordan, não só por ele.

Por todo mundo.

Para salvar todos, ela estava disposta a se sacrificar.

E Cristo não tinha tomado aquela mesma decisão no Jardim do Getsêmane e na cruz?

Como eu poderia agora não respeitar a escolha dela?

Ele a sentiu ficar frouxa em seu abraço e retirou os dentes da carne dela, os lábios da pele dela. Olhou fixamente para Erin, ainda abraçando-a contra o seu corpo, uma mulher que ele também amava tanto.

Mesmo naquele instante hesitou, sabendo o que deveria fazer a seguir, mas também aterrorizado de fazê-lo.

Tanto por si mesmo quanto por ela.

Então ouviu a batida pesada do coração dela, a última de sua vida exigindo que ele agisse.

Rhun se golpeou com a *karambit*, a prata cortou sua garganta. Enquanto seu sangue escuro jorrava, deixou cair a faca, e com a palma da mão segurou-lhe a cabeça e trouxe a boca de Erin para aquela fonte negra. Ele deixou que seu sangue jorrasse entre os lábios abertos e descesse pela garganta cortada. Ela estava fraca demais para engolir, mas ele a manteve ali, esperando, rezando.

Olhou fixamente para o céu escuro, vendo o sol morrer de novo, consumido não pela lua, mas pela fumaça medonha que subia do lago, vinda direto dos portões do inferno.

Então sentiu uma onda de esperança – quando lábios macios se firmaram sobre sua carne e começaram a beber, levando-o a um êxtase carmesim.

Apesar disso, lágrimas geladas escorriam por suas faces.

O que foi que eu fiz?

12:16

Erin recuperou os sentidos com sangue frio em sua boca, com gosto de sal e prata. Ela engoliu com força a cada gole. Mais sangue se seguiu, despertando uma paixão sombria em seu íntimo. Dedos se levantaram para agarrar Rhun pelos cabelos, puxá-lo para mais perto. A língua dela buscou e despertou um fluxo mais forte. Ela bebeu como outrora havia respirado, em grandes goles, como se tivesse estado se afogando e finalmente encontrasse ar.

Era tanto vida quanto era morte.

E era êxtase.

O corpo dela gritou por mais, seus braços apertaram Rhun com mais força, como se para puxá-lo para dentro dela, para tirar tudo de dentro dele. Ela teve um lampejo de lembrança daquele momento íntimo na capela, quando o havia banhado com seu sangue. Aquilo não se comparava em nada com esse êxtase carmesim, quando dois se tornavam plenamente um.

Ela o sentiu se enrijecer contra o seu corpo, rolando para cima dela, esmagando-a.

Sim...

Mas ainda não era o bastante.

Ela o queria *inteiro*.

Os dentes dela se cravaram no pescoço dele, exigindo, não aceitando recusa.

Mas então dedos de ferro agarraram seu cabelo e puxaram seus lábios daquela fonte de êxtase. Ela lutou contra eles, esforçando-se para alcançar a garganta, mas Rhun era muito mais forte.

– Não – balbuciou ele com esforço, e rolou para longe dela.

Ar frio soprou entre eles, e Erin teve vontade de chorar de solidão. Ela ansiava por aquela intimidade, aquela ligação, quase tanto quanto ansiava pelo sangue dele. Sua língua lambeu os lábios, buscando uma brasa daquele êxtase.

Rhun cobriu a garganta com a mão.

– Vinho – disse roucamente.

As sensibilidades dela retornaram lentamente, junto com o temor de que tivesse bebido demais do sangue dele. Erin puxou o frasco de prata da coxa de Rhun, tirou a tampa e derramou sobre os lábios dele. A prata queimou as pontas de seus dedos, mas segurou o frasco com firmeza, arquejando quando gotas de vinho pingavam em sua mão, corrosivas como ácido.

Aquele fogo queimou a verdade dentro dela.

Eu sou uma strigoi.

Rhun engoliu convulsivamente, acabando o pouco que restava dentro do frasco, então derrubou-o com um safanão. Ele se levantou trêmulo e a puxou, pondo-a de pé ao seu lado.

Ela se levantou dentro de seu novo corpo, aceitando-o. Seus sentidos se expandiram de uma maneira espantosa. Ela ouviu todos os ruídos, todo o sopro de brisa, todo o cheiro era uma sinfonia. A escuridão pareceu brilhar ao redor de Erin. A malignidade que subia do lago a atraía, a chamava.

Mas aquilo não era tudo.

A fome atingiu um pico em seu íntimo, atraindo seu olhar para o outro lado do lago, para um bater estrondoso em seus ouvidos. O batimento de um coração. Marcando o único ser humano que restava naquele vale.

Ela queria, precisava dele, ansiando pelo calor que prometia, pelo sangue que bombeava, ávida para satisfazer a fome atroz que a consumia.

Ela deu um passo para ir ao seu encontro, mas Rhun a deteve.

– É Jordan – disse a ela.

Ela pestanejou ao ouvir o nome, levando um tempo impossivelmente longo para permitir que lembranças mais ternas acalmassem sua ânsia, tornando-a uma dor surda. Mesmo assim, não desaparecia totalmente. Não seria seguro deixá-la perto dele, especialmente agora, talvez nunca.

Rhun apertou a mão ao redor do pulso dela.

– Você tem que lutar contra isso.

Ela não tinha certeza de que pudesse, finalmente passando a compreender a luta de Rhun.

Sem um braço livre, Rhun empurrou o Evangelho de Sangue com a ponta da bota para junto dela, arrastando-o de maneira ignóbil pela neve. Erin ainda era arqueóloga o suficiente para instintivamente se abaixar e tirar o artefato antiquíssimo da neve antes que sofresse algum dano. Mas assim que seus dedos tocaram naquela capa de couro gasta uma luz dourada irrompeu, banhando-a e apagando grande parte de sua ânsia.

Ela se endireitou, notando como até mesmo os batimentos cardíacos de Jordan se tornavam abafados.

Erin vasculhou a linha da costa, o anseio se apoderando dela novamente, não pelo sangue de Jordan – mas pelo homem que amava.

– Nós temos que ir – disse Rhun.

Permitiu que ele delicadamente a guiasse na travessia daquele véu ardente, deixando que sua vida antiga se queimasse ali atrás.

12:17

Enquanto andava trôpego pela margem do lago, Jordan apertava o punho cerrado contra o ferimento em sua barriga. Não tinha certeza se estava se recuperando. Temia que tivesse lançado a maior parte de sua essência angélica, junto com seu sangue, naquele demônio. Mesmo assim uma brasa de fogo ardia em sua barriga, sugerindo que ainda restava um pouco, mas ele sentia que mesmo aquilo estava se esgotando rápido.

Apesar disso, seguiu adiante. A outra mão arrastava a espada preta de Legião, ainda pingando de sangue do demônio. Jordan continuou em meio à neblina maldita enquanto ela fumegava saindo do pedaço quebrado do portão atrás dele. Depois de matar Legião, ele tinha fugido daquela horda ululante enlouquecedora, enquanto aqueles seres se reuniam na névoa, recebendo abominações ainda maiores que lentamente se arrastavam para dentro deste mundo.

Que entrem... desde que me deixem em paz.

Jordan seguiu o único caminho aberto para ele, mantendo-se na margem do lago, tomando cuidado com as duas faces restantes da pirâmide que ainda ardiam do outro lado do gelo.

Mais adiante, o cone de luz branca de Lúcifer continuava a brilhar, mas mesmo através das névoas negras Jordan sabia que a pureza daquela luz branca estava se dissipando. Com o portal quebrado, seria apenas uma questão de tempo antes que o anjo das trevas se libertasse.

Quando isso acontecesse, Jordan estava decidido a estar ao lado de Erin, ainda que fosse apenas para abraçar seu corpo frio uma última vez. Apesar disso, ainda restava uma chama de esperança dentro dele, impelindo-o a prosseguir, a dar um passo depois do outro.

Talvez ela ainda esteja viva... talvez eu possa beijá-la uma última vez.

Finalmente, uma incandescência avermelhada apareceu em meio às brumas. À medida que ele se aproximou, viu que era a esfera ardente ao redor do pilar *Sanguis*. Ele saiu cambaleando da parte mais densa das névoas e se apressou em avançar – só para descobrir que a esfera estava vazia.

Ela não estava lá.

Jordan se apoiou na espada e procurou ao redor, dando-se conta de que não estava totalmente sozinho.

O leãozinho esperava na beira do lago, o olhar fixo no gelo. Jordan seguiu mancando até ele, acompanhando aquele olhar atento.

Dois vultos se moviam mais adiante.

Rhun... *e Erin*.

Ela caminhava a passos decididos ao lado do sanguinista, com os braços ao redor do Evangelho de Sangue. O brilho do livro banhava a ambos numa luz dourada.

Ele teve vontade de gritar de felicidade, de correr para junto dela, mas tudo que conseguiu foi cair de joelhos na beira do lago, sabendo que não poderia atravessar aquele plano externo da pirâmide ardente. Jordan lutou para compreender como Erin ainda estava viva, como tinha conseguido atravessar essa barreira.

Será que o livro a havia curado, será que seu brilho lhe tinha permitido atravessar o véu ardente?

– Erin! – gritou ele, querendo, se nada mais, pelo menos ver o rosto dela mais uma vez.

Ela ouviu e se virou.

A parte inferior do rosto dela estava coberta de sangue negro. Ela o avistou, mas não houve nenhuma alegria nos olhos dela, apenas tristeza. Rhun se virou para trás para olhar, expondo o ferimento em sua própria garganta.

Jordan se deu conta da verdade. Não tinha sido o livro que a curara, não tinha sido o brilho que lhe permitira passar pela barreira incólume.

Eu a perdi.

Rhun tocou no braço de Erin, e, com um último olhar desolado, ela se virou.

– Ela se foi – disse uma voz atrás dele. Era Elizabeth, ensopada de sangue, a maior parte sangue dela mesma.

Jordan olhou para o pilar azul ardente do outro lado, onde Elizabeth estivera guardando a pedra *Aqua*. A pedra ainda fulgurava chamejante.

– Eu fui obrigada a me afastar – explicou Elizabeth. – Um monstro maciço cheio de tentáculos gigantescos...

Jordan não estava interessado. Voltou sua atenção para Erin.

Elizabeth confirmou seu pior temor.

– Não ouço nenhum batimento cardíaco.

As palavras da mulher estavam carregadas de uma tristeza cansada – luto, não pela perda dele, mas pela sua.

Elizabeth caiu de joelhos ao lado dele. Como *strigoi*, poderia ter atravessado a barreira, saído para o gelo. Mas claramente não tinha motivo para isso.

Rhun também estava perdido para ela.

43

20 de março, 12:19 horário do Nepal
Vale Tsum, Nepal

Erin queria dar meia-volta, sair correndo para junto de Jordan.

Rhun deve ter percebido seu desejo – não porque estivessem ligados pelo sangue, mas apenas porque conhecia seu coração, mesmo aquele novo coração silencioso.

– Você tem que ir ao encontro de Lúcifer – disse Rhun. – Agora, esse é o seu destino.

Ela sabia que Rhun estava certo, de modo que continuou atravessando o gelo, abraçando o Evangelho de Sangue contra o peito, tirando forças dele para prosseguir. A cada passo o livro lançava sua luz com mais brilho, lutando contra a escuridão, ardendo através da neblina mais densa.

Um punhado de animais deformados veio em bando atacá-los, separando-se dos que faziam cerco ao redor de Christian e Sophia. Alguma coisa negra dardejou saindo da névoa acima e mergulhou sobre eles. Erin mal conseguiu vislumbrar a forma de réptil, sem plumas, antes que se chocasse contra aquela luz dourada e irrompesse em chamas.

Rhun a puxou para o lado enquanto o corpo se chocava contra o gelo.

Ao ver aquilo, os outros animais se afastaram, fugindo daquele brilho de volta para a escuridão, não querendo mais nada com a luz dourada.

Ela e Rhun avançaram rápido, tomando cuidado com as fendas no gelo e seguindo um caminho tortuoso em direção a Christian e Sophia. O par de sanguinistas não estava se saindo bem. Eles eram uma ilha em meio a uma massa rodopiante de demônios.

Christian tinha retirado a corrente sagrada da arca e pendurado os elos pesados ao redor do pescoço, apesar do fato de que a prata devia queimá-lo. Ele chicoteava com a ponta solta da corrente como se fosse boleadeira sagrada, açoitando e golpeando os demônios. A corrente cortava a horda como se aqueles elos fossem feitos de aço fundido.

Apesar disso, o rosto de Christian escorria sangue, e suas vestes estavam rasgadas em farrapos.

Ao lado dele, Sophia estava em estado ainda pior. A mulher pequenina observou a aproximação deles e talvez aquilo fosse tudo por que estava esperando – resistindo apenas até ali por pura força de vontade.

Erin viu aquilo em seus olhos.

Não...

Sophia fez um derradeiro esforço valente, golpeando num movimento em arco e acertando com a lança um animal antes que ele pudesse atacar Christian. Mas fazer aquilo a obrigou a baixar sua guarda. A horda se atirou sobre ela, enxameando, derrubando-a.

Christian tentou lutar ao lado de Sophia, mas havia inimigos demais.

Erin finalmente chegou até eles, trazendo sua luz dourada, fazendo com que o bando se dispersasse. Algo escuro e espinhoso saltou para longe, deixando para trás um corpo tombado sobre o gelo.

Erin parou derrapando e cobriu a boca.

Não.

Sophia, honesta e gentil, estava morta.

Erin tremeu, mas Rhun a firmou.

– Só o livro importa – disse. – Ele tem que chegar a Lúcifer.

Ela concordou com a cabeça. *Senão o sacrifício de Sophia teria sido em vão.*

Ainda assim foi preciso um pequeno empurrão de Rhun para pô-la em movimento. Logo, contudo, ela estava correndo, voando através do gelo. Seus membros movidos por uma força sobrenatural, mirando o cone de luz. Demônios abriam caminho diante daquela luz, mas não fugiam mais. Eles sibilavam e rosnavam na esteira dela, como se soubessem que em breve poderiam vencê-la.

E poderiam ter a chance disso.

Mesmo o Evangelho de Sangue não podia suportar um mal tão palpável. A luz dourada tinha começado a se esfarrapar, rasgada por aquelas névoas, desfiada pela malignidade encontrada ali. Quanto mais penetrava, pior era o estrago.

Rhun e Christian deram o melhor de si para compensar, flanqueando-a, mantendo afastada qualquer coisa que ousasse se aproximar. Christian golpeou com a corrente e acertou um macaco sem pelos. O chiado de carne queimando acompanhou o grito agonizante da criatura enquanto ela rolava para fora do caminho.

Erin se concentrou no objetivo deles: Lúcifer continuava a lutar sentado em seu trono, despedaçando novos elos. Suas asas, com penas de chamas negras, se debatiam contra o brilho que o aprisionava. Cada pancada tornava mais fraca aquela luz, riscando-a de escuridão.

Ela se apressou para cobrir a distância, mas sua força diminuiu na mesma medida que a luz dourada. Suas pernas doíam, seus braços lhe pareciam pesados demais até para segurar o evangelho, e seu corpo começou a gritar de novo com sede de sangue.

Logo adiante dela, Lúcifer se debateu com violência, despedaçando as correntes de prata que o prendiam.

Finalmente ela e os outros chegaram ao cone brilhante.

Erin avançou mais devagar, cambaleando o que faltava do caminho, Christian a ultrapassou e estendeu uma das mãos em direção à luz branca. Ele gritou e puxou o braço para trás, tirando um coto fumegante, que acabava em seu pulso. A luz tinha incinerado sua mão.

Christian se virou para Rhun. Em meio à agonia do homem, uma dor ainda maior se mostrava: o conhecimento de que nem mesmo sanguinistas podiam passar por aquela última barreira.

Erin avançou para se juntar a eles, mas no instante em que sua luz dourada tocou na barreira ela se apagou, tomando-lhe sua proteção. Antes que os sanguinistas pudessem reagir, um animal preto de carapaça quitinosa saltou da névoa atrás dela e aterrissou em suas costas, prendendo as pernas nela e enterrando presas em seu ombro.

12:25

Rhun rodopiou, golpeando com a *karambit* de prata, cortando fora duas das seis patas da criatura. Foi o suficiente para que Christian arrancasse o animal das costas de Erin e atirasse o monstro em direção àquele cone de luz. O corpo se chocou contra a barreira – e explodiu numa nuvem de brasas incandescentes.

Rhun puxou Erin para trás de si, enquanto ele e Christian enfrentavam a massa cada vez maior de animais que sombreavam as névoas mais densas. Rhun desembainhou a faca, enquanto Christian lentamente balançou a ponta da corrente para trás e para a frente, deixando-a raspar no gelo ameaçadoramente.

– Rhun – gemeu Erin.

Ele se virou, vendo uma escuridão venenosa se arrastando para cima da linha de seu pescoço, queimando sua pele enquanto subia. Erin desmaiou, sentindo as pernas cederem. O Evangelho de Sangue caiu de suas mãos trêmulas.

O que quer que fosse que a tivesse mordido devia ter sido venenoso.

Ele tinha se virado para ajudá-la quando alguma coisa caiu da neblina acima e o derrubou pesadamente no gelo. Parecia ser um morcego coriáceo, de um tamanho tremendo. Dentes afiados como agulhas tentaram morder seu rosto. Com apenas um braço, ele teve que largar a faca e agarrar o animal pelo pescoço, mantendo aqueles maxilares longe de sua garganta.

Mais para o lado, Erin começou a desabar, caindo em direção à luz branca, mas Christian avançou correndo e a pegou pela cintura com o braço ferido. Ele a arrastou para uma distância segura, enquanto tirava o evangelho do gelo e o enfiava em seu casaco.

Enquanto Christian recuava, Erin lutou contra o braço dele, a cabeça balançando frouxa, virando o rosto em direção à luz, em direção a Lúcifer.

Mesmo naquela situação ela parecia determinada a cumprir sua missão.

Christian a arrastou para longe, indo ajudar Rhun. Ele golpeou com a corrente, derrubando o morcego, queimando uma faixa larga de sua pele grossa. O bicho sibilou e voou de volta para a escuridão.

Das névoas, sombras mais escuras se aproximaram cercando-os.

– E agora? – perguntou Christian.

12:26

O corpo frio de Erin ardia com um fogo venenoso. Ela sentia a carne se derretendo ao redor da mordida em seu ombro. Seu sangue fluía pesadamente para aquele ponto, como se tentando apagar esse fogo. O mesmo veneno consumia seu rosto e descia por seu braço no mesmo lado.

De novo.

Ela teve dificuldade de se concentrar em meio à dor, à náusea, mas sabia que essas palavras eram importantes. Um momento antes, tinha começado a cair. Para se proteger, estendera o braço, já cheio de toxinas – só para ver sua mão e antebraço penetrarem aquela barreira ardente. A pureza da luz tinha esfriado seu braço e vencido o veneno.

Então Christian a tinha agarrado e puxado para longe.

A toxina estava fluindo em seu braço de novo.

Fraca demais até para se levantar, ela se pendurou no braço de Christian. Achou difícil falar enquanto sua face se enchia de bolhas, mas tinha que fazer com que eles compreendessem.

– A luz... – disse ofegante. – Eu posso passar por ela.
– Ela está delirante – disse Christian.
– Eu posso... – Ela girou a cabeça para encarar Rhun, deixando-o ver a verdade em seu rosto, confiar no laço de sangue deles, na compreensão mútua que tinham.
– Ela fala a verdade – disse Rhun, lançando um olhar para o cone de luz e o anjo que se debatia dentro daquela prisão.

Antes que um plano pudesse ser feito, as sombras escuras da neblina caíram sobre eles. Rhun rapidamente foi separado deles. Prejudicado pela falta do braço, ele mal conseguia afastar os animais de sua garganta, muito menos voltar para o lado deles. Logo desapareceu na neblina, mas ainda lutava lá, revelando-se em lampejos de prata.

Christian não a largou nem por um segundo. Manteve um combate valente, balançando a corrente, limpando um espaço ao redor deles, mantendo a horda demoníaca a distância. Mas sua força começou a se exaurir à medida que chegava ao limite de suas reservas, depois de ter lutado tanto tempo ao lado de Sophia.

O braço ferido se apertou ao redor de Erin, olhando em direção àquela luminosidade que prendia Lúcifer. Ele balançou a corrente mais uma vez e ela bateu contra o cone de luz, queimando-se com um sibilar.

Christian então tirou as correntes pesadas do pescoço. Erin franziu o cenho.

– O que você está...?
– Parece que isso não pode ser feito sem o sacrifício de um cristão. – Um sorriso iluminou seu rosto. – Sentirei sua falta, dra. Erin Granger.

Ela compreendeu.

Não.

Christian a envolveu nos braços – e pulou alto, usando toda a força que lhe restava para saltar acima dos animais mais próximos. Juntos, eles bateram contra a barreira. O corpo dele explodiu em cinzas escaldantes ao redor dela enquanto ela atravessava. Erin caiu em segurança dentro do cone, derrapando sobre o quadril, um soluço preso na garganta. O Evangelho de Sangue deslizou para cima contra o corpo dela, incólume como Erin.

Ela se sentou, sentindo sua força voltar, o veneno negro expurgado de seu corpo pela passagem através da luz.

Ela olhou para além da barreira, observando tudo que restava de seu amigo corajoso, engraçado e irreverente, flutuar numa chuva de cinzas.

Christian merecia mais que aquilo. Tinha se sacrificado para levá-la para dentro do cone de luz. Ela pretendia pagar totalmente aquela dívida.

Erin pegou o Evangelho de Sangue e se virou para encarar o prisioneiro.

Lúcifer estava sentado em seu trono, não lutava mais, olhava para baixo, para ela, visivelmente curioso e talvez surpreso com sua presença.

Ela não recuou daquele olhar negro. Tinha dado sua alma e sua vida para estar diante dele. E agora tinha apenas mais uma coisa para dar.

Erin levantou o livro nas palmas das mãos.

Só Eva podia colher o fruto da Árvore do Conhecimento, e só uma filha de Eva podia trazer aquele conhecimento para a serpente.

Os lábios de Lúcifer se moveram, mas não emitiram palavras, apenas um som como o badalar de um grande sino. Ainda assim, essa metáfora não fazia jus à beleza daquele som, a voz de um anjo, a música das esferas, límpida e questionadora.

Ele estava falando, mas ela não era capaz de compreendê-lo.

Ela levantou o livro mais alto, esperando que ele entendesse, se não suas palavras, então pelo menos suas ações.

– Aqui está o Evangelho de Cristo, escrito com o sangue Dele e escondido por muitos anos. Minha tarefa era trazê-lo para você, para cumprir o pacto que fez com Eva há tanto tempo.

A cabeça dele se inclinou para o lado, as feições perfeitas indecifráveis.

Erin abriu o livro entre as palmas das mãos para mostrar a ele. À medida que a capa se abriu, luz dourada começou a se irradiar. Mesmo sem olhar, ela sabia que aquelas páginas estavam cheias de palavras reluzentes, todas escritas em enoquiano.

Lúcifer se inclinou para baixo, então estendeu a mão maciça para ela.

Erin teve vontade de fugir, mas se manteve firme.

Depois que aqueles dedos tinham se abaixado o suficiente, ela fechou o livro e delicadamente passou o evangelho para as mãos dele. Com um dedo cor de ébano, ele abriu a capa, e a luz dourada brilhou ainda mais intensamente, chamejando com tamanha majestade que ofuscou os olhos de Erin.

Ela teve que desviar os olhos, pois sua luminosidade era mais assustadora que mil eclipses solares. Mesmo assim, ainda sentia essa luz queimando seu crânio, através das pálpebras fechadas. Por um momento ela sentiu fragmentos de conhecimento serem capturados dentro de sua mente: dos segredos da criação, do movimento das estrelas, do código secreto da vida. Mas aquelas partículas passavam flutuando por ela, afastando-se num rodopiar como o de folhas num redemoinho de vento. Erin tentou mentalmente se agarrar a elas, apesar de saber que todo esse conhecimento poderia destruí-la.

De modo que suportou a tempestade, esperando que finalmente amainasse, o que afinal aconteceu, acompanhada por um clangor alto que atraiu seu olhar para cima.

Lúcifer ainda estava sentado em seu trono, mas suas correntes jaziam a seus pés.

Ele estava livre.

Porém, não foi isso que a fez cair de joelhos. O corpo dele não era mais negro, mas branco como mármore polido, iluminado por um fogo interior que brilhava em seus olhos enquanto ele olhava fixamente para as alturas, com o evangelho fechado em seu colo. O negrume de seus pecados tinha sido limpo da mesma forma que o veneno fora tirado da carne dela.

Lúcifer tinha sido redimido.

Sua beleza e glória brilhavam tão intensas que o resto do mundo parecia sombrio e insubstancial. O cone de luz, os pedaços chamejantes da pirâmide de fogo quebrada tinham todos desaparecido, consumidos pelo brilho sagrado.

Mais ao longe, Erin podia distinguir o lago, as montanhas cinzentas e o céu azul. Mesmo o dia luminoso invernal estava voltando à medida que o eclipse acabava. Porém, tudo parecia distante, um sonho de outro mundo.

Em um sopro, aquela vista se alterou enchendo-se de uma luz mais cálida, derretendo o inverno em um verão de relva verde, águas azuis e um sol vermelho radiante. Ao longe, junto aos penhascos, duas árvores montavam guarda, suas copas cheias de folhas, seus galhos carregados de frutos maduros.

Poderia aquele ser o Jardim do...?

Sinos tocaram de novo, impossíveis de ignorar, atraindo o olhar de Erin de volta para Lúcifer. Mas aquelas badaladas alegres não se elevavam do anjo redimido, e sim dos céus acima. O coro era de alegria e boas-vindas, convidando Lúcifer a voltar. Depois de todos aqueles anos, eles queriam que ele voltasse para casa.

Lúcifer se levantou expandindo as asas, agora plumadas com chamas brancas. Com o olhar nunca abandonando a promessa do Céu, ele estendeu a mão para ela e pôs um dedo sobre sua cabeça. Com aquele toque uma sensação de calor a percorreu, enchendo seu corpo da cabeça aos pés. A alegria borbulhou em seu íntimo como uma fonte.

Então um tambor soou uma vez aos ouvidos dela – depois de novo, mais baixo.

Ela reconheceu aquele ritmo, tendo-o ouvido a vida inteira.

Era o bater de seu coração.

Erin cobriu o rosto, um soluço de felicidade lhe escapou. Lúcifer a tinha trazido de volta. Ela havia sacrificado sua vida por ele, e ele a devolvera.

Naquele momento os sinos tocaram mais alto, com um toque de insistência, uma nova urgência.

Dessa vez era para aquele anjo luminoso voltar para seu verdadeiro lugar.

Respondendo ao chamado, Lúcifer bateu as asas grandiosas e se elevou no ar, subindo para pairar sobre o vale. Ele parou ali por um instante, segurando o livro contra o peito.

Então olhou para *baixo*, talvez pela última vez.

O olhar dele percorreu o lago, sua superfície mais uma vez sólida e congelada. Acima do lago e por todo lado sobre o solo do vale, formas escuras se arrastavam, rastejavam e se moviam em solavancos, estranhas a este mundo até em seus movimentos. Elas fugiam e se misturavam, miavam e uivavam, sabendo que o caminho de casa para elas havia sido fechado para sempre.

Lúcifer olhou fixamente para baixo, não com aversão nem com piedade. Em vez disso, amor se irradiava de seu corpo. Ele abriu a boca, e uma nota sombria ressoou. As criaturas mais próximas pararam onde estavam. De novo aquela cabeça se inclinou, olhando fixamente para baixo, talvez ponderando sobre o grande mal que aqueles demônios poderiam desencadear neste mundo.

Se Lúcifer partisse, o reino terreno poderia estar amaldiçoado.

Como se buscando a resposta correta, Lúcifer abriu o evangelho mais uma vez, permitindo que aquela luz dourada brilhasse sobre a sua face. Depois de um momento, um brilho de certeza cresceu em seus olhos, talvez até um traço de pesar.

Lúcifer olhou para o Céu uma última vez, então planou em suas asas de fogo negro de volta para o lago. Percebendo o que estava por vir, Erin recuou, até que sentiu mãos frias segurando sua pele quente.

Rhun...

Enquanto outra nota sombria ressoava vinda de Lúcifer, Rhun a puxou para seu lado. Um enorme alívio estava escrito em suas feições. Ele sabia que ela voltara a ser humana. Porém, aquele não era um momento para uma reunião. Em vez disso, Rhun segurou a mão dela e juntos eles correram pelo gelo em direção à costa.

Demônios e abominações de toda sorte passaram correndo por eles, respondendo ao chamado de sirene de seu senhor, correndo de volta para o lado de Lúcifer.

Erin avistou Jordan parado com Elizabeth na costa. O leãozinho veio correndo para o gelo, saltitando ao redor das pernas deles, seus movimentos revelando alegria, incitando todos a se reunirem.

Erin não sentia aquela vontade pungente.

Ela se libertou de Rhun e correu para Jordan.

Ele veio manquejando para encontrá-la, um braço apertando a barriga.

– Cuidado com isso aqui, senhora – advertiu, mas o sorriso dele era um convite carinhoso.

No entanto, Rhun empurrou todos eles para fora do lago.

– Vamos andando – ordenou. – Para tão longe deste lago quanto for possível.

Eles obedeceram, subindo para o abrigo daquelas árvores antiquíssimas. Só então se detiveram e se viraram para olhar. Sob as copas geladas, Erin se manteve colada em Jordan.

Àquela altura, os demônios tinham se reunido ao redor de Lúcifer, sombreando a luminosidade do anjo.

Lúcifer olhou na direção dela. Luz prateada irradiava de seu rosto, brilhando com paz e aceitação, claramente sabendo o que estava sacrificando com sua ação seguinte. Ele levantou as asas e as bateu para baixo. Um clarão de luz de cegar os olhos lampejou – mas não antes que Erin visse um buraco escuro se abrir sob a horda reunida e observar aquelas sombras caírem – levando consigo aquela estrela brilhante.

Quando o brilho se apagou, o lago ficou vazio, congelado.

Lágrimas escorriam pelo rosto de Erin.

– Ele escolheu voltar – disse ela. – Ele poderia ter ascendido, mas voltou para guardar os demônios, para manter tudo em segurança.

– Porque você o redimiu. – Rhun tocou na cruz peitoral. – Diante de tamanha glória, ele escolheu prestar seu serviço no inferno, em vez de no céu.

44

22 de março, 10:42 horário da Europa Central
Cidade do Vaticano

Dois dias depois dos acontecimentos no Nepal, Elizabeth estava sentada ao lado do leito de Tommy.

Um guarda sanguinista a tinha conduzido até ali e esperava do lado de fora da porta. Era uma pequena concessão ter permissão para ver Tommy, saber onde o menino estava acomodado na Cidade do Vaticano. Ela tinha pretendido avaliar o estado de saúde de Tommy e fazer seus planos. E, na pior das hipóteses, sabia que poderia facilmente subjugar o guarda solitário e sumir com Tommy antes que alguém descobrisse.

Uma vez lá, ela encontrou Tommy dormindo, parecendo muito mais seriamente doente do que havia imaginado. O coração dele contava uma história de doença e fraqueza. A pele pálida estava apenas alguns tons mais escura que o travesseiro onde ele descansava a cabeça. E os braços dele, cruzados sobre o cobertor, estavam salpicados de lesões escuras.

Eu tenho que fazer alguma coisa rapidamente.

Como se percebendo sua presença, os olhos castanhos do garoto se abriram, recordando-a de um gamo – redondos e inocentes. Ele piscou, esfregou a mão nos olhos.

– Elizabeth? É você mesma?

– É claro que sou eu! – As palavras dela saíram mais duras do que havia pretendido.

– Ouvi dizer que você tinha voltado.

Tommy se esforçou para se sentar, mas ela não ofereceu nenhuma ajuda, sabendo que ele prezava sua independência. Apesar disso, para esconder seu choque diante da fraqueza profunda do garoto, ela estendeu as mãos para trás dele e ajeitou os travesseiros para se certificar de que estivesse bem apoiado.

— Também ouvi dizer que vocês salvaram o mundo... *de novo* – disse ele com um sorriso cansado. – Que você é uma heroína entre os sanguinistas.

— Eu nunca desejei ser considerada uma heroína por sanguinistas – respondeu ela.

Ele franziu a testa.

— Mas pensei que você fosse uma deles agora.

— Eu fiz os votos, é verdade.

— Bom.

Ela se empertigou.

— Por que é bom?

— Não sei – respondeu ele com um dar de ombros. – Você pode fazer amigos entre os sanguinistas. Não terá que ficar sozinha o tempo todo. Você não precisará nem caçar.

A preocupação dele por ela tocou seu coração.

— Descobri outra maneira.

Elizabeth contou a ele o que tinha descoberto na França – que havia outra maneira de viver fora dos limites da Igreja, sem se entregar à sua própria natureza feral.

— Mas os sanguinistas não vão caçar você se tentar partir? – perguntou ele.

— Eles têm me caçado há muitos e muitos anos, mas ainda estou aqui.

Ele ficou calado, as mãos mexendo no cobertor, evitando olhar nos olhos dela.

— O que é? – perguntou Elizabeth.

— Quando você vai partir?

Ela ainda não havia finalizado aqueles planos e disse isso a ele:

— Ainda não decidi.

— Então pelo menos vai ficar... até eu partir? – Ele olhou para o crucifixo na parede, para a porta, a janela, para todos os cantos, menos para ela. – Não vai demorar muito, acho que não.

— Vou ficar com você – prometeu ela. – Não para ver você morrer. Mas para ajudar você a viver.

Tommy cobriu o pescoço com a mão, claramente sabendo do que ela estava falando.

— Não.

— Não?

— Eu não quero me tornar um monstro.

— Mas você não precisa ser um monstro. — Aparentemente, ela não tinha sido clara o suficiente. — Eu contei a você sobre a França, sobre o Himalaia, sobre a outra maneira.

Ele sacudiu a cabeça violentamente.

— Eu estou pronto para morrer. Devia ter morrido em Massada com meus pais.

— Sempre existe tempo para morrer — disse ela. — Não precisa ser tão cedo.

— Não — repetiu ele, caindo sobre os travesseiros. O esforço de discordar dela tinha custado muito a ele. — Eu não quero ser imortal. Não quero viver de sangue ou de vinho. Já vi essa vida, e não quero.

Ela tocou na mão dele. Estava mais quente que a sua, mas mais fria do que deveria. Ela podia dominá-lo. Seria fácil. Era mais forte. Tinha transformado mais humanos do que podia contar. Centenas. Mas ele seria o primeiro que matava por amor.

— Você não sabe do que está falando.

— Eu sei — rebateu ele. — Observei Rasputin e Bernard e Rhun e os outros. Eu sei como vivem. Eles não são felizes e eu também não seria.

O que ele sabia de felicidade ou da vida? Tinha catorze anos, e tinha passado dois morrendo dessa doença. Ela poderia transformá-lo. Com o tempo, ele a perdoaria, e mesmo que não perdoasse, ainda estaria vivo. Ela não suportava a ideia de vê-lo morrer.

Os olhos castanhos dele encararam os seus. Tinham visto muita coisa em seus breves anos de vida, mas mesmo assim refletiam inocência e gentileza. Eram escuros como os de Rhun, mas ela nunca tinha visto inocência ou felicidade simples nos olhos de Rhun. A imortalidade também havia sido imposta a Rhun, e não lhe agradara. Ele não era um assassino. Realmente tinha querido ser um padre — alguém que servia os outros. Tornar-se um *strigoi* tinha sido uma perversão de sua natureza.

Do mesmo modo que seria uma perversão da natureza de Tommy.

Como posso impor minha vontade a ele e perverter essa inocência?

Tommy deve ter visto a mudança nos olhos de Elizabeth, porque relaxou e sorriu para ela.

— Obrigado — sussurrou.

Ela desviou o olhar e piscou para afastar as lágrimas. Ele sofreria e morreria, e ela não o salvaria. Elizabeth se levantou da cadeira, andou até a janela e encarou as persianas para que ele não a visse chorar. Suportaria aquilo silenciosamente e ficaria com ele até o fim. Elizabeth respirou fundo e buscou forças em seu íntimo.

– Talvez pudéssemos sair e dar um passeio no sol? – sugeriu Elizabeth. Ela o ajudaria a aproveitar o tempo que lhe restava.

Antes que ele pudesse responder, uma batida forte soou na porta. Sem esperar permissão, Rhun entrou no quarto, com o leãozinho nos calcanhares.

– Perdoem-me a intrusão. – Ele olhou para Elizabeth e Tommy. – Soube que estava aqui, irmã Elizabeth, e eu...

Ela franziu o rosto para ele, sabendo o que o trouxera até ali tão bruscamente. Rhun temia que ela transformasse o menino.

– Estou bem – disse Tommy.

Ela sorriu para seu rosto pálido.

– Isso é verdade.

O leãozinho saltou ultrapassando Rhun e pulou em cima da cama. Os olhos dourados se cravaram nos de Tommy, e os dois se encararam com atenção fascinada.

– Conheça o leão de Rhun – disse ela à guisa de apresentação.

Tommy parecia surdo para ela, perdido no olhar do animal, como se eles se conhecessem.

Rhun observou e disse baixinho:

– O leãozinho reagiu da mesma maneira quando viu Jordan pela primeira vez. Creio que por causa do sangue angélico que eles outrora compartilhavam. Todos os três em algum momento tiveram a essência angélica do Arcanjo Miguel.

O leãozinho se inclinou para a frente e esfregou a cabeça contra a face do garoto, quebrando o encanto e arrancando uma gargalhada alegre.

O coração dela doeu ao ouvir aquele som, sabendo como sentiria falta dele.

Rhun foi até a janela e abriu as persianas. A luz do sol inundou o quarto, mas não a incomodou nem de longe quanto havia incomodado alguns dias antes.

O leãozinho se deliciou com aquele sol matinal, espreguiçando-se e se deitando ao lado de Tommy. Um ronronar baixo ressoou do peito peludo. O som era cheio de amor, contentamento e prazeres simples.

Enquanto ouvia, Elizabeth sentiu um estranho calor percorrer seu corpo e sumir, deixando-a ligeiramente tonta. Ela se apoiou no pé da cama até passar.

Talvez eu não esteja tão acostumada à luz do sol quanto imaginava.

Tommy levantou a mão pálida e acariciou o pelo branco do leãozinho, com um sorriso triste nos lábios.

Se não por mais nada, era bom ver o menino sorrir. Mesmo seus batimentos cardíacos soavam mais fortes, o sangue fluía mais vigoroso em suas veias.

Então, chocada, ela deu um passo para trás, olhando fixamente para a pele clara de Tommy.

– Seu braço – disse.

Tommy olhou para baixo, confuso. Então, com uma expressão igualmente surpresa:

– Minhas lesões...

– Sumiram – disse Elizabeth.

O leãozinho levantou a cabeça diante da comoção e sonolentamente abriu os olhos. Os olhos do leãozinho branco não estavam mais dourados, tinham um tom castanho comum, como os de Tommy.

– Rhun... – Ela se virou para ele em busca de alguma explicação.

Ele se ajoelhou, tocou na cruz peitoral de prata, então delicadamente examinou o leão e Tommy.

– Eu me sinto melhor – disse Tommy, os olhos arregalados, como se surpreso por estar dizendo as palavras.

Elizabeth sorriu. Ela tentou impedir, mas a esperança penetrou em seu coração há tanto tempo gelado.

– Ele está curado?

Rhun se levantou.

– Eu não sei. Mas parece que a essência angélica do leãozinho se foi. Jordan voltou do Nepal sem nenhuma evidência daquele espírito em seu sangue. Talvez esse vestígio que persistia no felino precisasse realizar um último milagre.

Elizabeth se lembrou do estranho calor que subia com o ronronar do animal. Será que era aquilo que tinha acontecido? No final das contas, ela pouco se importava com o mecanismo da cura, apenas que ela tivesse se realizado.

– Vamos pedir que os médicos o examinem – prometeu Rhun. – Mas creio que ele é apenas um menino comum curado dessa doença, mas ainda um menino.

O sorriso de Tommy se alargou.

Elizabeth estendeu a mão e desalinhou seu cabelo espesso. Aquilo era o que ele sempre tinha querido – ser um menino comum.

Depois de algumas amenidades e promessas, Elizabeth seguiu Rhun até o corredor, seguida pelo leãozinho.

– Estou feliz por você não tê-lo transformado – disse Rhun, depois que estavam fora do alcance de ouvidos.

– Pensou que eu faria isso? – Elizabeth arregalou os olhos numa encenação de inocência em que sabia que Rhun não acreditaria.

– Eu temia que pudesse – respondeu ele.

– Sou mais forte do que você pensa – disse ela.

– O que será do menino?

– Ele deve ser devolvido à tia e ao tio, e eu cuidarei para que isso seja feito – disse Elizabeth. – Uma pessoa como eu não serve para ser mãe dele.

– Então é assim tão simples, realmente consegue desistir dele?

– Isso não será *simples*. – Ela levantou o queixo. – E eu não desistirei completamente dele. Cuidarei dele de longe, irei em seu auxílio quando precisar de mim, e o deixarei em paz quando não precisar.

– Duvido que a Ordem vá permitir que você continue a ter contato com ele.

Elizabeth deu uma risada.

– Eu não sou propriedade deles. Irei e virei quando quiser.

– Então você vai deixar a Ordem? – Ele engoliu em seco. – Vai me deixar?

– Não posso continuar presa à Igreja. Você deve saber disso melhor que qualquer pessoa. Enquanto você permanecer aqui, nós nunca poderemos estar juntos.

– Então nos despediremos em breve – disse Rhun, tocando no braço dela, fazendo-a parar. Ela se virou para ele. – Recebi permissão para entrar na clausura, para dar início a um período de retiro e reflexão na Ordem do Santuário.

Ela teve vontade de fazer troça dele, ridicularizá-lo por dar as costas ao mundo, mas ao ouvir a alegria sincera em sua voz conseguiu apenas olhar para ele com tristeza.

– Então vá, Rhun, encontre a sua paz.

17:06

Rhun desceu pelos corredores do Santuário com uma sensação de alegria, tranquilo, pronto para finalmente abandonar suas preocupações mundanas. Caminhava sozinho, as passadas ecoando pelas vastas câmaras e corredores. Com os ouvidos aguçados, podia ouvir os sussurros de orações distantes, marcando o início das Vésperas.

Prosseguiu se embrenhando mais fundo, para níveis em que até aqueles sussurros desapareceriam.

O mundo ensolarado acima não tinha mais nada para lhe oferecer. Antes que o cardeal Bernard o enviasse para Massada para procurar o Evangelho de Sangue, Rhun estivera pronto para viver uma vida de clausura no Santuário. Agora, estava ainda mais cansado.

Está na hora.

Daquele momento em diante, os tetos de pé-direito alto do Santuário seriam seu céu. Perdido em meditação, padres sanguinistas lhe trariam vinho, como outrora ele levara vinho para outros. Poderia descansar ali, no seio da Igreja que o havia salvado tantos anos antes. Seu papel de Cavaleiro de Cristo estava encerrado, e não precisava mais servir à Igreja. Agora estava livre dessa responsabilidade.

Rhun baixou a cabeça quando entrou no domínio dos Enclausurados. Ali seus irmãos e irmãs descansavam em paz, postados em nichos ou deitados na pedra fria, abdicando às questões da carne em favor da contemplação e reflexão eternas. Uma cela tinha sido destinada a ele ali, onde por um ano inteiro ele não falaria, onde suas orações seriam totalmente suas.

Mas primeiro ele se deteve e acendeu uma vela diante do friso de um santo padroeiro, um dentre centenas de momentos de culto que seriam vistos no Santuário. Rhun se ajoelhou enquanto o fogo do pavio iluminava as feições de uma imagem postada debaixo de uma árvore, com passarinhos empoleirados nos galhos e nos ombros do santo – São Francisco de Assis. Ele baixou a cabeça, recordando-se de Hugo de Payens e do sacrifício que ele havia feito para salvá-los e a tantos outros.

Rhun tinha se despedido de Jordan e Erin no aeroporto naquela manhã, antes do voo deles de volta para os Estados Unidos, rumo a uma vida feliz. Eles ainda viviam porque heróis como aquele tinham morrido. Embora o eremita tivesse abandonado a Ordem, Rhun pretendia que ele fosse homenageado ainda que de forma humilde como aquela.

Obrigado, meu amigo.

Ele fechou os olhos e moveu os lábios em orações. Depois de algum tempo, muito depois do final das Vésperas, a mão de alguém tocou em seu ombro, leve como a asa de uma borboleta.

Rhun se virou para um homem alto e postado atrás dele.

Surpreso com a visita, Rhun baixou ainda mais sua cabeça.

– O senhor me honra – sussurrou para o Ressuscitado, o primeiro membro da Ordem.

– Levante-se – disse Lázaro, a voz rouca por causa da idade.

Rhun obedeceu, mas manteve o olhar baixo.

– Por que está aqui, meu filho? – perguntou Lázaro.

Rhun gesticulou para os vultos silenciosos nas vizinhanças, cobertos de poeira, imóveis como estátuas.

– Eu vim para compartilhar a paz do Santuário.

– Você deu tudo para a Ordem – disse Lázaro. – Sua vida, sua alma, seu serviço. Agora quer dar a soma de seus dias?

– Eu gostaria. Dei todas essas coisas de boa vontade por uma causa maior. Eu existo apenas para servi-Lo com um coração simples e honesto.

– Mas, no entanto, você entrou nessa vida por meio de uma mentira. Você não era destinado a servir dessa maneira. Você poderia ter seguido por um caminho diferente, e ainda pode.

Rhun levantou a cabeça, ouvindo não uma acusação, mas apenas tristeza na voz do outro. Ele não compreendeu. Lázaro lhe deu as costas e se afastou, levando Rhun a segui-lo.

Lázaro passou por formas imóveis de freiras e padres que tinham vindo para ali em busca de descanso.

– Eu ainda não paguei o suficiente por meus pecados? – perguntou Rhun, temendo que lhe fosse negada aquela paz.

– Você não pecou – respondeu Lázaro. – Você foi vítima de um pecado.

Rhun continuou atrás da figura sombria, sua mente girando, enumerando os pecados que havia cometido em sua vida e aqueles que tinham sido cometidos contra ele. Entretanto, não encontrou esclarecimento.

Lázaro o conduziu para mais fundo, para corredores mais escuros, onde formas estavam vestidas com trajes muito mais antigos, as cabeças baixas ou erguidas para o teto. Rhun ouvira falar daquela região, onde aqueles que vinham buscavam não apenas eterna reflexão, mas também absolvição, refletindo sobre o significado do pecado – tanto o deles como o dos outros.

Rhun olhou ao redor, fitando aquelas faces ensombrecidas pela mortificação.

Por que fui trazido aqui?

Finalmente, Lázaro se deteve diante de um padre que estava parado de cabeça baixa. Ele usava a veste sacerdotal marrom simples que Rhun vestira havia tanto tempo em sua vida mortal. Apesar de não conseguir ver-lhe o rosto, Rhun teve uma sensação de familiaridade.

Deve ser um dos meus irmãos de tanto tempo, que também se retirou para uma vida de contemplação.

Lázaro se inclinou para a face do homem, sua respiração levantando a poeira sobre a orelha dele.

Finalmente o homem ergueu a cabeça – revelando um rosto que havia assombrado os pesadelos de Rhun por mais de cem anos. Rhun recuou trôpego, como se tivesse levado um golpe violento.

Não é possível...

Rhun examinou o cabelo escuro comprido, a testa pálida e alta, os lábios carnudos. Ele se lembrava daqueles lábios em sua garganta, daqueles dentes em sua carne. Ainda podia sentir o gosto do sangue do homem em sua língua. Mesmo agora seu corpo ainda se lembrava daquele êxtase. Mesmo agora eles ainda estavam conectados.

Ali estava o *strigoi* que o havia atacado ao lado da sepultura de sua irmã, que havia arrancado a alma de seu corpo, acabando com a sua vida de mortal. Rhun tinha pensado que o animal havia sido morto. Ele se lembrava de ver a criatura sendo arrastada por guardas sanguinistas leais a Bernard.

Mas agora o monstro usava as vestes da Ordem.

O homem abriu os olhos e olhou para Rhun com grande ternura. Ele tocou no lado do pescoço de Rhun, onde seus dentes tinham perfurado a carne de Rhun. Seus dedos se demoraram ali.

– Eu pensei que estivesse prestando um serviço quando cometi aquele pecado contra você.

– Serviço? Serviço a quem?

O braço baixou frouxo e os olhos se fecharam de novo, a consciência se apagando.

Rhun esperou por mais, algumas palavras que dessem algum sentido àquela impossibilidade.

– Ele é o símbolo da mentira – explicou Lázaro. – A mentira que tirou você de seu caminho pio de serviço para um longo percurso de servidão à nossa Ordem.

– Não compreendo – disse Rhun. – O que é essa mentira?

– Você deve perguntar a Bernard – respondeu Lázaro, tomando Rhun pelo cotovelo e conduzindo-o de volta à entrada do Santuário. No portão, Lázaro o convidou a sair.

Rhun hesitou naquele portal, temeroso de deixar o abrigo do Santuário, subitamente não querendo conhecer aqueles últimos segredos.

Mas Lázaro bloqueou-lhe a entrada, deixando-o sem escolha.

– Compreenda seu passado, meu filho, para conhecer seu futuro. Descubra quem você realmente é. Então faça sua escolha de onde quer passar seus dias.

Rhun se foi. Não saberia dizer como seus pés encontraram o caminho de volta pelos túneis até a basílica de São Pedro, mas, enquanto subia, uma imagem se formou da noite em que havia sido transformado, como tinha sido encontrado por sanguinistas antes que pudesse pecar, como tinha sido levado a Bernard, e como o cardeal o havia convencido a renunciar sua natureza maligna e levar a vida de um sanguinista.

Todos os caminhos levavam a Bernard.

Eu pensei que estivesse prestando um serviço quando cometi aquele pecado contra você.

Rhun sabia o significado por trás daquelas palavras.

Bernard sabia das visitas noturnas de Rhun à sepultura de sua irmã. Tinha sabido que Rhun estaria fora naquela noite, sozinho e vulnerável. Tinha sido Bernard que enviara um membro da Ordem – passando-se por um *strigoi* – para o cemitério para transformá-lo, para recrutar Rhun, para forçar a existência da profecia, para criar um Escolhido, um sanguinista, que nunca havia provado sangue humano. Bernard sabia pelas profecias seculares que somente um Escolhido da Ordem poderia encontrar o Evangelho de Sangue perdido.

De modo que Bernard havia criado um.

À medida que a compreensão cresceu em seu íntimo, uma raiva ardeu em Rhun como um fogo purificador. Bernard tinha roubado sua alma, e Rhun lhe havia agradecido por isso, um milhão de vezes.

Minha existência inteira foi uma mentira.

Como se num sonho, Rhun se descobriu andando a largas passadas pelo Palácio Apostólico em direção ao gabinete de Bernard, onde o cardeal ainda tinha permissão para trabalhar enquanto esperava por seu julgamento pelo pecado de sangue contra Elizabeth. Bernard levantou a cabeça de uma escrivaninha coberta de papéis, seu rosto tomado pela surpresa. O homem ainda vestia a batina escarlate, as luvas vermelhas e todos os acessórios do cargo.

– Rhun, o que aconteceu?

Rhun mal conseguia falar, a raiva o estrangulava:

– Você deu a ordem que me roubou a alma.

Bernard se levantou.

– Do que você está falando?

– Você deu ordens ao monstro que me transformou em uma abominação. Você me empurrou para os braços de Elizabeth e roubou a alma dela. Minha vida, minha morte, tudo isso foi planejado por você, para forçar a vontade de Deus. Para curvar a profecia de acordo com a sua vontade.

Rhun observou enquanto Bernard procurava as palavras cuidadosamente, buscando a melhor maneira de responder àquelas acusações.

Finalmente, Bernard se decidiu pela verdade.

– Então você sabe que eu estava certo.

– *Certo?* – A palavra explodiu dos lábios de Rhun, carregada de amargura e sofrimento.

– Agora que todas as profecias se cumpriram, você gostaria que as coisas tivessem corrido de modo diferente? Você sabe o preço que teríamos pagado se tivéssemos falhado.

Rhun tremia de fúria, Bernard tinha tirado Rhun de sua família, condenando-o a uma eternidade de sede de sangue, levando-o a crer que seu único caminho era servir à Igreja, e transformando uma mulher que ele amava de curandeira em assassina.

Tudo para salvar o mundo de acordo com os termos de Bernard. Para fazer com que se realizasse uma profecia que poderia nunca ter se concretizado sem a sua interferência. Para manter todos os sanguinistas na ignorância quanto às suas escolhas fora da Igreja e fora do seu controle.

Aos olhos de Bernard, qualquer sacrifício valia a pena para aquele fim. O que era o sofrimento de um homem quando o mundo estava em jogo? Uma condessa? Algumas centenas de sanguinistas?

Enojado e traído, Rhun girou nos calcanhares e saiu do gabinete de Bernard.

Bernard gritou para ele:

– Não aja com precipitação, meu filho!

Rhun fugiu para os jardins papais, precisando de ar fresco, do céu aberto acima. Com a noite já tendo caído, o ar estava seco e frio. Estrelas enchiam os céus. Uma lua enorme pairava alta.

Lázaro o tinha enviado para cima do solo para que ele descobrisse a verdade de modo que pudesse escolher livremente seu destino, uma escolha que Bernard lhe havia negado. Negado a ele e a todos os outros sanguinistas. A verdade sobre Hugo e os *strigoi* budistas já havia se espalhado no seio da Ordem, e outros estavam enfrentando a escolha que Rhun encarava naquela noite – como e onde passar a eternidade.

Ele correu para os jardins – até que um perfume conhecido o alcançou.

O leãozinho veio aos saltos pelo terreno, um pedacinho de luar prateado que corria sobre a relva escura, perseguido por uma tratadora irritada.

– Volte aqui, Nabucodonosor!

O leãozinho correu para Rhun e se jogou com força, batendo em suas canelas, depois se esfregou furiosamente em suas pernas. O leão deveria ser levado para Castel Gandolfo no dia seguinte, para ser cuidado pelo frade Patrick, mas parecia que alguém tinha decidido que devia ao leão pelo menos uma última corrida pelos jardins depois de salvar a vida de Tommy.

Elizabeth correu até junto dele, vestia jeans preto, sapatos de lona brancos e um suéter carmesim sob uma jaqueta leve. O cabelo dela estava solto, os cachos esvoaçando ao redor de seu rosto enquanto uma rajada de vento soprava pelo jardim. Ela nunca estivera tão bonita.

Elizabeth praguejou, em húngaro:

– Maldito animal que não obedece.

– Mesmo assim você deu um nome a ele – observou Rhun. – Nabucodonosor.

– O rei da Babilônia – disse Elizabeth, ajeitando o cabelo para trás, desafiando-o a fazer troça dela. – Foi sugestão de Erin. Achei que combinava. E para seu conhecimento, vou levá-lo comigo quando partir.

– Vai?

– Ele não deveria ficar preso num estábulo de cavalos. Ele precisa de campos abertos, de céus amplos. Ele precisa do mundo.

Rhun olhou para ela, amando-a com todo o seu coração. Quando ele avançou e tomou a mão dela, seus dedos firmes se entrelaçaram com os dele. Ela levantou a cabeça e olhou para ele com mais atenção, talvez percebendo quanto ele havia mudado desde aquela manhã.

– Mostre-me – sussurrou ele.

Ela se inclinou para mais perto, começando a compreender.

– Mostre-me o mundo.

Ele se inclinou e a beijou, com ardor e sem nenhuma incerteza. Não foi um beijo casto de padre.

Pois ele não era mais um padre.

E ENTÃO...

Final da primavera
Des Moines, Iowa

Paz, finalmente...

Enquanto o sol repousava baixo no horizonte, Erin entrou no mirante de pau-brasil e inalou o perfume delicado das rosas que subiam pelas treliças ao redor. Ela se sentou num banco e se recostou.

Das redondezas, o som de risada de crianças ecoava pelo gramado. Estavam brincando uma complexa modalidade de pega-pega em seus trajes a rigor e vestidos de baile, e, mais de uma delas, tinham manchas de relva e joelhos arranhados. Os adultos estavam atrás delas em seus trajes formais, bebericando champanhe e conversando.

Erin gostava de todos, até amava alguns deles, mas circular entre eles era cansativo. Ela só queria a companhia de uma pessoa naquele momento.

Como se tivesse lido seus pensamentos, uma silhueta conhecida passou pela entrada do mirante. Ele a havia seguido, como esperara que fizesse.

– Tem espaço para mais um? – perguntou Jordan.

– Sempre – respondeu ela.

O cabelo louro cor de trigo de Jordan havia crescido nos últimos meses, perdendo o corte militar. As mechas compridas davam-lhe uma aparência mais descontraída, menos militar, especialmente vestindo um smoking cinza-grafite. Os olhos dele não tinham mudado – ainda eram azuis vivos com um anel mais escuro ao redor das íris. Ele se apoiou no poste da entrada e sorriu para ela. Amor e contentamento brilhavam em seu olhar.

Erin respondeu, com um sorriso.

– Você está muito bonita, sra. Granger-Stone – disse ele.

– O senhor também, sr. Granger-Stone – disse ela.

Apenas uma hora antes ela havia aceitado o nome dele, e ele o dela, diante da família dele e dos amigos dela, fazendo os votos sob o céu azul.

Até que a morte nos separe.

Depois de tudo que havia acontecido com eles, aquelas palavras tinham um significado especial. Jordan a pedira em casamento depois que tinham voltado para Roma, e ela aceitara imediatamente.

O tempo era precioso demais para perder até mesmo mais um segundo.

Ela tocou o ferimento em processo de cicatrização em seu pescoço. Tinha escolhido um vestido de noiva com gola alta para esconder a cicatriz rosada, mas ainda aparecia ligeiramente no alto. O ferimento agora já quase não doía, mas todo dia, quando se olhava no espelho, ela o via, e se lembrava de que tinha morrido e voltado à vida, sabendo quanto tinha chegado perto de perder seu futuro com Jordan.

Jordan delicadamente tirou a mão dela do pescoço e a segurou entre as suas. A pele dele estava morna e normal. Até a tatuagem havia encolhido e retornado ao tamanho original. Ele continuava sendo o homem bonito e gentil que ela havia conhecido no deserto de Massada, antes que os sanguinistas tivessem se apropriado da vida deles.

Agora tinham suas vidas de volta.

Juntos.

Jordan respirou fundo e se sentou ao lado dela.

– Temos grandes mudanças a caminho. Você e eu trabalhando na selva... você escavando artefatos, eu, de óculos, estudando para ser antropólogo forense. Sem batalhas e sem monstros. Acha que vai ser feliz com isso?

– Mais do que feliz. Ficarei em *êxtase*.

Por meio de contatos no Vaticano, ela tinha conseguido um excelente emprego para liderar uma escavação na América do Sul, onde lutaria para recuperar a história da selva, desvendar seus segredos e preservá-la para as gerações futuras. Seria trabalho duro, mas um trabalho que não tinha nada a ver com santos e anjos. Sua vida agora era de fato sua – sua para dividir com seu marido.

Jordan tinha recebido dispensa honrosa do Exército e se inscrito em um programa para estudar antropologia forense ao lado dela. Estava pronto para investigar crimes antigos, em vez de modernos. Ele queria entrar em cena muito depois de o sangue ter desaparecido, quando os mistérios eram quebra-cabeças intelectuais e não emocionais.

Aquela vida oferecia a eles um futuro juntos.

E não apenas para eles *dois*.

Jordan beijou a palma da mão dela, os lábios se demorando ali, fazendo um arrepio subir pelo braço de Erin. Ela enterrou as mãos no cabelo louro de

Jordan e puxou os lábios dele para os seus, querendo beijá-lo, perder-se nele. As mãos dele deslizaram pelas suas costas até se acomodarem nos quadris de Erin. Uma das mãos se moveu até a barriga.

Ela olhou para baixo, perguntando-se se já dava para ver.

– Você acha que sua mãe já sabe? – perguntou Erin.

– Como poderia saber? Nós não sabíamos até voltarmos para os Estados Unidos. Esse é nosso segredo por enquanto. – Ele acariciou delicadamente a barriga de Erin. – Mas acho que mamãe vai descobrir dentro de cerca de sete meses. Especialmente porque são gêmeos.

Erin pôs a mão ao lado da dele na sua barriga.

Gêmeos... um menino e uma menina.

Erin relaxou nos braços dele. Mas uma preocupação ainda a incomodava.

Depois de voltar aos Estados Unidos, tinha feito uma bateria de exames. Tudo tinha dado normal. Ela tinha concebido quando Jordan ainda possuía sangue angélico, o que levantava a preocupação sobre o que poderia ter sido transmitido para os bebês.

Ou seja lá o que eu possa ter?

Enquanto estivera grávida, por um breve período de tempo ela havia morrido e recebido sangue de *strigoi*.

Jordan percebeu os temores dela e a beijou de novo.

– Vai dar tudo certo.

Erin encontrou forças na certeza da voz dele, confiando nele.

Uma voz infantil e insistente gritou do outro lado do gramado:

– Está na hora de cortar o bolo! – Era Olivia, a sobrinha de Jordan, cuja paixão por doces era notória. – Vamos lá, depressa!

Jordan sorriu, seus lábios se demorando sobre os dela.

– E o menino...

– Deixe-me adivinhar. Você está pensando em chamá-lo de Christian.

– Não, na verdade estava pensando em *Thor*. É um nome bem varonil.

– Thor? – Erin o empurrou para trás e se levantou. – Vamos levar você para comer um pedaço de bolo. Vamos ver se o açúcar o faz recuperar o juízo.

Ela tomou a mão dele e o conduziu para fora, para o gramado ensolarado. Eles passaram em meio ao perfume das rosas de primavera e seguiram para a promessa doce de um bolo – e de uma vida juntos.

AGRADECIMENTOS

James gostaria de agradecer a seu grupo de redação, que se manteve firme durante esta viagem dos desertos do Egito até os portões do inferno. Eu não poderia desejar uma equipe melhor ao meu lado: Sally Anne Barnes, Chris Crowe, Lee Garrett, Jane O'Riva, Denny Grayson, Leonard Little, Scott Smith, Steve e Judy Prey, Caroline Williams, Christian Riley, Tod Todd, Chris Smith e Amy Rogers. E, é claro, tanto a David Sylvian quanto a Carolyn McCray, que foram meu braço direito e esquerdo desde o primeiro passo até o último salto. Um agradecimento especial também deve ser dado às pessoas fundamentais em todos os níveis de produção: minha editora, Lyssa Keusch, e sua colega Rebecca Lucash; e meus agentes, Russ Galen e Danny Baror (bem como sua filha, Heather Baror).

Rebecca também gostaria de agradecer a seu grupo de redação, inclusive Kathryn Wadsworth, David Deardorff, Judith Heath, Karen Hollinger e Ben Haggard por suas numerosas leituras e por todas as vezes em que encontraram erros e puseram o livro de volta nos trilhos. Também um agradecimento especial aos escritores, amigos e agentes, que me ajudaram durante a jornada de escritora com este livro: Andrew Peterson, Joshua Corin, Shane Gericke, Sean Black, JF Penn, Alexandra Beusterien, Mary Alice Kier e Anna Cottle. Aprecio muitíssimo ter amigos como vocês. Finalmente, e mais importante, uma gigantesca dívida de gratidão com seu marido e seu filho pela paciência enquanto ela partia para lutar com monstros reais e imaginários. A gata, Twinkle, não recebe agradecimento porque nunca é prestativa.

Impressão e Acabamento:
LIS GRÁFICA E EDITORA LTDA.